Juris Jurjevics

DER TRUDEAU VEKTOR

Thriller

Aus dem Englischen
von Hans-Ulrich Möhring

Ullstein

Besuchen Sie uns im Internet:
www.ullstein-taschenbuch.de

Umwelthinweis:
Dieses Buch wurde auf chlor- und säurefreiem Papier gedruckt.

Sonderausgabe im Ullstein Taschenbuch
Juni 2008

Titel der amerikanischen Originalausgabe: *The Trudeau Vector*
(Viking, New York)
Umschlaggestaltung: HildenDesign, München
Titelabbildung: © Jeff Goldman/shutterstock
Satz: Franzis print & media GmbH, München
Gesetzt aus der Sabon und Avant Garde
Druck und Bindearbeiten: CPI – Ebner & Spiegel, Ulm
Printed in Germany
ISBN 978-3-548-26941-2

Für
Edvards Sudmalis
Hans-Ulrich Möhring
und
Alexander Nikitin
Grigori Pasko
Igor Sutjagin

»Ein Wort ist wie ein Spatz. Einmal herausgelassen,
ist es nicht wieder einzufangen.«

Generalmajor Walentin Jewstignejew, stellvertretender Leiter der Abteilung für atomare, biologische und chemische Waffen im russischen Verteidigungsministerium

1

Die Temperatur lag bei minus vierzig Grad, Tendenz sinkend. Die Sonne hatte sich bereits für den Winter verabschiedet und zeigte sich nur noch als ein ferner blasser Strich zwischen der Eiswüste, in der sie standen, und dem stumpfen Grau darüber. So spät im Oktober stieg ihr Licht zuletzt gar nicht mehr über den Rand der Erde. Mit Mühe und Not gelang es dem mattsilbernen Band in diesen ersten Polarnächten noch, den Horizont zu erhellen und die Sterne auszulöschen, so dass der violettschwarze Himmel völlig tiefenlos erschien. Wenn dann der Winter richtig kam, verschwand auch dieser trübe Streifen, und am gänzlich sonnenlosen Himmel flammten die Gestirne und Galaxien auf.

Im Strahl des Handscheinwerfers sah Verneaus Fahrer aus wie ein psychedelischer Vogel. Wenn das Licht auf die weißen Faserfedern des unförmigen Extremklimaanzugs fiel, blitzten ihre fluoreszierenden Spitzen grell orange auf. Der gewölbte Helm mit dem glatten Kragenanschluss vervollständigte das Bild: eine überdimensionale Version des Pinguinkostüms, das Verneaus Sohn zum Tiersegen am letzten St. Francis Day in Montreal getragen hatte. Zu jedem anderen Zeitpunkt hätte die Erinnerung ein Lächeln hervorgerufen. Jetzt nicht.

Hoch oben wogte der riesige Vorhang des Nordlichts in schleierigen Rosa- und Hellgrüntönen, wallende Bänder, die dort auftraten, wo das Erdmagnetfeld besonders konzentriert war. Verneau fand es unmöglich, die Augen auf das wilde Farbenspiel einzustellen und sicher zu sagen, ob die Aurora Zentimeter oder Meilen von seinem Gesicht entfernt war. Das Nordlicht war kurz vorher erschienen wie ein Unheilszeichen, ein seltenes Phänomen so hoch im Norden. Aber viele Dinge waren in letzter Zeit ungewöhnlich.

Emile Verneau hatte noch nie zuvor bei einem Feldeinsatz einen vollständigen Abbruch des Kontakts erlebt. Seine größte Angst war, jemand könnte in eine Eisspalte oder das Wasser der Polynja gefallen sein. Aber das hätte noch nicht die totale Funkstille erklärt, es sei denn ... Es sei denn, sie waren mit ihrem Wanigan auf brüchiges Eis oder in eine offene Rinne geraten und alle vier auf einmal in das eisige Meer gestürzt. Dann konnten einen selbst die Polaranzüge nicht mehr retten. Verneau knurrte bei dem Gedanken ein paar saftige Quebecer Flüche in seinen Bart.

Sein Fahrer blieb am Rand einer weiten Ebene stehen, drehte sich um und machte eine wortlose Geste. Sie hatten die Polynja erreicht, eine natürliche Öffnung im Meereis, die trotz der Kälte den ganzen Winter über nicht zufror. Sie roch salzig und lag vollkommen unbewegt da.

Die Eisoberfläche ringsumher wies Spuren regen Betriebs auf. Mehrere eis- und salzverkrustete Koaxialkabel und rote Leinen schlängelten sich in die Polynja. Die Sonde drehte zweifellos ihre programmierten elliptischen Runden im Wasser wie ein Hai.

Verneaus Fahrer leuchtete mit seiner Lampe den Rand der Öffnung nach Anzeichen eines Unfalls ab. Sie musterten eingehend die vielen Fußspuren und folgten ihnen und den Kabeln zu der aufblasbaren Schutzhütte dreißig Meter entfernt, die von den Lichtern im Innern granatrot leuchtete. Keine menschlichen Silhouetten, kein Fahrzeug davor, weder der große Wanigan noch der kleinere Polecat. Niemand da, genau wie der Rettungstrupp gemeldet hatte, bevor er zur Suche ausgeschwärmt war.

Alex Kossuth, Junzo Ogata, Annie Bascomb, der russische Glaziologe Minskow und Lidija Tarakanowa. Alle verschollen. Tarakanowa hatte den Vormittag abreisen sollen. Die anderen hatten sich zum Camp begeben, um sie zu verabschieden und um die vierteljährlichen Meeresuntersuchungen vorzunehmen und Daten von der automatischen Sonde herunterzuladen. Aber auf den planmäßigen Kontrollanruf am Mittag hatten sie nicht reagiert, und auch über die Transceiver in ihren Anzügen oder den Fahrzeugfunk waren sie nicht zu erreichen. Inzwischen war die halbe Station Trudeau auf den Beinen und suchte nach ihnen.

Im Innern der Schutzhütte brummte der Transformator, angetrieben von den unentwegt rotierenden Windrädern, die draußen an dreieinhalb Meter langen hohlen Masten angebracht waren. Zwei klappbare Arbeitsflächen waren aufgestellt worden, straff gespannte Leinwand zwischen Teleskopbeinen. Die eine war auf Schreibtischhöhe, eine umgedrehte Transportkiste als Sitzgelegenheit davor. Die andere hatte eher Nachttischcharakter: gerade hoch genug über dem dick isolierten Boden, dass ein Wissenschaftler von einer Luftmatratze aus bequem einen Laptop und ein Sonometer bedienen konnte. Eine halb leere Alutüte mit Trockenbeeren lag daneben.

Kein Zeichen von Gefahr oder Defekt. Alles an seinem Platz. Verneau war erleichtert, nicht den blutigen Schauplatz eines Bärenüberfalls vorzufinden.

In Ogatas Bereich herrschte die für ihn typische Ordnung und in Annie Bascombs ein heilloses Durcheinander. Der Anstandsvorhang dazwischen sollte wohl eher Annies Schlampigkeit verbergen als ihre Privatsphäre schützen. Bei Alex Kossuth lag wie gewohnt das Schachbrett auf der Luftmatratze, und der Anordnung der Figuren nach zu urteilen, war das Spiel in vollem Gange. Minskows Bereich sah unbenutzt aus, auch das keine Überraschung. Der Mann schien immer auf dem Sprung zu leben. Aus Tarakanowas Bett war die Luft abgelassen, ihr Schlafsack war zusammengerollt, ihr Polaranzug zusammengelegt, der Helm obendrauf.

Auf dem Bett daneben fand Verneau auf dem Schlafsack Junzo Ogatas Organizer, und er scrollte sich durch das Feldtagebuch. Die Einträge waren rein routinemäßige Bemerkungen über die Fahrt von der arktischen Forschungsstation Trudeau zum Lager, das bedächtige Vorgehen in dem kräftezehrenden polaren Klima, die langweilige und mühsame Kleinarbeit der Datengewinnung durch überqualifizierte Spezialisten. Alles an der Tätigkeit war vorhersehbar – nur nicht die äußeren Bedingungen.

Er kam zum letzten Eintrag, der ihren Schlafzyklus vermerkte und das Arbeitsprogramm des Vormittags festlegte. Berechnungen erschienen an der Seite in einem gelben Fenster, Marginalien, die irgendwann in die Datenbank und den offiziellen Bericht eingearbeitet werden sollten. Salzgehalt des Wassers, Aufwärtsströmungen, Werte auf dem Erdgezeitengravimeter und dem automatischen Gezeitenmesser. Verneau streckte den Kopf vor, um eine Notiz zu lesen, die mit einem Lichtstift auf den kleinen Bildschirm gekrakelt worden war: *Ignis fatuus*. Er kannte den Ausdruck nicht. Die Handschrift genauso wenig – es waren nicht Ogatas sorgfältige geometrische Druckbuchstaben. Kossuth?

Verneau fluchte erneut. Vier Wissenschaftler konnten sich doch nicht einfach mitten in dieser Öde in Luft auflösen. Der Funk in der Hütte war eingeschaltet und funktionierte. Die Geräte zeichneten Messungen auf.

Konnte es ein Jux sein? Heute Abend war die jährliche Polarnachtparty, die den letzten Sonnenuntergang feierte, den faktischen Anbruch des Winters. Alle kramten sich aus der Kleiderkammer möglichst verrückte Kostüme zusammen und spielten einander Streiche, eine Art Karneval vor den Monaten des arktischen Frühlings. Er hätte gern geglaubt, dass es bloß ein pennälerhafter Sonnenuntergangsstreich war.

Der Fahrer tippte Verneaus Arm mit einem offenen Notizheft an, in dem er Annies Tagebuch erkannte. Er nahm es und las den Eintrag.

20. Oktober
Wir hatten gestern Abend ein kleines Abschiedsfest: Rosinenkuchen und Cointreau zum Tee. Lidija Tarakanowa verlässt uns heute, falls das U-Boot zur Polynja durchkommt. Ungewöhnlicherweise wird die Öffnung der Polynja mit jedem Tag drastisch kleiner, je mehr das Licht schwindet und die volle Polarnacht sich über uns legt. In diesem Jahr wird es sein, als wollte man mitten in der Wüste eine Pfütze finden.

Doch sie hatten Dr. Tarakonawa gefunden und mitgenommen. Annie Bascomb hatte ihre Abfahrt mit typischer Unverblümtheit festgehalten: *Gott sei Dank! Sie ist weg, hurra!*

Verneau klappte Annies Tagebuch mit einem Lächeln zu. Unter anderen Umständen hätte auch er über ihren Weggang gejubelt. Do swidanja, Lidija, dachte Verneau. Auf Nimmerwiedersehen. Was für eine Schreckschraube! Anmaßend, nörgelig, schwierig. Sie war ein ganzes Jahr lang die Nervensäge Nummer eins gewesen.

Eine Stimme keuchte ihm über den Kurzbereichsfunk ins Ohr: Sein Fahrer rief ihn nach draußen.

Ein Piepen ertönte, immer wieder. Jemand vom Rettungstrupp alarmierte die anderen mit seinem Notfallsender. Eine Stimme meldete die Sichtung des Wanigan. Die Station Trudeau, vierzehn Meilen südöstlich, bestätigte den Empfang und bat darum, weiter auf dem Laufenden gehalten zu werden. Verneaus Fahrer war bereits dabei, die Karte seines GPS-Empfängers zu konsultieren. Das Notsignal war vierhundert Meter voraus und kam ungefähr aus der Richtung der nahe gelegenen Felsformation, die sie Mackenzie's Mount nannten.

»Los«, sagte Verneau und kletterte in das hohe Cockpit des breiten Polecat, der sich sofort auf seinen weichen, übergroßen Reifen schwankend in Bewegung setzte, bevor Verneau sich angeschnallt hatte.

Merde. Verdammte Gurte. Wozu sollten die gut sein? Die Höchstgeschwindigkeit des Polecat war achtzehn Meilen die Stunde. Der Elektromotor wurde von Aluminiumbatterien gezündet, so dass er in der Eiseskälte leicht ansprang, und mit Wasserstoff betrieben, damit er ökologisch unbedenklich war, wie von der Royal Commission verlangt. Herrje, er wünschte sich die anständige Beschleunigung eines Verbrennungsmotors. Ein halb so großes benzinbetriebenes Schneemobil auf Ketten zog doppelt und dreimal so gut, was scherten ihn jetzt die Folgen für die Umwelt? Er wollte zu seinen Leuten. In der Arktis konnte jede Minute ohne ausreichenden Kälteschutz tödlich sein.

»Hostie«, schimpfte Verneau. Von dem Geschaukel wurde ihm übel. »Dieses Ding ist der reinste Wasserball.«

»Was?« Der Fahrer drehte sich ihm halb zu, aber hinter dem Visier seines Helms war das Gesicht nicht zu erkennen.

»Nichts. Fahr zu«, sagte Verneau. »Allez, allez. Schnell, verdammt noch mal.«

Es war merklich dunkler und kälter als bei ihrer Ankunft an der Polynja. Das zwischenzeitig errötete Band am Horizont war verschwunden. Auf der Digitalanzeige in Verneaus Helm war »1:47 p.m.« zu lesen.

Der Kettenkatamaran eines Sanitätstrupps, größer und schneller als sie, schob sich an dem Polecat vorbei wie eine ruhig dahinsegelnde Jacht. Medizinische Helfer, darunter der Krankenpfleger der Station und etliche Wissenschaftler, die freiwillig als Rettungssanitäter Dienst taten, waren im einen Rumpf, ihre Ausrüstung im anderen, und beide Hälften waren mit elastischen Spieren verbunden, die sich dem eisigen Gelände anpassten, über das der Katamaran hinwegglitt. Die in der Mitte hängende Winde klirrte gegen den Rahmen wie eine Alarmglocke.

Sieben Scheinwerferpaare näherten sich aus der anderen Richtung: Die vermissten Wissenschaftler wurden in die Zange genommen. Weitere hoch gebaute Fahrzeuge rückten mit tanzenden Lichtern über das wellige Eisfeld heran. Einjähriges Eis war glatt und eben, aber dieses ältere Packeis war die reinste Berg- und Talbahn. Verneaus Polecat schaukelte von einer Seite zur anderen, wenn er über die kleinen Hügel hüpfte.

Die Mitte, in der die Lichttunnel zusammenstrebten, wurde immer heller, und das Eis blitzte ringsherum blau und grün auf.

Die Strahlen trafen drei auf dem Eis liegende Gestalten.

»Kurat«, fluchte der Fahrer auf Estnisch, als ihr Fahrzeug sich eine kleine Anhöhe hinaufkämpfte und auf der anderen Seite schliddernd hinunterschoss. Er steuerte heftig gegen das seitliche Wegrutschen an und brachte den Polecat glücklich neben dem Katamaran zum Stehen.

Die drei waren jetzt deutlich zu sehen; die abstehenden Schirme ihrer Helme glänzten wie die Schnäbel abgeschossener Vögel. Sie schienen sich am Boden zu winden, doch Verneau erkannte, dass der Eindruck nur von den im leichten Wind flatternden Federn kam. In Wirklichkeit lagen sie vollkommen still.

Verneau sprang aus dem Polecat und eilte hinter den medizinischen Helfern her, die sich über Sprechfunk in Französisch und Deutsch Bemerkungen zuschrien. Ihr schweres Atmen tönte in seinen Kopfhörern.

Zwei Sanitäter beugten sich über Junzo Ogata, den japanischen Geophysiker. Annie Bascomb lag sechs Meter entfernt neben Minskow, beider Körper widernatürlich durchgebogen wie bei Verrenkungskünstlern im Zirkus; die Füße des Russen stießen praktisch hinten an seinen Helm.

Die Helfer knieten sich neben Ogata, Bascomb und Minskow, und ihre hellgrünen Schärpen glänzten im Licht der Scheinwerfer. Verneau und die anderen gingen hilflos daneben auf und ab.

Ein Sanitäter ließ eine isolierte Flasche mit erwärmtem Sauerstoff neben Ogata fallen, griff die gefiederte Außenhaut seines Anzugs und schnitt durch die lose feuchtigkeitsregulierende Zwischenschicht und den eng anliegenden Body. Die entweichende feuchte Wärme verdampfte auf der Stelle und gefror an der Luft zu Eiskonfetti.

Er klatschte die Elektroden eines EKG auf den freien, dampfenden Brustabschnitt, der sich augenblicklich grau bereifte. Der Monitor flackerte, und es erschienen rote Ziffern und Kurven, die praktisch Geraden waren. Einstellige Zahlen. Minimale Herzfunktion.

Der Sanitäter führte einen Schlauch in Ogatas Luftröhre ein. Vierzig Grad warmer, aerosolierter Sauerstoff schoss in die Lungen und heizte den Körper von innen auf, was verhindern sollte, dass bei der Wiederbelebung eisiges Blut aus Armen und Beinen zum Herzen zurückströmte, mit möglicherweise tödlichen Folgen. Herzrhythmusstörungen konnten unter diesen Bedingungen verhängnisvoll sein.

Verneau sah sorgenvoll zu, wie der Helfer eine isolierte Fertigspritze direkt durch die diversen Schichten des schimmernden Anzugs in Ogatas Schenkel jagte und seinem Patienten dann ein Lid hochzog, um die Pupille zu überprüfen.

Es gab keine Pupille. Der Sanitäter zog das andere Lid hoch. Nichts.

Die Augen mussten nach oben in den Kopf gerutscht sein, als er das Bewusstsein verlor, dachte Verneau. Die Inuit erzählten sich Geschichten von Jägern, bei denen die Hornhaut weiß gefroren war. Verneau kniete sich auf das harte Eis, um sich die Sache genauer anzuschauen. Ogatas Augen waren nicht überfroren. Sie waren fort. Pupille, Iris, alles fort. Nur die weiße Lederhaut war noch da.

Emile Verneau blickte den deutschen Sanitäter Uli fragend an, doch der war damit beschäftigt, wie wild Ogatas Brustkasten zu bearbeiten. »Komm, komm«, rief er immer wieder beschwörend auf Deutsch.

Die Lungen entleerten sich nicht, auch nicht, als Uli sich mit seinem ganzen Gewicht auf Ogatas Oberkörper warf.

»Mein Gott.« Er ächzte vor Anstrengung, unternahm noch ein paar verzweifelte Versuche und hockte sich dann fassungslos auf die Fersen.

»So erfroren kann er gar nicht sein. Seine Glieder lassen sich bewegen. Das Visier ist offen, gut, dort kann also Kälte eindringen, aber der Anzug selbst ist intakt.«

Auf dem Funkkanal war Ächzen und Flüstern zu hören. Verneau schaute zu den Sanitätern hinüber, die neben den anderen beiden Wissenschaftlern knieten und sie wieder ins Leben zu holen versuchten. Im Kopfhörer klickte es, als Uli sein Mikrophon anschaltete, aber er sagte nichts. Verneau drückte seinerseits den Mikroschalter in seinem Handschuh. »Uli?«

Der junge Mann sah auf, das Gesichtsfenster beschlagen von seinen vergeblichen Mühen.

»Sie sind tot«, sagte Uli auf Englisch, dann leise auf Deutsch: »Wir können nichts machen.« Er wandte sich wieder Ogata zu, um ihn zu untersuchen. »Zu spät«, sagte er mit heiserer Stimme. Einer seiner Teamkollegen schüttelte langsam den Kopf und deckte Minskows Gesicht zu.

Von außen eilten weitere Rettungskräfte mit Lampen heran, leicht vorgebeugt gegen den Wind, aufgeregt und geschockt. Auf dem Sprechkanal ein Wirrwarr von Rufen und Klagen, ein Durcheinanderreden in einem halben Dutzend Sprachen. Einige gingen neben ihren toten Kollegen auf Hände und Knie, konnten nicht glauben, was sie sahen. »Wie kann das sein?«, hörte er Christian sagen. Immer mehr Stimmen überlagerten sich auf UKW. »Annie, Annie«, wiederholte jemand leise unter den ganzen vielsprachigen Wortkaskaden.

Verneau wandte sich ab und trat aus dem blendenden, schattenlosen Scheinwerferlicht. Meilen über ihnen leuchteten weiß und rot die zarten Bänder des Polarlichts, stiegen auf wie Feuerwerkskörper und explodierten in allen Farben des Regenbogens am finsteren Himmel. Mit jedem Ausbruch rauschte eine Störwelle durch die Funkgeräte. Die wallenden Lichter fingen in sechzig Meilen Höhe an, stiegen noch einmal hundert auf und erstreckten sich Tausende von Meilen weit über die Arktis. Beim Blick auf diese ungeheure Lichterwand fühlte sich Verneau verschwindend klein.

Der Boden knarrte laut wie hölzerne Schiffe im Sturm, als riesige Eisplatten aneinander scheuerten. Noch nie hatte das zugefrorene Meer so trostlos gewirkt. Verneau drehte sich wieder um und starrte Junzo Ogata, Annie Bascomb und Minskow an.

Überall lagen Gegenstände verstreut. Einige von Ogatas japanischen Kollegen hatten sich mit gesenkten Köpfen im Halbkreis zu seinen Füßen versammelt.

Verneau wusste nicht, was er tun sollte. Seine Beine fühlten sich von den Knien abwärts taub und wacklig an. Er versuchte, sich zu logischem Denken zu zwingen.

Die lautesten Stimmen in seinem Kopfhörer waren die Deutschen, die aufgeregt aufeinander einredeten und zu analysieren versuchten, was geschehen war. Er konnte ihrem Wortwechsel nicht folgen, und im Augenblick war ihm alles egal. Er zitterte.

»Verdammt! Wo ist Kossuth?«, rief einer von ihnen.

Alle, die Deutsch verstanden, blickten prompt auf. Über den Schock, drei Leichen zu finden, hatte keiner mehr daran gedacht. Es wurden ja vier Leute vermisst. Wo war Alex Kossuth?

Verneau drehte sich langsam um und schaute, ob er irgendwo Farbe, Bewegung, ein Licht entdecken konnte.

Nichts.

Der Wanigan der Wissenschaftler, sah er jetzt, war frontal

in eine Eiswand gefahren und steckte mit brennenden Scheinwerfern fest; auch die Cockpitbeleuchtung war noch an. Das schwache Piepen des Notfallsenders kam noch immer über seine Kopfhörer. In der mittlerweile eingetretenen Stille schien der Ton immer lauter zu werden.

Verneau kehrte in den hellen Kreis zurück und trat zu Uli, der jetzt regungslos auf dem Eis saß. Er fand den Druckknopf an Ulis Unterarm und stellte den penetranten Alarmton aus.

Alex Kossuth hörte das Stimmengewirr über Funk, dann hörte er, wie das Notsignal abbrach. Er nahm seinen Helm ab, und augenblicklich biss ihm die Kälte in die Lungen. Er zog die übrigen Schichten eine nach der anderen aus und ließ sie auf den Sitz seines Polecat fallen. Als er vollkommen ungeschützt war, stellte er sich auf das Trittbrett und griff hinein, um die Instrumentenbeleuchtung zu dämpfen und das Fahrzeug in Bewegung zu setzen. Er sprang herunter und beobachtete, wie es holpernd und führerlos über die zugefrorene See davonfuhr.

Im Nu war der Polecat nur noch ein Schatten, dann hatte die Dunkelheit ihn verschluckt. Während er auf die Stelle schaute, wo das Fahrzeug verschwunden war, war ihm zumute, als wäre er über Bord eines Schiffes in den eisigen Ozean gefallen. Splitternackt setzte sich Kossuth in eine Schneewehe und ging im Geist seine Optionen durch.

Ohne Schutzkleidung und isolierten Notbiwaksack waren die Möglichkeiten begrenzt. Er konnte vielleicht versuchen, sich mit den Händen eine Höhle zu wühlen, aber er hatte keine Werkzeuge und keine Wärmequelle außer seinem unbekleideten Körper. Die wärmedämmende Wirkung von Schnee konnte die tödliche Kälte mindern, aber das brachte höchstens einen kurzen Aufschub. Er entschied sich dagegen. Er wollte sich nicht mit sinnloser Geschäftigkeit ablenken. Er wollte, was jetzt kam, bewusst erleben.

Er hatte Erinnerungen erwartet, Nostalgie, aber die brennende Kälte fegte sein Gehirn leer. Sein Gesicht erfror, seine Finger erstarrten.

Seine Muskeln, registrierte er, zuckten krampfhaft, um seinen Stoffwechsel anzutreiben und sich aufzuheizen; er zitterte unkontrolliert. Trotz des Schlotterns atmete er so regelmäßig, wie er konnte. Welche Nachricht konnte er hinterlassen, bevor ihn die Kräfte verließen? Er schaufelte mit der Hand die lockeren weißen Flocken auf, ließ die Schneekristalle in einer schönen Schleierwolke aus seinen tauben Fingern rieseln. Sand, versuchte er sich einzureden, warmer Sand, um seinen Körper über die eisigen Tatsachen hinwegzutäuschen. Doch die schneidende Kälte war zwingender als alle Vorstellungen.

Das linke Glas seiner Brille zersprang und fiel heraus; die Plastikbügel brachen und rutschten weg.

Seine nackte Haut war ohne Farbe. Die äußeren Blutgefäße hatten sich geschlossen, um die Wärme für die lebenswichtigen Organe zu konservieren. Er konzentrierte sich auf die braunen Fettzellen zwischen den Schulterblättern und um die Nieren, wo die meiste Körperwärme produziert wurde, und versuchte, nur an ihre Arbeit zu denken.

Er wünschte sich, das Überlebenstraining hätte ihm nicht so drastisch klargemacht, wie die Körpersäfte zu Eis wurden, wie den Zellen das Wasser entzogen und das elektrolytische Gleichgewicht zerstört wurde, bis schließlich alle Zellwände platzten und das Eis drinnen war. Oder draußen.

Kossuth wollte die kleinen Eiszapfen um seinen Mund wegwischen, doch vermochte es nicht. Seine Arme umklammerten seinen Oberkörper und weigerten sich loszulassen. Das Zittern hörte auf. Seine Haut war jetzt gerötet. Das Blut durchströmte ihn in einem letzten Versuch, der eindringenden Kälte zu entfliehen, lief gewissermaßen durch die Adern um sein Leben, aber wurde schon eingeholt. Mit versagender Kraft blickte er zum Himmel auf und versuchte, sich von der stummen Schönheit der Landschaft erfüllen zu lassen.

Die Photonenemissionen waren phantastisch – ein hauchzarter pulsierender Schleier in rosa, grün und weiß, ein prachtvolles Leichentuch. Halluzinierte er? So hoch im Norden traten die doch sonst nie auf. Violette Fäden schossen wie Blitze in die Höhe. Magnetosphärische Protonen und Elektronen, die beim Eindringen in die äußerste Schicht der Erdatmosphäre die Gase dort erregten und aus Stickstoffmolekülen leuchtend blaues, aus den Sauerstoffmolekülen darüber gelbgrünes Licht entstehen ließen. Er versuchte, sich an die Gleichung für die Teilchenbahnen in den verschiedenen Medien zu erinnern, doch es ging nicht. Ganze Teile seines Bewusstseins waren bereits ausgefallen.

Er spürte einen heftigen Schmerz in einem Teil seines Körpers, den er nicht identifizieren konnte, und hielt den Atem an, um Kontrolle bemüht. Wenn seine Temperatur tief genug fiel, ersparte ihm ein Schlag vielleicht weitere Qualen. Mit einer Vorwärtsbewegung gelang es ihm, einen Fuß aufzusetzen. Dann versuchte Kossuth, sich ganz hinzustellen.

In dem Moment verlor er jedes Gefühl. Er wunderte sich, dass es so plötzlich geschah, aber dann wurde es ihm gerade noch klar: Da alle Flüssigkeiten gefroren war, hatte er sich beim Aufstehen das Rückgrat gebrochen.

2

Jessie Hanley schirmte die Augen vor der diesigen kalifornischen Sonne ab und beobachtete, wie ihr Sohn über den Strand lief und mit wilden Ninjaschreien Seevögel von seinem Ködereimer verscheuchte. Sie kramte aus ihrer Handtasche heimlich eine Zigarette hervor, weil sie sicher war, dass sein Kampf mit den Möwen ihn zu sehr ablenkte, um etwas davon zu bemerken. Sie zündete sie an und blies genüsslich den Rauch aus der vollen Lunge. Seine Freude erinnerte sie an die Sommernacht bei seinem letzten Besuch, als er zwischen den laichenden Ährenfischen am Strand von Malibu herumgetollt und immer wieder ins Wasser gesprungen war, um mit leuchtenden und staunenden Augen die zappelnden Fische aus dem Wasser zu schaufeln.

Wenn sie Joey anschaute, sah sie eine Jungenversion ihres eigenen Gesichts: hohe Wangenknochen, tief liegende haselnussbraune Augen und ein kräftiges Kinn, das aussah, als könnte es Schicksalsschläge gut wegstecken. Ihre Nase war früher dünn und leicht gekrümmt gewesen wie seine, bis ein Surfbrett sie gebrochen hatte. Die Nase, die ihr die Ärzte modelliert hatten, war zu perfekt, wie eigentlich für ein ganz anderes Gesicht gedacht und nur versehentlich in ihrem gelandet.

Von der Statur her war ihr Sohn schlaksig wie sie und ihr ältester Bruder, aber ihre glatten, mausbraunen Haare waren ihm erspart geblieben. Seine waren lockig und kräftig rot, und er hatte die dazu passenden Sommersprossen. Sie hatte seine Haare vom ersten Moment an geliebt. »Er sieht aus wie ein

Irischer Setter, der zu lange draußen im Regen war«, hatte sie schwindlig vor Erschöpfung im Kreißsaal gesagt. Die Schwester hatte gelacht, aber ihr Ex-Mann nicht. Er hatte für ihren schrägen Humor noch nie viel übrig gehabt.

Hanley seufzte und nahm einen letzten Zug. Dieses verlängerte Wochenende, das zäher Verhandlungen mit ihrem Ex-Mann bedurft hatte, war nicht annähernd lang genug. Ihr blieben nur noch wenige gemeinsame Tage mit ihrem Sohn, und dann sah sie ihn bis zu den Weihnachtsferien nicht wieder. Mist. Warum hatten sie sich nicht arrangieren können, um Joeys willen? Aber ihr Ex hatte sich immerzu beschwert, dass ihre Arbeit unverhältnismäßig hohe Anforderungen stellte und kaum Platz für ein Familienleben ließ. Der Vorwurf war nicht ganz unberechtigt, und in der Zeit, als ihre Ehe zerbrach, hatte er zweifellos noch berechtigter geklungen.

»Schlimm genug, dass du dir in den ersten Unijahren mit deinen Drogen das Medizinstudium in den Staaten vermasselt hast, schlimm genug, dass du dir ein zweitklassiges Auslandsstudium mit einem Hilfsjob in der Leichenhalle finanzieren musstest. Aber jetzt hast du deinen Doktor. Du musst dich nicht mehr mit so einem abartigen Mist abgeben.« Er konnte nicht begreifen, warum sie immer noch in der Wüste von Nevada auf den Knien herumrutschte und Pestflöhe von Kadavern kratzte, warum sie das hohe Vorkommen von Brustkrebs bei schwarzen Frauen in Mississippi untersuchte, warum sie durch Schmeißfliegenschwärme über dem Susquehanna River watete. Auch wenn ihr Diplom nicht von einer renommierten Universität stammte, hätte es ihr eigentlich ein standesgemäßes sechsstelliges Einkommen garantieren müssen statt ihres armseligen Gehalts im öffentlichen Dienst. »Du könntest für Pfizer arbeiten, erster Klasse fliegen und an Viagra-Aktien ein Vermögen verdienen.«

Die Litanei war endlos: Es war gefährlich, die Rockies nach Zecken, Minnesota nach mutierten Fröschen, Indiana nach Friedhofsfieber oder Reservate in Utah nach verseuchten Mäusen zu durchkämmen, auf der Suche nach weiß Gott was für Keimen durch die Luftschächte von Hotels in Florida zu kriechen oder auf den Routen historischer Viehtrecks uralte Kuhscheiße auszugraben, weil irgendein Irrer sich dort Anthraxsporen besorgt und sie an die Steuerprüfung des Finanzamts geschickt hatte – mitsamt der Scheiße.

Als Jungverliebte hatten sie es gut miteinander gehabt. Damals hatte er ihre in jeder Hinsicht zupackende Art vergöttert, und sie hatte gemeint, den Mann gefunden zu haben, dem sie sich mit allem zumuten konnte, was sie tun und sein wollte, dem das bizarre Sammelsurium nichts ausmachte, mit dem sie sich umgab. Doch nach der Heirat nahm der Reiz des Neuen rasch ab, und gänzlich verflog er mit Joeys Geburt. Zu dem Zeitpunkt war aus dem fröhlich kiffenden Anglistikstudenten ein spießiger Professor geworden.

»Was ist das für ein Vorbild für Joey, wenn seine zweiundvierzigjährige Mutter die Garage mit eingeglasten Kolonien von australischen Fleischameisen, Blattschneiderameisen aus Costa Rica, Honigtopfameisen aus Arizona, Präriehunden, torkelnden Mäusen und mutierten Meerschweinchen in Formaldehyd bevölkert?« Er listete die zahllosen Gräuel, lebende wie tote, in ihren Käfigen, Flaschen und Schachteln auf.

»Ich traue mich kaum, eine Schublade zu öffnen«, hatte er sich vor der Scheidung in der Eheberatung ausgeweint. »Sie ist nicht nur eine unverbesserliche Schlampe, man meint auch, man lebt mit einer Nekrophilen zusammen!«

Du musst es wissen, hatte sie während seiner Schmährede gedacht, dann aber beschlossen, dem Eheberater die Einzelheiten ihres alles andere als berauschenden Liebeslebens zu ersparen. Wenigstens einmal besaß sie die Klugheit, den Mund zu halten.

Durch das jahrelange Geschimpfe über ihre Abwesenheiten und Unmöglichkeiten hatte sich der Groll so tief in ihre Beziehung eingefressen, dass selbst nach der erbittert ausgefochtenen Scheidung keine Entspannung eintrat. Der Hickhack darum hatte nur zur Folge, dass beide ihre Ressentiments kultivierten. Das Einzige, was sie verschonten, war Joey. Es ehrte sie, dass sie das Kind nicht als Sprachrohr ihrer gegenseitigen Beschuldigungen benutzten. Trotzdem warf die Scheidung den Jungen in der Schule um Monate zurück, vor allem im Lesen, womit er sich von jeher schwer getan hatte. Wegen

Joeys Lernbehinderung hatte sie eingewilligt, dass er bei seinem Vater in Berkeley blieb, wo die Schule einen Sonderunterricht anbot, der bei Kindern wie ihm Wunder wirkte. Wenigstens war das ihre Rationalisierung und die Erklärung, mit der sein Vater ihm die Idee verkauft hatte. Die Wahrheit war komplizierter. Sie liebte Joey unendlich, aber sie zweifelte dennoch daran, dass sie die innere Programmierung zur Mutter besaß. Sie war ihr nicht mitgegeben worden, und sie hatte nie gewusst, wie sie das nachholen sollte.

Hanley stand auf, klopfte sich den Sand von Sweatshirt und Shorts und schlenderte dann in den Schaum, der sich den Strand hinaufschob. Eine große Welle brach und zwang sie, ans Ufer zurückzuhüpfen. Dabei merkte sie, dass sie Hunger hatte.

Weit hinten am Strand winkte Joey aufgeregt und rief sie. Die riesige Brandungsangelrute steckte fest im Sand und beschrieb einen eindrucksvollen Bogen. Der Junge hatte etwas gefangen! Hanley jubelte und sprintete los. Doch als sie bei ihm ankam, stand die Rute schon wieder gerade. Joey blickte verärgert.

»Hat die Leine abgerissen, Mama.«

Hanley zog ihn an sich. »Das muss ja ein Wal gewesen sein. Manometer! Das ist keine Schande. Es wird sowieso langsam kühl. Was hältst du davon, wenn wir nach Marina del Rey fahren und einen Veggie-Burger zu Mittag essen?«

»Bitte, bitte, kann ich nicht einen normalen Hamburger haben? Diese Paprika sind scheußlich.« Er schnitt eine Grimasse.

»Richtig *scheußlich*«, frotzelte sie und machte sein Gesicht nach. »Wie wär's mit einem Turkey-Burger als Kompromiss?« Sie musste ihm nicht mit BSE Angst einjagen, aber bei ihrem eigenen Sohn wollte sie dieses Risiko nicht eingehen.

»Ja, okay. Die sind ganz passabel.«

Über die Scheidung war er nur schwer hinweggekommen, und es hatte gedauert, bis Mutter und Sohn zu ihrer alten Nähe zurückgefunden hatten. Sie befürchtete, Joey alle paar Monate zu verwöhnen, war ihre einzige Chance, dafür zu sorgen, dass sie einen Platz in seinem Leben behielt.

Sie packten ihr Angelzeug zusammen und stapften zu dem alten Pickup, der auf dem Randstreifen des Pacific Coast Highway geparkt war. Beim letzten Ausflug hatten sie HANLEY & SON auf die Türen gemalt, ein Projekt, das sie ausgeheckt hatte, um Joey fürs Schönschreiben zu interessieren, genau wie sie Spiele erfand, in denen er Nummernschilder, Autoaufkleber, Reklametafeln und Straßenschilder lesen musste, weil sie in den paar Wochen im Jahr, die sie Joey hatte, seine Lesefertigkeit mit allen Mitteln verbessern wollte. Hanley warf die Tasche und die Angelruten auf die Ladefläche des Pickup und setzte sich barfuß ans Steuer. Joey sprang auf der anderen Seite hinein und rutschte dicht an seine Mutter heran.

»Mama, was für eine Firma könnten wir mit diesem Pickup haben?«

»Alles, was du willst.« Hanley nahm ihre Sonnenbrille aus dem Handschuhfach. »Hast du eine Idee?«

Der Wagen wendete, und sie fuhren nach Süden in das Strandbad Del Rey.

»Mann, der blitzt richtig für so 'ne alte Kiste. Was war das für ein Zeug, das wir zum Putzen genommen haben?« Joey blinzelte gegen die Herbstsonne an. »Vielleicht könnten wir das verkaufen.«

»Eine ganz besondere Politur, hergestellt aus Diatomeen.«

»Di-a-was?«

Hanley schmunzelte. »Diatomeen. Kieselalgen. Das sind ganz winzige Pflanzen mit Kieselerde in den Zellwänden. In diesem Fall fossilierter.« Sie deutete auf die Straße. »Siehst du den Mittelstreifen? Wie er glänzt?«

»Klar.«

»In der Farbe sind sie auch drin. Dadurch leuchtet der Streifen, wenn er nachts angestrahlt wird. Das machen die Diatomeen. Einige von ihnen geben selbst Licht ab.«

»Wie die Sachen in meinem Chemiekasten, die du mir gezeigt hast.«

»Genau. Die Leuchtstoffemulsionen. Ganz genau.« Sie warf ihrem Zehnjährigen einen Seitenblick zu. »Du hast ein gutes Gedächtnis.«

»Na ja. Für alles außer Rechtschreibung.« Joey wirkte niedergeschlagen.

»Die Mitleidsparty für dich feiern wir später«, sagte Hanley. Der Morgendunst verzog sich langsam. »Hör mal, Schatz, du brauchst dich nicht zu schämen, nur weil du nicht wie die Mehrheit tickst. Die Gehirne der meisten Leute funktionieren auf eine bestimmte Art. Deines ist viel origineller. Es ist anders geschaltet. Deshalb bist du so gut in Mathe. Aber du siehst zum Beispiel Wörter in –«

»Anderen Buchstabenfolgen.«

»So ist es. Das heißt nicht, dass du nicht intelligent bist. Ehrlich. Wenn jemand weiß, was es heißt, in der Schule abzuschmieren, dann ich. Und du schmierst nicht ab. Deine Noten sind prima. Du hast bloß einen anderen Kopf als deine Klassenkameraden. Na und? Dafür lernst du leichter. Das hast du in den Genen. Und irgendwann wirst du was finden, um das auszugleichen.« Sie wischte sich die Haare aus dem Gesicht. »Viele Leute mit Dyslexie – Leute mit einer anderen Art zu lesen – werden später im Leben brillante Physiker oder Architekten. Sie können Sachen dreidimensional im Kopf sehen. Hörst du mir noch zu?«

Joey antwortete nicht. Er war mit den Gedanken woanders, den Blick auf die Küste und die weiter draußen fahrenden Öltanker gerichtet.

Sie zog den Jungen an sich und drückte ihn.

Hanley machte ein Spiel daraus, mit Joey zu kochen. Er hatte Spaß daran, ein Rezept für sechs Personen auf zwei umzurechnen, und sie baute heimlich kleine Leseübungen ein, indem sie ihn bat, ihr die Gewürze zu bringen, die sie brauchte, oder ihr die Zutaten vorzulesen. Joey mochte ihr »Brathähnchen« aus Tofu, und sein Banane-Birne-Wackelpudding schmeckte unerwartet köstlich. Erschöpft von ihrem langen Tag ging Joey früh zu Bett. Hanley war gerade dabei, ihre abendlichen Tabletten und die morgendlichen Kräuter- und Vitamindosen für sie beide zurechtzulegen, als sie einen Anruf von ihrem Boss Lester Munson bekam, der sie zu einer dringenden Besprechung bestellte.

Sie legte auf und sah sich auf dem Computer die Unterlagen an, die Munson verschickt hatte. Die drei Opfer waren nur mit ihrem Geschlecht und einem Buchstaben bezeichnet: Opfer A und C waren Männer, Opfer B eine Frau. Die Untersuchungsergebnisse für die wenigen verbliebenen roten Blutkörperchen waren außergewöhnlich. Genauso merkwürdig war der Eindruck, den das Lungengewebe machte, obwohl aus den Satellitenbildern nicht richtig schlau zu werden war. Dennoch konnte Hanley erkennen, dass die Atemwege vom Mund zu den Bronchiolen verkalkt waren. Normal elastischer Knorpel war hart und brüchig geworden. Die Kapillaren und Alveolen waren traumatisiert, die Schleimhäute und Fibrillen atrophiert. Allein dieser Gewebeverlust wäre tödlich gewesen, vor allem in dem rauen Klima, in dem die drei gearbeitet hatten.

Hanley konnte sich nicht erinnern, jemals etwas Ähnliches gesehen zu haben. Der Zustand war verheerend – und absolut faszinierend. Ein Arbeitsunfall? Woran konnten sie auf dem Treibeis gearbeitet haben, das solche Folgen hatte?

Hanley schluckte ihre ganze Pillenration auf einmal, trank frischen Queckensaft nach und schaute zu Joey hinein.

»Ich muss leider noch mal ins Center. Ich hab Mrs. Feliz angerufen. Sie kommt vorbei, um meinen liebsten Sohn zu beschützen.«

»Deinen einzigen Sohn, Mama.«

Hanley verzog das Gesicht. »Bist du sicher? Ich hab ständig so Erinnerungsblitze. Irgendwas mit einer Entführung durch Außerirdische.«

Joey brüllte vor Lachen. Er war ein großer Fan von *Akte X*, und dies war sein Lieblingswitz.

»Um Mitternacht bin ich wieder da. Leg du dich aufs Ohr.«

Joey spielte am laminierten Mitarbeiterausweis herum, den seine Mutter an die Brusttasche ihres Männerhemdes geheftet hatte. »Seid ihr euch immer noch böse, du und Dr. Ruff?«

»Böse? Ruppsack und ich? Ach was. Wir sind die dicksten Freunde.«

»Echt?«

»Na ja, nicht so richtig, aber eines Tages versöhnen wir uns.« Hanley beugte sich über ihn und gab ihm einen Gutenachtkuss. »Träume süß, mein Engel.«

»Bestimmt«, murmelte er und knipste das Licht aus, die Augen bereits geschlossen.

3

Ein halbes Dutzend Fachärzte des Infectious Diseases Center waren um einen Konferenztisch versammelt. Außen herum saßen die Assistenzärzte auf den bunt zusammengewürfelten alten Couchen, Sesseln und Bürostühlen, die im Zentrum für Infektionskrankheiten das Mobiliar darstellten. Sie waren da, um aufzupassen – den Mund zu halten und zu lernen.

Eine Bewegung ging durch den Raum, als eine Flut von Bildern über die Satellitenverbindung auf Laptops und Overheadmonitore übertragen wurde; weiteres Material wurde von Bürokräften hereingebracht und an die versammelten Anwesenden verteilt. Lester Munson, Leiter der Abteilung für übertragbare Krankheiten, bat mit erhobenen Händen um Ruhe.

»Gut. Danke, dass Sie alle so prompt gekommen sind. Unser Rat und unser Urteil sind gefragt, und ich hoffe sehr, dass wir ein paar nützliche Hinweise liefern können. Sie hatten bereits Gelegenheit, sich anzuschauen, was wir zu diesen drei Fällen bekommen haben. Scheint mir erst mal dieselbe Sache zu sein. Ziemlich happig, gelinde ausgedrückt. Wir werden unsere gesamten Erfahrungen zusammenwerfen müssen. Die Leute in Trudeau werden heute Nacht wesentlich ruhiger schlafen, wenn wir ihnen sagen können, dass wir verstehen, was bei ihnen los ist. Wortmeldungen? Wie wär's mit freien Assoziationen? Ersten Eindrücken?«

»Spitze«, murmelte Hanley ihrer Sitznachbarin Cybil Weingart zu. »Hellseher am Hörertelefon. Haben Sie ein Problem?

Fragen Sie Frau Irene. Die ersten drei Minuten Ihres Anrufs sind kostenlos.«

»Die wahrscheinlichste Ursache wäre offensichtlich irgendein Gift«, meinte Cybil. »Das würde erklären, wie es möglich war, dass sie so gleichartig und so schnell starben. Das Trauma im Lungenfeld spricht eher für etwas, das eingeatmet wurde, nicht gegessen.«

»Okay«, sagte Munson. »Fangen wir damit an.«

»Was mich noch an Einatmung denken lässt, sind die verrenkten Körper. Sie sehen aus wie Nervengasopfer. Wie die Kurden, die von Saddam mit Sarin gefriergetrocknet wurden. Nervengas greift auch direkt die Augen an. Sie sind eine der Stellen, durch die es am liebsten in den Körper eindringt.«

»Wie bitte?«, ließ sich Henry Ruff mit missbilligender Miene vernehmen. »Gefriergetrocknet?«

»Gewiss.« Zur makabren Veranschaulichung streckte Cybil beide Arme steif von sich weg. »Sie waren hart wie Stein – im Totalkrampf.«

»Gut, gehen wir von irgendeinem eingeatmeten Toxin aus. Mike, Ihr Gebiet ist Arbeitsschutz und Arbeitsmedizin.« Munson reckte das Kinn vor. »Irgendein Verdacht, womit wir es zu tun haben könnten?«

Mike Petterson, der seine Füße entspannt auf den Konferenztisch gelegt hatte, war direkt von seinem Hausboot im Jachthafen gekommen und hatte noch Segelkleidung und wasserdichte Schuhe an. »Man sollte vielleicht die Stromanlage der Station und die mobilen Generatoren unter die Lupe nehmen, desgleichen die Fahrzeuge. So eine Station muss doch ungewöhnliche Metalle und Katalysatoren benutzen, um saubere Energie zu erzeugen, oder?«

»Bestimmt«, meinte Munson und klappte seine Lesebrille auf, um die Papiere mit dem Inventar der Anlage zu begutachten. »Silber, Kadmium, Chrom, Quecksilber.«

Petterson nickte. »Alle letal. Wenn die drei Opfer mit einem von diesen Metallen und, sagen wir, verdampften Säuren in Kontakt gekommen wären, was dann?«

»Sie meinen Dimethylsulfid und dergleichen?«, fragte Munson. »In ausreichend hohen Konzentrationen würde das zu starker Entzündung und Nekrose von Mund, Augen und Atmungssystem führen.«

Petterson nickte wieder. »Krämpfe, Delirium, Koma.«

»Okay«, sagte Munson und gab seinem Assistenten ein Zeichen, und dieser schrieb gehorsam *Eingeatmetes Gift – Chemikalien, Metalle* auf die Tafel.

Halb zu den jüngeren Mitarbeitern hinter ihm gewandt, sagte Henry Ruff in dozierendem Ton: »Falls Metalle schuld sind, dürften sich Spurenmetalle in den Fingernägeln finden.«

Die neben Cybil sitzende Hanley musterte Ruff in all seiner professoralen Herrlichkeit. Wie immer war er makellos gekleidet: ein blitzsauberer Laborkittel über dem gestärkten weißen Hemd mit gelber Fliege und der gebügelten Khakihose.

»Sie haben ziemlich schnell dran glauben müssen, Henry. Ich bezweifle sehr, dass irgendwas die Zeit hatte, bis in ihre Fingernägel zu gelangen.«

Sie und Ruff waren noch nie gut miteinander ausgekommen. Ruff hatte keine hohe Meinung von ihrer schillernden akademischen Laufbahn, und sie konnte mit seiner überheblichen Art nichts anfangen. Sie drehte den Schirm ihrer Baseballmütze nach vorn und zog ihren Zopf durch die Öffnung über dem Gummiband, so dass er hinten abstand. Auf die ausgebleichte Mütze war eine Bananenschnecke gestickt, das Maskottchen der U.C. Santa Cruz, ihrer ersten Alma Mater. »Die Bananenschnecke ist die amtliche kalifornische Molluske«, erklärte sie jedem, der danach fragte. Sie war ungeschminkt, wenn man von der Sonnenbräune absah, und hatte immer noch etwas Jungmädchenhaftes, obwohl sie über vierzig war.

Cybil Weingart blies Rauch aus dem Mundwinkel und sah von ihren Papieren auf. Sie und Hanley waren die einzigen Frauen mit wichtigen Positionen im Raum, und Cybil war der einzige Mensch, der es sich erlauben durfte, in Munsons Gegenwart zu rauchen. Sie wandte sich Petterson zu. »Sie meinen also, dass ein sehr starkes chemisches Reagens den Angriff auf Lungen, Augen und andere Gewebe ausgelöst hat?«

»Richtig«, erwiderte Petterson. »Es könnte zum Beispiel irgendwas in ihrem Fahrzeug passiert sein.« Er blickte auf seine

Zettel. »Oder in den Extremklimaanzügen, die sie anhatten. Ein Kurzschluss in den Kabeln, den Heizspiralen, eine Art Schwelbrand? Das ist natürlich nur eine Vermutung, aber die Geschwindigkeit dieses tödlichen Unfalls deutet auf ein Szenarium dieser Art hin – eine langsame chemische Reaktion, die außergewöhnlich kaustische Dämpfe verursacht.«

»Klingt plausibel.« Munson nickte.

Cybils Körpersprache gab zu verstehen, dass sie nicht überzeugt war, aber sie machte keine Einwände. Sie betrachtete eine Röntgenaufnahme, die gerade heruntergeladen wurde. »Warum sehen die so komisch aus? Übertragungsprobleme?«

Munson antwortete: »Vielleicht kommt der merkwürdige Eindruck daher, dass sie mit einem zahnmedizinischen Röntgengerät gemacht wurden.«

»Soll das ein Witz sein?«

»Keineswegs. Das tragbare Gerät der Station hat gestreikt, und da hat sich die Zahnärztin schnell was einfallen lassen.«

»Clevere Zahnärztin.«

Es entstand eine kurze Pause, als der nächste Download eintraf und alle das Material auf ihren Laptops betrachteten oder auf den großen Monitoren, die im Vorderteil des Raumes an der Decke hingen. Hanley gähnte, müde vom Tag am Strand, und überflog die neuen Informationen.

»Verzeihung«, sagte sie. »Hier steht, dass sie in einem Feldlager in der Nähe von offenem Wasser arbeiteten. Könnte es nicht sein, dass sie irgendwelche Schalentiere fanden und beschlossen, die gefriergetrocknete Campingkost aufzubessern? Das würde jeder tun – das Zeug schmeckt wie Sägemehl mit Leim vermischt. Wenn sie Schalentiere gegessen hätten, könnten die kontaminiert gewesen sein. Fusaria? Bestimmte Arten dieses Schimmelpilzes können bei Verzehr binnen vierundzwanzig Stunden zum Tode führen. Und Fusarium kommt in der Arktis definitiv vor.«

Munson ließ seinen Assistenten *Schalentiere* und *Fusaria* an die Tafel schreiben. Kim Ishikawa hob halb die Hand.

»Um Jessies Idee weiterzuspinnen: Was ist mit PSP, der Lähmung durch Schalentiergift? Red Tide?«, sagte er. »Das kann man kriegen, wenn man alaskische Venusmuscheln isst. Saxitoxin. Das wird von dem Phytoplankton produziert, das die Muscheln essen. Ist es nicht so, Cybil?«

Cybil Weingart nickte. »Nach jüngsten Spekulationen werden Saxitoxine von Bakterien im Plankton produziert. Das Problem ist, im Labor kriegen sie die Bakterien zwar dazu, das Toxin zu produzieren, aber nicht in größeren Mengen. Ein Labor hat die Theorie aufgestellt, die Bakterien hätten ursprünglich das Toxin entwickelt und dann die Fähigkeit, es zu erzeugen, an das Plankton übertragen. Diesen Gentransfer nennen sie ›trans-kingdom sex‹.«

»Trans-kingdom sex? Herrje, stellt euch mal die Pornoperspektiven vor!«, platzte Hanley heraus. »Dagegen ist Katharina die Große gar nichts!«

Der ganze Raum bog sich vor Lachen. Munson bedeutete ihnen, sich zu beruhigen, und Cybil konnte fortfahren. »Na, wie diese Toxine auch entstehen mögen, sie werden von den als Wirten fungierenden Mollusken konzentriert; einige verändern sogar den Aufbau der Toxine und steigern die Giftigkeit. Nicht bloß Venusmuscheln, auch viele andere Arten. Miesmuscheln, Kammmuscheln. Jede Molluske, die sich als Filterer ernährt. Die Toxine machen ihnen nichts aus, und je mehr sie fressen, umso mehr nehmen sie auf. Sie können die Toxine jahrelang in sich tragen. Eine hervorragende Verteidigung gegen Angreifer. Einige größere Schalentiere fressen kleinere Muscheln mitsamt der Toxine, ohne Schaden zu nehmen. Wenn *wir* jedoch dieses Schalentier essen – Bingo. Taubheit, Schwäche, Atemlähmung. Man bekommt allgemeine Koordinationsstörungen in den Armen, den Beinen, dem Hals. Schwindel, vorübergehende Erblindung, inkohärentes Gestammel und natürlich Krämpfe satt. Meistens nicht tödlich. Aber *wenn* Saxitoxin tötet, dann kann das binnen zwei Stunden geschehen. Die Brustmuskeln werden gelähmt, und man kann nicht mehr atmen.«

»Gute Überlegung«, sagte Munson. »Passt auf vieles, was wir hier vorliegen haben. Saxitoxin. Wieso hört sich das so bekannt an?«

»Weil«, antwortete Cybil, »Saxitoxine früher in der Hitparade der Biokampfstoffe ganz oben standen. Pro Gewichtseinheit sind sie tausendmal giftiger als Zyanid. Und sie werden noch sechsmal toxischer, wenn sie mit Säure in Kontakt kommen – wie im Magen zum Beispiel. Der Spionagepilot Gary Powers in seiner U2 hatte Saxitoxin in seinen Selbstmordkapseln. Nixon behauptete, wir hätten unsere Vorräte zerstört. Doch vor ein paar Jahren hat die CIA zugegeben, dass sie immer noch eine geringe Menge besitzt. Angeblich hat sie die an Forschungszentren verteilt, so dass wir eigentlich an Testproben rankommen müssten.«

»Viel Glück«, murmelte Hanley.

Munson lehnte sich auf seinem Stuhl zurück. »Ich werde mich mal umhören.«

»Sagt mal«, meldete sich Hanley, »ich lese immer wieder, dass Red Tide in Südkalifornien zunehmend ein Problem wird, und das läge unter anderem an den Schadstoffen im Wasser. Irgendwie würde die Umweltverschmutzung die Reproduktion verlangsamen. Das heißt, die Biester machen das Toxin, aber sie haben keine Nachkommen, an die sie es vererben können. Deshalb wird jedes einzelne immer giftiger. Ich frage mich, ob die extreme Kälte den gleichen Effekt haben könnte und die Potenz des Toxins vervielfachen würde.«

»So dass es zuletzt ein letales Niveau erreicht, meinen Sie? Gute Frage«, sagte Munson. »Kim, könnten Sie dem nachgehen?«

Ishikawa nickte.

»Wenn wir gerade dabei sind, uns die stärksten Gifte anzuschauen, die in der Natur vorkommen«, fuhr Cybil fort, »sollten wir Tetrodotoxin in Kugelfischen mit in Erwägung ziehen – das sind die Fische, nach denen japanische Gourmets so verrückt sind.« Sie wandte sich Ishikawa zu. »Wie heißt das Gericht noch mal, Ishi?«

»Fugu.«

»Fugu. Die Japaner haben spezielle Köche mit der offiziellen Genehmigung, bei der Zubereitung des Kugelfischs gerade so viel Toxin drinzulassen, dass man den gewissen Kick bekommt. Natürlich kriegen jedes Jahr ein paar reiche Gierhalse eine hohere Dosis ab als gewünscht und beißen ins Gras.«

»Symptome bei Tetrodotoxin?«, fragte Munson.

»Taubheit, Schwäche, rasches Sinken des Blutdrucks, Lähmung der Glieder, der Brustmuskulatur.«

»Aber gibt es so hoch im Norden Tetraodontidae?«

»Ich prüfe das nach«, erklärte Ishikawa eifrig und machte sich eine Notiz.

Ruff drehte sich Cybil Weingart zu. »Um wirklich Klarheit zu bekommen, müsste man Proben von allem nehmen, was sie in Trudeau gegessen haben, und sie an jungen Mäusen testen. Natürlich handelt man sich mit dieser Methode viele falsche positive Ergebnisse ein, aber viel mehr werden sie mit den Mitteln, die ihnen in einer Forschungsstation in der Wildnis zur Verfügung stehen, nicht machen können.«

Hanley schüttelte genervt den Kopf. Ruff machte sich wichtig, indem er Cybil vor den Assistenzärzten belehrte, als ob sie das alles nicht selber wüsste. Bei seinen männlichen Kollegen erlaubte er sich das selten, aber bei ihr oder Cybil mindestens einmal in jeder Sitzung. Als die Ältere und Erfahrenere lachte Cybil einfach und ging nicht weiter darauf ein, aber Hanley besaß nicht ihre Geduld. Auch wenn Henry Ruff noch so viele Diplome von Eliteuniversitäten und Manschettenknöpfe von der Phi-Beta-Kappa-Verbindung hatte, gegen die lange Liste ihrer Erfolge kam er damit nicht an, und das wusste er.

Vor ein paar Jahren hatten sie sich verkracht, als sie das Büro des Polizeichefs von L.A. nach Kontaminanten durchsucht hatten, und ihr Zerwürfnis war an die Öffentlichkeit gelangt. Munson hatte sie sich einzeln vorgeknöpft, und sie hatten sich widerwillig zu einem Burgfrieden bereit gefunden. Munson musste immer noch ab und zu eingreifen und wie der Vater zankender Geschwister auf einer sehr langen Autofahrt für Ruhe sorgen.

Munson hob das Kinn, und *Saxitoxin* und *Tetrodotoxin* kamen zur Liste möglicher Agenzien hinzu. »Eintrittspforten, Leute. Was ist, wenn der Stoff nicht eingeatmet wird – oder gegessen, wie Jessie meinte?«

»Normalerweise würde ich auch die Haut in Betracht ziehen«, sagte Cybil, »aber diese Ganzkörperanzüge und Helme, die sie anhaben, lassen nirgends eine Stelle frei. Das können wir also ausschließen.«

Ruff schob mit einer forschen Bewegung seine Manschetten aus dem Ärmel und schlug einen ernsten Ton an: »Die Leichen weisen sicherlich schwere Schädigungen auf«, sagte er. »Aber ich kann beim besten Willen nichts Ungewöhnliches am Verdauungstrakt erkennen.« Er warf Hanley einen zufriedenen Blick zu. »Zunächst einmal haben wir kein Erbrechen, keinen Durchfall.« Er zupfte sich etwas vom Ärmel. »Auch keine Hämorrhagie. Sie sind nicht ausgeblutet. Das eliminiert sofort eine Menge Möglichkeiten. Ich denke, wir können getrost eine ganze Heerschar potenzieller Verursacher ausschließen, die in der Arktis schlicht nicht überleben würden.« Er legte einen Finger an die Unterlippe. »Überhaupt wüsste ich auf Anhieb nicht, was unter solchen extremen Bedingungen überleben würde. Und die deformierten Blutkörperchen«, setzte er hinzu und presste dabei, als albernste Pose, die Fingerspitzen vor der Brust zusammen: »Was haben wir davon zu halten?«

»Ja, was wohl?«, murmelte Hanley.

Munsons Assistent holte eine Vergrößerung der Blutkörperchen auf die Deckenmonitore. Die paar verbliebenen roten Zellen waren – wovon auch immer – gesprengt und völlig verformt worden.

Munson blickte Ruff von der Seite an. »Was denken Sie, Henry?«

Hanley meldete sich eifrig wie ein Schulmädchen, ein Eindruck, der von ihren ausgelatschten Turnschuhen und dem blauen Männerhemd, das über ihren olivgrünen Shorts hing, noch verstärkt wurde. Mit misstrauisch gerunzelter Stirn nickte Munson in ihre Richtung. »Dr. Hanley?«

»Einer davon ist ein Russe, nicht wahr? Vielleicht ist Dr. Ruff ja der Meinung, dass es Hammerundsichelzellenanämie ist.« Ein Stöhnen ging durch den Raum; sie wurde mit Papierknäueln beworfen.

»Was soll dieser … Mist?«, rief Ruff wütend.

»Apropos«, sagte Hanley zu Ruff, mit einem Mal putzmunter. »Wissen Sie, was unser großer kalifornischer Nobelpreisträger Linus Pauling zu diesem Thema gesagt hat?«

Ruff war erbost. »Zu welchem Thema?«

»Mist!«, schrie Hanley beinahe. »Er sagte, dass Ideen die

Scheiße der Wissenschaft sind. Und Sie, Dr. Ruff, haben ganz gewiss den Kopf voll von …«, ein vernehmlicher Schreckenslaut von den niederen Chargen, »Ideen.«

»Jessie!«, rief Munson, mit der Geduld am Ende.

»Doch, hat er wirklich. Pauling –«

»Schluss jetzt!«, herrschte Munson sie an. Er rieb sich den Nasenrücken.

Das Jungvolk kicherte. Cybil Weingart sah Hanley an und verdrehte ihre blauen Augen. »Du könntest selbst mal eine Darmspülung vertragen, Mädel.«

Gelächter erscholl. Hanley gab sich zerknirscht, doch auch sie konnte sich das Lachen nicht verkneifen. Cybil war ihre Freundin und durfte sie aufziehen, selbst mit ihren gesundheitsfanatischen Macken und Widersprüchen. Cybil nannte sie gern »unser nikotinsüchtiges Naturmädel«. Worauf Hanley zurückzugeben pflegte, dass Nikotin eine lange und bunte Geschichte als Heilpflanze hatte.

»Bitte«, sagte Munson, »können wir jetzt vielleicht wieder zu etwas ernsteren Dingen zurückkommen? Zwei Fragen.« Er machte mit erhobenen Fingern ein V. »Erstens, wie sind sie gestorben? Zweitens, da die nächsten fünf Monate niemand von dort wegkommt, wie hoch ist die Gefahr für die mehreren hundert übrigen Wissenschaftler und Hilfskräfte, die dort überwintern müssen?« Er ließ den Blick über die Tischrunde schweifen, die Augenbrauen fragend hochgezogen.

»Hat man das vierte Mitglied der Gruppe schon gefunden?«, fragte Kim Ishikawa. Es wurde still im Raum, und alle richteten die Aufmerksamkeit wieder auf die grausigen Tatsachen, die sie hergeführt hatten.

Munson schaute kurz zu seinem Assistenten auf, doch der schüttelte den Kopf. »Unseres Wissens bis jetzt noch nicht«, sagte er, wieder an die Runde gewandt. »Okay. Dieses mörderische Agens hat höchstens Stunden gebraucht. Am Morgen leben sie noch, gegen Mittag melden sie sich nicht mehr. Am frühen Nachmittag werden sie tot aufgefunden. Drei Leute beinahe gleichzeitig hinweggerafft. Die Augen ausgelaufen, das Lungengewebe zerstört.«

Jessie Hanley wiegte nachdenklich den Kopf. »Liebe Güte,

wenn es was Biologisches ist, wo soll man da anfangen? Nach dem, was hier steht, haben die drei in der Station nicht zusammengearbeitet. Ihre einzige Gemeinsamkeit sind ein paar Tage im Forschungscamp. Wenn sie dort mit Keimen in Berührung kamen, hatten ihre Organismen keine Zeit, Antikörper zu bilden.«

»Etwas verstehe ich nicht«, sagte Petterson. »Warum wenden die sich damit nicht an Atlanta? Müsste da nicht erst mal die Bundesbehörde ihr Glück versuchen, bevor wir unterstützend hinzugezogen werden?« Er verschränkte seine braunen Arme. »Es ist interessant und so weiter, aber wie kommen wir dazu, hier beratend tätig zu sein, wenn die noch gar nicht mit dem Fall befasst sind?«

Lester Munson zog die Nase hoch. »Das ist richtig.« Er betrachtete kurz die Sohlen von Pettersons Segelschuhen. »Die Centers for Disease Control wären dafür eigentlich die erste Adresse. Aber wenn ich recht verstehe, kommen die CDC für die kanadische Royal Commission, die für die Station Trudeau zuständig ist, nicht in Frage. Die amerikanische staatliche Gesundheitsfürsorge ist ein Arm unserer Regierung, vergessen Sie das nicht. Ein Teil unseres Militärs. Die Kanadier wollen nicht, dass die CDC die Nase in ihre zivile Einrichtung stecken. Wir sind privat und gemeinnützig, genau wie die Arctic Research Station Trudeau, und deshalb hat sich die Royal Commission an uns gewandt und nicht an Atlanta.«

»Klasse«, sagte Petterson. »Wir sind einfach die politisch bequeme Lösung?«

»Schauen Sie«, sagte Munson. »Wir sind vom National Institute of Allergy and Infectious Diseases gebeten worden, bei den Nachforschungen zu helfen. Das NIAID gibt uns Unterstützung und zahlt unsere Gehälter, und es will, dass wir das machen. Punkt, aus, Ende.«

Henry Ruff stellte auf stur. »Das ist eine kanadische Insel, von der wir da reden, nicht? Und wie es aussieht, stellen sich die Kanadier damit ziemlich an. Gut, dann sollen sie ihre eigene, durchaus kompetente Gesundheitsbehörde einschalten. Die müssen sich doch mit der Arktis viel besser auskennen als unser Haufen hier in Südkalifornien.« Er schüttelte den Kopf.

»Wir haben uns in der Vergangenheit in allerlei entlegenen Ecken engagiert, aber das hier macht keinen Sinn. Wir sind weiß Gott keine kanadischen Gesundheitsbeamten und zudem in nördlichen Gefilden nicht besonders erfahren. Ich sehe das genauso wie Mike.«

»Mein lieber Henry.« Lester Munson klang besänftigend, aber alle im Raum spürten, wie die Spannung stieg. »In die Gründe sind wir nicht eingeweiht worden. Wir wissen nur, dass wir eine Anfrage erhalten haben. Unser Beistand wird gewünscht. Wir sollten nicht riskieren, uns das Missfallen unserer Förderer zuzuziehen, das versichere ich Ihnen. Da dürfen Sie mir ruhig vertrauen, Henry.«

»Bevormunden Sie mich nicht, Lester«, gab Ruff verärgert zurück.

Normalerweise machte es ihnen Spaß, wenn der andere in Rage geriet, da beide streitlustig und diskussionsfreudig waren. Aber diesmal ließ sich Munson auf keinen Disput ein.

»Wie dem auch sei«, schaltete sich Bernard Piker ein und zeigte zum Nachdruck mit seinem Pfeifenstiel auf Munson. »Wir haben inzwischen eine Ahnung, wie klein die Nadel ist, nach der wir suchen. Haben wir auch eine Vorstellung davon, Lester, wie groß der Heuhaufen ist?«

Piker sah aus wie die Idealbesetzung des Wissenschaftlers: Augenbrauen wie Raupen, ungekämmte Haare, struppiger Bart, Brille ganz vorn auf der Nasenspitze. Er runzelte seine beachtliche Stirn und fuhr fort: »Wir haben es hier nicht mit ein paar Meteorologen zu tun, die in einer Hütte Binokel spielen und ab und zu einen Wetterballon steigen lassen. Ich habe die Projekte in Trudeau verfolgt. Das ist eine milliardenschwere Einrichtung. Einige der besten Wissenschaftler der Welt. Geophysik, Hydrologie«, er zählte die Fächer an den Fingern ab, »Meeresbiologie, Glaziologie, Kryogenik, Hydroakustik, Astronomie, Meteorologie, Klimaforschung, Koronographie. Alle Experimente, die man sich vorstellen kann, sind da oben im Gange, finanziert von Konzernen und Regierungen. Zur ARS Trudeau werden sogar außergewöhnliche Lebensformen zur vergleichenden Untersuchung gebracht, in Kooperation mit Universitäten und anderen Forschungsstätten von der NASA und der McGill University bis hin zu Polz Pharmaceuticals und der Moskauer Universität. Das ist der größte Heuhaufen überhaupt.«

»Na schön«, meinte Cybil, »vielleicht haben sie in ihren Labors ja irgendeinen neuen Erreger entfesselt und sich selbst infiziert.«

»Sie müssen alle eine Heidenangst haben«, sagte Piker und zog heftig an seiner kalten Pfeife. »Zu Recht, wenn ihr mich fragt. Stellt euch nur vor, das passiert noch mal. Lieber Himmel. Atlanta, die Kanadier, alle müssen eingeschaltet werden, und zwar rasch. Wenn sie da oben in ihren Labors oder sonst wo etwas mit einer derart vernichtenden Wirkung haben, dann gnade uns Gott.«

»Sehr wahr, Bernie«, pflichtete Munson in der Hoffnung bei, dieser Gesichtspunkt werde Petterson und Ruff zum Einlenken bewegen.

Piker legte seine Pfeife weg. »Sichern Sie mir wenigstens zu, dass unsere Regierung in diesem so vorteilhaft abgeschiedenen Laborkomplex nicht irgendein aberwitziges lebensbedrohliches Experiment unterstützt.«

»Ich bitte Sie«, sagte Munson ungeduldig. »Es gibt hier keinerlei Hinweis auf irgendwelche Heimlichkeiten. Abgeschieden? Jawohl. Das ist das einzig Gute an der Sache. Der Ort könnte gar nicht entlegener sein – keine Reiserouten in der Nähe, keine Ferienorte, keine Städte. Was dort auch geschieht, es wird nirgendwo anders hindringen. Wenigstens in der Beziehung haben wir etwas Luft. Dies ist nicht London oder Peking oder Toronto. Aber die Vernichtungswirkung dieses Stoffes ist wirklich gewaltig. Es muss ein unglaublich starkes Agens sein.«

»Hört mal«, sagte Petterson, der das eben verteilte jüngste Infomaterial überflog. »Ich gucke gerade auf Seite drei dieses neuen Packens. Am Morgen des Unfalls wurde ein fünftes Mitglied des Forschungsteams von einem U-Boot durch die Öffnung im Eis abgeholt, an der die Wissenschaftler kampierten und Daten sammelten.«

»Ein amerikanisches U-Boot?«, fragte Ruff und blickte von seinen Zetteln auf.

Petterson schüttelte den Kopf. »Nein, ein russisches.«

»Tja.« Munson kaute auf der Unterlippe. »So viel zum Thema natürliche Abgeschiedenheit. Trotzdem könnte dieser Fünfte vielleicht ein paar wertvolle Informationen darüber geben, was genau seine Kollegen machten, bevor sie ums Leben kamen.«

»Der Fünfte ist eine Sie«, sagte Cybil.

»Meinetwegen«, knurrte Munson. »Dann eben die Fünfte.«

Ishikawa betrachtete etwas auf seinem Computer. »Wir bekommen gerade eine Sendung mit farblich aufbereiteten mikrographischen Darstellungen des Lungengewebes von zweien der Opfer. Das Lungeninnere sieht aus wie ein Schneesturm.«

Hanley hatte ihren Laptop nicht mitgebracht; sie stand auf, stellte sich hinter Ishikawa und blickte ihm über die Schulter, wobei sie sich ihre Baseballmütze tief ins Gesicht zog, damit der Bildschirm sie nicht so blendete. Munsons Assistent holte das Bild auf die Overheadmonitore. Hanley schaute zwischen der Lungendarstellung und der Vergrößerung der Blutzellen hin und her. Munson sah, dass sie gepackt war. Niemand von seinen Mitarbeitern war so auf medizinische Absonderlichkeiten versessen wie Hanley.

Munson räusperte sich. »Henry«, sagte er, wieder an Ruff gewandt, »Sie würden doch sicher zustimmen, dass die Schädigung des vegetativen und des Zentralnervensystems verheerend ist?«

»Mmmm, ja.« Ruff zupfte an seiner Fliege herum, sichtlich zufrieden, nach seiner Meinung gefragt zu werden. »Aber wir können auf diese Entfernung nicht sagen, woran das liegt – noch nicht. Näheres werden wir erst dann wissen, wenn jemand die Sache vor Ort untersucht und uns Proben schickt.«

Munson hatte darauf gewartet, dass einer von ihnen diesen Punkt ansprach. Er sah sich in der Runde um. »Da haben Sie zweifellos Recht, Henry. Ein Besuch vor Ort scheint in der Tat nötig zu sein.«

Erstauntes Raunen erhob sich an den äußeren Rändern des Raumes. Die jüngeren Mitarbeiter sahen sich gegenseitig an, dann richteten sie die Aufmerksamkeit wieder auf ihre Vorgesetzten, doch diese blieben still.

»Na, was denn?«, sagte Munson mit ausgebreiteten Armen. »Würden Sie nicht alle einen Mord begehen, um sich eine hypermoderne arktische Forschungsstation einmal aus nächster Nähe anzuschauen?«

»Aaaah«, sagte Hanley mit übertriebener Begeisterung. »Hundertfünfzig romantische Nächte und Abernächte in eisiger, sonnenloser Herrlichkeit, fernab vom Weltgetriebe. Nicht auszudenken, was eine solche Nähe zum magnetischen Pol mit unseren Chakras und Meridianen anstellen könnte.«

Ruff nahm mit einer geübt schwungvollen Geste seine Brille ab. »Soll das heißen, dass in dieser Sache nicht nur unsere Köpfe gefragt sind – dass die tatsächlich unseren praktischen Einsatz wollen? Ich dachte, der Verkehr mit der Außenwelt wäre – wie lange? sechs Monate? – abgeschnitten.«

»Fünf«, korrigierte Munson. »Nein, jemanden aus der Station hinausbringen können sie in der Zeit nicht mehr. Gar nicht daran zu denken, solange die Sonne weg ist. Aber hinein?« Er fasste der Reihe nach jeden seiner leitenden Mitarbeiter ins Auge. »Die US-Luftwaffe und die kanadische Küstenwache sind der Meinung, dass es noch früh genug ist, um einen von uns hineinzuschaffen.«

Piker grinste breit. »Ich melde mich freiwillig für einen ganzseitigen Artikel in *National Geographic* mit Kreisen und Pfeilen und Kästen, vielen Dank.«

»Das ist die großartigste arktische Forschungseinrichtung aller Zeiten.« Munson deutete mit dem Kopf auf die Großaufnahme der ARS Trudeau an der Wand. »Ein bisschen neugierig dürften Sie da schon sein. Und die Gelegenheit, in der erlauchten Gesellschaft einiger der größten wissenschaftlichen Koryphäen nach einem unbekannten Agens X zu fahnden – lockt Sie die denn gar nicht?« Keiner muckste sich. »Bitte nicht so stürmisch und alle auf einmal.«

Petterson und Hanley waren in der Regel Munsons Spitzenkandidaten für Außeneinsätze. Doch keiner von beiden biss an.

»Das kann nicht Ihr Ernst sein«, meinte Petterson. »Ein arktisches Labor Ende Oktober? Ich dachte, Sie sagten, dieses russische U-Boot wäre bis zum Frühjahr die letzte Chance gewesen, rein- oder rauszukommen.«

Auch Henry Ruff war skeptisch. »Es war nicht möglich, dieser Ärztin in der Antarktis, die bei sich selbst Brustkrebs diagnostizierte, medizinische Hilfe zu bringen, aber einen Epidemiologen aus L.A. mitten im Winter in die hohe Arktis zu bringen, soll möglich sein?«

Eine Weile sagte niemand etwas.

»Verehrte Damen und Herren, darf ich Ihr Schweigen so verstehen, dass Sie ernsthaft über meinen Vorschlag nachdenken?«

»*Damen?*«, rief Henry Ruff in einer ungewohnten Anwandlung von Ritterlichkeit aus. »Lester Munson, wir können doch nicht eine Frau in diese Eiswüste schicken!«

»Wir?«, artikulierte Hanley lautlos mit den Lippen. Cybil bedeutete ihr, Ruhe zu geben.

»Tja«, sagte Munson und schaute mit gesenktem Kopf auf seine Hände. »Da könnten Sie Recht haben. Für diesen Einsatz kommt wahrscheinlich nicht jeder – und jede – in Frage.« Er blickte bedeutungsvoll auf Petterson und dann auf Hanley. »Es ist ein riskantes Unternehmen. Allein dort hinzukommen wird schwer werden.«

»Was soll das Gerede, verdammt noch mal?«, platzte Hanley heraus.

Munson wog seine Worte sorgfältig ab, bevor er antwortete. Hanley war stolz auf ihren Ruf, die Epidemiologin für die ganz harten Fälle zu sein, aber bis jetzt hielt sie sich zurück. Dabei musste die kanadische Station sie eigentlich locken, denn mehr als alles andere war sie neugierig. Sie brauchte nur den richtigen Schubs.

»Ich meinte nur ... das sieht nicht nach einem Auftrag für Leute mit Kindern aus, vor allem wenn sie allein stehend sind. Und es stimmt, ich gehe nicht davon aus, dass sich jede Frau gern auf ein derartiges Wagnis einlassen würde.« Er zog alle Register, auch die heimtückischen, aber es war ihm egal: Er musste einen oder eine seiner Besten herumkriegen, bevor das Flugfenster zuging. Und wenn er dafür Hanleys Geltungsbedürfnis ausnutzen musste, dann musste er das eben.

Hanley kochte. »Die hier anwesenden Frauen haben sich in der Vergangenheit gar nicht *so* schlecht geschlagen. Dort hinzukommen wird hammerhart sein, gut. Aber was hat das damit zu tun, wer es macht, Herrgott noch mal? So ein Quatsch!« Sie lehnte sich zu Cybil Weingart hinüber und fragte: »Hast du mal 'ne Zigarette für mich?«

»Nein!«, blaffte Munson, und Hanley blickte verlegen. Etwas sanfter setzte er hinzu: »Sie denken also wirklich, dass Sie eine solche Aufgabe übernehmen könnten?«

Es wurde still im Raum.

Hanley zuckte die Achseln, vom Reiz der Sache ebenso gepackt wie von einem jähen Schuldgefühl. Genau solche Einsätze meinte ihr Ex, wenn er sagte, keine Mutter – ganz gewiss nicht die Mutter seines Kindes – dürfe ein derart hohes Risiko eingehen. Zum Teil gab sie ihm sogar Recht. Der Gedanke, Joey ein halbes Jahr lang nicht zu sehen, erschreckte sie zutiefst. Das wäre die Folge, wenn sie ja sagte. Aber war es nicht auch wichtig, dass er lernte, was es hieß, mit Leib und Seele an seinem Beruf zu hängen?

»Jessie?«

»Ich glaube schon«, sagte sie langsam. »Es sollte hier keine Einschränkungen geben.«

»Sie meinen, Sie sollten die gleichen Chancen haben wie alle andern?«

»Na klar.«

»Was würden Sie brauchen? Rein hypothetisch.«

»Rein hypothetisch ... würde ich sicherlich Kim Ishikawa hier an der Heimatfront brauchen. Ständigen Zugriff auf ein paar Datenbanken. Kim, könntest du dir mal Gedanken darüber machen, was für Tests man mitnehmen müsste?«

Munson sah Ishikawa an. Trotz ihrer äußeren Verschiedenheit hatten er und Hanley bei ihren letzten beiden Einsätzen gut zusammengearbeitet. Es war eine kuriose, aber gut funktionierende Partnerschaft: Ishikawa, besser im Umgang mit Computern als mit Menschen, Hanley, kettenrauchend und in der Lage, mit Charme und Druck Informationen aus Leuten herauszuholen, die eigentlich gar nichts zu wissen meinten. In ihrer ungewöhnlichen Art zu kooperieren stachelten sie sich gegenseitig zu kreativen Lösungen an.

Lester Munson blickte Hanley direkt in die Augen. »Sind

Sie sicher? Denn wenn Sie einmal zugesagt haben, gibt es kein Zurück mehr.«

»Ist ein Monat Urlaub drin, wenn ich zurückkomme?«

»Kein Problem.«

Sie schwieg eine Weile. »He, schon Superman und Frankenstein hat's an den Nordpol gezogen«, sagte sie, um einen lockeren Ton bemüht.

»Möchten Sie die Sache noch mal überschlafen?«, fragte Munson.

Sie erwiderte seinen Blick. Er bot ihr die Möglichkeit abzuspringen, ohne das Gesicht zu verlieren. Sie konnte durch diese Hintertür schlüpfen, wenn sie wollte. Dass er so anständig handelte, war allein schon eine Warnung, die nichts Gutes verhieß.

»Wenn ich das mache, steige ich wieder aus.« Sie sah ihm in die Augen. »Jetzt oder nie.«

Munson zuckte die Achseln, als gäbe er nach, als hätte *sie ihn* überredet. »Na gut.«

Alle applaudierten und redeten gleichzeitig los.

Munson lächelte. Die Entspannung im Raum war mit Händen zu greifen. Niemand hatte sich um diesen Job gerissen, und so wurde Hanley mit guten Wünschen überhäuft. Die wenigen, die konditionell vielleicht in Frage gekommen wären, wirkten froh, dass es sie nicht getroffen hatte.

»Feierabend, Leute«, sagte Munson. »Es ist gleich Mitternacht.«

»O Mann!«, rief Hanley aus. »Mein Babysitter! Tschüs, Cybil und allerseits – mañana.« Sie sprang auf, rannte zur Tür und verschwand.

»Vertagen wir uns«, meinte Munson. »Aber morgen früh sehen wir uns in alter Frische wieder.«

Die Versammlung löste sich auf, und Munson begab sich in sein Büro, erleichtert, dass Hanley zugestimmt hatte. Diese Aufgabe, so schwante ihm, verlangte ein unkonventionelles Vorgehen – genau ihre Stärke. Trotz ihrer vielen Macken mochte er Hanley wirklich gern. Sie liefen sich regelmäßig im Palomino Club und anderen Country-and-Western-Schuppen über den Weg, in denen nach L.A. verpflanzte Südstaatler verkehrten. Der Zufall wollte es, dass sie beide aus dem Chickahominy River Valley in Virginia kamen, wenn auch von verschiedenen Enden der ökonomischen Stufenleiter. Er stammte von Generationen steinreicher virginischer Tabakpflanzer ab, ein Erbe, dem er mit seiner Entscheidung, ins öffentliche Gesundheitswesen zu gehen, den Rücken gekehrt hatte. Hanley war das vierte von fünf Kindern einer Familie, die sich nicht einmal eines hatte leisten können.

Hanleys intuitives Vorgehen bei der Arbeit war so unkonventionell wie ihr Bildungsweg. Wie sie auf ihre Ideen kam, war schwer zu verstehen, und sie waren nicht immer logisch nachzuvollziehen. Nach der besonders inspirierten Lösung eines Falls hatte Munson ihr einmal eine Wünschelrute geschenkt. Sie hatte den Tod von zwei U-Bahn-Gleisarbeitern in Wien aufgeklärt, indem sie die verrückte Theorie aufstellte – und dann bewies –, dass die Arbeiter unwissentlich auf ein mittelalterliches Massengrab im Herzen der Stadt gestoßen waren und das darin eingeschlossene toxische Gas eingeatmet hatten.

Alle Epidemiologen schossen ab und zu ins Blaue, aber einige von Hanleys Schüssen waren völlig unbegreiflich. Und doch traf sie damit in vielen Fällen die Todesursache auf Anhieb: die mittelalterliche Leichengrube in Wien; Blei, das aus den Tanks einer fernen Tankstelle in das Brunnenwasser einer normalen Familie gesickert war und ihre Mitglieder wahnsinnig gemacht hatte. Und dann der Fall, der ihren Ruhm besiegelte: drei rätselhafte Tode in einem hispanischen Viertel in New York City. Während Spurensicherungsexperten die Wohnung des letzten Opfers auseinander nahmen, hatte Hanley von ihrem Notizbuch aufgeschaut, an ihrer Zigarette gezogen und eine trauernde Verwandte ganz sachlich gefragt, wann der Verstorbene verhext worden war. Und natürlich hatte sie richtig gelegen.

Hanley allein war kreativ, aber unberechenbar. Wenn jedoch Ishikawa auf sie aufpasste, hatte Munson ein zuverlässiges Gespann. Ishikawa war methodisch und findig, und er hatte sich gut im Griff. Er war, obwohl der Ruhigere von beiden, in gewisser Hinsicht der Ehrgeizigere, die treibende Kraft, die Hanley dazu brachte, den Sprung zu wagen, wenn der Pfad der Logik am Abgrund endete. Doch wenn Hanley sich zu weit verstieg, konnte er sie bremsen.

Munson tupfte sich mit einem Taschentuch die Stirn, als der Computerbildschirm auf seinem Schreibtisch ansprang. Neue Nachrichten aus Trudeau. Der Hochgeschwindigkeitsdrucker spuckte die Seiten aus. Sie hatten die Leiche des vierten Forschers gefunden, eines ungarischen Meteorologen namens Alexander Kossuth, der anscheinend nicht derselben Ursache zum Opfer gefallen war wie die anderen. Aus unbekannten Gründen hatte er seinen Schutzanzug abgelegt und sich den Elementen ausgesetzt. Keine sichtbare Lungenkonstriktion, keine Schädigung der Augen. Er schien gesundheitlich intakt zu sein, nur gründlich erfroren.

Cybil Weingart kam herein, dieselbe neue Information über den vierten Leichnam in der Hand.

Munson sagte: »Was halten Sie davon? Könnte es eventuell dieselbe Sache sein, nur eine andere Ausprägung?«

Cybil schüttelte den Kopf. »Schwer vorstellbar, dass irgendetwas sich in drei Fällen identisch darstellt und im vierten vollkommen abweicht. Wenn Sie meine ärztliche Meinung hören wollen: Der Mann hatte es darauf angelegt, ein Eis am Stiel zu werden.«

4

Die an ihrem Antennenkabel hängende Funkboje stieg aus den dunklen Tiefen des Fjords nach oben, bis sie kurz vor der Oberfläche anhielt. Falls die Norweger sie später fanden, würden sie ihr nicht mehr entnehmen können als den anderen, die sie manchmal aus ihren Küstengewässern fischten oder in einem ihrer Fjorde entdeckten.

Beinahe zu voller Länge ausgedehnt, wurde das Kabel lebendig. Eindreifünftel Sekunden später war die Übertragung vorbei.

Vor dem norwegischen Dorf Randaberg liefen viele Meilen Empfängerkabel kreuz und quer über vierhundert Hektar Land. Dieses riesige Netz fing das Signal ein, zeichnete es automatisch auf und benachrichtigte den Dienst habenden Techniker.

In England registrierte die Abhörbasis Menwith Hill in der Nähe des Städtchens Harrogate in Yorkshire denselben Impuls um 3 Uhr 40 westeuropäischer Zeit und schickte ihn sofort per Überlandleitung an die Dechiffrierstelle in Bath weiter. In reduzierter Geschwindigkeit abgespielt, wurde der kurze Funkspruch vom zuständigen Offizier rasch als verschlüsseltes Signal identifiziert und zum Vergleich mit den übrigen dürftigen Beispielen für den hoch raffinierten Marinegeheimcode der Russen in den Hauptcomputer eingespeist. Ihre Schiffe mochten schrottreif sein, doch an ihrer Codierung war nichts verrostet. Trotzdem bestand immer die Chance, dass dieses neue Datenbröckchen das entscheidende Element war, das zur Auflösung des Rätsels gerade noch gefehlt hatte.

Nach mehreren Stunden Arbeit waren der Offizier und seine Männer nicht schlauer als zuvor. Das Einzige, was sie folgern konnten, war die Wahrscheinlichkeit, dass ein russisches Unterseeboot eine verschlüsselte Mitteilung von höchster Priorität aus einem Sektor in den norwegischen Hoheitsgewässern gesendet hatte.

Der britische Verbindungsoffizier blickte seinen amerikanischen Kollegen mit hochgezogenen Augenbrauen an.

»Die können's nicht lassen«, sagte er. »Wollen bloß hoffen, dass die Norweger nicht über den elenden Pott stolpern.« Der Engländer gähnte. »Sonst werden wir 'ne Menge Jungs in 'ner Menge Zeitzonen aus den Federn holen müssen.«

Als Admiral Rudenko im Vorzimmer des russischen Verteidigungsministers eintraf, standen die Mitglieder der tschechischen Delegation pflichtgemäß neben ihrem Gastgeber aufgereiht, und Offiziere der verschiedenen Waffengattungen traten heran und salutierten vor ihnen, bevor sie sich in die Schlacht um Wodka und Bier stürzten.

Die meisten trugen keine Uniform, bemerkte der Admiral, und tatsächlich befanden sich unter den Militärs in Zivil auch etliche echte Zivilisten wie zum Beispiel ein namhafter Historiker und ein bedeutender Kunstkritiker. Diese Vermischung der Welten war eine noch junge populäre Neuerung, mit der das Verteidigungsministerium seine gesellschaftlichen Empfänge etwas zu beleben suchte.

Kulinarische Köstlichkeiten lockten auf den Büfetttischen. Männer beugten ihre beachtliche Leibesfülle über Platten mit rotweißen Pilzen, Lammfleischklößchen, geräuchertem Stör, Tintenfischsalat und Spargel und bemühten sich ungeschickt, die Würste und Schinkenscheiben aufzuspießen. Mit gefährlich kippelnden Schnapsgläsern und Tellern wetteiferten sie darum, ausgesuchte Leckerbissen zu ergattern.

Der Historiker und der Kritiker entfernten sich von der Gruppe, stellten zwei Sessel nebeneinander und setzten sich. Einander zugewandt begannen sie einen vor Aufrichtigkeit glühenden privaten Meinungsaustausch, wie er bei den intellektuellen Schoßhündchen des Regimes so beliebt war. Grementow, der Historiker, hielt die Unterlippe zwischen Daumen und Zeigefinger geklemmt und sah aus, als könnte er die Last seines Gewissens kaum mehr tragen. Wie ging der Witz noch mal? *Was ist ein russischer Historiker? Ein Mann, der die Vergangenheit vorhersagen kann.*

Besser scharfer Stahl als diese stumpfen Instrumente, dachte Rudenko. Wer hätte geglaubt, dass solche erschütternd kleinen Geister einmal das große Erbe antreten würden? Der Terror der dreißiger und vierziger Jahre war unbeschreiblich gewesen, und die Zeit hatte (gnädigerweise) seine Erinnerungen an jene lange, trostlose Ära verblassen lassen, aber Rudenko wurde den Gedanken nicht los, dass sie vielleicht besser gewesen war als dieses läppische Getue von Speichelleckern, die nur nach Geld gierten und ständig ihre Kreditkarten zückten, während die neuen Kapitalisten und die Mafija sich die Ressourcen und Industrien des Landes unter den Nagel rissen und Regierungsbeamte ihre Milliarden an Bestechungsgeldern absahnten.

Er kippte seinen Wodka hinunter und knallte das leere Glas auf das Tablett eines vorbeikommenden Kellners. In einem günstigen Moment lächelte er sparsam von fern seinem Gastgeber zu und tippte auf seine Uhr: dringende Pflichten. Ausnahmsweise stimmte das sogar. Panow hatte ihn telefonisch alarmiert. *Einer unserer Vettern ist die ganze Nacht ausgeblieben. Die Familie macht sich Sorgen.* Sie hatten vereinbart, sich um Viertel vor drei in der Wohnung des Admirals zu treffen.

Der Minister nickte freundlich, und der Admiral schlüpfte aus dem hohen Saal und begab sich über die Hintertreppe in den dritten Stock und das Büro, das man ihm zur Verfügung stellte. Der Schreibtisch seines Sekretärs war leer. Er griff sich seinen Mantel, klopfte prüfend die Taschen ab, der Reflex eines alten Mannes, und wies durch die offene Tür seinen Adjutanten an, dem Fahrer zu bestellen, er möge ihn im Gastronom in der Arbatstraße abholen.

Er ging über die breite Vordertreppe zum Ausgang, alle drei Stockwerke zu Fuß, und bevor er in die langen Abendschatten hinaustrat, setzte er noch seine Offiziersmütze auf und zog die

Handschuhe an. Die kalte Luft war erfrischend. Den ganzen Vormittag über hatte er in überheizten Räumen gesessen und dem ewigen Streit über die Frage zugehört, ob die Marine endlich ihren allerersten Flugzeugträger für Starrflügelmaschinen bestellen sollte. Da die Amerikaner im Begriff waren, den Kiel eines weiteren schwimmenden Flughafens zu legen, hatte das Oberkommando die Entwürfe zu einem russischen Gegenstück aus der Versenkung geholt und damit auch den zwangsläufigen Zank darüber wiederbelebt, welche der Flotten ihn bekommen sollte.

Wegen der hohen Breiten, in denen die Nordflotte operierte, schied Rudenkos alter Verband zum Glück aus dem Wettbewerb aus. Der Admiral hatte seinen Kameraden gern den Vortritt gelassen. Das reduzierte die Zahl der Bewerber auf drei. Die Baltische Flotte schied wegen ihrer räumlichen Begrenztheit ebenfalls bald aus. So trugen die Kommandanten der Pazifikflotte und der geschrumpften Schwarzmeerflotte den Streit unter sich aus. Rein akademisch, hatte Rudenko gedacht und kaum hingehört. Die plötzliche Flut öffentlicher Gelder nach dem selbst verschuldeten Untergang der *Kursk* war kurzfristig und irreführend; die letzten Zuschüsse würden bald umgelenkt werden oder langsam versiegen und im nächsten Abrechnungszeitraum wegfallen. Seine Kollegen machten sich etwas vor. Ihre glorreiche Marine war Geschichte. Schiffe verrotteten im Hafen, weil das Geld zu ihrer Unterhaltung fehlte, und da träumten diese alten Spinner von neuen. Während ihre Untergebenen heimlich Pläne schmiedeten, nicht mehr benötigte Unterseeboote an südamerikanische Drogenkartelle zu verkaufen, hing die alte Garde ihren Phantasien von der Rückkehr der einstigen Pracht und Herrlichkeit nach. Lachhaft.

Überhaupt, wer brauchte noch solche heiklen Start- und Landebahnen, wenn es Senkrechtstarter gab? Die Eitelkeit der Marineführung und der leere Eifer der Dumabürokraten spotteten jeder Vernunft. Mit ungebrochenem Selbstbewusstsein spielten sie weiter ihr Wiederaufrüstungstheater, selbst nach dem Fiasko in der Barentssee und dem Verlust der *Kursk*, ihrem großen Symbol der Gleichheit mit dem Westen. Mit viel Gejammer hatten sie diesen titanischen Unterseekreuzer herausgeschunden, fast so groß wie der Flugzeugträger, nach dem sie lechzten. Zwanzigtausend Tonnen. Die klapprigen Ex-Bolschewisten hatten kaum mehr die Kraft, sich den Hosenstall zuzuknöpfen, aber das Gespenst Amerika brachte immer noch ihre Säfte in Wallung. Gleichheit! Idioten. Soldaten bettelten auf den Straßen, und Matrosen hatten in den Kasernen kaum etwas zu essen, doch die Kommandanten vergeudeten ihre Energien mit Hirngespinsten von einem schwimmenden Mammutflugplatz mit Nuklearantrieb. Rudenko atmete dankbar die beißend kalte Luft ein.

Fünfzig Jahre lang hatte in der Marine das Schwergewicht auf der Unterseeflotte gelegen. Die überwältigende Mehrheit der Kriegsschiffe waren immer noch U-Boote: eine schlichte Tatsache. Allein sein Kommando hatte sich einst einer Streitmacht von vierhundertfünfzig Marinefliegern und dreihundert Schiffen gerühmt, zwei Drittel davon Unterseeboote. Zweihundert U-Boote, die nur ihm unterstanden hatten. Heute verfügte die Marine insgesamt nur noch über sechzig, von denen höchstens zwanzig etwas taugten, und um überhaupt ein bisschen Geld in die Kasse zu bekommen, war neuerdings die Rede davon, zwei von ihnen an Indien zu vermieten, dazu einen nicht fertig gestellten alten Flugzeugträger. Dennoch vertraten die Führer die Notwendigkeit, wenigstens eine Kampfflotte wie die amerikanische zu haben, mit einem neuen Flugzeugträger für Starrflügler als Herzstück, indem sie argumentierten, dies würde das Land außenpolitisch festigen, irgendwie russische Präsenz demonstrieren, den Nationalstolz entfachen und, ganz nebenbei, die Wiederwahl der Politiker sichern. Selbstverständlich waren die Pläne für die *Kiew* aus den bürokratischen Mausoleen auferstanden.

Warum blieb er dann weiter dabei?

Rudenko hielt die Hand an seine taube Wange. Die Temperatur sank. Die nächste Kaltfront. Die Leute, die an den O-Bus-Haltestellen Schlange standen, stampften mit den Füßen. Hinter der Spitze des Außenministeriums wälzten sich graurote Wolken dahin, gefüllt mit Regen oder frühem Schnee. Auf dem Arbat zogen die Moskowiter vor dem auffrischenden Wind die Köpfe ein. Schulkinder mit Rucksäcken gingen rückwärts und rempelten Frauen an, die bis zu den Augen mit Schals und Pelzmützen vermummt waren. Trauben von Neureichen umlagerten jedes schicke Geschäft im Viertel und redeten lebhaft in ihre Mobiltelefone. Wie sagten die Amerikaner noch mal? *Shop 'til you pop.* Manch einen hätte er gern an seinen Einkäufen platzen gesehen.

Die Menschentraube vor dem Produkty teilte sich respektvoll vor dem ehrwürdig aussehenden Admiral mit dem dunkelblauen Mantel und der Schirmmütze. Dies war eines der wenigen Privilegien, die Offizieren seiner Generation geblieben waren, und selbst diese Ehrerbietung war nicht mehr selbstverständlich. Rudenko bekam prompt das bereit liegende Paket mit Kaviar und geräucherter Maräne ausgehändigt, fügte der Bestellung noch ein Kilo Kolbasa hinzu, schäkerte mit der hübschen neuen Verkäuferin mit dem dicken blonden Zopf und ging. Sein Wagen stand am Bordstein. Der Fahrer sprang heraus und salutierte, während er dem Admiral die hintere Tür öffnete. Vorn auf dem Beifahrersitz erblickte Rudenko einen großen gelbblauen Einkaufsbeutel aus dem Möbelhaus IKEA, das am Mahnmal beim Kilometer 41 gebaut worden war. Die einst so stolzen Panzersperren bezeichneten die Stelle, wo die vorrückende deutsche Wehrmacht von russischem Willen und Blut zum Rückzug gezwungen worden war. Das Mahnmal befand sich auf dem Parkplatz des Möbelhauses.

Die Limousine bahnte sich ihren Weg zwischen den Autos ausländischer Bauart hindurch und fuhr auf der längeren Strecke, die der Admiral bevorzugte, vorbei an vollen Restaurants – auch einem der McDonald's, die mittlerweile die Hauptstadt verwarzten – und dann an den einstigen Adelshäusern, die schon bessere Tage gesehen hatten. Heute beherbergten sie reiche Unternehmer und Mafija, kleine Mittelschichtrestaurants und neu eröffnete Geschäfte. Zu Rudenkos Kinderzeiten war sein Großvater mit ihm durch diese schönen Straßen gegangen; der alte Mann hatte ihn auf die kunstvoll verschnörkelten Fassaden, die grimmigen steinernen Adler und die polowzischen Götzen, die die Hauseingänge bewachten, aufmerksam gemacht. Rudenko hatte besonders die klotzigen Steinbauten geliebt, die einst als Hundezwinger des Zaren gedient hatten.

Wie so viele der prächtigen Häuser war der Hundezwinger nach dem Krieg abgerissen worden, um Platz zu schaffen für den neuen Arbat, der sechsspurig zwischen dem Außenministerium und dem Kreml verlief.

Der Wagen schob sich aus der Wachtangowstraße auf den neuen Arbat, wo er beschleunigte und den Audis und BMWs Konkurrenz machte. Die Konkurrenz währte nicht lange; die Importwagen hängten die alte Limousine spielend ab.

Chruschtschow hatte den neuen Arbat auf acht Spuren verbreitert und auf beiden Seiten mächtige Glas- und Betontürme errichten lassen, die es an Größe und Geschmacklosigkeit mit Stalins neoklassizistischen Monstrositäten aufnehmen konnten. Sie waren versessen darauf gewesen, die Überreste älterer Regimes auszumerzen und die neue Ordnung mit angemessen erscheinender Monumentalität zu proklamieren. Was für eine Verschwendung. Schmachvollerweise warben hier heute riesige Reklametafeln für amerikanische Erfrischungsgetränke und europäische Bekleidungsgeschäfte. Rudenko schloss die Augen und ließ sich von dem schaukelnden Gefährt einlullen, die Angewohnheit eines auf See verbrachten Lebens.

Vielleicht war es an der Zeit abzutreten. Die Militärakademie wollte gern seine schwarze Mütze und seine Sealjacke in einen gläsernen Schaukasten legen wie die Trophäen eines Schuljungen. Sollte er sich von seinen Erinnerungsstücken trennen? Als U-Boot-Fahrer hatte er für jeden Monat aktiven Dienst Anspruch auf das Anderthalbfache des normalen Solds, was für eine Person ohne familiären Anhang eine ganz anständige Pension ergäbe. Die Sonderentschädigung durch den Ministerrat würde sie noch etwas aufbessern. Er könnte sich in Sotschi zur Ruhe setzen und an den schwarzen Kieselstränden sonnenbaden. Verflixt, sie hatten ihn wahrscheinlich einfach deshalb noch nicht in den Ruhestand versetzt, weil sie Geld sparen wollten. Als Aktiver kam er sie wesentlich billiger.

Das Fahrzeug wurde langsamer und hielt dann vor seinem Wohngebäude an, einem mächtigen eleganten Hochhaus aus einer anderen Zeit. Rudenko klemmte sich sein Paket unter den Arm und warf einen Blick auf die Uhr: halb drei. Der Fahrer ließ ihn aussteigen und rollte dann flink den Wimpel am rechten Kotflügel ein, während der Admiral in die gigantische Eingangshalle schritt. An einem zu dem Prunk ringsherum nicht recht passenden einfachen Holztisch saßen die bekannten drei Damen, die als Wärterinnen und erster Abwehrriegel des Hauses fungierten. Eine hatte ein schweres schwarzes Telefon vor sich, mit dem sie Besucher ankündigte. Er nickte grüßend auf seinem Weg durch das Marmorfoyer und betrat den stilvollen Käfig des Fahrstuhls. Ohne ein Wort setzte der Dienstmann den Aufzug in Gang, und dieser stieg ächzend nach oben. Rudenkos Vierzimmerwohnung befand sich auf halber Höhe der dreißig Stockwerke.

Alles an dem Gebäude wirkte schwer. Erbaut aus mächtigen Blöcken in dem pseudogotischen Zuckerbäckerstil, den Stalins Architekten so geliebt hatten, überragte das Hochhaus alle anderen Bauwerke im Umkreis von vier Straßenzügen. Der alte Bock hatte den Bau persönlich angeordnet. Mit vier anderen von genau gleicher Art hatte es seinerzeit die fünf Spitzen des Sowjetsterns markieren sollen, fünf Bollwerke, bewohnt von den Größen der Stadt: Ministern, Schauspielern, NKWD-Offizieren, Wissenschaftlern, Künstlern. Rudenko gehörte noch zur Garde der ursprünglichen Mieter. Die meisten waren schon lange tot, und ihre Wohnungen waren von den Enkeln übernommen oder untervermietet worden. Er hatte gehört, dass ein neuer Krösus sich auf seiner Terrasse einen privaten Swimmingpool bauen ließ.

Zu den unmittelbaren Nachbarn des Admirals zählten der aufgeblasene Wicht, der das Amerikanistische Institut leitete, eine der Primaballerinas des Bolschoi und ihre neunzehnjährige Lebensgefährtin, die namenlose Geliebte eines alternden Weltmeisters im Gewichtheben, der überaus leutselige amerikanische Vizepräsident einer neuen Handelsbank und ein Stockwerk höher ein paar mit ihrer Arbeit verheiratete hochrangige Militärs wie Admiral Rudenko, der frühere Kommandant der Rotbanner-Nordflotte.

Wie bei den meisten Männern seines Alters und seines Berufs war Rudenkos Privatleben durch den Krieg unwiderruflich verändert worden. Er war noch ein Junge gewesen, als seine Eltern ihm eine Verlobte gesucht hatten, doch dann war der Russlandfeldzug der Wehrmacht gekommen. Seine Verlobte hatte während des Rückzugs der Deutschen aus ihrer beider Heimatstadt Taganrog am Asowschen Meer den Tod gefunden, einer Stadt, erbaut auf den Trümmern einer alten Festung und tief von Gewalt geprägt. Die Türken hatten sie zweimal geschleift, die Genueser einmal. Dann kamen während der Revolution Denikins weißgardistische Verräter und, nicht zu vergessen, die Deutschen: einmal im ersten Krieg, zweimal im zweiten. Beide Schwestern, drei Tanten, seine Großmutter mütterlicherseits, sein Vater, seine Mutter – alle waren dort gestorben. Er war nie zurückgegangen. Ein unseliger Ort.

Nur sein älterer Bruder Aljoscha hatte den Krieg überlebt, ironischerweise deshalb, weil er in sicherer Entfernung von Taganrog gegen die Faschisten gekämpft hatte; er war verwundet worden, aber mit dem Leben davongekommen. Aljoscha schlug sich heute mit seiner Kriegsversehrtenrente durch und hütete Rudenkos Datscha, ein bescheidenes Plätzchen südlich von Moskau, mit dem ihm die Marine vor vielen Jahren für seinen langen, treuen Dienst und seine außerordentliche Tapferkeit im Großen Vaterländischen Krieg belohnt hatte. Rudenko hatte seinen Bruder, der mittlerweile Ende achtzig war, nie dazu bewegen können, ihn in Moskau und seiner herrschaftlichen Wohnung mit Blick über die Jausa zu besuchen. Aljoscha zog die Gesellschaft seiner braunen Hühner vor.

Der Fahrstuhl hielt rasselnd an. Der blasse Dienstmann knallte die blank polierte Käfigtür auf, und der Admiral trat hinaus, ohne auf die ungehobelte Art des Mannes zu reagieren. Die Jugendstiltür und das Art-déco-Messinggitter krachten hinter ihm zu. Eines Tages würde er diesen unverbesserlichen Trotzkisten erschießen, aber nicht heute Abend. Rudenko lächelte, als er das Paket in die andere Hand nahm, um seine Manteltaschen nach den Schlüsseln für das doppelte Sicherheitsschloss zu durchsuchen. Die Tür seines ältesten Nachbarn, eines Filmschauspielers aus den fünfziger Jahren, stand wie immer offen; die anderen beiden waren mehrfach verschlossen und mit Metall verstärkt. Seine eigene Außentür, stellte Rudenko fest, war nicht abgeschlossen, die innere Tür am Ende des Flurs auch nicht. Die ungemein hohe Decke und der nackte Parkettfußboden erhöhten den Eindruck der Leere, doch er spürte sofort, dass er nicht allein war.

»Georgi Michailowitsch!«, erdröhnte eine bekannte Stimme, und der zweite stellvertretende Minister Panow tauchte aus den Tiefen des Sessels vor dem prunkvollen Kamin auf und begrüßte seinen alten Rivalen mit erhobenem Glas.

Rudenko musste grinsen. Er legte seinen Mantel ab und trat mit ausgebreiteten Armen auf seinen Freund zu.

»Jewgeni Alexandrowitsch«, sagte er und küsste Panow schulterklopfend auf beide Wangen.

»Was ist das?« Panow tat erschrocken. »Willst du einen alten Kameraden mit einem toten Fisch erschlagen?« Er deutete auf das Paket in Rudenkos Hand.

Rudenko lachte. Er knöpfte seine Uniformjacke auf und schob sich an seinem Besucher vorbei in die Küche. »Wartest du schon lange?«, rief er über die Schulter.

»Nein, nein«, rief Panow zurück. »Ich war früh dran. Der Hauswart hat mich eingelassen. Ich hoffe, du hast nichts dagegen.«

Auf dem Rand des Porzellanspülbeckens packte Rudenko den geräucherten Fisch aus, schüttete den Kaviar auf eine ordentliche Schale und stellte beides auf ein Tablett, dazu die würzig duftende Kolbasa, hart und mit Paprikastückchen gespickt, sowie Wassergläser und Teller. Im Wohnzimmer stellte er die Kristallschale mit dem Kaviar neben einen Teller mit Brot und Butter und zog seine Uniformjacke aus, um sie über die Lehne seines Schreibtischstuhls zu hängen.

Panow stand noch. »Ich muss gestehen, dass ich von deinem Scotch geräubert habe, um mir die Zeit zu vertreiben.« Er hielt verlegen sein leeres Glas hoch.

Rudenko wischte die falsche Entschuldigung beiseite. »Willst du noch einen, damit der Kaviar besser rutscht? Sei doch so gut und schenk uns einen ein, ja?«

Panow, dem man so etwas nicht zweimal sagen musste, füllte sein Glas nach und goss seinem Gastgeber ein frisches ein. Die beiden waren die meiste Zeit ihres Lebens Rivalen gewesen, erst als Stabsoffiziere und U-Boot-Kommandanten, dann als Adjutanten im Marineministerium und so immer weiter auf der Karriereleiter. Doch die Zeit war über sie hinweggegangen. Das Schicksal hatte sie zu Protagonisten der wichtigsten Waffengattung der Sowjetunion ausersehen, aber mit zunehmendem Alter erlahmte ihr Eifer, und sie wurden von wesentlich jüngeren Technokraten überflügelt. Wie zwei Kriegsdenkmäler wurden die Genossen Rudenko und Panow bei den alljährlichen düsteren Feiern zum Gedenken vor Zeiten gewonnener (und auch mal verlorener) Schlachten rituell mit Orden behängt, während die Schreibtischhengste des Apparats, mit Computerkursdiplomen und Handys bewaffnet, zielstrebig ihren Aufstieg betrieben. Sie leerten ihre Gläser auf einen Zug.

Der Admiral schenkte neu ein und ließ sich auf dem kleinen Sofa gegenüber von Panow nieder. Die Abendsonne neigte sich, und das Licht glühte in ihren Gläsern. Sie stießen auf ihr Wiedersehen an. Wenn Panow sich in der Vergangenheit bei ihm gemeldet hatte, dann hieß das meistens, dass in irgendeinem popeligen Entwicklungsland wieder einmal ein distinguiert aussehender Marineattaché mit guten Fremdsprachenkenntnissen, ordensgeschmückter Brust und der großzügigen Ausstaffierung eines Admirals benötigt wurde. Hin und wieder hatte Rudenko Glück gehabt wie damals, als er drei wunderbare Jahre in Rom als zweiter Botschaftssekretär verbracht hatte. Er hatte im Westen getrunken, sich an seiner britischen Geliebten ergötzt, ihre schöne Sprache aufgesogen, ihre Kultiviertheit und ihren Duft eingeatmet. Mehr als seine gefeierten Verdienste im Krieg hatte sein Talent für Sprachen – vor allem die ihre – dafür gesorgt, dass er gefragt blieb.

»Auf den Papst!«, sagte Rudenko und hob sein Glas.

»Auf den Papst!« Panows Blick ging mit dem Glas in die Höhe und blieb an dem großen Ölgemälde über dem Kamin hängen.

»Aha«, sagte er. »Du hast noch weitere Bilder gesammelt.«

»Ja. Inga Dobenskaja.«

»Nicht gerade sozialistischer Realismus«, gluckste Panow und kniff die Augen zusammen, um das Bild in dem schwindenden Licht besser erkennen zu können. »Eine höchst ungewöhnliche Landschaft, bevölkert mit spärlich bekleideten Mädchen an ... was? Einem Strand?«

Rudenko zuckte die Achseln. »Sie war Molokanin. Wer hat je das Innenleben der molokanischen Christen ergründen können? Dennoch eine sehr ausdrucksstarke Malerin, auch wenn man die Sachen nicht recht versteht. Jedenfalls erinnerte es mich an meine Jugend am Meer. Und an noch etwas anderes.« Der Gedanke verwehte.

»Ja, ja. Jetzt erinnere ich mich«, sagte Panow. »Du hast mich ihr einmal auf einem Fest in Leningrad vorgestellt. In der Nacht des Admiralitätsballs von neunzehnhundertpaarundfünfzig. Wir waren – wie alt? Noch in den Zwanzigern wohl.«

»Ja.« Rudenko nickte. »Zweiundfünfzig, glaube ich, war es. Dein Gedächtnis funktioniert noch ganz gut.« Er ließ den Blick einen Moment auf dem Bild verweilen. »Wir waren kurzzeitig liiert.«

»Wo ist sie heute?«

»Schon lange nicht mehr da«, antwortete Rudenko.

»Im Westen?«, fragte Panow und schenkte sich abermals nach.

Rudenko nahm einen Schluck, schüttelte den Kopf und deutete mit dem Glas in der Hand nach oben. »Im Himmel«, sagte er, dann lehnte er sich in die Sofapolster zurück und knöpfte seinen Kragen auf. »Und wie geht es deiner Familie?«

»Ganz gut, danke der Nachfrage. Mein Enkel hat gerade sein letztes Jahr für seine Firma im Fernen Osten hinter sich gebracht. Als reicher Sibirier ist er nach Hause gekommen. Dort in den neuen Ländern ist das immer noch möglich, ohne dass man sich der Mafija anschließt.«

Panow erhob sich halb von seinem Sitz und häufte sich einen Löffel schwarze Perlen aus der Kristallschale auf eine gebutterte weiche Weißbrotscheibe. Er trug einen guten Anzug, wie es sich für einen stellvertretenden Verteidigungsminister gehörte. Nur wenigen wären jedoch seine forsche militärische Art und seine aufrechte Haltung entgangen. Er hatte stets wie der Krieger schlechthin gewirkt: groß, schneidig und lachend im Angesicht der Gefahr. Doch er war gealtert, erkannte Rudenko. Das ehemals strahlende Lächeln des jungenhaften Offiziers zur

See war trüb geworden, sogar grau an Stellen, wo die Füllungen durchschimmerten. Ein goldener Backenzahn blitzte, wenn er lachte. Die tiefen Runzeln um die Augen kamen nicht nur vom Anblinzeln gegen das grelle Licht auf dem Meer.

»Bleibst du zum Essen?«, fragte Rudenko. »Ich kann uns etwas braten. Und es gibt auch noch eine Flasche unverschnittenen Scotch, die ich dir eigentlich zum Namenstag schenken wollte.«

Panow, das Glas an den Lippen, schüttelte den Kopf. »Vielen Dank, Kapitän«, sagte er mit ironischer Förmlichkeit, »daraus wird nichts. Und leider wird sich auch dein Abend etwas anders gestalten als geplant. Wir müssen reden.«

»Ach ja? Vielleicht drückst du dich etwas deutlicher aus.«

»Eine Aufgabe für meine Abteilung. Sie verlangt eine Vertrautheit mit bestimmten Gegenden und maximale Kenntnis von Unterseebooten.«

Rudenko beugte sich vor und schlug Panow aufs Knie. »Jewgeni Alexandrowitsch, ich bin noch älter als du. Du kannst nicht im Ernst erwarten, dass ich in meinem Alter noch auf Piratenzug gehe. Für mich ist doch schon die Schreibtischarbeit fast zu viel.«

Panow tat den Einwand mit einem Kopfschütteln ab und stellte sein Glas neben den Brotteller. »Die Nordsee«, sagte er. »Wir müssen unbedingt feststellen, was mit einem unserer Boote passiert ist. Es ist in einem Gebiet verschollen, das dir gut bekannt ist – oder einmal war.«

Die Sonne war inzwischen untergegangen und alle Farbe aus dem Raum gewichen. Rudenko stand auf und knipste die Lampe auf seinem Schreibtisch an. Er wollte Panows Gesicht deutlich sehen.

»Schon wieder ein Boot verschollen? Davon habe ich gar nichts gehört.«

»Das wirst du auch nicht. In dem Fall darf es keinen Medienrummel geben.«

Rudenko nickte. »Wo genau wird es vermisst?«

»Im Sognefjord«, erwiderte Panow. »Erinnerst du dich?«

Der Sogne. Glasig schwarz. Wann war er das letzte Mal dagewesen?

»Weißt du noch, Georgi Michailowitsch«, fragte Panow, »wie wir dem Teufel für diese eisfreien Fjorde gedankt haben?«

Rudenko schmunzelte. Während des Krieges hatte er in den Fjorden und zwischen den Schären ein tödliches Versteckspiel mit deutschen Konvois getrieben. Und die Nazi-Kriegsschiffe attackiert, die in dem Meereskorridor nach Murmansk auf alliierte Handelsschiffe Jagd gemacht hatten. Rudenko hatte seine Gegner gedemütigt. Einmal hatte er sogar ein U-Boot torpediert, das gerade an der Oberfläche schwamm. Erst Jahre später erklärte er Studenten an der Marineakademie, warum das feindliche Unterseeboot nicht zur Flucht getaucht war. Das Schiff war zu seinem Unglück von der Schleppvorrichtung behindert worden, die es hinter sich herzog wie eine schwimmende Vase. Das stumpfgrüne Auge darin war Rudenko unvergesslich geblieben, die Schnauze einer der Raketen, in denen die Waffenmeister des Dritten Reichs die Zukunft erblickt hatten.

»Das verschollene Unterseeboot – was kannst du mir darüber sagen?«, fragte er Panow.

Der stellvertretende Minister stellte sein Glas auf dem niedrigen Holztisch neben seinem Sessel ab. »*Wladiwostok*, K-517, Zweites Geschwader. Akula-Klasse. Gründlich umgerüstet: Nuklearantrieb, hervorragende Manövrierfähigkeit. Leise. Ausgestattet mit speziellen Sonar- und Horchgeräten. Sie führt ein Arbeitstauchboot vom Typ SB-4 für Unterwassergrabungen mit.«

»Warum das?«

Panow zuckte die Achseln. »Es gab wohl etwas zu graben.«

»Bewaffnet?«

Panow warf die Hände in die Luft. »Geringfügig. Nur Torpedos. Keine Marschflugkörper. Konventionelle Bewaffnung. Neunundachtzig Mann Besatzung, fünf Offiziere. Zum Aufklärungsdienst eingeteilt. Und es ist eine Zivilistin an Bord. Eine Wissenschaftlerin, die sie von einer Station in der Arktis abgeholt haben. Sie heißt Lidija Tarakanowa.«

»Kapitän?«

»Ratschewski. Du könntest ihn kennen. Zu Hause ist er oben in der Nähe von Kem.«

»Ja. Ein besonnener Kommandant. Gut. Er wird seine Besonnenheit brauchen. Und das Boot ist definitiv in norwegischen Gewässern?«

Panow nickte. »Der letzte Funkspruch war gestern Morgen und enthielt keine Informationen, keine Einzelheiten. Nichts weiter als ein komprimierter Kurznotruf.«

»Hast du mir eine Akte mitgebracht?«, fragte Rudenko und sah sich nach einer Tasche um.

»Ich bitte dich.« Panow rang sich ein mildes Lächeln ab. »Du sollst heute Abend im Marineministerium instruiert werden. Tschernawin kommt von Petersburg geflogen. Was es an Unterlagen gibt, erhältst du dort.«

Was bedeutete, dass außerhalb des Ministeriums von dem Vorfall nichts bekannt war. Rudenko beugte sich etwas vor und nahm eine Zigarette aus dem Kästchen, das offen zwischen ihnen stand. »Entschuldige. Rauchst du noch?«, fragte er und hielt seinem Gast das schmuckvolle Kästchen hin. Panows Miene hellte sich augenblicklich auf. Auch die kleinste freundliche Geste erfreute ihn über die Maßen.

»Sie ist mit einer sehr anständigen Sauerstoffanlage ausgerüstet«, sagte Panow, »und kann sich ziemlich lange halten. Der Chef will, dass die Besatzung gerettet wird –«

»Tatsächlich?«

»– allerdings unter Wasser.«

»Unter Wasser?«, sagte Rudenko. »Solche Operationen gelingen schon mit Überwasserschiffen selten. Bis jetzt hat noch nie jemand eine Bergung vom U-Boot aus versucht.« Er atmete den Rauch genüsslich ein. »Ich weiß nicht.«

Jahre zuvor hatte er an der Suche nach einem Atom-U-Boot teilgenommen, das im Atlantik verschollen war. Damals waren die Außenhüllen bei weitem noch nicht so entwickelt gewesen. Es hatte keinerlei Aussicht bestanden, die Besatzung zu retten. Da sie die maximale Tiefe nicht zu überschreiten wagten, hatten sie Magnetometer und Fernsehkameras an langen Kabeln hinter sich hergezogen. Mit erheblichem Aufwand und Glück lokalisierten sie irgendwann das Boot, oder was davon übrig war.

Experten brachten Wochen damit zu, den Hergang des Unglücks zu rekonstruieren. Zuletzt kamen sie zu dem Schluss, dass das U-Boot versäumt hatte, seine Tauchzellen zu lenzen und die Antriebsanlage einfach nicht gegen das Gewicht angekommen war. Der Wasserdruck war für den Propeller zu groß gewesen, und so wurde das Boot nach unten gedrückt, mit dem Heck zuerst, viermal schneller als die übliche Höchstgeschwindigkeit. Mit zweihundert Meilen die Stunde schoss es in die Tiefe: dreihundert Meter, vierhundert ... Bei sechshundert zerbarst der Rumpf wie eine Eierschale. Alles Brennbare – Papier, Film, Seife, Öl, Alkohol – explodierte von der Hitze des unvorstellbaren Drucks. Zum Glück waren die Insassen bereits tot, weil sämtliche Blutgefäße geplatzt waren. Die Trümmer wurden mehrere Kilometer weit über den Meeresboden versprengt. Rudenko hielt sich nicht gern bei der Vorstellung auf.

»Georgi –«

Rudenko hob die Hand. »Es ist möglich – theoretisch.« Die neuesten Atom-U-Boote verfügten nicht über die Sicherheits- und Rettungseinrichtungen ihrer Vorgänger: Blinkbojen, die den Standort markierten und ein Telefon hatten, mit dem man die Seeleute erreichen konnte. Damals waren die dickwandigen hinteren Abteilungen sichere Zufluchtsorte gewesen; Rettungsmannschaften konnten Luft hineinpumpen und die Schiffbrüchigen mit Wasser, Essen, sogar Strom versorgen. Heute boten die dünnen Wände der hinteren Abteilungen keinerlei Schutz vor dem zermalmenden Druck des Meeres, wie die armen Matrosen an Bord der *Kursk* hatten feststellen müssen. Und in der Krise Anfang der neunziger Jahre hatte das Finanzministerium der Marine nur 20 Prozent des Etats bewilligt, den sie für Bergungs- und Rettungsmaßnahmen beantragt hatte.

Rudenko wollte wissen, wie lange die *Wladiwostok* auf Fahrt gewesen war, und staunte ein wenig, als er die Antwort »einen Monat« bekam. Das war lange für ein russisches U-Boot; sie waren sonst nie Monate am Stück unterwegs wie die Amerikaner, und durch die rigide Sparpolitik waren Strecken und Einsatzzeiten noch weiter geschrumpft. Zumindest waren nach der Katastrophe der *Kursk* die Sicherheitseinrichtungen schließlich verbessert worden, um die Öffentlichkeit zu beruhigen. Wenn das nicht gewesen wäre, hätten sie dieses Gespräch gar nicht geführt.

»Könnte das Problem darin bestehen, dass der Reaktor strahlt?«

Panow schürzte die Lippen und machte mit der Hand eine unbestimmte Geste. »Die Admiralität erhielt in der Woche davor zwei Funkmeldungen über leichten Haarausfall. Aber der könnte genauso gut die Folge von Stress durch die lange Zeit unter Wasser sein. Das Ergebnis der Strahlungstests im ganzen Schiff war negativ.«

Rudenko nahm hypothetisch an, das Schiff könnte die Felswände des Fjords gestreift haben, die mehrere hundert Meter hoch aus dem Wasser ragten, oder beim Manövrieren am Grund mit einer ungewöhnlichen Formation kollidiert sein. Oder einen schweren Maschinenschaden gehabt haben. Aber die schlimmste Befürchtung war offensichtlich, dass es entdeckt und aufgebracht worden war.

Dies sei unwahrscheinlich, meinte Panow. »In den Stunden seit dem Hilferuf der *Wladiwostok* wurde kein ungewöhnlich erhöhter norwegischer Funk- oder Schiffsverkehr registriert. Die Norweger wissen noch gar nicht, dass das U-Boot in ihren Gewässern ist.« Und *falls* die Rettungsaktion sich unter Wasser durchführen ließ, würden sie es auch niemals erfahren. Falls sie gelang, wäre das eine Premiere.

Rudenko schenkte zwei Gläser halb voll Wasser und trank seines in einem Zug aus. Panow tat es ihm nach.

Der Admiral stand auf, rief die Kaserne der Nordflotte in Murmansk an und gab Anweisung, seinen Seesack zu packen. Aus dem Bad nahm er nur seine Tabletten mit. Seeleute reisen mit leichtem Gepäck, dachte er und warf noch einen kurzen Blick auf das bescheidene Aufgebot von Fotos auf seiner Schlafzimmerkommode.

Panow war dabei, das Geschirr ins Spülbecken zu stellen, als er zurückkam. Die Gläser waren abgeräumt, der Whisky wieder im Schrank. Er hatte bereits seinen Mantel an.

»Fertig, Admiral? Tschernawin erwartet uns um sieben. Wir haben gerade noch Zeit für ein kurzes Abendessen.«

Rudenko nickte.

Panows alter Fahrer chauffierte sie in einem ebenso alten Sil ins Hotel Metropol, wo sie an einem Tisch mit Blick über die grünen Dächer des Kreml am anderen Flussufer speisten. Seine fünf spitzen Türme krönten riesige rote Sterne aus Glas, die sich wie Wetterfahnen im Wind drehten. Mit Ausnahme einer Gruppe englischer Touristen und zweier zwielichtiger Typen in italienischen Anzügen war das Restaurant praktisch leer, ein Zustand, der von den goldgerahmten Spiegeln noch zusätzlich betont wurde.

Panow und Rudenko starrten auf die von Flutlicht bestrahlte Festungsanlage und ihre Spiegelungen in den riesigen Fenstern. Der Admiral erinnerte Panow an die Winter unmittelbar nach dem Krieg, als Galizin noch lebte und als Pensionär mit seiner Frau und ihrer adoptierten chinesischen Tochter eine prunkvolle Wohnung im Kreml besaß. Zu Weihnachten fanden sie sich beide häufig dort ein; niemand sonst erwartete sie.

»Lange her«, sagte Panow wehmütig.

Das Speisenangebot im Metropol war erlesen, aber Rudenko hatte nicht viel Appetit, auch wenn die Admiralität die Rechnung übernahm. Er bestellte nur einen gegrillten Stör. Panow bestellte Lammfrikadellen und gebackene Auberginen mit einer Pinienkernfüllung, gefolgt von Aprikosen- und Kiwitörtchen zum üppigen Nachtisch. Als der Kaffee kam, entschuldigte sich der Admiral und ging zur Toilette.

Seine schlohweißen Haare standen in auffälligem Kontrast zu den blauen Augen; sein Gesicht war zerfurchter als das Meer. Wie kam jemand seines Alters dazu, über einen Einsatz auf See auch nur nachzudenken? Hatten Panow und seine Vorgesetzten das nicht berücksichtigt?

Natürlich hatten sie das, begriff er plötzlich. Wenn das U-Boot der Baltischen Flotte festsaß und nicht zu heben war, wer bot sich dann eher dafür an, das Notwendige zu tun, als ein absolut zuverlässiger Flaggoffizier eines anderen Flottenverbands? Einer, der niemanden auf dem Schiff persönlich kannte. Besser ein ehrwürdiger und entbehrlicher alter Mann, der schon längst pensioniert gehört hätte, als ein jüngerer Offizier mit Skrupeln und Karrierehoffnungen. Nein, Admiral Rudenko war für die Bereinigung bestens geeignet. Und für das Nachspiel.

Um zehn vor sieben verließen sie das Hotel und gingen zu Fuß die langen Straßenzüge hinunter zu ihrem Ziel. An dem Mast über der Tür wehte die Fahne der russischen Marine.

»Punkt sieben«, sagte Rudenko.

Der Kontakt zur *Wladiwostok* war seit sechzehn Stunden und zwanzig Minuten abgerissen.

5

Die Vorstellung, dass Rudenko in der Angelegenheit irgendeine Entscheidungsfreiheit hatte, war rasch vom Tisch. Admiral Igor Alexejewitsch Tschernawin, Oberkommandierender der russischen Seestreitkräfte, empfing sie persönlich in einem bescheidenen Ratssaal. Außer dem blitzblank polierten Art-déco-Konferenztisch für bis zu zwölf Personen war das einzig Bemerkenswerte im Raum eine umfangreiche Sammlung von Feindbeschuss zerfetzter roter Fahnen, die schwarz gerahmt unter Glas ausgestellt waren.

»Admiral Rudenko. Sehr freundlich von Ihnen, so prompt zu erscheinen«, sagte der Marinechef und bedeutete ihnen, an dem Konferenztisch aus Walnussholz Platz zu nehmen. »Wir haben ein Problem mit der K-517, wie Sie wohl bereits wissen.« Panow bestätigte dies mit einem Nicken. »Die *Wladiwostok* befand sich auf einer heiklen Mission. Ich muss Ihnen nicht erklären, dass die Anwesenheit unseres Kriegsschiffes in den Hoheitsgewässern eines anderen Staates von uns selbstverständlich ein überaus diskretes Vorgehen erfordert.«

Tschernawin hatte im Zuge seines raschen Aufstiegs zu seinem jetzigen Rang auch unter Rudenko in der Nordflotte gedient. Rudenko wusste, dass er scharfsinnig und umsichtig war und von sich und anderen das Äußerste verlangte. Was getan werden musste, wurde getan, sonst ... Und ohne viel Aufhebens. Genau deshalb wurden für diese Aktion die alten Hunde hinter dem Ofen hervorgeholt.

Tschernawin entfaltete einen großen Längsschnitt des Innern

der *Wladiwostok*. Er führte im Einzelnen die Veränderungen auf, die an den verschiedenen Abteilungen vorgenommen worden waren, und beschrieb die Offiziere bis hinauf zu Kapitän Ratschewski.

Er trat von dem Schaubild zurück. »Trotz der hohen Wahrscheinlichkeit, dass die Lufterneuerungsanlage die Besatzung am Leben hält, ist an eine Rettungsaktion mit einem Überwasserschiff gar nicht zu denken. Die Norweger würden einen solchen Versuch im Nu spitzkriegen. Eine Bergung unter Wasser durch ein anderes U-Boot hat es vorher noch nie gegeben, aber ein maßgeblicher Verfechter der Durchführbarkeit einer solchen Aktion ist meines Wissens ein Admiral der Nordflotte, ein gewisser G.M. Rudenko.«

Panow warf Rudenko einen Blick zu, sagte aber nichts.

Tschernawin entrollte eine Seekarte: Die obere Hälfte zeigte den Sognefjord in seiner ganzen Länge von zweihundert Kilometern, die untere den entsprechenden Längsschnitt durch die Fahrrinne in der Mitte des Fjords.

»Das glaziale Trogtal des Fjords weist wenige unterseeische Geländemerkmale auf. Tief, steil und gerade. Außer einem Felsen hier und da und sandigen Ablagerungen am Grund hat der zurückweichende Gletscher wenig hinterlassen. Zum größten Teil ist die Fahrrinne eben und sehr tief.« Mit der Spitze seines Bleistifts tippte Tschernawin auf eine kleine Krümmung im Fjord, achtunddreißig Kilometer hinter der Küste. »Das Ziel der *Wladiwostok*. Sie sollte mit ihrem SB-4-Tauchboot eine streng geheime Installation vom Grund bergen.«

Rudenko nickte. Er meinte die Andeutung des Kommandeurs zu verstehen. Ende der siebziger Jahre, als die Landraketen wegen ihrer Anfälligkeit für Direktangriffe obsolet geworden waren, hatten die Amerikaner Pläne geschmiedet, ihre Interkontinentalraketen auf Schienenlafetten zu setzen, um sie in einem absurden Versteckspiel in unterirdischen Tunnelsystemen hin und her bewegen zu können. Admiral Tschernawin hatte das Gegenkonzept der sowjetischen Marine ersonnen: die strategische Verteilung von Atomraketen führenden U-Booten.

Der Plan erforderte die umfassende Kartierung des Ochotskischen Meeres im Fernen Osten, des zerklüfteten Küstengebietes von Schweden und der eisfreien norwegischen Fjorde. Also drang man systematisch in fremde Hoheitsgewässer ein, um zunächst die nötigen Unterwasserpeilungen vorzunehmen und dann im nächsten Schritt die U-Boote und ihre Raketen in Position zu bringen, für die es ein Leichtes war, Ziele in Nordamerika und Europa mit thermonuklearen Mehrfachgefechtsköpfen zu treffen. Das Kriterium für die Bastionen war simpel: Sie mussten ihren U-Booten Schutz vor Entdeckung bieten. Die steilen, hohen Wände der Fjorde vereitelten selbst modernste Aufspürmethoden. Gleiches galt für die verschiedenen Temperaturen und Dichten der dortigen Strömungen – teils Salz-, teils Süßwasser –, die Infrarotsensoren und sogar Sonarstrahlen abblockten und verzerrten. Und sie froren niemals zu. Einmal in Stellung gebracht, lagen die Unterseeboote sicher verborgen an Orten, von wo aus die Raketen nur Minuten zu ihren Zielpunkten zu fliegen hatten.

Tschernawins revolutionäre Strategie wurde zum Eckpfeiler einer neuen Doktrin, des genialen Plans, sowjetische Raketen-U-Boote an nahezu unangreifbaren Standorten zu verstecken. In Tests erwies sich die List als äußerst effektiv. Von diesen Abschusspunkten aus konnten unterseeische Streitkräfte die Waffenarsenale des Westens noch eine ganze Weile mit billigen Mitteln in Schach halten. Jetzt war sogar ein Präventivschlag möglich, wenn der Westen den Druck wieder erhöhte. Strategisch waren die Stellungen unbezahlbar und kosteten doch so gut wie nichts. Was der russischen Rüstungsproduktion nicht gelungen war, hatte Tschernawins einfache Strategie spielend geschafft. Die Partei beförderte ihn über die Köpfe einer ganzen Reihe älterer Offiziere hinweg, darunter auch Rudenko.

Die Vermessung von Tschernawins U-Boot-Nestern hatte höchste Priorität erhalten, denn die Treffgenauigkeit einer Rakete war nicht größer als die Präzision, mit der ihre Abschussposition berechnet worden war. Zwei konventionell bewaffnete U-Boote der Strategischen Nuklearstreitkräfte hatten die knifflige Aufgabe zugewiesen bekommen, die Standorte in Norwegen und Schweden exakt zu bestimmen, auszubaggern und mit passiven elektronischen Wächtern zu umstellen, die das Nahen von Patrouillenbooten feststellen konnten. Die Geräte waren nach dem Vorbild japanischer Schallbojen gebaut worden: automatische Horchvorrichtungen, die alle Geräusche in der Nähe an das zugehörige U-Boot sendeten. Alle U-Boote waren mit elektronischen Erkennungsgeräten ausgerüstet, um aus der Vielzahl der Meeresgeräusche die Schallwellen herauszufiltern, die von ausländischen Schiffen stammten. Jedes Raketen-U-Boot blieb zwanzig Tage lang auf seinem Posten, ehe es von einem anderen abgelöst wurde.

Dann wurden die gigantischen Unterseeschiffe der Klassen Akula und Delta I-IV gebaut, von denen jedes einzelne stark genug war, um für den Abschuss ihrer Interkontinentalraketen durch drei Meter dickes arktisches Eis zu brechen. Diese riesigen Unterseekreuzer fuhren nie nach Süden in die Norwegische See, nur nach Norden. Die Barentssee und die übrigen Nordmeere wurden ihr dauerhaftes Operationsgebiet.

Rudenko atmete tief durch; es war heiß in dem Sitzungssaal. Das alles war Vergangenheit, der Kalte Krieg war vorbei. Die illegalen Bastionen waren Ärgernisse, potenzielle Stolpersteine für den frisch ernannten Marinechef. Die Admiralität war anscheinend dabei, sie abzubauen und alle Spuren zu beseitigen. Rudenko war immer noch dankbar, dass die bei der Nordflotte stationierten U-Boote der Strategischen Nuklearstreitkräfte niemals seinem Kommando unterstanden hatten.

»Noch Fragen, Herr Vizeminister?«, erkundigte sich Tschernawin bei Panow, dann bei Rudenko: »Herr Admiral?«

Rudenko beugte sich vor und stützte mit gefalteten Händen die Unterarme auf den Tisch. »Wenn die Norweger die *Wladiwostok* finden oder uns vor ihrer Haustür aufspüren, wie lauten dann meine Befehle?«

Tschernawin musterte seinen früheren Kommandanten mit den schmalen asiatischen Augen, die nur einer der Gründe waren, weshalb seine Untergebenen ihm den Spitznamen »der Tatar« gegeben hatten.

»Widerstand leisten, sie versenken. Sie geben Ihr Kommando unter keinen Umständen auf. Eine Auslieferung der *Wladiwostok* kommt nicht in Frage. Identität und Anwesenheit des Schiffes dürfen nicht verifizierbar sein. Das ist wichtiger als alles andere.«

»Jawohl, Herr Admiral.«

»Holen Sie die Besatzung der *Wladiwostok* heraus. Das Boot ist entbehrlich. Zerstören Sie es.«

»Welche Unterstützung können wir vor der Bergung von unserer Schwesterflotte erwarten? Oder danach?«

Tschernawin schwieg einen Moment. »Ich fürchte, Sie können gar keine Unterstützung erwarten, bis Sie ihre Mission beendet haben und auf offener See sind. Mehrere Fischkutter werden sich ganz zufällig in der Nähe dicht hinter der Staatsgrenze aufhalten. Der Hubschrauberträger *Nowosibirsk* wird gerade unweit der Mündung des Fjords auf Manöver die Ostsee verlassen. Seine Jak-36-Jäger werden aufsteigen, wenn Sie ausfahren. KA-25-Helikopter desgleichen. Zwei Zerstörer der Sowremenny-Klasse begleiten ihn und werden Ihnen unverzüglich Flankenschutz bieten. Nehmen Sie mit keinem von ihnen Funkkontakt auf. Verständigen Sie nur St. Petersburg. Die Admiralität wird den Unterstützungskräften von dort aus Anweisungen geben.«

Panow hatte die Arme vor der Brust verschränkt. »Könnte nicht für den Fall schwerer Verletzungen bei der Besatzung ein Lazarettschiff zur Stelle sein?«

Tschernawin nickte. »Gut. Gute Idee.« Er wandte sich an seinen Adjutanten. »Schicken Sie unverzüglich das am nächsten befindliche Lazarettschiff los. Der Admiral wird durch die Ostsee zu uns zurückkehren, bringen Sie also das Lazarettschiff auf einen Kurs, auf dem es mit seinem Boot zusammentrifft. Aber denken Sie daran, wir wollen nicht zu viel Bewegung in Richtung Sognefjord haben, damit die Sache nicht auffliegt, ehe der Admiral aus dem Fjord heraus ist. Sobald er draußen ist, sollen sie fahren, was das Zeug hält.«

Der Adjutant machte auf dem Absatz kehrt und marschierte davon. Seine schweren Schritte hallten durch den leeren Flur.

»Und wenn nun die Besatzung nicht herauszuholen ist?«, erkundigte sich Panow.

Tschernawin richtete seine Antwort an Admiral Rudenko. »Sie werden tun, was Sie tun müssen.«

Rudenko und Panow wechselten einen Blick.

Tschernawin blickte auf seine Notizen und rieb sich beim

Lesen den Nasenrücken. »Eine Sache noch. Von höchster Wichtigkeit.«

Er holte ein wasserdichtes gelbes Kästchen aus dem Schreibtisch, nicht größer als eine Pausenbrotdose und mit lateinischen Lettern beschriftet: ARS-T. Panow und Rudenko wechselten abermals einen Blick; keiner von ihnen erkannte die Abkürzung, und Fragen waren deutlich nicht erwünscht. Tschernawin legte es vor ihnen auf den Tisch.

»Eine solche Schachtel wird sich im persönlichen Safe des Kapitäns befinden. Nehmen Sie sie an sich.«

Tschernawin griff sich einen offenen Briefumschlag, der neben seinem Ellbogen lag. Er schüttelte einen Schlüssel an einer langen Metallperlenkette heraus. »Dies ist ein Duplikat des Schlüssels für den Sicherheitssafe des Kommandanten. Hier drin sind noch ein halbes Dutzend für die Rettungstaucher.« Er schob dem Admiral den Umschlag zu. »Falls mehr benötigt werden.«

»Jawohl, Herr Admiral«, sagte Rudenko.

»Nun gut ...« Tschernawin erhob sich und drückte den beiden kurz und fest die Hand. »Mein Adjutant«, erklärte er, »wird der Werft in Kem Ihre Anordnungen übermitteln und Ihren sofortigen Transport dorthin veranlassen. Bitte richten Sie alle Wünsche und Mitteilungen an ihn. Wo steckt der Kerl überhaupt?«

Der jungenhafte Leutnant kam mit einer Kanne Kaffee, aber nur zwei Tassen zurück.

»Admiral«, sagte Tschernawin, »ich erwarte Sie Mitte der Woche in St. Petersburg. Seien Sie pünktlich.« Er verzog das Gesicht zu einem harten Lächeln.

»Jawohl, Herr Admiral.«

»Guten Abend.« Tschernawin gab dem Adjutanten ein Zeichen.

»Guten Abend«, erwiderte Panow und stand auf, Rudenko desgleichen.

Der Leutnant nahm Haltung an, als der Flottenbefehlshaber aus dem Raum schritt.

Panow atmete laut aus, zog sein Jackett aus und hängte es über die Stuhllehne. »Und was in aller Welt hat es damit auf sich?«, fragte er mit einer vagen Handbewegung in Richtung der knallgelben Schachtel.

»Ich habe keine blasse Ahnung«, meinte Rudenko und wandte sich der Seekarte zu. »Fürs Erste müssen wir schwierige logistische Probleme lösen und Entscheidungen fällen.«

Panow trat um den Tisch und las über die Schulter des Admirals hinweg laut die Liste mit, die Rudenko zusammenstellte. »Tiefenmesser, Atemgeräte, Bahren, Arzneimittel, medizinische Instrumente und Ärzte. Und welches U-Boot soll dir dieses Warenlager nach Norwegen schaffen?«

»Ich dachte an die *Rus*. Sie gehört zur Sewerodwinsk-Klasse und hat somit einen verstärkten Rumpf und schallgedämpfte Maschinen. Sie liegt in Kem im Hafen, führt keine Raketen an Bord und ist mit einer Rettungskapsel ausgestattet. Eine zweite könnte sehr schnell dazumontiert werden.«

Panow gluckste. »Die *Rus*. Ich nehme an, dass dein Rabauke vom Dienst immer noch das Kommando führt.«

»Kapitän Nemerow ist ein erfahrener Offizier«, sagte Rudenko, ohne von der länger werdenden Liste aufzuschauen. »Leutnant!«, rief er dem Adjutanten zu. »Benachrichtigen Sie die U-Boot-Bunker in Kem. Sie sollen auf Kapitän Nemerows Boot einen Raketenschacht ausräumen und eine Druckausgleichskammer mit Schleuse hineinschweißen. Informieren Sie Kapitän Nemerow über die Situation. Schärfen Sie ihm ein, dass wir nur Stunden für diese ganzen Arbeiten haben, nicht Tage. Er soll stillschweigend auch noch zwei Ärzte auf die Dienstliste setzen. Ach ja, und vier fähige Taucher. Dann soll er das Boot in die geschlossene Werft bringen. Und von alledem darf nichts nach außen sickern.«

Er drehte sich Panow zu. »Wir werden die zusätzlichen Taucher brauchen. Für den Fall, dass die *Wladiwostok* weiter unten ist als gedacht.« Der Leutnant war schon auf dem Flur, als Rudenko ihn noch einmal zurückrief. »Sie sollen die zwei Rettungstauchboote unbedingt vorher ausprobieren – falls sie das nicht ohnehin tun.« Er sah Panow an. »Der Sogne ist stellenweise sehr tief. Zwölfhundert Meter und mehr, wenn ich mich recht entsinne: weit über sechshundert Faden. Ich glaube, ich habe irgendwo in meinem Quartier in Murmansk sogar noch eine britische Seekarte davon.«

»Soll ich diese Karte suchen lassen, Herr Admiral?«, fragte der Leutnant.

Rudenko sah ihn einen Moment zweifelnd an. »Nein, nein. Sie ist veraltet und unzulänglich. Diese hier sind viel besser.« Er schrieb etwas auf ein Stück Papier und hielt es dem Adjutanten hin. »Wer sich zum Dienst gemeldet hat, darf das Schiff nicht mehr verlassen. Hier sind die Koordinaten, wo ich zur *Rus* stoßen werde. Teilen Sie sie bitte Kapitän Nemerow mit und dazu meinen Befehl, augenblicklich in See zu stechen, sobald die Arbeiten beendet und die Männer an Bord sind. Die Druckausgleichskammer kann er auf See fertig einbauen lassen. Die *Rus* soll so schnell wie möglich auslaufen.«

»Jawohl, Herr Admiral«, erwiderte der Leutnant und stürzte hinaus.

Rudenko und Panow griffen sich die Papiere und ihre Mützen, und beim Gehen legte sich der Admiral schon seinen Reiseplan zurecht. Draußen an der Nachtluft winkte Panow dem Fahrer der wartenden Limousine, der hinausgesprungen war und ihnen die Tür aufhalten wollte, sich ein Stück zu entfernen.

»Es dauert noch einen Moment.«

Der Fahrer nickte.

»Warum sind sie in den Sogne gefahren?«, fragte Rudenko.

»Ich würde tippen, der Grund ist Geld«, meinte Panow. »Oder vielmehr Geldmangel. Die Admiralität ist pleite. Falls du es noch nicht gemerkt hast, wir sind ärmer als Thailand. Der elende Baht ist mehr wert als der Rubel. Jeden Tag fliegt eine Maschine aus New York tonnenweise Hundertdollarscheine ein, damit unsere Kapitalisten und Gauner richtiges Geld haben, mit dem sie spielen können. Obwohl sie heutzutage Euros bevorzugen.«

»Was hat das mit der Sache zu tun?«

»Entschuldige. Sie haben gewiss der *Wladiwostok* aus Sparsamkeitsgründen zusätzliche Pflichten aufs Auge gedrückt. Dieses alte Nest sauber zu machen war ihr zweiter Auftrag.«

»Und was war der erste?«

»Eine Forschungsstation im Kanadischen Archipel«, antwortete Panow. »Da kam die Wissenschaftlerin her.«

»Auf dem Packeis?«

»Auf einer kleinen Insel im Eis. Ein geopolitisches Modellprojekt. Hochwissenschaftlich und hochidealistisch. Schlimmer als Soros. Bah! Warum müssen wir unsere letzten paar Kröten zum Fenster rauswerfen?«

Rudenko deutete mit einem Daumen auf den Eingang des Ministeriums. »Die Kassen sind leer, und er lässt diese Frau von einem Unterseeboot abholen?«

Panows Miene verriet nichts. »Anscheinend, ja.«

»Und jetzt ist das Boot abgesoffen.«

»So wird es sein«, bestätigte Panow.

Der Admiral zog einen Handschuh aus, und Panow tat es ihm gleich. Sie drückten sich die Hand, umarmten sich und hielten sich an den Schultern.

»Viel Glück«, sagte Panow. »Mögen die Fjords es noch einmal gut mit dir meinen.«

In Gedanken schon mit den Dingen beschäftigt, die er in Murmansk regeln musste, stieg Rudenko in den Mercedes des Ministeriums. Panow redete noch, als die Tür zuklappte. Der Wagen fuhr so schnell an, dass der Admiral kaum dazu kam, zum Abschied zu winken. Panow hatte gerade etwas gesagt, das er nur halb mitbekommen hatte; sein Freund wurde rasch kleiner, die Hand immer noch in der Luft.

Die schwere Staatskarosse schoss die Mittelspur des Boulevards hinunter, die Politikern, Würdenträgern und Rettungsfahrzeugen vorbehalten war. Sie hatten es eilig, zum Flugplatz zu kommen, wo die Maschine, die ihn nach Kem bringen sollte, schon bereitstand. Doch zu dem Zeitpunkt, da er in Murmansk eintraf, würden Kapitän Nemerow und die *Rus* bereits auf See sein.

6

Hanley graute vor dem Gespräch mit ihrem Ex-Ehemann. Und er enttäuschte sie nicht.

»Du musst doch gewusst haben, dass es ihn todtraurig macht, wenn die nächsten drei Besuche bei dir ausfallen. Oder sind es vier? Der Gedanke, dich fünf Monate lang nicht zu sehen, wird ihm das Herz brechen.«

Hanley seufzte resigniert.

»Na klar«, sagte er. »Du fährst trotzdem. Die Arbeit kommt immer zuerst. Das ist ja bekannt. Wir anderen müssen einfach damit leben. Du beklagst dich, dass ich Joey tausend Meilen weit wegbringe, aber du musst zugeben, dass es verdammt bequem für dich ist. So bleibt dir mehr Zeit für deine Leichen.« Er stöhnte, aber Hanley merkte, dass das ausnahmsweise einmal nicht ihr galt.

»Fehlt dir was?«, fragte sie.

»Mein Magen.«

»Schon wieder? Hast du es mal mit der Sieben-Tage-Entgiftungskur versucht? Du solltest vielleicht Antioxidantien und Chrom nehmen und deine Gefäße reinigen. Vielleicht wäre auch eine Lymphdränage nicht schlecht.«

»Warum klingen deine Ratschläge immer wie Tipps zur Rasenpflege?«, knurrte er.

»Mach wenigstens eine Darmspülung«, sagte Hanley. »Das würde dein Problem wenigstens teilweise lösen.«

»Bitte«, sagte er genervt. »Wirst du vielleicht für deine Missionstätigkeit bezahlt? Bist du am Umsatz beteiligt?«

»Leider nein.«

»Es freut mich, dass du dich in Kalifornien akklimatisiert hast und dass du so viel für deine Persönlichkeitsentwicklung tust. Ich bin froh und glücklich, dass du ganz im Augenblick lebst, positiv denkst, dich selbst verwirklichst und deine inneren Lichtzentren findest. Ich begrüße es sehr, dass du deine Blockaden, Kanäle, Chakras und Marmas reinigst, dein inneres Selbst erweckst und deine Liebhaber mit dem I Ging aussuchst. Ich wünsche dir, dass dir neue Energien, Synergien und Syzygien zuteil werden. Ich wünsche dir, dass du deine Lebenskraft pflegst und leuchtest wie eine Kerze in der Nacht. Aber ich möchte – ein für allemal, verdammt – keine Darmspülung machen. *O-kay?«*

Sie hielt sich das Telefon vom Ohr weg. »Okay.«

Im nächsten Moment war die Leitung tot.

»Tschüs«, sagte Hanley leise vor sich hin, »dir auch alles Gute«, und knallte den Hörer auf. »Scheiße.« Sie setzte ihre Sonnenbrille auf und nahm den Autoschlüssel vom Küchentresen. Joey saß bereits im Wagen, als sie hinauskam.

Ein blumenartiges Wesen tauchte in dem Gezeitenbecken auf, an den Spitzen der Blütenblätter feuerrote Fühler.

»Laila cockerelli«, sagte Hanley. »Und da ist eine Peltodoris.«

»Sieht aus wie 'ne Kartoffel.« Joey kauerte auf Händen und Knien am Rand der Felsengumpe.

»Absolut.«

»Was fressen die?«

»Schwämme.«

»So? Und wozu sind die orangen Dinger da, die die andere da drüben hat?« Er zeigte darauf.

»Aaah.« Hanley blickte erfreut. »Das sind ihre Verdauungsdrüsen. Mägen, könnte man sagen.« Sie blickte auf das gebannte Gesicht ihres Sohnes, und es versetzte ihr einen Stich.

»Und das da«, fragte der Junge, »dieses schleimige Zeug. Was ist das?«

Hanley streckte eine Hand aus, um nicht von der Spiegelung auf dem Wasser geblendet zu werden. »Algen«, sagte sie. Sie schöpfte etwas von der glitschigen Masse heraus.

»Iiih!« Joey verzog das Gesicht.

»Nein, nein, die sind wunderbar. Ohne Algen hätten wir keine Handcreme, kein Petroleum, keine Filme, keinen Pudding, kein Bier, nicht mal Schokoladenmilch.«

»Schokoladenmilch? Das Zeug ist in Schokoladenmilch drin? Ist ja eklig!«

Hanley nickte. »Mmmm. Und sie ernähren sich von Abwässern. Ein paar Leute haben sie sogar dazu gebracht, sich bei Tankerunfällen über das ausgelaufene Öl herzumachen. Hab ich dir noch nie von der Blaualgendiät erzählt?«

»Vielleicht sollte ich ein paar mit ins Flugzeug nehmen«, meinte Joey. »Besser als das Essen dort sind sie auf jeden Fall.«

Hanley schmunzelte.

Joey sah seine Mutter von der Seite an. »Wann fährst du?«

Sie steckte die Hände in die Taschen. »Morgen spät. Erst nach Edmonton. Das ist in Kanada. Dann nach Alaska. Und von dort werde ich zu der Forschungsstation gebracht. Sie liegt auf einer Insel mitten im Eis.«

»Am Nordpol?«

»Beinahe.«

Joey rappelte sich auf. »Lass uns gehen, Mama.«

Hanley stand ebenfalls auf und folgte ihrem Sohn über die Felsen auf den Strand.

»Tut mir echt Leid, dass ich nicht rechtzeitig zu Weihnachten zurück sein werde.«

»Na ja«, sagte Joey, »ist nicht so schlimm. Papa geht mit mir in die Sea World.«

»Hör zu, wir mailen uns, während ich weg bin, und wenn du das nächste Mal bei mir bist, machen wir zusammen ein Experiment. Eine Klinik in Berkeley entwickelt gerade ein Computerprogramm, mit dem du arbeiten kannst. Ein Mitarbeiter dort hat rausgefunden, wie man einen Computer so programmiert, dass er für Leute mit Dyslexie persönlich abgestimmte Rechtschreibkorrekturen vornimmt. Er sieht gewissermaßen mit deinen Augen. Wir haben ein paar Hausaufgaben von dir an die Klinik geschickt, und sie entschlüsseln jetzt deine Buchstabenfolgen. Sie basteln ein Programm zusammen, das dir lesen helfen kann. Aber du musst mitmachen. Du musst dafür offen sein, Joseph Hanley-Brown.«

»Du hörst dich schon wieder wie ein Hippie an.«

»Ich bin ein Hippie. Ich will, dass du am Ende deines nächsten Besuchs Seetang zum Frühstück isst.« Sie packte ihren Sohn am Kragen. »Also, was hältst du von dem Programm?«

»Okay, Mama. Ich werd's versuchen.«

Sie lächelte. »Das find ich toll.«

Joey sah seiner Mutter fest in die Augen.

Hanley sagte: »Ich werde dich schrecklich vermissen.« Sie fasste nach seinen Schultern.

Er schüttelte ihre Hände ab und ging schmollend davon. Augenblicklich verließ sie der Mut.

»Echt, Joey. Das werde ich.«

Der Junge blieb stehen und drehte sich um – »Ich dich auch« –, dann lief er zurück und umarmte sie.

7

Die *Rus* brach von der Stadt Kem am Weißen Meer auf und ging nach einem Stück Richtung Norden auf westlichen Kurs, der sie schließlich aus der Barentssee in die Norwegische See brachte, die ganze Zeit auf Tauchfahrt, um die dicken Eisschollen zu vermeiden. Sobald sie den Norwegenstrom erreichten, wo der extrem hohe Salzgehalt für eisfreie Küstengewässer sorgte, schwenkten sie auf die vertraute Route unweit des Festlands ein und tauchten auf, um die Umbauarbeiten vorzunehmen.

Die Skalen und Anzeigen in der Zentrale leuchteten so schwach wie das Armaturenbrett eines Autos bei Nacht, damit sie nicht die Nachtsicht des Mannes am Sehrohr beeinträchtigten. Das gedämpfte Licht im Raum erzeugte eine eigentümlich friedliche Stimmung. Die einzige andere Lichtquelle war der kurze senkrechte Schacht, der durch den Kommandoturm nach oben zur Brücke führte. Durch den Schacht zog es; in der Zentrale war es eiskalt.

Kapitän zur See Wassili Sergejewitsch Nemerow streckte den Arm in den Kreis natürlichen Lichts am Fuß der Leiter und schaute auf seine Uhr, ein erstklassiges amerikanisches Militärmodell mit schwarzem Zifferblatt und Radiumziffern und -zeigern. Sie war sein wertvollstes Besitzstück, das er vor Jahren beim Kartenspiel von einem Oberst der Marineinfanterie gewonnen hatte.

»Leutnant«, sagte er zu seinem Navigationsoffizier, »ich gehe nach oben. Geben Sie auf diese Burschen Acht, während ich weg bin, ja? Der Koch hat die Abfahrt verpasst, und Torpedomaat Grischow beehrt uns mal wieder mit den Rezepten seiner Mutter. Sorgen Sie dafür, dass niemand desertiert.«

Die Männer lachten vergnügt in sich hinein, ohne von ihren Instrumenten und Schaltern aufzuschauen. Nemerow stieg die Leiter hinauf und oben durch die offene Luke des Kommandoturms auf die winzige Plattform, die als Brücke des U-Boots diente.

Das Schiff rollte in den Wellen. Trotz seiner kolossalen einhundertzweiundfünfzig Meter Kiel und seines mächtigen Umfangs war die Brücke kaum mehr als ein Krähennest und für drei Männer in dicker Winterkleidung zu eng. Um Platz zu schaffen, schickte der Kapitän einen der Ausguckposten mit einem Schlag auf die Schulter nach unten.

Nemerow zog seine Schirmmütze tiefer und betrachtete den Himmel. Dunkel mit rötlichen Tönen. Über den Horizont zog sich ein gespenstisch weiß glänzender Streifen. Die See war nach seinem Geschmack, leicht aufgewühlt und gischtig von dem starken Wind, der Schnee zu bringen drohte. Obwohl er eine Feier an Bord zu Ehren seines dritten Jahrestages als Kommandant hatte absagen müssen, war Nemerow sehr einverstanden damit, auf See zu sein, weg vom Flottenhauptquartier in Murmansk und den U-Boot-Bunkern in Kem.

Noch ein paar Meilen Fahrt, und sie hatten es nur noch mit ein paar verirrten Eiswürfeln im Wasser zu tun. Wo blieb der Admiral, zum Donnerwetter? Die *Rus* war so gut wie in Position. Und sie war auch nicht zu übersehen bei dem ganzen Rauch, der aus dem Raketenschacht Nummer 6 quoll.

Dessen Klappe stand offen, damit die schädlichen Gase von den Schweißarbeiten im Innern abziehen konnten. Die Tauchzellen waren zum Teil geflutet, um die *Rus* für die Arbeit unter Deck zu stabilisieren und um den Gewichtsverlust wegen der fehlenden Raketen auszugleichen. Sie hatten nur noch Luftabwehrraketen, die jederzeit an Deck in Feuerstellung ausgefahren werden konnten, dazu spärliche vier Torpedos und zwei Täuschkörper.

Zwei zigarrenförmige kleine Tauchboote waren am Achterdeck befestigt und konnten vom Schiffsinnern durch Luken bestiegen werden. Diese Bergungsfahrzeuge wurden mittels kraftvoller Wasserdüsen gesteuert, die ihnen die seitliche Fahrt ermöglichten, so dass sie an den Notausstiegsluken des beschädigten U-Boots andocken, Überlebende aufnehmen und diese zurück zur *Rus* und den bereit stehenden Ärzten befördern konnten.

Nemerow sah auf seine schicke Uhr und dachte an die kostbare Zeit von einer Stunde und zwanzig Minuten, die sie gebraucht hatten, um das zweite Tauchboot in Position zu hieven, vier Raketenschächte für die Druckausgleichskammer und die Schleuse leer zu machen und mit den Schweißarbeiten zu beginnen. Trotz alledem waren sie mit den Vorbereitungen in insgesamt vier Stunden weit genug gekommen, um auslaufen zu können. Ein kleines Wunder.

Er schaute nach oben. Satelliten würde es unter diesen Umständen nicht schwer fallen, die *Rus* zu entdecken. Infrarotsensoren konnten die drei Wärme abstrahlenden Punkte an einem Eisbären lokalisieren, wie viel leichter also die Stahl schmelzende Hitze der Schweißbrenner und den dichten, ozonhaltigen Rauch, der aus der offenen Raketenklappe am Achterdeck aufstieg.

Unter ihrem Kiel meldeten am Meeresboden installierte Horchgeräte zweifellos ihre Maschinengeräusche und die Kavitation des an ihrem Rumpf vorbeiströmenden Wassers. Auf Satelliten mehrere hundert Meilen über ihnen registrierten andere Messgeräte die leichte Fluktuation im Erdmagnetfeld, die der massige Metallkörper des Schiffs verursachte. Irgendein scheiß Ami hatte sogar eine Methode erfunden, die winzigen Organismen auszumachen, die tot im Kielwasser eines Unterseebootes schwammen und sich im Meer wie eine Fährte aus Brotkrumen verfolgen ließen. Sie wussten, dass die *Rus* da war.

Unter Deck wurden die Tieftaucher in der britischen Kompressionskammer, die in den vorderen Bereich der Raketenschächte hineingezwängt worden war, langsam einem immer höheren Druck ausgesetzt. Sie mussten für die Dauer der Operation in der Kammer bleiben und unter Druckverhältnissen entsprechend denen unter Wasser leben. Taucher konnten erstaunlicherweise tiefer hinab als die Bergungsfahrzeuge. Aber für jeweils dreißig Meter Wasser mussten sie zwei Stunden in der dreieinhalb mal zweieinhalb Meter großen Kammer zubringen, mit anderen Worten, zweiundsechzig Stunden, wenn die Männer neunhundertzwanzig Meter hinunter sollten, die maximale Tiefe, in der sie noch in elastischen Anzügen arbeiten konnten.

Sobald das Schiff an Ort und Stelle war, würden sie sich vom Druckausgleichsraum in die Schleusenkammer begeben und ihre Tauchausrüstung anlegen. Sie würden die Schleuse schließen, sie fluten und dann in den ebenfalls gefluteten Raketenschacht daneben wechseln, an den die Schleuse gerade geschweißt wurde. Die Taucher würden das sechs Meter hohe Silo hinaufschwimmen und dann durch das Luk nach draußen, wobei sie an der so genannten »Nabelschnur« mit den Schläuchen hingen. Diese versorgten sie mit einer heliumhaltigen Atemgasmischung sowie mit einem stetigen Strom warmen Wassers, das durch ihre Anzüge zirkulierte, damit ihre Körperkerntemperatur in dem eiskalten Wasser konstant blieb.

Die Rettungstauchboote würden später losfahren, jedes von einem Matrosen gesteuert. Die Tieftaucher würden helfen, sie an den Notausstiegsluken der *Wladiwostok* in Position zu bringen, und nach Bedarf Beistand leisten.

Bis das havarierte U-Boot lokalisiert war, konnten die Taucher nur in ihrer Zelle sitzen, den langwierigen Vorgang des Druckausgleichs über sich ergehen lassen, ab und zu etwas essen und zusehen, wie nebenan die Schleuse an die gelbe Wand des entkernten Raketensilos geschweißt wurde, das drei Stockwerke hoch neben der harten Schale ihres beengten Verlieses aufragte.

Ein knapp unter Wasser schwimmender großer Eisbrocken prallte vom Bug der *Rus* ab. Der Knall gongte durch das ganze Schiff, als wäre eine riesige Glocke geschlagen worden. Der Matrose auf Wache ließ bei dem Geräusch sein Fernglas sinken und starrte auf den mächtigen weißen Klumpen, der an der Außenhaut entlangschabte. Die Sprechanlage läutete auf der Brücke. Nemerow nahm das Mikrophon vom Halter und drückte den Knopf. »Nemerow.«

»Wir haben den Treffpunkt erreicht, Käptn.«

»Danke, Leutnant. Geschwindigkeit drosseln auf vier Knoten. Irgendein Flugzeug auf Radar oder in Funkkontakt?«

Es dauerte einen Moment. »Auf dem Radar nichts zu sehen, Käptn. Kein Flugzeugfunkverkehr in unserer Nähe außer zivilem. Die Norweger in Andøya schnattern sich einen ab.«

»Danke, Zentrale.«

Nemerow hängte das Mikrophon wieder ein. Abermals rumste Eis an die Bugplatten. Der metallene Rumpf dröhnte, als das Eis dagegen schrammte. Auf den norwegischen Flugplätzen in Trondheim, Bodø, Sola, Evenes und Bardufoss tat sich nichts. Nur die wissenschaftliche Raketenabschussanlage in Andøya war rege. Die Norweger besaßen ein paar Patrouillenboote und Aufklärungsflugzeuge, dazu einige nicht mehr ganz taufrische F-16-Jäger, P-3B und E-3A. Meistens ließ sich irgendjemand blicken. Diesmal machte sich niemand auf, um sie zu beobachten und ihre Fahrt entlang der gebirgigen Küste zu verfolgen.

Der Kapitän griff wieder zum Mikrophon. »Geschwindigkeit drosseln auf zwei Knoten. Gerade so viel, dass sie in Trimm bleibt.«

»Jawohl, Käptn. Zwei Knoten, Käptn«, erwiderte der Deckoffizier von unten. »Käptn. Wir haben ein Flugzeug auf Radar. Eines von unseren von Nordwesten. Kommt näher.«

»Wie weit?«

»Zweihundert Kilometer.«

Nemerow schirmte die Augen vor den großen Schneeflocken ab, die zu fallen begonnen hatten. »Ich brauche zwei Mann an Deck. Übernehmen Sie das Schiff, Leutnant.«

Zwei Männer kamen dem Befehl umgehend nach. Beide trugen orangefarbene Rettungswesten und hatten noch zwei für den Kapitän und den Ausguck dabei.

Urplötzlich und völlig geräuschlos schoss ein Düsenjäger mit glühenden Nachbrennern über sie hinweg. Gleich darauf gab es einen gewaltigen Knall, und der Rauch des verbrannten Treibstoffs lag in der Luft.

Der Flieger legte sich scharf in die Kurve, dann nahm der Pilot Gas weg, beschrieb einen weiten Bogen und wurde dabei sichtlich langsamer. Mit ständig verringerter Geschwindigkeit ging er vor dem U-Boot in Position und kam frontal darauf zu. Fünfundsiebzig Meter über dem Bug blieb er in der Luft stehen und begann mit dem senkrechten Sinkflug.

»Maschinen stopp!«, befahl Kapitän Nemerow. Ohne Maschinenbetrieb war das Boot Wind und Wellen wehrlos ausgeliefert. Nemerow folgte den beiden Männern die Leiter hinunter auf das stampfende Deck. Zehn Meter über ihnen ging die Bodenklappe des Jak-38 auf, und ein Paar Beine schoben sich ins Freie. Fest vergurtet, unter sich an einer Leine den Seesack, wurde der Admiral abgelassen, vom Wind hin und her geweht wie ein Pendel.

Nemerow und seine Helfer stürzten vor, geschickt auf dem schaukelnden geländerlosen Deck balancierend. Der Schub des heulenden Jakowlew presste ihnen die voluminöse Kleidung dicht an den Leib. Die Männer schnappten sich den schwingenden Seesack des Admirals und zogen ihn herunter. Einer hakte ihn los und eilte zur Brücke zurück, gebeugt vom Strahl der Düsentriebwerke.

Der Admiral baumelte knapp außer Reichweite ihrer greifenden Händen von Back- nach Steuerbord, bis sie schließlich seine Leine zu fassen bekamen. Nemerow und der Stabsbootsmann packten jeder ein Fußgelenk, und im Nu hatten sie Rudenko an Deck sitzen. Beide hielten ihn mit einer Hand fest, während sie mit der anderen an den Gurtverschlüssen zerrten. Eine große Welle trieb das Schiff nach oben, und die Leine wurde schlaff. Dann sackte das Deck ab; das Seil schoss in die Höhe. Unwillkürlich spannten Nemerow und der Stabsbootsmann die Muskeln an und hielten den Admiral fester. Aber die Gurte klickten auf, und der Admiral blieb lächelnd zwischen ihnen sitzen.

Der Jakowlew stieg langsam herumdrehend hoch, dann schoss er horizontal in die Richtung davon, aus der er gekommen war. Nemerow bückte sich und lüftete den Geräuschschutz, den der Admiral über den Ohren hatte.

»Willkommen an Bord, Admiral«, schrie er. »Schön, dass Sie bei uns vorbeischauen.«

Er half dem Admiral auf die Füße, und der Stabsbootsmann

brachte ihn zur Brücke und half ihm die kurze Leiter hinauf und durch das Turmluk ins Innere.

Nemerow drückte sich am Turm vorbei und ging zum Raketenschacht 6, dessen Öffnungsklappe aufstand wie der Deckel einer alten türkischen Kaffeekanne. Beißender Rauch strömte heraus. Quer über der Öffnung war eine Talje gespannt; Gasflaschen waren mit Leinen, die in den Schacht hingen, daneben festgebunden. Er legte sich auf den Bauch und spähte durch die Rauchschwaden. Der Lichtbogen des Schweißgeräts war blendend hell, und der glühende Metallfluss von den Schweißstäben verband Kammer und Schiff. Die Arbeit war primitiv, die Schweißnähte übertrieben dick, aber das gab ihm die Zuversicht, dass sie halten würden. Als der Leitende Ingenieur den Kapitän erblickte, kletterte er die Strickleiter an der Schachtwand empor.

»Wie lange noch?«, schrie Nemerow.

»Zwei Minuten. Höchstens«, brüllte der LI zurück.

Nemerow gab ihm eine Hand und zog ihn an Deck. »Gut gemacht. Schaffen Sie Ihre Männer so schnell wie möglich raus. Wir müssen los.«

Der Lichtbogen erlosch. Der Schweißer pfiff zum LI hinauf: Die Arbeit war beendet. Nemerow und der Offizier zogen die Gas- und Sauerstoffschläuche an Deck; das Arbeitskommando kam die Strickleiter hoch.

»Schnell!«, schrie Nemerow hinab, dann befahl er dem LI: »Schmeißen Sie das ganze Schweißgerät über Bord – die Flaschen, alles! Beeilen Sie sich! Dann ab nach unten! Wir müssen sofort tauchen.«

Der Offizier nickte und gab den an Deck kommenden Männern Anweisungen.

Nemerow drehte sich um und eilte zur Brücke zurück. Er stieg hinauf und klickte das Mikrophon an. Auf sein Signal hin öffnete sich das Luk. Auf dem Achterdeck schloss das Arbeitskommando die hydraulische Raketenklappe und warf die Schweißausrüstung ins Wasser. Er wartete, bis die Männer fertig und durch das Mannschaftsluk geklettert waren.

Nemerow gab dem Ausguck ein Zeichen abzutreten. Dann räumte er selbst die Brücke, stieg auf die Leiter, zog das Luk zu und verschloss es persönlich. Das Sicherheitslicht schaltete um auf Grün; das Schiff war wasserdicht. Nemerow rutschte das Stahlgeländer hinunter und stellte sich hinter den Rudergänger. Der Deckoffizier gab Befehl, den Druck zu erhöhen. In einem Winkel von fünf Grad glitt die *Rus* unter die eisigen Wellen. Das Scheuern am Rumpf hörte auf; alles wurde still. Es war elf Uhr vormittags in der Norwegischen See.

Torpedomaat Grischow schenkte in der Offiziersmesse Tee aus, der von dem Klumpen Erdbeermarmelade in den Gläsern ganz dunkel war. Admiral Rudenko hielt den Rand des heißen Glases zwischen zwei Fingern und ließ sich von dem Dampf die Hand wärmen. An seinen Knöcheln nagte die Arthritis. Er stampfte möglichst unauffällig mit den Füßen, um den Kreislauf in den Beinen anzuregen. »Uralt«, sagte er vor sich hin. »Uralt.«

Am Esstisch las Nemerow die Direktiven des Ministeriums, die der Admiral ihm persönlich überreicht hatte. Als er die Beine ruhig hielt, um seinen Tee zu schlürfen, bemerkte Rudenko das allgegenwärtige Brummen der Luftreinigungsanlage und nahm die makellose und gut ausgestattete Messe wahr. Gepolsterte Stühle. Aprikosenfarbene Wände. Schallgedämpft. Eine Liste der Zeiten, in denen die Joggingstrecke in der Raketengalerie frei war. Was für ein Unterschied zu den engen und lecken stählernen Badewannen, in denen er und seine Kameraden im Krieg ihr Leben aufs Spiel gesetzt hatten, der Messraum nicht größer als eine Telefonzelle, die Hydraulik manuell zu bedienen mit Messingrädern, an denen sie sich abgemüht hatten. Das waren Putzeimer gewesen im Vergleich zu einem sauberen, starken und großen Schiff wie diesem. Sie hatten wie Ratten gehaust, knietief im Wasser, schlechte Luft atmend, im ständigen Wechsel zwischen Verglühen und Erfrieren, in ständiger Angst.

Die Seeleute der *Rus* standen gemütlich Wache, genossen eine heiße Mahlzeit, einen Film, eine warme Koje. Niemand verfolgte sie, weder in der Wirklichkeit noch im Traum. Gejagt und beschossen zu werden war für sie nicht realer als ein Videospiel. Das Einzige, worum sie sich wirklich Sorgen machen mussten, war ihr Sold.

Rudenko blies auf den heißen Tee und bemerkte die feine Veränderung in Nemerows Miene, während er den Einsatzbefehl las. Der unbekümmerte Blick trübte sich, die Körperhaltung wurde straffer. Hin und wieder warf er einen prüfenden Blick auf die den Papieren beiliegende Karte.

Wassili Sergejewitsch Nemerow war noch ein Junge gewesen, ein gewöhnlicher Matrose an Bord eines Kreuzers der Nordflotte, als der Admiral erstmals auf ihn aufmerksam wurde und ihm das verlockende Angebot einer Offiziersausbildung an der Marineschule in Leningrad machte. Wie Rudenko vermutet hatte, erwies sich Nemerow als glänzender Schüler und schloss nach fünf langen Studienjahren als Bester in seiner Klasse ab. An den Augenblick dachte er immer noch gern zurück: die beiden Kadettenkompanien angetreten, die Fahne in der Hitze kaum von einem Lüftchen bewegt, Kadett W.S. Nemerow mit kniehohen Stiefeln, blauer Galauniform, rotem Schnurbesatz und Reversabzeichen, einem goldenen Gürtel und weißen Handschuhen, die Mütze in der einen Hand, die traditionelle rote Nelke in der anderen. Alle Absolventen legten nacheinander im Vorbeimarsch ihre Blumen am Marineehrenmal nieder, um die sowjetischen Seeleute vor ihnen zu ehren. Aber Wassili Sergejewitsch, der Medaillengewinner, der Erste in seiner Klasse und damit der letzte Mann im Glied, scherte aus der Reihe und schritt langsam über den offenen Platz zu der mit Gästen und Lehrern besetzten Ehrentribüne. Er überreichte seine Blume Vizeadmiral Rudenko, dann setzte er die Mütze auf und salutierte vor dem Mann, der für ihn mehr ein Vater als ein Mentor geworden war.

Dieser Geist war die große Stärke des Jungen, aber auch seine große Schwäche, denn der Marineapparat duldete keine Abweichungen von der Norm, und selbst mit seinem Stipendium und seiner Goldmedaille hatte er mehrere Jahre zusätzlich warten müssen, um zum weiteren Studium in die alte Marineakademie an der Newa aufgenommen zu werden. Mit den Beförderungen hatte es gedauert, ebenso mit der Mitgliedschaft in der Partei; die Zeit hatte ihn ruhiger, aber auch härter gemacht.

Rudenko stürzte seinen Tee hinunter. Ein Matrose trat ein

und reichte dem Kapitän wortlos einen Zettel. Nemerow dankte und wandte sich wieder der Karte und dem Befehl zu.

»Admiral«, sagte er, ohne aufzuschauen, und schob Rudenko die Nachricht zu.

Rudenko nahm ein wenig den Kopf zurück, um sie ohne Brille lesen zu können. Unterdessen hatte der Radar achtern ein Schiff entdeckt, ebenfalls ein U-Boot, das ihnen mit zweiunddreißig Knoten folgte.

Nemerow sagte: »Unter Wasser hängen wir sie ab, wenn wir auf volle Geschwindigkeit gehen.«

»Es werden noch andere kommen«, gab Rudenko zu bedenken. »Sie werden uns erwarten.«

»Ja.« Nemerow legte die Karte beiseite und sah den Admiral an. »Ich sollte meine Offiziere und Unteroffiziere darüber informieren.« Er deutete auf die Karten und Anweisungen. »Ich schicke Ihnen jemand, der Sie zu Ihrer Kajüte bringt.«

Rudenko lächelte. »Ja, danke. Ich muss meine Knochen für ein paar Stunden in die Horizontale bringen.«

Nemerow nickte und entfernte sich. Zwei Matrosen erschienen, um Rudenkos Seesack und das Teetablett zu nehmen. Die Kajüte, zu der sie ihn eskortierten, lag ganz in der Nähe – Nemerows. Da jetzt Rudenko der ranghöchste Offizier an Bord war, stand ihm dieses Quartier für die Dauer seines Aufenthalts zu.

Wie ein Großteil des Schiffsinneren war die Kajüte in einem zarten Pastellblau gestrichen, das winzige WC hellgrün. Ein Komfort wie zu Hause. Rudenko zog seine Gummisohlenschuhe aus und streifte das Gurtwerk und den wasserdichten Overall ab.

Müdigkeit und Anspannung forderten ihren Tribut. Er dehnte sich, um den verkrampften und steifen Rücken zu lockern, und unternahm unbeholfene Versuche, sich die Schultern zu massieren. Kein Übungsprogramm der Welt, auch nicht seine regelmäßigen morgendlichen Schwimmrunden und Massagen in der Badeanstalt Sanduna, konnten die angesammelte Last der Jahre ganz wettmachen. Dennoch hörte sein Alter nie auf, ihn zu verwundern, denn innerlich fühlte er sich überhaupt nicht gealtert, manchmal geradezu jung, derselbe Draufgänger, der vierzehn Gefechtseinsätze überlebt hatte.

Er musste daran denken, wie er mit siebzehn zum ersten Mal als Fähnrich der dritten Wache in den Krieg gezogen war. Alle ranghöheren Offiziere an Bord waren bei einem Luftangriff an Deck ums Leben gekommen. Er hatte das Kommando übernommen, das Schiff nach Hause gebracht und es behalten. Er war auf See achtzehn geworden, bereits Kapitän dank der schlichten Tatsache, dass er überlebt hatte.

Er packte seine schwarze Mütze aus und legte sie über den Schirm der kleinen Schreibtischlampe. Wie vertraut und wunderbar waren doch die gelegentlichen Anzeichen, an denen er die Fahrt des Unterseebootes durch den Bauch des Meeres spürte. Es war schon zu lange her. Er merkte, wie sein Körper sich langsam an den Druck und den Antrieb gewöhnte.

Rudenko setzte sich an das winzige Schreibpult und wackelte mit den Zehen. Eine kleine Seekarte der Erde und ihrer Meere lag unter einem dicken Plastikschutz zur Dekoration auf der Tischplatte. Rudenko strich mit einem Finger darüber. Gott hatte die Rote Marine nicht mit guten strategischen Stützpunkten beschenkt. Die Baltische Flotte musste im Kriegsfall die schmalen Ostseeausgänge passieren. Die Schwarzmeerflotte wurde von den Dardanellen an der freien Durchfahrt ins Mittelmeer und von Gibraltar an der freien Durchfahrt in den Atlantik gehindert. Im Pazifik war selbst die mächtige asiatische Flotte – früher bestehend aus einhundert Atom-U-Booten und achthundertdreißig Schiffen in Wladiwostok und Petropawlowsk-Kamtschatski – in ihrer Manövrierfähigkeit von den Inseln Japans eingeschränkt.

Bei Ausbruch eines Krieges konnten die Flotten im Nu ausgeschaltet werden, wie seinerzeit die Nazis anschaulich demonstriert hatten. Im Sommer 1941 hatten sie die Baltische Flotte im Leningrader Hafen praktisch festgesetzt und sie für die Dauer des Gefechts dort eingesperrt gehalten. Im selben Juli hatten die Deutschen durch die Besetzung der Hafenstädte Sewastopol und Odessa die Schwarzmeerflotte neutralisiert, und währenddessen hatte die riesige Pazifikflotte untätig vor Anker gelegen und nicht in den Krieg mit Japan eingegriffen. Nur die Nordflotte war zum Kampf ausgelaufen.

Das strategische Mittel gegen diese schicksalhafte geographische Benachteiligung war und blieb armselig. Im Kriegsfall sollten die drei Flotten frühzeitig durch die diversen Nadelöhre das offene Meer gewinnen. Nichts leichter als das. Und völlig unnütz. Amerikanische Satelliten erfassten jede Quadratseemeile der Weltmeere, und immer wieder fühlten ihre Aufklärungsschiffe der russischen Verteidigung auf den Zahn und lösten absichtlich Alarm aus, um die elektronischen Reflexe der Seestreitkräfte und der Luftabwehr Russlands zu erproben. Mit den Informationen, die sie so bekamen, entwarfen sie zweifellos Gegenstrategien, um die Ausfallpforten der Flotten zu verriegeln, genau wie die Deutschen es getan hatten.

Trotzdem hatten die Flotten diese eine Strategie endlos und sinnlos geübt – bis Tschernawin seinen genialen Plan vorgelegt hatte, unangreifbare Feuerstellungen für Unterseeboote innerhalb und außerhalb der verschiedenen eingeschnürten Meere anzulegen und nicht die ganzen unterseeischen Streitkräfte überstürzt in Richtung der offenen Gewässer auslaufen zu lassen. U-Boot-Raketen an günstigen Standorten wie dem Ochotskischen Meer, den schwedischen Meeresarmen und den Fjorden tief im Innern Norwegens konnten die Heimatländer der Feinde mühelos erreichen und wurden mit weitaus geringerer Wahrscheinlichkeit vor ihrem Einsatz entdeckt. Um die abseits ruhenden U-Boote anzugreifen, hätten die Amerikaner befreundete Staaten bombardieren müssen. Verheerend, undenkbar. Selbst heute konnte die westliche Technik Unterseeboote nicht aufspüren, die in den von Tschernawin bestimmten natürlich geschützten Stellungen verborgen lagen.

Bei alledem war Rudenko doch froh, dass er die einzige Flotte kommandiert hatte, der solche geographischen Widrigkeiten erspart geblieben waren. Die Nordflotte musste keine leicht verkorkbaren Flaschenhälse überwinden, ihr Weg in den Atlantik führte nur an der zweitausendfünfhundert Kilometer langen zerklüfteten Küste Norwegens vorbei. Oder sie fuhr einfach nach Norden. Diese Bewegungsfreiheit machte sie zur wichtigsten Seestreitkraft Russlands. Auch wenn sie nach dem Untergang der Union der Sozialistischen Sowjetrepubliken finanziell auf dem Trockenen saß, blieb das eine unumstößliche Wahrheit. Rudenko musste grinsen, als ihm der Wahlspruch eines Immobilienmoguls einfiel, dem seine Wahlkampfunterstützung den Posten eines amerikanischen Botschafters beim Vatikan eingetragen hatte: *Location, location, location.*

Rudenko griff zum Telefon und wies den Dienst habenden Offizier an, ihn bei der nächsten Wachablösung zu wecken. Er war müde, sogar ein wenig schwindlig. Die Vorbereitungen und die Hetze, um rechtzeitig zur Küste zu kommen, waren außerordentlich strapaziös gewesen. Er hatte seit vielen Stunden nicht mehr geschlafen. Dennoch hielt er, als er sich jetzt ausstreckte, hartnäckig am Wachzustand fest, weil noch irgendetwas in ihm arbeitete, das er vom Cockpit des Jakowlew im Anflug auf die *Rus* gesehen hatte, etwas, das er nicht richtig zu fassen bekam. Ja! Da fiel es ihm ein. Die Kennzahlen des Schiffs waren mit groben Strichen übermalt worden. Jetzt erinnerte er sich auch an die nur halb verstandenen Worte, die Panow ihm beim Abschied an der windigen Ecke in Moskau noch zugerufen hatte: »Keine Flagge, keine Erkennungszeichen.«

Melodramatischer Quatsch. Wenn die Briten oder Amerikaner nahe genug kamen, um die Rettungstauchboote an Deck zu erkennen, würde ihre halbe Seestreitkraft ausrücken. Schlafen, befahl er sich, du musst schlafen. Er drehte sich auf die Seite, immer noch in seiner Galauniform. Die goldenen Anker auf seinen Revers glitzerten neben den Lorbeerstreifen.

Der zweite Navigationsoffizier der *USS Swordfish* beobachtete, wie der orange leuchtende Punkt auf dem Radarschirm schrumpfte, als das russische U-Boot Antenne und Sehrohr einzog und dann mit dem Untertauchen verschwand. Er durchquerte den Raum und stellte sich hinter den Sonargast, der die Überwachung gerade erst übernommen hatte.

»Zielerfassung«, rief der Offizier.

Der Sonargast teilte die Angaben mit, die ihm seine passiven Schallwellenempfänger im Bug übermittelten: »Ziel direkt voraus. Steuert ein auf eins fünf null Fuß.« Er wartete kurz, dann verkündete er: »Macht Fahrt.«

Der zweite Navigationsoffizier verzog das Gesicht und rief

zum Ersten Offizier auf der Brücke hinauf, woraufhin dieser den Tauchvorgang einleitete.

»Brücke sichern und runter!«, schrie er den Ausguckposten über den heulenden Nordwind hinweg zu und zählte dann die Männer ab, die auf dem Weg nach unten an ihm vorbeizogen. Wie die Pflicht und der Brauch es verlangten, war er der letzte Mann auf der Brücke.

»Luk dicht!«, brüllte er und stieg in die Zentrale hinab.

Der Tauchoffizier war bereits dabei, seine Liste herunterzubeten.

»Druck.«

»Vierzehn Psi zunehmend«, erwiderte ein Matrose.

»Luken?«

»Dicht«, rief ein anderer nach einem Blick auf die Reihe hellgrüner Striche, die anzeigten, dass sämtliche Öffnungen des Schiffes geschlossen waren und die Unterwassersysteme ordnungsgemäß funktionierten.

Nach der Vorgabe des russischen Unterseebootes ordnete der Erste Offizier einen flachen Tauchwinkel an und hoffte, ohne viel Aufsehen nach unten gehen zu können. Über Wasser waren sie unauffällig geblieben, und der russische Radar hatte sie zu seiner Zufriedenheit nicht ausgemacht.

Sie brauchten ein paar Minuten, um die Betriebstiefe von achtzig Fuß zu erreichen. Als das Boot schließlich in Horizontallage fuhr, ließ er die Wache wechseln, und die Golds lösten die Blues an ihren Posten ab. Die Blues verzogen sich verspätet nach unten zum Essenfassen. In dem Monat, den das Boot inzwischen hinter sich hatte, waren die Vorräte zur Hälfte verzehrt worden. Gegen Mittag würden die Blues satt und träge die Nächsten aus den Kojen werfen, und die Leute von der späten Wache würden sich waschen und zum Frühstück schlurfen.

Wachwechsel durchzuführen erforderte selbst unter den geräumigen Bedingungen eines Atom-U-Boots der US-Marine eine Menge Koordination und vor allem eine strikte Bettenrotation, denn wenn die Matrosen sich schlafen legen wollten, mussten ihre Vorgänger die gemeinsam benutzten, noch warmen Betten geräumt haben.

Der Kommandant trat seinen Dienst zusammen mit den Golds an und übernahm die Zentrale. »Was macht der Iwan?«, fragte er den Ersten.

»Abgetaucht. Normales Programm, abgesehen vom Tempo. Keine Täuschungsmanöver, keine Verwirrspiele. Victor-Klasse, würde ich sagen. Ein echtes Prachtstück. Größer als ein Footballfeld.«

»Wie schnell fährt sie?«

»Volle Kanne. Ein neuer Streckenrekord auf der Kontinentalschelfpiste.«

»Genaue Zahlen?«, fragte der Kommandant.

»Vierundvierzig Knoten.«

»Über fünfzig Landmeilen? Du lieber Himmel.«

Der Erste beugte sich dichter an den Sonarschirm. »Erst ein Feuer in einem Raketensilo, dann ein Rendezvous mit einem Senkrechtstarter. Jetzt ein Beschleunigungsrennen. Bei denen ist richtig was los.«

Die 1800-PS-Turbine der *Swordfish* machte nicht mehr als dreißig Knoten. Die russischen Boote waren erschreckend viel schneller, konnten tiefer tauchen als irgendein amerikanisches U-Boot, und das wurmte den Kapitän. Ihm blieb jedoch nichts anderes übrig, als sich mit der Einsatzlösung abzufinden, die vom NATO-Hauptquartier in Norfolk für vorläufig ausreichend erklärt worden war. Der Dauerbefehl lautete, die Überwachung der Russen an ein anderes Boot abzugeben, sobald sie selbst abgehängt wurden. Im Stillen fragte er sich, was zum Teufel sie gegen die russischen U-Boote ausrichten konnten, wenn es mal hart auf hart kam.

»Wissen die, dass wir hier sind?«, fragte der Kommandant.

»Glaube nicht, Sir«, antwortete der Erste Offizier. »Ist ihnen wahrscheinlich auch egal. Sie haben ihr Sonar nur zweimal pingen lassen, seit sie getaucht sind. Unseres ist auf Passiv geblieben, und wir haben uns dicht hinter ihnen gehalten, praktisch in ihrem Kielwasser. Die Turbulenz müsste uns tarnen, Sir.«

Der Kommandant nickte. Die Schraube der Russen half mit, die Anwesenheit der *Swordfish* zu verbergen. Sofern der Iwan nicht vorsorglich vom Kurs abwich und einen Bogen fuhr, um sein Sonar ungehindert vom Kielwasser zu betätigen, würde er gar nicht mitkriegen, dass sie da waren.

»Rudergänger«, sagte der Kapitän, »bleiben Sie schnurgerade dahinter, so lange es geht. Tom, Funkantenne ausfahren. Benachrichtigen Sie mich, sobald die Fleet Ocean Surveillance uns von diesem Russki abzieht und die *Beaumont* übernimmt.« Mit leiserer Stimme bemerkte er zu seinem Ersten Offizier: »Wir können nicht mit ihnen mithalten. Eine gottverdammte Schande ist das. Wissen die nicht, dass sie bankrott sind?«

8

Munson hatte angeordnet, dass Hanley gegenüber niemandem, dem sie unterwegs begegnete, etwas über ihren Auftrag verlauten ließ. »Kein Wort außer unverbindlichem Geplauder.« Das erwies sich nicht als Problem. Die einzigen anderen Fluggäste auf dem Flughafen in Edmonton waren japanische Ärzte auf »Dienstreise«, die mit ihren Frauen direkt aus Tokio gekommen waren, um das Nordlicht über den kanadischen Ebenen zu sehen. Alle Frauen entstiegen dem Flugzeug in langem Nerzmantel und Pelzmütze, eine Vuitton-Handtasche am Arm.

Hanley wurde von einem wetterfest gekleideten ehemaligen Mitarbeiter der Station Trudeau abgeholt, der sie instruieren und nach Norden begleiten sollte.

»Dr. Hanley? Guten Tag.«

»Jessie, bitte. Hi«, sagte Hanley mit einem interessierten Blick auf seine aschblonden Locken und intelligenten braunen Augen. Er hatte eine winzig kleine Narbe direkt unter der linken Wange, doch ansonsten war er perfekt: energisches Auftreten, gute Manieren, die tiefe Stimme eines Rundfunksprechers, ansprechend gekleidet und umwerfend parfümiert. Der Geruch lenkte sie dermaßen ab, dass sie seinen Vornamen nicht mitbekam, falls er ihn überhaupt gesagt hatte. Sie hörte nur das »Stevenson«. Sie überlegte kurz, ob Mr. Dingsbums Stevenson es wohl gern hörte, wenn man ihm sagte, wie gut er roch.

Hanley und Stevenson hatten gerade noch Zeit, eine Kleinigkeit in der Cafeteria zu essen, bevor sie in eine nach Anchorage fliegende Maschine der kanadischen Luftwaffe verfrachtet wurden, die mehrere Stunden auf sie gewartet hatte.

In Anchorage wechselten sie abermals das Flugzeug. Mit jedem Umsteigen wurden die Maschinen ein bisschen größer und dabei doch voller. Es war, als vermehrte sich unterwegs ihre Ladung. Wo dieses Flugzeug sie hinbringen sollte, wusste Hanley nicht und bekam sie auch nicht mitgeteilt. Stevenson erklärte ihr schließlich den Grund.

»Die Art, wie wir Sie nach Trudeau schaffen, ist nicht ganz unproblematisch, politisch gesehen. Auf lange Sicht ist es wohl besser, wenn Sie die Einzelheiten gar nicht erst erfahren. Ich will nur so viel sagen, dass wir zehn Provinzregierungen haben. Normalerweise muss jede lückenlos informiert und gnädig gestimmt werden.«

»Aber *Sie* sind doch die Regierung«, wandte sie ein.

»So funktioniert das nicht. Bei uns läuft das anders als bei Ihnen in den USA. Ganz anders. Stellen Sie sich vor, Ihr Süden hätte den Bürgerkrieg gewonnen; das beschreibt ungefähr die Verhältnisse bei uns. Eine Konföderation starker Bundesstaaten mit einer schwachen Zentralregierung. Können Sie mir folgen?«

»Klar! Dürfen wir euch unsere ganzen Republikaner schicken?«

»Ich glaube nicht.« Stevenson lächelte. »Wir haben genug eigene.«

»Ich kapiere noch immer nicht, warum Sie die Sache nicht von Kanadiern untersuchen lassen.«

Stevenson blies die Backen auf wie ein Kind. »Aus einem einfachen Grund. Ein Computer hat Sie als die Person ausgewählt, die unter den gegebenen Umständen am ehesten Erfolg haben könnte. Daher das Ersuchen der Royal Commission on the Arctic.«

»Meine Wenigkeit? Ausdrücklich?«

»Mit Namen, ja. Es gab vier Kandidaten; Sie waren die Nummer eins. Nach den Parametern räumte der Computer Ihnen die meisten Chancen ein, die Ursache der Probleme in Trudeau zu finden.«

»Ist ja 'n Ding«, freute sich Hanley. »Wie viel Chancen er wohl Ruff eingeräumt hat?«

»Wie bitte?«

»Nichts. Erzählen Sie weiter.«

»Viel mehr ist da nicht zu erzählen. Dass Sie keine Kanadierin sind, ist ein glücklicher Zufall. Denn wenn die Sache unter Kanadiern ausgemacht und anschließend in Ottawa debattiert worden wäre, und sei es in geheimer Sitzung, dann hätte es unweigerlich Meinungsverschiedenheiten und undichte Stellen gegeben. Wie in Kanada üblich.«

»Ja«, sagte Hanley, »in den Staaten genauso.«

Das Fahrwerk wurde vernehmlich ausgefahren.

»Wir landen.«

Der Himmel war bedeckt und kiesgrau, obwohl es nach Hanleys Rechnung erst zwei Uhr nachmittags sein konnte. Die Kälte war gnadenlos, und ihre Beine wurden ganz taub, als sie mit wehenden weißen Atemwolken zur Abfertigungshalle eilten.

Das einfache Mittagessen verlief stillschweigend, denn sie waren beide müde und die Lautstärke der Musikbox war ohrenbetäubend. Sofort nach dem Essen brachte Stevenson sie in den leeren Umkleideraum eines ebenso leeren Fitnessbereichs. Dort lag schon auf einem Billardtisch ihre neue Garderobe für sie bereit.

»Das ist ein Extremklimaanzug.«

Das Kleidungsstück war grotesk. Die äußere Hülle bestand aus weichen, weißen Kunstfedern und reflektierte das Licht. Die Federspitzen schillerten orange.

»Sieht aus wie ein großer Vogel.«

»Das ist kein Zufall. Er ist von Vögeln abgeschaut: der dicht befiederten Haut des Kaiserpinguins und den Eiderdaunenkleidern der Inuit. Bildet eine perfekte äußere Isolationsschicht.«

Darunter kam eine zweite gefiederartige Schicht, deren innere Florseite an einer metallbeschichteten Hülle lag, die eine dritte Schicht bildete.

»Das ist die Dampfsperre.« Ohne diese Schicht, erläuterte Stevenson, könnten Körperwärme und -feuchtigkeit nicht richtig reguliert werden. »Feuchtigkeit ist Ihr Feind. Die Forscher früher dachten, sie könnten der polaren Temperaturen am besten Herr werden, wenn sie immer mehr Wollschichten übereinander zogen, aber sie begriffen nicht, dass, sobald sie zu schwitzen begannen, die Wolle die Feuchtigkeit nicht nach außen abgeben konnte und diese daher gefror. Je mehr Wolle sie anzogen, umso kälter wurde ihnen. Einige von ihnen erfroren – in Wollschichten gepackt wie Mumien.«

Als Nächstes kam eine glänzende Weste für den Oberkörper, von Stevenson als »gilet« bezeichnet. Vom Körper erwärmte Luft ging dort hindurch, bevor sie in den Helm geleitet wurde. Und unter alledem saß noch ein luftdurchlässiger Body. Stevenson hielt ihn hoch. »Das ist eine künstliche Haut, angeregt von Inuitkleidern aus den Därmen von Meeressäugern. Darm ist bemerkenswert elastisch und zäh. Lässt die Feuchtigkeit durch, wenn wir schwitzen, aber ist wasserdicht von außen. Dies hier genauso.«

Stevenson zeigte Hanley, wie man Schicht für Schicht in den Anzug schlüpfte, und kehrte ihr dann für die Anprobe den Rücken. Sie bekam die ganze Montur erstaunlich leicht an. Die Hände in die Hüften gestemmt, trat er zurück und begutachtete sie. »Das war ziemlich gekonnt.«

»Mit Schutzanzügen hab ich reichlich Erfahrung«, sagte sie. Als sie sich in dem Ganzkörperspiegel neben den Gewichten bewunderte, musste sie laut lachen. »Ich könnte mich für die Sesamstraße bewerben, wenn alles vorbei ist, oder vielleicht als Maskottchen für die Lakers.« Sie zupfte ihren Kragen zurecht. »Putzig.« Stevenson blickte unwirsch, weil er das als Kritik an der Machart des Anzugs missverstand. Sie merkte es nicht.

»Der Polaranzug«, fuhr Stevenson mit kalter Stimme fort, »erzeugt keine zusätzliche Wärme. Was der Anzug ausnutzt, und zwar optimal, ist die eigene Wärmeproduktion des Körpers. Sein Design basiert auf der menschlichen Physiologie. Die Stoffwechselvorgänge des Trägers selbst sind seine Wärmequelle und sein hauptsächliches Regulativ. Vor seiner Erfindung kosteten die einfachsten Verrichtungen im Freien unter den brutalen arktischen Bedingungen ungeheure Anstrengungen. Was in einem gemäßigten Klima vielleicht Minuten dauert, dauerte in der Arktis Stunden. Allein das Atmen war harte Arbeit. Luft zu erwärmen – sie mit durchschnittlich minus vierzig Grad einzuatmen und mit plus siebenunddreißig wieder auszuatmen – machte einen schlicht fertig«, erklärte er. »Jedes Körpersystem war mehr als ausgelastet damit, einfach zu funktionieren und das Leben zu erhalten, von produktiver Tätigkeit ganz zu schweigen.«

Der Trudeau-Anzug, das sah sie sofort, war bemerkenswert. Das Kleidungsstück war kein künstlicher Heizapparat und auch nicht bloß eine schützende Hülle, sondern wahrhaft eine Verlängerung der körpereigenen Systeme, die deren unzureichende Mittel potenzierte und so ein Kleinstklima schuf, das selbst bei nahezu unerträglichen äußeren Verhältnissen angenehm war.

»Absolut genial«, sagte sie. »Die technische Raffinesse haut mich glatt um.« Er war von ihrer offensichtlich ehrlichen Begeisterung versöhnt und schämte sich ein wenig, dass er sie falsch eingeschätzt hatte.

Die Handschuhe kamen als Nächstes, stark isoliert und doch dünn, umschlossen jeweils von einem Fäustling, den man bei Bedarf abstreifen konnte und der die Mikrophonbedienung enthielt. »Der Transceiver«, erläuterte Stevenson, »sitzt in der rechten Kniekehle. Untersuchungen haben ergeben, dass er dort vor Erschütterungen durch Stürze oder andere Unfälle am sichersten ist. Der Schalter für den Notruf ist am linken Unterarm.«

»Irre.«

»In der Tat. An dem ganzen Anzug sind nur die Mikrochips und der Transceiver auf synthetische Energie angewiesen«, sagte Stevenson, »die von winzigen Batterien in der Achselhöhle kommt, wo sie vor der Kälte geschützt sind. Okay, damit sind wir beim Helm angelangt.« Er nahm ihn vom Billardtisch und reichte ihn ihr.

Von dem abstehenden Schirm – beinahe ein kurzer Schnabel – bis zu den Seiten und dem Hinterkopf war der Helm schwarz. Die Kehle und das Visier waren silbern. Sie setzte ihn auf.

»Das Kopfteil enthält eine eigene Befeuchtungsvorrichtung, Statusanzeige, Sender, Kopfhörer, Mikro –«

»Was, kein Sportsender?«, sagte Hanley. »Ich will mein Geld zurück.« Diesmal lächelte Stevenson.

Nachdem er ihr den Helm ordentlich zurechtgerückt und die Nähte unter dem Kragen verschlossen hatte, zeigte Stevenson Hanley, wie man die Systeme bediente und die Einstellungen in den Handschuhen vornahm. Ein winziges grünes Pünktchen erschien im Helm am Rande ihres Gesichtsfeldes.

»He«, rief Hanley aus. »Ich glaube, mein Fernlicht ist an.«

»Nein«, sagte Stevenson. »Das heißt nur, dass alles in Ordnung ist und fehlerfrei läuft. Wenn es gelb wird, gibt es ein kleines Problem. Rot heißt: größere Funktionsstörung. Dann müssen Sie abbrechen, was Sie gerade tun, und irgendwo Schutz suchen.«

»Verstanden«, sagte Hanley. »Das ist wirklich toll.«

»Irgendwelche Fragen?« Er wirkte zufrieden.

»Was ist, wenn es nirgends Schutz gibt?«

»Dann schaffen Sie sich welchen«, erwiderte Stevenson mit einer ausladenden Handbewegung, als ob sie bereits auf dem Eis wären. »Material gibt es genug. Reichlich Eis, ein bisschen Schnee. Schnee ist besser. Schauen Sie.«

Er zog an einem Ring, der aus einer Öse im Ärmel hing. Was herauskam, sah aus wie ein loser Faden, haardünn und wieder einziehbar.

»Sieht nach nichts Besonderem aus, aber es ist eine Kunstfaser auf der Basis der Proteine in Spinnfäden, stärker als Stahl. Damit können Sie sich einen Unterschlupf bauen. Schneiden Sie gerade nach unten, dann kriegen Sie Blöcke. Sie nehmen am besten Schnee. Wenn es mit den Blöcken nicht klappt, nehmen Sie Schnee und graben sich ein. Legen Sie sich nicht auf Eis. Es ist viel kälter. Keine Bange, Sie bekommen noch etliche weitere Lektionen, bevor man Sie nach draußen lässt.«

»Wann brechen wir zur nächsten Etappe auf?«

Stevenson zögerte. »Das Wetter dort in der Gegend wird gerade stürmisch. Wir vertreiben uns hier die Zeit, bis es sich wieder beruhigt. Wir wollen ja nicht, dass es Sie nach Sibirien pustet. Oder dass Sie über dem Polarmeer Drachenfliegen veranstalten.«

»Danke«, sagte sie, während sie den Helm absetzte und sich im Spiegel betrachtete. »Mein Sohn wäre begeistert, wenn er so ein Ding anziehen könnte. Aber vom Allerwertesten könnte man ein bisschen was abnehmen, meinen Sie nicht?« Sie begutachtete ihre flauschige Hinterpartie.

»Glauben Sie mir, Sie werden noch dankbar sein für die ganze Isolierung.«

»He, ich beschwere mich gar nicht. Sie sollten mich mal in einem ABC-Schutzanzug sehen – da sehe ich aus wie eine Kreuzung aus Casper, dem freundlichen Geist, und dem Michelinmännchen.«

Stevenson lachte.

»Wie kalt ist es im Augenblick bei der Station?«

»Ungefähr minus zweiundfünfzig Grad Celsius und -«

»Wie viel ist das in Fahrenheit?«

»Knapp fünfzig unter Null.«

»Autsch«, sagte Hanley. »Da werde ich mir meine süßen Nalgitas abfrieren.«

Stevenson winkte einem amerikanischen Air-Force-Sergeant, der in der Tür des Umkleideraums stand. »Wann fliegen wir, Chief?«

»Sobald Sie so weit sind, Sir«, erwiderte der Sergeant. Er zog den Reißverschluss seines Parkas zu und streifte die Kapuze über.

Hanley folgte Stevenson und dem Einsatzleiter über das Hallenvorfeld zu einem kleinen geschlossenen Kastenwagen, der sie das kurze Stück zu ihrem Flugzeug fuhr. Im Unterschied zu den Maschinen, mit denen sie bis jetzt geflogen waren, war die C-141 »Starlifter« gigantisch und hatte an jeder Tragfläche zwei riesige Triebwerke. Der Wagen hielt vor der weit offenen Frachtluke im Heck, und der Einsatzleiter stieg ihnen voraus in den Bauch des Flugzeugs. An den Seiten verlief je eine Reihe bequemer, nach innen gerichteter Polstersitze. Den Raum dazwischen nahmen Schienen ein, die breit genug für eine U-Bahn gewesen wären.

»Herrje«, sagte Hanley beim Anblick des langen, geräumigen Inneren. »Das ist kein Flugzeug. Das ist ein Tanzsaal mit Flügeln. Da könnte man ja Panzer drin transportieren.«

»Machen wir auch, Ma'am«, sagte der Einsatzleiter.

Die großen Triebwerke starteten nacheinander, und mit jedem wurde das Getöse lauter, bis schließlich alle vier ohrenbetäubend donnerten. »Das ist kein Zivilflug«, schrie Stevenson, um das nicht zu überhörende Fehlen jeglichen Schallschutzes zu erklären. Mit Zeichensprache gab er Hanley zu verstehen, sie solle die Schalter in ihrem Handschuh betätigen. Der dritte Klick blendete die Außengeräusche zum größten Teil aus und schaltete sie auf die interne Sprechfrequenz des Flugzeugs.

Das hydraulische Brummen der hinter ihnen zugehenden Luke dröhnte durch den Frachtraum. Hanley begab sich nach vorn. Dort blieb sie abrupt stehen, entgeistert vom Anblick eines eiförmigen Etwas von der Größe eines Strandbuggys auf einer Art Fahrstativ, das an den Schienen festgemacht war. »Sieht aus wie 'ne ausgemusterte Weltraumkapsel.«

»Funktioniert auch ungefähr so«, sagte Stevenson. »Ihre ganz persönliche Achterbahngondel. Damit Sie es auf dem Weg nach unten schön gemütlich haben. Die Leute von der Air Force nennen es ›The Commode‹. Der Lokus.«

»Entzückend. Schon oft benutzt?«

Stevenson schnitt eine Grimasse. »Ein Mal.«

Hanleys Stirn legte sich in Falten. »Na ja, wenigstens wissen wir, dass Sie's überlebt haben. Wie schlimm war's?«

»Ach so, nein, ich habe nicht in dem Ding gesessen. Ich habe ihm nur den letzten Schubs gegeben. Aber wir haben die Puppe hinterher unversehrt geborgen.«

»He! Ist ja prima«, sagte Hanley. »Ich dachte schon immer, ich könnte es als Crashtest-Dummy versuchen, wenn es mit meinem Beruf mal nicht mehr so läuft.«

»Leider, äh, waren die äußeren Umstände nicht so günstig. Deshalb dauerte es eine Weile, bis wir das Ding geborgen hatten.«

»Ich frage erst gar nicht.«

»Ist auch besser so.«

Stevenson kniff die Augen zusammen und rieb sich die Stirn.

»Was ist los?«, fragte sie.

»Kopfweh.«

»Stress«, meinte Hanley mitfühlend. »Da weiß ich genau das Richtige für Sie. Eine Heilenergieübung –«

»Nein, danke«, sagte Stevenson mit amüsiertem Blick. »Ich habe schon ein Aspirin genommen.«

»Pff, Aspirin ist nichts weiter als ein aufgemotztes Weidenrindenkonzentrat. Die Leute haben anscheinend vergessen, dass achtzig Prozent unserer modernen Medikamente aus Pflanzen gewonnen werden.«

Der Einsatzleiter gab ihnen ein Zeichen, ihre Plätze einzunehmen, und schnallte sich an. Über Kopfhörer war er mit dem Cockpit verbunden. Das Flugzeug begab sich zum Abflugpunkt, drehte das Heck in den Wind, ließ mit angezogenen Bremsen die Triebwerke auf vollen Touren laufen und wartete so mehrere Minuten. In Hanleys Ohren klang es wie die Niagarafälle. Die Bremsen wurden langsam gelöst, und der Starlifter rollte mit zunehmender Geschwindigkeit die Startbahn hinunter. Als sie abhoben, erblickte Hanley am Ende der Bahn ein Schild, auf dem in Leuchtschrift stand:

Sie verlassen jetzt
den Luftwaffenstützpunkt Elmendorf
Anchorage, Alaska
Einen wunderschönen Tag

Hanley schloss die Augen und versuchte, dort anzukommen, wo sie war, doch innerlich hing sie noch weit zurück. Sie spielte in Gedanken die Szene durch, wie sie Joey in das Flugzeug nach San Francisco gesetzt hatte, und dann ihren anschließenden Nachmittag im Center: Munsons nervöses Geplapper, die langweilige Stunde, die es sie gekostet hatte, bis der Trottel von der Personalabteilung ihre Versicherungspolice und die von Munson aufgenommene Zusatzklausel mit der einen Million Dollar abgesegnet hatte, die Schnelluntersuchung, während der sie dem Hausanwalt ein neues Testament diktiert hatte, ein letztes Telefonscharmützel mit ihrem Ex. Den ganzen Tag hatte sie vorgehabt, noch einmal nach draußen zu gehen und sich für die nächsten fünf Monate von der Sonne zu verabschieden, aber als sie endlich so weit gewesen wäre, war es zu spät, und jetzt wartete sie irgendwo über den arktischen Eiswüsten darauf, von einem fliegenden Wal aus mehreren tausend Metern Höhe in einem Ei ins Nichts hinausgestoßen zu werden.

Sie nahm ihren Laptop aus dem Koffer, stellte ihn an und zog die Antenne aus. Jawohl, selbst hier lud er noch Satellitenübertragungen herunter. Sie zog ihre Handschuhe aus und sah nach ihren Mails, wo sie einen Bericht von Ishikawa vorfand, der ihr neue Informationen von der Station Trudeau über Anomalien in den pathologischen Befunden übermittelte. Die einzige gute Meldung war, dass bis jetzt niemand sonst in Trudeau Symptome der Krankheit aufwies, der die drei anderen zum Opfer gefallen waren. Eine E-Mail von ihrem Sohn hob sie sich für zuletzt auf. Hanley lächelte still vor sich hin, gerührt über seine Kontaktaufnahme und amüsiert über den völlig gedankenlosen Umgang seiner Generation mit der modernen Technik: Joey bat um Hilfe bei den Hausaufgaben, als ob sie nur eine Straße weiter wäre und nicht gerade zum Ende der Welt düste. Sie versuchte zurückzuschreiben, aber das Gerät übertrug nicht. Die Satellitenverbindung war weg.

Sie besah sich die Haut ihrer auf den Tasten liegenden Hände. Tiefbraun. Falten. Nagelhaut. Hautlinien. Fleisch.

»Und ich will nicht, dass mir irgendwas davon abfällt«, sagte Hanley zu sich selbst, ohne zu ahnen, dass ihr Sprechkanal offen war.

»Keine Sorge«, meldete sich Stevenson. »Schlafen Sie lieber eine Runde. Wir haben noch einen weiten Weg vor uns.«

»Das wäre um einiges leichter, wenn ich mich aus diesem Anzug pellen dürfte.«

»Es wäre mir lieber, Sie behielten ihn an. Es ist wichtig, dass Sie sich daran gewöhnen, ihn über längere Zeiträume zu tragen.« In seinen Bemühungen, ihr die mörderische Brutalität der Kälte begreiflich zu machen, ließ es Stevenson nicht an Deutlichkeit fehlen. »Bei minus dreißig Grad und einem Wind von dreißig Meilen die Stunde hat man ohne Schutzkleidung vierzig Sekunden. Nacktes Fleisch gefriert in weniger als einer halben Minute. Bei fünfzig Grad unter null, auch ganz ohne Wind, platzen gewöhnliche Reifen, menschliche Zellen zerreißen, Metall bricht wie Glas, Glas zerkrümelt wie Rost. Und –«

»Schon kapiert«, unterbrach sie ihn. »Frostschutz wird zu Beton.«

»Frostschutz, dass ich nicht lache!«, rief der Chief dazwischen. »Wenn es in dieser Höhe kalt genug wird, dann fängt unser Treibstoff an, zu Eisbrei zu werden. Die hydraulische Flüssigkeit wird wie Lehm. Dann sind wir ein fliegender Stein. Sobald hier oben die Schwerkraft zuschlägt, hört der Spaß auf. Falls weiter voraus die Temperaturen zu sehr sinken, müssen wir umkehren.«

»Sie hören sich an wie mein Ex-Mann«, sagte Hanley und rekelte sich. »Er ist auch einer von der vorsichtigen Truppe. Selbst ich frage mich langsam, ob ich nicht doch noch einen Rückzieher machen sollte.«

Je weiter der Starlifter nach Norden brauste, umso schwächer wurde das Polarlicht. Die tanzenden Lichtbögen vereinigten sich und trennten sich wieder. Die grünen Bänder mit einem Hauch Rot dazwischen verblassten. Unter ihnen lag eine weite, leblose Wildnis. Kein Baum, kein Insekt. Die skurrile glatte Weltraumgondel schien für ein solches außerirdisch anmutendes Terrain genau das richtige Gefährt zu sein, dachte Hanley.

»Wo sind wir?«, fragte sie.

»Noch über Alaska.«

»Wann werden wir am Polarkreis sein?«

Der Chief klickte seinen Kopfhörer an, was ihn mit dem Cockpit verband. »Sir, unser Passagier wüsste gern, wann wir die Breite sechs sechs drei drei erreichen.« Er lauschte. »Ja, Sir«, sagte er und wandte sich Hanley zu. »Wie ich mir dachte, Ma'am, wir sind schon drüber.«

»Wo drüber?«, fragte Hanley.

»Über die Grenze des Polarkreises.« Der Chief deutete mit dem Kinn auf die völlige Schwärze draußen. »Wir sind schon drin im Eisfach.«

»So«, sagte sie, drehte sich zum Fenster und schaute hinaus. »Na, das Kühlschranklicht ist definitiv nicht an.«

Die Luft im Flugzeug temperierte sich allmählich. Hanley nahm den Helm ab und setzte sich dem dröhnenden Lärm aus.

»Ich werde ein bisschen meditieren«, sagte sie und schloss die Augen.

Sie versuchte sich innerlich leer zu machen, doch sie musste ständig an Joey denken und an den nicht unzutreffenden Vorwurf ihres Ex-Mannes, dass sie egoistisch sei, der Beruf bei ihr immer zuerst komme, noch vor ihrem Kind. Es war viel schwerer, aber auch einfacher gewesen, als Joey noch klein war. Damals hatte die Hosentasche mit seinen ganz speziellen Schätzen drin ausgereicht, um ihn glücklich und zufrieden zu machen. Jeden Abend, bevor seine Sachen in die Wäsche kamen, hatte er sie sorgfältig hervorgekramt und sie am Morgen systematisch in die Tasche zurückgestopft. Regenbogenradierer, Papierbär, eine Bommel von einer als Schlüsselanhänger dienenden Fingerpuppe, mehrere geheimnisvolle Steine, »rotes Geld« (Pennys), »großes Geld« (ein Quarter) und ein eingedellter Kompass. Sie seufzte. Mit einem Gefühl der Trauer fing sie an zu meditieren, stellte sich vor, mit ihrem Atem immerzu einen Ballon aufzublasen und die Luft wieder entweichen zu lassen.

Das Flugzeug legte sich zu einer Kurskorrektur leicht in die Kurve und flog dann wieder geradeaus. Hanley streckte sich auf der langen Sitzreihe aus und versuchte, mit dem sperrigen Arktisanzug eine bequeme Lage zu finden. Stevenson beneidete seine Schutzbefohlene. Hanley sah aus wie ein Mensch, der überall schlafen konnte. Ein Talent, das sie dort, wo sie hinwollte, gut brauchen konnte: in einer Welt ohne Tag und Nacht.

Als sie mehrere Stunden später aufwachte, reichte Stevenson ihr ein Sandwich und einen Thermosbecher, dann griff er in eine Tasche und zog ein Formular und einen Kugelschreiber heraus.

»Was ist das?«, fragte Hanley, während sie die Frischhaltefolie von ihrem Roastbeef-Sandwich abriss.

»Ihre Zollerklärung.« Er runzelte die Stirn und las: »Führen Sie irgendwelche Lebensmittel in Kanada ein wie Obst, Gemüse, Fleisch, Eier, Milchprodukte oder anderes, ferner Tiere, Vögel, Pflanzenteile, Humus, lebende Organismen, Impfstoffe?« Er warf einen Blick auf die Commode, die reichlich mit Medikamenten und Vorräten ausgestattet war. »Tja, ich denke mal, was die nicht wissen, macht sie nicht heiß«, sagte er und legte das Formular beiseite.

9

Die erste Einsatzbesprechung mit den Offizieren der *Rus* verlief glatt. Die vier Taucher in der Druckkammer nahmen über eine Fernsehzuschaltung teil.

Der Kapitän umriss in groben Zügen, wie die Rettungsaktion vonstatten gehen würde, falls keine Komplikationen auftraten und die Besatzungsmitglieder des manövrierunfähigen Unterseebootes noch bei Bewusstsein waren und sich ohne Hilfe bewegen konnten: Die Matrosen der *Rus* würden die Bergungsfahrzeuge hinübersteuern, andocken und die *Wladiwostok* evakuieren, immer in Schüben von zwanzig Mann.

Die Bordärzte erläuterten Schritt für Schritt den Umgang mit den Überlebenden im Falle von Verstrahlungen durch ein Leck im Atomreaktor und für die an Bord gehenden Taucher das richtige Anlegen der Schutzanzüge. Der kleine Erholungsbereich neben dem Schiffslazarett wurde mit medizinischen Geräten und Liegen ausgerüstet, und eine angrenzende Kombüse war zur Krankenstation umfunktioniert worden.

Der Leitende Ingenieur meldete den erfolgreichen Test der Schweißnähte im Silo 6, und die vier Taucher in der Druckausgleichskammer brachen in einen etwas quiekigen Jubel aus – quiekig deshalb, weil sie durch das Helium, das sie atmeten, hohe Stimmen bekommen hatten. Die ganze Runde lachte.

Kapitän Nemerow bat um Fragen. Auf dem Fernsehmonitor ergriff einer der Taucher das Wort, ein stämmiger Mann mit nacktem Oberkörper und der schwarzen Uniformmütze der Marine auf dem Kopf.

»Orlowski hier, Kapitän.« Seine kräftige Gestalt ließ das vogelartige Piepsen noch absurder erscheinen.

»Ja, Bootsmann.« Sie hatten ihn in der Durchgangskaserne in Murmansk gefunden, wie Nemerow Rudenko zuflüsterte. Als erstklassiger Taucher war er auf der Stelle abkommandiert worden, wobei er sich inzwischen als Spaßmacher vom Dienst profiliert hatte. Orlowski vertrieb sich die langen Stunden im Taucherraum damit, dass er mit seiner Falsettstimme Märchen für seine Nichten und Neffen auf Band sprach und für seine Kameraden unflätige Balladen sang wie »Als sich Alaila die Füße nass machte«.

Trotz seines Quäktons war Orlowski ernst. »Für den Fall, dass wir zusätzliche Geräte oder Ähnliches brauchen, dürfte ich da vorschlagen, dass eines von den Torpedorohren vorn leer bleibt, damit uns dort solche Sachen durchgereicht werden können? Wir könnten sie uns dann holen, wenn wir draußen sind. Das würde den Vorgang beschleunigen.«

»Schon geschehen«, sagte Nemerow. »Sonst noch was?«

»Na ja, Käptn, da Sie so freundlich sind, nachzufragen.« Orlowski schwenkte eine Marinebroschüre und fuhr mit seiner witzigen Stimme fort. »Ich entnehme dem hier, dass die Mannschaft eines Schiffes in den Pausenstunden gewisse Rechte zur Freizeitgestaltung hat. Sofern ich das richtig verstehe.«

Ein paar Matrosen kicherten.

»Ja, Bootsmann.«

»Dazu gehören Radiosendungen zu internationalen Themen, den Arbeitsleistungen des russischen Volkes, Kulturausstellungen, den jüngsten großen Sportereignissen, der Eröffnung des neuen McDonald's in St. Petersburg.«

»Möchten Sie gern CNN empfangen, Bootsmann?«, fragte Nemerow.

»Hier steht auch, dass Matrosen über die verschiedenen Länder, an denen sie vorbeifahren, in Kenntnis gesetzt werden sollen –«

Der Raum explodierte vor Lachen. Der Bootsmann redete mit unbewegter Miene weiter.

»– und diese unter Umständen besuchen dürfen.«

Die Matrosen brüllten.

»Und sie sollen rechtzeitig vor dem Landurlaub über das kulturelle Leben und die Sehenswürdigkeiten dieser Länder informiert werden.«

Sein Publikum lachte und applaudierte.

Rudenko verbarg sein Gesicht in einem Teebecher, Nemerow tat so, als müsste er husten.

»Bootsmann«, sagte Nemerow, als der Radau sich gelegt hatte, »wie sind Sie eigentlich an Bord der *Rus* gelandet?«

Orlowski nahm seine Matrosenmütze ab und kratzte sich nachdenklich den Kopf. »Tja, Käptn, ich weiß noch, dass ich in der Militärparade über den Roten Platz marschiert bin und an der Botschaft der Vereinigten Staaten von Amerika vorbei, am Sadowoje Kolzo, nicht wahr, wo wir ein klein bisschen fester mit den Stiefeln aufgestampft haben als gewöhnlich. Dann wollte ich über Murmansk zu meinem Stützpunkt zurückfahren. Ich erinnere mich, dass gefeiert wurde, bevor es auf einem Eisbrecher weiter Richtung Osten nach Kamtschatka gehen sollte, in der Pazifikregion. Dann: puff. Ich wache hier in dieser Kapsel voller Plunder auf, Käptn. Ich dachte, sie hätten die *Mir* wieder abgeschossen und ich würde durchs Weltall trudeln.«

Die Mannschaft johlte. Nemerow grinste offen. »Wir werden alles tun, um Sie bald zur Erde zurückzubringen, Bootsmann.«

»Ich danke Ihnen, Käptn, das erleichtert mich wirklich sehr«, piepste Orlowski. Er verbeugte sich, und alles brüllte und klatschte Beifall.

Im Anschluss an die Sitzung fand eine Reihe kurzer Besprechungen des Kapitäns und des Admirals mit den einzelnen Spezialkräften statt. Die ganzen denkbaren Szenarien im Detail durchzuspielen war mühselig, aber unumgänglich, wenn sie von den Männern auf der *Wladiwostok* noch welche retten wollten. Das Überleben hing davon ab, dass sie möglichst viele Eventualitäten voraussahen, und Überleben war der einzige Erfolg, der auf See irgendetwas zählte.

Kapitän Nemerow ließ das Ruder nach Backbord legen, um die *Rus* näher an die Küste heranzubringen. Die felsigen Küstengewässer würden die Sonarpeilung ihrer Verfolger beeinträchtigen. Als die *Rus* gleich weit von dem Unterseeboot hinter ihr und dem auf sie wartenden Boot vor ihr entfernt war, gab Nemerow dem Bugtorpedoraum Anweisung, einen Täuschkörper abschussbereit zu machen. Zwölf Minuten wurden abgezählt.

Die *Rus* schwenkte leicht nach Steuerbord. Die Torpedoattrappe wurde abgeschossen, die Maschinen abgestellt und bordeigene Geräuschquellen gedämpft. Schlagartig begann der Täuschkörper, in gleicher Lautstärke die Geräusche zu kopieren, die normalerweise von der *Rus* ausgingen. Gleichzeitig fing er die Sonarimpulse der Verfolger auf und warf sie mit einer Stärke zurück, die dem Echo eines Objekts von der Größe eines Atom-U-Bootes entsprach.

Auf seiner Bahn entfernte sich der Täuschkörper immer weiter vom Ufer. Falls ein Schiff näher als zwei Kilometer herankam, würde er das Simulieren einstellen und dessen Radar und Sonar aktiv zu stören beginnen.

Während die *Rus* über dem Meeresgrund hing, zeichnete ihr passives Sonar den Kurs des Verfolgerbootes nach. Der Amerikaner drehte nach Steuerbord ab und jagte dem Täuschkörper tapfer in Richtung Nordsee hinterher. Nach vier Minuten setzte die *Rus* mit mäßiger Geschwindigkeit die Fahrt zur Küste und der Mündung des Sognefjords fort.

In alten Zeiten, sinnierte Nemerow, hatten Seeleute Verfolger damit an der Nase herumgeführt, dass sie brennendes Pech auf die Wellen kippten, um die fernen Lichter eines anderen Schiffs vorzutäuschen. Die entsprechende moderne Methode wirkte genauso, aber die Marine hatte in ihrem ganzen Waffenarsenal nur noch elf solcher Täuschkörper übrig. Tschernawin sparte bei diesem Auftrag an nichts. Der Kapitän schöpfte neuen Mut. Er erging sich einen Moment lang in Vorstellungen von den Wiedersehensfeiern im Hafen, die stattfinden würden, wenn sie die U-Boot-Fahrer nach Hause brachten. Trotz der Nachrichtensperre würden die Frauen da sein.

Er betrachtete auf dem Sonar das auf sie zukommende Unterwasserterrain und winkte dann nach dem Periskop. Das Rohr stieg, bis er das Okular auf Brusthöhe hatte. Er setzte eine Schutzbrille mit roten Gläsern auf, um seine Augen vor der Raumbeleuchtung abzuschirmen.

Die Küste war eine schwarze Gebirgssilhouette. Die Lücke in dieser hoch aufragenden Wand war für das Auge nicht zu erkennen. Nur Instrumente konnten ihre Lage ausmachen. Die *Rus* bewegte sich mit sieben Knoten auf die Öffnung zu. Nemerow trat zurück, und das Sehrohr glitt wieder nach unten.

Er schritt ganz langsam auf und ab. Dem Sonar zufolge fuhren sie in diesem Augenblick über die hohe Schwelle des Fjordeingangs. Tiefe unterm Kiel achtzig Meter. Er gab Anweisung, den Admiral zu benachrichtigen.

Rudenko erhob sich rasch und strich sich das Haar mit den Händen glatt. Er hatte so plastisch geträumt, aber erinnern konnte er sich nur noch an die Frau: Inga Dobenskaja. So hatte er seit Jahren nicht mehr an sie gedacht. Ihn störte nicht einmal das Omen, dass ihm eine Tote im Traum erschienen war. Sie hatte ihn im Leben tief bewegt, warum dann nicht auch in ihrem Leben danach? Er alterte, sie nicht. Bei dem Gedanken an ihre Sinnlichkeit seufzte er auf, wusste aber nicht zu sagen, ob die Erinnerung sich auf ihre gemeinsame Zeit oder auf den Traum bezog. Wie lange war es her, dass sie zusammengelegen hatten, im Dunkeln verschmolzen? Ein Leben? Eine Nacht? Hatte er sie geliebt? Jahre nach ihrer Trennung war es ihm aufgegangen: ja. Warum brachten ihm seine Träume nicht die wunderbaren Nächte in St. Petersburg zurück?

Rudenko setzte seine Mütze auf und folgte dem Gang zur Zentrale, wo er den nervösen Gruß des Wachoffiziers mit einem Nicken quittierte. Nemerow, die Augen immer noch von der roten Brille geschützt, stand vor dem aufsteigenden Periskop. Als es weit genug ausgefahren war, um die Wasseroberfläche zu durchstoßen, klappte er die Handgriffe um und spähte in das Okular. Rasch drehte er das Rohr einmal ganz herum, um nach Schiffen Ausschau zu halten, dann trat er zur Seite.

»Admiral.«

Rudenko drehte seine Mütze mit dem Schirm nach hinten und nahm die Griffe in die Hand.

Das Periskop zog hinter sich einen breiten Wellenfächer über die vollkommen stille Wasseroberfläche. Die Seiten des Fjords stiegen viele hundert Meter hoch steil aus dem Wasser. Die atemberaubende Gewaltigkeit der nackten Felswände ließ ein kurzes Bedauern in ihm aufzucken. Er hätte zu gern in der unheimlichen Stille dieser schützenden Wände die Winternacht geschnuppert, statt die umgewälzte Luft des Unterseebootes zu atmen.

Er ließ das Sehrohr los und trat zurück; der Deckoffizier gab mit einer Handbewegung Befehl, es einzuziehen. Nemerow setzte seine rote Schutzbrille ab, und er und Rudenko begaben sich zu den Kommandositzen hinter dem Rudergänger, der etwas tiefer saß und einen Sicherheitsgurt umhatte wie ein Autofahrer, und auch zu einem ähnlichen Zweck: Mit voller Kraft fuhr das U-Boot genauso schnell wie ein Auto.

Ein Stück hinter der Mündung fiel der Grund des Fjords schräg nach unten ab. Nemerow ließ die *Rus* tiefer tauchen. Er schaute zu dem Sonarmaat hinüber, der den Tiefenmesser beobachtete sowie auf dem Computerfeld darüber die digitalisierte Darstellung der Schallwellen, die vor ihnen das Wasser erkundeten.

»Freie Fahrrinne«, sagte Nemerow. »Keinerlei Hindernis. Wie ein Schornstein.«

»Ich hoffe sehr, dass das auch bis zum Ende so bleibt«, sagte Rudenko.

Eine Stunde kroch träge dahin. Der Admiral döste auf seinem Stuhl, während Nemerow zusah, wie der Rudergänger und der Deckoffizier die *Rus* durch den tiefen Schlund manövrierten.

»Passivsonar meldet keine Schiffsgeräusche, Kapitän«, erklärte der Deckoffizier.

»Gehen Sie auf Aktiv«, befahl Nemerow. Das war riskant, falls jemand die Ohren auf das metronomische Pingen gespitzt hatte, aber ohne war die *Wladiwostok* unmöglich zu finden.

Die ersten Sonarwellen kamen verzerrt zurück, woran die Wasserschicht schuld war, in der die *Rus* gerade schwamm. Ihr niedriger Salzgehalt verhinderte, dass sie sich mit den tieferen Schichten verband, was bei der Auswertung des Sonarsignals berücksichtigt werden musste. »Tiefer gehen!«, ordnete Nemerow an.

Der Rudergänger gehorchte, und die *Rus* glitt aus der einen Schicht in die darunter. Die Schallwellen pulsten gleichmäßig ins Weite und kamen einigermaßen deutlich vom Grund des Fjords zum U-Boot zurück.

»Tiefe?«

»Dreihundertachtzehn Meter.«

Nemerow schluckte und bewegte den Unterkiefer, um den Druck in den Ohren auszugleichen, und blickte dann auf die Anzeige.

»Tiefe halten.«

Die Suche ging weiter. Nach dreißig Kilometern im Fjord kam der Sonarimpuls mit größerer Stärke und Deutlichkeit zurück.

»Kontakt«, meldete der Sonarmaat laut. Ein großes Metallobjekt lag irgendwo unter ihnen in der Tiefe.

»Jawohl, Kontakt«, bestätigte der Erste Offizier.

Die *Rus* hielt in einer gemächlichen Abwärtskurve nach Backbord darauf zu. Das Echolot wurde betätigt und ein Hochfrequenzton ausgesandt. Seine Reflexion zeichnete eine Signatur auf den Bildschirm.

Die *Wladiwostok*.

Nemerow stieß den Admiral an. »Die *Wladiwostok* klebt an der Fjordwand. An irgendetwas hängen geblieben. Sie liegt nicht ganz auf Grund und ist leicht geneigt.«

Rudenko nickte beim Blick auf den Tiefenmesser. »Wie ein toter Fisch im Aquarium«, sagte er besorgt. »Die Bergungsfahrzeuge werden in dieser Tiefe nichts nützen. Da kommen nur die Taucher hin.«

Ein Matrose rief beim Abstieg der *Rus* alle zwanzig Meter die Tiefe aus. Bei »sechshundert Meter« stand Nemerow auf. »Tauchfahrt anhalten. Maschinen stopp.« Er trat zurück, um eine Monitorzeile über sich zu betrachten. »Die Quecksilberlampen draußen anschalten.«

Am Bug gingen zwei Lampen an, dazu drei Spezialfernsehkameras. Der Admiral reckte den Hals. Die Bilder waren so trübe, dass man nichts damit anfangen konnte.

»Maschinen an, langsam«, sagte Nemerow. »Noch einmal hundert tiefer!«

Der Rudergänger wiederholte den Befehl und führte ihn aus. Die *Rus* sank vorsichtig weitere hundert Meter, und tatsächlich, da hing die *Wladiwostok* hilflos am Fuß der Fjordwand.

Zwei Linien liefen von ihrem Rumpf nach oben. »Die Antenne«, sagte der Deckoffizier und deutete auf eine der Linien auf dem Bildschirm.

»Ja«, bestätigte Nemerow. »Und die andere Linie, die dickere, sieht aus wie das Kabel für ein Arbeitstauchboot. Aber ich sehe das SB-4 nicht.«

»Käptn, vielleicht hat sich das Kabel einfach gelöst und ist aufgetrieben.«

Nemerow knurrte skeptisch; er hatte einen anderen Verdacht. Aber seine Sorge galt vor allem der regungslos daliegenden *Wladiwostok* und den Seeleuten, die aus diesem Gletschergraben einen Notruf ausgesandt hatten, dessen wesentlicher Inhalt, bei aller modernen Automatisierung und Codierung, doch uralt gewesen war: SOS – Rettet unsere Seelen.

Sie probierten, Funkkontakt herzustellen – mit der kleinsten Sendestärke, um nicht entdeckt zu werden. Das Signal hatte eine extrem niedrige Frequenz, damit es durch das Wasser drang, und wegen der langen Wellen dauerte es ewig.

Keine Reaktion.

Die Taucher waren noch nicht so weit, dem Druck in dieser Tiefe standzuhalten. Orlowski verlangte, es versuchen zu dürfen, aber Nemerow lehnte ab. Es war quälend, der *Wladiwostok* so nahe zu sein und doch nicht helfen zu können, aber wenn er seine Männer opferte, war damit auch nichts gewonnen. Nach langem, zermürbendem Warten gab Nemerow den Befehl, mit dem Tauchgang zu beginnen. Die vier Taucher schwammen aus der Schleuse und durch den gefluteten Raketenschacht nach oben und zogen dabei die Schläuche hinter sich her, die sie am Leben erhielten.

Die *Rus* stand nur vierzig Meter von der *Wladiwostok* entfernt, aber im rechten Winkel zu ihr, um nicht von der vollen Wucht getroffen zu werden, falls das havarierte Schiff brach und explodierte. Vierzig Meter waren weniger, als dem Admiral oder Kapitän Nemerow lieb gewesen wären, aber die Schläuche der Taucher hielten sie im wahrsten Sinne des Wortes an der kurzen Leine. Je kürzer die Distanz, die die vier in dem eiskalten Wasser überwinden mussten, umso mehr Zeit hatten sie an Bord der *Wladiwostok* und umso weniger Energie vergeudeten sie. Um ihre Kräfte noch zusätzlich zu schonen, beförderte ein Scooter sie zu dem regungslos daliegenden Schiff.

Leutnant Nutschin setzte sich an den Tauchersprechfunk in der engen Zelle neben der Kommandozentrale, wo er auch die Herzfrequenz und die Körpertemperatur seiner Männer überwachte und ihre knapp bemessene Einsatzzeit im Wasser genau im Auge behielt.

Die Meldungen des ersten Tauchers waren kurz und bündig. »Bugruder ... abrasiert. Und ein Teil des Turms. Außenhaut ... stellenweise lädiert. Luftblasen aus einer Naht. Luken und Platten halten ... wenigstens auf der Seite, die wir sehen können.«

»Strahlungswerte?«

»Völlig normal, Herr Leutnant.«

Nutschin gab dem zweiten Taucher, Orlowski, Anweisung, den Zustand der Außenhülle steuerbord zu untersuchen, auf der Seite, die am Fels klebte. Fluchend quetschte sich dieser in den Spalt zwischen dem mächtigen Rumpf und der steinernen Wand des Fjords. Er schaltete seine Lampe an, und zweihundertfünfzig Watt Licht erhellten die Stelle. Mit einem Tritt seiner Flossen verschwand er völlig von den Fernsehmonitoren wie in einer Grotte.

Der Kapitän und der Admiral standen im Gang zwischen der Zentrale und dem Funkraum und lauschten den Meldungen des sich langsam vorantastenden Orlowski. Wegen des Heliums war er schwer zu verstehen, aber die Tatsachen sprachen für sich.

»Was ich von der Steuerbordseite sehen kann ... ist aufgerissen. Wahrscheinlich vom Aufprall ... an der Fjordwand. Es gibt Furchen und Schrammen ... im Fels und in der Außenhülle. Ich glaube, der Aufprall war ... weiter oben. Danach ist sie abgesackt ... als das Wasser hereinkam ... und auf einem Vorsprung gelandet.«

Alle schwiegen. Einer der Ärzte blickte niedergeschlagen, sagte aber nichts. Orlowski erklärte: »Ich schiebe mich jetzt unter ... den Turm. Ich sehe die Flosse. Sie ist ... gebrochen. Zerquetscht.«

Die nächsten Minuten über hörten sie nur die melodischen Geräusche, die die Atemgeräte der Taucher machten. Alle beobachteten den leeren Bildschirm, als ob dort etwas zu sehen wäre. Admiral Rudenko ging mit gesenktem Kopf auf und ab und trat dann hinter Nemerow. Er sprach mit flüsternder Stimme.

»Falls Überlebende nicht in die Bergungsfahrzeuge geschafft werden können, wären sie dann vielleicht dadurch zu retten, dass wir das Schiff ganz an die Oberfläche heben? Vorausgesetzt, dass an Bord noch jemand am Leben ist.«

»Und die Befehle missachten?«

»Zum Teufel mit den Befehlen. Und *wenn* wir einen Zwischenfall provozieren, na und? Falls wir die *Wladiwostok* nach oben kriegen und uns beeilen, können wir die Überlebenden herausholen und das Schiff dann wieder versenken.«

Nemerow schüttelte fast unmerklich den Kopf. »Wenn wir einmal aufgetaucht sind, kommen wir nicht mehr aus dem Fjord heraus. Dann schnappen sie uns.«

»Tschernawin hat sich verrechnet. Wir werden uns etwas einfallen lassen müssen. Wir können nicht lebende Männer im Stich lassen. Und ich werde auch nicht die *Wladiwostok* mit der Besatzung an Bord zerstören, wenn sie nicht geborgen werden können.«

Nemerow blickte bestürzt. Eine solche Möglichkeit war ihm gar nicht in den Sinn gekommen. Aber der Admiral hatte sie offenbar von Anfang an befürchtet.

»Ich möchte mit sämtlichen Offizieren sprechen«, erklärte Rudenko in normalem Ton. Nemerow sagte dem Wachoffizier Bescheid, der den Befehl weitergab.

Sie fanden sich unverzüglich ein und versammelten sich um den Admiral. »Die *Wladiwostok* liegt zu tief, an eine Bergung mit den Rettungskapseln ist nicht zu denken«, sagte er. »Beim nächsten Versuch jedoch können die Taucher die Kapseln wie Schwimmkörper einsetzen und mit ihnen das havarierte Schiff an die Oberfläche drücken, wo die *Rus* die Überlebenden aufnehmen wird.«

Aus den Augen sprach Erstaunen, aber niemand sagte ein Wort. Alle waren nervös. Der Admiral fuhr fort.

»Wir fluten unsere Rettungsfahrzeuge und bringen sie auf die Tiefe der *Wladiwostok*, manövrieren sie längsschiffs, befestigen sie am Rumpf und pumpen einen Teil des Wassers mit Pressluft hinaus. Die Kapseln werden langsam aufsteigen wie Hebeleichter und die *Wladiwostok* mit ihnen.«

»Taucher«, verkündete der Leutnant, »eure Zeit ist halb um.«

Der dritte Taucher meldete, dass das von der *Wladiwostok* aufsteigende dicke Kabel aus dem offenen Tauchbootschacht im Achterdeck kam. Der Schacht war leer, was bedeutete, dass das SB-4 wahrscheinlich irgendwo in dem dunklen Wasser weiter oben war. Er folgte dem Kabel fünfzig Meter aufwärts.

»Nummer zwei«, sagte der Leutnant, »wir können Sie nicht sehen. Orlowski? Bitte melden.«

»Moment ... Ich gehe gerade herum. Ich bin auf dem Kommandoturm. Das Turmluk ist zu. Ich klopfe.«

Der Ton von geschlagenem Metall dröhnte durch die Lautsprecher im Funkraum. Es gongte vier weitere Male. Nach einer langen Pause schlug Orlowski erneut. Wieder fünfmal. Die Schläge mussten durch das ganze Boot geschallt haben, wenn sie an Bord der *Rus* zu hören gewesen waren. Einige der Männer schlossen die Augen, konzentrierten sich, damit ihnen auch nicht das kleinste Geräusch entging.

Es gab keins.

Orlowski knurrte einen Fluch.

»Achtzehn Minuten«, gab der Leutnant an.

»Hier Taucher drei. Das SB-4 schwimmt so etwa ... siebzig Meter über dem Mutterschiff.«

»Taucher zwei, hier ist vier, zuständig für die Schläuche. Orlowski, bei dir ist zu viel Spannung auf der Nabelschnur.«

»Taucher«, verkündete Leutnant Nutschin. »Zurück zum Scooter.«

10

Der Einsatzleiter erhob sich in dem heftig schaukelnden Flugzeug von seinem Sitz. »Sie steigen besser schon mal ein«, sagte er, auf die Gondel deutend. »Wir haben noch ungefähr vier Minuten, und wenn wir tiefer gehen, wird's ein klein bisschen rauer werden.« Mit Stevensons Hilfe bugsierte der Chief Hanley durch die Öffnung und begann, sie für den Fallschirmflug anzuschnallen. »Aber seien Sie nicht enttäuscht, wenn wir heftige Böen kriegen oder so und wir umkehren und Sie zurückbringen müssen. Hier oben pustet's manchmal ganz ordentlich.«

»Ich werd mich nicht beschweren«, sagte sie.

»Wäre gar nicht schön, wenn es Sie nach China bläst.«

Als die Gurte stramm waren und die Kopf- und Nackenstützen richtig saßen, sprachen Stevenson und der Chief mit Hanley das Verhalten im Notfall durch und überprüften dabei noch einmal die Sicherheitsvorkehrungen. Der Kanadier machte besonders auf die Überlebensausrüstung aufmerksam, der Einsatzleiter zeigte auf das an der Wand hängende Beil. »Für den Fall, dass Sie nur mit Gewalt aus diesem Ei rauskommen. Die Notsignallampen ... tja, ehrlich gesagt brennen die in dieser Kälte nur zehn Minuten, darum zünden Sie im Fall des Falles lieber erst die Leuchtbomben. Hier.« Er drückte ihr ein Stofftier in die Hand. »Ein Schlittenhund. Aus dem Postamt in Anchorage. Als Glücksbringer, hab ich gedacht.«

Hanley war eigentlich nicht so der Stofftiertyp, aber gerührt von der Geste, presste sie den Hund an sich.

»Danke, Chief.«

»Gehen auf Frequenz Trudeau«, schaltete sich der Pilot ein.

»Passen Sie auf«, sagte der Einsatzleiter. »Bloß nicht ins Wasser, ist das oberste Gebot. Dieser Eimer hier schwimmt, aber Sie dürfen nicht im großen Teich landen, egal was passiert. Weil, wie zum Teufel sollen die Sie da rausholen? Die haben schließlich keine Boote da unten.«

»Ist das Wasser nicht völlig zugefroren?«, fragte Hanley. Das Adrenalin schoss jetzt ein, und sie begann unruhig zu werden.

»Vielleicht«, sagte der Chief mit skeptischer Stimme. »Sehen Sie hier diesen roten Hebel. Sofort nach der Landung reißen Sie ihn runter und machen die Fallschirme los, damit Sie nicht zum Segelboot werden und meilenweit übers Eis schliddern. Außerdem sind dann die Chancen geringer, dass Sie sinken.«

»Sinken?«

»In dem unwahrscheinlichen Fall, dass das Eis beim Aufprall bricht und der Schirm voll Wasser läuft, kann das passieren, Ma'am. An sich ist die Commode ein Rettungsboot – luft- und wasserdicht. Besser als ein Schwimmanzug. Aber die Fallschirmseide zieht einen nach unten, wenn sie nass wird.«

»Roten Hebel runterreißen«, wiederholte Hanley mit zitternder Stimme, »Fallschirme losmachen.« Sie sehnte sich plötzlich nach der rotschwarzen Steppdecke ihrer Großmutter, dem einzigen Kindheitsandenken, das sie in ihr Erwachsenenleben hinübergerettet hatte. Joey schlief unter der Decke, wenn er bei ihr war. Sie wünschte, sie hätte die Decke jetzt und könnte sich darunter verkriechen.

»Und was mache ich, wenn ich doch ins offene Wasser gerate?«

»Ma'am, dann schreien Sie. Dass die wie der Wind angeflitzt kommen.«

Der Einsatzleiter vermummte sein Gesicht mit einer Sturmhaube und einer Kälteschutzbrille. Der Cockpitfunk ging an. *»Trudeau Station, hier Idle Bucket. Bitte kommen.«*

»Idle Bucket, hier Trudeau Station.«

Die lakonische Knarzstimme des Piloten meldete sachlich die letzte Phase des Anflugs. Die Windstärke war gering. Das Risiko, dass die Gondel vom Zielpunkt abgetrieben wurde, war deutlich gesunken. Der Starlifter ging tiefer, um auf die Abwurfhöhe von neunhundert Metern zu kommen.

»*Trudeau, hier Idle Bucket. Vier Minuten bis zum Abwurf. Noch irgendwelche Anweisungen? Over.*«

»*Idle Bucket, Anflug fortsetzen. Unsere Leute stehen bereit. Wir haben euch auf drei Minuten, vierzig Sekunden. Drei Minuten und dreißig Sekunden ... fünf Sekunden, vier, drei, zwei, eins, hack.*«

»*Danke, Trudeau. Wir sehen eure Lichter. Ende.*«

Oben auf der Gondel befand sich eine große Packhülle mit den Fallschirmen, die sich in vierhundertfünfzig Metern Höhe automatisch öffnen sollten.

»*Fallschirme bereit machen*«, kam die Anweisung aus dem Cockpit. »*Halteseile lösen.*«

»Roger, Roger«, entgegnete der Chief und kletterte auf die Gondel. »Fallschirme bereit und verbunden. Seile los. Ich hoffe und bete, dass unsere Heckklappe beim Offenstehen nicht einfriert.«

»Also dann, Jessie«, sagte Stevenson und drückte Hanley die Hand. »War nett mit Ihnen. Müssen wir bald mal wieder machen. Ach so, noch was. Wenn es Ihnen nichts ausmacht ...« Er zog ein Päckchen aus einer Tasche und reichte es ihr. »Bitte geben Sie das Dee Steensma.« Hanley hielt einen Daumen hoch. »Okay«, meinte Stevenson, »ich mache jetzt zu.«

Die Luke wurde geschlossen und verriegelt. Hanley hörte ein Abschiedsklopfen an der Glasfasertür. Der Einsatzleiter meldete sich in ihrem Kopfhörer: »Guten Flug, Ma'am. Und dass Sie mir ja nicht baden gehen, hören Sie?«

Das Flugzeug sackte in den Luftturbulenzen dreißig Meter ab. »O je«, sagte Hanley, als ihr der Magen auf einmal im Hals saß.

»*Sechzig Sekunden*«, verkündete der Pilot. Der Flugzeugrumpf schlingerte hin und her. Die Heckklappe öffnete sich ächzend. Durch den jähen Temperatursturz war der Ausstieg augenblicklich vernebelt.

Hanley atmete durch den Mund aus und fuhr sich mit der Zunge über die Lippen. Sie betrachtete den roten Auslösehebel neben ihrer Hand. Das Gurtkreuz schnitt in ihren Oberkörper, ein Kragen mit Riemen hielt ihren Kopf fest in Position. Ringsherum waren die ganzen Vorräte verstaut, die sie bestellt hatte: krampflösende Mittel, Schwermetallbinder, Antibiotika, Fixierungslösungen, Reagenzgläser, Kulturmedium, sterile Petrischalen. Volle ABC-Schutzkleidung. Ferner ein Album mit neueren Fotos von Joey, ihre Bachblütentropfen, ein Lehrbuch der Kinesiologie, ein Tonband mit der Brandung in Laguna, das Joey für sie aufgenommen hatte, fünf Meditations-CDs und acht Tuben organische Feuchtigkeitscreme.

»*Fünfzig Sekunden*«, kam es aus dem Cockpit. Das Schütteln war jetzt so heftig, dass die Verbindung kurz abbrach. Hanley war überzeugt, dass das Flugzeug gleich auseinander fallen würde.

Stevenson klopfte. »Jessie?« Die riesige Düsenmaschine wackelte beängstigend.

»Ja.«

»Wie sind Sie zu dieser Sache überredet worden?«, fragte er gut gelaunt.

»Weiß ich nicht mehr. Wollen Sie sie mir wieder ausreden? Wäre nicht schwer.«

»*Dreißig Sekunden.*« Es war die Stimme des Kopiloten. »*Bremskeile wegnehmen.*«

Es hörte sich an, als ob ein Metallgitter hochgezogen würde. Die donnernden Triebwerke und die brausende Luft machten einen Höllenlärm. Ein hydraulisches Kreischen ertönte.

»Ist das furchtbar«, sagte Hanley. »Ich will nach Hause.«

Der Starlifter ging mit der Schnauze nach oben, und die Commode II glitt unerbittlich und, wie es schien, ewig lange auf den Schienen in der Mitte des Flugzeugs auf die offene Hecktür zu und kippte dann in die Unendlichkeit hinaus.

Schlagartig Stille.

Das schwerelose Gefühl des Fallens trieb Hanley wieder den Magen in die Kehle. Sie hatte gemeint, sie würde schweben. Stattdessen stürzte sie ab wie ein Stein.

Orlowski wartete nicht länger, dass seine Schläge eine Reaktion zeitigten, und schwamm nach unten zu dem klaffenden

Loch am Fuß des Turms. Das U-Boot hatte eine doppelte Hülle; der Raum zwischen den Metallwänden war mit Gummi gefüllt. Sein Schlauch blieb an einer abgebrochenen Kante hängen. Er machte ihn vorsichtig los und schwamm weiter. In dieser Tiefe konnte der kleinste Ritz das Leben kosten. Statt sich wie beim Hinweg durch den schmalen Spalt zwischen Felswand und Außenhaut zu schieben, begab er sich nach achtern. In der engen Lücke strich das Licht seiner Quecksilberlampe gleißend hell über die Bootsflanke und den Fuß der Steilwand.

Bald schon entdeckte er einen zweiten Riss, ein klein wenig länger als der im Turm, aber nicht breiter. Er nahm den Schlauch und die Leine zum Schutz zwischen die Schenkel und stieß sich voran, ohne die scharfen Kanten zu berühren. Innen ließ er das Licht über die dunklen Felder mit Schaltern und Skalen gleiten, bis er das Ruder erreichte. Der Rudergänger saß immer noch angeschnallt auf seinem Stuhl.

Er leuchtete den Kommandoraum mit der Lampe ab. Dann verstellte er die Brennweite, und der Lichtkegel wurde ein konzentrierter dünner Strahl, mit dem er durch das nach achtern führende Schott und in den Gang dahinter leuchtete. Die Schotten standen offen, so weit er schauen konnte. Mehrere Mitglieder der Besatzung trieben im Gang.

Leichen im Meer waren immer ein unheimlicher Anblick, weil das Wasser sie bewegt erscheinen ließ, aber die hier … Etwas stimmte nicht mit ihnen. Er leuchtete noch einmal die Zentrale ab und zählte. Elf. Er war schon in viele Wracks getaucht und hatte Leichen zur Genüge gesehen, aber niemals so viele auf einmal und so merkwürdige. Sie waren alle in verrückten Posen, gar nicht wie Ertrunkene. Statt schlaff im Wasser zu hängen, hatten sie ganz gespannte, starre Gliedmaßen. Einige Körper waren zusammengekrümmt, andere in unmöglichen Haltungen nach hinten gebeugt.

Etwas stieß ihn an der Schulter an. Er zuckte zusammen, aber zwang sich, keine unbedachte Bewegung zu machen. Es musste irgendein Treibgut sein oder einer von der Besatzung. Tot, sagte er sich. Harmlos. Er nahm sich zusammen und wandte sich um. Ein Hinterkopf, blonde Haare, die im Wasser spielten. Der Körper hing mit dem Kopf nach unten über ihm. Er fasste ihn an der Schulter und drehte ihn behutsam. Der Körper war zusammengerollt wie ein im Glas schwimmender Embryo, Gesichtszüge kaum mehr vorhanden, Augenlider faltenlos. Er hatte noch nie eine derart weiße Leiche gesehen.

Die Augen! Er holte den Körper näher. Die Augäpfel waren nicht einfach in die Höhlen zurückgerutscht. Iris und Pupille waren weg.

»Job twaja mat!«

Raubfische? Unmöglich. Nicht in diesen Gewässern, nicht in so kurzer Zeit. Ein Bein, das zu einem an der Decke hängenden Körper gehörte, erschien neben ihm. Er packte das Fußgelenk und zerrte die Leiche hinunter ins Licht seiner Taschenlampe.

Die Hände klemmten zwischen den Knien, das Gesicht war verzerrt, der Mund aufgerissen. Die Augen waren geschlossen. Er wappnete sich und zog eines auf. Weiß. Die farbige Iris fort, weggefressen. Zerstört.

Orlowski schwenkte die Lampe im Raum umher, um den Gesichtsausdruck der anderen Leichen zu prüfen. Die Augen, die er erblickte, waren alle gleich. Er streifte an eine vorbeischwimmende Seekarte.

»Taucher zwei. Die Zeit ist um. Wo sind Sie?«

»Ich bin in … in der Zentrale«, antwortete Orlowski, um ruhige Atmung bemüht.

Unruhe entstand. Der Leutnant fragte nach: »Was haben Sie gefunden?«

»Sie steht unter Wasser. Elf Tote. Weitere in den Gängen. Schotten … zwischen den Abteilungen … offen.«

Die ausgestreckten Arme des Rudergängers bewegten sich unter den Griffen des Ruders, als wollte er einen Schlafwandler mimen.

»Taucher zwei, Sie sind über der Zeit. Kehren Sie zur Schleuse zurück.«

Der Leutnant musste es zweimal sagen, ehe Orlowski den Befehl bestätigte. Er glitt auf den Riss im Rumpf zu, dann drehte er sich spontan noch einmal nach dem Rudergänger um und schnallte ihn von seinem Sitz ab. Er schlang ihm eine Leine um den Hals, zog ihn zu der Öffnung im Turm und schob ihn nach draußen. Vorsichtig, damit der Leine und dem Schlauch nichts passierte, folgte Orlowski ihm nach.

Bootsmann Orlowski drückte sich am Rumpf entlang und unter dem Turm nach oben, seine sperrige, leblose Last im Schlepptau. Der Körper schrammte über die Wand und stieß an den Rumpf. Der Mann konnte keinen Schmerz mehr fühlen, sagte sich Orlowski, und schwamm weiter. Trotz des heißen Wassers, das in seinen Anzug strömte, drang langsam die Kälte durch. Seine Ohren knackten; Sekunden lang hörte er nichts, dann gingen sie wieder auf, und sein Atemgeräusch kam wieder. Der Körper hinter ihm hing schwer an der Leine, aber er schaute sich nicht um. Der Scooter war fort. Er musste die Strecke aus eigener Kraft zurücklegen. Nach der Anzeige hatte er noch Gasmischung für acht Minuten, zwölf, wenn er sparsam damit umging.

Viel Gefühl hatte er nicht mehr in den Wadenmuskeln; er wedelte dennoch mit den Schwimmflossen, um das Tempo zu erhöhen und möglichst schnell die offene Klappe des Schachts Nummer 6 zu erreichen.

Auf halbem Wege musste er anhalten und sich die Wade massieren. Erst da drehte er sich nach dem geborstenen Schiff und der Last um, die er schleppte. Sein Licht fiel auf die Fjordwand. Er blickte daran hinauf, so weit das Licht reichte. In dem Moment fühlte er sich wie ein Bergsteiger, ein Staubkorn, das es mit dieser Übermacht aufnehmen wollte.

11

Der Leutnant tobte. Orlowski nahm die Zurechtweisung gelassen hin. Er saß in der mit Geräten voll gestopften Druckkammer auf seinem Taucherhelm und starrte zur Fernsehkamera hinauf. Nutschin konnte seinen Zorn über die Eigenmächtigkeit der Handlung kaum bezähmen, zumal sie darin bestand, dass er wie ein Henker eine Leiche mit einer Schlinge an Bord gezerrt hatte. »Sie haben sich an die Vorschriften zu halten!«

Der Admiral brachte ihn mit einem Wort zum Schweigen und übernahm es selbst, Orlowski zu befragen.

»Sagen Sie, Bootsmann, warum haben Sie die Leiche in den gefluteten Raketenschacht gebracht und sie an der Wand angebunden?«

Orlowskis Erklärung war unverblümt. »Herr Admiral, ich hatte die Befürchtung, mir würde niemand glauben, wenn er es nicht selbst sieht.«

Kurz darauf ließ Rudenko den Taucher alles, was er gesagt hatte, vor Nemerow und den zwei Ärzten an Bord wiederholen, dann dankte er dem Bootsmann und hieß ihn sich auszuruhen. Orlowski konnte kaum noch nicken.

Rudenko bat den Kapitän und die Sanitätsoffiziere zur Lagebesprechung in seine Kajüte.

Auf der Koje sitzend, sagte einer der Sanitätsoffiziere: »Das mit der Leiche in Schacht 6 hat sich bereits herumgesprochen.«

Nemerow blickte beunruhigt. »Unruhe macht sich unter der Mannschaft breit. Keiner sagt ein Wort. Ich wünschte, Bootsmann Orlowski hätte wenigstens daran gedacht, das Gesicht zu verhüllen, damit den Männern dieser Ausdruck erspart geblieben wäre. Es ist entsetzlich: die Augen ausgehöhlt, das Kinn grässlich verzerrt. Das Gesicht schwimmt nur Zentimeter vom Weitwinkelobjektiv der Fernsehkamera entfernt. Es sieht aus wie die Fratze eines Wasserspeiers.«

Der Admiral sagte: »Wenn sie das nächste Mal hinausgehen, könnten die vier Taucher den Körper vielleicht mit einem provisorischen Leichentuch verhüllen und in einen anderen leeren Schacht daneben bringen. Auf die Art müssen sie nicht jedes Mal daran vorbei, wenn sie das Schiff verlassen oder zurückkehren. Vielleicht würde das auch die Mannschaft beruhigen. Ein gespenstisches U-Boot ist erschreckend genug. Ein unverhüllter Leichnam mit einer Schlinge um den Hals ist einfach zu viel. Was das gesunkene Schiff betrifft, so habe ich nicht mehr viel Hoffnung, es selbst oder die Leichen zu bergen.«

Nemerow nickte. »Wir können sie nicht herausholen, nicht wahr?« Es war eine rhetorische Frage, die der Admiral nicht beantworten musste. Die Tauchboote, die Ärzte, alles war nutzlos. Die *Wladiwostok* war genauso verloren wie ihre Besatzung, womit Rudenko nur noch drei Befehle auszuführen hatte: Logbuch und Codebücher holen, Tschernawins gelben Behälter finden und die Verletzung der Hoheitsrechte vertuschen.

Einen Moment lang überlegte er, wie zu verfahren war, wenn die Taucher sich weigerten, noch einmal einzusteigen, doch dann sagte er sich, dass in dem Fall Nemerow mit dem Problem fertig werden musste; er, Rudenko, war nur ein Passagier. Er hatte einen Auftrag, aber nicht das Kommando.

»In neunzig Minuten«, sagte der Admiral.

Kurlak Island strahlte wie ein Weihnachtsbaum. Die ungeheure Weite ringsherum wurde von einem halben Dutzend Leuchtbomben erhellt. Von extrem starken Scheinwerfern in der Nähe der hemisphärischen Kuppeln der Station stiegen vier Lichtsäulen kerzengerade in den Himmel auf.

Die Insel war klein, nicht mehr als zwei Meilen lang und

eine Meile breit. Das Eis, von dem Hanley erwartet hatte, dass es weiß und klar sein würde, erschien im grellen Scheinwerferlicht violett und blaugrün.

Die Gondel schaukelte an ihrem Fallschirm heftig hin und her. Unter ihr befand sich auf einem Hügelrücken der Windpark der Station, ein Haufen riesiger Windräder und kurviger paralleler Wände zur Kanalisierung des Windes. Die Station selbst war ein Verbund von Kuppeln und gedeckten Gängen um eine größere Kuppel im Zentrum: eine Gemeinschaft von Wissenschaftlern, die auf einer eisbedeckten Insel inmitten eines zugefrorenen Ozeans lebten und arbeiteten. Die an ihren Fallschirmen baumelnden Leuchtbomben warfen flackernde Schatten über das Eis. Im Unterschied zu den Scheinwerfern ließen die Leuchtbomben das Eis bleich erscheinen. Unter ihnen war alles entweder vollkommen weiß oder das schwärzeste Schwarz.

Hanley hatte kein Gefühl für die wirklichen Größenverhältnisse. In dem entstellenden Licht schienen die Kuppeln, die auf einer Erhöhung unterhalb des Hügelrückens lagen, zwei Stockwerke hoch zu sein. Eine von ihnen sah aus, als stände sie auf dem Kopf wie eine Tasse. Ein Radioteleskop, vermutete sie, oder vielleicht eine Satellitenschüssel.

Auf der vereisten Ebene, ein gutes Stück von dem Komplex der Rundbauten entfernt, waren merkwürdige rechteckige Wälle zu sehen: ein langer, der in exakten rechten Winkeln von kürzeren geschnitten wurde. Hanley konnte sich nicht vorstellen, welchem Zweck sie dienen mochten, aber die Neugier begann, die Panik von vorher zu verdrängen.

Auf der glatteren Fläche des Meereises direkt unter ihr konnte Hanley undeutlich den freien Streifen einer Rollbahn erkennen, die von der Insel wegführte.

»*Hier Trudeau Station. Bitte antworten.*«

»J-j-j-ja, hi-hi-hi-hier i-s-s-st Dr. Jes-s-ssie Han-ley.« Ihr ganzer Körper zitterte von der Vibration. »I-i-i-ich b-b-bin da.«

»*Wir haben Sie gesichtet, Frau Doktor. Sie kommen mit ziemlichem Abtrieb runter, müssten aber in Zielnähe landen.*«

»D-d-danke.«

»Keine Ursache, Dr. Hanley. So, Sie landen gleich. Halten Sie sich fest. Trudeau Ende.«

Die Gondel prallte hart auf und hüpfte in die Höhe. Zweimal.

»Gott, steh mir bei!«, murmelte Hanley und riss den roten Hebel herunter. Nichts.

Das Schaltfeld des Funkgeräts fiel ihr in den Schoß, als die ovale Commode auf die Seite kullerte. Die Luke klappte auf; die warme Luft in der Gondel wurde augenblicklich zu Nebel. Die Kälte schoss ihr in die Lungen. Als ob sie im Wasser wäre. In eiskaltem Wasser. Sie konnte nicht atmen.

Vor lauter Aufregung hatte Hanley vergessen, das Visier ihres Helms zu schließen. Sie machte es rasch zu und sah nach dem Licht. Blinkend rot, dann konstant grün, Gott sei Dank. Aber der große Fallschirm hatte sich nicht gelöst und schleifte die Gondel über das Eis.

»Bitte, Gott! Kein offenes Wasser!«

Stimmen überlagerten sich in ihren Kopfhörern, während die Commode quietschend und schlingernd dahinrumpelte. Sie wurde schneller, hatte Hanley den Eindruck. Nylonbeutel und Packmaterial purzelten über sie.

Es gab ein scheußliches metallisches Kreischen, und etwas schnitt durch die Haut der Gondel, als wäre sie eine Zwiebel. Ein Stück der Außenhülle war abrasiert worden, was aber die Fahrt nicht im Geringsten verlangsamt hatte. Vorräte wurden über das Eis gestreut wie Gewürze.

»Unfall, Unfall!«, schrie sie.

»Aufgeschlitzt von Sastrugi, Jack. Kannst du sie erwischen?«, sagte eine Stimme über den Transceiver.

»Denke schon. Ich bin hart am Fallschirm dran.«

»Pass auf deine Reifen auf.«

Die Gondel ruckte und kam zum Stillstand.

»Alles okay mit Ihnen, Dr. Hanley?«, erkundigte sich die Funkstimme.

Hanley holte tief Atem, schloss die Augen und drückte das Stofftier. »Houston, die Beagle ist gelandet.«

»Wie bitte?«

»Alles okay mit mir.« Ihr war vor Erleichterung ganz schwindlig. »Alles okay.« Sie lachte laut auf.

Ein behelmtes Gesicht erschien über ihrem Kopf in der Luke und lehnte sich lässig an die Schwelle, als ob diese das Fensterbrett der Nachbarin wäre.

»Willkommen im Winterwunderland. Dr. Hanley, darf ich annehmen?« Er hielt ihr die Hand hin, und sie streckte ihre aus. Er nahm sie behutsam wie die eines Kindes. »Quel honneur.«

»Bitte – Jessie.«

»Enchanté.« Er drückte ihr die Hand. »Wie nett von der Kommission, Sie zu schicken. Wie tapfer von Ihnen, tatsächlich zu kommen.«

»Ist mir ein Vergnügen«, sagte Hanley und zog an den Gurten. Sie war mit Unrat übersät, größtenteils Verpackungschips aus Paketen, die bei der Landung aufgeplatzt waren, und ein Dutzend neuerer Hefte von *Alaska Geographic*. »Und mit wem habe ich die Ehre?«

»Ich bin Emile Verneau, der Verwaltungsdirektor der Station. Hier, erlauben Sie mir, Ihnen zu helfen.«

Verneau reichte ihr eine Hand, und sie zwängte sich aus der Gondel.

»Spielen Sie Bridge?«, fragte er.

»Nein. Nie gelernt.«

»Ach, schade. Wir haben immer Mangel an guten Bridgespielern. Aber ich nehme an, dass Sie ohnehin nicht viel freie Zeit haben werden.«

Zwei Gestalten in Polaranzügen begannen, die Vorräte herauszuholen und an zwei andere weiterzugeben, die sie auf einen Schlitten hinter einem knallbunt gestreiften Fahrzeug luden, das über zweieinhalb Meter hoch war und bauchige dunkelrote Reifen hatte. Es sah aus wie einer von diesen Monstertrucks mit riesigen Reifen, die sie bei Schauvorführungen in Amphitheatern im Kabelfernsehen gesehen hatte. Ein Dutzend solcher Fahrzeuge stand mit zwanzig Metern Abstand im Kreis um die Commode. Eines war auf den Fallschirm gefahren, damit der nicht mehr den Wind fangen konnte.

Hanley blieb stehen und deutete auf etwas. »Und die Dinger hätten mich fast um die Ecke gebracht?«

»Sastrugi«, sagte Verneau und ging zu einem phantastisch

gekrümmten Eisgrat hinüber. Sein Lichtstrahl fuhr die schlanke, skulpturartige Form nach. »Was Sie auch machen hier draußen, kommen Sie denen nicht zu nahe. Sie sind extrem gefährlich.«

Der Wind frischte auf, und die Sastrugi tönten wie singende Sägen. Hanley staunte. »Sie sind wunderschön«, sagte sie, während sie die Farben im Lichtkegel von Verneaus Lampe bewunderte.

Verneau sagte: »Das sind die härtesten Eiskristalle, die man sich vorstellen kann. Das Treibeis weiter draußen ist rissig und trocken wie Sandstein. Das Eis dieser Sastrugi ist wie scharfes Metall. Hören Sie.«

Er machte einen schlanken Stab von seinem Handgelenk los. Auf einen Druck hin sprangen zwei Klingen links und rechts hoch, deren scharfe Metallkanten im Lampenlicht blinkten. Behutsam beugte er sich vor und strich mit der so entstandenen Eisaxt an der welligen Sastruga entlang. Sie tönte wie eine Stimmgabel.

Verneau klappte die Klingen wieder ein und lud Hanley mit einer Handbewegung in sein eigenes bulliges Fahrzeug ein. Er deutete auf die steigbügelartigen Vertiefungen, und sie kletterte an der Seite hoch, schob die Beifahrertür auf und ließ sich in den ergonomischen Sitz sinken. Das Funkgerät knisterte, und jemand sagte etwas auf Französisch.

Eines nach dem anderen gingen die Flutlichter aus. Verneau antwortete seinerseits über Funk auf Französisch, und die Fahrzeuge formierten sich und fuhren in einer langen Reihe auf die grünlich schillernden Lichter von Trudeau zu. Er zählte sie ab und setzte sich dann an das Ende der Schlange. Nur der in den Fallschirm verhedderte Wagen blieb zurück, denn der Fahrer war immer noch damit beschäftigt, ihn freizuzerren.

»Wer ist das, der mich gerettet hat?«, fragte Hanley mit Blick auf das Fahrzeug, das gerade von den wallenden Stoffmassen befreit wurde.

»Der unübertreffliche Jack Nimit«, erwiderte Verneau, »unser Ingenieur. Jack stellt uns alle in den Schatten.«

Ein großer, kastenartiger Buggy mit Ballonreifen und offener Ladefläche kam ihnen entgegen. Er hatte den Auftrag, erklärte Verneau, die Gondel zu bergen und die verstreuten Vorräte aufzusammeln.

»Es wird eine langsame Fahrt«, sagte er. »Lehnen Sie sich zurück und genießen Sie die Aussicht.«

Just bei diesen Worten ging mit einem Flackern die letzte Leuchtbombe aus, und die Welt wurde dunkel.

12

Aus der Ferne schien Trudeau nur eine von vielen Erhebungen im Gelände zu sein, doch die Windräder waren nicht zu übersehen, die wie riesige Insekten auf einem Höhenzug versammelt waren und die unbändige Kraft des Wetters in elektrischen Strom umwandelten.

»Thermoelektrische Generatoren«, sagte Verneau. »Im Sommer kommt noch ein Platinkatalysator mit sauberer, flammenloser Oxidation hinzu. Außerdem Brennstoffzellen, wie unsere Fahrzeuge sie haben. Und Sonnenkollektoren.«

Der Kuppelkomplex über dem Eis nahm immer imposantere Ausmaße an, je näher der Zug kam. Eine lang gezogene Auffahrt mit einem hohen Tunnel weiter oben wurde sichtbar.

»Unser bescheidenes Heim«, verkündete Verneau. »Die Rampe und der Tunnel sind dem Eingang zur ultimativen Polarbehausung nachempfunden, die vor vielen Generationen erfunden wurde, der einheimischen Schneehütte.«

»Dem Iglu?«, sagte Hanley. Ihr kam eine flüchtige Erinnerung daran, wie sie einmal in der Schule in Heimatkunde die Eskimos durchgenommen hatten.

»Genau. Die Steigung verhindert, dass die leichtere Warmluft in den Kuppeln durch den Eingangstunnel entweicht, und gleichzeitig lässt sie peu à peu Kaltluft eindringen. Aber wir haben den Winkel nicht ganz richtig hingekriegt. In seltenen Fällen, wenn der Wind aufweht, müssen wir den äußersten Eingang dicht machen. Sonst entsteht ein Vakuumeffekt, und die ganze Wärme wird hinausgesaugt.«

»Unsere Iglus«, meldete sich jemand mit ausländisch klingendem Englisch über Funk, »sind total isolierte Wärmezellen. Sie sind vollkommen vor der Umwelt und die Umwelt vor ihnen geschützt. Die Arktis ist empfindlich, hochempfindlich – eine wasserlose, gefrorene Wüste. Die kleinste Umweltsünde wird hier konserviert und verstärkt.«

»Danke, Koos«, sprach Verneau in das Gerät. »Genauso ist es.«

Die Karawane kroch im Schneckentempo die Auffahrt hinauf in die Öffnung des Tunnels. Große Eiszapfen drohten von der Decke herab.

»Faszinierend«, sagte Hanley. Sie beobachtete, wie die Temperaturanzeige langsam nach oben stieg, je höher sie kamen.

»Der Tunnel sorgt mit für einen gleichmäßigen Temperaturübergang und hilft den Nebel verhindern, der den meisten Polareinrichtungen im Winter zu schaffen macht.«

»Nebel im Innern?«

»Ja. Und Regen noch dazu. Eine echte Plage. Manche Städte in der Arktis sind vollständig eingenebelt – allein vom Atem der Menschen und Tiere.«

Die Auffahrt flachte ab und ging in einen Vorplatz über. Obwohl die Temperatur immer noch deutlich unter dem Gefrierpunkt lag, musste sie dreißig Grad höher sein als am Fuß der Rampe.

Der Zug kam unter einem langen konvexen Fenster zum Stillstand. Dick isolierte Ladekabel hingen von der Decke. Jeder Fahrer stellte den Motor seines Fahrzeugs ab und zog einen nummerierten Zündkasten heraus. Diese wurden eingesammelt und in einem speziellen Wagen deponiert. Unterdessen ging ein Mann herum und brachte mit geübten Handgriffen an jedem Fahrzeug Ladekabel an.

Verneau nahm den Zündkasten heraus, und das Armaturenbrett wurde dunkel. Er deutete auf das gewölbte Fenster über der Schwelle.

»Die Wachzentrale. Kontrolliert unser ganzes Kommen und Gehen hier, und dass genauso viele zurückkommen, wie weggefahren sind. Ist auch dafür zuständig, dass sich auf der

Rampe keine Eisbären häuslich niederlassen.« Er winkte zu dem großen Fenster hinauf. Jemand winkte zurück.

Hanley reckte den Hals. Das Kuppeldach war aus Glas. »Wow. Man beachte die Special Effects.« Eine Sternschnuppe schoss über den Himmel, deutlicher, als sie je eine gesehen hatte. Dann noch eine. »Diese Schärfe. Die Sicht ist unglaublich.«

»Ja«, bestätigte Verneau. »Das ist die Luft. Absolut trocken, keinerlei Konvektionsströme.«

Hanley lachte vor Freude wie ein Kind. »Wahnsinn«, sagte sie und wünschte, Joey wäre da und könnte sich mit ihr freuen.

»Kommen Sie.« Mit einer galanten Geste führte Verneau sie in einen breiten, gekrümmten Gang. Nach einigen Metern verkündete ein handgeschriebenes Schild in einer Vielzahl von Sprachen, dass sie an dieser Stelle die Helme abzunehmen hätten.

»Sonst kriegen wir weiter drinnen Wolken«, erläuterte Verneau und entledigte sich seiner Kopfbedeckung. »Die ganze eingesperrte Feuchtigkeit steigt geradewegs zur Decke auf.« Er schlüpfte mit den Armen aus seinem Anzug und schob die fiederige Außenschicht bis zur Taille hinunter. Die metallisierte Innenschicht glänzte wie eine Rüstung. Hanley folgte seinem Beispiel.

Eine Frau, die einen beigen Overall und Filzpantoffeln trug und, wie Hanley schätzte, ungefähr so alt sein musste wie sie selbst oder ein paar Jahre jünger, trat im Korridor auf die beiden zu. Ihre dicken, glatten schwarzen Haare waren schon fast vollständig ergraut, doch das stand ihr gut. Emile Verneau sagte: »Das ist Deborah Steensma, unsere Zahnärztin. Wenn Sie gestatten, übergebe ich Sie jetzt. Wir sehen uns später.«

»Heute bin ich auch das Empfangskomitee«, sagte Steensma lächelnd. »Nebenbei fungiere ich noch als Einsatzleiterin. Ich verteile die wöchentlichen Aufgaben.«

»Freut mich, Sie kennen zu lernen, Deborah.«

»Sagen Sie bitte Dee zu mir. Alle tun das.«

»Dee«, sagte Hanley. »Ich heiße Jessie. Der schneidige Mr. Stevenson hat mir ein Päckchen für Sie mitgegeben, bevor er mich aus dem Flugzeug warf.« Sie holte es aus ihrer Reisetasche.

»Meine Nikotinpflaster! Danke. Ich versuche mir das Rauchen abzugewöhnen.«

»Und, klappt's? Ich versuche das auch. Seit ungefähr zwanzig Jahren.« Hanley strich ihre Haare zurück. »Wissen Sie was, ich finde, Sie wirken gar nicht wie eine Zahnärztin.«

Dee lachte. »Ja, das sagen mir viele. Meine Eltern wollten, dass ich einen sicheren Beruf ergreife. Nach dem Motto: Zahnärzte brauchen die Leute immer. Solange ich Zahnmedizin studierte, war es ihnen egal, was ich sonst noch machte. Ich habe mich nebenher viel mit Anthropologie beschäftigt. Als die zahnmedizinische Fakultät bekannt gab, dass Zahnärzte in unterversorgten indigenen Gemeinden in Nordkanada gebraucht werden, habe ich die Gelegenheit ergriffen. Die Inuit hatten früher echt tolle Zähne, wissen Sie. Wegen der kohlenhydratarmen Ernährung. Heutzutage haben die Kinder alle schreckliche Zähne, und es gibt so gut wie niemanden, der sie versorgt.«

»Kinder? Hier?«

»Nein, nein. Das war südlich von hier, in Nunavut, bevor ich nach Trudeau kam.«

»Wie sind Sie hier gelandet?«, fragte Hanley.

»Die Kurzfassung? Ich war mit einem Archäologen zusammen, der Grabungsarbeiten in Little Trudeau machen wollte. Wir kamen her, er ging weg, ich bin dageblieben.«

»Übrigens«, sagte Hanley, »ich wollte schon lange meine Metallfüllungen durch ungiftiges Material ersetzen lassen.«

»Das wird wohl leider etwas warten müssen«, erwiderte Dee mitfühlend. »Meine Praxis ist überfüllt. Die arktische Kälte ist für Füllungen die Hölle. Das Metall zieht sich zusammen, und sie fallen einfach raus. Geben Sie Acht, wenn Sie sich länger draußen aufhalten.« Sie schaute auf ihre Uhr. »Wir sollten gehen.«

Sie bogen in den ersten Raum auf dem Gang ein, der Umkleidekabinen in fünf konzentrischen Kreisen enthielt, jede mit einem Polaranzug am Kleiderhaken und mit dem Namen des Besitzers beschriftet. Für Hanley war eine Kabine in der äußersten Reihe hastig mit ihrem Namen versehen worden. Ein nahezu unbekleideter junger Mann ging vorbei. Hanley warf Dee einen fragenden Blick zu.

Dee grinste. »Wir sind hier nicht sehr prüde. Man muss sich erst dran gewöhnen. Die Sitten sind ziemlich freizügig, in der Hinsicht geht es hier eher europäisch als nordamerikanisch zu. Sind Sie schüchtern?«

»Nein, ich stamme aus einer großen Familie. Zwei Eltern, fünf Kinder, eine Badewanne. Im Medizinstudium lebte ich mit zwei Jungen in einer Wohngemeinschaft, und ich hatte das Gefühl, nie zuvor so viel Privatsphäre gehabt zu haben.«

Dee lachte. »Ich warte hier, bis Sie sich gewaschen und umgezogen haben.«

Jede Kabine war praktisch ein eigener kleiner Raum, genauso großzügig wie die, in denen die Profisportler immer von Fernsehreportern ausgequetscht wurden. Hanley hängte ihren Helm und die diversen Schichten an gekennzeichnete Haken und schlüpfte zuletzt aus ihrem Body.

Sie begab sich in die Dusche im innersten Ring und spähte misstrauisch in die asymmetrischen Zellen ringsherum. Sie entschied sich für eine, ging hinein und stellte mit einem Kunststoffhebel das Wasser an. Ein minimaler Strahl bespritzte sie mit himmlischer Wärme. Sie hob das Kinn. Der Duschkopf gab nur einen feinen Sprühnebel von sich, der aber durchaus ausreichte und sogar angenehm war. Offensichtlich kam man hier mit einem Bruchteil des Wassers einer herkömmlichen Dusche aus.

Die Seife war nicht weich oder flüssig, sondern körnig. Aber sie erfüllte ihren Zweck. Hanley hielt genüsslich das Gesicht in den Strahl und blieb summend eine Weile so stehen. Ohne dass sie es merkte, trat ein kleiner Inuk ein, legte ihr Handtücher und frische Wäsche auf die Bank und verschwand ohne einen Blick oder Ton.

»Das war herrlich«, sagte Hanley zu sich selbst und strich ihre triefenden Locken zurück. »He! Handtücher! Danke«, wobei sie nicht ganz sicher war, zu wem sie das sagte. Sie trocknete sich ab und begutachtete das wattierte Leibchen und die baumwollene Bluse und Hose. »Eine Größe für alle tut's vermutlich.«

»Sind Sie fertig?«, rief Dee.

»Gleich.« Sie zog das Oberteil an. »Ich fühle mich wie eine

japanische Bauersfrau. Oder vielleicht eine Judoka. Keine Unterwäsche, aber ich tu so, als wär nichts.«

Unter der Bank standen hohe hellbraune Wollhausschuhe mit festen Sohlen. Sie passten ihr wie angegossen.

Dee kam um die Ecke. »Steht Ihnen blendend«, sagte sie. »Modisch nicht der letzte Schrei, aber manche sehen darin definitiv besser aus als andere.«

Emile Verneau stieß wieder zu ihnen und führte sie tiefer in den Komplex hinein. »Dee wird Sie zum Essen begleiten«, sagte er, »und dann, fürchte ich, möchte sich trotz der langen Reise, die Sie hinter sich haben, unser Direktor Dr. Mackenzie gern mit Ihnen unterhalten. Ich bedaure, dass ich Sie gleich zur Arbeit antreiben muss, aber Sie werden sich sicher denken können, wie gespannt die Leute hier sind, etwas von Ihnen zu hören.«

»Das ist mir nur recht«, sagte Hanley. »Ich bin sowieso zu aufgekratzt, um zu schlafen.«

Er schaute auf seine Uhr. »Dann sehen wir uns in einer Stunde.«

Dee sagte: »Ich bin sicher, das hören Sie ständig, aber ich möchte Ihnen gern sagen, wie dankbar wir alle sind, dass Sie bereit waren, uns zur Hilfe zu kommen. Die Leute versuchen, Ruhe zu bewahren, aber überall grassieren Gerüchte – und Angst. Ich bin bloß die Zahnärztin, und schon vor meiner Tür stehen Leute Schlange, die sich wegen diesem oder jenem merkwürdigen Symptom Sorgen machen. Auch wenn wir alle Wissenschaftler sind, spekulieren manche doch ziemlich wild in der Gegend herum. Die Leute hoffen wirklich, dass Sie Antwort auf einige Fragen haben.«

»Vier Kollegen an einem Tag zu verlieren würde jeden erschüttern. Und dann nicht zu wissen, ob man selbst mit der Todesursache in Kontakt gekommen sein könnte ... Es wäre ziemlich verwunderlich, wenn die Leute keine Angst hätten.«

Dee wirkte erleichtert. »Kommen Sie. Ich zeige Ihnen, wo Sie gelandet sind.«

Sie führte Hanley vom Umkleidebereich durch krumme Gänge am Außenrand anderer Kuppeln, um Kurven und leichte Steigungen hinauf in verglaste Apsen, wo man über die nächsten Kuppeln oder auf die bestirnte Polarnacht schaute, ein Anblick, bei dem es Hanley schier den Atem verschlug.

In jedem Raum, durch den sie kamen, fiel Hanley irgendwo das leuchtende Rot der kanadischen Flagge ins Auge: auf Stickern, Baseballmützen, zum Trocknen aufgehängten Badehandtüchern, kleinen Wimpeln auf den Tischen. Ahornblätter flatterten sogar gemächlich über Computerbildschirme, an denen gerade nicht gearbeitet wurde. Die zweite Konstante war das offizielle Sweatshirt mit einer Silhouette der Stationsiglus und der Aufschrift:

ARS TRUDEAU
NICHT DAS ENDE DER WELT
ABER VON HIER AUS GUT ZU SEHEN

»Die Briten haben ein paar unflätigere Versionen«, sagte Dee. »›ARS-Trudeau, ARSCH-Ende der Welt.‹ Sie können es sich vorstellen. Computerfuzzis, die zu viel freie Zeit haben.«

Der Weg in die Kantine war gewunden, aber anders wäre es auch kaum denkbar gewesen. Es schien nirgends gerade Linien zu geben.

»Der Irrgarteneffekt ist Absicht«, erklärte Dee. »Die Bauweise verringert die Belastung des Zentralbaus, indem sie klimatische Nischen schafft, die sich positiv auf den computergesteuerten Energieverbrauch und Wärmehaushalt auswirken. Und die Form insgesamt ist recht resistent gegen das arktische Wetter.«

»Pfiffig«, meinte Hanley, »aber ich habe auch so schon Mühe, mich zu orientieren. Ich werde auf jeden Fall einen Lageplan brauchen.«

»Die ganzen Windungen haben auch einen psychologischen Zweck. Die unregelmäßigen Formen sollen die einzelnen Bereiche intimer und abwechslungsreicher gestalten. Der Grundriss vermindert die klaustrophobischen Gefühle – und zum Teil auch, offen gesagt, die Monotonie des langen Eingesperrtseins. Das ist mit ein Grund für die vielen großen Fenster in den Gemeinschaftsbereichen. Die Grundfläche ist riesig – wie ein ganzer Straßenblock –, aber Sie werden staunen, wie klein Ihnen das nach einer Weile vorkommt.«

Hanley nickte. »Beim Runterkommen hab ich ein paar Bauten gesehen, die eindeutig keine Windungen hatten. Eher wie Linien, die sich im rechten Winkel schneiden. Ein Stück von der Station entfernt, im flachen Gelände.«

»Little Trudeau. Die ursprüngliche Station.«

»Was findet da statt?«

»Nichts mehr. In der Nähe war eine archäologische Grabungsstätte. Eine alte Aleutensiedlung: der nördlichste von Menschen bewohnte Ort im arktischen Kanada. Deswegen sind die Leute am Anfang überhaupt hergekommen. Ein echter Fund. Um die Ausgräber zu schützen, wurde ein Graben im Schnee ausgehoben, vielleicht vier Meter tief und fünfzehn Meter breit. Etwa fünfzig Meter lang. Kürzere Gräben – Querstraßen gewissermaßen – wurden rechtwinklig zum großen angelegt. Die Gräben wurden mit Wellblech überdacht und mit Schnee zugedeckt. Das Dach ragt ein wenig über den Boden hinaus, deshalb konnten Sie es von oben sehen. In den Querstraßen wurden Container als Unterkünfte und Labors und Lagerräume aufgestellt. In einem war das Kraftwerk untergebracht: Benzingeneratoren. Ein anderer war die Kantine. Was noch? Eine Krankenstation. Eine kleine Stadt unter dem Schnee. Wir haben wie die Maulwürfe gelebt.«

»Hält sich jetzt noch jemand dort auf?«

»Heute ist es verlassen. Es gibt da unten noch ein paar Lebensmittelmagazine für den Notfall und den Eingang zu der alten Grabungsstätte. Sie können sich nicht vorstellen, wie es war, von Little Trudeau hierher umzuziehen«, sagte Dee. »Wie wenn man plötzlich im Ritz aufwacht.«

Sie blieben vor einem der Panoramafenster stehen, und Hanley deutete auf ein Licht weit draußen, das sich quer zu ihnen über das Meereis bewegte. »Was ist das?«

»Nicht was. Wer. Jack Nimit«, antwortete Dee. »Felix Mackenzie hat diesen Ort erträumt, aber Jack ist der Mann, der ausgetüftelt hat, wie er zu verwirklichen ist. Jack ist erst vierunddreißig und schon ein phantastischer Ingenieur. Er ist Inuit. Er kennt die hohe Arktis besser als wir alle. Auch ein Experte im Bauen mit Eis. Sieht aus, als wäre er fünf Kilometer weit draußen.«

»Was macht er dort?«

Dee zuckte die Achseln. »Keine Ahnung. Über alles nachdenken, nehme ich an. Diese Todesfälle haben viele Leute hart getroffen. Er und Teddy Zale haben Dr. Kossuth gefunden – Alex. Jack und Alex mochten sich gern.« Von irgendetwas reflektiert blitzte das ferne Licht überraschend auf.

»Jeder versucht auf seine Weise, die Sache zu verarbeiten«, meinte Dee, während ihr Blick dem winzigen fahrenden Licht folgte. »Jack muss dazu dort draußen allein sein. Manchmal geht er sogar ohne einen Polaranzug. Er zieht die Pelze und Leggings seines Volkes an. Er hat eine viel höhere Kältetoleranz als wir Übrigen. Wenn man ihn fragt, warum er hinausgeht, sagt er, weil er Heimweh hat.«

»Es tut mir sehr Leid«, sagte Hanley. Hinterbliebene zu trösten fiel ihr schwer, und mit den Jahren war sie zu dem Schluss gekommen, dass die schlichtesten Mitleidsbekundungen auch die besten waren. Alles andere hörte sich aus ihrem Mund falsch an.

»Danke. Wie wär's mit etwas zu essen?«

»Prima.« Hanley rieb sich die Hände. »Ich sterbe vor Hunger.«

Dee schmunzelte und führte sie in den geräumigen Hauptspeisesaal. Lange Kirschäste waren in ein mit Steinen und Wasser beschwertes großes Rohrelement gesteckt worden, ein eindrucksvoller Blickfang, der den ganzen Raum beherrschte. Die Äste waren längst abgeblüht, aber als einziger »Baum« im Umkreis von vielen tausend Meilen zu selten, um weggeworfen zu werden.

Die Palette der kulinarischen Köstlichkeiten war beeindruckend. Die Speisekarte stand auf drei Tafeln wie in einer altmodischen Gastwirtschaft: Frühstück, Mittag- und Abendessen Tag und Nacht durchgehend erhältlich. Hanley wählte die Gemüsesuppe, einen frischen grünen Salat aus den Hydrokulturen des botanischen Labors und einen Teller mit Erdnussbutterplätzchen.

Ein Knäuel eintretender Leute schob sich an ihnen vorbei. Der Singsang ihrer Sprache hörte sich in Hanleys Ohren skandinavisch an. »Schweden?«, mutmaßte sie.

»Norweger«, korrigierte Dee. »Wir haben Mitarbeiter aus über zwei Dutzend Ländern.«

»Wo sind Sie her? Ich kann den Akzent nicht so recht einordnen.«

»Holland. Aber ich bin schon lange von zu Hause fort. Mittlerweile fühle ich mich kaum mehr als Niederländerin, viel eher als Kanadierin.«

Das Essen war hervorragend, und Hanley aß mit Heißhunger. Nur wenige andere Tische waren besetzt. Die mitternächtliche Mahlzeit war für die reduzierte »Nachtschicht« von Wissenschaftlern und Hilfskräften und ein paar einsamen Gestalten, die an Schlaflosigkeit litten, das Mittagessen. Auf der anderen Seite des Raumes führten etliche Japaner an einem gewölbten Fenster eine angeregte Diskussion über Endothelzellen und verspeisten dabei Schildkröteneier und -kutteln, Mangos und Wongaipflaumen.

Hanley bemerkte auf ihrem Tisch eine kleine Flagge mit der aufgehenden Sonne und einen schwarzrotgoldenen Wimpel am Nebentisch, wo zwei deutsche Wissenschaftler die einwandige Lunge der Vögel mit der von Reptilien verglichen. Ein Plakat kündigte die wenigen Vorstellungen eines frankokanadischen Stückes namens *Balconville* an, aufgeführt von den Polar Cap Players. Ein anderes lud alle zum jährlichen Pelzmaskenball ein, der dieses Jahr unter dem Motto »Katzen« stand.

»Sie lassen gerade ihren feuchtfröhlichen Abend ausklingen«, sagte Dee mit einem Nicken in Richtung des japanischen Tisches. »Viele andere nehmen auch daran teil. Es ist sehr belebend: Whirlpool, dann Schwimmen, heiße Dusche und Sake. Donnerstags sind die Schweden dran: Massagen und Schwimmen. Den kommenden Sonntag laden die Deutschen ein, obwohl sie sehr sparsam mit ihren Biervorräten sind, seit sie vor zwei Wochen die Australier zu Gast hatten.« Sie warf Hanley einen kurzen Blick zu. »Man muss hier die Geselligkeit pflegen, um bei Laune zu bleiben. Das ist wichtig.«

Hanley war gerade mit Essen fertig, als ein dezentes Läuten ertönte.

»Mitternacht«, sagte Dee. »Wir sollten uns in Mackenzies Büro begeben.«

»Genau. Bevor wir gehen, klären Sie mich doch noch kurz auf. Wer hat die Autopsien an den Leichen vorgenommen?«

»Dr. Ingrid Krüger. Sie ist Spezialistin für Hypothermie. Es war sehr schwer für sie.« Trauer klang in ihrer Stimme an, vielleicht Mitleid. »Wenn wir gewusst hätten, dass Sie kommen, hätte sie das nicht getan. Sie und Annie waren befreundet. Aber sie meldete sich gewissermaßen freiwillig. Sie führte beide Autopsien durch.«

»Beide? Waren es nicht vier?«

»Die russische Gruppe bekam aus Moskau die Anweisung, Minskow dürfe nicht obduziert werden. Und bei Alex erschien es uns überflüssig. Die Todesursache war eindeutig Hypothermie und nicht das, woran die anderen gestorben waren.«

»Wie konnte die Russin inmitten all dessen die Station verlassen?«

»Lidija? Die Russen schaffen Wissenschaftler per U-Boot rein und raus. Sie mussten sie holen, bevor die nächste Polynja – ein Loch im Eis – zu klein und damit unauffindbar wurde. Es war eindeutig die letzte Gelegenheit, noch irgendetwas anzuliefern oder jemanden abzuholen. Eine Zeit lang sagte sie, dass sie ihren Aufenthalt verlängern wollte, aber dann hatte sie es auf einmal sehr eilig, von hier wegzukommen. Ein Jahr ist für das erste Mal eine lange Zeit.«

»Hat Dr. Krüger nach den Autopsien Kulturen angelegt?«

»Nein«, antwortete Dee. »Sie hat Proben genommen. Ich denke, Sie haben die Aufnahmen davon bekommen. Aber nein, wir haben keine Kulturen von den Flüssigkeits- oder Gewebeproben angelegt. Als Ottawa verlauten ließ, dass Sie kommen, haben wir aufgehört. Ehrlich gesagt, als wir genauer sahen, was mit ihnen passiert war ... wir waren starr vor Schreck.«

13

Nach anderthalb Stunden Pause und einer zehnminütigen Besprechung begann der zweite Tauchgang. In Anbetracht der Schwierigkeit der Aufgabe sollten drei Taucher sich um das Arbeitsfahrzeug kümmern, das achtern angeleint über dem Boot trieb. Der vierte begab sich geradewegs zum Reaktor.

Die drei ketteten auf dem Deck der *Wladiwostok* eine Motorwinde an, dann zogen sie das SB-4 zum Schiff herunter und vertäuten es sorgfältig. Bootsmann Orlowski hatte selbst noch nie ein solches Boot für Unterwassergrabungen bedient, aber die zwei Motoren und die zwei unabhängigen Schrauben erinnerten ihn an die BMK-150-Landungsboote der Marineinfanterie.

Er schwamm an das Bullauge des SB-4, presste sein Gesichtsfenster dagegen und hielt seine Taschenlampe an die Scheibe. Ein Gesicht starrte zurück: noch ein toter Seemann mit leeren Augenhöhlen und entstellten Zügen. Orlowski stieß einen Schreckenslaut aus, doch durch die Maske und die Luftblasen klang er beinahe melodisch.

Hier auch, dachte er, während er darum rang, den Atemrhythmus wiederzufinden.

Nach eingehender Betrachtung des im Raketenschacht hängenden Leichnams auf dem Fernsehschirm hatte der ranghöhere Sanitätsoffizier hypothetisch angenommen, der Druck des in die *Wladiwostok* einschießenden Wassers könnte das weiche Gewebe der Augen zerstört haben. »Wie wählerisch«, hatte Orlowski mit einem Sarkasmus bemerkt, der selbst bei seiner komischen Heliumstimme unüberhörbar gewesen war. Aber das SB-4 war unversehrt, und dem Mann da drinnen war dasselbe passiert wie den anderen. Wie die Männer an Bord der *Wladiwostok* war er geblendet und getötet worden. Aber wovon?

Die Taucher arbeiteten zügig und waren jetzt dem Zeitplan voraus. Orlowski und ein zweiter Taucher begaben sich in das lecke U-Boot. Taucher vier kümmerte sich um den Reaktor. Taucher eins blieb draußen, sicherte für die anderen beiden Schläuche und Leinen und sorgte dafür, dass sie sich nicht verhedderten und nicht mit dem aufgerissenen Metall in Berührung kamen, während seine Kameraden durch die kaputte Hülle ins Schiffsinnere schwammen.

Orlowski rüstete sich für die unvermeidliche zweite Begegnung mit der Besatzung. Ihn tröstete allein der Gedanke, dass der ihm zugewiesene Raum – die Kapitänskajüte – nur ein kurzes Stück von der Zentrale entfernt war. Dennoch krampfte sich ihm beim ersten Anblick der jungen Männer wieder das Herz zusammen. Er schob sich mit der geringstmöglichen Körperberührung an den Leichen vorbei und hoffte inständig, dass die Kapitänskajüte leer war. Am Schott hielt er an und wartete auf seinen Begleiter.

An den hektischen Bewegungen der Lampe des anderen Tauchers erkannte er, dass es dem Mann genauso ging wie vorher ihm und dass er ebenfalls versuchte, den treibenden Körpern auszuweichen. Orlowski deutete auf den Korridor, um seine Richtung und sein Ziel anzugeben, dann schwamm er hindurch und zählte die Türen, an denen er vorbeikam.

Am vierten Eingang zog er die Falttür auf und leuchtete in den Raum. Papiere und Kleidungsstücke trieben umher wie Flocken in einer Schneekugel.

Er begab sich zum Schreibtisch am hinteren Ende. Ein schwerer Silberrahmen lag mit dem Bild nach unten darauf und beschwerte ein paar Papiere. Direkt über dem Schreibtisch war der Safe. Zum Glück stand er offen. Der Schlüssel in seiner Beintasche hätte den Safe aufgeschlossen, aber er hätte eine hydraulische Presse benötigt, um die Tür gegen den Wasserdruck in dieser Tiefe aufzustemmen, was aus dem wasserdichten Fach eine potenzielle Bombe gemacht hätte. Er leuchtete hinein. Bücher, sonst nichts. Kein gelber Behälter. Er entnahm das Logbuch des Kapitäns und zwei Codebücher und stopfte sie in einen Netzbeutel, zog diesen mit der Kordel zu und machte einen festen Knoten. Er hielt seine Armbanduhr in den Lichtstrahl. Noch sieben Minuten. Taucher vier meldete, dass er den Reaktor abgestellt habe und sich auf den Weg zum Ausgang mache.

Von der Tür aus fotografierte der andere Taucher den Raum mit einer Blitzlichtkamera und meldete der *Rus* den Fortgang der Arbeit. Orlowski gab ihm ein Handzeichen, und der Taucher schwamm zur Kommandozentrale zurück, wobei Kamerablitze seinen Weg markierten.

Der Schlauch des Bootsmanns ringelte sich wie eine Riesenschlange. Er schob ihn beiseite und schnallte den Beutel an den Gurt um seinen Schenkel. Der Strahl seiner Stirnlampe strich über etwas auf dem Schreibtisch. Eine kleine Ikone, davor eine winzige Kerze in einem schweren Becher. Er nahm das goldene Triptychon, klappte es zu und schob es tief in seine Tasche.

Die Reflexion des Kamerablitzes irgendwo weiter hinten im Flur beleuchtete derart kurz etwas über ihm, dass er einen Augenblick lang meinte, an Wahnvorstellungen zu leiden. Doch als er den Kopf in den Nacken legte, fiel der Strahl seiner Stirnlampe darauf. Ihm stockte der Atem.

Sie war nackt; nur die Warzenhöfe ihrer auftreibenden Brüste stachen als dunkle Kreise vom vollkommenen Weiß ihres Körpers ab. Die schwarzen Haare wallten ihr um die Schultern. Sie hing an der Decke, das Gesicht verzerrt, die Lippen zurückgezogen, die Zähne zu einer höhnischen Grimasse gefletscht. Genau wie die Haut war das Weiß der Augen beinahe leuchtend. Auch sie war so qualvoll zusammengekrümmt, als strengte sie sich an, den Tod in ihrem Innern auszuscheiden.

Er atmete scharf aus. Er fürchtete sich vor ihr.

Seine Blasen stiegen groß und blubbernd auf wie die Seifenblasen, die er als Kind mit Zeitungspapierröllchen gemacht hatte. Wieso fiel ihm das in diesem Moment ein?

Orlowski löste die Kamera von seinem Brustgurt und schaute von der Frau weg, um die Tiefenschärfe und die Entfernung einzustellen. Er hielt die Kamera hoch und blickte durch den Sucher, dann betätigte er den automatischen Auslöser und machte eine lange Serie von Aufnahmen.

Ein gelber Behälter trieb am Objektiv vorbei: ein dünnes Kästchen aus leichtem Kunststoff. Er schnallte den Beutel am Schenkel ab, fing damit flink den schwimmenden Gegenstand ein und band ihn wieder an.

Mit gleichmäßigen Beinschlägen glitt er aus der Kajüte und schwamm schwerelos durch das dunkle Wrack. In der Zentrale schwenkte die Lampe des dritten Tauchers in der Finsternis hin und her. Orlowski deutete auf seine Uhr; der Mann brauchte keine zweite Aufforderung, um das Schiff zu verlassen. Er stieg durch das schartige Loch, ohne sich groß um die drohenden Zacken zu kümmern, und machte sich zwischen der Felswand und der Außenhülle auf den Weg nach oben.

Der Bootsmann folgte ihm, wobei er mit einer Hand den Beutel festhielt und mit der anderen Leine und Schlauch hinausbeförderte. Beim letzten Blick zurück auf die fratzenhaften Gestalten, mehr Stein als Fleisch, bekreuzigte er sich von rechts nach links, wie es ihm seine Großmutter vor langer Zeit beigebracht hatte.

14

Felix Mackenzies Büro befand sich im Obergeschoss eines der größeren Iglus. Dreieckige Fensterscheiben waren in die Außenwand und die Decke eingelassen. Mackenzies Schreibtisch stand am gekrümmten hinteren Ende des langen Raums, umgeben von gewaltigen Arbeitsbergen. Ansonsten war das Zimmer leer bis auf eine gepolsterte Bank und stapelbare Klappstühle, die in Hörsaalmanier aufgestellt waren. Mackenzies Assistent kam mit einem Teetablett herein und fing gleich an, sich zu entschuldigen, während er noch durch den Mittelgang hastete.

»Tut mir schrecklich Leid, Dr. Hanley, dass Sie nach Ihrer langen Fahrt auch noch warten müssen. Der Direktor kommt niemals pünktlich. Es ist absolut pathologisch.«

Der junge Mann bot ihnen beiden einen Becher Tee an. Dee und Hanley griffen zu und nahmen auf zwei zierlichen Klappstühlen vor dem ringsum zugebauten Schreibtisch Platz, einer ultramodernen ovalen Platte mit einem schmalen Schubladenteil an einer Seite. Dicht darüber schwebten an Aluminiumstangen zwei kleine Abstellflächen, auf denen ein Laptop beziehungsweise ein Telefon stand. Verglichen mit dem übrigen Arbeitsbereich war der Schreibtisch halbwegs frei, eine Insel inmitten des Chaos. Wackelige Säulen von Papieren und Büchern lehnten dagegen; weitere türmten sich fast bis auf Augenhöhe an der Wölbung der Wand.

Alte Exemplare des *Daily News Miner* aus Fairbanks und Ausschnitte aus dem *Toronto Globe and Mail* lagen auf Stapeln geologischer Zeitschriften und Texte. Bohrkerne eines grauen Gesteins ragten aus dem Papier hervor. Wie ein großer Papierbeschwerer saß einer dieser Zylinder auf einem Berg von Papieren aller Arten und Größen, von kleinen Merkzetteln bis zu dicken Zeitungspapierblöcken voller Berechnungen. Überall lagen Bücher, in die als Lesezeichen eingelegt war, was gerade zur Hand gewesen war: Briefumschläge, Bleistifte, Servietten.

»Dürfte ich ein bisschen herumschnüffeln?«, fragte Hanley nach einem Schluck Tee.

»Seien Sie vorsichtig – dieses Zimmer ist wie ein Mikadospiel. Sie nehmen eine Zeitschrift weg, und das ganze System bricht zusammen.«

»Es gibt ein System?«

»Mackenzie behauptet, dass er alles, was er braucht, in Sekundenschnelle zur Hand hat. Ich bin froh, dass ich das nie auf die Probe stellen musste.«

»Dann halte ich mich an die unbeweglichen Sachen.« An der Wand hing ein Schwarzweißfoto des Direktors mit dem verstorbenen Premierminister, nach dem die Station benannt war, im Schoß sein Markenzeichen, die Rose, aufgenommen in Ottawa bei der Einweihungszeremonie für die ursprüngliche Station. Hanley sah sich Mackenzies Gesicht an.

Dee sagte: »In den Staaten haben Sie vielleicht noch nie von ihm gehört, aber in Kanada ist Mac eine lebende Legende. Er ist von Beruf Geologe, ein Pragmatiker. Aber auch ein Träumer.«

Hanley betrachtete das Foto. Sehnig und muskulös wie ein Läufer, machte er den Eindruck eines Menschen, der einen großen Teil seines Lebens nördlich des Polarkreises zugebracht und dessen Körper sich den rauen Verhältnissen angepasst hatte. Man hätte Mackenzie für einen Fischer oder Jäger halten können, nur nicht für den weltgewandten Leiter der großzügig geförderten und erfolgreichen Arktischen Forschungsstation Trudeau.

»Er sieht aus, als hätte er sich in Little Trudeau heimischer gefühlt als hier, oder?«

»Er ist im Grunde ein sehr kultivierter Mensch«, sagte Dee.

»Beinahe übertrieben taktvoll. Ein wahrer Intellektueller. Und ein altmodischer Universalgelehrter – er versucht, sich mit der Arbeit eines jeden wenigstens ein Stück weit vertraut zu machen. Ein Jahrzehnt seines Lebens hat es ihn gekostet, Trudeau zu entwerfen und die Mittel an Land zu ziehen. Ganz zu schweigen von der schier aussichtslosen Aufgabe, wissenschaftliche Institutionen als Sponsoren zu gewinnen und Topwissenschaftler, die auf gut bezahlten sicheren Posten sitzen, an diesen höchst unsicheren Fleck in der Wildnis zu locken. Die Leute mussten ihm blind vertrauen. Er konnte ihnen nichts vorweisen als Little Trudeau und einen Haufen Planskizzen. Aber er setzte sie in die Tat um. Er holte Jack Nimit, und plötzlich war Trudeau keine Planskizze mehr. Es war Wirklichkeit: ein Wunderwerk der Technik.

Als Mackenzie vom Vorstand offiziell zu unserem ersten Direktor ernannt wurde, ließ er verlauten, er wolle den Posten nur ein paar Jahre bekleiden und ihn dann an einen Nachfolger abgeben. Er war bereit, in den Ruhestand zu gehen, nach Hause zu seiner Frau in Vancouver. Dann starb seine Frau während unseres dritten Winters hier. Statt am Ende des Sommers wegzugehen, ließ er ihre Asche einfliegen und streute sie auf den Eisschollen aus.«

Hanley las von einer biographischen Hochglanzbroschüre auf dem Sideboard ab: »Felix Mackenzie, Mitglied des Verwaltungsrates des Canadian Royal Arctic Trust. Wallace Chalmers Harkness Professor der Meereskunde, Dalhousie University, Halifax. Außerordentlicher Professor des Leibniz-Instituts für Meereswissenschaften an der Universität Kiel. Außerordentliches Mitglied des Institute de Physique du Globe, Paris. Gastdozent des Arctic Institute of North America.«

»Na, da ist er selten zu Gast«, meinte Dee. »Abgesehen von seinen dreißig Tagen Urlaub im Jahr verlässt Mac die Station eigentlich gar nicht mehr. Andere Leute – jüngere – erledigen die tagtägliche Verwaltungsarbeit, aber Trudeau ist immer noch Macs Kind.«

Hanley legte die Broschüre hin und setzte ihren Erkundungsgang fort. »Ziele und Statuten«, zitierte sie eine gerahmte Urkunde an der Wand.

Daneben hing ein sehr ansprechendes Schwarzweißfoto eines Inuitjägers in dicker Pelztracht, der auf dem Eis neben einer Robbe liegt, einen Arm um sie, und mit seinen Lippen beinahe die ihren berührt. Ein Kuss? Ein befremdliches, aber außergewöhnliches Bild.

»Sie müssen Dr. Hanley sein.« Die Stimme war sanft, die ausgestreckte Hand lederig wie das Gesicht. Eine weiße Mähne über blassblauen Augen, deren Falten sich bei der freundlichen Begrüßung vertieften. »Ich bedaure sehr, Sie sofort in die Pflicht nehmen zu müssen. Ich bin sicher, Sie verstehen unsere Notlage. Viele tief erschütterte Menschen brennen darauf, zu hören, was Sie zu sagen haben. Wir werden wahrscheinlich ein volles Haus haben, selbst zu dieser Stunde.«

Hanley erwiderte das Lächeln. »Kein Problem.«

Er forderte Hanley und Dee mit einer Handbewegung auf, sich zu setzen, und machte es sich selbst hinter seinem Schreibtisch bequem, während sein Assistent ihm Tee servierte und dann weitere Klappstühle hereintrug.

»Heidelbeer«, sagte er stolz. »Die Sorte war früher hier heimisch, vor der Klimaveränderung auf der Insel vor hundert Jahren. Die hier stammen aus unserem botanischen Iglu.« Er nippte daran. »Schade, dass Sie nicht vorhaben, länger zu bleiben und unsere wärmere Jahreszeit zu erleben. Im Frühling und Sommer ist es hier unglaublich schön. Allein die Vogelzüge zu beobachten ist ein Geschenk des Himmels. Sterntaucher, Schneegänse, Eiderenten, Dreizehenmöwen, Unmengen von Seeschwalben. Und natürlich Gryllteisten.«

»Wovon leben die? Wie kann die Insel sie alle ernähren?«, fragte Hanley.

»Kann sie nicht. Das Eis schmilzt nie ganz ab, und selbst im Sommer ist der Boden steinhart gefroren. Aber wir haben das Glück, vierzehn Meilen weiter nördlich eine Polynja zu haben, und es gibt ein schützendes Felseninselchen, wo sie nisten.«

»Polynja?«

»Das ist ein russisches Wort für große, ganzjährig offene Wasserstellen im Eis. Unsere ist in diesem Jahr ungewöhnlich weit zugefroren, aber dennoch offen. Im Sommer bieten Polynjas den Vögeln und Säugern Zugang zum reichen Meeresleben. Wale, Seelöwen, Bären, alle werden davon angezogen.« Er stellte die Tasse auf einem Papierstapel ab und verschränkte seine dicken Finger. »Mit den Vögeln kann ich mich identifizieren. Die Alten kommen zuerst. Um Anfang Mai herum. Ich gehe immer hinaus, um sie zu begrüßen.«

Ein Mann kam herein, nahm leise hinter ihnen Platz und vertiefte sich in ein Notizbuch. »Na«, sagte Mackenzie und winkte dem Neuankömmling zum Gruß, »wenigstens werden Sie unsere Winterbewohner genießen dürfen. Füchse, Schneehasen und auf jeden Fall ein oder zwei Eisbären.«

»Mein Sohn würde bestimmt wollen, dass ich ihm von jeder Sorte einen mit nach Hause bringe.«

»Unbedingt«, rief Mackenzie aus. »Wie alt ist er?«

»Bald elf«, antwortete Hanley. Sie deutete auf zwei Speere an der Wand. »Sind diese Speerspitzen aus Paarzeherhufen?«

»Ja, diese Speere sind zweitausend Jahre alt. Sie sind eine Leihgabe«, erklärte Mackenzie. »Unser Chefanthropologe hat sie mir überlassen – sie waren unter den allerersten Funden der Ausgrabung am Südende unserer Insel. Dort kamen die anfänglichen Zeugnisse für die älteste Besiedlung der Insel ans Licht, vor mehreren tausend Jahren. Paläoeskimos, prähistorische Jäger – Kurlak war ihre nördlichste Siedlung. Ihre Nachfahren gaben Kurlak erst gegen Ende des neunzehnten Jahrhunderts auf, nach einer Serie besonders harter Winter. Eine kleine Eiszeit, die die dauerhafte Rückkehr extrem eisiger Witterungsbedingungen ankündigte.«

»Eine nachhaltige Klimaveränderung in so einer kurzen Zeit?«, fragte Hanley.

»Ja.« Mackenzie nickte. »Und davon gibt es noch mehr. Gegenwärtig steigen die Jahrestemperaturen konstant. Das Packeis hat in den letzten zwanzig Jahren vierzig Prozent seines Volumens verloren, würde ich sagen. Das Eis war drei Meter dick, als ich es zum ersten Mal gemessen habe. Jahre später zweieinhalb Meter. Jetzt liegt es bei unter zwei. Und im Sommer gibt es am Pol offenes Wasser. Gewaltige Veränderungen, die ich zu meinen Lebzeiten nie für möglich gehalten hätte.«

Mackenzie entschuldigte sich und stand auf, um andere Eintretende zu begrüßen, und Hanley sah sich in den Regalen um. Neben den Speeren hing eine Schnur mit Angelhaken aus Knochen. Auf einem kleinen Bord befanden sich die tätowierte Puppe einer Eskimofrau, Messer, die anscheinend zum Abhäuten gedient hatten, und eine außergewöhnlich kunstvolle steinerne Schale, deren Griffe als Wolfsköpfe gestaltet waren.

»Ist das Russisch auf der Schale?«, erkundigte sich Hanley bei Dee.

»Aleutisch. Die Aleuten besaßen bis zu ihrer Begegnung mit den Russen keine Schrift. Dann benutzten sie kyrillische Zeichen zur Wiedergabe aleutischer Laute.«

Mackenzies Assistent schob sich neben Hanley und flüsterte: »Wenn Sie so gut wären, sich zu setzen. Es werden nur Stehplätze frei bleiben.«

15

Orlowski deponierte den Netzbeutel in einer leeren Bugtorpedoröhre. Der Erste Offizier nahm ihn heraus und brachte ihn persönlich in das Quartier des Admirals.

Rudenko zog das wasserdichte gelbe Kästchen, die Codebücher und das Logbuch des Kapitäns heraus. Das Logbuch klappte auf, war aber für eine genauere Untersuchung zu aufgeweicht. An der aufgeschlagenen Seite klebte ein Zettel mit einer handgeschriebenen Notiz. Vorsichtig löste er den Zettel ab, legte ihn auf den Lampenschirm und knipste die Lampe an.

Die Tinte war stark verlaufen, aber die altmodische Feder des Schreibers hatte sich tief genug eingedrückt, dass er zwei Zahlenreihen und das Wort »Treffpunkt« entziffern konnte. Die Zahlen, erkannte er sofort, waren Koordinaten, und er übertrug sie auf einen Notizblock. Dann nahm er, entgegen seinen Befehlen, das zitronengelbe Kästchen näher in Augenschein. Es enthielt vier klitschnasse, zusammengefaltete Blätter. Er zupfte sie vorsichtig auseinander. Tarakanowas Bericht. Tschernawin würde eine Enttäuschung erleben: Die Schrift war zum größten Teil verwischt. Nur wenige Worte waren noch lesbar. Eines, das er ungefähr entziffern konnte, verstand er nicht. Er sprach es laut aus: *Wassot.* Es sagte ihm nichts. Er übertrug es auf einen anderen Zettel, dann faltete er die nassen Blätter wieder zusammen und legte sie in eine flache Plastikschale mit Wasser aus dem Fjord, damit das Papier nicht austrocknete und die eingedrückten Schriftzeichen nicht verloren gingen. Er tat das Logbuch und die Codebücher dazu und einen Deckel fest über die Schale.

Er nahm sich das Wort wieder vor, das er abgeschrieben hatte. Da begriff er. Die Schrift war gar nicht kyrillisch, sondern lateinisch: Konnte es *Bascomb* heißen?

Der Deckoffizier rief an und teilte ihm mit, dass der letzte Tauchgang beginnen sollte. Rudenko dankte und begab sich nach vorn in die Zentrale, um die Aktivitäten in der Druckausgleichskammer an den Bordmonitoren zu verfolgen.

Die Taucher legten gerade ihre schweren Gummianzüge an, halfen sich gegenseitig mit den Kunststoffhelmen, überprüften Manometer und Schläuche und machten derweil eine Bestandsaufnahme des heillosen Durcheinanders von Zeug: spezielle Nylonseile, hydraulische Pressen, Stichsäge, Bohrer, Sprengstoff. Alles würde in die Luft gejagt und zurückgelassen werden. Zerrissen wie belastende Dokumente.

Die Sprengladungen sollten innen und außen an der ganzen *Wladiwostok* und unbedingt auch am Arbeitstauchboot angebracht und per Funksignal gezündet werden, wenn sie fast aus dem Fjord heraus waren. Das Ziel war die völlige Zerstörung.

Die Taucher zogen Karten darum, wer die Ladungen innen anbringen sollte. Der jüngste fluchte und warf das Pikas zu Boden.

Rudenko erbitterte der Gedanke, die Seeleute hier zurückzulassen, bis zur Unkenntlichkeit zerfetzt. Man wäre den Familien wenigstens einen Körper schuldig gewesen, den sie hätten begraben können, aber ihre Trauer würde für alle Zeit ohne angemessenen Ausdruck bleiben. In dem Moment hasste er Tschernawin. Sie konnten nicht einmal nach uraltem Brauch die Toten im Grab ihres Schiffes dem Meer übergeben. Nein. Sie mussten die *Wladiwostok* und ihre Besatzung auslöschen. Das Boot, die Männer und ihr Opfer – das alles durfte es niemals gegeben haben. Tschernawins Befehl.

Die Taucher verließen die geflutete Schleuse und schwammen in das Raketensilo.

Die große Distanz zur Oberfläche würde die Detonation zerstreuen; siebenhundert Meter Wasser würden den Lärm der Vernichtungstat dämpfen. Mit etwas Glück wäre gerade niemand in der Nähe, der Zeuge wurde, wie das Wasser aufwallte und blubberte. Sonargeräte mochten die Erschütterung auffangen, aber bevor jemand den Grund dafür suchen würde, wäre die *Rus* schon lange fort.

Die Taucher schwammen hinaus. Es war fast vorbei.

Rudenko hielt sich die Hand an die Wange und beobachtete, wie Kapitän Nemerow Vorbereitungen traf, um den Fjord nach der Rückkehr der Taucher sofort zu verlassen. Nemerow wirkte bedrückt. Aus der Rettungsaktion war gegen seinen Willen eine Zerstörungsaktion geworden.

Während die Taucher den Fortgang der Arbeit meldeten, kontrollierte der Leutnant die Zeit und die Zahl der Sprengladungen, die sie anbrachten. Der Pechvogel, der die Unglückskarte gezogen hatte und zwischen den Toten der *Wladiwostok* hindurch musste, hörte sich an, als wäre er nervlich am Ende.

Rudenko trat an den Kartentisch und lüftete wie beiläufig die gerade benutzten Karten, um einen Blick auf die größere darunter zu werfen. Mit Daumen und Zeigefinger ermittelte er die Schnittstelle der Koordinaten aus Tarakanowas Bericht, um sich zu bestätigen, was er bereits wusste. Sie trafen sich in einem winzigen Punkt mitten im Nordpolarmeer.

16

Der Raum war schon voll, als Verneau eintraf; er wollte die Tür hinter sich schließen, aber andere, die ebenfalls zu spät kamen, drängten nach. Die Leute scharten sich draußen auf dem Gang zusammen, schauten hinein, unterhielten sich nervös.

Mackenzie trat mit einigen seiner Kollegen zu Hanley und stellte sie ihnen vor. Die meisten waren freundlich und offen. Ein Russe, Wadim Primakow, war höflich, aber merklich kühl; Simon King, der kanadische Leiter der geothermischen Forschung, war ausgesprochen grob und verfiel sofort in wüste antiamerikanische Polemik.

»Was um alles in der Welt«, fragte er in ironischem Ton, »hat unsere Regierung nur dazu veranlasst, Hals über Kopf eine Expertin aus den Staaten einzufliegen?«

»Wie bitte?«, fragte Hanley verblüfft.

»Vielleicht das Versprechen einer einwöchigen Einstellung der Luftverschmutzung mit schwefeligen Industrieabgasen, die über die Grenze wehen und unsere Böden und Wälder zerstören? Oder wird der Premierminister wieder mal mit großem Tamtam und Ringelpiez in Washington empfangen? Warum konnte die medizinische Hilfe nicht aus Winnipeg kommen? Warum muss immer Tante Samantha die Retterin spielen?« King machte aus seiner Verachtung keinen Hehl.

»Ich denke, wir fangen an«, sagte Mackenzie.

Hanley wandte sich Dee zu und flüsterte: »Liegt es an mir? Oder ist er immer so charmant?«

»Ich wünschte, ich könnte behaupten, dass er sich an Sie gewöhnen wird«, flüsterte Dee zurück. »Aber das wäre gelogen.«

Über Dees Schulter fiel Hanleys Blick auf einen schwarzhaarigen und schwarzäugigen Inuk, der an Verneau vorbei in den Raum schlüpfte. Auch in einem cremefarbenen übergroßen Pullover mit aufgekrempelten Ärmeln und weiten schwarzen Freizeithosen war er eine auffallende Erscheinung. Kräftige Statur, lange Muskeln, hohe Wangenknochen. Sie wandte sich Dee zu und fragte mit einem Blick: *Wer ist das?*

Dee schaute kurz hin und rückte näher an Hanley heran. »Jack Nimit.«

Simon King stand immer noch und geiferte. »Was für eine Ironie, dass Annies Tod ausgerechnet von Amerikanern untersucht wird, deren Supermachtgebaren und Umweltverbrechen sie so verabscheute. Das beschmutzt ihr Andenken. Ist es wirklich wahr, dass wir unser Haus nicht selbst in Ordnung bringen können?«, fragte er giftig.

»Ach, kommen Sie, Simon.« Wie ein Vater ein Kind ermahnte, das in der Öffentlichkeit einen Wutanfall hatte, so hielt Mackenzie King vor, das Risiko vergessen zu haben, das Jessie Hanley eingegangen war, um nach Kurlak Island zu kommen. Widerwillig nahm King seinen Platz ein.

»Wir alle gratulieren Ihnen, Dr. Hanley«, sagte Mackenzie, »dass Sie wohlbehalten bei uns gelandet sind – der erste Winterbesuch, den wir jemals bekommen haben. So etwas galt früher als unmöglich.« Etliche Leute applaudierten, die übrigen schlossen sich bald an. »Dürfte ich Sie bitten, uns kurz Ihren beruflichen Hintergrund zu schildern, und wie Sie vorzugehen gedenken?« Mit ausgestrecktem Arm erteilte Mackenzie ihr das Wort.

Hanley erhob sich. Sie warf einen Blick auf Simon King. Um den würde Mackenzie sich kümmern müssen. Ihre Aufgabe war es, etwas gegen die mit Händen zu greifende Furcht im Raum zu tun.

»Guten Abend. Ich bin Dr. Jessica Hanley, Epidemiologin am Infectious Diseases Center in Los Angeles, das dem Amt für Notfallmedizin des Staates Kalifornien untersteht. Davor war ich im US-Gesundheitsministerium in der Abteilung für spezielle Erreger tätig.«

Simon King rutschte ungeduldig und vernehmlich auf seinem Stuhl nach hinten, aber Hanley ließ sich nicht beirren.

»Meine Kollegen und ich arbeiten mit Gesundheitsämtern und Instituten auf der ganzen Welt zusammen, auch«, sie sah zu dem alten Russen Primakow hinüber, »mit dem Staatlichen Forschungszentrum für Virologie und Biotechnologie in Nowosibirsk. Ich bin in zahlreiche Länder geschickt worden, um Hilfe zu leisten: Österreich, die Philippinen, Brasilien, England –«

»Was sind hier in Trudeau Ihre Prioritäten?«, unterbrach Mackenzie sie.

»Mein Hauptanliegen ist es, ein erneutes Auftreten zu verhindern. Je eher wir den Auslöser lokalisiert haben, umso eher können wir verhindern, dass er andere Menschen angreift.« Hanley sah einige Leute tief ausatmen, als ob sie seit der Entdeckung der Leichen die Luft angehalten hätten. »Ich kann nicht genug betonen, wie sehr ich auf Ihre Hilfe angewiesen bin. Ich muss absolut alles über das Tun und Lassen der Opfer in letzter Zeit wissen. Alles, was sie gegessen, angefasst oder getan haben, kurz bevor sie aufgebrochen sind. Dies ist eine weitläufige Einrichtung. Ich muss mir ein Bild davon machen können, was Ihre Freunde getrieben haben – beruflich und auch privat, fürchte ich. Leider können wir es uns in Fällen wie diesem nicht leisten, Grenzen zu ziehen. Da ich nicht weiß, wonach ich suche, muss ich einfach alles in Erfahrung bringen.«

Primakow murmelte etwas auf Russisch, das sich beunruhigt anhörte, dann sprach er auf Englisch eine Warnung aus.

»Es wird nachhaltige Konsequenzen haben, wenn den anderen russischen Staatsbürgern in meiner Obhut etwas zustößt.« Ein Raunen ging durch den Raum. Mackenzie bemühte sich umgehend, Primakow zu besänftigen.

»Wadim«, sagte er, »alle sind von dieser Tragödie erschüttert. Aber unsere Freunde waren Wissenschaftler, und wir sind es ihrem Andenken schuldig, dass wir mit rationalen Mitteln nach der Wahrheit suchen. Annie Bascomb, Mr. Ogata, Dr.

Minskow und Dr. Kossuth, alle waren sie dem obersten Grundsatz der Station verpflichtet – kooperative Forschung – und dem dazu erforderlichen Klima des Vertrauens. Dem freien Informationsaustausch.« Er wiederholte dies auf Französisch und ließ dann den Blick durch den Raum schweifen, um sicher zu sein, dass alle verstanden hatten.

Mackenzie erhob sich und stellte sich hinter Primakow, der ganz außen im rechten Winkel zu den anderen saß. Er legte dem älteren Mann kollegial die Hände auf die Schultern und wandte sich wieder an die Versammlung, als spräche er für sie beide.

»Die meisten von Ihnen sind zu jung, um sich an die Anfangstage der Arktisforschung zu erinnern. Hier in Trudeau hofften Wissenschaftler wie Wadim und ich – und wie Alex Kossuth –, jenseits von Grenzen und Privatinteressen forschen und Wissenschaft um ihrer selbst willen betreiben zu können. Wir beschlossen, dieses Projekt von verblendeten Wertvorstellungen und entzweienden Druckmechanismen freizuhalten. Alle werden umfassend informiert, und zwar täglich. Jeder darf seinen Beitrag leisten, seine Ziele verfolgen. Diese Großzügigkeit werden wir auch Dr. Hanley entgegenbringen.«

Er sah zu Primakow hinab, den diese Anerkennung als großer alter Mann anscheinend versöhnlich gestimmt hatte.

»Okay, ich hab 'ne Frage«, sagte ein forscher Australier. »Die Leute haben Angst, zur Arbeit raus aufs Packeis zu gehen. Woher sollen wir wissen, ob das, was sie umgebracht hat, nicht noch da draußen lauert?«

Alle Gesichter wandten sich Hanley zu. »Die Ursache der rapiden neuropathologischen und neurochemischen Veränderungen in der Physis Ihrer Kollegen ist höchstwahrscheinlich ein chemischer Stoff, eine Säure, ein Metallgas ... oder irgendeine unvorhersehbare Interaktion dazwischen. Als Erstes werde ich herauszufinden versuchen, ob etwas in der Art sie vergiftet haben könnte.«

»Vergiftet?«, rief der Australier aus.

»Ja. Sie sind so rasch gestorben, und nahezu gleichzeitig. Das deutet auf den gemeinsamen Kontakt mit einer hochgiftigen Substanz hin. Wie zum Beispiel Dimethylquecksilber. Das würde zum Erscheinungsbild der Anfälle passen. Möglicherweise haben sie etwas Tödliches eingeatmet. Wie ich höre, benutzen Sie in Ihrer Ausrüstung viele der neuesten Polymere. Bei diesen kann es gelegentlich zu Gasentwicklungen kommen, die sehr gefährlich sind, auch wenn sie einen harmlosen Eindruck machen mögen. Wenn man beschichtete Töpfe und Pfannen auf eine bestimmte Temperatur erhitzt, kann dies das so genannte ›Polymer-Rauchfieber‹ verursachen.«

»Ist das tödlich?«

»Nicht für Menschen. Man fühlt sich einfach, als hätte man eine schwere Grippe. Allerdings sterben jedes Jahr über hundert Stubenvögel daran. Ein Kollege von mir in Kalifornien kämmt Literatur und Datenbänke durch, um festzustellen, ob die Symptome bei Ihren Toten hier auf irgendwelche dokumentierten toxischen Erkrankungen zutreffen. Einige Salzwasserfische absorbieren Quecksilber in gefährlich hohem Maße. Wir müssen daher alle hiesigen Fische und Schalentiere, die sie gegessen haben könnten, genau unter die Lupe nehmen. Ich werde die Gewebe und Ausflüsse der Opfer testen und sehen, ob Toxine vorhanden sind. Im Fall eines positiven Ergebnisses werde ich sehr bald wissen, womit wir es zu tun haben.«

»Und wenn es nun nichts derart Einfaches ist?«, wandte King ein. »Wenn es organisch ist?«

»Diese Möglichkeit ist sehr viel geringer. Die gleichzeitigen Tode machen es unwahrscheinlich. Es würde einen Vorgang voraussetzen, der bei allen dreien genau in derselben Geschwindigkeit abgelaufen ist. Die menschliche Konstitution ist unterschiedlich. Wenn Menschen von einem organischen Agens befallen werden, dann sterben sie normalerweise zu verschiedenen Zeiten, aber an diesem Punkt schließe ich überhaupt nichts aus.« Sie wartete, ob jemand weitere Informationen haben wollte.

»Könnte es eine Art Parasit sein?«

»Ja, sicher. Alle Mikroben sind Parasiten. Wir sind schließlich ihre Nahrung. Eine Infektion ist nichts anderes als Mikroben auf Nahrungssuche.«

Im hinteren Teil des Raumes hob eine dünne Frau mit einem Schottenschal zögernd die Hand und fragte mit britischem Akzent: »Werden die Ergebnisse der Autopsie uns verraten, ob ein Virus verantwortlich ist?«

Hanley strich sich die Haare aus der Stirn. »Manche Viren bleiben in Gewebe- und Flüssigkeitsproben erhalten, andere nicht. Ein Virus, das im Körper schweren Schaden anrichtet, kann sich auch erschöpfen und in genetische Einzelteile zerfallen. Andere Viren werden von Enzymen angegriffen und zerstört. Im Zuge des körperlichen Selbstvernichtungsprozesses lösen sich auch die Viren auf. Es gibt zudem eine ganze Klasse von Mikroben, die zu klein sind, um ohne weiteres entdeckt zu werden. Mykoplasmen haben nicht einmal Zellwände. Und es gibt subvirale Teilchen: Prionen.«

»Prionen? Wie beim Rinderwahn?« Ein Schauder lief durch den Raum. Viele Hände gingen in die Höhe. Alle wollten Antwort auf die Fragen haben, die sie quälten, seit ihre vier Kollegen tot aufgefunden worden waren.

»Genau, BSE. Die Prionen, die BSE verursachen – Rinderwahn –, haben weder DNA noch RNA, und doch verhalten sie sich wie Viren. Sie bemächtigen sich bestehender Zellen und höhlen sie buchstäblich aus. Die Zellen sterben, und zurück bleibt ein charakteristisches Lochmuster.«

»Das heißt, wenn es ein Virus oder ein Prion ist, dann sind Sie vielleicht nicht in der Lage, es zu identifizieren?«

Hanley nickte bedächtig und überlegte sich, wie sie die Gruppe am besten beruhigen konnte. »Stimmt. Aber das muss ich auch gar nicht, wenn ich nur die Herkunft angeben *und* es isolieren kann. Noch einmal, diese Möglichkeit ist nicht sehr wahrscheinlich.«

»Dr. Hanley, ich möchte hier keinen kaltblütigen Eindruck machen, aber viele von uns sind nicht überzeugt, dass es unbedenklich ist, die Leichen in der Station aufzubewahren. Viele machen sich Sorgen.«

»Die Leichen liegen auf isolierten Rollbahren. Solche Bahren werden normalerweise von Ärzten benutzt, um Quarantänepatienten zu transportieren, und auch in diesem Fall dienen sie der Quarantäne. Sie schließen etwaige in den Leichen vorhandene Krankheitserreger ein. Aber ich möchte betonen, dass nicht das Geringste auf eine direkte Übertragung von Mensch zu Mensch hindeutet.«

Jemand weinte. Hanley machte sich klar, dass die Leichen, von denen sie sprach, für die Leute hier Freunde gewesen waren. Sie wartete einen Moment, dann fuhr sie fort: »Wenn es ein Virus war und wenn dieses Virus sich noch in den Leichen befand, dann wäre es aller Wahrscheinlichkeit nach durch die Autopsie freigesetzt worden, und die Personen, die sie durchführten, wären nicht hier, und wir würden nicht dieses Gespräch führen. Viren brauchen lebende Zellen, um sich zu reproduzieren. Eine einzige Zelle kann unter Umständen tausendmal benutzt werden. Die meisten Mikroben, selbst Toxinerzeuger, versuchen, ihre Wirte nicht zu eliminieren, da ein toter Wirt für sie nutzlos ist.«

Verneau sagte: »Bei Ihnen hört sich das beinahe so an, als ob es denkende Wesen wären.«

Hanley nickte. »In gewisser Hinsicht sind sie das auch. Bakterien und Viren haben ein Gedächtnis. Sie fressen. Sie kommunizieren. Sie bedienen sich der DNA, um ihren Aufbau zu verändern und unsere Medikamente und körpereigenen Abwehrmechanismen zu unterlaufen. Einige Bakterien erschaffen sogar Enzyme und bekämpfen damit Antibiotika. Oder sie stoßen diese aus ihren Zellen aus. Manche bauen rasch eine zweite äußere Zellwand auf, um die Antibiotika zu absorbieren. Die meisten Mikroorganismen gehen sehr unauffällig und geduldig vor, ein paar handeln rasch und gewalttätig.«

Sie spürte, wie die Spannung im Raum wieder anstieg. Sie hob beschwörend die Hände.

»Aber das Gleiche gilt für Gifte, und deshalb werde ich mit der Suche bei ihnen anfangen.«

Ein Mann mit rosiger Haut, fast durchsichtig wirkenden Haaren und unglaublich blauen Augen, bekleidet mit einer Strickjacke und einer legeren Popelinehose, räusperte sich und beugte sich vor. »Entschuldigen Sie«, sagte er. »Ich bin Hans Lorentz vom Norsk Polarinstitutt. Wie Dr. Mackenzie gehe auch ich von der Voraussetzung aus, dass es hier unter den Bewohnern von Trudeau keine Heimlichkeiten gibt. Keine Abschottung der Arbeitsbereiche, keine Projekte, von denen wir nichts wissen, einerlei, von wem sie gesponsert werden. Freie Forschung und freier Austausch, wie Felix sagte, sind unsere Grundpfeiler. Ich muss daher unseren amerikanischen Gast fragen, aus welchem Grund der spezielle Satellitenkanal zwischen ihr und ihren Landsleuten zu Hause in Amerika anscheinend alle Informationen in einer codierten Form übermittelt?«

Lorentz' Frage brachte die Gemüter in Wallung. Primakows Miene wurde hart. Simon King bekam ganz glänzende, hämische Augen.

Hanley nickte. »Es ist bei uns üblich, dass wir überall, wo wir arbeiten, solche Maßnahmen treffen. Das hat mehrere Gründe. Wir wollen unsere Ermittlungen ungehindert führen, was bedeutet, dass wir in der Lage sein müssen, frei, manchmal auch wild zu spekulieren. Und was wir auf gar keinen Fall wollen, ist, dass unsere Spekulationen an die Öffentlichkeit gelangen. Panik nutzt niemandem. Ihnen nicht und uns nicht. Außerdem sind die Medien für uns und unsere Aufgabenstellung keine Verbündeten. Fehlinformationen und falsch interpretierte Daten können viel Schaden anrichten. Verstehen Sie, ich brauche so viel Zeit, wie ich nur kriegen kann. Normalerweise hätte ich ein ganzes Team hier. Stattdessen bin ich auf mich allein gestellt – wobei ich natürlich hoffe, dass einige von Ihnen mir helfen werden. Jede Störung, jede Schadensbegrenzung bei den Medien geht bloß von der Zeit ab und lenkt mich von dem ab, weswegen ich hier bin: Sie zu schützen.«

Mackenzie pflichtete ihr sofort bei. »Damit haben wir kein Problem, Dr. Hanley. Es versteht sich von selbst, dass eine verfrühte öffentliche Verbreitung kontraproduktiv wäre.« Er sah sich im Saal um. »Bis auf weiteres werden wir eine Informationsquarantäne verhängen. Alle Mitteilungen nach außen, ob beruflicher oder privater Natur, gehen zuerst an Teddy Zale, bevor sie weitergegeben werden. Unsere früheren Mitarbeiter sind über die Tode in Kenntnis gesetzt worden, aber die Einzelheiten haben wir weitgehend für uns behalten.«

Vielstimmiger zorniger Protest erhob sich im Raum. Simon King schwenkte die Arme und schrie: »Diese Nachrichtensperre war nur als vorübergehende Maßnahme gedacht. Es besteht doch gewiss kein Bedarf an einem Zensor, jetzt wo Miss Hanley als unsere strahlende Retterin hier Einzug gehalten hat.«

»*Doktor* Hanley, Simon. Und auch wenn unsere Selbstkontrolle noch so gut funktioniert, wir wollen nicht, dass diese Sache von einem Amateurfunker oder Hacker aufgeschnappt wird. Somit ist Teddy Zale im Augenblick für uns alle Big Brother.«

»Jessie«, sagte Verneau, bemüht, das Gespräch von diesem brisanten Thema wegzumanövrieren, »was können wir unsererseits für Sie tun?«

»Ich muss in der Station freie Hand haben und freien Zugang überallhin. Es kann sein, dass ich in Ihre Labors komme und um Proben der Sachen bitte, an denen Sie gerade arbeiten. Ich werde mir alle Insekten, Nager, Säuger oder Primaten anschauen, mit denen Sie experimentieren. Und ich brauche Hilfe. Reichlich. Ich werde rund um die Uhr Leute brauchen, die Tests durchführen, drei oder vier Freiwillige, sobald ich das Labor eingerichtet habe. Zum jetzigen Zeitpunkt interessiere ich mich für alles und jedes. Das Agens ist noch völlig unbekannt. Aber seien Sie versichert, wenn wir es sehen, werden wir es erkennen.« Sie setzte ihr gewinnendstes Lächeln auf, um die Spannung zu entschärfen.

»Mehr haben Sie uns nicht zu bieten, Dr. Hanley? Wenn ich es sehe, werde ich es erkennen?«, äffte Simon King sie in rüdem, ungläubigem Tonfall nach.

Hanley zwang sich, ihr Lächeln beizubehalten, aber ihre Augen wurden kalt. »Ja, Dr. King. Charakteristische Muster sagen viel aus. Irgendetwas wird ungewöhnlich sein, wird in irgendeiner Form eine Abweichung darstellen.«

King schnaubte geringschätzig.

Hanley atmete langsam aus und sagte: »Epidemiologie ist nicht exakt, das stimmt. Unser Ziel ist es, in einer bestimmten Population das Normale vom Unnormalen zu scheiden. Geschäftsleute in Tokio zum Beispiel bekommen sechsmal so häufig Magenkrebs wie Geschäftsleute in New York. Warum? Wir suchen in einer Gruppe von ähnlich erkrankten Personen danach, was sie gemeinsam haben. Dann isolieren wir den Faktor, den wir für verantwortlich halten.«

»Das ist doch absurd«, sagte King und stand mit lautem Stuhlscharren auf. »Was unsere früheren Kollegen gemeinsam haben, ist, dass sie tot sind. Was wir Verbliebenen gemeinsam haben, ist, dass wir am Leben sind, noch. Und jetzt sollen wir unsere zukünftige Sicherheit in die Hände von Ihnen und Ihrer, Zitat, nicht exakten, Zitatende, Vorgehensweise legen.« Er setzte sich wieder.

»Ich bedaure. Ich kann zu diesem Zeitpunkt nichts Konkreteres sagen.« Sie sah, dass sie King nicht gewinnen konnte, und wandte sich an die anderen. »Sie sind Wissenschaftler. Sie kennen die Mischung aus harter Logik und Intuition, die man braucht, um das fehlende Stück eines Puzzles zu finden. Einer von Ihnen könnte bereits die Lösung für das, was geschehen ist, haben, ohne sich darüber im Klaren zu sein. Ich bin darauf angewiesen, dass Sie mir mitteilen, was Sie wissen, weil mich meine Suche in Bereiche führen wird, von denen ich wenig Kenntnis habe und die Sie in- und auswendig kennen. Deshalb müssen Sie mir helfen ... in unser aller Interesse.«

»Verzeihung«, sagte eine junge Frau. »Ich hatte eigentlich nicht vor, es auf diese Weise öffentlich bekannt zu geben ... Ich bin schwanger. In der zehnten Woche ungefähr.« Ein Raunen entstand.

»Ach, wie schön«, rief eine andere Frau freudig aus und legte ihr die Hand auf den Unterarm. »Herzlichen Glückwunsch.«

Errötend drehte sich die junge Frau wieder Hanley zu. »Ich weiß es erst seit kurzem, und dass ich keine Ahnung habe, wovor ich mich in Acht nehmen muss, macht mir schreckliche Angst. Was für einer Gefahr setze ich das Baby um Himmels willen aus? Und wenn ich dann weiterdenke ... na ja, unter normalen Umständen hätten wir jetzt vier Monate Isolation vor uns. Aber was ist, wenn Sie bis zum Frühjahr kein Ergebnis haben? Das würde doch unsere Heimreise sehr erschweren. Ist es nicht so?«

»Nun, wenn es ein chemisches Toxin ist, dann wird es in erster Linie darum gehen, alle Personen von seiner Quelle fernzuhalten, aber nach Hause zu fahren sollte eigentlich kein Problem sein. Wenn die Ursache biologisch und übertragbar ist – und bis jetzt sehe ich noch keinen Grund, das anzunehmen –, sieht die Sache anders aus, richtig. Dann könnte es sein, dass wir einen Teil der Station unter Quarantäne stellen müssen.«

»Wie diesen Wohnblock in Hongkong bei SARS? Diese Krankenhäuser in Peking? Vollkommen dicht?«

Verneau erhob sich. »In aller Deutlichkeit, mes amis, falls es dazu kommt und Ottawa einen Cordon sanitaire anordnet, dann dürfte an Heimreisen nicht mehr zu denken sein. Nach dem, was wir bei SARS erlebt haben, wird kaum jemand ein Risiko eingehen mögen. Die kanadische Regierung würde eine genaue ärztliche Beobachtung verlangen, zivile Flüge kämen gar nicht in Frage. Und selbst wenn es Ihnen gelänge, unsere Behörden zu überzeugen, würden einige Ihrer Heimatländer Sie bei der Ankunft unter Quarantäne stellen. Ihr Briten würdet mit Sicherheit schnurstracks nach Coppetts Wood expediert werden.« Ein lautes Stimmengewirr entstand, weil alle gleichzeitig losredeten. »Dr. Hanley ist unsere beste Chance, das zu vermeiden.«

»Bitte«, rief Mackenzie und klopfte mit einer Gesteinsprobe auf seinen Schreibtisch.

Eine Blondine sprang auf. »Herzlich willkommen, Jessie, von Amerikanerin zu Amerikanerin. Sie erwähnten die Möglichkeit von Gift. Was ist mit unseren Lebensmitteln? Meinen Sie, es war irgendwas im Essen? Im Wasser?«

Hanley sagte: »Selbstverständlich werde ich beides untersuchen, mir Ernährungsgewohnheiten vornehmen und mit dem Küchenpersonal über sinnvolle Vorsichtsmaßnahmen sprechen.«

»Wenn Bakterien oder Viren schuld sind, wo könnten sie sich die geholt haben?«

»Der normale Weg führt über andere Arten. Der Fachausdruck ist Passagierung. Je mehr andere Lebensformen ein Bakterium oder Virus durchläuft, umso widerstandskräftiger und anpassungsfähiger wird es. Und damit tödlicher. Irgendwann springt das neue Virus oder Bakterium auf uns Menschen über. Die Grippe kam von den Schweinen zu uns, die Masern von Hunden, Anthrax und Pocken von Rindern, Lepra von Wasserbüffeln, das Westnilfieber von Mücken. Bislang unbekannte

Viren treten häufig dort auf, wo Arten erstmals miteinander in Kontakt kommen. In Malaysia brachte eine Massenverbrennung von Obstbäumen die Flederhunde näher an menschliche Wohnstätten heran. Ein Virus übertrug sich von den Flederhunden auf Hausschweine und von den Schweinen auf die Menschen. Das Nipahvirus. Die Mortalität lag bei vierzig Prozent.«

»Also deshalb haben SARS-Ärzte die Tiermärkte in Guangdong durchforstet.«

»Genau. Das waren nahe liegende Orte – viele der ersten Opfer arbeiteten in Restaurants. Und prompt fanden sie SARS in Zibetkatzen und anderen in Käfig gehaltenen wilden Tieren, die in Südchina als Delikatessen verkauft werden. Deshalb kann ich keine der Forschungen ausnehmen, die hier an Vögeln, Säugern, Meeresbewohnern oder Insekten getrieben werden.«

Eine Welle der Unruhe lief durch die Menge.

»Ich will damit nicht sagen, dass Sie sich plötzlich vor Ihren Labormäusen fürchten sollen. Die Ursache war sicherlich kein routinemäßiger Kontakt mit irgendetwas Alltäglichem. Was ich sagen will, ist: Passen Sie auf! Seien Sie vorsichtig! Benutzen Sie keine Latexhandschuhe! Ziehen Sie Arbeitshandschuhe an! Benutzen Sie Ihren Verstand!«

Hanley beobachtete kurz, welche Wirkung sie auf ihr Publikum hatte, dann fuhr sie fort. »Wie ich höre, macht Ihre Umwelt hier tief greifende Veränderungen durch. Packeis, das zum Teil Jahrhunderte alt ist, schmilzt, die Temperaturen steigen an, das Zugverhalten der Vögel ändert sich. Irgendeine Mikrobe da draußen ist möglicherweise zum ersten Mal überhaupt mit Menschen in Berührung gekommen. Wenn dem so ist, brauche ich Ihre Hilfe dabei, herauszufinden, wo und wann es zu dieser Berührung gekommen ist.« Sie zögerte einen Moment, bevor sie weiterredete; ihr war klar, dass sie ein heikles Thema ansprechen musste. »Ich brauche außerdem Freiwillige, die bereit sind, mit mir im Labor zu arbeiten.« Sie fasste bei diesen Worten bewusst Simon King ins Auge, weil sie ganz genau wusste, dass Maulhelden wie er immer die Letzten waren, die sich freiwillig für eine gefährliche Aufgabe meldeten.

Dee Steensmas Hand ging sofort nach oben. »Ich hätte mich zehnmal anstecken können, und ich bin anscheinend gesund geblieben. Ich helfe gern.«

Hanley lächelte dankbar. Nachdem Dee den Anfang gemacht hatte, würden sicherlich andere folgen. Uli Hecht, der pausbäckige deutsche MTA, der sich als Erster um die Opfer gekümmert hatte, hob die Hand. »Ich war auch ansteckungsgefährdet. Ich bin dabei.«

»Danke.« Die Nächste, die sich meldete, war eine ebenso schöne wie eifrige japanische Biochemikerin namens Kiyomi Taku.

Schließlich rief noch Jack Nimit in die Runde: »Meinen Sie, Sie könnten einen Ingenieur gebrauchen, um das Labor einzurichten?«

Hanley nickte. »Wenn es Ihnen recht ist, treffen wir uns morgen früh und fangen mit der Vorbereitung an. Und falls sonst noch jemand irgendwann ein bisschen freie Zeit hat, ist er oder sie natürlich immer gern gesehen.« Wieder bedachte sie Simon King mit einem viel sagenden Blick.

Mackenzie rutschte auf seinem Stuhl vor. »Meine Damen und Herren«, sagte er. »Lassen Sie uns unseren Kollegen herzlich danken, die sich bereit erklärt haben, ihre eigenen wichtigen Arbeiten zurückzustellen und Dr. Hanley zu unterstützen.« Er klatschte, und die anderen schlossen sich an. »Gut. Ich denke, das tut's fürs Erste. Gehen wir schlafen. Am Morgen können wir dann mit unserer Arbeit weitermachen, und Dr. Hanley und ihre Helfer können mit ihrer anfangen. Ich entschuldige mich noch einmal für die späte Stunde.«

Er stand auf, und die anderen taten es ihm nach. Angeregt diskutierend gingen sie nacheinander hinaus. Verneau wartete, bis der Raum sich geleert hatte, dann kam er zu Hanley und Mackenzie.

»Na, Simon King haben Sie jetzt kennen gelernt«, sagte er kopfschüttelnd. »Dieses hohle Großmaul. Tabarnaque! Ich kann es nicht ausstehen, wie dieser dämliche Meckerkopf sich aufbläst.«

Mackenzie sagte: »Sie sind ein bisschen streng mit Simon. Viele Kanadier – darunter auch Annie – haben die gleiche politische Einstellung wie er, wenn auch nicht das gleiche Benehmen. Für das ich mich entschuldigen möchte, Dr. Hanley.«

»Nicht nötig«, meinte Hanley. »Ein bisschen Antiamerikanismus bringt mich nicht um. Was können Sie mir über die drei Opfer erzählen? Annie Bascomb?«

Mackenzie zog eine schmerzliche Miene. »Annie. Ein wirklich außergewöhnlicher Mensch. Die beliebteste Person in der ganzen Station, würde ich sagen. Auf jeden Fall am offensten mit ihrer Meinung.«

»Und der Geophysiker und der russische Glaziologe?«

»Ogata, ja. Kompetent, zuvorkommend. Ich fand, dass er sich in Trudeau besonders gut eingelebt hatte. Er fühlte sich wohl hier. Minskow auch.« Er fixierte sie scharf. »Was haben Sie in der Versammlung nicht ausgesprochen? Wie sieht Ihre Hypothese aus?«

»Ich halte mit nichts hinterm Berg, Dr. Mackenzie. Es ist noch zu früh. Die Anzahl von Tests, die ich durchführen muss, ist einigermaßen gigantisch. Wenn ich nicht gleich am Anfang einen Glückstreffer lande ...«

»So wurden Sie uns von Ottawa beschrieben: als eine, die gleich ins Schwarze trifft. Ich bete, dass Sie das auch diesmal schaffen, Jessie Hanley. Wie Sie selbst gesehen haben, sind die Leute ziemlich aufgeregt und ängstlich. Niemand weiß, was sie tun sollen – oder nicht tun sollen – außer sich vom Eis fernhalten. Ah«, rief er aus und streckte einem herantretenden Mann die Hand entgegen. »Dr. Hanley, ich möchte Ihnen Jack Nimit vorstellen, den Mann, der die Errichtung von Trudeau geleitet hat.«

Mackenzie legte den Arm um den jüngeren Mann. Eine außergewöhnliche Erscheinung: mongolisch. Er hätte genauso gut aus der Wüste Gobi geritten wie übers Eis gefahren sein können.

»Ich muss mich noch dafür bedanken«, sagte sie, bemüht, ihn nicht anzustarren, »wie Sie mir da draußen zu Hilfe gekommen sind.«

»Das war ein stürmischer Auftritt, den Sie da hingelegt haben. Ich bin heilfroh, dass wir Sie eingeholt haben, bevor Sie uns in Ihrem Ei entwischen konnten. Ich bedaure nur, dass unser Miesmacher vom Dienst Sie so schnell schon aufs Korn genommen hat.«

»Bitte«, sagte Mackenzie, »Simon King hat unsere Aufmerksamkeit heute Nacht schon genug beansprucht. Gibt es noch etwas, das Sie dringend brauchen, Jessie?«

Hanley überlegte einen Moment. »Ja«, meinte sie. »Sobald Sie mit der russischen Wissenschaftlerin, die mit dem U-Boot abgeholt wurde, Verbindung aufnehmen können, möchte ich mit ihr reden. Wenn es ein inhaliertes Gift war, muss ich annehmen, dass sie zum fraglichen Zeitpunkt nicht anwesend war, sonst wäre sie nicht davongekommen. Aber als Augenzeugin für alles andere, was die Opfer in den Stunden vor ihrem Tod gemacht haben, könnte sie eine enorme Hilfe sein. Bis dahin muss ich alle Sachen aus dem Feldcamp genau inspizieren.«

»Sonst noch was?«

Hanley senkte die Stimme. »Gibt es einen Teil der Station, den Sie isolieren können, komplett isolieren, für den Fall, dass doch noch jemand befallen ist?«

Mackenzie blickte besorgt, nickte aber. »Der Iglu, wo wir die Leichen aufbewahren, könnte abgekapselt werden. Ich denke, wir könnten ihn quarantänemäßig herrichten. Noch was?«

»Ich muss wissen, was Sie zu tun gedenken, falls wir Trudeau evakuieren müssen.«

17

Hanley ging um die Bahre herum. Die Leiche lag unter einem transparenten Kontaminationszelt. Die Gesichtszüge waren nicht friedlich. Der Mann musste unter qualvollen Krämpfen gestorben sein, denn der Körper war unglaublich weit nach hinten gekrümmt und sah aus wie durchgebrochen.

Verneau stand nervös in der Tür. »Armer Kerl. Er sieht so alt aus.«

»Das macht der Tod mit einem«, sagte Hanley, wobei sie sich zu der dicken Schutzbrille, die sie schon aufhatte, noch die OP-Maske über Mund und Nase zog. »Er kann einen schrecklich alt erscheinen lassen.« Sie zitterte vor Kälte, als sie das mit *Vérification d'identité* überschriebene Dokument in der Plastikhülle las. »Wie alt war Minskow?«

»Einundfünfzig«, antwortete Verneau. Hanley bückte sich, bis ihr Gesicht mit dem aschgrauen Profil auf einer Höhe war, und spähte durch die dünne Plastikwand. Die Augen ... entsetzlich.

Dee sagte: »Ich habe noch nie jemanden gesehen, der so bleich war.«

»Ja«, stimmte Verneau zu. »Vielleicht durch den Verlust roter Blutkörperchen.«

»Warum hat Moskau untersagt, ihn zu obduzieren?«, fragte Hanley.

Verneau schüttelte den Kopf. »Keine Ahnung. ›Njet‹ ist ihre automatische Antwort auf alles. Als ich mit ihnen sprach, wirkten sie ... ängstlich.«

Hanley beugte sich noch näher an den Toten heran. »Warum ist er im Gesicht feucht?«

Dee trat näher. »Wo?«

»Um den Mund.«

»Ja. Sie haben Recht. Wie merkwürdig. Ist das eine Art postmortales Nässen?«

Hanley zog ein kleines Röhrchen und eine dünne, zwanzig Zentimeter lange Pipette mit Gummispitze aus der Tasche. Behutsam öffnete sie den Reißverschluss der luftdichten Schutzhülle. Dee wich instinktiv zurück, obwohl sie bereits bei den beiden Obduktionen assistiert hatte.

»Machen Sie das nicht bei sich zu Hause«, sagte Hanley zu Verneau. »Und berühren Sie mich unter keinen Umständen, falls ich versehentlich damit in Kontakt komme.«

Hanley saugte vorsichtig eine kurze Flüssigkeitssäule in die Pipette. Verneau und Dee hielten den Atem an, während sie die Flüssigkeit in das Röhrchen umfüllte und es verschloss.

Das Bedürfnis, hautnah mit dem Opfer zu tun zu haben, war ein seltsamer Zwang bei Hanley. Es war zu irrational, um es zuzugeben. Doch die Nähe half ihr irgendwie, machte etwas mit ihr.

Hanley fühlte sich zu Leichen regelrecht hingezogen, zu dem seiner Lebenskraft entleerten menschlichen Mechanismus. Das war etwas, das sie nicht einmal engen Freunden verriet, aber sie fühlte sich in der Gesellschaft von Leichen wohl, ja leicht euphorisch. Nichts Perverses, wie sie hastig beteuert hatte, nachdem sie so dumm gewesen war, ihren Mann ins Vertrauen zu ziehen. Sie stellten einfach ein Rätsel dar, hatte sie ihm erklärt, um ihn von diesem Einblick in ihr Inneres abzulenken und die Situation zu retten.

Das Gefühl war eher eine Art Vorfreude. Schon als Kind, das im ländlichen Virginia aufwuchs, war sie lieber mit toten Geschöpfen als mit lebenden umgegangen und hatte sie überfahrene Tiere aufgesammelt, um ihre Neugier zu befriedigen. Während manche Kinder den elterlichen Garten zur Menagerie machten, hatte sie daraus ein Leichenschauhaus gemacht. Andere zerlegten Uhren und gingen dann zu Automotoren über. Hanley öffnete geduldig die äußeren Hüllen von Käfern und

Fröschen und Vögeln, woraufhin sie mit Katzen, die im Tierheim eingeschläfert worden waren, fortfuhr, um herauszufinden, was in denen drin war. Sie war das schwarze Schaf der Hanleys, eine Außenseiterin, die in makabrer Mission durch den Wald streifte. Die meisten anderen Mädchen wollten nichts mit ihr zu tun haben. Jungen machten einen großen Bogen um sie.

Ein tot am Straßenrand liegendes Kitz oder Opossum fesselte sie und versetzte sie in freudige Erregung. Sie lernte, diese Leidenschaft vor anderen zu verbergen, bis sie eines Tages im College in einem Biologielabor stand und aufblühte. Mit Aushilfsjobs in der Leichenhalle finanzierte sie sich das Medizinstudium, und im Anschluss daran wurde sie Epidemiologin und gelangte als solche zu beruflichen Ehren.

Sie wusste, sie stand in dem Ruf, eine ungewöhnliche Assoziationskraft und ein phänomenales Gedächtnis zu haben, und dieser Meinung war offenbar auch ein Computer irgendwo, der ihren Namen ausgespuckt hatte. Sie sträubte sich nicht gegen diese Sicht ihrer Person, doch ihr war klar, dass das, was sie wirklich antrieb, ihre nicht nachlassende Begeisterung für den leblosen Körper war.

Der Tod ließ jeden Körper anders zurück. Die belebenden und aktivierenden Kräfte waren erloschen, und diese greifbare Abwesenheit war faszinierend, mitunter geradezu bewegend und ganz und gar unvergesslich. Diese Hülle hatte einst Leben enthalten. Etwas noch Stärkeres hatte es vertrieben. Die fühlbare Leere hatte eine unvergleichlich konzentrierende Wirkung auf ihr Denken und ihr ganzes Wesen. Ihr Ex warf ihr immer wieder vor, dass ihr die Toten mehr am Herzen lägen als die Lebenden. »Nein«, gab sie dann zurück, »aber ich finde sie oft interessanter.«

Hanley biss sich auf die Lippe. »Okay. Schauen wir uns den Nächsten an.«

Die zweite Leiche war die von Dr. Kossuth. Seine Kollegen hatten nicht gewusst, was sie mit ihm machen sollten. Sämtliche Zellen in seinem Körper waren von dem inneren Eisdruck verformt und aufgeplatzt. Er war nackt, so wie sie ihn gefunden hatten. Seine Haut war braunrot; große Flecken waren schwarz geworden.

Kossuths Blick in die Ewigkeit ging durch gesprungene Brillengläser, deren gebrochene und festgefrorene Fassungen nur noch gerade so an der Nasenspitze hingen. Hanley musterte ihn kurz und pflichtete dem Bericht bei, den man ihr gegeben hatte: Die Todesursache bei ihm war, anders als bei den anderen dreien, schlicht und einfach Hypothermie.

Die Hände auf die Knie gestützt, beugte Hanley sich näher heran. »Er ist ein Eisklotz«, sagte sie leise, um nicht respektlos zu klingen. »Doch seine Lippen sind feucht.«

Dee sah genauer hin. »Meinen Sie, er fängt an zu tauen?«, fragte sie, besann sich dann aber. »Nein, das kann nicht sein. Es ist viel zu kalt hier drin.«

Hanley entnahm ihrer Tasche ein zweites Röhrchen und saugte abermals eine Probe ab, bevor die Flüssigkeit an der kalten Luft erstarrte.

»Keine Anzeichen von Konvulsionen, und die Augen sind unversehrt. Gut, hier sind wir fertig«, sagte sie und drehte sich zu Verneau um. »Ich werde Ihnen weitere politische Schwierigkeiten einbrocken, aber es lässt sich nicht ändern.«

»Über Politik machen Sie sich mal keine Gedanken«, erwiderte er. »Das ist meine einzige echte Begabung. Was brauchen Sie?«

»In ein paar Tagen, wenn ich sicher weiß, dass wir alle notwendigen Gewebeproben haben, müssen die Isolatoren mit Annie Bascomb und Junzo Ogata in Plastik eingeschweißt, dann mit Hydrochlorat besprüht und in Glasfaserkästen verpackt werden.«

»Gut.«

»Ich habe ABC-Anzüge, Handschuhe und Atemschutzvollmasken für alle Leute, die mit den Bahren umgehen.«

»Hört sich bis jetzt machbar an«, sagte Verneau.

»Im Frühling, wenn wir wieder Verbindung mit der Außenwelt haben, möchte ich, dass sie ins Medizinische Forschungsinstitut für Infektionskrankheiten der US-Armee in Fort Detrick, Maryland, überführt werden.«

»Das ist noch Monate hin«, sagte Dee.

»Ja, aber für den Fall, dass ich den Erreger ausfindig machen kann, müssen die Leichen dorthin geschafft werden. Es ist unter anderem eine der besten Hochsicherheitsanlagen für biologische Gefahrenstoffe überhaupt. Mir ist klar, dass es Einwände geben wird, da es sich außerdem um einen amerikanischen Militärstützpunkt handelt, der auf Biowaffen spezialisiert ist. Ich glaube, es gibt auch eine Hochsicherheitsanlage in Winnipeg, falls Fort Detrick aus politischen Gründen nicht in Frage kommt.«

»Merde«, knurrte Verneau und schlang sich wärmend die Arme um den Oberkörper. »Tokio wird mitspielen. Bei Ottawa bin ich mir nicht so sicher. Ach, was soll's? Bis zum Frühjahr haben sie Zeit, es auszudiskutieren. Da haben sie was zu tun. Was ist mit Minskow hier und mit Alex Kossuth?«

»Ich schlage vor, Sie packen Minskows Quarantänezelt genauso ein und behalten ihn hier, bis die Russen im Frühjahr kommen und den Körper abholen. Ich glaube nicht, dass sie Ihnen die Vorsichtsmaßnahme zum Vorwurf machen werden.«

»Ich kümmere mich darum«, sagte Verneau.

»Aber wenn wir feststellen, dass die anderen Körper infektiös sind, werden wir alles tun, was nötig ist, um sie samt und sonders zu dekontaminieren, und dann werden die Russen einfach damit leben müssen. Sonst könnte Minskows Leiche alle Personen und Fahrzeuge infizieren, mit denen sie zwischen hier und dem Labor, wo sie ihn hinschaffen, in Kontakt kommt. Treffen Sie auch Sicherheitsvorkehrungen für Kossuth, selbst in diesem Zustand.«

»Zustand?«

»Gefroren.«

»Keine Autopsie?«, fragte Verneau.

»Außer dass er tot ist, sieht er gesund aus. Trotzdem, ja, sollte auch er obduziert werden. Es kann sein, dass er ebenfalls angesteckt wurde und die Kälte ihm nur zuerst den Garaus gemacht hat.«

Dee weinte lautlos, den Blick auf den Körper von Annie Bascomb gerichtet, der an der Krümmung der Wand auf der Bahre lag, verhüllt bis auf den Kopf. Jemand hatte ihre langen Haare zu einem perfekten französischen Zopf geflochten. Möglicherweise war sie einmal schön gewesen. Nach dem, was übrig war, ließ sich das nicht mehr sagen.

»Komm, ma chère«, sagte Verneau und führte Dee fort, indem er ihr sanft eine Hand auf den Rücken legte. »So sollten wir sie nicht in Erinnerung behalten.«

»Ich zeige Ihnen Ihr Quartier«, sagte Dee. »Möchten Sie auf dem Weg noch ein bisschen was von der Station sehen? Das ist ein egoistisches Angebot – den Reiseführer zu spielen wäre mir eine willkommene Ablenkung.«

»Klar. Ich hab sowieso massenhaft Fragen. Zum Beispiel, was hat es mit der Beleuchtung hier auf sich?«

»Wir benutzen Vollspektrum-Leuchtstofflampen, um Energie zu sparen – und der Gesundheit wegen. Die Lichter innerhalb der Station – und außerhalb – sind in Zwölfstundenzyklen programmiert, um einen gewöhnlichen Tag in südlicheren Breiten annähernd zu simulieren. Das fördert die Normalität. Sie müssen sich vor Schlaflosigkeit in Acht nehmen«, warnte Dee. »Sie ist hier so allgegenwärtig wie die Kälte. Die Hälfte der Patienten unseres Psychologen kommt mit Schlafproblemen.«

»Wird es tagsüber denn wenigstens ein bisschen hell?«, fragte Hanley, als sie an einem großen Fenster stehen blieben.

Dee schwieg einen Moment. Ihr Haar glänzte in dem trüben Licht wie ein blanker Helm. Hanley fühlte, wie Dee sie taxierte.

»Zu dieser Jahreszeit«, sagte sie schließlich, »scheinen nur die Sterne und der Mond. Sie werden die Sonne erst nach dem Februar wieder zu Gesicht bekommen.«

»Vier Monate«, sagte Hanley. Sie blickte auf den Steilhang oberhalb der Station und fragte sich, wie lange es dauern würde, bis ihr die eisumschlossene Gefangenschaft im Dunkeln in vollem Umfang klar würde. Ihr Körper, merkte sie, erwartete den Morgen: Licht. Die Außenbeleuchtung war spärlich. Jenseits davon war es pechschwarz, doch die Sterne und ihre Spiegelungen in der eisigen Landschaft erhellten das Terrain in einer Weise, wie es in niedrigeren Breiten niemals möglich gewesen wäre.

Sie kamen vorbei am Werkzeugraum, der Kläranlage, der Ernährungsberaterin, der Wäscherei samt dem Trockenschrank, dem Erholungsbereich, der Transportabteilung; sogar ein Postamt gab es. Ein handgeschriebenes Schild an der Tür stammte vom 18. Oktober, der letzten Postabholung des Jahres. Darauf stand: AM MORGEN WIEDER GEÖFFNET.

Die Solarenergieabteilung nebenan war ebenfalls die Polarnacht über geschlossen, aber in der Windenergie auf dem Flur gegenüber herrschte Hochbetrieb.

»Es gibt viele Möglichkeiten, etwas gegen den Hüttenkoller zu tun«, sagte Dee, als sie die Tür zum Leseraum öffnete. Es war ein gemütliches Refugium mit einem Dutzend Schaumstoffsesseln, grünen Lampen und Schreibpulten. Stoffbespannte konkave Rahmen, die an Segel erinnerten, teilten die Lesenischen voneinander ab. Selbst zu dieser Stunde waren mehrere Sessel besetzt. Die Leser nickten Dee zu und beobachteten diskret die Neue.

Hanley trat an die dreieckigen Fensterscheiben. Zum ersten Mal fiel ihr auf, dass sie innen kein Bild und kein Licht reflektierten, aber auch nicht beschlagen oder vereist waren. Sie strich mit der Hand über die transparente Fläche.

»Nicht einmal kalt«, sagte sie leise. »Irgendein Superkunststoff?«

»Eher glasähnlich. Entwickelt für sehr hoch fliegende Militärmaschinen und unseren Anforderungen angepasst. Wird auch für Polizeischutzschilde verwendet, aber das Thema ist hier tabu. Ein Vakuum trennt die äußere und die innere Scheibe, und das Ganze sitzt in einem besonderen Fensterschacht. Die Innenscheibe ist mit einer Schicht besprüht, die von einem optischen Unternehmen in Rochester erfunden wurde; sie unterbindet innen jede Reflektion, so dass man eine völlig unbeeinträchtigte Sicht hat. In den Sommermonaten verhindert die Schicht, dass einen das ständige Tageslicht blendet, und sie fängt zudem die Sonnenenergie ein, indem sie die ultravioletten Strahlen nicht reflektiert. Im Sommer wird das Vakuum mit Wasser gefüllt – eine kleine Neuerung unseres Ingenieurgenies vom Dienst.«

»Wasser?«, wunderte sich Hanley.

Dee blickte amüsiert. »Ja. Sonnenlicht erwärmt das Wasser und heizt auf diesem Wege die Einrichtung mit auf.«

»Ich bin beeindruckt«, sagte Hanley. »Aber wie geht das mit der Kälte? Die Wände, die Böden, sie fühlen sich nicht kalt an. Doch nach draußen sind es nur ein paar Zentimeter.«

Dee nickte. »Der Boden liegt auf drei verschiedenen Ebenen, die jede für sich isoliert sind. Jede Außenkuppel sitzt über einer anderen, die geringfügig kleiner ist. Ein dreiundvierzig Zentimeter breiter Innenraum zwischen den beiden Schalen ist mit einem neuen Isoliermaterial gefüllt, das in Edmonton entwickelt wurde. Es hält die Thermodynamik der Wände neutral.«

Bevor sie in den nächsten Iglu kamen, traten sie in einen zylindrischen Verbindungsraum, dessen gewölbte Tür hinter ihnen zuglitt; er drehte sich, bis er sie durch die Tür gegenüber wieder entließ.

In diesem zweiten Iglu, den sie betraten, war die Temperatur merklich kühler. Hanley zitterte, und die überraschende Trockenheit regte ihre Speichelproduktion an.

Dee ging sicheren Schrittes durch die Dunkelheit zu einem kleinen Lichtpunkt an einem frei stehenden Pfosten. Hanley zögerte, weil sie etwas Erdiges roch. Ein Sensor an dem Pfosten registrierte die Bewegung, und sogleich schien Licht auf eine arktische Wiese mit allerlei Flora und einem kahlen Felsen in der Mitte.

»Hiesige Pflanzen. Draußen sind sie zur Zeit unter Eis und Schnee begraben, aber so was in der Art könnten Sie im Sommer hier sehen.« Dee ging ein paar Schritte einen Weg entlang. »Da. Hören Sie die Finken? Sie werden in hypothermischen Experimenten benutzt.«

Hanley fragte: »Was sind das für armselige Dinger?«, und deutete auf ein trockenes, wollig aussehendes Büschel winziger Gräser.

»Ich fürchte, die Alasker nennen sie ›Niggerheads‹«, entgegnete Dee. »Den lateinischen Namen weiß ich nicht.«

»Traurige Pflanzen«, sagte Hanley und ließ den Blick über die Sammlung schweifen.

»Lassen Sie das ja nicht unseren Oberbotaniker hören. Das hier ist alles sein Werk. Es ist eine Artenbank für den Fall, dass die globale Erwärmung sich so verheerend auf die Arktis auswirkt, wie einige unserer Kollegen prophezeien. Unterhalb der Waldgrenze gehen die wichtigsten arktischen Baumarten ein. Alle möglichen Insekten können jetzt dort überleben und gedeihen prächtig. Kommen Sie«, sagte sie und ging weiter voraus.

»Es ist wie ein Miniaturmoor«, sagte Hanley und folgte ihr.

Dee zeigte auf das niedrige Buschwerk und den kahlen Felsenbuckel. »Seggen, Farne, Binsen, Zwergbirken dort weiter hinten. Tundra.« Sie blieb stehen, um die Pflanzengruppen zu begutachten, und strich mit der Hand über einige. »Grüne und schwarze Flechten, dort auf den Steinen. Lila Steinbrech – er hat im Sommer wunderschöne Blüten.«

»Für eine Zahnärztin kennen Sie sich ziemlich gut mit Pflanzen aus«, sagte Hanley, während sie neben ihr stand und die Wiese betrachtete. »Mögen Zahnärzte nicht angeblich nur die künstlichen Sorten, je wächserner, umso besser?«

»Ja. Und wir hören nur seichte Hintergrundmusik.« Dee lächelte. »Das hier ist mein liebster Ort in Trudeau. Dieses Habitat wird Ihnen im Moment vielleicht nicht sehr imponieren, aber es ist das einzige Fleckchen Grün im Umkreis von tausend Meilen. Nach einigen Monaten mit nichts anderem als Eis und Stein werden diese dürftigen Pflänzchen Ihnen wie Redwoods vorkommen.« Sie wurde ernst. »Die Polaranzüge werden Sie draußen schützen, aber hier drinnen muss jeder für sich sehen, wie er besteht, wie er mit sich selbst zurechtkommt. Mir hilft dieser Ort hier dabei.«

Sie folgten dem gebogenen Pfad zur gegenüber liegenden Seite und in einen anderen zylindrischen Zwischenraum, über den sie zurück in das temperierte Milieu der Station kamen.

»Was ist das?«, fragte Hanley. Sie blickte zu der runden, konvexen Decke auf, die sich in blauen Wellen zu bewegen schien.«

»Mackenzies Spleen. Kommen Sie, ich zeig's Ihnen.« Dee führte Hanley eine Wendeltreppe aus Bauholz hinauf. »Selbst unsere Packkisten wurden dafür hergenommen«, sagte sie. Oben angekommen, blieben sie stehen. »Dies hier und die

Wachzentrale«, sagte Dee, »sind die höchsten Punkte auf der Insel.«

Hanley hörte kaum hin. Ihr gingen die Augen über. Die durchscheinende blaue Decke stellte sich als die Unterseite eines großen runden Schwimmbeckens mit drei Bahnen heraus. Darüber wölbte sich eine Kuppel aus den trudeautypischen dreieckigen Doppelglasfenstern. Schmale Hartholzbänke verliefen rings um den gefliesten Rand; nichts, nicht einmal ein Sprungbrett oder eine Leiter, störte den vom Architekten beabsichtigen Eindruck eines wunderschönen Raumes, der einfach durch seine klare Form bestach.

»Warum baut man sich einen Pool aufs Dach?«

»Feuer«, antwortete Dee. »Unsere große Sorge. Das einzige Wasser weit und breit ist hart wie Stein. Es zu schmelzen kostet Unmengen von Energie. Im Fall eines Brandes wird dieses ganze schöne warme Meerwasser ein Löschtank. Zuleitung per Schwerkraft, falls noch ein Stromausfall dazukommt.« Sie betrachtete die vollkommen stille Wasseroberfläche. »Fast alles hier dient mehr als einem Zweck.«

»Cool. Warum Meerwasser?«

»Es muss nicht gechlort werden. Gechlortes Wasser zu entsorgen wäre problematisch.«

»Behandelt ihr euer Trinkwasser gar nicht?«, fragte Hanley.

»Nein.« Dee stockte, und Sorge trat in ihr Gesicht. »Sollten wir?«

»Wahrscheinlich nicht«, meinte Hanley.

»Kommen Sie«, sagte Dee. »Wir sind fast durch.«

»Es ist viel größer, als ich erwartet hatte.«

»Es wird ziemlich schnell schrumpfen, glauben Sie mir. Die Station erzeugt die Illusion der Weitläufigkeit und Bewegungsfreiheit. Aber es dauert nicht lange, bis man merkt, wie eng sie in Wirklichkeit ist und wie feindlich *das da.*« Sie zeigte auf die Landschaft hinter der Glaswand.

Hanley sah zu dem bestirnten Himmel auf. Sie war einen Moment desorientiert.

»Wenn im März die Sonne aufgeht, wo kommt sie dann hoch?«

»Sie meinen, in welcher Richtung?«

»Ja«, sagte sie, den Blick weiter nach draußen gerichtet.
»Dort.« Dee deutete in die Schwärze. »Im Süden. Die Sonne wird im Süden aufgehen.«

18

Die *Rus* glitt aus dem Fjord. Vom Brummen der Turbinen abgesehen, war es vollkommen still im Schiff. Eine gedrückte Stimmung hatte sich über die Männer gelegt, und sie gingen ihren Aufgaben wie Roboter nach. Außer den ritualisierten dienstlichen Äußerungen sagte auf Wache niemand ein Wort. Außerdienstlich wurde gar nicht geredet.

Rudenko blickte auf den Fernsehbildschirm in der Kommandozentrale und besah sich die Körperhaltungen der Taucher in ihrer Druckausgleichskammer. Der junge Matrose, der die Sprengladungen im Innern der *Wladiwostok* angebracht hatte, hockte abseits allein, die Knie angezogen, das Gesicht in den Armen vergraben. Zwei andere lagen lang, die Arme über den Augen, um sie vor dem Dauerlicht der Glühbirnen an der Decke abzuschirmen. Orlowski saß der Kamera am nächsten, deren Existenz er entweder vergessen hatte oder die ihm egal war. Mit gesenktem Kopf, leerem Blick und leblosem Gesicht saß er bewegungslos da. An seinem Kinn hing ein Tropfen Wasser.

Rudenko lehnte sich nach hinten an den Kartentisch, die linke Hand am rechten Ellbogen, die rechte flach an der Wange. Nachdenklich. Wartend. Der Obermaat zählte laut. Die ferne Detonation drang als ein dumpfer Schlag zu ihnen, kaum mehr als ein Puls, ein Herzschlag außer der Reihe, erwartet und doch überraschend. Und beängstigend – das Zeichen einer schrecklichen Tilgung, so schwach, dass es beinahe Einbildung sein konnte, und doch grausame Wirklichkeit. Endgültig.

»Scheiße.«

Orlowskis Stimme über den Fernsehlautsprecher war der einzige menschliche Laut in der Zentrale, während das Schiff in flachem Winkel in tiefere Gewässer tauchte. Hinter ihm, in der Ecke ihrer stählernen Zelle, weinte der jüngste Taucher, die Arme über dem eingezogenen Kopf, der ganze Körper ein harter Ball.

Rudenko drückte den Sprechknopf und befragte Orlowski leise nach dem Jungen. Orlowski schaute in die Kamera und tippte an seine Schläfe.

»Er hat hier oben was abgekommen. Wir hätten ihn nicht in das Boot schicken dürfen. Er hat seitdem nicht mehr aufgehört zu zittern. Er redet ständig vor sich hin, wirres Zeug, das keinen Sinn ergibt. Ich glaube, er spricht mit seiner Mutter. Er muss hier raus, Admiral. Wir alle. Wie viele Stunden sind's noch, bis Sie uns aus der Kammer holen?«

»Admiral«, sagte Nemerow.

Rudenko ließ den Knopf los. »Ja?«

»Ich würde sie nicht darin bestärken, die Dekompression zu beschleunigen.«

»Sie denken, es ist zu gefährlich.«

»Das weiß ich nicht. Aber die Unteroffiziere meinen, wir kriegen eine Meuterei, wenn die Taucher herauskommen. Die Mannschaft will nichts mit ihnen zu tun haben.«

»Der junge Mann braucht Hilfe.«

»Meine Männer befürchten, die Taucher könnten durch den Kontakt mit der *Wladiwostok* kontaminiert sein.«

Rudenko betrachtete Orlowski und die anderen auf dem Bildschirm. »Verständlich.«

»Sie wollen, dass die für sich bleiben. Weg.«

»Es ist Ihr Schiff, Kapitän. Ich bin sicher, Sie werden die richtige Entscheidung treffen.«

Nemerow senkte den Kopf. »Ich kann mir nicht vorstellen, wie.« Er atmete langsam durch den Mund aus. »Ich habe mich vorher noch nie geschämt, ein Schiff zu befehligen.«

»Sie können von Glück sagen«, meinte Rudenko.

»Wie das?«

»Die U-Boot-Besatzung. Wir hätten die Männer nicht retten

können. Was hätten wir getan, wenn sie dort gefangen, aber am Leben gewesen wären?«

Nemerow schüttelte den Kopf. »Waren das seine Befehle?«

Rudenko wandte sich ab. »Er würde es niemals zugeben, aber das waren sie.«

Orlowskis Gesicht, vom Fischaugenobjektiv verzerrt, füllte den Bildschirm. »Käptn! Sie kennen die Vorschriften. Wir dürfen in normale Kajüten zurück, sobald die Dekompression vorbei ist. Wir sind seit unserem Aufbruch hier in dieser Büchse eingesperrt.«

Nemerow drückte den Sprechknopf. »Die Situation ist ein wenig ungewöhnlich, wie Sie gewiss verstehen werden.«

Orlowski blickte entsetzt. »Käptn, es sind noch mal – wie viel? – mindestens drei Tage bis St. Petersburg. Wir drehen durch, wenn wir nicht bald aus diesem Kasten rauskommen.«

»Das ist nicht so einfach, Bootsmann. Die Männer ... machen sich Sorgen.«

Orlowski schlug sich auf den Schenkel und wandte den Blick ab. »Ach, natürlich, natürlich. Verstehe. Sie wollen uns hier weiter einbuchten und uns beobachten wie Affen im Zoo.«

»Das reicht jetzt!«, brüllte der Leutnant.

Nemerow gebot ihm mit erhobener Hand zu schweigen. Der Sonarmaat meldete das Näherkommen von Maschinen: ihre Kameraden an der Oberfläche, die ihren Rückzug aus norwegischen Gewässern tarnen sollten.

»Es tut mir wirklich Leid, Bootsmann«, sagte Nemerow.

»Nicht so sehr wie uns, Käptn.«

Nemerow schwieg und ging nicht auf die Widersetzlichkeit ein.

»Käptn«, sagte Orlowski am Bildschirm.

»Ja, Bootsmann?«

»Es ist meine Pflicht, Beschädigungen zu melden.«

»Ja?«, sagte Nemerow in besorgtem Ton. »Sie haben eine Schadensmeldung zu machen?«

»Jawohl«, erklärte Orlowski, »dies hier ist leider kaputt«, und er schlug mit der Faust in das Objektiv. Der Bildschirm wurde schwarz.

19

Das vorgesehene Thema des morgendlichen Symposions war *Periodische Schwächungen des Erdmagnetfelds* gewesen. Stattdessen erhoben sich die Anwesenden zur kanadischen Nationalhymne, und während diese spielte, bestieg Felix Mackenzie das Podium des zum Bersten vollen Auditoriums. Die meisten hatten ihn vorher noch nie im Anzug gesehen. Er hatte sich einen blühenden Zweig einer Pflanze aus dem botanischen Garten ans Revers gesteckt. Als die Hymne zu Ende ging, gab er den japanischen Wissenschaftlern ein Zeichen, nach vorn zu kommen.

Ganz in Weiß, ihrer traditionellen Trauerfarbe, begingen Junzo Ogatas Kollegen eine kurze buddhistische Gedenkzeremonie. Sie schlugen winzige Gongs, brannten Räucherstäbchen ab und beteten. Nachdem sie an ihre Plätze zurückgekehrt waren, hielten etliche von ihnen Lobreden auf ihre verstorbenen Freunde. Zuerst wurde Minskow von seinen russischen Kameraden mit ein paar steifen, floskelhaften Worten geehrt. Nur ein Nichtrusse äußerte sich über ihn, und seine kurze Ansprache war eher eine Pflichtübung.

Niemand schaffte es, über Annie Bascomb zu sprechen, ohne gleichzeitig zu lachen und zu weinen. Annies Rock'n'roll-Karaokenächte, ihr skandalöses Femi-Nazi-Kostüm für den Sonnwendmaskenball, das eine Mal, wo sie dem australischen Vorarbeiter bewies, dass sie genauso gut in eine Flasche pinkeln konnte wie ein Mann. Verneau betrat das Podium und erinnerte an die Geschichte, die Annie selbst gern erzählt hatte, von dem jungen italienischen Meteorologen, der sich während des ersten Jahres, das sie beide in der Station verbrachten, hoffnungslos in sie verknallt hatte.

»Ihr armer Freier verfolgte sie auf Schritt und Tritt, brachte ihr allabendlich Ständchen. Er sprach kein Englisch und sie kein Italienisch, und die paar Brocken Deutsch, die sie beide konnten, reichten leider nicht aus, um dem forschen jungen Mann begreiflich zu machen, dass sie nicht im Geringsten an ihm interessiert war. Als er es schließlich doch verstand, verlor er die Fassung. Wie einige sicher noch wissen, schrie er sie öffentlich auf Deutsch im Speisesaal an: ›Annie Bascomb, du bist ein Kühlschrank! An Ice-a-box!‹« Lachen mischte sich mit weiteren Tränen. »Jedenfalls, wenn Annie etwas nicht war, dann ein Kühlschrank. Ihre Wärme, ihre Leidenschaft, ihr unbezähmbarer Geist werden uns allen unvergesslich bleiben.«

Der Saal verstummte. Verneau verließ das Podium und setzte sich in die erste Reihe. Er wirkte niedergeschlagen.

Zuletzt gedachten die älteren Mitarbeiter Alex Kossuths in leisen, ehrfürchtigen Tönen. Ganz am Schluss ergriff Felix Mackenzie das Wort.

»Dr. Kossuth und ich kamen am selben Punkt in unserem Leben in die Arktis, als junge, ehrgeizige Wissenschaftler, die etwas Bedeutendes leisten und dann in die akademische Welt zurückkehren wollten, um die Früchte ihrer Entdeckungen zu ernten. Alex war damals sehr idealistisch. Alles schien möglich und in greifbarer Nähe. Wir meinten, wir könnten, was den Norden betraf, viel bewegen, und machten uns an die Arbeit.« Mackenzie blickte zur Seite. »Er war mein ältester Freund.« Er schwieg einen Moment, bis er sich gefasst hatte und das Publikum wieder anschauen konnte. »Es dauerte nicht lange, da hatte die Arktis uns verführt. Diese Gegend verzauberte uns immer wieder aufs Neue mit ihrer ursprünglichen, gnadenlosen Schönheit. Sie wurde unsere Heimat.« Der Direktor sah von seinen Notizen auf. »Gemeinsam konzipierten wir diese Station und setzten uns dafür ein, dass sie Wirklichkeit wurde. Alex Kossuth liebte den Norden. Wir verbrachten zahllose Winter zusammen, wunderbare Sommer auf den Eisschollen. Die Arktis war sein Lebensinhalt. Mehr als alles andere liebte er es, zum Stamm von Trudeau zu gehören. Es passt zu ihm, dass er seine Tage hier beendet hat, bei uns, in den hohen Breiten.«

Mackenzie wartete, bis er sich wieder gefangen hatte, dann fuhr er fort:

»So sehr wir die furchtbare Art seines Ablebens betrauern, so sehr wird er uns in Erinnerung bleiben wegen seines selbstlosen Einsatzes für die Erforschung und Erhaltung dieses einzigartigen, so wenig bekannten Flecks auf unserem Planeten. Alex ... war ein außergewöhnlicher Wissenschaftler. Ein herzensguter Freund, der wie ich von dieser Station in der Wildnis träumte und sie in solidarischer Zusammenarbeit mit Männern und Frauen der Wissenschaft aus allen Winkeln des Erdballs errichtete. Schon jetzt fehlt er mir mehr, als ich sagen kann.«

Er stieg vom Podium und bedeutete Dee und Hanley mit einer Handbewegung, sich neben ihm an die Tür zu stellen wie ein Verabschiedungskomitee. Beim allgemeinen Hinausdefilieren machten Dee und Mackenzie Hanley systematisch mit allen bekannt, von den wissenschaftlichen Koryphäen bis zum Küchenpersonal. Mackenzie verstand es geschickt, den Leitern der einzelnen Abteilungen und den eminentesten Forschern die Notwendigkeit der Kooperation mit ihr einzuschärfen und bei aller Kürze der Begegnungen zugleich ihre Sorgen zu lindern. Hanley staunte über Mackenzies Charme und sein bemerkenswertes Talent, diese bunte Mischung außergewöhnlicher und außergewöhnlich schwieriger Männer und Frauen zu beeinflussen. Sie waren mit dem Lächeln und Händeschütteln beinahe fertig, als ein vierschrötiger Inuit in einem schrillen orangen T-Shirt in den Saal gelaufen kam, sich umschaute und nach Jack Nimit schrie. Nimit bahnte sich einen Weg durch die Knäuel der Herumstehenden und hörte sich an, was der keuchende Mann zu melden hatte. Dann lief er los.

»Was gibt's, Jack?«, rief ihm Mackenzie hinterher.

»Im Hof«, schrie Nimit zurück. »Iglu vier. Feuer.«

Hanley wurde mitgerissen, als plötzlich alle zur Brandstätte stürmten. Sie lief blindlings durch mehrere Gänge, eine schiefe Ebene hinauf, drei Stufen hinunter und zu einer Tür hinaus in die eisige Finsternis.

Sie standen in einem Hof zwischen den Iglus. Von einem lichterloh brennenden Polecat schoss zehn Meter hoch Feuer in die Luft. Zwei Leute in Extremklimaanzügen schleppten einen Feuerwehrschlauch möglichst nah an die donnernden Flammen heran. Wallende Rauchwolken schlossen sich hoch oben zu einer dichten Decke. Der Schlauch spritzte los.

»Halt!«, schrie Nimit. »Arrêtez!«

Sie konnten ihn über das Prasseln des Feuers hinweg nicht hören. Noch in der Luft gefror das mit Hochdruck herausschießende Wasser zu Flocken, die wie Schnee auf das knisternde und krachende Fahrzeug fielen. Hände gingen hoch, um die Gesichter vor der sengenden Hitze zu schützen.

»Nicht spritzen!«, brüllte Nimit, die Hände sprachrohrartig an den Mund gelegt. »Halt! Ihr gebt dem Feuer bloß neue Nahrung!«

Verneau und Mackenzie winkten alle zurück. Als die Flammen immer dichter an den benachbarten Iglu schlugen, zog Hanley unwillkürlich den Kopf vor der mörderischen Hitze ein. Eine Welle der Angst durchfuhr sie: Wenn das Feuer nicht mit Wasser zu löschen war, dann half auch das Reservoir nicht, das Dee ihr gezeigt hatte. Die ganze Station konnte abbrennen, und sie waren schutzlos den Elementen ausgeliefert. Selbst wenn sie es schafften, das verlassene Little Trudeau zu erreichen, wie lange konnten sie dort überleben?

Nimit zog sich die Ärmel über die Hände, packte den Hebel am Kupplungsstück in der Schlauchmitte und versuchte, ihn umzulegen. Hanley sah, dass er sich anstrengen musste. Sie eilte zu ihm, wobei sie sich wie er die Ärmel herunterzog, und hängte sich mit ihrem ganzen Gewicht an den Hebel. Obwohl sie sich nur wenige Schritte vom Feuer entfernt hatte, merkte sie sofort, wie die Kälte in sie einschnitt. Ihre Lider bereiften.

Der Flockenstrom versiegte. Nimit lief zu den beiden Japanern vorn am Strahlrohr. Sie konnte ihn nicht verstehen, aber sie sah, dass er ihnen gestikulierend klarzumachen versuchte, wie das Feuer unter Kontrolle zu bringen war. Da explodierte das brennende Fahrzeug so urplötzlich, dass die drei zu Boden geworfen wurden und alle anderen erschrocken zurücksprangen.

Der Polecat war in Sekundenschnelle auf das nackte Fahrgestell zusammengeschmolzen. Ein vielstimmiger Schrei erhob sich. Die Flammen leuchteten blau, dann schoss ein weißer Feuerball in die Höhe. Hätten die unerfahrenen Brandbekämpfer näher dran gestanden, wären sie mit dem Polecat verbrannt. Auch so qualmten ihre Anzüge; der Iglu direkt daneben war schwarz angesengt.

»Schafft alle raus!«, schrie Nimit, während er sich wieder aufrappelte. »Bloß nicht einatmen das Zeug!«

Verneau und Mackenzie scheuchten die Umstehenden von dem schwelenden Wrack fort und in den Iglu zurück. Nimit und die beiden leicht angeschlagenen Japaner blieben draußen und bauten mit Steinen einen Ring um das weiter lodernde Feuer, um es einzudämmen.

Zusammen mit den anderen stand Hanley an der Fensterwand des Iglus und sah ihnen zu. Sie klemmte sich ihre zitternden Hände unter die Achseln und lief auf der Stelle, um den Kreislauf wieder in Gang zu bringen. Als die drei schließlich hereinkamen, wurden sie von allen bejubelt.

Nimit entdeckte sie. »Danke für die Hilfe mit dem Schlauch. Ich weiß nicht, wie oft ich den Kerlen eingebläut habe, dass man bei einem Metallbrand kein Wasser nehmen darf.«

»Wie ist das passiert, um Gottes willen?« Sie klapperte immer noch mit den Zähnen.

»Das Feuer muss in der Brennstoffzelle des Polecat ausgebrochen sein. So ein Metallbrand ist unvorstellbar heiß, so heiß, dass sich das Wasser in Wasserstoff und Sauerstoff aufspaltet.«

»In Gase?«

»Allerdings. Dann haben sich die Gase entzündet. Das haben Sie ja gesehen. Deshalb ist der Polecat in die Luft geflogen wie die *Hindenburg*.«

»Das heißt, ich habe tatsächlich Wasser brennen sehen. Wenn ich das meinem Sohn erzähle.«

»Tja, das wäre um ein Haar das Ende der Station gewesen. Wenn das Feuer auf den Schlauch übergegriffen hätte ... Und auch so hätte es bei der Explosion beinahe den Iglu erwischt, wo wir Alex und die andern liegen haben.« Ihr Körper zitterte bei seinen Worten, aber nicht vor Kälte.

»Ich kann's kaum erwarten, mich an die Arbeit zu machen«, sagte sie mit gespielter Unerschrockenheit. »Wie es aussieht, ist mein Job nicht halb so gefährlich wie Ihrer.«

Als Arbeitsstätte wies Verneau Hanley einen frei stehenden Iglu zu, der normalerweise nur im Sommer genutzt wurde. Ihre Unterkunft war gleich daneben, ein Stück den kurzen Korridor hinunter.

»Ich hab das Gefühl, er will nicht, dass ich Zeit mit Hin- und Hergehen verschwende«, meinte sie zu Dee.

Hanley hängte an den Eingang des Iglus Schilder mit der Warnung vor Biogefährdung und einem Zugangsverbot für alle außer ihren Mitarbeitern. Jack Nimit begann, den Arbeitsbereich umzurüsten. Zum Glück waren die Räumlichkeiten luftdicht gebaut. Nimit brachte über dem Labortisch eine Sicherheitswerkbank mit Unterdruckluftzirkulation an und installierte dann noch zwei HEPA-Filter, damit auch keine bakterien- und virusgroßen Teilchen in der Luft entweichen konnten.

»Noch eines«, sagte sie zu Jack. »Ich möchte, dass Sie sich eine Möglichkeit ausdenken, diesen Iglu abzukapseln, falls irgendetwas passiert, so dass nichts hinaus in die Station gelangt. Wir würden in dem Fall alles versuchen, um uns zu dekontaminieren, aber Sie müssten uns hier drinlassen und das übrige Trudeau schützen.« Sie starrte in seine schwarzen Augen, verwirrt von ihrer eigentümlichen Schönheit und Sanftheit, die so gar nicht zu den harten, eckigen Zügen passten.

Nimit, die Ruhe selbst, versicherte ihr, er werde sich der Sache annehmen.

Als sie mit der praktischen Arbeit begannen, stellte sich zwischen Hanley und ihren vier Mitarbeitern rasch ein lockerer, freundschaftlicher Ton ein. Sie sahen einen großen, leeren Bereich im Iglu für die gesammelten Gegenstände aus dem Feldforschungslager vor, die ein paar technische Mitarbeiter, mit Schutzhandschuhen und -masken unter ihren Polaranzügen, widerwillig geholt hatten. Ihr Missfallen an dem Auftrag hatten sie dadurch demonstriert, dass sie alles lieblos auf mehrere Haufen schmissen.

In Tyvek-Seuchenschutzanzüge gehüllt und mit Atemvollmasken vor dem Gesicht brachten sie und Dee Ordnung in die wahllos hingeschütteten Haufen, indem sie am Boden ein Raster machten, in das sie die Stücke nach ihren jeweiligen Besitzern einsortierten. Die Sachen jedes Opfers wurden mit Hilfe von Fotos, die Verneau ihnen gab, so platziert, wie sie in der Hütte gelegen hatten.

»Falls du etwas zu essen findest, Dee, gib sofort Laut. Lebensmittel möchte ich zuerst testen.«

Da Jack Nimit sich mit der technischen Ausrüstung am besten auskannte, bat Hanley ihn um eine Aufstellung, der zu entnehmen war, wofür die einzelnen Stücke benutzt wurden und ob an ihnen irgendetwas ungewöhnlich aussah. Er und Dee nummerierten und etikettierten akribisch jeden Gegenstand und legten ein entsprechendes Verzeichnis an, wofür sie alles, was die Wissenschaftler angefasst hatten, mit größter Genauigkeit untersuchen mussten.

»Der Arbeitsplatz der Archäologen in Little Trudeau sah genauso aus«, erzählte Dee Hanley. »Auf die Weise haben sie sich das Leben der frühen Bewohner von Kurlak Island zurechtgepuzzelt. Es ist seltsam, etwas ganz Ähnliches mit …«

»Ich weiß«, sagte Hanley und drückte kurz Dees Arm. Sie blickte zwischen den Gegenständen und der Liste in ihrer Hand hin und her. Sie rekonstruierte die Katastrophe, allerdings ohne die Hauptbeteiligten – die Wissenschaftler, die als Letzte die Gegenstände benutzt hatten.

Hanley leerte den Rest aus der Flasche Cointreau in ein Röhrchen und legte jeden Krümel übrig gebliebener Lebensmittel zur Kultivierung beiseite. Sie inspizierte sogar die biologischen Kunststofftoiletten der Opfer, aber ihre Ausscheidungen waren von dem Enzympulver völlig zersetzt worden, das in der Station und draußen auf dem Eis dafür sorgte, dass das Ökosystem auf diesem Wege nicht geschädigt wurde. Falls die Wissenschaftler vor Ort gefangene Fische oder Krebstiere verzehrt hatten, war davon keine Spur mehr übrig.

»Okay, ich nehme die hier mit ins Labor. Schließ das alles ein, wenn du fertig bist, und bring mir den Schlüssel.«

»Einschließen?«, sagte Dee. »Wir haben in Trudeau nicht sehr viele Schlüssel.«

»Sag Jack, er soll rasch welche anfertigen. Ich möchte das alles unter Verschluss haben.«

Im Laborbereich nebenan räumten Hanley und ihre Freiwilligen, noch etwas unbeholfen in den ungewohnten schwerfälligen Schutzanzügen, zwischen den ganzen ungeöffneten Kisten, die Hanley in der Commode mitgebracht hatte, eine Arbeitsfläche frei.

»Ihre Anzüge müssen wir ganz genau unter die Lupe nehmen«, sagte Hanley. »Zentimeter für Zentimeter.«

»Wonach suchen wir?«, wollte Kiyomi wissen. Sie leuchtete mit einer Minitaschenlampe in einen Helm.

»Die Anhaltspunkte sind meistens Sachen, die vom normalen Muster abweichen, aber letztlich gibt es keine Regeln. Achtet auf Flecken, Schmutzspuren, Brandspuren, Korrosionsspuren, verdächtige Gerüche, alles, was nicht da sein sollte. Etwas wie ein Feuerhemmer könnte die Ursache sein – an sich harmlos, aber zusammen mit einer anderen Substanz, einem anderen Vorgang dann auf einmal toxisch.«

»Zum Beispiel?«

»Irgendein Katalysator könnte einen Gasausstoß verursacht haben, der in die Anzüge gelangte.«

Nachdem sie die äußeren und inneren Oberflächen untersucht hatten, schnitten sie die gefiederten Außenschichten und die luftleitenden Westen auf.

»Dreißigtausend kanadische Dollar beim Teufel«, sagte Uli, als die Exacto-Messer eine Hightechausstattung nach der anderen zerfetzten. Er riss eine Hand voll durchscheinender Federn aus. »Hier, Kiyomi. Ein paar Halme vom Heuhaufen.«

Hanley besah sich die kahle Stelle, die Uli hinterlassen hatte. Zu ihrer Verwunderung war der Stoff unter den Federn schwarz.

»Wie bei Eisbären«, erklärte Kiyomi. »Die schwarze Haut absorbiert das Sonnenlicht. Bärenfell ist transparent. Es sieht nur weiß aus, weil es das Licht reflektiert.«

»Diese Anzüge sind also eine abartige Kreuzung von Vogel und Bär«, sagte Hanley, wobei sie eine der Westen zerpflückte.

»Was die Außenschicht anbelangt, ja«, pflichtete Dee ihr bei. »Trudeau hat darauf in Kanada gerade ein Patent bekommen und in den Staaten eines beantragt. Alle großen Sportartikelhersteller raufen sich um die Lizenz.«

Hanley hörte nur mit halbem Ohr hin; ihre Aufmerksamkeit war von der Suche nach Abnormitäten oder Verfärbungen in den Anzügen in Anspruch genommen. Nach irgendetwas. Es ergab sich nichts Offensichtliches. Sie schickte Uli in den botanischen Garten, zwei Finken holen.

»Kiyomi, bitte sammele alle Flüssigkeiten und Aerosole, die sie im Feldlager hatten. Mach eine Tabelle: Ich will jede Schicht des Anzugs der Reihe nach mit jedem potenziellen Katalysator testen. Wenn du die richtige Kombination triffst, werden die Finken uns das bald verraten. Sie werden unsere Versuchskaninchen sein.«

Als Uli zurückkam, zeigte sie ihm und Kiyomi, wie man die umluftunabhängigen Atemschutzmasken aufsetzte, und schickte sie mit den Vögeln und den Anzügen nach nebenan in den abgeschirmten Bereich.

Als routinierte Profis verloren ihre freiwilligen Mitarbeiter kein Wort über die Risiken. Einerlei, was sie befürchteten, egal, wonach Hanley anscheinend suchte, sie waren sich bereits stillschweigend einig, dass sie tun würden, was verlangt wurde. Außerhalb des Labors redeten sie wenig über ihre Arbeit, um die Angst in Trudeau nicht noch zu steigern.

Jack Nimit kam vom Korridor herein. Er trug eine einheimische Polarfuchsjacke mit weiß verbrämtem Kragen und hielt einen rückstandsfreien tragbaren Verbrennungsofen in der Hand, den er aus dem Wanigan der Wissenschaftler ausgebaut hatte. Der Ofen war in der Bestandsliste nicht verzeichnet gewesen. Hanley stieß einen Kraftausdruck aus und beeilte sich, die Oberflächen abzutupfen.

»Wozu das?«, fragte er.

»Es besteht die Möglichkeit, dass der Verbrennungsofen etwas Kontaminiertes oder Infiziertes in mikroskopisch kleine Teilchen zerlegt hat, die sie alle inhaliert haben.«

Aber der Ofen wurde seinem Ruf gerecht: Er war vollkommen sauber. Unter dem Mikroskop war nichts zu sehen. Sie legte von ein paar Abstrichen Kulturen an, aber ohne sich etwas davon zu versprechen.

Als Nächstes begaben sie und Dee sich in die Labors der vier Mitglieder des Feldforschungsteams. Ogatas Messgeräte und Kossuths meteorologische Ausrüstung ergaben nichts. Annie Bascombs Forschungen als Umweltchemikerin, die sich mit den Auswirkungen organischer Chlorverbindungen auf die arktische Tierwelt beschäftigte, waren verheißungsvoll, aber Hanley wusste nicht, wo sie anfangen sollte. In einem Nachbarlabor befragte sie Bascombs Arbeitskollegen nach den chemischen Schadstoffen, die sie in der Umgebung entdeckt hatte. Hanley nahm von allem Proben, was auch nur entfernt in Frage kam. Obwohl ihr die psychologische Wirkung Sorgen machte, schloss sie trotz Simon Kings lautem Protest Bascombs Labor ab und verbot allen den Zutritt.

In Minskows Labor packte Hanley die Plastikgefäße mit den Eisproben ein, die bei jenem letzten Einsatz genommen worden waren. »Worum handelt es sich dabei genau, Dee?«

»Soweit ich das verstehe, bohrt man einen Eiskern heraus und taut ihn auf. Man untersucht ihn auf Nährstoffe, Salzgehalt, eventuell darin vorkommende Algenarten. Alles Routinearbeiten, glaube ich. Ich bin sicher, du findest Minskows Auswertungen auf seinem Computer.«

Hanley nahm die Sicherungsdisketten mit und gab sie Kiyomi zur Analyse. Die Eisproben erschienen viel versprechend. Wenn die drei in dem Eis auf irgendetwas Tödliches gestoßen waren, dann war das ein wahrscheinlicher Kontaktpunkt. Minskows Kollegen zufolge konnte das Eis, von dem er Proben genommen hatte, bis zu einer Million Jahre alt sein. Vielleicht hatte er etwas ans Licht geholt, womit Menschen noch niemals in Berührung gekommen waren, wogegen sie keine Abwehr hatten. Hanley fühlte, wie Erregung und Furcht in ihr aufstiegen.

An ihrem Tisch neben Kiyomi setzte Hanley von den Eisproben Kulturen an und verschloss diese in luftdichten Gefäßen. »Wo hast du in Trudeau gearbeitet, bevor du dich hierfür gemeldet hast?«, fragte sie.

»Im Hibernaculum.«

»Klingt nett. Was ist ein Hibernaculum?«

»Ein von der NASA gesponsertes Projekt über Winterruhe. Wir erforschen, wie arktische Tiere ihre Körpervorgänge anhalten können – wie sie es anstellen, dass sie sieben Monate nichts essen und doch in guter Verfassung bleiben. Die NASA will Hibernationshormone für Experimente haben. Auch kanadische, amerikanische und deutsche Pharmakonzerne sind daran beteiligt. Sie wollen Informationen über die Cholesterinwerte der Tiere, die im Winter doppelt so hoch sind wie im Sommer, ohne dass es bei ihnen zur Verhärtung der Arterien kommt. Bären bauen Eiweiß auf, obwohl sie nichts essen, sie akkumulieren keine toxischen Ausscheidungsstoffe und verbrauchen nur Fett. Wenn man Menschen die Gallenflüssigkeit von Bären verabreicht, löst diese Gallensteine auf. Kein operativer Eingriff.«

»Ich kann mir vorstellen, was die Arzneimittelhersteller dafür bezahlen würden.«

Kiyomi nickte. »Das deckt unseren halben Etat.«

Hanley legte Kiyomi die Hand auf die Schulter. »Danke, dass du mitmachst. Es ist mehr, als man von irgendjemandem –«

Kiyomi sagte leise: »Junzo, Annie, Dr. Minskow, Alex. Sie waren unsere Freunde.«

Nach einer zweistündigen Schlafpause machten Hanley und Dee sich an die Befragung der Sanitäter, die auf den Notruf hin herbeigeeilt waren, und überprüften ihre offiziellen Berichte. Die individuellen Darstellungen der Ereignisse wichen leicht voneinander ab, die Tatsachen nicht. Zwei der Opfer, Bascomb und Ogata, waren klinisch noch am Leben gewesen: Fadenpuls, Blutdruck gegen null, Lungen nicht entleerbar, Körper weiß wie Eis. Das dritte, Minskow, hatte keinerlei Lebenszeichen mehr erkennen lassen.

»Wir haben trotzdem Wiederbelebungsversuche gemacht«, sagte der Krankenpfleger.

»Jawohl«, bestätigte Uli.

»Aber nichts.«

»Nichts.«

Hanley dankte ihnen und bat sie, Annie Bascombs Vorgesetzten in der Umweltabteilung hereinzuschicken, Simon King.

»Verhielt sich Annie Bascomb vor dem Aufbruch zum Feldcamp irgendwie ungewöhnlich?«

»Nein.«

»Hielt sie irgendwelche Haustiere in der Station?«

»Nein.«

»Hatte sie sich in jüngster Zeit im Labor eine Verletzung zugezogen?«

»Nein.«

»Bisse von Versuchstieren?«

»Nein.«

»Kam sie häufig mit Vögeln in Kontakt? Vielleicht im Rahmen ihrer ökologischen Untersuchungen?«

»Nein.«

»War ihr Gang unnormal?«

»Nein.«

»Kam sie mit Tierfellen in Kontakt?«

»Nein.«

»Stacheln?«

»Nein.«

»Quecksilberverbindungen?«

»Nein.«

»Schwefel?«

»Nein.«

»Fungiziden?«

»Nein.«

»Aß sie gern Schalentiere?«

»Nein.«

»Eier?«

»Nein. Ist das jetzt alles?«

»Sagt er jemals ja?«, fragte Hanley, nachdem er weg war.

»Nein.« Dee und Hanley brachen in Gelächter aus.

Wieder im Laboriglu legte Hanley Schutzkleidung an und überprüfte die Flaschen mit erwärmtem Sauerstoff, den die Sanitäter verabreicht hatten, diskret nach Rückständen von Äthylenglykol, Chrom, Methylquecksilber ... ohne Erfolg.

Sie hatte sich ohnehin keine großen Hoffnungen gemacht:

Zu viele Zeugen hatten den furchtbaren Zustand der Körper gesehen, bevor der Sauerstoff verabreicht worden war.

Kiyomi kam vom Labortisch herüber und reichte ihr den Bericht über die Flüssigkeit, die Hanley von den beiden Leichen pipettiert hatte. Das klare Nass an ihren Mündern war Wasser gewesen. Schlichtes Süßwasser, mit einer winzigen Menge harmloser Mundbakterien.

»Verdammt.«

Hanley knüllte den Zettel mit den Werten zusammen und warf ihn in den Papierkorb. Nichts.

Hanley bat Jack Nimit, ihr den Wanigan zu zeigen, der das Hauptfortbewegungsmittel der Wissenschaftler gewesen war. Gemeinsam suchten sie das Fahrzeug nach etwaigen Defekten ab, die toxische Stoffe hätten erzeugen können. Er war mit vollkommener Konzentration bei der Sache. Leicht vorgebeugt beobachtete sie ihn, seine kleinen Hände, die asiatischen Züge seines Gesichts.

Nimit baute die Maschine gekonnt auseinander, überprüfte selbst die winzigsten Einzelteile. Alles war einwandfrei. Keinerlei Anzeichen von Korrosion oder chemischer Aktivität. Ganz gewiss kein Brand. Nicht einmal Rost in der arktischen Trockenheit.

»Mist«, murmelte sie. Sie hatte mit irgendeiner Spur gerechnet, einem Hinweis auf einen ursächlichen Zusammenhang.

Sie begaben sich zu dem zweiten, kleineren Fahrzeug, dem Polecat, den Kossuth gefahren hatte, und wiederholten die Prozedur. Nichts.

»Ich glaub's nicht«, sagte Hanley.

»Was?«

»Keine Rückstände, kein Zeichen einer chemischen Reaktion. Diese Maschinen sind makellos.«

»Danke.«

»Pff. Du hast sie nicht gesäubert oder so?«

»Niemand ist seit dem Vorfall in ihre Nähe gekommen. Glaub mir, niemand hatte die geringste Lust dazu.«

Das Laborbuch füllte sich mit negativen Ergebnissen: Kiyomi hatte auf Minskows Disketten nichts gefunden; in den Eisproben hatten sich bis jetzt keine irgendwie interessanten Kulturen entwickelt. In den Nahrungsresten, die aus der Hütte mitgebracht worden waren, genauso wenig. Ishikawa hatte in der Datenbank der Arbeitsschutzbehörde eine erschöpfende Recherche über die Stoffe und Verbindungen aus dem Feldlager und Annie Bascombs Labor durchgeführt, von denen sie ihm eine Liste geschickt hatte. Er hatte reichlich Gifte entdeckt, aber keines, das solche Symptome erzeugte, und keines, das sich nach Eintreten des Todes spurlos in Luft auflöste. Er hatte das amtliche Arzneimittelverzeichnis nach Gegenanzeigen zu all ihren Medikamenten durchkämmt, um Zufallskombinationen mit tödlicher Wirkung zu entdecken.

»Der Satellit macht's nicht mehr lange«, kam Ishikawas Stimme knisternd aus dem Lautsprecher. Dank winziger Kameras am Rand ihrer Laptopmonitore konnten er und Hanley sich sehen.

»Hat mein Sohn mir gemailt?«, fragte sie.

»Ja, ich leite es gerade weiter.« Ishikawa blickte zur Seite. *»Okay, müsste da sein.«*

»Danke.«

»Von nun an kannst du übrigens mit Joey direkt kommunizieren. Der Chef hat es genehmigt.«

Sie konnte sich gerade noch verabschieden, bevor die Satellitenverbindung abbrach. Hanley öffnete rasch ihre drei Nachrichten von Joey und verschlang die Details seines täglichen Lebens eine Million Lichtjahre entfernt in einem sonnigen Teil des Planeten.

Die letzte E-Mail war eine Bitte. Joey hatte im Naturkundeunterricht mit dem Arktisabenteuer seiner Mama angegeben. Er bat sie um ein Live-Gespräch mit seinen Klassenkameraden. Scheiße, sie konnte doch nicht vor einer Klasse Zehnjähriger ausposaunen, was sie hier oben tat. Aber es konnte nichts schaden, ihnen die Wunder der Station Trudeau zu zeigen, vielleicht brachte das ja einige auf den Pfad der Wissenschaft.

Dee trat heran. »Das ist schon besser«, sagte sie.

Hanley blickte verdutzt auf. »Was?«

»Du lächelst. Das kommt zur Zeit eher selten vor.« Dee warf

den Bericht neben die Tastatur. »Kiyomi hat im Hirngewebe Kaininsäure gefunden.«

»Kaininsäure.«

»Hat sie gesagt.«

Es dauerte ein paar Minuten, bis Hanley den Kontakt mit L.A. wieder hergestellt hatte.

»Kaininsäure. Wie sind die Symptome, Ishi?«, fragte Hanley.

Ishikawa führte eine rasche Datenbanksuche durch. *»Greift die Nervenzellen an. Es kommt zu Reizbarkeit, Zittrigkeit, nervösen Störungen.«* Er sah von seiner Tastatur auf. *»Aber wie kommt es ins Gehirn?«*

»Gute Frage«, sagte Hanley, warf einen Bleistift hin und lehnte sich vom Monitor zurück.

»Hör mal, Cybil ist hier, und ich soll dir sagen, dass Kaininsäure eng verwandt ist mit Domoinsäure, dem Verursacher von vielen kanadischen Fällen von Schalentiervergiftung. Domoinsäure verbindet sich mit Glutamatrezeptoren im Gehirn. Sie bewirkt, dass die Nervenzellen ununterbrochen senden, bis sie sterben. Überlastete Stromkreise.«

»Schalentiere«, murmelte Hanley vor sich hin. »Danke, Ishi. Bis später.«

Sie übertrug Dee die Aufsicht über das Labor, nahm sich einen Probenbehälter und ging das nervöse Küchenpersonal befragen, das die Verpflegung für das Feldteam zubereitet und verpackt hatte.

Die Chefköchin sagte: »Es gibt so was wie ein paar Standardgerichte, die wir für die Leute kochen, die raus aufs Eis gehen. Ordentlich kalorienreich, damit sie gut über die Runden kommen.«

»Sonst irgendwas ... was nicht auf dieser Liste steht? Hatte vielleicht einer von ihnen einen besonderen Essenswunsch?«

Ein paar der Küchenkräfte wechselten verstohlene Blicke.

»Hören Sie«, sagte die Köchin, »wir könnten mit Fisheries and Ocean Canada Ärger kriegen, aber im Sommer verwenden wir hin und wieder ein paar lebende Wellhornschnecken. Die Festigkeit von denen ist nicht jedermanns Sache, aber diese Russin hat sie echt gerne gemocht. Sie ist angekommen und hat praktisch verlangt, dass wir für ihre Abschiedsparty ein paar mit dazutun.«

»Sie haben sie hier?«

»Wir halten sie hier in Salzwassertanks, bis wir sie kochen.«

Hanley fühlte ihr Adrenalin ansteigen. Die Toxine dieser Schnecken waren so stark, dass sie selbst durch Kochen nicht zu zerstören waren. Im Mageninhalt hatte laut Ingrid Krügers Obduktionsbericht nichts auf Toxine hingedeutet, aber Saxitoxin, eines der Schalentiergifte, die Cybil seinerzeit genannt hatte, griff den Magen-Darm-Trakt im Allgemeinen nicht an. Und falls die Viecher nicht jedermanns Geschmack waren, konnte es sein, dass Kossuth keine gegessen hatte. Langsam, sagte sie sich. Immer eins nach dem andern.

»Sind Sie absolut sicher? Im Lager sind keine Schalen gefunden worden.«

»Nein, die haben die Schalen einfach in die Polynja geworfen. Ökologisch unbedenklich und eine Sache weniger, die sie zur Station zurückschleppen mussten.«

»Eben. Ich werde den Rest konfiszieren müssen.«

»O Gott. Sie meinen, die haben sie umgebracht?« Eine der Köchinnen fing an zu weinen.

Hanley starrte ungläubig in den Aluminiumtank, den sie ihr zeigten. »Ihr esst tatsächlich diese ... Dinger? Die sind ja so groß wie Tritonshörner.«

Sie sammelte die noch übrigen Wellhornschnecken aus dem Küchentank und schloss sie in dem schweren Plastikkasten ein, der mit Warnungen vor Biogefährdung beklebt war. Wenn Saxitoxin oder etwas Ähnliches die Ursache war, dann würden sie es in den Gewebeproben und in wenigstens einer der Schnecken finden.

Hanley hastete durch die Gänge zu ihrem Laboriglu zurück, wobei sie einmal falsch abbog und fluchend umkehren musste.

»Kiyomi! Uli!«, schrie sie an der Tür. »Helft mir mal!« Sie erklärte ihnen kurz, was sie entdeckt hatte.

»Du glaubst wirklich, die Schnecken könnten es sein?«, fragte Uli.

Zum ersten Mal war sie zuversichtlich, doch sie hütete sich, eine rasche Lösung in Aussicht zu stellen. Selbst ihren Mitarbeitern gegenüber war es besser, sie blieb diplomatisch und unverbindlich.

»Auf jeden Fall kommt es mir immer unwahrscheinlicher vor, dass wir es mit etwas Anorganischem zu tun haben.« Sie sah Kiyomi und Uli an und fragte sich, wie offen sie mit ihnen – oder sonst jemandem in Trudeau – über die schrumpfenden Möglichkeiten sprechen sollte. »Das Gute daran ist, wenn es die Wellhornschnecken sind, dann ist das Problem leicht zu beheben. Keine Ansteckungsgefahr, hundertprozentige Vorbeugung.«

Sie loggte sich ein und schickte Ishikawa eine kurze Nachricht, in der sie ihn bat, ein paar Recherchen über Wellhornschnecken und Saxitoxine anzustellen.

»Uli, du musst die Schnecken zählen und dann pro Schnecke drei Mäuse organisieren. Bettle, borge, klaue, ganz egal, nur besorg mir gesunde Mäuse, die zwischen achtzehn und zwanzig Gramm wiegen. Nimm aus jedem Labor ein paar, damit hinterher niemand auf dem Trockenen sitzt. Oder nein, wenn du auf irgendeine Weise alle von Simon King kriegen kannst und damit eines seiner Experimente ruinierst, mach das.«

Uli lachte und eilte zur Tür hinaus.

»Okay, Kiyomi, wenn Uli von seiner Jagd zurückkommt, macht den Mäusetest. Volle Schutzkleidung und so weiter. Ihr müsst jeder Wellhornschnecke Gewebe entnehmen und es drei Mäusen injizieren. Markiert sämtliche Schnecken und Mäuse, damit wir wissen, welche wir womit testen. Notiert euch die genaue Zeit der Injektion. Wir müssen Schicht arbeiten und sie rund um die Uhr überwachen, denn wenn sie sterben – und ich hoffe inständig, das werden sie –, dann müssen wir genau wissen, wann.«

20

Die Datscha unweit von St. Petersburg war aus Stein und ungewöhnlich großzügig gebaut. Panow hatte sie sich für das Wochenende ausgeliehen, um mit einer Schar alter Freunde den Namenstag seiner Frau zu feiern. Er begrüßte Rudenko mit jungenhaftem Überschwang im Garten.

»Willkommen daheim auf festem Land!«, sagte er. Rudenko lächelte, und sie umarmten sich.

Rudenko kannte niemanden aus dem Kreis der Panows, ein gutes Dutzend Petersburger Paare, aber der Abend verlief angenehm. Gegen Mitternacht hatten sich alle Frauen bis auf eine in die diversen Gästezimmer das nahen Landhauses zurückgezogen, und die Männer hatten freie Bahn, zu trinken, sich beim Billardspiel zu unterhalten und sich die neuesten despektierlichen Witze aus Moskau zu erzählen.

Der Direktor der Munitionsbehörde war der Erste, der schlapp machte, und viele der Feiernden schlossen sich ihm in der folgenden Stunde an. Die verbliebene Handvoll hielt weiter die Stellung und sang zotige Bauern- und Soldatenlieder, die Gesichter gerötet, die Augen ganz glasig von Schnaps und Gefühl. Um vier Uhr morgens waren nur noch die eine Frau und der Mann einer anderen übrig; sie saßen zusammengesunken am Boden, aneinander und an die Couch gelehnt, und schnarchten.

Panow und Rudenko nahmen sich große Badetücher aus dem Wäscheschrank und stapften durch den Schnee zur Banja. Nachdem sie sich im kalten Vorraum der niedrigen Birkenhütte entkleidet hatten, traten sie mit eingezogenen Köpfen ein und schürten rasch das Feuer unter den Heizsteinen. In Sekundenschnelle knisterte der Raum vor trockener Hitze. Rudenko hielt sich die Hand vor die Nase, um seine Lungen zu schützen. Panow schien die Hitze nichts auszumachen. Er schüttete eifrig Wasser auf die glühenden Steine und lachte jedes Mal ausgelassen, wenn ein Aufguss zischte und die Luft vernebelte. Die Temperatur schoss in die Höhe.

Nachdem sie fast eine Viertelstunde geschwitzt und sich gegenseitig mit in warmem Wasser eingeweichten Birkenruten geschlagen hatten, gingen sie mit dampfenden Körpern hinaus. Panow zog eine richtige Dunstspur hinter sich her, als er, bewaffnet mit einer Axt, splitternackt durch den Schnee sprang und dabei wie ein Fuchs jaulte. Ganz leicht im Kopf kam Rudenko hinterhergetrottet, mit einem Gefühl, als wäre sein bleicher Körper weißglühend. An dem zugefrorenen Teich hörte Panow zu springen auf und tappte vorsichtig aufs Eis, dann beugte er sich zurück und schlug mit der stumpfen Seite der Axt zu. Rudenko hüpfte neben ihm von einem Fuß auf den anderen, das Geschlechtsteil eingeschrumpft von der Kälte, die er noch nicht spürte.

Obwohl es ein altes Loch war, auf das Panow eindrosch, war die Eisdecke wieder fest geschlossen. Sie sprang erst nach dem vierten kräftigen Schlag; der fünfte brach durch. Ein großer Schwall Wasser und Eisbrocken spritzte auf, als Axt und Hacker in den Teich stürzten, aber Panow kam sofort wieder hoch, vor Lachen kaum fähig, sich zu halten.

Er zerrte Rudenko mit hinein, und beide brüllten dass der Teich und die Morgenstille davon widerhallten. Nachdem sie in dem eisigen Wasser herumgeplanscht hatten, kletterten sie hinaus und stapften krebsrot und kichernd wie kleine Jungen zum Badehaus zurück.

Am Sonntagmorgen um elf wurde es endlich hell, und die Gäste begannen sich zu regen. Madame Panowa backte für alle Blini zu Mittag. Es war eine langwierige Angelegenheit, und alle saßen stundenlang in der großen Küche herum, wo sie auf ihre zweite und dritte Zuteilung warteten, die leckeren Pfannkuchen zuckerten und mit Aprikosenmarmelade bestrichen und sie zusammengerollt mit den Fingern aßen wie Kinder. Nachdem alle anderen an der Reihe gewesen waren, legte Panow den Kopf in den Nacken und schob sich einen triefenden Pfannkuchen in den Mund wie ein Schwertschlucker.

Am frühen Nachmittag wurde es wieder dunkel. Die Gäste fuhren in einem kleinen Wagenkonvoi davon, mit ihnen eine fröhliche Madame Panowa, die den Abend bei ihrer Schwester in der Stadt zu verbringen gedachte.

Panow und Rudenko ließen sich an dem Birkentisch nieder, um ihren Tee und den letzten Wodka zu trinken. Den Rest des Abends dösten sie vor dem Feuer. Zu satt, um noch irgendetwas zu sich nehmen zu können, legte Rudenko sich irgendwann hin und sank in einen tiefen, traumlosen Schlaf.

Am Morgen brachen sie nach einem späten, gemütlichen Frühstück gen St. Petersburg auf. Während Panow am Steuer unermüdlich redete, hörte Rudenko nur mit halbem Ohr zu und dachte an seinen Termin in der Stadt.

Einige Kilometer vor den Außenbezirken kamen sie durch Zarskoje Selo. Ob er wisse, fragte Panow den Admiral, dass Zar Nikolaus und seine Familie in Erwartung ihres Exils in England dort festgehalten worden waren. Panow hielt einen langen Vortrag über die letzten Tage der Monarchenfamilie dort im Palast – wie der Zar die Zeit der Quarantäne damit zugebracht hatte, Stadtpläne von London zu studieren, seinen Kindern Conan Doyle vorzulesen und sich sorgenvoll zu fragen, wie bald seine Sprösslinge wohl gesund genug waren, um ihre Fahrt ins Exil antreten zu können.

»Masern!«, rief Panow aus und schüttelte den Kopf über das unbegreifliche Schicksal. »Ist es nicht komisch, wie kleine Dinge den Gang der Geschichte bestimmen?« Dem Admiral wurde der Vortrag seines alten Freundes langsam zu viel. Panow liebte solche Ironien, zudem hatte er den Hang, ohne Punkt und Komma zu reden, wenn er nervös war.

»Sich vorzustellen, der Zar und die Zarina und ihre ganzen kleinen Zarewitsche hätten bald schon mit ihren Verwandten in London Tee getrunken, wenn dieser dumme Zufall nicht gewesen wäre. Ha!«

Rudenko knurrte und betrachtete Panows angespanntes Profil: die Augen hierhin und dorthin huschend, das Kinn vorgereckt und beide Hände fest am Lenkrad. Wir haben alle so spät im Leben Autofahren gelernt, dachte er. Der Admiral schloss die Augen. Das Murmeln der Freundesstimme wurde zu einer behaglichen Geräuschkulisse, die ihn einlullte.

Eine ganze Weile später schreckte er auf, als Panow in die lange Prachtstraße an der zugefrorenen Newa einbog. Gähnend betrachtete Rudenko die Spitzen der verschiedenen Paläste an den Ufern und setzte sich auf. Sie näherten sich der Peter-und-Paul-Festung.

»Da fing alles an«, erklärte Panow. »Mit neunzehn haben sie ihn gehängt – Lenins älteren Bruder. Haben die sich eine Vorstellung gemacht, was sie damit entfesseln würden? Die liebsten Menschen hinzurichten ist die beste Methode, ein Pulverfass in die Luft zu jagen, nicht wahr? Wusstest du, dass General Giaps Frau unter einer französischen Guillotine starb und ihre Schwester in einem französischen Gefängnis in Indochina? Ho Chi Minh war in die Schwester verliebt.« Diese spezielle Ironie der Geschichte hatte Panow erfahren, als er in Hanoi stationiert gewesen war.

Die altertümliche Kanone auf der Festungsmauer verkündete mit einem dröhnenden Schuss die Mittagsstunde. Noch dreißig Minuten, dachte Rudenko. Panow, begriff er, fuhr jetzt einfach ziellos über die verschneiten Uferstraßen, um die Zeit totzuschlagen.

Sie rollten vorbei am Marinemuseum und der Universität, an den Sphingen zu beiden Seiten der Treppe, die vor der Akademie der Schönen Künste zum Fluss hinunterführte, und über die Leutnant-Schmidt-Brücke zur Admiralität mit ihrer hohen goldenen Turmnadel. Wie viele Abende war er diese schmerzlich schönen Straßen mit Wassili entlangspaziert, als der Junge noch Kadett gewesen war.

Rudenko nahm seine Militärmütze ab, klemmte sie zwischen Windschutzscheibe und Armaturenbrett und blickte das Abzeichen an: ein goldener Anker auf einem Emailknopf, von goldenem Lorbeer umrahmt. Darüber der doppelköpfige russische Adler. Früher war ihm die Uniform wie der Gral gewesen, der Gegenstand von Träumen und Sehnsüchten, das Symbol der Erfüllung. Heute war sie nur noch eine Last.

Panow lenkte den Wagen an den Kanälen und Flussabschnitten entlang, vorbei an Birken und Linden und Jahrhunderte alten Gebäuden. Endlich kam auch die Sonne durch. Das alte Haus der Nähmaschinenfirma Singer huschte vorbei, sodann eine Reihe weiterer Kathedralen, die jetzt von den Gläubigen wieder benutzt wurden, darunter auch das frühere Museum des Atheismus.

Die wuchtige vergoldete Kuppel der Isaakskathedrale strahlte in der Ferne. Eine seltsame Kirche, erinnerte sich Rudenko. Innen hing von der Mitte der Kuppel ein Pendel hundert Meter auf eine Sandfläche herab. Sein Schwingen bewies die Erdrotation mit den perfekten Ellipsen, die es in den Sand zeichnete. Eines Nachmittags im Frühling hatte Rudenko den Kadetten Nemerow dorthin mitgenommen und ihm die Prinzipien der Trägheitsnavigation erklärt, die in modernen Unterseebooten angewandt wurden. Danach hatten sie sich zum Kaffee in das Hotel Astorija begeben, und Wassili hatte ihm von seinem Mädchen erzählt. Die Kellnerin hatte sie für Vater und Sohn gehalten. Es war eine von Rudenkos schönsten Erinnerungen.

Vor ihnen am Ende des Newskij-Prospekts erhob sich der klassizistische Bau der Admiralität am Ufer der Newa.

»Wir haben noch ein paar Minuten, Georgi Michailowitsch«, sagte Panow. »Vielleicht sollten wir reden.« Er lenkte das Auto an den Straßenrand und hielt an. Rudenko drehte sich ihm zu. Panow seufzte. »Was immer Tschernawin auch von dir wollen mag, sieh zu, dass du dich nicht hineinziehen lässt.«

»Was wird er wollen?«, fragte Rudenko.

»Was er immer will«, antwortete Panow. »Kontrolle.«

»Aber was genau?«

Panow schüttelte den Kopf. »Ich weiß es nicht sicher. Seine Vorgesetzten machen unserem tatarischen Freund Druck. Die hohen Tiere erwarten, dass ihr goldener Krieger weiter neue Strategien ausheckt, die nicht sofort an unserer trostlosen finanziellen und technischen Lage scheitern. Sie wollen Rezepte haben, die nichts kosten und Wunder wirken.« Er schnaubte.

»Jahrelang haben sie seine Raketenpläne abgesegnet und ihm vor vielen anderen den Vorzug gegeben. Warum auch nicht? Er hat verhindert, dass etliche von ihnen zur Rechenschaft gezogen wurden. Bis vor kurzem. Jetzt haben sie leere Augen, wenn sein Name fällt, und tun so, als hätten sie mit seinem rasanten Aufstieg nichts zu schaffen. Bald werden sie denen mit dem Finger drohen, die für die Förderung dieses Emporkömmlings verantwortlich waren. Dreistigkeit, werden sie sagen, ist kein Ersatz für Bescheidenheit und Gehorsam. Das Genie wird ausbrennen wie ein Meteor und unbemerkt und unbesungen abstürzen.«

»Vielleicht«, sagte Rudenko.

Panow nickte und seufzte. »Vielleicht auch nicht.«

»Was denkst du von ihm?«

»Ach«, knurrte Panow missmutig. »Gar nichts. Ich denke möglichst gar nicht an ihn. Der Mann ist schlau, kein Zweifel, aber er hat niemals in einem richtigen Gefecht Blut gelassen. Seine Neuerungen sind ganz nett, aber letztlich nicht zuverlässig. Ein echter Kampf ist keine geordnete Angelegenheit, wie diese Papierkrieger meinen, wo alles wie geschmiert läuft und der Gegner sich nach Plan verhält. Für sie ist der Krieg kein gottverdammtes beschissenes Schlamassel wie seinerzeit für uns, sondern der genau bemessene Einsatz überlegener Kräfte bei antiseptischen taktischen Problemen. Alles sind Rechenspiele. Bah!« Panow winkte verächtlich ab.

Das durch die Frontscheibe fallende fahle Licht ließ sein Gesicht bleich erscheinen. »Unsere Satellitendetektoren, sie taugen bis zu einer Tiefe von dreißig Metern und nicht weiter. Die Umlaufbahnen der Satelliten sind mitsamt ihren Abweichungen vollkommen berechenbar. Mit dem anderen Zeug, Sonar und ähnlichen Sperenzchen, kannst du nicht den Unterschied zwischen einem Torpedoabschuss und einem Walfurz erkennen. Wer weiß, ob die Spielsachen der Amerikaner wirklich besser sind.« Rudenko hörte den Ärger in der Stimme seines alten Freundes. »Spiele. Blödsinnige Spiele. Tschernawin verkauft dem Kreml seine Patentrezepte wie ein Quacksalber. Da sie niemals wirklich auf die Probe gestellt werden, kann er behaupten, was er will.«

Panow zögerte. Nach kurzem Nachdenken redete er weiter.

»Wie dein jüngster Auftrag bewiesen hat, gehen seine alten Kunststücke jetzt nach hinten los: die Sache mit den Raketen-U-Booten, die von den Strategischen Nuklearstreitkräften in Fjorden versteckt wurden, und noch andere Strategien, die er ausgeheckt hat. In meiner offiziellen Funktion weiß ich von nichts – aber im Lauf der Jahre ist in meinem Beisein mit so mancherlei geprahlt worden.« Panow wandte sich Rudenko zu. Rudenko sagte nichts und fragte sich im Stillen, wie viel sein alter Freund auszuplaudern gedachte.

»Wie nennen unsere U-Boot-Fahrer die dünnen, schwächeren Stellen im Packeis?«, fragte Panow. »Die Stellen, wo das Eis so dünn ist, dass Licht durchscheint?«

»Fenster«, sagte Rudenko.

»Ja, das war's. Solche schwachen Eisstellen sind nicht berechenbar. Zu unserer Zeit war es Schicksal, ob ein Boot durchbrach und zum Abschuss kam. Wir hatten nicht wie die Amerikaner spezielle Raketen entwickelt, die jedes Eis sprengen konnten.«

»Bis zu unseren Akulas und Deltas.«

»Genau. Aber bevor wir U-Boote hatten, die auf jeden Fall durch das Eis stoßen konnten, mussten wir uns auf das Glück verlassen. Und Glück war keine Strategie, der unsere Oberen trauen mochten. Tschernawin schlug eine Verbesserung seines Fjordplans vor, die uns eine hundertprozentig zuverlässige Kette von Abschussbasen verschaffen sollte. Sein Plan machte sich die natürlichen Öffnungen im Meereis zunutze. Oben in der Arktis. Polynjas treten an festen Orten zu festen Zeiten auf, selbst mitten im Winter. Diese Löcher und ihre Positionen waren für Tschernawin von großem Interesse, und über dieses Interesse informierte er unser Arktisches Forschungsinstitut hier in Leningrad. Bequemerweise waren die Öffnungen von den Kanadiern umfassend kartiert worden. Unser Seekriegsgenie ersann die List, Unterseeboote in den Gewässern unter diesen Öffnungen zu positionieren und sie im Bedarfsfall als Schießscharten zu benutzen. Zum Glück trat dieser Fall nie ein – und jetzt sowieso nicht mehr. Aber die Idee erfüllte seinerzeit ihren Zweck. Die Tarnung durch das arktische Eis bewahrte unsere Raketen-U-Boote davor, entdeckt zu werden. Und dabei hatten sie vorzügliche Ziele in der westlichen Hemisphäre in unmittelbarer Schussweite. Viel besser als die norwegischen Fjorde.«

Panow blickte in die Ferne. »Lachhaft einfach. Lachhaft billig. Herrgott, es war wirklich genial. Die Amerikaner gaben Millionen für eine Unterwasserrakete aus, die durch die Polarkappe brechen konnte, und für satellitengelenkte Antiraketenraketen, die niemals abgefeuert wurden. Und dieser Mann«, Panow schnaubte, »dieser Mann kommt dank Mutter Natur zum gleichen Ergebnis, ohne groß etwas investieren oder produzieren zu müssen.«

Rudenko war bestürzt und peinlich berührt, dass er nichts davon gewusst hatte. Andererseits hatte er niemals Nuklearstreitkräfte kommandiert. »Wie lange wurde das gemacht?«

»Bestimmt bis in die achtziger Jahre. Es –«

Rudenko unterbrach ihn. »Und warum die Arbeitstauchboote?«

Panow zuckte die Achseln. »Keine Ahnung. Das alles ist immer noch ein Geheimnis, das selbst vor der übrigen Marineführung streng gehütet wird.« Er sah kurz zu seinem Beifahrer hinüber, dann wieder auf die Windschutzscheibe. »Dann kam der große Zusammenbruch der Sowjetunion. Aber Tschernawin war schon auf der Abschussrampe, ja schon abgeschossen und auf der Flugbahn. Was scherten ihn ein paar zurückgelassene Gepäckstücke? Doch kürzlich ist etwas schief gegangen. Irgendetwas im Zusammenhang mit dieser Forschungsstelle in der Arktis. Die Wissenschaftlerin, die von der *Wladiwostok* abgeholt wurde, sollte ihm Meldung machen.«

»Tarakanowa.«

Panow nickte. Er hatte den Motor abgestellt, und es wurde langsam kalt im Wagen.

Rudenko schob die Hände tief in die Manteltaschen. »Was geschah?«

»Wer weiß? Irgendein Unfall. Vierundneunzig russische Seeleute sind tot, die Frau ist tot, das U-Boot ist verloren, und Tschernawins Stuhl wackelt.« Er schlug sich auf den Schenkel. »Es sollte eigentlich egal sein. Zum Teufel mit den Raketenbastionen. Wir haben kaum Verpflegung für unsere Seeleute, kaum Wohnungen für ihre Familien, kaum Geld, um ihren dürftigen, mit Essensmarken aufgebesserten Sold zu zahlen. Wir können uns glücklich preisen, wenn von unseren Schiffen überhaupt noch welche auslaufen, von angreifen gar nicht zu reden. Tschernawins schlaue Pläne sind Geschichte, eine Fußnote. Nur ein Problem gibt es noch. Es muss aufgeräumt werden, der Müll muss eingesammelt werden.«

»Haben sie herausgefunden, wie die Männer gestorben sind?«, fragte Rudenko. »Die Strahlungswerte des Schiffes waren normal.«

Panow drehte den Schlüssel im Zündschloss. »Sie haben die Leiche, die ihr mitgebracht habt, in Windeseile ins Institut für Mikrobiologie und Virologie überführt. Dort wurde sie umgehend aufgeschnitten und in jeder erdenklichen Weise getestet. Nichts. Sie haben sie zur Biowaffenfabrik in Sergijew Possad geflogen. Wieder nichts. Sie wissen nichts.« Panow war knallrot angelaufen. »Sie haben Experten aus Kolzowo zur Beratung eingeflogen. Auch die wussten keine Antwort. Unterdessen verfaulen die armen Taucher, die die Leiche geborgen haben, immer noch irgendwo in Quarantäne. Die Ärzte haben eine Heidenangst.«

»Jewgeni Alexandrowitsch, was willst du mir sagen?«

Panow starrte übers Wasser. »Tschernawin versucht, möglichst wenig Leute außerhalb seines Einflussbereichs über das Unheil zu informieren, das er angerichtet hat. Er lehnt stur jede Hilfe von anderen Sektionen ab, obwohl die Situation außer Kontrolle ist.« Er wandte sich wieder Rudenko zu. »Lass dich auf nichts ein, was nicht sein muss! Halte dich aus diesem Schlamassel raus! Tschernawin hat uns das jahrelang alles verheimlicht. Soll er doch seinen Stall selber ausmisten! Lass dich nicht reinziehen!«

Rudenko schob den Mantelärmel hoch und sah auf seine Uhr. »Ich werd's versuchen«, sagte er.

Eine Straßenbahn mit drei Wagen fuhr quietschend über die Kreuzung. Rudenko roch Ozon.

»Sage mir eines, Georgi Michailowitsch«, bat Panow. »Die Leichen. Ihre Gesichter. War es so schlimm, wie sie sagen?«

Rudenko nickte grimmig. »Ja. Das Weiß der Augen in Fäden davongeflossen. Die Körper grauenhaft verrenkt. Auf dem ganzen Rückweg hat niemand geschlafen. Ich werde dir die Fotografien ersparen.«

Durch die zusammengebissenen Zähne pfeifend, schaute Panow in den Seitenspiegel und scherte in den Verkehr ein. Beinahe hätte er einen riesigen Hund und seinen neurussischen Herrn überfahren, beide in schwarzes italienisches Leder gehüllt. *Arschloch*, formte der Mann mit den Lippen.

»Fick deine Mutter«, zischte Panow.

21

»Sabotage.« Tschernawin sagte es in einem leicht abwesenden Ton und blickte zu den hohen Fenstern seines Büros hinaus, als beobachtete er den Straßenverkehr an der Newa.

Hinter ihm, auf der anderen Seite des Flusses, sah Rudenko eine Reihe von Bürgern, die sich am langen steinernen Kai auf den Stufen sonnten. Unter ihren langen Wintermänteln waren sie bis auf Schuhe und Unterwäsche ausgezogen, und um sich von dem fahlen Licht bescheinen zu lassen, hielten sie ihre Mäntel auf wie Exhibitionisten.

Sabotage. Tschernawin war zu seinem Schreibtisch und seinem Stichwort zurückgekehrt. »Ein betrüblicher, aber unausweichlicher Schluss in Anbetracht des Beweismaterials, das die *Rus* mit zurückgebracht hat. Ich denke vor allem an die Leiche.«

»Plant die Marineführung eine Gedenkfeier?«

»Nein. Ich glaube nicht. Sicherheitsgründe verbieten es diesmal«, sagte er und überließ es Rudenko, sich das Ungesagte zu denken: Dass es niemals eine Ehrung der *Wladiwostok* geben würde, nicht einmal eine Bekanntgabe ihres Verlusts. Sie würde einfach außer Dienst gestellt werden. Zweifellos wurden gegenwärtig bereits individuelle Benachrichtigungen an die nächsten Anverwandten verschickt, sachlich, aber beschwichtigend gehalten, und vage, was die Umstände betraf, unter denen der Sohn, Bruder, Mann, Vater ums Leben gekommen war. »Sehr bedauerlich ... auf See verschollen.«

Rudenko nickte. Wie wenig dieser Schreibtischseemann vom

Leben der Männer im aktiven Dienst oder der Trauer ihrer Familien verstand. Direkt oder indirekt hatte Tschernawin die Besatzung der *Wladiwostok* getötet.

Tschernawin hielt sich die Brille an die Nase, um den offen auf seinem Schreibtisch liegenden Bericht zu überfliegen. Mit geflissentlicher Teilnahmslosigkeit fasste er den Inhalt zusammen.

»Die Leiterin der Pathologie im IMV meldet, dass der ihnen zur Untersuchung vorgelegte Leichnam nach Ansicht ihrer Abteilung einem letalen Neurotoxin, höchstwahrscheinlich in Gasform, zum Opfer gefallen ist. Das unbekannte Gas senkte den Spiegel der Cholinesterase, eines Enzyms in roten Blutkörperchen, das die Muskeltätigkeit steuert. Die roten Blutkörperchen waren nur noch wenige und hochgradig verformt. Um welche Substanz es sich auch handeln mag, sie ist hochwirksam und kaustisch und zerstört Bronchien- und Augengewebe nachhaltig.« Er warf das Papier auf den Tisch. »Nicht schön.«

»Nein«, sagte Rudenko, zog das Foto aus seiner Brusttasche und legte es auf das Dossier. »Wie dies hier bezeugt.«

Tschernawin verzog keine Miene, während er das Bild betrachtete. »Wo wurde das aufgenommen?«, fragte er.

»In der Kapitänskajüte.«

»Aha.«

»Der Zustand der Frau gibt zu Fragen Anlass.«

»Ja«, meinte Tschernawin, »das gibt er in der Tat.«

»Ich hoffe, Sie missbilligen es nicht, wenn ich Ihnen das Foto persönlich übergebe, aber ich hielt es für besser, es bei mir zu behalten.«

»Ganz und gar nicht, Admiral. Im Gegenteil, ich muss Sie für Ihre gute und diskrete Pflichterfüllung loben. Ihre Männer haben sich außerordentlich verantwortungsbewusst und selbstlos verhalten, und das dürfte nicht zuletzt Ihnen zu verdanken sein.« Er lächelte. »Sie sollten auch wissen, dass Ihr Name als Kandidat für das Flottenkommando genannt wurde. Herzlichen Glückwunsch.«

»Danke, Herr Admiral. Darf ich hoffen, dass meine Empfehlung, einigen Besatzungsmitgliedern der *Rus* eine lobende

Erwähnung auszusprechen, wohlwollende Aufnahme finden wird?«

»Unbedingt.«

Tschernawin verließ seinen Schreibtisch und führte den Admiral zu einem kleinen Sofa am Kamin. Er frage sich, meinte er, ob sich der Admiral wohl zu einem weiteren Unternehmen bereit finden werde. Rudenko schwieg, als hoffte er, die Frage würde theoretisch bleiben, wenn er sie nicht beantwortete. Er wünschte sich, ihm würde eine Ausrede einfallen, aber der Marinechef nahm sein Schweigen als Zustimmung und spann seinen Faden weiter.

»Die Zeit drängt. Wir brauchen einen zuverlässigen Mann, der den Weg der *Wladiwostok* zurückverfolgt und für das Wohlergehen der anderen russischen Staatsbürger in der Station sorgt, von der die Frau abgeholt wurde. Sie wenn nötig evakuiert, Winter hin oder her.«

Es klopfte an der Tür, und ein hoch gewachsener blonder Mann in einem eleganten dunklen Anzug trat ein. Der Marinechef erhob sich und stellte ihn als Pjotr Stepanowitsch Koit vom Staatlichen Forschungszentrum für Virologie und Biotechnologie vor, die frühere – und Gerüchten nach inzwischen wieder aktive – sibirische Anlage zur Herstellung biologischer Waffen. Ein tödlicher Laborunfall war durch die Presse gegangen: Eine Mitarbeiterin hatte sich zufällig mit dem Ebolavirus infiziert, von dessen Vorhandensein niemand gewusst hatte. Der Mann setzte sich auf den Sessel neben Rudenko.

Fast beiläufig bat Tschernawin Koit, sich das Foto anzuschauen, das Rudenko mitgebracht hatte. Der Mann warf einen flüchtigen Blick darauf. Er zupfte seine Umschlagmanschetten zurecht und gab es zurück.

»Das ist unsere Dr. Tarakanowa. Sie sieht nicht sehr gut aus.«

Koits Züge waren eine Mischung aus dunkel und hell: Die schwarzen Augen eines russischen Vaters, die hellen Haare einer skandinavischen Mutter, vermutete Rudenko. Sein wahrer Beruf war nicht zu verkennen. Er war der Mann für solche Fälle: weltmännisch und weit gereist.

»Soweit wir wissen«, sagte Tschernawin, »sind drei weitere

Mitglieder des kanadischen Forscherkollegiums auf ähnliche Art ums Leben gekommen. Darunter ein Russe.« Er sah Koit an, und der hatte den Namen parat.

»Minskow.«

»Wir haben von Ottawa keine zufrieden stellende Erklärung für diese Todesfälle erhalten. Es ist ein vordringliches Interesse des Staates, dass Sie sich der Sicherheit unserer Landsleute in dieser arktischen Einrichtung vergewissern.«

Tschernawins plötzliche patriotische Anwandlung war Rudenko peinlich. Wollte er damit nur Koit etwas vormachen? Koit jedoch hörte kaum hin und spielte derweil mit dem hölzernen Reiher auf dem niedrigen Tisch neben seinem Sessel, wobei seine goldenen Manschettenknöpfe blitzten. Er wartete nur darauf, dass die Proformavorstellung aufhörte, dachte Rudenko. Er wusste das alles längst. Tschernawins Einsatzbesprechung war reines Theater.

»Zweifellos sind Sie von dem Wunsch beseelt, das Opfer Ihrer Kameraden möge nicht umsonst gewesen sein, Admiral«, sagte Tschernawin.

»Zweifellos«, kam das Echo von Koit. Er trommelte auf die Sessellehne. »So ein sinnloser Verlust.«

»Als Experte auf bestimmten medizinischen Gebieten«, fuhr Tschernawin fort, »wird Herr Koit Sie begleiten. Er kann mit den kanadischen Offiziellen verhandeln, die in der Station arbeiten. Was meinen Sie, Admiral?«

Rudenko bemerkte die gerunzelte Stirn seines Vorgesetzten und dachte nach. »Falls eine grüne Fahne mit von der Partie ist«, sagte er mit Anspielung auf die alte Schiffsflagge des KGB, »dann muss ich das wissen. Jetzt.« Er blickte Koit an. »Und es muss klar sein, dass eine solche Flagge unter der Fahne des Flottenkommandanten weht.«

Tschernawin war von Rudenkos Direktheit sichtlich überrumpelt und im ersten Moment um eine Antwort verlegen, wohl weil er sich fragte, ob er sich zu der eindeutigen Unterstellung äußern sollte. Koit kam ihm zuvor.

»Admiral«, sagte er und zündete sich eine Zigarette an. »Ihre Autorität in der Sache«, der Rauch strömte ihm beim Reden aus dem Mund, »steht außer Frage. Das Verteidigungsministerium gibt Ihnen Ihre Befehle und die nötige Vollmacht. Ich meinerseits habe vom Forschungszentrum den Befehl, für unsere Interessen und die Sicherheit unserer Leute in Trudeau einzutreten und herauszufinden, was passiert ist. Sie müssen mich nur dorthin befördern und uns alle heil zurückbringen, wenn ich meinen Auftrag erledigt habe.«

»Na bitte!« Flottenbefehlshaber Tschernawin lächelte Flottenadmiral Rudenko wohlwollend an und erhob sich. Die Sitzung war beendet. »Da hören Sie's? Also, abgemacht.«

22

Die Neuigkeit von Hanleys überstürzter Rückkehr aus der Küche ins Labor hatte schnell die Runde gemacht. Jetzt wollte jeder in der Station das Neueste über den Zustand der Mäuse erfahren. Bei jeder Essenspause konnte Hanley kaum einen Bissen zu sich nehmen, ohne dass jemand an ihrem Tisch stehen blieb und ihr alles Gute wünschte. Dahinter stand immer die Hoffnung auf eine definitive und beruhigende Nachricht.

Sie hatte den Leuten nichts zu sagen. Sie und ihre Helfer beobachteten die Mäuse rund um die Uhr und untersuchten periodisch jede einzelne Maus auf Krankheitsanzeichen hin, doch trotz der Knoten, die sich an den Einstichstellen unter dem Fell gebildet hatten, verhielten sich die Tierchen weiterhin völlig normal und taten nichts anderes als schnuppern, wühlen, fressen, sich kratzen und schlafen. Da sie ihrerseits Schwierigkeiten hatte einzuschlafen, übernahm Hanley die Nachtschichten und gönnte ihren Freiwilligen gern die wohlverdiente Ruhe. In ihrem XXL-Nachthemd mit dem Aufdruck des Leichenschauhauses von L.A. (»Unser Tag beginnt, wenn Ihrer endet«) saß sie kettenrauchend da und starrte stundenlang die Mäuse an, als wollte sie sie mit der Kraft ihres Blickes umbringen. Am Anfang hatte sie in jedem Zucken den beginnenden Spasmus gesehen, aber nach vier Tagen waren die mit Wellhornschneckengewebe injizierten Mäuse allen Erwartungen zum Trotz immer noch quietschfidel. »Himmeldonnerwetter!«, explodierte Hanley schließlich. »Unser Toxin hätte nie im Leben so lange gebraucht. Die Wellhornschnecken können wir vergessen. Kiyomi, wie viele Stoffe aus dem Lager gibt es noch, die ihr testen müsst?«

»Kaum noch welche. Wir finden nichts.«

Hanley bat Ishikawa, die Führungsriege des Center zu einem Online-Brainstorming zusammenzurufen. Ihre Kollegen versammelten sich draußen um einen Tisch im kalifornischen Sonnenschein: Lester Munson, neben ihm, rauchend, Cybil Weingart, Petterson mit dunkler Sonnenbrille und weißer Hose, Bernard Piker mit seiner Meerschaumpfeife und Henry Ruff, der mit seiner obligatorischen Fliege im Schneidersitz auf einer Ottomane thronte wie ein Kalif und sich mit einer Hand die Augen abschirmte. Hanley nahm per Videocam teil. Ein über den Bildschirm gespanntes Handtuch verhinderte die direkte Sonneneinstrahlung. Mappen mit Material über die Todesfälle in Trudeau lagen vor ihnen auf dem Tisch.

»Alle da?«, fragte Munson. »Gut. Jessie, können Sie uns hören?«

»Laut und deutlich, Chef.«

»Leute, Dr. Hanley hat nichts gefunden, was auf ein anorganisches gasförmiges Agens hindeutet. Keine Spur schädlicher Gase. Keine Schadstoffe. Kein Gift. Im Augenblick ist sie der Meinung, dass das Agens wahrscheinlich organisch ist, und sie hat vor, die Zielrichtung ihrer Ermittlungen zu verändern. Ihr einziger konkreter Verdacht in der Beziehung hat sich nicht bestätigt, wir müssen also andere Wege einschlagen.«

Er drehte sich seinem Assistenten an der Schreibtafel zu. Der Mann notierte in Rot ERREGER für die möglichen Agenzien, dann VEKTOREN für die möglichen Überträger. Munson blickte die anderen an. »Falls jemand von Ihnen eine nützliche Bemerkung zu machen hat, tun Sie sich keinen Zwang an. Nur zu.«

»Pest können wir streichen«, meinte Cybil und wischte sich etwas Asche von der Bluse. »Dauert viel zu lange. Sie hätten gemerkt, dass sie krank sind, und Hilfe angefordert. Selbst im Fall gleichzeitiger Ansteckung hätte Pest bei drei Personen unterschiedliche Inkubationszeiten gehabt.«

»Denken wir mal etwas weiter«, schlug Ishikawa vor. »Eine neue Form von Coronaviren? Schneller als SARS? *Das* Virus mutiert weiß Gott schnell, aber gegen unseren Kandidaten ist es die reinste Schnecke. Der hat nicht mal Tage zur Entwicklung gebraucht. Höchstens Stunden.«

Cybil sagte: »Ishi hat Recht. Wenn es ein Mikroorganismus ist, dann ist der verteufelt virulent. Vermehrt sich wie in einem Bioreaktor.« Sie blies eine Rauchwolke auf den Bildschirm. »Und es gibt noch einen großen Unterschied. Die meisten Killermikroben, die wir gewohnt sind, ersäufen ihre Opfer praktisch. Ebola, Legionärskrankheit.« Sie zog an ihrer Zigarette. »Sie ertrinken in ihrem eigenen Blut. Bei diesen Leuten sind die Lungen zu Stein erstarrt.«

»Fasern«, korrigierte Ishikawa.

»Okay«, sagte Munson. »Denken wir eine Weile über Lungen nach.«

»Tja«, meinte Petterson, »da fällt einem Mykoplasma ein. Hat keine Zellwand, versteckt sich zwischen den Zellen, sieht eigentlich gar nicht wie ein Organismus aus – im Grunde eher wie eine Faser. Und ein Mykoplasmaausbruch sieht auf dem Röntgenbild wie ein Schneesturm aus, genau wie dieses Ding.«

»Richtig«, pflichtete Bernard Piker bei, der sich gerade die Brille an seiner Krawatte putzte. »Es war bei allen möglichen vertrackten Krankheiten mit im Spiel: chronische Müdigkeit, Golfkriegssyndrom. Es kann sicherlich akute Atembeschwerden verursachen. Allerdings ist es selten schnell. Und ganz gewiss rafft es nicht von drei Infizierten alle drei dahin. Es sei denn, es ist eine künstlich scharfgemachte Varietät, die wir noch nicht kennen.«

»Okay, Mykoplasma ist also möglich.« Munson schaute sich in der Runde um. »Noch weitere Gedanken zu Lungen?«

Hanley sagte: »*Was ist mit Aktinomyzeten wie Nocardia? Könnten die drei in der Nähe kontaminierter Erde gewesen sein und sie eingeatmet haben?*«

»Möglich«, meinte Ishikawa. »In einem schweren Fall von Nocardiose treten Koma, Anfälle, dauerhafter Hirnschaden auf. Die Leichen waren ja verrenkt, anscheinend durch Anfälle. Das könnte also sein.«

Ruff setzte eine skeptische Miene auf. »Das ist ja alles gut und schön, aber die Lungenschädigung durch Nocardiose ist progressiv, nicht instantan. Führt nur dann zum Tod, wenn man immunsupprimiert ist. Diese Leute waren gesund. Außerdem, gibt es da oben überhaupt Erde, die nicht gefroren ist? Wo sollte dann der Kontakt stattgefunden haben?«

Trotz Ruffs Gegenargumenten gab Munson seinem Assistenten ein Zeichen, *Aktinomyzeten* auf die Erregerseite zu schreiben.

Ruff nahm die Brille ab und deutete damit beim Reden auf den Bildschirm. »Dieses Agens hat mit teuflischer Schnelligkeit drei Menschen umgebracht. Wie könnte es da ein Mikroorganismus sein?«

»Dr. Ruff«, sagte Hanley am Bildschirm, *»Bakterien produzieren in zwanzig Minuten eine neue Generation, Viren noch schneller, und sie reproduzieren sich exponentiell. Das kommt mir schnell genug vor. Die Grippe von 1918 führte in achtundvierzig Stunden zum Tode, warum soll dieser Erreger das dann nicht in vier können? Dass wir so schnell wirkende Keime noch nie erlebt haben, heißt noch lange nicht, dass es sie nicht geben kann. Darf ich Sie daran erinnern, dass wir bis jetzt weniger als zwei Prozent der Mikroben auf der Erde identifiziert haben?«*

Ruff verzog missmutig das Gesicht. »Wollen Sie etwa sagen, dass die drei Fälle Vorboten sind, die – ja, was? – den Ausbruch einer neuen Seuche ankündigen? Dass eine nie zuvor identifizierte Mikrobenart sie umgebracht hat?« Er schüttelte den Kopf. »Das klingt mir reichlich verstiegen. Ich kann mich Ihrer Spekulation nicht anschließen. Sie ist einfach nicht logisch.«

»Henry«, sagte sie, *»mir läuft die Zeit davon. Ich hab hier zweihundert Leute, die praktisch bis zur ersten Märzwoche unter Quarantäne stehen. Dann werden sie wegwollen. Einige wollen jetzt schon weg. Sie sind nicht ganz ohne Einfluss. Zu dem Zeitpunkt werden sie Druck machen. Wir müssen den Erreger vorher finden. Wenn er mikrobiell ist, müssen wir uns auch Sorgen wegen der kurz vorher abgeholten Russin machen. Wenn sie ein Überträger ist, dann können wir nicht einmal ahnen, wohin sie ihn schon übertragen hat. Gott bewahre,*

dass er beschließt, ein zweites Mal ganz woanders zuzuschlagen, in einer dicht bevölkerten Gegend.«

»Trotzdem kann ich nicht -«

»*Moment*«, sagte Hanley, »*ich bin Ihrer Meinung. Nichts als ein Gift oder eine Waffe bringt von drei Infizierten alle drei um. Aber wenn es durch irgendein Wunder doch eine Mikrobe ist, dann ist die ein Monster.*«

Ruff richtete sich auf. »Dr. Hanley -«

»*Henry, ich muss für mich das Recht auf einen TSIB in Anspruch nehmen.*«

»Zipp?

»*T.S.I.B. Einen theoretischen Schuss ins Blaue. Ich schließe Gifte und anorganische Stoffe nicht aus. Aber es ist an der Zeit, auch nach biologischen Keimen zu suchen. Ich muss rausfinden, über welchen Vektor dieses Ding eingedrungen ist, Trudeau dagegen abkapseln und verhindern, dass es irgendwo anders hingelangt.*«

Petterson schlüpfte aus seinen Schuhen und stemmte seine nackten Füße gegen eine Stuhllehne. »Ich stimme Jessie zu. Ich glaube nicht, dass es alter Wein in neuen Schläuchen ist. Es könnte durchaus sein, dass wir es mit etwas grundsätzlich Neuem zu tun haben, auf das wir vorher noch nie gestoßen sind.«

Ruff machte eine abwinkende Handbewegung in Richtung des Monitors. »Was Sie da vorschlagen, ist ziemlich extrem – einen mutmaßlichen Erreger der Gefahrenklasse 4 mit Mitteln der Sicherheitsstufe 2 zu jagen.«

»*Ich habe keine große Wahl*«, sagte sie, »*es sei denn, Sie möchten vielleicht mit einer aufblasbaren S-4-Anlage vorbeikommen.*«

»Ach«, sagte Munson, »sehen Sie die Sache auch mal von der positiven Seite, Jess. Wenn es wirklich ein neuer Keim ist, einer mit einem mysteriösen Vektor, dann dürfen Sie ihm einen Namen geben, wenn Sie ihn schnappen. Dann sind Sie berühmt.«

»Falls man Sie irgendwas darüber publizieren lässt«, murmelte Petterson. »Oder vielleicht benennt man ihn auch posthum nach Ihnen.«

»Okay, Leute«, sagte Munson, »Jessie hat das Zauberwort ausgesprochen: Waffen. Bei etwas mit einer derart furchtbaren Wirkung müssen wir einen waffenfähig gemachten biologischen Stoff in Erwägung ziehen. Cybil, Sie sind unsere Expertin für Massenvernichtungswaffen. Können Sie uns die Biowaffen-Hitparade aufsagen?«

»Sicher. Jeder hat eine andere Top-Ten-Liste der Designerkeime. Alle sind sich natürlich einig, dass Anthrax die Nummer eins ist. Beliebt, weil äußerst widerstandsfähig. Viele andere gehen an der Sonne ein. Milzbrandsporen halten sich in allen möglichen Milieus ewig lange. In mancher Hinsicht sieht dieser Fall fast wie Anthrax aus. Lungenmilzbrand ist außerhalb von Industriezentren selten, das heißt, wenn diese Wissenschaftler ihn hatten, dann wurden sie damit bewusst angesteckt. Und wenn es Anthrax ist, dann ist es ein gentechnisch veränderter Stamm, der schneller wirkt als alles, was in der Natur vorkommt. Sobald wir die Kulturen aus Trudeau bekommen, wissen wir Bescheid. Aber ich muss sagen, dass die Lungenbilder, die wir hier haben, mich nicht überzeugen.« Cybil sah sich in der Runde um. »Ich habe noch nie ein Milzbrandröntgenbild ohne extrem geschwollene mediastinale Lymphknoten gesehen. Das ist das klassische Indiz.« Sie pochte auf das Material über die Todesfälle. »Das haben wir hier nicht.«

»Na schön«, sagte Munson und trommelte mit den Fingern auf den Verandatisch. »Was dann?«

»Ich sage das nur ungern.« Sie blies eine Rauchfahne in den Himmel. »Die wahrscheinlichsten Kandidaten gehören zum Standardrepertoire der Biowaffenarsenale: Botulinum und Tetanus. Beide können unter extremen Bedingungen überdauern, und beide wirken sich ziemlich verheerend auf das Nervensystem aus. Zugegeben, sie weisen am Darm Symptome auf, die hier nicht vorliegen – Erbrechen, Stuhlinkontinenz –, aber ich frage mich, ob wir es nicht mit einem Verwandten zu tun haben.«

»Mit einem natürlichen oder einem gezüchteten Verwandten?«, fragte Piker.

»Knifflige Frage«, meinte Cybil. »Mit einem unnatürlich beeinflussten Pathogen? Ich weiß es nicht.« Sie strich sich mit den Fingern durch ihre grauen Haare. »Viren sind außerhalb eines Wirts verdammt schwer zu kultivieren und am Leben zu halten. Schwer zu kontrollieren. Bakterien und Pilze sind billig und genügsam. Man mischt ihnen eine Soße an, in der sie leben können, und schon hat man eine Toxinfabrik. Man muss nicht erst das Körpergewicht des vorgesehenen Opfers berechnen oder Ähnliches. Die Pathogene vermehren sich einfach im Wirt, bis sie die kritische Schwelle überschreiten. Peng. Man braucht keine große Ausrüstung und keinen Studienabschluss. Wer Bier brauen kann, kann auch Biowaffen brauen.« Sie hielt kurz inne, um sich am Stummel ihrer Zigarette die nächste anzuzünden.

»Entschuldigung«, warf Ruff dazwischen, »aber sind Bioterroristen nicht auf größere Ziele aus? Städte, Stämme, öffentliche Verkehrssysteme, staatliche Einrichtungen, internationale Symbole? Drei Arktisforscher in einem Feldlager lohnen doch kaum die Mühe. Und wie um alles in der Welt würden Terroristen dorthin gelangen?«

»Bioterroristen«, sagte Cybil in ihrem immer gleich bleibenden Tonfall, »probieren ihr Zeug vor dem eigentlichen Schlag gern an entlegenen Schauplätzen aus. Sie wollen im Voraus die Sicherheit haben, dass es funktioniert. Dafür gibt es nichts Besseres als ein einsames Fleckchen. Intern bezeichnen sie es als Demonstrationsangriff. Auf seine exzessive Art hat Saddam das damals gemacht, als er mit Nervengas gegen die Kurden vorging.«

Hanley sagte: *»Wenn das hier ein Demonstrationsangriff ist, dann will ich den richtigen lieber nicht erleben.«*

»Henry hat eine gute Frage gestellt«, sagte Munson. »Wie hätten Terroristen dorthin gelangen sollen?«

Cybil zuckte die Achseln. »Sie hätten vermutlich von vornherein da sein müssen.«

»Wie wahrscheinlich ist das?«

Auf dem Bildschirm verschränkte Hanley die Hände hinter dem Kopf und grinste verschmitzt. *»Yeah, Cyb. Meinst du, der Weihnachtsmann hat hier oben seine Werkstatt außerhalb der Saison an terroristische Elfen vermietet?«*

Cybil schloss ein Auge zum Schutz vor dem Rauch ihrer Zigarette. »In der Forschungsstation arbeiten Wissenschaftler aus wie vielen Ländern? Warum sollte einer von denen nicht ein falscher Fuffziger sein? Oder müssen von unserer Sorte *alle* heilig sein?«

Munson wandte sich seinem Assistenten an der Tafel zu und sagte: »Verrückter Wissenschaftler«, was der Assistent prompt mit dem Marker auf die Tafel schrieb, wobei er noch *Religiöser Fanatiker?* hinzufügte.

»Cybil, kannst du eine Liste der Labors zusammenstellen, die deiner Meinung nach zumindest halbwegs imstande wären, so was gentechnisch herzustellen? Vielleicht hat eines davon jemanden auf ein Forschungsjahr hier hochgeschickt. Könnte es sein, dass Tarakanowa hier in einem Labor zugange war und ein bisschen Lenker des Universums gespielt hat?«

»Genauso gut«, meinte Petterson, »könnte die Ursache natürlich sein und die ganze Zeit geduldig auf einen Wirt gewartet haben.«

Cybil griff sich das Autopsiebild von Annie Bascomb. »Sieht aus, als wäre das Warten belohnt worden.«

»Okay«, sagte Hanley, *»ich muss jetzt ein Hochsicherheitslabor einrichten und Trudeau nach möglichen Wirten durchkämmen, vorzugsweise solchen, die in der Vergangenheit noch keinen Kontakt mit Menschen hatten. Ich glaube, die meisten seltenen Spezies sind in – Moment -«*, sie sah ihre Aufzeichnungen durch, *»in Dr. Skudras Labor.«*

»Jess«, sagte Cybil, zum Bildschirm gewandt, »sei vorsichtig.«

»Meine Herren, meine Damen, vielen Dank«, sagte Munson. »Ich denke, wir haben jetzt reichlich Ideen, denen wir nachgehen können. Vertagen wir uns bis zum nächsten Mal.«

Ishikawa schaltete den Monitor offline; die Versammlung löste sich auf. Drinnen bat Munson Cybil in sein Büro und bedeutete ihr, die Tür zu schließen. Er ließ sich in seinen Stuhl fallen und drehte sich nervös hin und her.

»Was denken Sie?«, fragte Munson. Er wirkte besorgt.

»Ich denke, was Sie denken. Wenn es biologisch und derart aggressiv ist, dann ist sie in Gefahr. Alle dort oben.«

»Ja.« Munson nickte mehrmals. »Und wir hier auch, falls es von dort wegkommt. Zwei Millionen Menschen gehen jeden Tag über Landesgrenzen. Es reicht eine Person, die es mitnimmt.«

23

Auf dem Schild über der Innentür stand: HOCHSICHERHEITSLABOR – KEIN ZUTRITT FÜR UNBEFUGTE. ZUTRITT NUR MIT LABORANZÜGEN. SICHERHEITSSTUFE 3. Nimit installierte ein mobiles Duschzelt, damit jeder sich beim Hinein- und Hinausgehen von Kopf bis Fuß desinfizierte und sich dann mit Wasser abspülte. Hanley und ihre Mitarbeiter entkleideten sich bis auf die Unterwäsche, zogen OP-Kittel und -Handschuhe an, stiegen in ihre Vollschutzanzüge, streiften ein zweites Paar Handschuhe über, schnallten sich ihre Sauerstoffeinheiten um und überprüften die Luftzufuhr. Sie drückten die Verschlüsse an den Anzügen zu und begaben sich einer nach dem anderen unter die sterilisierende Dusche, danach spülten sie sich mit Wasser ab und traten durch die zweite Tür ein. Ein S-4-Labor war nicht möglich; diese reduzierte Version würde es tun müssen.

Die Ausstattung war begrenzt. Einen Großteil hatte Nimit von anderen Laboratorien in Trudeau geschnorrt, der Rest waren die Geräte und Gegenstände, die Hanley mitgebracht hatte. Sie hatten einen Autoklav, sterile Schalen, Kulturnährböden, Reagenzien, Bechergläser, Objektträger, eine geborgte Zentrifuge, ein Spektroskop, zwei Zeiss-Mikroskope mit Videokameraanschluss und Flachbildmonitor, vier stoßfeste Kisten mit angebrüteten Hühnereiern, die in der Commode mitgekommen waren, und menschliche O-Zellen in Kulturmedium für die Virenanzucht. Es gelang ihr, ihren kleinen Vorrat an Kaninchenblut mit einer Spende des kryogenischen Labors aufzubessern. Das Ganze war zwar nicht ideal, aber sie hatte schon unter schlechteren Bedingungen gearbeitet.

Die beiden Jüngeren, Uli Hecht und die atemberaubend schöne Kiyomi Taku, waren fleißige Arbeiter, die von jedem Organ Gewebeproben nahmen und untersuchten und ihre Befunde in das Laborbuch eintrugen. Uli hielt die Entwicklung der Mund-, Lungen- und Darmabstriche fest, die Kiyomi in Flaschen mit Nierenzellen von Menschenaffen angesetzt hatte.

»Behalte sie ständig im Auge«, wies Hanley ihn an. »Wenn klare Stellen auftreten, wissen wir, dass ein Virus anfängt, die Nierenzellen zu töten. Zu unserem Pech ist unser Killer so schnell zu Werke gegangen, dass sich keine Antikörper bilden konnten, daher kommen wir in dieser Richtung nicht weiter. Aber wir haben jede Menge andere Spuren, denen wir folgen können. Kiyomi, Uli, fangt mit der Blutuntersuchung an. Ideal wäre es, wenn wir Blut von allen drei Opfern hätten, aber da die Russen niemand an Minskow ranlassen, müssen wir uns mit zweien begnügen. Wenn Kossuth erst einmal obduziert ist, sollten wir diese ganzen Tests auch an ihm vornehmen, auch wenn er nicht die Symptome aufweist – einfach um sicherzugehen.

Okay, Leute, zunächst einmal gebt ihr Blutproben von den Opfern an das Kaninchenblut. Wenn das Virus sich in der Probe versteckt, wird seine Eiweißhülle sich an die Kaninchenblutzellen heften. Das seht ihr nach einer Weile. Sie klumpen sich zusammen und lagern sich am Boden des Gefäßes ab. Nur Kiyomi fasst irgendwas an; sie ist mit Laborarbeiten vertraut. Uli, du hältst sämtliche Schritte fest. Kiyomi wird das Laborbuch jeden Tag noch einmal kontrollieren.«

Kiyomi nickte.

»Während ihr an den Obduktionsproben arbeitet, werde ich in Trudeau rumgehen und weitere Proben für unsere Tests sammeln.«

»Wonach suchst du?«

»Na, fürs Erste nach allem, was auf das Blut in einem Reagenzglas die gleiche Wirkung hat wie unser Erreger auf das Blut in einem lebenden Körper.« Sie deutete auf die Proben, die auf dem Tresen standen. Das Blut war kaum noch rosa, da es der roten Blutkörperchen und des Hämoglobins beraubt war.

Hanley sah ihnen ins Gesicht. »Ihr müsst sehr vorsichtig sein. Wir haben keine Ahnung, wo dieses Ding sich verstecken könnte. Falls ihr ein Behältnis, das gerade getestet wird, zerbrecht, aufstoßt oder sonstwie beschädigt«, sie deutete auf eine leuchtend rote Tonne neben dem Arbeitstisch, »dann gleich in den Mülleimer damit. Er ist voll keimtötender Mittel.«

Ihre Laboranten nickten ernst.

»Und ruft nach mir oder Dee. Eine von uns wird immer hier sein. Okay, Kiyomi wird alles beschriften, jede Eierschale nummerieren. Ich möchte, dass ihr die Gewebeproben von den Autopsien nehmt und sie den Hühnereiern injiziert.«

»Um Viren zu kultivieren«, sagte Uli.

»Nein«, widersprach Kiyomi. »Bakterien können kultiviert werden. Viren nicht. Viren lassen sich nur übertragen – da spricht man von ›inkubieren‹. Sie brauchen lebendes Gewebe.«

»Am liebsten eures«, fügte Hanley hinzu. »Also haltet euch fern davon. Denkt dran, Viren können nicht wirklich sterben. Sie leben nicht und können sich nur reproduzieren, wenn sie lebende Zellen erobern und in Virenfabriken umwandeln. Aber wenn man die Stücke eines Virus in ein Reagenzglas mit lebenden Zellen wirft, dann rekombiniert es sich, setzt sich von selbst zusammen, ersteht wieder neu.«

Uli wirkte verblüfft. »Sind Mikroorganismen so schlau?«
Hanley musste sofort an Joeys entwaffnende Fragen denken.

»Man möchte es meinen. Binnen weniger Monate steigerte sich die Infektionsrate von SARS bei den Leuten, die damit in Kontakt kamen, von drei Prozent auf siebzig Prozent. Wir brauchen sechzehn, siebzehn Jahre, um ein Antibiotikum zu entwickeln. Bakterien brauchen Minuten, um eine Abwehr dagegen aufzubauen. Bakterien und Viren verteidigen sich, indem sie ihre chemische Zusammensetzung ändern und damit nicht erkannt und bekämpft werden können.«

»Wie machen sie das?«

»Sie besorgen sich DNA aus Zellabfall und tauschen Erbmaterial mit anderen Mikroorganismen, um sich zu tarnen und Eigenschaften anzunehmen, die ihnen gegen feindliche Antibiotika oder extreme Temperaturen, Säuren, Licht und so weiter von Nutzen sein können.«

»Clevere Kerlchen«, meinte Uli.

»Im Ernst ...« Hanley musterte die beiden. »Passt auf. Wenn ihr einen Laborunfall mit einem Bazillus habt, gibt es etwas dagegen: Antibiotika.« Sie hielt eine große Fertigspritze hoch. »Aber gegen Viren wirken Antibiotika nicht. Unsere drei Opfer scheinen die ersten Menschen gewesen zu sein, die sich diesen neuen Erreger eingefangen haben. Wir haben also keine Immunität. Wir sind in der gleichen Situation wie die Inuit und die Indianer bei ihren ersten Kontakten mit europäischen Krankheiten – und wie die Europäer bei ihren ersten Kontakten mit uramerikanischen.«

»Wehrlos«, sagte Uli.

Hanley nickte. »So ziemlich. Die Pocken zogen eine Spur der Verwüstung durch die Neue Welt, die Syphilis durch die Alte. Unser Erreger wird sich mit Freuden über die ganze Welt ausbreiten, wenn wir nicht aufpassen.«

Kiyomi sagte: »Meinst du, das russische Unterseeboot hat ihn eingeschleppt? Oder haben wir ihn selbst mit in die Arktis gebracht?«

»Das wissen wir noch nicht«, erwiderte Hanley. »Bis jetzt jedoch verhält er sich nicht wie etwas, das wir aus anderen Teilen der Welt kennen. Höchstwahrscheinlich war er schon vor euch da. Das Klima hier verändert sich. Der Permafrost taut in den hellen Monaten mehr als gewöhnlich auf, was vermutlich viel nährstoffreiche Biomasse vom Eis befreit und viele Mikroorganismen und Überträger zur Reproduktion anspornt. Wenn Menschen ihn aufstören, schlägt er zu. Deshalb werde ich mit Organismen anfangen, die ihr in Trudeau als Erste erforscht habt.«

»Woran erkennen wir ihn, wenn wir ihn finden?«, fragte Uli.

»Wenn der Erreger bakteriell ist, werden wir die Kolonie in der Nährlösung in den Petrischalen sehen. Er wird wie Schimmel aussehen, wie Mehltau. Wie gepresste Blumen.«

»Und wenn es ein Virus ist?«

»Dann wird es wie ein leuchtendes Mosaik aussehen. Keine

Sorge, es ist recht eindrucksvoll. Es wird fluoreszieren. Ihr werdet es nicht übersehen.«

»Wenn es Personen wären«, wollte Uli wissen, »wie würdest du die beiden beschreiben?«

Hanley musste lachen. Auch die Frage hätte von Joey sein können. »Bakterien sind wie ... eine Rock'n'roll-Band, ständig am Improvisieren. Ein Virus ist eher wie ein klassischer Organist.«

»Weil er andere Instrumente nachmacht.«

»Genau. Kiyomi?«

Kiyomi verbeugte sich respektvoll vor Hanley und wandte sich an Uli. »Ich werde mir die Arbeit mit den Körperproben vornehmen. Jessie wird Nährlösungen und Zellkulturen vorbereiten. Uli, lege bitte für jeden der Verstorbenen eine Tabelle an. Vermerke jede Probe, jeden Test. Wir haben Schleim, Rückenmarksflüssigkeit, Stuhl, Lebergewebe, Milzmuskel, Lunge, Bauchspeicheldrüse, Gebärmutterhals und so weiter. Es sind viele, und dennoch müssen wir vorsichtig sein. Sorgfältige Aufzeichnungen sind wesentlich für den Erfolg.«

Hanley sah erst Kiyomi, dann Uli an. »Wenn ihr einen Unfall im Labor habt, solange ihr noch im Anzug seid, verlasst den Iglu nicht. Drückt einen der roten Knöpfe, die hier überall sind. Haltet die Labortür geschlossen. Duscht euch mitsamt dem Anzug ab. Bleibt, wo ihr seid. Behaltet den Anzug an. Geht nicht weiter als bis ins äußere Labor. Schleppt den Erreger auf keinen Fall in den Rest der Station ein.«

»Wie lange?«, fragte Uli. »Wie lange haben wir, wenn ein Laborunfall passiert und es der Organismus ist? Wenn wir infiziert sind.«

Hanley schwieg einen Moment. »Zu leben, meinst du? Vier Stunden, denke ich. Ihr hättet vier Stunden.«

24

Dr. Cecil Skudra war ein kleiner Mann mit einem treuherzigen Gesicht und einem funkelnden goldenen Schneidezahn. Er wirkte leicht abwesend, konzentriert und zerstreut in einem. Während Hanley ihn mit Fragen über die ungewöhnlichen Lebensformen in seiner Obhut traktierte, blickte er auf den Schwarm von Insekten, die geräuschlos in einem großen Glaskasten schwirrten. Insekten waren Dr. Skudras Leben, soweit Hanley erkennen konnte. Er war ein nachdenklicher Soziobiologe aus Riga, der geduldig erforschte, wie Gesellschaften sich in ihrer Entwicklung an die Umwelt anpassten, und so lange einsilbig blieb, bis man das Thema der biologischen Basis sozialen Verhaltens bei arktischen Mücken ansprach; darüber konnte er dann stundenlang reden.

»Weibliche Mücken«, sagte er gerade, »werden von bestimmten Temperatur- und Feuchtigkeitsverhältnissen angezogen. Vor allem mögen sie Kohlendioxid. Jedes Wesen, das Kohlendioxid ausatmet, versetzt sie in wilde Erregung. Deshalb haben sie auch eine Vorliebe für unsere Köpfe, nicht wahr?« Er warf seiner Besucherin einen Seitenblick zu und fuhr fort. »Hämoglobin und manche Aminosäuren ziehen sie ebenfalls an. Wie die in Schweiß. Sie suchen Eiweiß für ihre Jungen.«

»Blutdurstige Mücken?«

Skudra nickte, sichtlich mit den Gedanken woanders. »Die arktische Mücke ist in dieser Beziehung besonders gierig. Sie stürzt sich wütend auf warmblütige Tiere und saugt viermal ihr eigenes Körpergewicht auf. Es kommt vor, dass Karibus einen Liter Blut am Tag an sie lassen. Ein wehrloses Individuum wäre in vier Stunden ausgesaugt«, erklärte er. »Die Eingeborenenstämme haben manchmal jemanden auf diese Weise hingerichtet. Es gibt auch Berichte darüber, wie große Tiere und Menschen von den Schwärmen buchstäblich zum Wahnsinn getrieben wurden. Faszinierende Geschöpfe.«

Hanley wandte den Blick nicht von dem Schwarm ab. »In der Tat«, sagte sie. »Aber diese Insekten«, sie deutete auf ein Weibchen, das an der Scheibe gelandet war, »wie schaffen sie es, in diesem Klima zu überleben?«

»Ihre Eier können Temperaturen unter dem Gefrierpunkt ohne weiteres aushalten. Eine evolutionäre Anpassungsleistung. Es kommt ihnen auch zugute, dass sie völlig erbarmungslos sind. Um zu überleben, fressen sie alles: Zerfallsprodukte, Algen, Bakterien. Sogar ihresgleichen.«

»Ihre eigenen Artgenossen?« Hanley war beeindruckt.

»Genau, genau«, sagte Skudra stolz. »Die arktische Varietät frisst die eigene Verwandtschaft. Futtermangel ist hier ein wesentlicher Faktor. In der Hinsicht sind sie wie Treiberameisen: Sie greifen en masse an.«

»Sind Ihres Wissens schon mal welche im Winter aufgetreten?«, fragte Hanley.

»Unter Laborbedingungen? Selbstverständlich. In der Natur? Niemals.«

»Gibt's noch andere Insektenkolonien in der Station?«

»Wespen.«

»Wespen?«, wiederholte sie verwundert.

»O ja.« Skudra nickte energisch. »Ein Musterbeispiel der Überlebenskunst«, sagte er. »Die Arbeiterinnen und die Drohnen sterben natürlich ungefähr alle dreißig Tage. Nur die Königin lebt weiter. Wenn der Winter kommt, bleiben die Arbeiterinnen aus, und die Königin sucht Schutz. Draußen kann es minus vierzig Grad sein, und dennoch wird es in der Kammer der Königin nie kälter als minus zehn. Hinzu kommt, dass die Königin irgendwie ihre eigene Körpertemperatur unter null senkt. Trotzdem bilden sich in ihren Zellen keine Eiskristalle – im Unterschied zu dem, was dem armen Alex passiert ist. Sie ist scheintot: mumifiziert und doch am Leben. Wenn wir das

Wie herauskriegen könnten ... Die Studie wird in Zusammenarbeit mit der McGill University durchgeführt. Ein anderes Experiment untersucht die zellularen Frostschutzmittel, die Fische und Käfer anscheinend produzieren. Faszinierende Daten.«

»Kann ich mir vorstellen«, sagte Hanley. »Gibt's im Sommer hier oben Zecken?«

»Ja, Myriaden. Vermuten Sie eine Zeckenerkrankung?«

»Ich muss Insekten als Überträger in Erwägung ziehen«, antwortete Hanley. »Vor allem in Verbindung mit Vögeln. In manchen Fällen dieser Art, etwa bei der Pferdepiroplasmose, greifen die Agenzien rote Blutkörperchen an, aber nur bei Pferden und Maultieren.«

»Bei Menschen nicht?«

»Bis jetzt nicht. Dennoch verlaufen Krankheiten je nach der Weltgegend und je nach der Spezies unterschiedlich. Möglicherweise suche ich nach etwas, das sich hier anders verhält als überall sonst auf der Welt.«

Skudra ließ sich das durch den Kopf gehen. »Ich beneide Sie nicht um Ihre Aufgabe.«

»Ich mich auch nicht«, meinte Hanley. »Ich brauche Proben von allem, was Sie haben, das in oder nahe der Polynja lebt.« Sie sah auf ihre Liste. »Seeläuse, Vögel, die im Laufe des letzten Jahres gefangen wurden, Krebstiere. Insbesondere Arten, die außerhalb der Arktis nicht vorkommen.«

»Wir haben ein paar sehr ungewöhnliche Giftpilze. Einer schießt seine Sporenkappe ab wie eine Kanone. Ein anderer fängt mikroskopische Würmer.«

»Sind welche davon psychedelisch? Von denen könnte ich jetzt ein paar gebrauchen.«

Skudra ging mit Hanley zu einem überheizten Labor, das einen überwältigenden Schwefelgestank ausströmte. Drinnen war es finster wie die Nacht und warm. Sie hielt ängstlich eine Hand ausgestreckt wie eine Blinde. Skudra führte sie am Ellbogen. »Setzen Sie die Brille auf. Hier drin gibt es nur Schwarzlicht. Wir versuchen, ähnliche Habitate zu schaffen, wie unsere Gäste sie gewohnt sind. Es sind Wesen, die ohne Licht leben.«

Hanley setzte die Brille auf. In einem zylindrischen Tank schimmerte grünlich trübes Wasser, das so heiß war, dass es sprudelte. Hanley erblickte darin lange amorphe Gestalten, die sich wie Schlangen wanden.

»Die sind ja irre hässlich, wie mein Sohn sagen würde. Und irre miefig.«

»Kann man wohl sagen«, stimmte Skudra liebevoll zu. »Röhrenwürmer. Erstmals 1977 entdeckt. Sie leben im Umkreis hydrothermaler Quellen im Pazifik. Daher die Vorrichtung, die Sie hier sehen. Sie brauchen natürlich hohe Temperaturen.«

Der Anblick eines Wurms, der in einer Endlosschleife vorbeiglitt, lenkte Hanley ab. »Wie groß sind diese Würmer, wenn man sie ausgestreckt hinlegt?«

»Eins zwanzig bis eins fünfzig«, antwortete Skudra, den der strenge Geruch anscheinend nicht im Geringsten störte. »Vorsicht. Das Wasser ist kochend heiß.«

Hanley nieste. »So was wie die hab ich noch nie gesehen.« Sie hielt sich die Nase zu.

»Kein Wunder«, meinte Skudra. »Sie sind eine eigene Tierfamilie, diese Würmer, von anderen Lebensformen völlig verschieden. Die Bakterien in ihnen ziehen ihre Energie nicht aus Sauerstoff, sondern aus Schwefelverbindungen, die für die meisten Organismen giftig sind, nicht aber für sie und ihre Wirte. Dieser Wurm nimmt den Schwefel direkt in die Muskeln auf. Ein unglaubliches Geschöpf. Vollzieht den Stoffwechsel mit Schwefelwasserstoff. Dabei ist Schwefelwasserstoff um vieles giftiger als Zyanid. Absolut tödlich, doch diese Wesen gedeihen dabei prächtig.«

»Ein nützliches Talent«, sagte Hanley und putzte sich die Nase. »Ein Wunder, dass der Geruch allein sie nicht umbringt.«

»Ja. Für uns sind sie ganz neu, doch in Wirklichkeit sind sie uralt. Ihre weichen Körper haben keine fossilen Spuren hinterlassen, nur ein paar Abdrücke in einigen der ältesten Sedimentgesteine, die man gefunden hat.«

»Was stellen Sie mit diesen Bewohnern heißer Meeresböden hier in der Arktis an?«

»Oh, die stammen von hier.«

Hanley blickte ruckartig auf. »Von hier?«

»Ganz gewiss. Sie kommen direkt von einem Unterwasservulkan auf dem Gakkel-Rücken. Eine Probeölbohrung hat diese Riesenwürmer aus drei Meilen Tiefe vom Grund des Nordpolarmeers hochgeholt.« Skudra betrachtete die Exemplare mit sichtlichem Stolz. »Wir haben es hier mit Leben zu tun, das nicht von Sonnenlicht zehrt, sondern von thermischer Energie.«

Sie stützte die Hände auf die Knie und beugte sich vor, um einen besseren Blick zu haben. »Sehr merkwürdige Zeitgenossen.«

»Das sind die meisten, die unter dem Eis ihr Dasein fristen«, meinte er in beinahe andächtigem Ton.

»Sie mögen es richtig gern hier«, bemerkte Hanley.

»Ja. Ein wunderbarer Ort, den Mackenzie da geschaffen hat. Wir sitzen gewissermaßen am Rand der Schöpfung. Unseren Planeten von dieser Warte aus erforschen zu dürfen, ist etwas ganz Besonderes. Erstaunlich, dass niemand früher darauf gekommen ist. Es wäre jammerschade, wenn die Station wegen dieses Unfalls schließen müsste. Gut ... ich besorge Ihnen alle Gewebeproben, die Sie von den Würmern brauchen.«

»Mein Gott.« Hanley erschrak über eine Erscheinung in einem anderen Tank, die wie ein körperloser Arm in einer Séance aussah. Vollkommen weiß. Doch es war kein amputiertes Glied, erkannte sie, als sie genauer hinschaute.

Skudra sah, was ihre Aufmerksamkeit erregte.

»Aha«, sagte er. »Ein seltener Auftritt.«

»Was ist das?«

»Schön, nicht wahr? Ein Salzwasserfisch, Frau Doktor, der in großen Tiefen lebt. Ganz weit unten, ohne Licht, in Meerwasser, das kälter als null Grad und doch flüssig ist.«

»So ein Wesen hätte ich mir nicht mal im Traum vorstellen können.«

»Allerdings«, pflichtete Skudra bei. »Es ist einmalig. Nur ganz wenigen Menschen ist es je vergönnt gewesen, es zu erblicken. Ein vollkommen andersartiger Organismus. Erzeugt seinen eigenen Schutz gegen Frost, darum erforschen wir es.«

»Wie kann es so … weiß sein?«

»Sein Blut ist weiß«, sagte Skudra. Er schob sich die Brille die Nase hinauf. »Ein wenig wie bei Ihren Opfern.«

25

Hanley und Dee begannen, die Organismen und Gewebeproben einzutragen, die Skudra geschickt hatte; gegen acht begab sich ihr Team schließlich zum Abendessen.

»Gott, was für eine Menagerie. Ich glaube, ich muss mich hinlegen«, sagte Hanley und zog sich in ihr Quartier zurück. Doch als Dee eine Stunde später mit weiteren Testergebnissen kam, saß sie am Laptop und war online mit L.A. verbunden. Ishikawa erschien gerade auf ihrem Bildschirm.

»Hallo, Jess«, sagte er. *»Ich bin in der Scripps-Datenbank gewesen, um Klarheit über die Aufzeichnungen der Wissenschaftler im Feldlager zu bekommen. Wobei eigentlich alles klar ist bis auf die eine merkwürdige Notiz – Ignis fatuus – in Ogatas Tagebuch. Ich hab's eingegeben. Schau, was ich bekommen habe.«*

Leuchtende Zeilen rollten über den Bildschirm: Ein Elektronenschub formte sich auf der blauen Fläche zu Schriftzeichen aus.

»›Irrlicht‹«, las Hanley laut. »›Du im Hohlweg lauernde Finsternis, / Irrlichterschein, verführend Feuer.‹ Was zum Teufel ist das, Ishi? Ignis fatuus?«

»Anscheinend Sumpfgas.«

»Sumpfgas? Auf dem arktischen Packeis? Meinst du, sie hatten Halluzinationen, bevor sie starben? Verdammter Mist. Wir brauchen jemand, der gesehen hat, was da draußen passiert ist. Wo ist Lidija Tarakanowa?«

»Munson zapft via Washington verschiedene diplomatische

Kanäle an, um sie aufzuspüren, aber bis jetzt hat er den Russen keine anständige Auskunft entlocken können. Das U-Boot ist sozusagen bei niemandem auf dem Radarschirm.«

»Was gibt's?« Hanley drehte sich zu Dee um.

Dee griff sich Hanleys brennende Zigarette und nahm einen langen Zug. »Wir haben Buttersäure gefunden«, sagte sie, die Worte von Rauch begleitet.

Hanley horchte auf. »In welchem Körperteil?«

»Dem Rückgrat.«

»Ja, okay. In der Zerebrospinalflüssigkeit, die das Rückenmark und das Gehirn einbettet, ist das normal. Lass mal sehen.« Sie ließ sich Ulis akribische Tabelle geben.

»Dieser Wert liegt weit über dem normalen. Ishi, kannst du diese Zahlen durchlaufen lassen? Was hältst du davon?«

»Bei manchen Krankheiten steigen die Buttersäurewerte«, erwiderte er. *»Bei Tetanus zum Beispiel. Ich könnte mich bei Cybil danach erkundigen.«* Ishikawa war in Hemdsärmeln. Sie sah Sonnenlicht durch das Fenster hinter ihm hereinfluten.

»Tu das.« Hanley überflog die Daten in dem Bericht, den Dee ihr gegeben hatte. »Bitte. Sag ihr, dass wir abnorme Werte haben und keinen Hinweis, was sie verursacht haben könnte.«

»Ich mach mich sofort daran«, versicherte Ishikawa und beugte sich vor, so dass sein Gesicht den kleinen Videokasten in der Ecke ihres Bildschirms fast ganz einnahm. *»Was noch?«*

»Wenn ich das nur wüsste!«, sagte Hanley. »Das wär's im Moment.«

Sie loggten sich aus. Dee ging in ihr Quartier, um sich schlafen zu legen. Hanley besah sich ihre Notizen und dachte über das Sumpfgas nach. Kamen in der arktischen Wüste Luftspiegelungen vor wie in den Wüsten Kaliforniens? Sie versuchte, sich darauf zu besinnen, wie sie entstanden – durch Hitze, war es nicht so? Vielleicht hatten Ogata und die anderen ja halluziniert. Sie machte sich auf die Suche nach Ned Gibson, dem Stationspsychologen, um ihm das Problem vorzulegen.

Ein Zettel an Gibsons Tür besagte, wo er bei Bedarf zu finden war. Mit hängenden Schultern, die Hände in die Taschen gesteckt, schlurfte sie vorbei am Fitnesskomplex mit seinem großflächig verglasten Squashplatz – leer und dunkel –, dem eierschalenfarbenen Aerobicbereich, dem grünblauen Gewichteraum und den unbenutzt dastehenden schwarzen Übungsgeräten, bis sie schließlich im Oval der Schwimmhalle anlangte. Es roch nach Meer.

Eine Frau lag rücklings auf einer der Hartholzbänke, nackt. Hanley erkannte sie wieder: Dr. Krüger, die deutsche Chirurgin, die sie in den Filmen von den Obduktionen gesehen hatte. Wie die meisten Europäer schien sie nicht die mindeste Hemmung zu haben, sich nackt von Fremden sehen zu lassen, einerlei welchen Geschlechts.

Vielleicht hätte ich auch keine, dachte Hanley, wenn ich so aussehen würde.

Ingrid Krüger war perfekt proportioniert. Ihre gleichmäßig gebräunte Haut schimmerte über straffen Muskeln. Flaumige Haare glitzerten auf ihrem Schamhügel. Nur ihre Fußsohlen und Handinnenflächen waren weiß, ebenso die schwachen Ringe um die Augen, weil sie sich dort vor ultraviolettem Licht geschützt hatte.

Dr. Krüger schlug die Augen auf, blieb aber lang gestreckt auf der Bank am Pool liegen. Sie schirmte ihr Gesicht gegen das Licht von oben ab und sah zu Hanley auf. Die zu einem Zopf geflochtenen glatten braunen Haare und die Adlernase kontrastierten mit außergewöhnlichen Augen, die alles verrieten, was die Miene verschwieg. Ein bemerkenswertes Gesicht.

»Wenn es Ihnen unangenehm ist«, sagte sie mit dem leisen Anflug eines deutschen Akzents, »schauen Sie weg, ja?«

Hanley lächelte matt. »'tschuldigung. Ich wollte nicht stören.« Sie trat zurück und wandte den Blick ab. Krüger erhob sich mit einer geschmeidigen Bewegung und hechtete weit über das Wasser hinaus, bevor sie die Oberfläche durchschnitt. Unter Hochspannung, dachte Hanley.

Ein männlicher Schwimmer, ebenfalls nackt, wendete gerade in der zweiten Bahn. Mit einem gekonnten Tritt stieß er sich von der hinteren Wand ab und schoss unter Wasser auf sie zu. Dicht vor Hanley tauchte der Mann auf.

»Dr. Hanley«, rief er ihr entgegen. Er stemmte sich aus dem Becken und griff sich, vor Wasser triefend, ein Handtuch. Er hielt ihr zum Gruß die freie Hand hin. Hanley zögerte einen

Moment. Sie konnte sich nicht erinnern, je zuvor einem nackten Mann die Hand gegeben zu haben. Die Hand war warm und nass.

»Ned Gibson«, stellte er sich vor. »Oh, Verzeihung.« Er bot ihr eine Handtuchecke zum Abtrocknen an, wobei er sich wieder entblößte.

»Nein, nein«, wehrte Hanley ab. »Ich ... äh.« Sie wischte sich die Hand an der Hose ab.« Freut mich, Sie kennen zu lernen.«

Mit gleichmäßigem Armkreisen und einem bewundernswert synchronen Beinschlag begann Ingrid Krüger, zügige Bahnen in Rückenlage zu schwimmen. Sie war eine athletische Sportlerin.

»Gut«, sagte Ned Gibson, »dann trockne ich mich fertig ab und zieh mir schnell was an.«

Hanley schaute auf das Wasser, während er seine rostbraunen Haare rubbelte und sich einen Frotteebademantel umlegte. »Schade, dass wir nicht schon früher die Gelegenheit hatten, miteinander zu sprechen.«

»Dr. Gibson –«

»Ned, bitte.« Gibson stemmte die Hände in die Hüften.

Noch ein Sportler, dachte sie. »Ned. Ich könnte Hilfe gebrauchen.«

»Aber sicher. Geht's schon los mit dem Hüttenkoller?« Er beugte sich mit besorgter Miene vor. Er roch nach einem süßlichen Aperitif.

»Wahrscheinlich. Aber das ist nicht der Grund, weshalb ich mit Ihnen reden möchte. Ich brauche Informationen über die vier Leute, die da draußen gestorben sind – über ihre psychische Verfassung.«

Gibson blickte auf seine nackten Füße. »In bestimmten Dingen bin ich an meine ärztliche Schweigepflicht gebunden.«

»Ja. Das ist mir klar.«

Ein junges Paar erschien am anderen Ende des Pools, legte die Bademäntel ab, setzte sich auf den gefliesten Rand und ließ sich langsam hineingleiten. Ihre blasse Nacktheit passte schlecht zum tiefen Grün des Wassers. Dr. Krüger war zum Brustschwimmen übergegangen und zog ihren langen kastanienbraunen Zopf im Wasser hinter sich her.

»Lassen Sie uns das unter vier Augen besprechen«, sagte Gibson.

Während er mit ihr sprach, machte Gibson sich in seiner winzigen Toilette bettfertig. »Das Forscherleben in der Arktis hat eine erstaunlich Intimität«, sagte er. »Die Leute wachsen sehr stark zusammen. Der Mitarbeiterstab wird ein Clan. Für viele ist es die richtungweisende Erfahrung ihres Lebens.« Er trat im Schlafanzug und einem dünnen japanischen Morgenmantel heraus. »Posten in der hohen Arktis waren schon immer ziemlich heftig. Null Privatsphäre. Die Leute zankten sich, entwickelten Wahnvorstellungen, manche drehten sogar durch, wurden gewalttätig. Deshalb schenken wir hier den Bedürfnissen und Annehmlichkeiten so viel Aufmerksamkeit. Und trotzdem ist der Winter eine Belastungsprobe. Die Einsamkeit. Kein Regen, kein natürliches Licht. Gestörtes Zeitempfinden.«

»Ich weiß«, sagte Hanley. »Ich erlebe es, glaube ich, auch schon.«

»Ja. Ich habe mir Ihren Tagesablauf angeschaut.«

Hanley war konsterniert. Sie war eine solche Überwachung nicht gewohnt, höchstens von ihrem Ex-Mann.

»Mac bat mich, ein Auge auf Sie zu haben.«

Ein starker Gähndrang überkam Hanley, den sie nicht unterdrücken konnte. »Entschuldigung. Ich habe nicht viel geschlafen, seit ich hier bin.«

»Sie und die halbe Station«, sagte Gibson.

»Verständlich nach dem, was vorgefallen ist.«

»Nein, das ist für die Arktis normal. Einige schlafen monatelang nicht richtig. Vielleicht ein paar Stunden die Nacht. Der Tod unserer Kollegen hat das noch verschärft. Träumen Sie in Farben, wenn Sie schlafen?«

»Ja«, antwortete Hanley, »geradezu spektakulär. Woher wissen Sie das?«

»Es ist ein Symptom. Sie machen eine Zyklusverschiebung durch.«

»Was heißt das?«, fragte sie.

»Dass die paar Stunden, die Sie schlafen, von einer Nacht

zur anderen selten die gleichen Stunden sind. Sie gehen langsam in einen Fünfunddreißigstundentag über.«

»Aha«, sagte sie.

»Welcher Wochentag ist heute, Jessie?«

Sie schüttelte den Kopf. »Keine Ahnung.«

»Dienstag. Sie sind seit acht Tagen bei uns, und Sie verlieren bereits die Orientierung. Zum Teil wegen der Art Ihrer Mission hier, aber hauptsächlich wegen des zirkadianen Rhythmus, den Sie entwickeln. Sie scheinen mir eine Einzelgängerin zu sein, und dagegen ist auch nichts zu sagen, aber auf solche Zeichen sollten Sie achten. Sie müssen zumindest einen minimalen sozialen Umgang pflegen.«

»Ich glaube nicht, dass die Leute begeistert wären, wenn ich Billard spielen würde, statt mich um ihre Sicherheit zu kümmern. Sie haben Angst.« Sie schlug einen lockereren Ton an. »Hören Sie, mir geht's gut. Mein geregelter Tagesablauf geht jedes Mal flöten, wenn ich an einem Fall arbeite. Ich schlafe nie viel. Und ich meditiere jeden Tag zwanzig Minuten.« Sie fragte sich, ob er merkte, dass das gelogen war: Sie hatte sich seit ihrer Ankunft nicht genug entspannen können, um zu meditieren. Schluss damit, dachte sie, besser, er beantwortete die Fragen. Sie brachte das Gespräch auf ihre Ermittlungen zurück. »Haben Leute in der Arktis oft Halluzinationen?«

»Es ist nicht ungewöhnlich. Nicht die typische arktische Erfahrung, aber es kommt durchaus vor.«

»Was ist die typische arktische Erfahrung?«, wollte sie wissen.

»Arktische Stationen sind meistens ziemlich primitiv. Wie Little Trudeau. Vielleicht ein Dutzend Leute bewohnen einen einzigen Raum in einem Sperrholzverschlag. Waschgelegenheit in einer offenen Ecke, keine Wände. Petroleumbrenner, wenig Frauen, mit denen man reden kann. Minus ein Grad an den Füßen, dreißig an der Nasenspitze. Ich habe in Little Trudeau tiefe Freundschaften geschlossen, aber es gab auch viel Reibereien und Paranoia, je weiter der Winter voranschritt. Kleine Konflikte schaukelten sich unverhältnismäßig hoch. Die Gerüchteküche wurde giftig. Schwelender Unfriede, offene Feindschaft – Streit. Nach einer Weile waren alle verbiestert oder distanziert.«

»Haben Sie Selbstmorde befürchtet?«

»Die ganze Zeit. Die Selbstmordrate über dem Polarkreis ist zwanzigmal höher als in der restlichen Welt. Die Winterdepression ist eine Tatsache. Die Inuit nennen sie Perlerorneq – ›Wintertraurigkeit‹. Auch Klaustrophobie ist verbreitet. Trotz der ungeheuren Weite um uns herum sind wir im Prinzip eingesperrt. Man spürt richtig, wie sie jetzt in der Luft liegt, wo die Leute sich nicht mehr aus der Station trauen.«

»Und vor den Ereignissen?«

»Wir haben versucht, Mechanismen zum Ablassen der Emotionen in das tägliche Leben einzubauen. Wir sprechen alles aus. Nichts wird als unhöflich oder aufdringlich betrachtet. Nichts wird stigmatisiert, ob Leute nun gemischt baden oder mit jemand zusammen sind – oder nicht – oder sportlich trainieren oder meditieren oder einer Diskussionsgruppe beitreten, solange es nur gegen die Monotonie und Isolation hilft. Deshalb legen wir großen Wert auf die wöchentlichen Veranstaltungen – sie riechen vielleicht etwas zu sehr nach Kreuzfahrt oder Rentnersiedlung, aber sie sind wichtig. Die Leute machen Sachen mit, die sie sich im normalen Leben nicht hätten träumen lassen. Talentwettbewerbe, offene Lesungen, Schwimmvereine, Kochclubs, Lyriksessions, Inuittrommelkurse, Gesellschaftstänze. In manchen Wintern haben wir eine Theatergruppe. Es ist alles erlaubt.«

»Hört sich gesund an.«

»Fanden wir auch. Wir dachten, wir hätten viele der zermürbenden Spannungen ausgeschaltet, die mit der Arbeit nördlich des Polarkreises verbunden sind.«

»Anscheinend nicht alle.«

»Nein«, sagte er, »so sieht es aus. Aber in Trudeau sind Langzeitaufenthalte in einer Weise normal geworden wie nie zuvor. Unter den früheren Lebensbedingungen hielten nur wenige länger als eine Saison am Stück durch. Jetzt gibt es eine Gruppe, die hier im Prinzip zu Hause ist.«

»Mackenzie, Primakow?«

»Ja, und andere wie Teddy Zale, Simon King, Cecil Skudra. Alex.«

Er stand auf und begab sich zum Küchentresen, wo er den

Wasserkocher anstellte und zwei Teebeutel in eine dunkelblaue Kanne hängte. Er tat einen Löffel Honig in seinen Becher. »Ich mache mir meinen Abendtee. Kräuter. Möchten Sie auch eine Tasse?«

»Danke, gern«, sagte Hanley.

Seine Einrichtung beschränkte sich auf ein Minimum: eine frei stehende Lampe mit grünem Schirm und eine rohe Bank aus Treibholz. Ein winziges Regal diente als Nachttisch. An der Wand ein Fernseher, ein Videorecorder, Kopfhörer und Satellitentelefon. Kein sentimentaler Gegenstand weit und breit. Hinter der gekrümmten Innenwand aus Glas lag ein paar Stufen tiefer eine Galerie. Durch eine zweite Glaswand dahinter wiederum blickte man auf tintenschwarze Nacht. Im Sommer musste er eine spektakuläre Aussicht haben, dachte Hanley. Gibson zog einen Vorhang über die durchsichtige Wand. Der Raum wurde augenblicklich kleiner und intimer.

Hanley stellte sich den Sonnenschein und den endlosen Ozean vor, die sie in Kalifornien zurückgelassen hatte, und die Monate, die bis zum Wiedersehen vergehen würden. Der Kocher pfiff. Gibson goss das sprudelnde Wasser in die Teekanne und stellte sie zum Ziehen auf die schmale, niedrige Bank.

»Wenn Alex Kossuth sich hier so zu Hause gefühlt hat, was hat ihn dann zu seiner Tat bewegt?«

»Alex.« Er seufzte. »Alex hat an Schlaflosigkeit gelitten. Und an einer gewissen Verwirrung, ungefähr wie die Psychosen, die man bei Strafgefangenen antrifft.«

»Könnten Halluzinationen damit verbunden gewesen sein?«

Er zögerte, sammelte seine Gedanken. »So wie hier in ständiger Dunkelheit zu arbeiten ist unnatürlich. Es fordert seinen Tribut. Manche Leute treten weg, fangen an zu geistern.«

»Geistern?«

»Stationsslang. Sie schlafen nicht mehr. Sie werden geistig ganz träge, glotzen wie gebannt auf das, was gerade vor ihnen ist. Sie verlieren jedes Zeitgefühl. Bekommen einen schlurfenden Gang, als ob sie Pantoffeln anhätten. Lassen einen mitten im Gespräch einfach stehen.«

»Und Alex Kossuth hat ›gegeistert‹?«

»Ja.« Er nahm eine Tasse und schenkte Tee ein. »Es war

schlimmer, als ich gedacht hatte. Es gibt eine extremere Form, eine arktische Hysterie, die Ähnlichkeit mit aggressivem Autofahren hat. Die Leute brüllen, schimpfen, fuchteln mit Messern rum, laufen nackt aufs Eis. Alex war nicht der Typ, der das Messer zückt. Stiller Rückzug und Depression, Unzufriedenheit, Jähzorn, Vergrätztheit wegen Kleinigkeiten – das war Alex' Muster. Im Grunde nichts Ungewöhnliches, so dass niemand sich groß Gedanken gemacht hat.«

»Hat Kossuth getrunken? Tabletten genommen?«, fragte sie.

»Er hat getrunken.« Gibson hörte sich leicht beklommen an.

»War er melancholisch, wenn er getrunken hatte?«

»Manchmal.«

»In letzter Zeit?«

»Ja. Er sagte Sachen zu Leuten, die keinen rechten Sinn ergaben. Murmelte vor sich, führte Selbstgespräche.«

Sie faltete die Hände. »Worüber redete er, wenn er ein paar intus hatte?«

»Über Nastrond.«

»Wie bitte?«

Gibsons Stimme bekam einen bedeutungsschweren Ton. »Und Hel.«

»Übersetzt?«

»Skandinavische Mythologie. Damit kannte er sich gut aus.«

»Nastrond?«, fragte Hanley.

»›Leichenstrand‹. In den nordischen Kulturen stellte der hohe Norden das Jenseits dar, den Ort, an den die toten Wikinger nach dem Tod kamen. Sie kennen die Boote, in denen sie ihre Toten aufs Meer hinaustreiben ließen? Dorthin sollten sie fahren.«

»Wie über den griechischen Styx«, sagte Hanley.

»Ja, bloß in dem Fall übers Meer.«

»Und Hel. Was ist Hel?«

»Die Göttin des Todes.«

»Ziemlich dramatisch. Aber Sie sind weiterhin der Meinung, dass er keine Gefahr für sich selbst darstellte?«

Gibson schüttelte traurig den Kopf. »Nein.«

»War er körperlich krank?«

»Nicht dass ich wüsste.«

»Haben Sie ihn angesprochen?«

»Zweimal. Er wollte sich nicht therapieren lassen.« Gibsons Stirn legte sich in Falten. »Er redete nicht viel. Ich dachte, er hätte eine depressive Phase. Vielleicht das Alter. Oder seine Gefühle für Annie.«

»Wie bitte?«

»Sie war eine außergewöhnliche Persönlichkeit, selbst für hiesige Verhältnisse, und ungemein beliebt. Sie wäre eine phantastische Politikerin geworden. Die halbe Station war in sie verschossen.«

»So auch Kossuth?«

»Alex hat aus seinen Gefühlen keinen Hehl gemacht.«

»Wie hat sie reagiert?«

»Die beiden hatten von jeher eine enge Bindung, bloß nicht von der Art, wie er wollte. Er hatte sie für Trudeau angeworben, und dafür war sie ihm dankbar. Sie mochte ihn ehrlich gern. Aber weiter ging es bei ihr nicht. Die Inuit haben ein Wort dafür, das ich lieber erst gar nicht auszusprechen versuche. Grob übersetzt heißt es: ›Sie ist ihm wohl gesonnen, nachdem sie sich ihm verweigert hat.‹«

»Könnte die Zurückweisung ihn so weit getrieben haben, dass er Annie etwas antun wollte?«

»Gott, nein. Er wusste immer, dass es unmöglich war. Zum einen war er doppelt so alt wie sie – mehr als doppelt so alt. Er machte darüber Witze, ironische Bemerkungen. Außerdem wusste er, dass Annie lesbisch war.«

»Lesbisch?«

»Das war kein Geheimnis.«

»Sie hatte also hier mit keinem Mann ein Verhältnis?«

»Nein.«

»Mit einer Frau?«

»Ja. Ingrid Krüger.«

»Die deutsche Ärztin? Aber sie hat doch die Autopsie gemacht.«

»Ja. Wir hatten keine Ahnung, dass Sie – oder sonst jemand aus der Außenwelt – kommen und Nachforschungen anstellen würden. Wir dachten, wir wären auf uns allein gestellt. Felix Mackenzie unternahm einen halbherzigen Versuch, es ihr auszureden, obwohl niemand sonst auch nur halb so qualifiziert dafür war. Sie beteuerte, sie wäre dazu in der Lage, sie könnte noch am ehesten präzise arbeiten. Und sie wollte nicht, dass irgendjemand anders sie anfasste.«

»Was hielten Sie davon, als Psychologe?«

»Ein schlimme Situation ohne gute Alternativen. Dee als unsere Zahnärztin musste ihr assistieren. Sie hatte mehr Operationserfahrung als unser Krankenpfleger. Und bitte, wenn Ingrid irgendwie ablehnend wirkt, nehmen Sie es nicht persönlich. Ich glaube, sie macht sich Vorwürfe, dass sie Annie nicht beschützt hat.«

Hanley schwieg einen Moment und ließ sich den Gedanken eingehen, dass Dr. Krüger gezwungen gewesen war, den Leichnam ihrer Geliebten zu obduzieren.

»Alex Kossuth ... hat er eine Mitteilung hinterlassen?«

»Nein.«

»Sie meinen also, sein Selbstmord war eine spontane Tat?«

»Es sieht so aus. Aber Alex suchte Trost. Irgendetwas quälte ihn. Er wollte nicht sagen, was. Ich habe es wirklich versucht.«

»Das glaube ich Ihnen.«

»Ich nehme an, ich möchte gern rechtfertigen – vor mir wie vor den anderen –, warum ich nicht intensiver versucht habe, Alex zu helfen. Aber wie dem auch sei, was er hatte, war für die Arktis normal.«

»Tut mir Leid, wenn ich Sie in Verlegenheit bringe. Das ist keine bloße Neugier. Selbstmordkandidaten können alle Rücksichten vergessen: Wenn einer beschließt, sich auf der Autobahn zu Tode zu fahren, ist es ihm unter Umständen egal, wen er mitnimmt. Vielleicht ist Alex ein unnötiges Risiko eingegangen, hat sich und andere einer Sache ausgesetzt, von der er wusste, dass sie gefährlich war. Wenn ja, muss ich verhindern, dass sich das wiederholen kann. Abgesehen von Annie, wie sahen seine Beziehungen zu den anderen Forschern aus, die dabei waren?«

Gibson schüttelte den Kopf. »Ich wüsste von keinem Misstrauen und von keiner Paranoia. Mit Ogata stand er auf gutem, fast freundschaftlichem Fuß.«

»Und die Fünfte in der Gruppe? Sie war nicht besonders beliebt, wie ich höre.«

»Lidija Tarakanowa konnte schwierig sein, ja, aber ihre Zeit war abgelaufen. Die Leute waren ziemlich tolerant, weil sie nicht mehr lange mit ihr auskommen mussten. Sie fuhr nur deswegen mit, weil die Gruppe sowieso zum Abholort unterwegs war. Keine Notevakuierung, bloß das letzte Boot nach Hause.«

»Verzeihung«, sagte Hanley und fuhr sich über Gesicht und Augen. »Ich baue gerade rapide ab.«

»Das sehe ich.« Gibson nickte. »Bitte denken Sie darüber nach, was ich vorhin gesagt habe: Dass es gut ist, sich auf die Station und die Leute hier einzulassen. Wir sind soziale Wesen, Jessie. Menschliche Bedürfnisse sind erlaubt.«

»Ja. Ich werd drüber nachdenken.«

Hanley wünschte gute Nacht und ging. Die Gänge waren düster.

»Warum nicht, verdammt?«, sagte sie zu sich selbst.

Sie schritt durch die Stille des vierten Wohniglus und klopfte leise an Zimmer 1103A. Nach einem Moment glitt die Tür auf.

»Jessie«, sagte er überrascht. Sein Gesicht lag im Schatten.

»Du bist noch auf.«

»Ja, der Kopf gibt keine Ruhe.« Jack Nimit trat einladend beiseite. »Itirut«, sagte er. »Komm rein.« Er stand im einzigen Lichtkreis des Raumes. Seine schwarzen Haare waren straff nach hinten gezogen und im Nacken zusammengebunden. Ein schmaler Haarfächer hing ihm bis über die Schultern. Sie bemühte sich, nicht an den Altersunterschied zwischen ihnen zu denken, als sie auf ihn zutrat. Er erstarrte.

»Kann ich irgendwie behilflich sein?«

»Das hoffe ich«, sagte sie.

Sie knipste das Licht aus, streckte die Arme und zog ihr Oberteil aus. Ihr Oberkörper schimmerte kurz auf.

Sie griff nach seinem Pullover und zog ihn hoch. Halb nackt standen sie sich stumm gegenüber und sahen sich an, nur Silhouetten im Dunkeln.

Sie berührte seine Brust und er ihren Rücken. Ihre Herzen

rasten. Sie lächelte über die Wirkung, die sie auf ihn hatte und er auf sie. Seine Hand glitt unter ihre Brust, und sie stieß einen leisen Laut aus.

Sie küssten sich. Er strich ihr über den Hals und die Schulter, während die andere Hand ruhig ihre Brust hielt. Als er sich vorbeugte, um ihren Hals zu küssen, ließ er die Hand sinken, knöpfte ihr die Hose auf und streifte sie langsam herunter. Sie tat es ihm nach, und gleich darauf hielten sie sich nackt in den Armen.

Sie lechzte danach, von ihm liebkost zu werden, seinen Körper in ihrem zu spüren. Mit einer minimalen Gewichtsverlagerung legte sie das Bein um ihn, öffnete sich ihm, und er schob sie behutsam nach hinten. Küssend und streichelnd rutschte er neben sie. An ihn gepresst, wälzte sie sich auf den Rücken und nahm ihn dabei auf der schmalen Pritsche mit.

Sie lenkte ihn, und er glitt leicht hinein. Nichts war so stark wie das Gefühl, das sie beide in dem Moment teilten.

Er bewegte sich äußerst bedächtig, ganz, ganz langsam. Zärtlich betasteten sie sich, leckten sich gegenseitig die Lippen, den Mund, das Kinn, die Wangen und hielten bei jedem Zurückweichen den Atem an, den sie bei jedem Stoßen stöhnend entließen. Hanleys Augen gewöhnten sich an das Dunkel – sahen ihn.

Ihre Beine schlossen sich um sein Gesäß, ihre Arme umfingen seinen Hals. Die Bewegung entlockte ihr leise Schreie, wurde heftiger. Sie schob die Hand zwischen ihre Körper, berührte ihn am Ort ihrer Begegnung. Er erschauerte, als sie sich ihm rhythmisch entgegendrängte, getrennte Wesen in intensivster Verbindung, aneinander geklammert, als wollten sie keinen Abstand mehr zwischen sich dulden. Nicht den geringsten.

26

Ishikawa gab es auf, nach Sherman Oaks heimzufahren. Das Center stellte ihm zwei weitere Assistenten zur Verfügung und eine Couch ins Zimmer, die groß genug war, dass er sich ausstrecken und zwischendurch eine Runde schlafen konnte. Den ganzen Tag und bis in den Abend hinein kamen und gingen die ihm zuarbeitenden Kollegen, ohne anzuklopfen, und klebten die Ergebnisse ihrer Recherchen auf alles, was sich gerade anbot, auch auf ihn selbst, falls er gerade schlief.

Beim Aufwachen in einem mit Zetteln zugepflasterten Büro hatte Ishikawa kurz das Gefühl, wieder in seinem Zimmer im Haus seiner Eltern zu sein, wo die Decke voll hing mit schintoistischen Papierdekorationen und Wunschzetteln, die Gebete für Schutz und Erfolg enthielten. Nur dass die an seinen Bürowänden klebenden Zettel unterschiedliche Größen und unendlich viele Farben und Formen hatten. Sie waren geschrieben auf teurem Briefpapier, abgerissenen Fetzen, Karteikarten, Briefumschlägen, Lesezeichen, Formularen, Loseblattseiten, Notizzetteln, Streichholzheftchen, selbst auf einen Strafzettel hatte jemand gekritzelt:

Sauerstoff – 12% in Gewebe und Organen,
13% in Muskeln, 34% in Lungen, 41% in Blut.

Er hatte die Zettel mit Nadeln, Heftklammern, Büroklammern und Klebestreifen nach Kategorien an den Wänden angebracht, so dass man mit einem Blick sah, was aktuell gerade die ergiebigsten Denkansätze waren. Eine milde Brise vom Meer ließ die Zettel flattern. Ein angenehmes Geräusch, ein sanftes Rascheln.

Morgengrauen. Ishikawa blickte auf seine Uhr. Noch keiner da. Er hoffte, dass Hanley noch nicht auf den Beinen war. Mit leichten Gewissensbissen rollte er sich zur Wand herum und schaltete innerlich so weit ab, dass er wieder einnickte.

Mit dem Gewicht seines schwereren Körpers schob Wassili Sergejewitsch Nemerow seine Frau sacht zur Seite. Sie sträubte sich nicht. Die Frau war erschöpft. Er musste über sie staunen. Was für ein Glück, dass er so einer wunderbaren Verführerin erlegen war. Bevor er in See stach und unmittelbar nach seiner Rückkehr war sie immer besonders feurig und ungehemmt. Zweifellos war Sonjas französisches Blut für ihre Sinnlichkeit verantwortlich. Ihre Großmutter war eine bissige alte Pariserin. Zwei Briefe trafen alljährlich von ihr ein, einer zu Sonjas Geburtstag, der andere zum Todestag von Sonjas Mutter.

Der Großvater war ein französischer Marineoffizier gewesen, der auf See gefallen war. Sein Opfertod für Frankreich hatte Sonjas Mutter das Recht verliehen, unter der Kuppel des Invalidendoms, wo auch Napoleon begraben lag, getraut und damit gewissermaßen von der ganzen Grande Nation in die Ehe gegeben zu werden; eine große Ehre. Die Tochter der Republik hatte einen russischen Exilanten geheiratet, der kurz vor dem Großen Vaterländischen Krieg mit ihr in den Schoß von Mütterchen Russland zurückkehrte. Einige Jahre später wurde seine Rehabilitierung widerrufen, und er starb unter den Schüssen eines Hinrichtungskommandos, einen patriotischen Schwur auf den Lippen. Nicht lange danach war Sonjas Mutter an Typhus gestorben.

Wassili hatte Sonja in seiner Kadettenzeit in Leningrad kennen gelernt, und zu seiner bestandenen Prüfung hatten sie sich ewige Treue gelobt. Anfangs war alles schief gegangen, was schief gehen konnte. Sie hatten endlos gestritten. Doch so schlecht ihre Lebensziele und ihre Charaktere zueinander zu passen schienen, wenn sie als Mann und Frau zusammenkamen, trat alles andere in den Hintergrund. Sie richteten sich aneinander auf, wie eh und je.

Er gähnte und legte sich auf das Kissen zurück. Nach den aufreibenden Manövern im Fjord hatte sie ihn beinahe wieder hergestellt. Die Kräfte der Baltischen Flotte waren zu früh eingetroffen und hatten über Wasser ein Chaos verursacht. Er hatte sich vor diesen Stümpern wie auch mehreren britischen und norwegischen Schiffen aus dem Staub gemacht und dabei die Kakophonie ihrer Maschinen und rivalisierenden Sonarsignale ausgenutzt, um den Rückzug der *Rus* zu tarnen.

Er betrachtete Sonja, berührte eine Haarsträhne in ihrem Nacken. Sie war seit der Geburt ihrer jüngsten Tochter ein wenig runder geworden, aber immer noch bezaubernd. Da er jetzt doch hoffnungslos wach war, deckte er sie zu und zog im Dunkeln seinen Schlafanzug an, dann schloss er leise die Schlafzimmertür und schlurfte in seinen englischen Slippern in die Küche. Blitze zuckten über den Himmel, und er blickte auf den Platz hinaus. Ein gewaltiger Donnerschlag folgte. Nemerow setzte Teewasser auf und ging nach seinen Töchtern schauen.

Die Große schlief tief und fest. Er schlich auf Zehenspitzen zum Bettchen der Kleinen, bückte sich und spähte durch die Gitterstäbe. Der schwache Lichtschein spiegelte sich in einem Augenpaar. Eine Nachdenkliche war sie, ruhig und besonnen vom ersten Tag an. An dunklen Wintermorgen lag sie still in Gedanken versunken da, und nur ihre Augen bewegten sich. Er schob die Hand in ihr Bett, einen Finger ausgestreckt. Sie schloss ihr Händchen darum.

»Soll ich schon aufstehen?«, flüsterte sie.

»Nein, es ist noch ganz früh. Mach deine Augen wieder zu und schlaf.«

Ihre Lider gingen gehorsam zu. Nemerow steckte ihre Decke fest und erhob sich; er schlich ins Bad, rasierte und wusch sich und ging in die Küche zurück, um sich ein Ei zu kochen. Er wischte ein paar kleine Kakerlaken in den Ausguss und spülte sie hinunter. Mit dem Teller in der Hand ließ er sich auf einem Stuhl am Küchenfenster nieder und rieb mit der Hand einen großen Kreis auf der beschlagenen Scheibe frei.

Der Kirow-Platz war vollkommen weiß. Die Natriumlampen machten aus den Seitenstraßen schwarze Höhlen und leuchteten alles gleichmäßig aus, so dass nichts einen Schatten warf. Niemand war unterwegs. Am Ende des Winters würde Murmansk mit Festen wieder zum Leben erwachen. Die Arbeiter würden sich auf den Plätzen und Hauptstraßen tummeln, die Taschen gefüllt mit »langen« Rubeln, den hohen Löhnen, die sie zur Entschädigung für das Schuften im harten Norden verdient hatten. Sie würden in Scharen zu den Geschäften an den Docks ziehen und die japanischen DVD-Player und deutschen Kameras kaufen, die dort von soeben aus ausländischen Häfen zurückgekehrten Matrosen der Handelsmarine billig verhökert wurden.

»Papa.«

Seine Kleine stand in der Tür und rieb sich die Augen, die Haut leicht gerötet von der Höhensonnenbestrahlung in der Schule. Künstliches Sonnen sowie Sonderrationen Milch und Mohrrüben gehörten zu den Wohltaten, die den Murmansker Schulkindern den ganzen Winter über auf Anordnung von oben verabreicht wurden.

»Geh wieder ins Bett, Nataschenka. Es ist zu früh, um aufzustehen.«

»Ich kann nicht«, sagte sie. »Worüber habt ihr euch gestern Abend gestritten, du und Mama?«

»Du bist sehr neugierig«, sagte er. »Deine Mutter möchte, dass ich die Marine verlasse und bei einer neuen Schifffahrtsgesellschaft zu arbeiten anfange. Wie wär's mit einem Glas warme Milch?«

Sie schüttelte den Kopf. »Würdest du dann immer noch deine Uniform tragen?«

»Ja.«

»Papa?«

»Was?«

»Eine Geschichte«, sagte sie und zwängte sich zwischen seine Knie.

»Aha.« Nemerow nahm sie und setzte sie sich auf den Schenkel. »Und welche Geschichte möchtest du gern hören?« Die Frage war eine reine Formalität, denn sie hatte seit Monaten dasselbe Lieblingsmärchen.

»Die Flussprinzessin«, kam es wie aus der Pistole geschossen.

»Gut.«

Das Mädchen kuschelte sich an seine Brust, den Kopf unter seinem Kinn, und Nemerow erzählte die Geschichte von dem schönen Balalaikaspieler, der sich in einen Fluss verliebte, die Wolchow, zur Huldigung ihrer Schönheit Geschenke ins Wasser warf und sich schließlich selbst hineinstürzte, als er es nicht mehr verwinden konnte, dass die Leute seine Musik verschmähten.

»Wassertiere schleppten ihn zur Bestrafung vor den Meereszaren, dessen Palast gebaut war aus ...« Nemerow wartete darauf, dass Natascha den Satz beendete.

»Grünem Holz von untergegangenen Schiffen«, sagte sie.

»Der Zar war gekrönt mit ...«

»Gold von versunkenen Schätzen.«

»Und über und über bedeckt mit ...«

»Schuppen.«

»Blaue Haare wallten ihm bis zur Hüfte, und wenn er sich bewegte, gingen in allen Richtungen Wellen von ihm aus. Wie sich herausstellte, war die Wolchow ...«

»Seine jüngste und schönste Tochter.« Das war ihre Lieblingsstelle, und sie sprach sie mit großem Nachdruck.

»Der Musikant war hingerissen, aber er konnte nicht auf Dauer mit ihr unter Wasser leben, genauso wenig wie sie es je verlassen konnte. Unglücklich und verzweifelt schlief er in ihren Armen ein, doch als er erwachte, befand er sich auf trockenem Land, und seine Hand fühlte sich seltsam an. Er lag neben ihr am Flussufer, die Fingerspitzen in die sanfte Strömung getaucht, und an einem Finger hatte er einen prachtvollen ...«

Nemerow wartete, aber Natascha schlief, ihre Hand in seiner. Ein Geräusch auf der Straße veranlasste Nemerow, über die Schulter aus dem Fenster zu schauen. In der eisigen Frühe schritt ein einsamer Mann über den Platz, die Brust mit Orden geschmückt, die im Licht der Natriumlampen funkelten. Er erkannte die Gestalt schon am Gang. Wenn die meisten Menschen von den Affen abstammten, gab es doch einige wenige, die eher mit den Wölfen verwandt zu sein schienen. Admiral Rudenko hatte diese hagere, geschmeidige wölfische Art. Obwohl er über Rheuma klagte, war er gelenkig wie ein Yogi.

Rudenko trug seinen Galamantel mit den blitzenden Schulterklappen und Manschetten – er kam geradewegs von seinem Kondolenzbesuch bei der Witwe des Kapitäns der *Wladiwostok*. War er die ganze Nacht bei ihr gewesen, nachdem er die Ikone abgeliefert hatte?

»Kommt er, um dich wieder zum Meeresgrund mitzunehmen?«, meldete sich seine Tochter.

Nemerow drehte sich ihr zu und drückte sie an die Brust.

»Geh nicht, Papa. Du bist doch noch keine Woche zu Hause.«

Nemerow wünschte inbrünstig, er könnte die ganzen Jahre des Studiums und der Seefahrt zurückgeben. Durch den Rückgang des Eises entstanden an der langen Nordküste Russlands Fahrrinnen, mit denen man sich den Umweg von etlichen tausend Kilometern um das Horn von Afrika in das Südchinesische Meer und weiter sparen konnte. Schiffskapitäne, die Erfahrung mit der Navigation im Eismeer hatten, wurden dringend gesucht. Eine einzige Fahrt brachte so viel, wie er in einem Jahr als Marineoffizier verdienen konnte – wobei sich der Zahlmeister seit Juni nicht mehr hatte blicken lassen. Nach dem, was er im Sognefjord erlebt hatte, wusste er, dass er bald seinen Abschied nehmen und einen Zivilistenposten auf einem der Sowkomflot-Frachter übernehmen würde, die die neue Route befuhren. Aber wie das Rudenko sagen?

Der Kapitän trug sein Töchterchen zurück ins Bett. »Bitte geh nicht«, hörte er sie murmeln. Er packte sie warm ein und begab sich zur Eingangstür der Wohnung. Als er die Kordel seines Schlafanzugs zuband, überfielen ihn wieder die Bilder der Leiche, festgebunden wie vom Henker persönlich, glasige, weißliche Haut wie eine Fehlgeburt und diese qualvoll verzerrte Fratze.

Er wollte mit diesem Unglücksschiff und den Leuten, die dabei die Finger im Spiel gehabt hatten, nichts mehr zu tun haben. Er würde es Rudenko gleich als Erstes sagen: Er war mit der Marine fertig. Was gab es für sie beide dort noch zu tun, was für eine Zukunft? Blieben sie einfach aus alter Gewohnheit dabei? Waren seine Wünsche und Hoffnungen im Fjord mit den Seeleuten dort gestorben? Er trat auf den dunklen Flur hinaus. Ein Rentner hatte wieder die Glühbirne mitgenommen.

Schritte hallten in dem abblätternden Treppenflur wider. All seine Instinkte drängten zur Flucht, doch er wusste, dass er nicht fliehen konnte. Er mochte alle anderen Bedenken beiseite schieben können, aber den Admiral? Mit einem Blick nach unten erkannte Nemerow undeutlich eine behandschuhte Hand auf dem Geländer.

»Georgi Michailowitsch«, rief er im muntersten Ton hinunter, den er zustande brachte. »Sie kommen gerade rechtzeitig, um mit Ihrer Patentochter zu frühstücken.«

27

»Wo bist du her?«, fragte Nimit.

»Virginia. Von der falschen Seite des Chickahominy River.«

»Was heißt das?«

»Arm. Unsere Eltern bekamen kaum den Kopf über Wasser. Wir waren weitgehend uns selbst überlassen. Jedes Kind war verantwortlich für das nächstjüngere. Mama starb, als ich noch im College war, Papa heiratete wieder, die Familie brach mehr oder weniger auseinander. Ein paar von uns halten den Kontakt aufrecht, aber wir sind keine von den Familien, die Feste feiern, bei denen alle zusammenkommen. Und meine Schwester und ich – die einzigen, die es aufs College geschafft haben –, wir haben uns mit unseren Brüdern nicht besonders viel zu erzählen. Wobei hinzukommt, dass keine von uns sehr gesellig ist. Aber der Lebensinhalt meiner Brüder besteht größtenteils aus Whiskey trinken, Truthähne oder Hirsche jagen und im Fernsehen Sport schauen. Meine Schwester und ich haben da keinen Platz. Frauen sind im Wesentlichen dazu da, für Essen und Trinken zu sorgen.« Sie stützte sich auf und zündete sich eine Zigarette an.

»Wie warst du als Kind?«, fragte er.

»Komisch. Eigenbrötlerisch.«

»Jungs?«

»Eher nicht.«

»Warum?«

»Ich war ihnen unheimlich. Ich hab überfahrene Tiere gesammelt, Insekten, Ratten. Außerdem war ich flachbrüstig.«

»Das hast du wenigstens in den Griff bekommen«, sagte er und fasste sie an. Sie lachte und drehte sich ihm zu.

»Und wo sind Sie zu Hause, Mr. Nimit?«

»Hier.« Er deutete mit dem Kopf auf die schwarzweiße Ebene draußen. »Aber falls du meinst, wo ich aufgewachsen bin, das war auf Ellesmere Island, südlich von hier.«

»Vermisst du es sehr?«

»Nicht im Geringsten. Ich fand's furchtbar da. Ich wollte nur weg.«

Hanley verhehlte ihre Verwunderung nicht. »Echt?«

»Ja.« Er nickte. »Nicht die korrekte Einstellung für einen Inuk, ich weiß. Aber es ist die Wahrheit. Ich war unglücklich. Wir waren nicht gerade die nomadisierenden edlen Wilden, die in der gnadenlosen, wunderschönen Arktis ein hartes Leben im Einklang mit der Natur führten. Die Regierung hatte unsere Familien einige Jahrzehnte zuvor dort angesiedelt. Gefragt hatte uns niemand. Weiter im Norden, als wir je sein wollten. Aber je weiter nördlich du Einwohner nachweisen kannst, umso mehr Land kannst du für dich beanspruchen. Nicht sehr schön, aber so läuft der Hase. Alle haben am Sozialtropf gehangen und in Sperrholzbuden gehaust. Die Kids haben Klebstoff und Benzin aus Müllsäcken geschnüffelt, gekifft, sich selbst angezündet. Niemand unter vierzig konnte noch Inuktitut sprechen. Es wurde nie was weggeworfen. Alle hatten kaputte Kühlschränke und schrottreife Schneemobile vor dem Haus stehen. Ein Müllsack in einem Honigeimer im Haus war das Klo. Die vollen Säcke wurden in Haufen auf die Tundra geschmissen. Sie gefroren. Mit dem Grauwasser wurde es genauso gemacht. In der eisigen Kälte reißt das Plastik. Im Sommer ist das Ganze ein riesiger septischer Jauchetümpel. Der Gestank war entwürdigend.« Er sah sie von der Seite an. »Kannst du es dir vorstellen?«

»Lebhaft.«

»Es wird jetzt besser, wo Kanada uns einen Teil unseres Territoriums zurückgegeben hat. Aber vieles taugt nichts. Sie haben im Fernsehen einen Inuit-Superhelden, der das Interesse der Kids an Inuktitut wecken soll. Ich hoffe sehr, dass die Sachen, die wir hier in Trudeau entwickeln, Schule machen. Ich möchte, dass die Inuit Polaranzüge tragen und zum Beispiel in Trudeauiglus wohnen statt in hölzernen Kastenhäusern mit Spitzdächern und Resopal und Linoleum. Ich finde, das wäre eher eine natürliche Weiterentwicklung, anders als diese von außen aufgepfropfte Schrottarchitektur. Unsere Iglus hier sind natürlich den Schneehäusern der Inuit nachempfunden. Wir haben sie bloß modernisiert.«

»Wie hat es dich nach Trudeau verschlagen?«

»Die Antwort ist schlicht: Mackenzie. Ich hab ihn kennen gelernt, als ich auf dem College war. Ich hab damals alles getan, um gut in der Schule zu sein und mit einem Stipendium von zu Hause wegzukommen. Ich bin nach Süden gegangen, hab in Dalhousie Maschinenbau studiert und war fest entschlossen, nie mehr in die hohen Breiten zurückzukehren. Aber nach und nach hat es mich wie einen Eisenspan nach Norden gezogen. Es hat nicht lange gedauert, und ich hab Ölbohrplattformen auf dem Eis knapp oberhalb des Polarkreises gebaut, bis eines Tages Mackenzie wieder auftauchte und mir erzählte, er hätte viele der Elemente für die Station beisammen, er hätte den Traum, aber bräuchte jemand mit besonderen Fähigkeiten, um ihn zu verwirklichen. Er gab mir freie Hand. Ich kann dir nicht sagen, wie aufregend das war.

Mac hat mir die Arktis zurückgegeben. Zwei Sommer lang hab ich in Little Trudeau für ihn die Pläne gezeichnet. So was hatte vorher noch nie jemand gebaut.«

Neid regte sich in ihr. »Du kannst von Glück sagen, dass du so einen Mentor hattest.«

»Mentor? Eher Lebensretter. Hattest du je einen Menschen, der dein Leben so verändert hat?«

Sie schüttelte den Kopf. »Nein. Ich versteh mich ganz gut mit meinem Boss, aber das ist kein Vergleich. Niemand hat mich je an die Hand genommen, was vermutlich der Grund ist, dass ich mich im Zusammenspiel mit andern schwer tue. Ich musste mich durchboxen.«

»Das Zusammenspiel zu zweit scheinst du ganz gut zu verstehen.« Er zog sie zu einem Kuss an sich.

»Und du scheinst die Herausforderung zu lieben.«

»Persönlich oder als Ingenieur?«

»Beides, aber ich meinte als Ingenieur.«

»Klar. Und eine gute Portion ethnischer Stolz ist auch mit dabei. Die Leute denken immer, der Ingenieur der Station müsste ein Deutscher oder ein Däne sein.«

»Aber sicher. Von einer Hillbilly-Tussi erwarten sie auch nicht viel.«

Nimit lachte.

»Was war der schwerste Teil bei den ganzen Bauarbeiten?«

»Vielleicht die drei Iglus am Ende. Sie sitzen auf Stelzen, die ich in die Tundra getrieben habe. Auf die Weise sammeln sich keine Schneewehen daran und taut der Permafrost nicht durch die Wärme. Permafrost ist genau das, was das Wort sagt: ein Boden, der ganzjährig gefroren ist, selbst bei ständiger Sonneneinstrahlung, und deshalb hab ich eine Technik sibirischer Bauingenieure übernommen. Man heizt ein Stahlrohr auf, bis es rotglühend ist, und treibt es dann in die gefrorene Erde. Wenn man es rauszieht, kommt im Innern ein Stück Tundra mit. Man rammt dann das leere Rohr wieder rein und füllt es mit Beton. Ökologisch nicht ganz koscher, aber in der Bauphase hat die Regierung manchmal ein Auge zugedrückt, wenn Schäden unvermeidlich waren. Unsere Aktivitäten auf dem Meereis finden heute weitaus weniger Verständnis, vor allem in den Sommermonaten, wenn die Tundra offen und verletzlich ist und die kleinste Schramme sich ganz schnell zu einem tiefen Graben auswächst.

Jedenfalls haben wir den ganzen Sommer über wie verrückt an Big Trudeau gebaut, rund um die Uhr. Ich hatte zwei Bautrupps, die ständig im Wechsel gearbeitet haben, wie beim Staffellauf. Die Iglus haben wir vierhundert Meilen südlich von hier zusammengesetzt und sie dann übereinander gestapelt und mit schweren Helikoptern hergeflogen. Es sah aus, als ob Riesenmücken mit Glasglocken unterwegs waren. Alle Leute liefen raus und jubelten uns zu, als wir ankamen. Mein Trupp hatte unten im Süden die Montage geübt. Wir hatten das Ganze bis zur letzten Schraube geplant und vorbereitet. Die großen Hubschrauber ließen die Iglus an den vorgesehenen Standorten ab, und wir montierten alles zusammen wie einen Stabilbaukasten. Als dann der Winter kam, wusste ich, dass der Norden mich wiederhatte.«

»Ich bin froh, dass du zurückgekehrt bist«, sagte sie mit leicht belegter Stimme, selbst überrascht, wie sehr er sie berührte.

»Du solltest jetzt schlafen«, meinte er und küsste sie.

»Ich hab vergessen, wie das geht.«

»Schließ einfach die Augen. Den Rest mache ich.«

Der Wind kam mit sieben Knoten von Norden. Tief ziehende, aufgewühlte Wolken. Sichtweite unter vier Kilometer. Der Zeitpunkt zum Aufbruch.

Ein amerikanisches U-Boot, ein Jäger, war knapp außerhalb der Hoheitsgewässer gemeldet worden. Die Cowboys würden nicht lange warten müssen, dachte Nemerow. Er befahl, die Leinen loszumachen, und steuerte das Boot vorsichtig von seinem Liegeplatz zum weit offen stehenden Tor hinaus. Es glitt sofort unter die Wasseroberfläche, blieb aber in der von den Eisbrechern freigehaltenen Fahrrinne in Sehrohrtiefe.

Außer Rudenko und dem Zivilisten Koit gehörten alle an Bord zu Nemerows alter Besatzung: Tschernawin hatte darauf bestanden. Das Schiff war neu: die *Arkangel*. Es war nicht einmal Zeit gewesen, sie offiziell in Dienst zu stellen. Sie war ebenfalls ein U-Jäger, acht Knoten schneller als Raketen-U-Boote wie die *Rus*, und leiser. Im Unterschied zu den Stahlhüllen anderer Boote machte sich der Titanrumpf magnetisch nicht bemerkbar.

Der Vertreter der Werft in Sewerodwinsk hatte mit ihren Fähigkeiten und ihrer Form geprahlt. »Wie Sie sehen, ist der Turm nicht mehr als eine Beule, sieht aus wie der Buckel eines Wals, dem sie ja auch am ehesten ähnelt. Sie schneidet mit vollendeter Eleganz durchs Wasser. Ein zweites Schiff wie sie wird es zu meinen Lebzeiten nicht geben.«

Nemerow teilte die Begeisterung des Schiffsbauers nicht. In ihrer modernen Schnittigkeit sah er keine Eleganz, sondern eine atavistische Bedrohung. Dies war ein Boot, das andere U-Boote abfing, um sie zu vernichten. Aber offensichtlich hatte Tschernawin ihnen das Beste gegeben, was die Marine besaß. Das verstärkte sein ungutes Gefühl noch.

Nach vierzig Minuten Fahrt hängte sich das amerikanische U-Boot an ihre Fersen und folgte ihnen in sicherer Entfernung, bis ein zweites Unterseeboot der russischen Nordflotte vom Meeresgrund aufstieg, hinter der *Arkangel* Zickzack fuhr und damit das Sonar des Verfolgers hoffnungslos verwirrte.

Kapitän zur See Nemerow führte das Periskop einmal ganz im Kreis herum. Die Wellen waren hoch. Er befahl, steil auf Tauchfahrt zu gehen. Die *Arkangel* stieß in die kälteren Wasserschichten hinab, und unter dem Eis richtete sie ihren Bug nach Norden.

28

Hanley zog die Schutzkleidung an und betrat das Hochsicherheitslabor. Dort legte sie von den Wurmproben aus Skudras Labor Kulturen an. Im Vorraum ging derweil Uli die Borde mit Flaschen und Petrischalen durch, kontrollierte die Kulturen von Ogatas Autopsie und schrieb für jede den Status auf.

»Nummer eins null drei, negativ. Eins null vier, negativ. Eins null fünf, negativ.«

Uli schaute von seinen Zetteln auf und rief ins Hochsicherheitslabor hinüber: »Jessie, es gibt bei keiner einzigen Probe toxische Bakterien.«

»Ich weiß«, rief sie zurück. »Es ist unheimlich frustrierend.«

»Aber ... könntest du mal kommen? Ich muss dich was fragen, bevor ich weitermache.«

»Komme sofort.« Hanley machte die Kultur fertig, die sie gerade in Arbeit hatte, stellte sich unter die Desinfektionsdusche und trat hindurch ins äußere Labor. Sie nahm ihren Helm ab und begab sich an den Arbeitstisch, auf dem Uli Berichtblätter mit den Resultaten von etlichen Dutzend Versuchen, Bakterien von Ogatas Gewebeproben zu kultivieren, ausgelegt hatte.

»Was möchtest du wissen?«

»Ich frage mich, ob ich vielleicht was falsch mache. Kann es sein, dass jede Kultur *Resultat: negativ* hat?«

»Na ja, wenn es nichts gibt, dann gibt es nichts.« Sie ließ den Blick über die lange Reihe der Ergebnisse schweifen, blätterte eine Seite zurück, dann noch eine. »Oha«, sagte sie und schaute die Blätter abermals durch. »Sie sind *total* negativ.«

»Ja«, sagte Uli. »Alles.«

»Und Bascombs Laborwerte?«, fragte Hanley, während sie sich ihres restlichen Anzugs in Rekordzeit entledigte.

Uli überflog die Seiten und nickte. »Null. Ist das wichtig?«

Hanley schnappte sich die Ausdrucke und lief damit schnurstracks zum Laptop. Die Netzwerkverbindung nach Kalifornien war aktiv. Hanley drehte die Lautstärke auf und schrie: »Ishi?«

»Ja. Hast du was?«

»Eigentlich eher nichts. Aber so viel nichts, dass es fast schon etwas ist. Total irre Befunde. Uli ist bei mir.« Auf den Bildschirm deutend, sah sie sich zu ihrem Kollegen um. »Erzähl's ihm.«

Uli sagte: »Ja, also, wir haben hier zu viele negative Resultate in den Bakterienkulturen.«

»Ishi.« Hanley war ganz aufgeregt. »Die Kulturmedien zeigen nicht die geringsten Anzeichen von Bakterien. Verstehst du, Ishi? Nicht nur keine toxischen Bakterien. Nicht nur keine potenziellen Pathogene. Auch keine harmlosen Bakterien. Gar keine Bakterien.«

»Im Ernst?«

»Es ist so«, sagte Hanley. »Die Körper sind vollkommen frei von Bakterien. Die ganze normale Flora fehlt. Es ist, als wären Ogata und Bascomb von dem, was ihr Atmungssystem und ihre Blutzellen zerstört hat, blitzblank gefegt worden.«

»Das ist ja unglaublich. Ich werde mich mal nach Präzedenzfällen umschauen, aber auf Anhieb würde ich sagen, dass wir keine finden werden.«

Hanley lehnte sich auf ihrem Laborstuhl zurück. »Wie lässt sich so was auch nur ansatzweise erklären? Normalerweise hat man – wie viel? – ungefähr zehn bis hundert Millionen Bakterien in jedem Gramm Gewebe zwischen Magen und Rektum. Jedes Mal, wenn man zum Klo geht, scheidet man hundert Milliarden Bakterien aus. Im Mund, in Zahnfleisch und Zähnen hat man noch mal –« Sie rief Dee herbei, die es wissen musste. »Wie viele Bakterien hat ein Mensch im Mund?«

»Zehn Milliarden, haben sie uns im Studium beigebracht. So was wie zweihundert Arten.«

»Okay, noch mal zehn Milliarden«, wiederholte Hanley. »Anderswo noch mehr. Hundert Billionen insgesamt. Vierzehn Nullen. Das macht ein ganzes Pfund mikroskopisch kleines Kroppzeug. Und diese Leichen haben kein einziges Bakterium. Nichts. Null.«

»Mir ist noch nie was begegnet, was auch nur entfernt vergleichbar wäre«, meinte Ishikawa.

Hanley sagte: »Uli, kannst du mir alle Resultate bringen, damit ich sie an Ishi senden kann?« Uli nickte und eilte hinaus.

»Na gut, Ishi, sehen wir es mal positiv. Ich denke, wir haben damit einen bakteriellen Verursacher ausgeschlossen.« Sie setzte sich hin. »Das grenzt die Sache ein. Andererseits werden die Antibiotika, die ich mitgebracht habe, im Fall eines neuen Ausbruchs nichts nützen. Und so schnell, wie dieses Ding wirkt, kann ich mir nicht vorstellen, dass irgendeines der Virostatika, die momentan auf dem Markt sind, eine Chance hätte.«

Hanley schloss die Augen und versuchte, Ordnung in die Flut der Spekulationen zu bringen, die ihr durchs Gehirns rauschten. In dem kleinen Kasten am Bildschirm sah sie Ishikawa hektische Bewegungen machen wie ein Stummfilmschauspieler.

»Okay. Jetzt wissen wir, dass es ein Virus ist, was wir suchen«, sagte Hanley. »Vielleicht ein Prion. Vielleicht Mykoplasma. Aber Botulinum scheidet aus. Tetanus auch. Und alle ihre Schwestern und Cousinen und Tanten.« Sie knetete ihre Schulter. »Normalerweise hat ein bakteriophages Virus eine Bakterienart, auf die es Jagd macht. Sobald das Virus diesen Wirt aufgefressen hat, ist es am Ende. Was wir hier haben, ist die Urmutter aller Bakteriophagen. Der virale Allesfresser. Statt nur einen Stamm tötet dieses Monstrum alle und hört nicht eher auf, als bis auch der letzte ausgerottet ist. Mann, das ist kaum vorstellbar.«

»Ein solches Virus hätte den Lauf der Evolution verändert«, sagte Ishikawa. *»Ich denke, du solltest die ganzen Tests auch an Kossuth vornehmen, damit du wirklich Gewissheit hast. Und Jess? Bist du allein?«*

»Ja, Ishi?« Sie stellte den Ton leiser.

»Auch wenn die Ursache nicht bakteriell ist, dürfen wir, glaube ich, einen Biokampfstoff nicht ausschließen. Cybil meint, die Einzigen außer uns, die an manipulierten Pathogenen arbeiten, sind etliche von den alten Sowjets. Sie sind nicht mehr fest in irgendwelchen Labors beschäftigt, sondern als Freie tätig. Ein paar bei den Franzosen, ein paar im Nahen Osten. Sie weiß, wo die meisten stecken und was sie treiben. Zwei oder drei sind spurlos verschwunden, zweifellos im Dienst reicher Auftraggeber. Die Übrigen fahren wahrscheinlich irgendwo Taxis, aber wer weiß. Tarakanowa steht nicht auf der Liste. Cybil sagt, nach ihren Informationen scheint Tarakanowa auf Reisen gegangen zu sein, sobald sie wieder in Russland war. Sie will schauen, ob irgendwelche der bekannten Biowaffenforscher in jüngster Zeit Kontakt zu Leuten in Trudeau hatten, sie vielleicht überredeten, ein bisschen außerdienstlich rumzulaborieren.« Ishikawa wühlte in einem Papierstalagmiten. *»Nehmen wir mal bis auf weiteres noch an, es ist was Natürliches, nichts künstlich Hergestelltes. Was für natürliche Vektoren kämen dann für unseren Bakterienfresser in Frage?«*

»Die Arktis ist im Sommer ein Tummelplatz von Zugtieren, nicht wahr? Starke Populationen von Narwalen, Walrössern, Robben, Kabeljauen, Bären, Füchsen. Vögel, jede Menge Vögel. Die sind immer verdächtig.«

»Du denkst an so was wie diese Lungengeschichte in Cleveland oder die Vogelgrippe in Asien? Das heißt, die Eintrittspforte wären die Atemwege ...?«

»Richtig. Sie bemerken den Vogelkot nicht, als sie das Lager beziehen, und am nächsten Tag: peng! In der Arktis geht es nicht zu wie anderswo. Die Tiere hier oben können ihren Stoffwechsel zeitweilig abschalten. Nicht bloß Säugetiere wie Bären. Bakterien, Hefen, Pilze hören einfach auf zu leben, bis die Bedingungen wieder wirtlich werden. Irgend so einer sitzt da draußen und wartet, und da kommen diese armen Teufel daher und laufen ihm direkt in die ... na ja, Arme.«

»Verstehe. Du weißt, was das bedeutet, nicht wahr?«

»Sicher. Ich darf auf Vogelscheißjagd gehen.« Sie zündete

sich eine Zigarette an. »Eine schöne Wüste, in die Munson mich da geschickt hat. Ich dachte, ich komme in die totale Einöde. Ein paar Tierarten, ein Dutzend maximal. Denkste. Wie sich rausstellt, ist die Arktis ungefähr so leer wie Sausalito am Samstagabend.« Hanley schloss die Augen und legte den Kopf in den Nacken. »Du kannst dir nicht vorstellen, wie sehr ich den Ozean vermisse. Und die Sonne. Mann, selbst ein beschissener Regentag am Strand würde sich im Moment wie ein Sonnenbad anfühlen.«

»Jess, ich mach mir ein bisschen Sorgen um dich. Gibt's eine Möglichkeit, dass du mehr Hilfe bekommst? Vielleicht könnte die Ärztin, die die Autopsien gemacht hat, dir beispringen. Es darf nicht passieren, dass irgendeine entscheidende Tatsache übersehen wird, nur weil du unter Schlafentzug leidest.«

»Ich weiß, ich weiß.« Hanley blickte sein Bild in der Ecke ihres Computerbildschirms an. »Du siehst selbst ein bisschen alt aus. Alles okay mit dir?«

»Ja, bloß ausgelutscht.«

»Tut mir Leid, wenn ich dir noch mehr Arbeit aufhalse, aber ginge es, dass du Tarakanowa irgendwie auftust? Ishi, ich muss wissen, was sie vor ihrer Abfahrt gesehen hat. Und was ist, wenn sie selbst angesteckt wurde? »

»Ich mach mich dran, Jess.«

»Scheiß auf die diplomatischen Kanäle, Ishi. Wenn du sie persönlich aufstöbern musst –«

»Schon klar, Jess. Sayonara.«

»Arigato, Kim.« Sein Bild verschwand vom Monitor.

Hanley holte tief Luft und widerstand der Versuchung, sich noch einmal die Farbfotos von den Autopsien anzuschauen. Sie atmete langsam aus und konzentrierte sich darauf, ihre Hände zu entspannen, dann ging sie weiter zu den Armen, den Schultern und achtete darauf, tief und regelmäßig zu atmen. Der Gedankenfluss wurde ein dünnes Rinnsal, aber das lästige Tröpfeln wollte nicht aufhören. Keine Bakterien. Wie lange konnte ein Körper ohne Bakterien überleben? Atmung. Lungen. Schwefelwasserstoffspuren im Lungenfeld. Wo zum Teufel kamen die her? Tief ausatmend reckte sie sich und stand mit einem Seufzen auf.

Sie blickte in die arktische Dunkelheit hinaus, die nur von den Sternen und den gedämpften Lichtern rings um die Station geringfügig erhellt wurde. Ihr war schwindlig. Von der Schlaflosigkeit, hoffte sie. Hatten Bascomb und die anderen sich in den Stunden vor ihrem Tod so gefühlt? War das ein erstes Symptom von etwas anderem als Müdigkeit? Hanley fühlte ihren Puls. Normal.

Ganz Trudeau war nervös. Dee hatte ihr erzählt, dass die Leute dreimal so häufig wie sonst die Krankenstation aufsuchten. Vielleicht sollte sie das auch tun, einfach die Kopfschmerzen untersuchen lassen. Sie fühlte sich richtig benebelt. Vielleicht sollte sie sich ein Weilchen hinlegen. Hanley konsultierte ihre Bachblütentabelle und wählte Ulme für Situationen, in denen man meint, »seiner Aufgabe nicht gewachsen zu sein«. Dann legte sie sich hin, zog sich ihre Buchweizenspelzenmaske über die Augen und machte eine Tiefenatmungsmeditation. Scheiße, vielleicht sollte sie eine Zigarette rauchen, oder einen Joint. Sie war hundemüde. Sie döste ein paar Minuten, bis ein bekanntes Krampfgefühl im Unterleib sie weckte. Na, positiv denken, sagte sie sich. Wenigstens bist du nicht schwanger. Der Schmerz trieb sie, sich ruckartig aufzusetzen und sich zusammenzukrümmen. Als das Reißen kurzzeitig abklang, taumelte Hanley zur Toilette und setzte sich. Nichts.

Sie zog sich am Waschbecken hoch. Ihr Blick blieb an etwas in der weißen Kloschüssel hängen. Auf dem Grund des Wassers schwamm rotes Blut in einer dichten Wolke. Ihres. Hanley krümmte sich abermals vor Schmerzen und ging neben der Schüssel in die Hocke. Zitternd schlang sie die Arme um ihre Mitte.

»Verdammt«, stöhnte sie. Das Blut im Wasser war vollkommen still, eigenartig schön.

Der Körper ist ein Organismus, dachte sie, um sich von den Schmerzen abzulenken. Der Körper besteht aus Zellen. Eine Billion Zellen. Ein Viertel davon Blut.

Drei Menschen waren unter grauenhaften Umständen ums Leben gekommen; die roten Blutkörperchen waren geplatzt, der Inhalt ausgelaufen. Irgendein unbekanntes Agens von ungeheurer Toxizität und Schnelligkeit blockierte die Lungen und stoppte den Transfer von Sauerstoff an die roten Blutkörperchen. Binnen Minuten konnten sie nicht mehr sprechen, nicht mehr sehen, nicht mehr atmen.

Die Krämpfe ließen ein wenig nach. Sie erhob sich, tappte zum Bett und legte sich vorsichtig hin. Ihr Zyklus war völlig durcheinander, ihr ganzer Körper war aus dem Takt, konnte sich nicht an den lichtlosen arktischen Tagesrhythmus anpassen. Erschöpft, kaputt und geil auf Jack, dachte sie, was für eine Kombination!

Sie drehte sich auf die Seite und betrachtete das Zimmer, um sich zu beruhigen. Es war in warmen Farben mit sanften Übergängen gehalten, genau wie die Frauenarztpraxis, in der sie Lamaze-Kurse besucht hatte, als sie mit Joey schwanger gewesen war. Deutlich dazu gedacht, einem die Angst zu nehmen. Trotz der abflauenden Krämpfe war ihr hohl und übel.

Dee rief zur Tür herein.

»Hast du mal einen Lippenstift für mich? Mir gehen meine schon aus, und dabei ist der Winter noch keinen Monat alt.«

»Mann, da bist du bei mir an der falschen Adresse. Ich hab, glaube ich, seit der Highschool kein Make-up mehr benutzt.«

»Solltest du aber vielleicht«, sagte Dee mit wissendem Grinsen. »Man weiß nie, wer drauf stehen könnte.«

Hanley war baff. Die Wände hier waren wirklich aus Glas. Sie war sich nicht sicher, was sie von der Sache mit Jack halten sollte oder wie tief die Gefühle waren, die er in ihr auslöste. Aber ganz gewiss wollte sie nicht, dass in der Öffentlichkeit darüber spekuliert wurde, auch wenn die Öffentlichkeit nur aus Dee bestand.

Dee betrachtete sich im Badspiegel. »Ich kriege schon diese Polarblässe. Weiß wie ein Laken.« Sie schnitt sich selbst eine Grimasse. »Wirken die Nikotinpflaster bei dir?«

»Merken tu ich nichts«, sagte Hanley, angelte sich eine Zigarette vom Nachttisch und zündete sie an. »Aber der zusätzliche Nikotinschub ist immer angenehm.«

Dee kam in den Wohnbereich zurück. Sie sagte: »Ich wollte für die Sardinenparty bei den Deutschen wenigstens halbwegs menschlich aussehen. Gehst du auch?«

»Sardinen?« Hanley machte ein Gesicht. »Hab ich noch nie gemocht. Anchovis auch nicht.«

Dee lachte. »Der Name bezieht sich auf die Größe der Räumlichkeiten, wie in ›zusammengequetscht wie‹. Niemand wird dich zwingen, kleine Fische zu essen.«

»Danke, aber ich passe. Ich glaube nicht, dass ich mich im Augenblick in Partykluft werfen könnte.«

Nachdem Dee gegangen war, stöberte Hanley ihren Vorrat an CDs und Kassetten durch und entschied sich für Joeys Aufnahme der Strandbrandung. Sie setzte Kopfhörer auf und hörte sich einmal mehr an, wie am Laguna Beach die Wellen brachen.

Nach zehn Minuten gab sie es auf und legte die DVD mit den beiden Autopsien ein. Krügers Obduktionsberichte waren auf Hanleys Laptop, und sie verglich jeden Schritt der Prozedur damit.

Zum x-ten Mal beobachtete sie, wie Dr. Krüger in die Leber und die Nieren schnitt. Sie nahm ein Stück Körperfett, wog es, legte es in Formalin und trug dann Dee auf, die diversen Flüssigkeiten zu entnehmen. Als Nächstes kamen Darmproben. Die unvermeidliche Dehydrierung der Leiche erschwerte die Arbeit. Die beiden schlugen sich wacker, aber der Stress der unvertrauten Verrichtungen und der Nähe zu einer Leiche, die ihnen Freundin und Geliebte gewesen war, waren in der Stille deutlich zu spüren. Die wenigen Worte, die sie wechselten, waren rein sachbezogen und begleitet von den Geräuschen der Instrumente und Hilfsmittel, mit denen sie Proben entnahmen von Muskeln, vorderer Bauchdecke, Bauchspeicheldrüse, Halsmark, Aorta, Eierstöcken, Hirnrinde.

Keine der Flüssigkeiten, die sie aus dem Körper zogen, war rot. Als Lebende war Annie Bascomb eine braune Schönheit gewesen; als Tote hätte sie ein Albino sein können. Ihr aller Farbe beraubter Körper war so blass, dass man fast meinte, hindurchschauen zu können.

Gegen Ende nahm Dee die bescheidene Stoffabdeckung von Annie Bascombs Gesicht. Jemand außerhalb des Bildes ließ deutlich einen Schreckenslaut hören. Dee blickte auf, aber Hanley konnte ihren Ausdruck hinter dem Kunststoffschutzvisier und der OP-Maske nicht erkennen. Die Verstorbene war den Menschen hier eine Freundin und nahe Kollegin gewesen. Ihr furchtbar entstelltes Gesicht hätte jeden von ihnen geschockt. Was von den Augäpfeln übrig war, war eingefallen und flach, was dem Gesicht ein ganz und gar absonderliches Aussehen verlieh. Es war gruselig, selbst auf Video, selbst für jemand Fremdes.

Die weiß verhüllten Gestalten auf dem Bildschirm standen still, und die einzigen Geräusche waren das Klicken des Auslösers und das Surren der Transportautomatik der Kleinbildkamera.

Hanley hielt das Bild an und griff sich eines der Standfotos vom Ende der Operation. Sie verglich die beiden.

Auf keinem war irgendwelche Feuchtigkeit an den Lippen zu sehen.

Hanley trat an das gewölbte Fenster ihres Quartiers und lehnte den Kopf dagegen, wünschte beinahe, sie könnte die arktische Kälte an der Haut fühlen. Im Licht der Außenlampen schimmerte die Eisfläche unter ihr wie die gesprungene Glasur von altem Porzellan.

Hanleys Computer piepte. Als sie sich einloggte, war Joey am Videophon.

»*Mama!*«

»Liebling«, rief sie aus. »Wie hast du bloß –«

»*Dr. Ishikawa hat mir 'ne winzige Kamera geschickt und Papa erklärt, wie er sie an den Computer anschließt. Ich kann dich sehen, ich kann dich sehen!*« Er winkte begeistert.

»Schätzchen, wie wunderschön, dich zu sehen. Ach, wie gern würde ich –«

»*Wie ist es, Mama? Ist es aufregend? Wie fühlt man sich so da oben?*«

»Verrückt. Wie auf einem andern Planeten. Es gibt Leute, die bereiten sich nördlich des Polarkreises auf einen Flug zum Mars vor, weil die Ähnlichkeit mit dem Mars nirgends sonst auf der Welt so groß ist.«

»*Wow! Ist es wirklich dunkel?*«

»Ja, aber man könnte im Sternenlicht Zeitung lesen. Die Sterne gehen niemals unter. Und wenn der Mond scheint, ist er so hell, dass er Schatten wirft.«

»*Frierst du die ganze Zeit?*«

»Nein, in der Station ist es ganz schnuckelig. Draußen ist es so kalt, dass es brennt, sagen sie, aber wenn man seinen Polaranzug anhat, macht einem das nichts aus. Man darf allerdings keine Ohrringe oder Fingerringe tragen. Oder diesen Nasenring, den du dir zulegen willst, wie ich höre.«

»*Mama!*«

»Erwischt! Doch, es ist sehr aufregend. Irgendwie auch beängstigend.«

»*Mama, Mama, das hätte ich fast vergessen. Wir sind mit der ganzen Klasse ins Aquarium in Monterey gefahren, und wir haben Arbeitsgruppen gemacht, und ich durfte den Kopf eines winzigen Haies sezieren. Es war richtig cool.*«

»Ach was.«

»*Doch, echt. Es war irre. Alle haben ihre Stücke in Trockeneis verpackt mit in die Schule gekriegt, und da haben wir weiter dran gearbeitet und alles aufgeschrieben.*«

»Du auch?«

»*Klar.*« Er nickte heftig. »*Auf meinem Laptop. Ich mache jetzt alles am Laptop. Selbst Mathe.*«

»Und, nützt es was?«

»*Sehr, Mama.*«

»Das ist toll, Schatz.«

»*Hast du den Superkeim schon gefunden?*«

»Nein.«

»*Und den Vektor?*«

Sie lachte. »Auch nicht. Ich wusste gar nicht, dass du den Ausdruck kennst.«

»*Na klar*«, sagte er eingeschnappt. »*Sind die toten Leute infiziert?*«

»Nein.«

»*Bist du sicher?*«

»So ziemlich. Vorsichtshalber haben wir sie in Isolatoren getan.«

»*Quarantänesäcke.*«

»Ja«, sagte sie und staunte abermals. »Du hast lange Ohren.«

»*Was ist mit den andern toten Leuten? Könnte ich sie mir mit meiner Klasse mal anschauen?*«

»Was für andere tote Leute?«

»Die in der Grabstätte.«

»Wovon redest du? Hast du schon wieder spät nachts irgendwelche Horrorfilme geguckt?«

»Nein, nein. Schau.« Sein Bild zog sich zu einem Kasten in der Ecke zusammen. Auf dem Bildschirm erschien eine Beschreibung von Little Trudeau, dann Bilder von archäologischen Funden: Knochenmesser, steinerne Hauwerkzeuge, Knotenschnüre, ein Walrosszahn mit Schnitzereien. *»Es ist eine arch…, arch…«*

»Eine archäologische Ausgrabung«, half ihm seine Mutter. Sie schüttelte stolz den Kopf. »Du hast ja richtig recherchiert.«

»Klar.« Er wurde schüchtern. *»Ein bisschen. Die ganze Klasse hat sich mit unserm Computerlehrer die Website angesehen.«*

»Ich muss sagen, ich bin beeindruckt.«

»Echt?«

»Total.«

»Mama, könntest du mir Bilder von den Mumien besorgen? Wir haben keine gefunden, und ich hab irgendwie versprochen, du könntest das machen.«

»Sicher, Schatz. Aber hör mal, du musst deinem Vater nichts davon erzählen, dass wir über Tote und Haiköpfe geredet haben. Du weißt, dass er das nicht mag.«

»Sicher, Mama. Das regt ihn bloß auf.« Irgendetwas tat sich im Hintergrund. *»Ich muss los. Mach's gut.«*

»Du auch, Schatz.«

Urplötzlich war der Bildschirm leer, und sie war allein in der Welt.

29

Früh am Samstagmorgen, während die anderen aus ihrem Team noch beim Frühstück saßen, schlüpfte Hanley aus ihrem gemeinsamen Bett mit Nimit und las die über Nacht eingegangene Mail aus L.A. Dann schlich sie leise ins Labor. Sie war schon fast zwei Wochen hier, und bis jetzt dachte der Erreger nicht daran, sich in irgendeinem der menschlichen Gewebe oder einer von Skudras Proben zu zeigen. Nirgends ein Fluoreszieren, kein Zeichen einer positiven Reaktion. Die Gläser mit Kaninchenblut glänzten noch immer wie dunkle Rubine, keines hatte die blassrosa Farbe wie bei den Opfern angenommen.

Sie hatte in der Station getan, was sie konnte. Nun war es Zeit, hinaus aufs Eis zu gehen und den Ort zu untersuchen, wo sie erkrankt und gestorben waren.

Und nun hatte sie auch noch Joey Fotos von Little Trudeau versprochen. Er fand sich mit ihrer Abwesenheit so tapfer ab; ihm Angebefutter für die Schule zu liefern war das Mindeste, was sie für ihn tun konnte.

Sie ging ins Bad und schaute auf ihre Tabelle mit Bachblütenrezepten. Qual der Wahl: Brauchte sie Espe, »bei vagen, unerklärlichen Ängsten«, oder Hainbuche, »wenn man glaubt, die täglichen Pflichten nicht bewältigen zu können«?

»Ach, scheiß drauf.« Sie nahm ein paar Tropfen von beidem, zog sich geräuschlos an, um Jack nicht zu wecken, und begab sich zu ihrer Verabredung mit Ingrid Krüger. Auf dem Korridor kam sie an zwei Wissenschaftlern mit Mundschutz vorbei. Traten sie beiseite, um ihr aus dem Weg zu gehen, oder waren sie nur höflich?

Ingrid Krüger saß auf dem Squashplatz am Boden, den Rücken an die Wand gelehnt. Sie las, wie Hanley gleich erkannte, in Annie Bascombs Tagebuch aus dem Feldlager. Hanley begrüßte sie und setzte sich neben sie.

»Was gefunden?«, fragte sie mit Blick auf das Tagebuch.

Krüger blätterte zu einer bestimmten Seite zurück und deutete auf einen Eintrag.

Himmel, Arsch und Zwirn! Was haben die sich bloß dabei gedacht? Es ist ungeheuerlich. Und wahnsinnig gefährlich.

Hanley richtete sich auf. »Ist das aus neuerer Zeit? Wissen Sie, wovon sie redet?«

»Beide Male nein. Geschrieben hat sie es diesen letzten Sommer. Und ich habe keine Ahnung, was damit gemeint ist.«

»Sie waren Annie Bascombs engste Freundin in der Station?«

»Ja.«

»Aber Sie wissen nicht, wovon sie redet –«

»Hören Sie«, unterbrach Krüger. »Ich habe sie geliebt. Wir waren zusammen. Sie hatte eine Persönlichkeit, die jeden in ihren Bann schlug. Ich bin schwierig und nicht unterhaltsam. Sie war schwierig, aber von einer ansteckenden Heiterkeit. Eine Aktivistin im besten und schlechtesten Sinne. Absolut unnachgiebig in den Dingen, an die sie glaubte. Annie musste man einfach gern haben, ob man ihrer Meinung war oder nicht. Sie hätten sie mal hören sollen, als die Meldung kam, dass die Inuit doppelt so viel Dioxin im Körper haben wie andere Kanadier. Es erstaunte sie nicht im Geringsten, dass dieses Gift aus Fabriken in den USA stammte. Dank der Witterungsverhältnisse bekommt die Arktis alles ab. Das Zeug wird hier angeweht und arbeitet sich in der Nahrungskette nach oben. Dioxin liebt Fett – genau wie die Inuit. Jedes Mal, wenn sie eine Robbe fangen, essen sie damit auch amerikanische Toxine. Wenn sie gekonnt hätte, glaube ich, hätte Annie auf der ganzen Länge der Grenze eine Mauer gebaut. Sie hätte bestimmt viele Freiwillige dafür gewonnen. Sie hat den Leuten hier viel bedeutet. Am meisten mir.«

»Wie werden Sie damit fertig?«

Sie bedachte Hanley mit einem langen Blick. »Gar nicht. Ich

bin nicht mehr gut mit Patienten, seit Annie tot ist. Ich glaube nicht, dass ich es je wieder sein werde. Jedenfalls nicht hier. Ich bin in Trudeau nicht mehr von Nutzen. Wenn es einen Weg gäbe, wäre ich schon gegangen. Im Frühling *werde* ich gehen. Ned Gibson auch. Die Leute sind dabei aufzugeben. Nach außen hin geben sie sich tapfer, gewiss, aber sie haben schreckliche Angst. Bis es so weit ist, sehe ich zu, dass ich nicht zusammenbreche. Wenn Sie also etwas wissen möchten, sollten Sie lieber direkt fragen, ja? Ich bin nicht in der Verfassung, feine Andeutungen zu verstehen. Was wollen Sie?«

»Ich möchte Sie um einen Gefallen bitten. Wir haben in den Kulturen der beiden Opfer« – sie vermied es, Annie beim Namen zu nennen – »ein bizarres Ergebnis bekommen, und zwar ein vollkommenes Fehlen von Bakterien. Es ist so bizarr, dass wir die gleichen Tests unbedingt auch an Alex Kossuth vornehmen sollten, einfach um sicher zu sein, dass unsere Befunde eindeutig sind. Jeder meiner Kollegen arbeitet bereits für zwei, und ich muss zur Polynja hinaus. Gibt es eine Chance, diese Proben auch von Kossuth zu nehmen?«

Krüger holte langsam und tief Atem, bevor sie antwortete. »Ich kann Ihnen sagen, dass Alex alle klassischen Anzeichen von extremer Hypothermie aufweist, aber wenn es Ihnen bei der Aufklärung hilft, wäre ich vermutlich imstande, eine einfache Autopsie durchzuführen. Vielleicht wäre eine handfeste Aufgabe sogar ganz sinnvoll. Allerdings bräuchte ich wohl ein, zwei Tage, um mich dafür zu wappnen.«

»Kein Problem. Lassen Sie sich Zeit. Und danke. Es würde uns wahnsinnig helfen. Und es tut mir Leid, wenn ich neugierig erscheine, aber dürfte ich Ihnen noch ein paar Fragen zu Annie stellen?«

»Fragen Sie.«

»Sie haben von dem Dioxin gesprochen. Ich weiß, dass es zu Annies Arbeit gehörte, die Bewegungen der Schadstoffe zu verfolgen. Sie war den Sommer über offensichtlich von irgendetwas aufgewühlt. Ich wüsste gern, ob sie in jüngster Zeit irgendwelche neuen Befürchtungen äußerte.«

Krüger wirkte von der Frage betroffen. »Neue Befürchtungen?«

»Ja. Vielleicht etwas, woran sie gearbeitet hatte, bevor sie zur Polynja hinausging? Ein besonders schreckliches Umweltgift, ein heißes Eisen, das sie nicht anzufassen wagte? Möglicherweise meinte sie das damit.« Sie deutete auf das Tagebuch.

Krüger überlegte einen Moment. »Annie war in den letzten Monaten nicht mehr ganz so enthusiastisch, was ihre Arbeit anbelangte, aber viele waren ganz dankbar, von ihrem Enthusiasmus eine Zeit lang verschont zu bleiben.« Sie lächelte über eine persönliche Erinnerung. »Ich hatte den Eindruck, dass sie etwas mit sich herumtrug, ein Techtelmechtel mit jemand anders vielleicht. Sie hat es mir nie gesagt. Ich hatte den Verdacht, dass Konflikte bei der Arbeit sie quälten oder dass sie sich Vorwürfe machte, weil sie sich mit jemand anders traf. Etwas anderes kann ich mir nicht vorstellen.«

»Sie waren nicht eifersüchtig?«

Sie lächelte traurig. »Nein, ich fand es nahe liegend, dass sie Interesse an Leuten ihres Umfelds hatte und die an ihr. Nur natürlich. Sie hat mir nicht gehört. Eifersucht empfand ich erst, als sie nicht mehr da war. Ich gehe immer wieder die letzten Monate durch und zerbreche mir den Kopf darüber, was sie wohl verschwieg. Jetzt kann ich sie nicht mehr fragen. Ich brenne darauf, in ihr Büro zu können. Aber ich warte natürlich, bis Sie den Raum freigeben.«

»Tut mir Leid. Mir war nicht klar, dass Sie gern hineinwollen. Die Proben, die wir aus ihrem Labor genommen haben, haben nichts erbracht, deshalb hätte ich das Band eigentlich längst abmachen sollen. Sie können jederzeit hinein, wenn Sie wollen.« Hanley hielt inne. »Eine letzte Frage«, setzte sie hinzu. Krüger war bereits aufgestanden, und sie erhob sich ebenfalls. »Haben Sie ihre Lippen und Ogatas mit Wasser benetzt, während Sie an den Leichen gearbeitet haben? Oder Kossuths?«

Krüger wirkte verwundert. »Wasser? Ich glaube kaum. Ich wüsste nicht, warum wir das hätten tun sollen.«

»Ich auch nicht.« Hanley hielt ihr die Hand hin. »Danke. Und wegen Ihres Verlustes mein herzliches Beileid.«

Ingrid Krüger biss sich auf die Lippe. »Der Verlust trifft alle. Alle. Gut, Sie werden Ihre Proben bekommen, aber jetzt gehe ich erst einmal schwimmen. Ich komme inzwischen auf viermal am Tag. Im Frühling werde ich so durchtrainiert sein, dass ich nach München zurückschwimmen kann.« Sie wandte sich ab. »Das Wasser ist der einzige Ort, wo ich nicht daran denke.«

»Kim Ishikawa!«, rief der Fremde aus und marschierte mit ausgestreckter Hand über den Parkplatz.

Ishikawa hob unwillkürlich die Hand und überlegte, wo er ihn einordnen sollte. Sie begrüßten sich. Der Mann schob sich seine Pilotensonnenbrille in die Haare zurück und sah ihn mit Augen an, die so grau waren wie die steinerne Mauer hinter ihm. Das Gesicht lächelte, die Augen nicht.

»Kennen wir uns?«, fragte Ishikawa.

»Äh …« Der Ton des Mannes verlor an Jovialität. »Nein, leider nicht.« Er bemühte sich um einen möglichst einnehmenden Gesichtsausdruck: heitere Aufrichtigkeit. »Walter Payne von der *Los Angeles Times*«, sagte er und hielt Ishikawa eine Karte hin.

Dieser nahm sie, fühlte mit dem Daumen die geprägten Lettern. Er sagte nichts und schloss seinen Toyota ab.

»Hätten Sie vielleicht einen Moment Zeit«, fuhr der Reporter hastig fort, »für einen kleinen Kommentar über die Fortschritte, die Ihre Kollegin in der Forschungsstation Trudeau macht?«

»Trudeau?«

»Bitte, Kim. Ich weiß, dass Sie es wissen. Und jetzt wissen Sie, dass ich es weiß.«

»Was?«

»Klar. Die Taktik der Gegenfrage. Wollen Sie mir nicht lieber direkt Auskunft geben, bevor ich was falsch verstehe? Oder Ihnen fälschlich was zuschreibe?«

»Ich fürchte, ich kann Ihnen nicht helfen.«

»Können Sie nicht oder wollen Sie nicht?«

»Haben Sie es schon bei unserer Pressestelle versucht?« Ishikawa deutete auf das Gebäude. Als er losging, blieb Payne an seiner Seite.

»Ja, ja. Mrs. G. und ich haben uns gerade nach ein paar Runden mit einem Unentschieden getrennt.«

»Und deshalb passen Sie mich auf dem Parkplatz ab?«

Der Reporter versuchte, sich verschwörerisch zu geben. »Ich brauche nichts weiter als ein kleines Zeichen zur Bestätigung der Geschichte da oben. Nur ein Nicken, ein Zwinkern, eine hochgezogene Augenbraue, zur Not eine Erektion.«

Ishikawa musste wider Willen grinsen. »Wie wär's mit einem Kopfschütteln?«

Payne lachte freudlos. »Nicht gerade das, was mein Redakteur sich erhofft.«

»Bedaure.«

»Kein Problem. Ich krieg's schon noch raus. Unerklärliche Todesfälle in der arktischen Eiswüste – so eine Story lässt man sich nicht durch die Lappen gehen. Gar nicht zu reden von dem, Zitat, beispiellosen Einflug mitten im Winter, Zitatende.«

»Haben Sie es mal bei den Kanadiern versucht? Ist Trudeau nicht deren Anlage?«

Payne grinste süffisant. »Sie haben also doch schon von Trudeau gehört. Sicher, unser Büro in Ottawa steht in Verhandlungen mit diversen Sprechern der kanadischen Regierung. Bis jetzt tun sie verwundert, dass wir danach fragen, verweisen uns an höhere Stellen, gehen der Sache nach, warten auf Aufklärung und füllen uns freundlich mit Tee ab.«

»Hört sich frustrierend an.«

»Kann man sagen.«

»Gut.« Ishikawa hielt die Visitenkarte hoch. »Falls sich etwas ergibt, melde ich mich.«

»Ich setz mich gleich ans Telefon«, sagte Payne, »und warte gespannt.« Er zog sich die Sonnenbrille wieder über die Augen. Sie hatten die Tür erreicht, durch die Payne ihm nicht folgen konnte. Ishikawa als Zutrittsberechtigter ging an der Wache vorbei ins Center.

Er steckte sich seinen Mitarbeiterausweis an und begab sich umgehend in Munsons Büro, um ihn zu informieren, dass sie jetzt die Presse am Hals hatten. Munson wies die Sicherheitskräfte an, das Gelände abzuriegeln und das Wachhäuschen an der Parkplatzeinfahrt zu besetzen.

»Haben Sie bei sich zu Hause irgendwelche Akten oder Disketten oder irgendwas auf der Festplatte?«, fragte er.

»Nein«, antwortete Ishikawa. »Es ist alles hier.«

»Gut«, sagte Munson, »dann haben wir die Chance, noch eine Weile den Deckel draufzuhalten.«

»Les?«

»Ja.«

»Jess möchte, dass ich die Russin aus dem U-Boot ausfindig mache.«

Munson zögerte. »Ja, sie hat Recht. Dafür kriege ich sicher eins drüber, aber in so einem Fall muss wohl der Boss den Kopf hinhalten, was?« Munson schwenkte mit seinem Bürostuhl herum. »Okay. Legen Sie los. Und wenn Sie schon mal dabei sind, schauen Sie, ob irgendwer auf dieser Liste von ehemaligen Trudeauianern Ihnen was sagen kann, das Jess vielleicht weiterhilft. Wie es aussieht, war eines der Opfer«, er kramte auf seinen Schreibtischbergen nach der E-Mail von Jessie, »diese Bascomb, wegen irgendwas sehr besorgt, aber selbst ihre Lebensgefährtin hat keine Ahnung, was es war.« Er warf Ishikawa einen Ausdruck von der Größe eines Kleinstadttelefonbuchs zu. »Cybil kann Ihnen das Neueste aus Trudeau berichten. Wer bekommt die täglichen Downloads von Jessie sonst noch?«

»Die National Institutes of Health, das Virenschutzprogramm der Scripps Clinic, die Seuchenmeldebehörde. Ich bin nicht sicher, wer sonst noch mitliest. Bestimmt die Centers for Disease Control.«

»Hängen Sie alle ab. Sehen wir zu, dass wir noch etwas mehr Zeit für Jessie rausschinden.«

30

Hanley lauschte höflich Felix Mackenzies Versicherungen, dass es vor ihrer Entdeckung des aleutischen Lagers auf der Insel in Kanada keine richtige Archäologie gegeben hatte, die den Namen verdiente. »Und apropos aleutisches Lager, ich habe über Ihre Bemerkung neulich zum Thema Evakuierung nachgedacht. Seit Jahren unterhalten wir Little Trudeau gewissermaßen als Rettungsboot für den Fall eines Unglücks oder eines Brandes. Wir dachten es uns immer als kurzfristige Notunterkunft, aber vielleicht sollte ich Jack bitten, die Generatoren zu überprüfen und noch mehr Vorräte einzulagern.«

»Wenn sich das ohne öffentliches Aufsehen machen lässt, würde ich es tun.«

»Jack ist viel draußen, da sollte das nicht allzu viel Aufmerksamkeit erregen.« Mackenzie rieb sich das Gesicht. »Was sind Ihre nächsten Schritte?«

»Ich muss Alex Kossuth obduzieren lassen. Ich kann im Grunde keine Leute dafür erübrigen, aber Dr. Krüger meinte, sie sei bereit auszuhelfen.«

»Das ist gut. Ich mache mir ihretwegen Sorgen. Die Frage, was Annie und die anderen getötet hat, lässt ihr keine Ruhe.«

»Verständlicherweise. Ich muss außerdem das Forschungslager an der Polynja inspizieren, aber ich habe den Eindruck, dass sich nur schwer jemand finden wird, der mich hinbringt, ausgenommen vielleicht Jack. Er ist der Einzige, der im Augenblick keine Angst zu haben scheint, sich nach draußen zu begeben. Können Sie ihn ein paar Tage entbehren?«

»Ja, ja. Ich kümmere mich darum«, sagte Mackenzie. »Jack wird es machen. Sie haben Recht. Er hat noch niemals Angst gehabt. Ich werde es gern veranlassen. Jack wird Sie ausstaffieren und einweisen.«

»Gut«, sagte sie, zufrieden, dass er ihr Jack als Helfer mitgab. Sie errötete leicht und blickte rasch wieder in ihre Notizen.

»Dr. Mackenzie, ich weiß, das ist weit hergeholt, aber war einer von den dreien – oder sonst jemand hier – je daran beteiligt, Virenbruchstücke von im Permafrost begrabenen Leichen zu besorgen?«

»Sie meinen, wie es die Hultin-Expedition gemacht hat, die Leute, die Opfer der Grippeepidemie von 1918 exhumiert und Gewebeproben genommen haben?«

»Genau.«

»Wir haben ihre Arbeit alle mit großem Interesse verfolgt, aber selber – nein. Wir in Trudeau haben nichts dergleichen getan.«

»Dabei haben Sie einen Friedhof vor der Haustür.«

»Einen Friedhof? Ach so, Sie meinen die aleutische Grabstätte in Little Trudeau. Die ist seit einiger Zeit gesperrt. Es gab Beschwerden von Inuitgruppen, wir würden heilige Überreste entweihen. Niemand forscht mehr aktiv dort. Sie ist offiziell geschlossen.«

»O je. Ich hab meinem Sohn Fotos der Ausgrabung für die Schule versprochen.«

»Wenn Jack dabei ist, müsste das okay sein. Die kleine Gefälligkeit tun wir Ihnen gern. Und Jack weiß besser als sonst jemand, was verboten ist. Sie dürfen nur in der Grabstätte selbst nichts anfassen. Das ist unsere Abmachung mit den Vertretern der indigenen Völker.«

»Wer hat in jüngster Zeit die Grabungsstätte als Letzter besucht? Wissen Sie das?«

»In jüngster Zeit? Niemand. Die eigentliche archäologische Arbeit wurde schon vor einiger Zeit abgeschlossen, und die Rechtsvertretung der Ureinwohner, die Aboriginal Legal Services, hat ein Gerichtsurteil erwirkt, das uns die weitere Erforschung der bestatteten Überreste untersagt.« Mackenzie streckte die Beine aus. »Wie ernst sollten wir die Möglichkeit eines erneuten Ausbruchs nehmen?«

»Das ist nicht zu sagen, aber alles deutet auf das Lager an der Polynja als Ansteckungsort hin. Im Augenblick, glaube ich, ist es so lange nicht ratsam, dass irgendjemand dort Feldforschung treibt, bis ich genau sagen kann, wo sich dieser infektiöse Organismus verbirgt.«

»Zur Zeit haben ohnehin alle viel zu viel Angst, um sich aus der Station hinauszuwagen. Unsere Hauptgeldgeber haben angefangen, recht vernehmlich zu murren. Wenn das noch länger so geht, werden sie sich, fürchte ich, ganz aus Trudeau zurückziehen. Ich weiß nicht, wie lange wir ohne sie weitermachen könnten.« Mackenzies Stimme klang angespannt.

»Ich wünschte, ich könnte Ihnen mehr Mut machen, Dr. Mackenzie, aber dies ist eine der furchtbarsten Infektionen, die ich je gesehen habe.«

»Nun ja«, sagte Mackenzie. »Ich weiß, dass Sie alle erdenklichen Vorsichtsmaßnahmen ergreifen werden.«

In Jacks Schlafzimmer fasste ein moderner Stahlrahmen ein traditionelles opalisierendes Fenster aus Robbendarm ein. Ein an der Wand aufgespanntes Moschusochsenfell war erschreckend groß. Zwei Poster schmückten die Türinnenseiten: Eines warb für COPE, das Komitee für die Rechte der Urvölker, das andere feierte die Gründung des riesigen Nordterritoriums Nunavut, das die kanadische Regierung an die Inuit zurückgegeben hatte. Die Poster waren in Englisch, Französisch und einer Sprache, deren Schrift in Hanleys Augen aussah wie eine Kreuzung von Strichmännchenziffern und Computerhieroglyphen. Daneben hing ein Flugblatt, das zur Unterstützung der indigenen Völker aufrief.

Hanley betrachtete ein Foto, das einen jüngeren Nimit zusammen mit einem anderen Mann zeigte. Sie starrte das dunkle Gesicht mit den hohen Wangenknochen und den rabenschwarzen Haaren an, seine weißen Zähne. Neben dem Bild eine Skulptur aus primitiven Materialien: Sehnen, Fell, ein aus Geweihhorn geschnitzter verrenkter Körper, ein grausiges Gesicht mit weit aufgerissenem Mund und zwei Hauern aus echten Tierzähnen, hässlich und umwerfend schön zugleich. Auf einer weißen Karte standen der Titel des Kunstwerks und der Name des Künstlers: »Mensch bei der Verwandlung in einen bösen Geist – Nick Sikkuark.«

Sie nahm ein Buch von der schmalen Ablage an der Innenwand und blätterte die Kapitel über die matriarchale Gesellschaft der Inuit und ihren diffusen Zeitbegriff durch. Sie vertiefte sich dermaßen in die Abbildungen von Frauen mit Tätowierungen und Lippenringen, dass sie Nimit nicht kommen hörte.

»Doc?«

»Hi«, sagte Hanley. Sie legte das Buch zurück und umarmte ihn. »Ich hab dich gesucht, nachdem wir das Labor für heute dicht gemacht haben. Du warst nicht da.«

»Ich hab nicht gut geschlafen. Aber ich hab's geschafft, an jedem gottverdammten Fahrzeug in Trudeau den Motor neu einzustellen.«

»Freut mich, dass du die Fahrzeuge in Schuss gebracht hast. Ich muss zum Forschungscamp hinaus«, sagte sie und streichelte über seine Unterarme. »Irgendwo dort hat mit ziemlicher Sicherheit die Ansteckung stattgefunden. Mackenzie meinte, du würdest das arrangieren.«

»Bist du bereit, heute zu fahren?«

»Je eher, desto besser. Und ich würde unterwegs gern einen Blick auf die archäologische Grabungsstätte werfen, wenn du nichts dagegen hast.«

»Little Trudeau?« Nimit zögerte einen Moment. »Sicher, das lässt sich machen. Es ist ganz in der Nähe. Das Wetter ist im Augenblick nicht toll, aber wir könnten wahrscheinlich heute Abend aufbrechen. Wir nehmen einen Wanigan. Die sind viel größer und bequemer als die Polecats: sechs Ballonreifen und innen genug Platz, um sich auszustrecken. Es gibt sogar ein WC und eine Kochecke. Aber bevor du einen Schritt hinaus machst, musst du dir die Überlebensmaßregeln anhören.«

»Ich hab den Grundkurs schon auf dem Weg hierher von Mr. Stevenson bekommen. Grünes Licht, gelbes Licht, rotes Licht, Schutzhütte aus Schnee bauen, offenes Wasser meiden.

So weit bin ich im Bilde. Ich glaube nicht, dass ich Zeit für den Fortgeschrittenenkurs habe. Ich hab's eilig.«

»Du gehst nirgends hin, bevor du dir die Überlebensmaßregeln angehört hast.« In Jacks Gesicht regte sich kein Lächeln.

»Hm, nun schön, wenn es sein muss.«

»Gut.« Er küsste sie, und sie fühlte, wie sie dahinschmolz. Er zog erst sie und dann sich aus und nahm sie. Die Lust war beinahe schmerzvoll. Sie wünschte sich inbrünstig, mehr zu sehen, alles zu sehen, jede Einzelheit ihrer Vereinigung. Wenn sie gekonnt hätte, wäre sie in seine Haut geschlüpft.

»Na, knickst du vor der Herausforderung ein?«, sagte sie hinterher, als sie ihn nicht noch einmal erregen konnte. Sie musterte ihn eingehend. »Machst du dir wegen irgendwas Sorgen?«

»Ich bin müde«, sagte er. »Das ist alles.«

Sie küsste seine Augenlider. »Dann schlaf ein Weilchen. Ich weck dich dann.«

Er zog sie an sich. Sie legte die Wange auf seine Brust und lauschte dem Schlag seines Herzens.

31

Anhand der Liste ehemaliger Trudeauianer, die Munson ihm gegeben hatte, setzte sich Ishikawa mit dem Polar Science Center in Washington in Verbindung, dem Japanischen Institut für Polarforschung in Tokio, dem Stefanssons Arktisinstitut in Island, dem Institute of Arctic and Alpine Research in Boulder, dem Alfred-Wegener-Institut für Polar- und Meeresforschung in Bremerhaven, dem Dansk Polar Center in Kopenhagen und der Schweizerischen Kommission für Polarforschung in Bern. Leute zu finden, die freimütig über ihre verstorbenen früheren Kollegen sprechen mochten, erwies sich als schwierig.

Dann wurde es interessant. Ein gewisser Dr. Akimitsu Nura reagierte auf die Anfrage mit der Bitte um ein persönliches Gespräch. Als vorsichtiger Akademiker verlangte er, dass es keine Notizen, kein Band, keine irgendwie geartete Aufzeichnung des Treffens geben dürfe. Das waren seine Bedingungen.

Ishikawa fuhr auf der Stelle zum L.A. International Airport und nahm den nächsten Nonstopflug nach Tokio. Achtzehn Stunden später traf er in Japan ein und ließ sich per Taxi direkt zu einem Superexpresszug bringen, der ihn mit zweihundertsiebzig Stundenkilometern nach Süden beförderte. Er verschlief die Fahrt durch eine Welt terrassierter Felder, über unvorstellbare Brücken, bis er schließlich eine Fähre bestieg und an einem kühlen Strand auf Japans südlichster Insel landete.

Ein nahe gelegener Vulkan spie Rauch und grauen Ruß in so feinen Partikeln aus, dass er wie Dunst erschien. Eine alte

Frau, einen eigentümlichen Besen in der Hand und voll unverhohlener Verachtung für sein Schulbuchjapanisch, zeigte die Küste hinunter auf eine Gruppe gebückter Frauen, die sich an etlichen Salatköpfen zu schaffen machten.

Seine Schuhe behinderten ihn. Ishikawa zog sie aus und band die Schnürsenkel zusammen, damit sie einfacher zu tragen waren. Obwohl die Luft frisch war, fühlte sich der Sand an den Füßen zu seiner Überraschung warm an. Als er sich dem vermeintlichen Gemüsebeet näherte, erkannte er, dass die aus dem Sand ragenden fünf Salatköpfe miteinander plauderten. Einer war besonders redselig und anscheinend auch witzig, jedenfalls den bedienenden Damen und ihrem häufigen sittsamen Lachen hinter vorgehaltenen Schwielenhänden nach zu urteilen. Die anderen Köpfe, stiller und weniger animiert, entspannten sich in dem wohltuenden vulkanischen Sand, in den ihre Leiber von den kichernden Damen, die er für Gärtnerinnen gehalten hatte, eingegraben worden waren. Ishikawa trat heran und stellte sich vor. Der gesprächige Kopf erwies sich als der von Dr. Nura, dessen Ton nun umgehend sachlich wurde. Die Damen machten sich flugs daran, die vier anderen Männer zu »exhumieren«, so dass Dr. Nura allein mit Ishikawa zurückblieb. Als er merkte, dass Ishikawa dem schnellen Japanisch nicht hatte folgen können, wechselte Dr. Nura zu Englisch.

»Ich habe ihnen gesagt, dass sie mich hier drin lassen sollen, dass Sie mich später ausgraben werden«, erklärte Nura.

Ishikawa fand es ein wenig beklemmend, sich mit einem Kopf zu seinen Füßen zu unterhalten. Er nahm sein Schuhpaar von der Schulter und setzte sich mit übergeschlagenen Beinen neben Dr. Nura.

»Sie deuteten an, dass Sie mir etwas über Ihre Bekannte Annie Bascomb mitzuteilen wünschen. Alles, was Sie sagen, wird selbstverständlich streng vertraulich behandelt.«

Nura blickte zu ihm auf. »Meine Arbeit in der Station liegt mehrere Jahre zurück.«

»Sie waren ihr enger Vertrauter, wie ich höre.«

»Es ehrt mich, dass Sie diesen Eindruck haben. Und er ist, wenn ich das sagen darf, glaube ich, zutreffend. Sie ... war ein einzigartiger Mensch, wirklich. Ihr viel zu frühes Ableben trifft mich tief. Aber dies ist nicht der rechte Ort für ein solches Gespräch. Können Sie mich herausholen?« Er zeigte mit dem Kopf auf einen Spaten, der neben ihm im Sand lag.

»Natürlich«, sagte Ishikawa, und nach einigen vorsichtigen Spatenstichen war der Sand um Dr. Nuras Schultern herum locker genug, dass dieser Hände und Arme befreien und sich selbst herausarbeiten konnte.

»Ah«, sagte er, »das war erfrischend, aber jetzt ist mir kalt.« Er hob einen Kimono auf und gab zu verstehen, dass sie aufbrechen sollten. Ishikawa steckte den Spaten aufrecht in den Sand und schloss sich ihm an.

»Können Sie mir sagen, worin Ihre gemeinsame Arbeit bestand?«, fragte er, während er neben Nura herging.

»Gewiss. Sie gehört – gehörte – der kanadischen Umweltgruppe in Trudeau an. Sie war Umweltchemikerin. Genau wie ich. Ich unterrichte heute an der Universität Tokio. Wir arbeiteten zusammen an einer Studie darüber, welche Folgen ein halbes Jahrhundert industrielle Ausbeutung und Umweltverschmutzung durch Schadstoffeinleitung, Ölpest und dergleichen für die Barentssee und die Arktis im Ganzen hatte. Und an einer zweiten Studie in Verbindung mit dem kanadischen Wetterdienst Atmospheric Environment Service darüber, wie sich die Veränderungen der thermohalinen Zirkulation durch das Abschmelzen der Arktis auf marine Ökosysteme und das Wetter auswirken. Wir entwarfen mögliche Modelle. Die Ergebnisse waren höchst beunruhigend.« Er senkte den Kopf. »Sie war mit Herz und Seele bei der Sache. Eine inspirierte Person.«

»Hatten Sie in jüngerer Zeit Kontakt mit ihr?«

»Ja, wir korrespondierten monatlich per E-Mail. Ihre letzten beiden Briefe waren Besorgnis erregend. Im ersten schrieb sie, irgendetwas verstöre sie tief und sie überlege, was sie tun solle. Im zweiten – der auch ihr letzter war – sprach sie davon, die Konsequenzen abzuwägen, die es hätte, wenn sie mit ihren Befürchtungen an die Öffentlichkeit ginge.«

»Hat sie gesagt, was für Befürchtungen das waren? Verstanden Sie, worauf sie anspielte?«

»Nein«, sagte Nura. »Sie sprach nicht offen, weil sie nicht voll auf die Sicherheit von E-Mails vertraute. Es muss etwas Ernstes gewesen sein. Sie ließ durchblicken, dass sie Schritte erwog, die ihrer Karriere und ihrem Ansehen schaden konnten und sie in der Station sicherlich zur Persona non grata gemacht hätten.«

»Wären Sie bereit, uns Einblick in diese Schreiben zu gewähren, Dr. Nura?«

»Bedaure sehr, aber ich habe sie nicht aufbewahrt, wie ich schon ihrer Freundin Frau Dr. Krüger mitteilen musste. Sie schien sich nach jeder Erinnerung an Annie förmlich zu verzehren. Aber ich versichere Ihnen, mein Gedächtnis ist zuverlässig. Vielleicht könnte Mr. Stevenson Ihnen mehr darüber sagen. Er war seinerzeit im Vorstand der Station und über Annies Arbeit auf dem Laufenden.« Mit den Händen auf dem Rücken schritt er ruhig und gefasst dahin, doch seine Trauer um Annie Bascomb war spürbar. »Ich kann es nicht fassen, dass sie tot ist.«

Der Schlund des Vulkans glühte schwach vor der aufziehenden Dunkelheit. Aschewolken stiegen daraus auf wie Fledermäuse. Die beiden Männer schlenderten gemächlich über den warmen Sand und genossen die kühle Abendbrise.

»Mein Heilbad bietet eine Tour in die Berge für diejenigen an, die Freude an der Beobachtung von Leuchtkäfern haben. Es ist eine beliebte Freizeitbeschäftigung hier. Vielleicht hätten Sie Lust, mit mir zu kommen?«

Ishikawa lehnte dankend ab.

Sie setzten ihren Spaziergang fort. Ishikawa hörte respektvoll zu, wie Dr. Nura sich weiter in Erinnerungen an seine hoch geschätzte Kollegin erging, und berechnete derweil Zeitzonen.

32

Nimit ging mit ihr in die große Halle, wo die Fahrzeuge standen und gewartet wurden. Im Umkleideraum kehrte er ihr den Rücken zu und fing an, sich auszuziehen. Sie sah ihre Ausrüstung am Haken hängen und tat es ihm nach. Einen kurzen Blick über die Schulter konnte sie sich nicht verkneifen. Der Anblick seines kraftvoll gebauten Körpers ließ sie vor Verlangen erschauern.

Sie puderte sich mit Talkum ein und mühte sich mit der dünnen innersten Schicht ab. Sie musste daran denken, wie ihre Zimmergenossin auf dem College versucht hatte, ihr beizubringen, wie man Nylonstrümpfe gerade anzieht – eine Kunst, die sie nie ganz gemeistert hatte. Wenn sie gezwungen war, zu einem formellen Anlass welche anzuziehen, musste sie sich zwischendurch öfter entschuldigen, um die Strümpfe zurechtzuzupfen. Ansonsten machte der Polaranzug keine Schwierigkeiten. Zum ersten Mal seit ihrer Ankunft setzte Hanley ihren Helm auf und prüfte den Betriebsstatus. Auf dem Weg zum Vorplatz hielt Nimit ein übertrieben großes gläsernes Quecksilberthermometer in der Hand.

»Ich hoffe, das ist nicht rektal zu benutzen«, sagte Hanley. Nimit lachte nicht. Okay, dachte sie, Dienst ist Dienst.

An den Vorplatz schloss sich außen eine ungefähr balkongroße Fläche an, hinter der es sofort steil hinunterging. Bevor sie hinaustraten, drehte Nimit sich zu ihr um.

»Was ich zu sagen habe, ist Folgendes: Von hier aus sieht es da draußen ganz okay aus, einfach eine kalte Version von Mutter Erde. Der Eindruck trügt. Es ist eine andere Welt. Ich erkläre das nur einmal, denn mehr als eine Chance lässt dir diese Umwelt nicht.« Er hielt inne. »Fragen bis jetzt?«

»Wie dick ist das Eis? Wir können nicht einbrechen, oder?«

»Kaum. Im Schnitt ist es etwas über zwei Meter dick. Aber von Zeit zu Zeit öffnen sich Rinnen und Waken. Man muss wachsam bleiben.«

Er wartete, ob sie noch weitere Fragen hatte; sie hatte keine. »Okay, die Verbote. Keine Ohrringe, kein Glas, nur Sachen auf Propylenbasis, keine Kontaktlinsen, keine normalen Kameras, keine Feldstecher, keine Reagenzgläser, keine Schreibstifte. Sie frieren an dir fest, dann zerbröseln sie.«

»Ich glaube, das Lied hab ich schon mal gehört.«

»Du willst nicht, dass dir die Finger abfallen, die Nase schwarz wird, die Zunge an Metall festfriert oder die Wimpern an einem Sucher. Mit bloßen Händen nichts anfassen. Wenn du das tust, kannst du dein Stück Haut nur dadurch retten, dass du darauf pinkelst. Durch die Wärme des Urins kommst du frei, aber dann musst du dich sofort abtrocknen, bevor die Flüssigkeit gefriert.«

»Die Übung dürfte Männern leichter fallen.«

»Wahrscheinlich. Also leg's nicht drauf an. Keine bloßen Hände. Fragen?«

»Sind schon mal zwei aneinander festgefroren?«

»Jedenfalls hat es noch nie jemand zugegeben«, erwiderte er.

»Die müssten dann wohl jemand Drittes finden, der auf sie pinkelt, um sie zu befreien«, sagte sie.

»Hört sich pervers an.«

»Meinst du? Und, wie ist die Moral deiner Geschichte?«

»Lauf nicht nackt durch die Arktis. Halt dein Fleisch bedeckt. Lass deinen Anzug an«, sagte Nimit. »Das da draußen ist eine gefrorene Wüste. ›Die Hölle mit erloschenen Feuern‹, wie man sagt.«

»Siehst du das auch so?«

Er musterte sie und zog dabei prüfend an den Verschlüssen ihres Polaranzuges. »Nein.«

»Wie ist es für dich?«

»Friedlich. Still. Nicht so voll wie hier drin.«

»Jack, bevor wir losfahren, musst du dir noch *meinen* Vortrag zum Thema Überleben anhören. Du sagst, die Arktis lässt einem nur eine Chance. Der Erreger, hinter dem ich her bin, ist unendlich viel gefährlicher als Eis, Wind und Wasser. Wenn wir damit in Kontakt kommen, haben wir vielleicht gar keine Chance. Bis jetzt hat diese Infektion niemanden verschont. Mackenzie hat dich gebeten, mich zu fahren, aber du musst das nicht tun. Es ist mein Job, diese Risiken einzugehen – nicht deiner.«

»Ich weiß. Aber ich bin gern in deiner Gesellschaft.«

»Und ich in deiner. Hör zu, ich bin bereit, deine Ratschläge in puncto Wind, Schnee, Eis und so weiter zu befolgen. Aber wenn wir draußen an der Polynja sind, musst du meine befolgen. Wir können unter dieses ganze Zeug nicht noch Seuchenschutzanzüge ziehen, das heißt, wenn Proben genommen werden müssen, mache ich das. Wenn wir Tiere fangen, öffne ich die Fallen. Ich will, dass du nichts anfasst, was ungewohnt aussieht, kein Tier, das einen kranken Eindruck macht. Wenn wir tote Tiere sehen, vor allem Vögel, rührst du sie nicht an. Das ist mein Job. Okay?«

Nimit nickte. Er deutete auf die Fläche hinter der Schiebetür. »Wir beenden meine Lektion draußen.« Er ging mit ihr darauf zu. »Lass dein Visier offen. Vorsicht, es gibt kein Geländer. Die Rutschpartie nach unten ist lang.« Er schob die Tür auf. Sie standen in vierzig Metern Höhe.

Die Luft war im ersten Moment belebend, dann erschlagend, ein Gefühl, als ob ihr der Sauerstoff Molekül für Molekül aus der Brust gerissen würde. Sie konnte nur winzig kleine Atemzüge machen. Jeder war wie ein Stich. »Es ist, als ob man Rasierklingen einatmet«, krächzte Hanley. »Himmel.«

Eis bildete sich an ihren Mundwinkeln und ihrer Nasenspitze. Nimit schien es nichts auszumachen, er kniff kaum die Augen vor dem Wind zusammen. Schneekörnchen, die sie mit den Füßen aufwirbelten, trieben über den Abgrund hinaus. Seine Augenbrauen wurden weiß, ihre Nase taub.

Nimit nahm das Glasthermometer aus einer Pappschachtel und ließ es zwischen seinen Handschuhfingern zerspringen.

Das Glas zerfiel in Krümel und verwehte. Das Quecksilber blieb als fester Stab in seiner Hand zurück.

»Ich hab's begriffen«, sagte sie. Ein Auge war schon zugefroren, ihre Lungen brannten, ihre Statusanzeige blinkte rot. »Meine Alarmanlage beschwert sich.«

»Mach das Visier zu.«

Hanley gehorchte sofort. Das rechte Auge sah alles weiß. Ihr Gesicht wurde feucht von dem schmelzenden Eis. Ihre Sicht normalisierte sich. Ihre Nase triefte. Sie nieste. Sogleich klarte ihr Gesichtsfenster auf, und das Licht in ihrem Helm wurde grün.

»Okay«, sagte Nimit. Ihre Visiere berührten sich beinahe. »Es gibt nur eine allgemein gültige Wahrheit über die Arktis, die du dir merken musst. Es ist ein Inuitausdruck: Ajaqnak.«

»Und was heißt das?«

Seine schwarzen Augen fixierten sie. »Shit happens.«

33

Nimit bestand darauf, dass sie vor dem Aufbruch so viele Kalorien wie möglich zu sich nahm. Hanley, in legerer Hose und dunkelblauem Pullover, strich sich mit den Fingern durchs Haar und begab sich gehorsam in die Kantine.

Während sie sich an der Speisentheke bedienen ließ, erblickte sie Felix Mackenzie an seinem gewohnten Platz am anderen Ende des größeren Saales, jenseits der langen Kirschäste. Hinter ihm ein imposantes Hochfenster mit einer eigentümlichen Rhomboidform, das von der Kuppel abstand und so die Illusion erzeugte, dass Mackenzie in Wirklichkeit im Freien saß und unbekümmert den Elementen trotzte.

Einer der Russen redete gestikulierend auf ihn ein; ein Deutscher, der mit verschränkten Armen Mackenzie gegenübersaß, schüttelte langsam den Kopf, sichtlich anderer Meinung. Daneben verfolgte Emile Verneau das Gespräch, ohne sich daran zu beteiligen, wobei er hin und wieder etwas in ein kleines Notizbuch schrieb. Von den wissenschaftlichen Leitern, die vorbeikamen, blieben manche kurz stehen, um Mackenzie etwas ins Ohr zu flüstern oder ein paar Worte mit ihm zu wechseln, während andere ihm auf dem Weg ins Labor oder nach ihrer Schicht ins Bett nur grüßend zunickten. Hanley lächelte, als Jack Nimit zum Plaudern stehen blieb, eine Hand auf der Schulter des älteren Mannes. Mackenzie legte seine Hand kurz auf Nimits, bevor dieser ging. Simon King trat ein, warf einen Blick auf die Szene, machte auf dem Absatz kehrt und ging wieder. Verträgt sich nicht gut mit anderen, dachte Hanley.

Mackenzie winkte sie herbei und bat die anderen, ihn zu entschuldigen. Sie tauschten höfliche Bemerkungen aus, während er ihr Kaffee einschenkte, dann fragte er: »Haben Sie alles, was Sie für Ihren Trip brauchen? Benimmt Jack sich anständig?«

»Absolut«, sagte sie, ein wenig verblüfft. »Alle sind sehr großzügig und selbstlos. Das Pensum, das Dee und die andern absolvieren, ist kaum zu glauben.«

Ein leises Nicken von Mackenzie. »Gut. Gut. Und wie steht es mit Ihnen und Jack? Wie ich höre, habt ihr etwas miteinander?«

Hanley ärgerte sich. »Ich vermute, Ungestörtheit ist unter diesen Umständen zu viel verlangt.«

»Müßig, an so was auch nur zu denken«, meinte er. »Es scheint ihm ernst mit Ihnen zu sein.«

Hanley nippte an ihrer Tasse und blickte auf die von den Außenlichtern beschienene schöne Wüstenei hinaus. Der Wind brüllte: ein seltenes Geräusch. Treibende Schnee- und Eiswolken hüllten oben auf dem Hügelrücken die Windturbinen ein, die sich wie Flugzeugpropeller drehten.

Seine Miene wurde ernst. »Er bedeutet mir viel, uns allen hier. Wir wollen ihn nicht wegen einer romantischen Affäre verlieren.« Er betrachtete einen Moment seine Handfläche. »In Trudeau geht es einem ein wenig wie auf einem Schiff oder in einem Transkontinentalzug. Man ist vom Rest der Welt abgeschnitten. Wenn der Frühling kommt und wir wieder Anschluss an die Welt haben, stellt sich einem vielleicht manches anders dar. Wenige Beziehungen, die hier geknüpft werden, haben Bestand, um ganz ehrlich zu sein. Auch wenige Ehen.«

»Sprechen Sie aus Erfahrung?« Ihre Beziehung zu Jack als »romantische Affäre« abgetan zu wissen, kränkte sie, und das wollte sie ihm gern mit einer entsprechenden Spitze heimzahlen.

»Als ich endlich so weit war, ein normales Leben zu führen, starb meine Frau. Also blieb ich da. Es gab für mich keinen anderen Ort mehr.«

»Das tut mir Leid.« So melancholisch, wie er klang, bereute sie ihre gallige Bemerkung. Vielleicht war er ja ehrlich bestrebt, sie zu beschützen – und Jack.

»Das muss es nicht. Ich bin gern hier geblieben. Ich wünschte nur, ich hätte es mit ihr teilen können. Ich war immer weg.«

»Das verstehe ich gut. Mein Sohn lebt bei seinem Vater, etliche hundert Meilen von mir entfernt. Ich sehe ihn selten. Langsam beginne ich zu begreifen, dass ich viel öfter mit ihm zusammen sein muss als nur in den Schulferien.«

»Er ist zehn, sagten Sie?«

»Ja.«

»Dann sind Sie noch rechtzeitig zur Einsicht gekommen.«

»Und Sie, Dr. Mackenzie? Werden Sie in Trudeau bleiben?«, fragte sie. »Wie ich höre, denken viele Leute daran, nach dieser Saison zu gehen, wenn ...«

Die Vorstellung, seine Kollegen könnten das Schiff verlassen, das er so liebevoll gezimmert hatte, schien ihm wehzutun. Er schüttelte den Kopf. »Ich bin einer davon. Aber vielleicht habe ich andere Gründe. Mir ist die Leitung des Naturschutzgebietes Arctic National Preserve angeboten worden, aber ich bezweifle, dass ich annehmen werde. Ich glaube, ich ertrage es nicht, noch weitere Veränderungen in der hohen Arktis mitzuerleben.«

»Sie meinen das Abschmelzen der Polkappe, den Anstieg der Meere?«

Mackenzie seufzte. »Wenn es nur so einfach wäre.« Er tupfte sich mit der Serviette die Lippen ab. »Wenn das alles schmilzt, werden achtundfünfzigtausend Kubikkilometer salzarmes, kaltes Arktiswasser in den Atlantik fließen. Da es kalt ist, müsste es eigentlich unter die wärmeren Wassermassen des Golfstroms sinken. Aber weil es salzarmes Wasser ist, ist es leichter, und deshalb wird es sich darüber legen und dem derzeitigen Meeresstrom den Garaus machen. In den Modellen hört der Golfstrom zu fließen auf. Es wird eine weltweite landwirtschaftliche Katastrophe geben.«

»Einfach so? Ohne Vorwarnung?«

Er schüttelte den Kopf. »Vorwarnungen gibt es genug. Verrücktes Wetter. Überschwemmungen. Dürren. Brände. Die Umwelt ist vollkommen aus dem Lot. Niemand hört zu. Sie schwadronieren endlos, aber sie hören kein bisschen zu.« In seinen

Augen blitzte kalte Wut. »Am Ende der Kreidezeit stiegen die Kohlendioxidwerte auf das Siebenfache des heutigen Standes an, und die Dinosaurier verschwanden auf unerklärliche Weise. Wir sind dabei, dieses Experiment zu wiederholen.«

Er schlug den Blick zur Decke auf. »Jahr für Jahr gehe ich im Frühjahr später hinaus, um die Vögel zu begrüßen, weil sie Jahr für Jahr ein bisschen später zurückkehren. Jahr für Jahr verkürzt sich der Winter, werden die Zugvögel weniger. Das Packeis ist nur noch halb so dick wie damals, als Alex Kossuth und Primakow und ich in die hohe Arktis kamen. Um die Mitte des Jahrhunderts wird es während der Sommermonate überhaupt kein Eis mehr geben. Wenn Trudeau dann noch existiert, wird es mit Schiffen beliefert werden.« Er fuhr sich mit der Hand durchs Haar. »Kanada hat zwei Jahrzehnte Dürre wegen zu wenig Schnee hinter sich. Zwei Jahrzehnte. Und Ottawa setzt weiterhin Ausschüsse ein und berät darüber, ob es ein Problem gibt.«

»Ja, unsere Regierung ist auch ein bisschen schwer von Begriff.«

»Das ist einer der Nachteile von Demokratien. Ein Problem wird erst dann als solches wahrgenommen, wenn es sich zur hoffnungslosen Katastrophe ausgewachsen hat.«

Uli erschien in seinem Laborkittel und gab Hanley dringende Zeichen zu kommen.

»Entschuldigen Sie mich«, sagte sie zu Mackenzie und begab sich zu Uli in den Flur. Er hatte beide Hände in den Kitteltaschen vergraben.

»Was gibt's?«, fragte Hanley.

»Ich hab eben mal ins botanische Labor geschaut, das wir für die Autopsie von Kossuth bekommen haben.«

»Und?«

»Ingrid Krüger ist da mit Dee zugange. Sie scheinen gut voranzukommen.«

»Prima.«

»Nicht ganz.« Uli war innerlich aufgewühlt. »Ingrid hört immer wieder auf, als könnte sie sich nicht überwinden weiterzumachen. Ich glaube, du musst sie ablösen.«

»Scheiße. Ich hab alle Hände voll damit zu tun, mich für die

Fahrt zur Polynja vorzubereiten. Na gut, schauen wir mal vorbei.«

Gemeinsam eilten sie in das Labor, das über Winter sonst nicht in Benutzung war. Eine Fensterscheibe trennte sie von dem Vorgang im Nebenraum, wo Dee und Ingrid Krüger einen langen metallenen Pflanztisch freigeräumt und die fleckige Leiche darauf gelegt hatten. Krüger arbeitete leicht vorgebeugt, Dee hielt ihr die Instrumente.

Dee hatte einen kompletten ABC-Vollschutzanzug an und eine umluftunabhängige Atemmaske auf, aber Dr. Krüger hatte offensichtlich jede Spezialausrüstung abgelehnt. Ihre Konzessionen an Hanleys Anweisungen beschränkten sich auf doppelte OP-Kleidung, Kunststoffschutzvisier und zwei Paar Polyvinylhandschuhe.

»Warum zum Teufel trägt sie keinen Strampelanzug?«

Uli zuckte die Achseln. »Sie meinte, sie hätte zwei Obduktionen ohne so ein Ding gemacht und sähe die Notwendigkeit nicht ein.«

Hanley griff sich den gewohnten unförmigen Seuchenschutzanzug, den Krüger abgelehnt hatte. Sie schlüpfte mit eindrucksvoller Behändigkeit hinein und drehte das Ventil ihrer Sauerstoffflasche auf, atmete zur Kontrolle zweimal ein und aus und ging in das Sterilisationszelt, das vorübergehend vor dem Raum aufgebaut worden war, wo Dee und Ingrid Krüger bei der Arbeit waren. Sie zog die Schnur und wurde mit Desinfektionsmittel berieselt, dann folgte die Dusche mit destilliertem Wasser. Sie schüttelte so viel davon ab, wie sie konnte, und trat durch die Tür.

Dr. Krüger sprach gerade in einen Recorder, der dicht über ihrem Kopf hing. Die Spulen neben dem kleinen roten Auge drehten sich langsam. Die Chirurgin wirkte selbstsicher, straff, routiniert, als hätte sie alles im Griff. Sie warf einen Blick über die Schulter, um zu sehen, wer gekommen war, und wandte sich sogleich wieder ihrer Arbeit zu, tat eine weitere Gewebeprobe in ein Stahlbecken und diktierte dabei die Zeit und Hanleys Eintreffen auf Band. Dee reichte Krüger eine geschwungene Klinge und stellte das Becken auf eine Waage. Sie gab das Gewicht der Probe in Gramm an und schüttete sie in ein Gefäß. Krüger wiederholte die Zahl für den Recorder. Dann blieb sie einen Moment regungslos stehen.

Hanley blickte Krüger aus geringem Abstand von hinten über die Schulter. Als Dee sie ansah, deutete sie ärgerlich auf Krüger und dann auf ihren eigenen Schutzanzug. Dee verdrehte die Augen und zuckte hilflos die Achseln, während sie das Probenglas beschriftete und sich bereit machte, Krüger das nächste Instrument zu reichen.

Krüger fing sich wieder. »Nett, dass Sie sich zu uns gesellen«, sagte sie.

Wasserperlen kullerten über Hanleys Visier. »Kann ich Sie dazu bewegen, einen Seuchenschutzanzug zu tragen, Frau Doktor? Sie bringen sich unnötig in Gefahr.«

Krüger antwortete, ohne die Arbeit zu unterbrechen. »Tut mir Leid, dieser Raumanzug war mir zu sperrig. Ich habe noch nie in so einem Ding gearbeitet. Alex Kossuth starb eindeutig an Erfrieren und nichts anderem.«

»Frau Doktor –«

»Hören Sie, das fällt mir so schon schwer genug. Außerdem bin ich nicht hundertprozentig auf dem Damm.«

»Aber er war mit den anderen zusammen. Er könnte sich infiziert haben.«

»In dem Falle hätte die totale Zerstörung der Körperzellen auch sämtliche Keime getötet.«

»Frau Doktor, ich gehe nicht gern ein Risiko ein, egal wie klein es ist.«

Krüger warf ihr einen verwunderten Blick zu. »Machen Sie sich Sorgen? Sie scheinen mir hinreichend geschützt zu sein, Frau Doktor.«

Sie begann wieder zu diktieren. Hanley schüttelte hinter Krügers Rücken resignierend die Fäuste, was aber nur Dee sehen konnte. Auf einmal stockte Krüger. Sie stand über die Leiche gebeugt, das Skalpell wie einen Taktstock erhoben. Hanley hatte ihre besonnene Art auf der DVD mit Bascombs Autopsie gesehen. Krüger hatte eine ruhige Hand. Kein Zaudern, keine Unsicherheit. Doch statt eines raschen, bestimmten Schnitts stieß sie plötzlich mit roher Gewalt zu und fetzte das Skalpell durch das Fleisch des Brustkastens. Die Klinge prallte von Knochen und Knorpel ab, und sie stieß noch einmal zu, durchbohrte die Leiche regelrecht.

Dees Augen weiteten sich vor Entsetzen. »Ingrid!«, brüllte sie. »Was machst du, um Gottes willen?«

Krüger wurde stocksteif, kippte nach hinten und fiel zu Boden, die Arme nach unten gestreckt und die Schultern leicht vorgeschoben, als wollte sie eine Robbe spielen, die die Flossen zusammenschlug. Doch sie wand sich in Krämpfen und bebte mit verzerrtem Gesicht am ganzen Leib. Ein grässlicher tiefer Ton kam aus ihrer Kehle. Dann bog sich ihr Rücken unglaublich weit zurück, als ob sie besessen wäre, ihr Mund schäumte, ihre Augen ...

Dee ließ das Instrumententablett fallen und eilte um den Autopsietisch. »Ingrid!«

Hanley packte Dee an der Schulter und hielt sie zurück. Dee versuchte sich loszureißen. »Sie erstickt!«

Nach hinten gespannt wie ein straffer Bogen, ruckte und zuckte sie, als ob sie Elektroschocks bekäme.

»Lass mich los!«, schrie Dee und versuchte verzweifelt, sich aus Hanleys Griff zu befreien.

Hanley hielt fest, ohne den Blick von Krügers Verrenkungen zu nehmen. Dann erstarrte der Körper, der Todeskampf war vorbei. Die Augen liefen aus.

»Fass sie nicht an!«, rief Hanley.

»Aber –«

»Nicht anfassen! Fass ja nichts an!«

»Wir müssen doch –«

»Sie ist tot, Dee. Ihr ist nicht mehr zu helfen. Geh raus! Sofort! Stell dich unter die Dekontaminationsdusche!« Hanley schob sie zur Tür – »Los!« – und stieß sie hinaus. Sie schnappte sich den Recorder und die Kamera, machte die Labortür hinter sich zu und bugsierte Dee unter die improvisierte Dusche.

»Zieh die Schnur!«

Dee desinfizierte sich.

»Dreh dich ganz rum, damit das Zeug überall hinkommt.«

Hanley zählte langsam bis fünfzehn. Das Bleichmittel würde Bakterien und Viren relativ gründlich abtöten. Aber wenn es Prionen oder Mykoplasmen waren, dann konnte auch das

Bleichmittel sie nicht schützen. Sie verdrängte den Gedanken. »Okay, Dee, abspülen.« Ein Wasserguss folgte.

Mit triefendem Anzug trat Dee hinaus. Sie weinte und hustete und zitterte am ganzen Leib.

»Warte hier«, sagte Hanley. »Nicht weggehen.«

Ein Brummton entrang sich Dees Kehle.

»Dee, verstehst du mich?«

Mehrmaliges schnelles Nicken.

Hanley schloss die Klappe des Duschzeltes, zog die Schnur der zweiten Clorox-Ration, drehte sich langsam und ließ sich davon überspülen. Hinterher duschte sie sich mit Wasser ab und trat hinaus. Sie fasste Dee am Handgelenk und zog sie davon.

Obwohl er sichtlich erschüttert war, schweißte Nimit zwei flache Stangen über die Tür des botanischen Labors; dann schweißte er noch die Brandschutztür zu. Sie senkten die Temperatur im Labor auf knapp über null, brachten den Thermostaten an und schlossen dann den Kasten darum ab. Mit zittrigen Fingern klebte Hanley Seuchenwarnzeichen um das große Schild an der Außentür, auf dem QUARANTÄNE – BETRETEN VERBOTEN stand.

Noch vor der offiziellen Bekanntgabe verbreitete sich die Meldung wie ein Lauffeuer, und eine unheimliche Stille legte sich über die ganze Station. Die meisten Leute blieben in ihren Zimmern oder saßen in kleinen Gruppen zusammen und unterhielten sich in leisen Tönen über den Killer, der jetzt mitten unter ihnen war. Niemand sagte etwas zu ihr; viele traten rasch beiseite, wenn sie vorbeiging. Alle vermieden den Blickkontakt, nur King nicht. Voller Abscheu starrte er ihr ins Gesicht, als sie ihm begegnete.

»Hervorragende Leistung, Dr. Hanley. Einfach hervorragend.«

34

Dee lag quer auf Hanleys Bett. »Sie geben dir nicht die Schuld, Jess.«

»Du hättest mal King sehen sollen.«

»Simon King ist ein Arschloch. Bitte.«

»Aber ich muss ihm Recht geben. Ich bin schuld. Wenn ich bloß –«

»Ach was, ›wenn ich bloß‹.« Dee setzte sich auf. Sie hatte eine Stunde lang geweint, aber jetzt fing sie sich langsam. »Ingrid hat sich quergestellt und nicht den verdammten Anzug übergezogen. Die Vorsichtsmaßregeln waren klar. Sie hat sich darüber hinweggesetzt. Es ist tragisch, es ist idiotisch. Es ist passiert. Aus und vorbei.«

»Okay, aber ich dachte ebenfalls, es wäre eine reine Routineangelegenheit. Ich habe den Leuten sogar öffentlich versichert, meiner Meinung nach seien die Leichen nicht ansteckend. Scheiße, ich hätte darauf bestehen sollen.«

»Es hat keinen Zweck, mit dem, was geschehen ist, zu hadern. Es ist ja nicht so, dass sie nicht wusste, was sie tat. Sie war Ärztin, verdammt noch mal. Ingrid hat Pech gehabt. Mehr ist dazu nicht zu sagen. So viele von uns waren vorher mit den Leichen in Kontakt gekommen, ohne dass es Folgen hatte. Sie hat nichts befürchtet, genau wie wir alle. Dann ist es passiert.«

»Aber wenn ich –«

»Jess, hör auf!«, rief Dee. »Ingrid war keine Anfängerin. Sie hätte die Autopsie nicht ungeschützt durchgeführt, wenn sie im Entferntesten für möglich gehalten hätte, dass Kossuth ein Überträger war. Herrje, sie und ich haben zwei Leute, die tatsächlich an dieser Sache gestorben sind, nur mit Kittel, Handschuhen und Mundschutz obduziert. Es war vollkommen logisch, keinen Vollschutz bei einem Körper anzulegen, der keinerlei Symptome aufwies. Und verkehrt. Du kannst dir das nicht anlasten, als ob du sie vorsätzlich einem hohen Risiko ausgesetzt hättest. Die Schuld liegt bei ihr, weil sie den Anzug für überflüssig hielt. Wenn sie sich an deine Vorschriften gehalten hätte, wäre sie jetzt noch unter uns.«

»Erzähl mir noch mal, was ihr bei den ersten beiden Obduktionen anhattet.«

Dee betete die Liste herunter: Mützen, Kittel, OP-Masken, Augenschutz und Handschuhe. »Keine Atemgeräte, versteht sich, weil wir gar keine hatten.«

»Dennoch ging von diesen Körpern irgendwie keine Gefahr aus. Das tödliche Agens hatte sich verausgabt. Und jetzt entpuppt sich Alex Kossuths scheinbar asymptomatische Leiche als Zeitbombe.« Hanley legte das Gesicht in die Hände. »Offenbar schadet es dem Erreger nicht, eingefroren zu werden. Vielleicht hatte Kossuth sich genauso infiziert wie die anderen, aber dadurch, dass er die Kleider ablegte und so aus dem Leben schied, brachte er den Erreger zum Stillstand. Vielleicht hat er sich deshalb ausgezogen: um ihn zu stoppen. Vielleicht wurde das Ding durch das Auftauen und Öffnen des Körpers reaktiviert. Aber wie kann das sein? Es kommt mir ... nicht richtig vor.«

»Was denkst du?«

»Ich weiß nicht, was ich denken soll. Verdammt, ich fühle mich wie ein Haufen Scheiße.«

»Gut«, sagte Dee. »Eine Stunde kannst du haben. Wenn es sein muss, kannst du dich auch zwei Stunden wie ein Haufen Scheiße fühlen. Danach *musst* du dieses Ding finden, sonst darf keiner von uns im März nach Hause, vorausgesetzt, wir leben im März noch. Man wird uns irgendwo einsperren und Laborratten aus uns machen, falls wir uns noch auf den Beinen halten können. Ich gebe es offen zu: Ich habe Angst.«

Hanley stand auf, die Hände an die Stirn gepresst. »Fünf

Tote. Fünf von fünf. Nichts ist derart letal. Nichts, was mir je begegnet ist. Irgendwas –«

Es klopfte dezent an der offenen Tür. Hanley hoffte, dass es Jack war. Ein eingefallen wirkender Mackenzie trat ein, gefolgt von Emile Verneau.

Mackenzie fragte: »Was ist passiert?«

Hanley rieb sich die Stirn. »Dr. Krüger wollte den vorgeschriebenen Seuchenschutzanzug nicht tragen. Nach drei Stunden und achtundvierzig Minuten bekam sie während der Obduktion einen Starrkrampf und dann Zuckungen, die wenig später zum Tode führten.«

»Ingrid tot«, sagte Verneau. »Aber Sie meinten, die Leichen wären nicht ansteckend.«

»Ich habe mich geirrt. Dee und ich hatten unsere unabhängige Luftversorgung, uns ist nichts passiert. Ingrid Krüger ... sie muss es inhaliert haben.« Hanley zögerte. »Wie reagieren die Leute?«, fragte sie.

Mackenzie atmete hörbar aus. »Mit Entsetzen. Ungläubigkeit.«

»Und nackter Angst«, fügte Verneau hinzu. »Es erschreckt sie zutiefst, dass sich der Organismus, entgegen Ihren früheren Versicherungen, doch in der Station befindet. Alle wollen Masken und Handschuhe haben. Wir haben nur die richtigen nicht vorrätig. Ich weiß nicht, was ich ihnen sagen soll.«

Hanley nickte resigniert. Die Angst war real und begründet. »Geben Sie ein Rundschreiben heraus, das erklärt, wie umfassend wir den Bereich abgesichert haben, in dem die Leichen liegen. Doppelte Abdichtung, abgesenkte Temperatur. Und dass Dee und ich alles gründlich dekontaminiert haben.« Sie erwähnte nicht, dass selbst doppelte Masken und Handschuhe Ingrid Krüger nicht hatten schützen können.

»Was werden Sie jetzt tun?«, fragte Verneau. »Vielleicht möchten Sie nach dieser Sache Ihr Vorgehen überdenken.«

Hanley schüttelte den Kopf. »Nein. Wir machen weiter, bis wir fündig werden.«

»Was machen wir mit den Leichen? Von Ingrid und Alex?«

»Bis wir mehr wissen«, antwortete Hanley, »bleiben sie, wo sie sind. Niemand kommt in ihre Nähe.«

Verneau nickte Mackenzie zu. »Na gut«, sagte Mackenzie. Damit war das Gespräch beendet, und alle verließen den Raum.

Auf ihrem Weg durch das Labyrinth der Gänge atmete Hanley langsam durch, um sich zu beruhigen. Sie machte Cybil eine Online-Meldung über den Todesfall, dann schritt sie im äußeren Labor auf und ab und versuchte, den dichten weißen Nebel aus ihrem Kopf zu vertreiben. Neben ihrem Computerarbeitsplatz war eine wandhohe Schreibtafel mit Notizen aus den ersten paar Tagen bekritzelt, größtenteils wieder ausgestrichene Hypothesen. Im Moment erfüllte die Tafel vor allem den Zweck, dass Hanley sie durch den Raum treten und so Ärger ablassen konnte. Sie nahm den Marker und zog einen langen Schrägstrich durch die Liste ausgeschiedener Möglichkeiten, dann klappte sie die Tafel auf. Auf der Rückseite hatte sie in großen Druckbuchstaben die Nachnamen der Opfer notiert. Sie fügte KRÜGER hinzu.

Bei der dritten Runde durchs Labor erblickte sie den an die Neonlampe über dem Tisch gehefteten Briefumschlag. Sie nahm ihn ab und öffnete ihn. In schön geschwungener Handschrift stand darin zu lesen: *Danke, dass Sie mir gestattet haben, noch einmal in Annies Labor zu gehen. Ich habe alles gefunden, was ich brauchte. Ingrid Krüger*

Mit dem Zettel in der Hand schlich Hanley leise durch die Korridore zu Krügers Büro, wo sie aufschloss, eintrat und die Tür zumachte. Sie tastete an der Wand nach dem Schalter, knipste das Licht in der Diele an und ging weiter.

Ihr stockte der Atem. An dem blanken Schreibtisch saß eine Gestalt.

»Jack.«

Er schaute kurz über die Schulter. Der Raum war leer, die Regale waren ausgeräumt. Ein einsamer Stapel Papiere lag auf dem Tisch.

»Briefe, Notizen, Adressen – nur persönliches Zeug«, sagte er.

Hanley fasste sich wieder und sagte: »Was ist mit dem Computer?«

»Sieh selbst.«

Der Bildschirm leuchtete blau. Kein Desktop, keine Icons. Der Cursor pulste links oben in der Ecke. Dahinter stand C **formatted.**

»Das Laufwerk ist formatiert. Es ist alles weg. Gelöscht.«

»Was zum Teufel geht hier vor?«, rief Hanley. »Was soll ich jetzt machen?«

»Zusehen, dass du aus der Station wegkommst. Wir fahren zur Polynja.«

35

Nimit lenkte die Maschine behutsam die lange Rampe hinunter und in die Nacht hinaus. Ein hoch gebauter, durch ein gelbes Spiralkabel mit ihnen verbundener, kleiner vollautomatischer Wagen, Slinky genannt, fuhr vor ihnen her und sondierte, ob es unvorhergesehene Öffnungen im Eis gab.

Um fünf vor halb neun schob sich der Rand des Mondes in die vollkommene Schwärze des Horizonts und begann seinen Aufstieg. Um neun war der kobaltblaue Mond so hell, dass ihr Fahrzeug auf seiner jaulenden Fahrt über den lang gezogenen gespenstischen Berghang einen deutlichen Schatten warf. Das von Eisrücken zerfurchte Gelände war eine Mondlandschaft, die eine Hälfte beleuchtet, die andere so absolut dunkel, dass dahinter nichts mehr zu sein schien, nur noch Leere. Der Rand der Welt.

Die Klarheit war atemberaubend, der Himmel von Sternen übersät, die so blendend hell schienen, dass Hanley kein Gefühl für Entfernungen hatte, keine Orientierungspunkte. Sie brauchte eine ganze Weile, um sich an diese proportions- und dimensionslose Landschaft zu gewöhnen. Zeitweise kam ihr die Unermesslichkeit geradezu winzig vor, wie ein Miniaturmodell. Dann wieder fühlte sie sich vor der ungeheuren wüsten Weite verschwindend klein.

»Ich wünschte, ich könnte das alles in Ruhe auf mich wirken lassen«, sagte sie.

»Viel Zeit zum Ausspannen hattest du nicht, seit du hier bist, was?«

»Nur mit dir. Alle wollen, dass ich rund um die Uhr an dem Fall arbeite. Wer wollte es ihnen verdenken? Sie möchten sich sicher fühlen. Und mit Ingrids Tod jetzt ist ihnen klar – und mir auch –, dass ich meine Sache nicht besonders gut mache. Ich weiß, es ist feige, aber es tut mir nicht Leid, im Augenblick nicht in der Station zu sein. Es ist nicht leicht, das Ziel all dieser Erbitterung zu sein. Ich würde es dir wirklich nicht übel nehmen, wenn du auch sauer auf mich wärst.«

»Bin ich nicht. Es wäre gelogen, wenn ich behaupten würde, ich hätte keine Angst. Alle haben Angst. Aber wir sind auch Wissenschaftler. Uns ist klar, dass wissenschaftliche Arbeit Zeit braucht.«

»Sicher, aber das hier ist nicht irgendeine abstrakte Polarforschung. Eure Freunde sterben. Die ersten Fälle hätte niemand verhindern können, aber nach meiner Ankunft war ich für eure Sicherheit verantwortlich, und jetzt ist schon wieder eine Kollegin von euch gestorben. Das hätte nicht passieren dürfen.«

»Nichts hat darauf hingedeutet, dass Alex ansteckend war.«

»Es ist vollkommen unlogisch. Aber ich hätte die Möglichkeit nicht ausschließen dürfen. Ich hätte niemand anders an den Körper ranlassen dürfen.« Sie schlug sich ärgerlich auf den Schenkel. Nimit nahm ihre Hand und hielt sie fest.

»Hör auf damit. Brauchen nicht alle deine Fälle Geduld?«

»Sicher. Aber wer in Trudeau will sich in dieser Situation erzählen lassen, dass es Monate gedauert hat, bis die Ursache von Ebola oder der Legionärskrankheit gefunden war? Oder dass auf der Suche nach der Herkunft von SARS viertausend Proben von sechzig verschiedenen Arten auf den Märkten Südchinas genommen wurden? Ich schaffe nicht gerade Vertrauen und Zuversicht, wenn ich die Leute daran erinnere, dass die Borreliose erst nach vier Jahren erkannt wurde.«

»Tja, vor Simon King würde ich das an deiner Stelle nicht breittreten. Aber sei nicht so streng mit dir. Bei all diesen Krankheitsausbrüchen waren große Ärzteteams im Einsatz.«

»Ja schon, aber dass ich praktisch solo arbeite, ist nur ein Punkt. Das bin ich gewohnt. Nein, entscheidend ist, dass ich mit einem Organismus wie diesem noch nie tun hatte.«

»Was macht ihn so besonders?«

»Die Schnelligkeit. Die Inkubationszeit langsamer Viren ist mitunter länger als ein Menschenleben. Die schnellsten, die ich kenne, überfluten den Körper regelrecht. Organe und Adern sind im Prinzip durchlässig. Wenn ein Organismus die Membran zerstört, die das Blut in den Adern und Organen hält, läuft es aus. Die Person ertrinkt. Buchstäblich. Doch selbst das dauert Tage. In unserem Fall hier erfolgte die Vermehrung explosionsartig. Andererseits war der Keim imstande, in Alex Kossuths gefrorenem Fleisch schlummernd auf der Lauer zu liegen. Es ist widersinnig, aber als der Körper auftaute, muss er virämisch geworden sein.«

Schweigend grübelte sie eine Weile über diesen jüngsten Todesfall.

Ein von Menschen angelegter Wall tauchte zwischen den Presseisrücken auf. Nimit manövrierte das Fahrzeug geschickt die Böschung hoch auf ein vollkommen ebenes Feld.

»Meine Leute haben diese Start- und Landebahn gebaut und halten sie in Schuss. Die meisten vereisten Flächen sind ziemlich bröckelig, aber die hier ist völlig glatt, wie du bemerken wirst.« Er lächelte, und Hanley erkannte, wie stolz er auf sein Werk war. Außerdem war sie ihm dankbar für diesen durchsichtigen Versuch, sie von ihren Selbstbezichtigungen abzulenken.

»Da könnte man Schlittschuh drauf laufen«, sagte sie. »Wie kommt's, dass sie so blank und eben ist?«

Nimit konzentrierte sich aufs Lenken. »Wir haben eine Einfassung gemacht und dann Meerwasser reingepumpt, eine Schicht nach der anderen. Es ist gefroren. Ganz einfach. Wenn gerade kein Flugzeug startet oder landet, machen wir manchmal Polecatrennen darauf.«

Eine halbe Meile weiter deutete er auf eine tafelartige Erhebung.

»In der Mitte davon ist ein Seebecken«, erklärte er ihr. »Da haben wir das Bohrloch gegraben.«

»Das werd ich dir einfach glauben müssen.« Das Plateau mit dem zugefrorenen See war von dem übrigen Eis nicht zu unterscheiden und wurde gleich darauf völlig unsichtbar, als der

Wind auffrischte und lose Teilchen in die Höhe wirbelte. Die Scheinwerfer trafen auf eine weiße Wand; dann wurde die Windschutzscheibe schwarz und das Licht diffus. Nimit blieb stehen und schaltete die Innenbeleuchtung ein.

»Was ist los?«, fragte Hanley.

»Der Wind ist stärker geworden. Wir haben einen Whiteout.«

»Wie lange wird er dauern?«

»Das weiß man nie genau, aber vermutlich nicht lange. Es gab vor der Abfahrt keine Meldung von Schlechtwettergebieten. Ich gehe von nur ein paar Minuten aus. Aber wir haben alles Notwendige zum Überleben dabei. Ich hab auch das Chemieklo mitgenommen.«

»Oh, klasse.«

»Entspann dich. Wir müssen einfach warten, bis es vorbei ist.«

Hanley überprüfte noch einmal ihre Ausrüstung. Nimit hatte alles aussortiert, was den unbarmherzigen Elementen, mit denen sie rechnen mussten, nicht standhalten konnte, die ganzen Nylonpäckchen mit Reißverschluss, die Kunststofffläschchen und -spritzen, die Röhrchen und Gläser für die Proben. Dafür hatte er eine Kiste voll kälteresistenter Spezialflaschen mit orangen Verschlüssen eingeladen, überdies Polyäthylensäckchen, die bis zu fünfundsiebzig Grad unter null abhielten. Sie hatte noch ein paar Fallen dazugetan, weil es sein konnte, dass sie auf Kleintiere stießen, die als Wirte von Viren in Frage kamen.

Schweigend saßen sie eine Weile da. Nimit schien das nichts auszumachen, aber Hanley fand es zermürbend. Sie musste immer in Bewegung sein, das Gefühl haben, dass sie etwas Nützliches tat. Ihre herumschweifenden Gedanken kehrten zu Kossuths Leiche auf dem Autopsietisch zurück.

»Was meinst du, wie Kossuths letzte Momente waren?«

Er überlegte. »Unschön. Bei minus fünfunddreißig Grad und einem Wind von, sagen wir, dreißig Meilen die Stunde, wäre er ohne Kleidung in einer halben Minute tot gewesen. Aber das Glück hatte er nicht. An dem Nachmittag waren es minus fünfundvierzig Grad, und es gab praktisch keinen Wind. Ich würde schätzen, dass es bei ihm zehn bis zwölf Minuten gedauert hat.«

»Du hast ihn hier draußen gefunden, nackt?«

»Ja.«

»Wie weit war er von den anderen weg?«

»Ich weiß nicht. Weit. Außer Sichtweite.«

»Wusste er, was mit ihnen passiert war?«

»Er könnte etwas über den internen Kanal gehört haben, bevor er seinen Anzug abgelegt hat.«

»Hat die Station sie auch gehört?«

»Nein. Mit dem Sprechfunk haben die nichts zu tun. Teddy und seine Leute hören die Weitbereichsfrequenzen ab, kein UKW-Geplapper. Weißt du, was mit ihm passiert ist?«

Hanley schüttelte den Kopf. »Noch nicht.«

»Neun, geht bitte auf Intern. Wir können euch hier hören.«

»Verzeihung«, sagte Nimit und drehte einen Knopf. »Siehst du?«

Hanley musste grinsen. »Hoffentlich haben wir nichts allzu Peinliches gesagt.«

Er schenkte ihr Kaffee aus der isolierten Thermoskanne ein, und sie zog die Handschuhe aus, um die Tasse zu nehmen. Sie trank langsam, den Blick auf die weiße Wand im Scheinwerferlicht gerichtet. Irgendwo weit draußen jenseits des Lichtscheins waren der Horizont und die Krümmung der Erde und jenseits davon die Sonne und ihr Zuhause. Sie atmete aus und hielt die Hände über den Kaffee.

»Reib die Hände aneinander, so«, sagte Nimit und machte es vor, »und dann halt sie dir an die Augen.« Er legte ihr sanft die Hände über die Augen. Sie brummte vor Wonne: Die Wärme seiner Hände war wohltuend. Sie wünschte, er würde sie noch anderswo berühren.

Die Scheinwerfer strahlten das Wehen des Schnees an, das spärlicher wurde und bald darauf aufhörte. Hanley erkannte oben auf dem Plateau die Spitze eines menschlichen Bauwerks.

»Was hat Minskow dort oben gefunden«, fragte sie, »unter dem Eis des Sees?«

»Hauptsächlich einen Haufen Algenmatten.«

»Klingt nicht sehr aufregend.«

»Oh, du hättest beim Durchstoß dabei sein sollen. Wir haben den See behandelt wie eine Zeitkapsel.«

»Was meinst du damit?«

»Nach den Berechnungen der Glaziologen könnte die Oberfläche ein paar Millionen Jahre lang zu gewesen sein.«

»Oha«, sagte Hanley. »Das ist echt alt.«

»Ach was.« Nimit drehte sich ihr zu. »Unser See ist nichts im Vergleich zu denen, die sie in Antarktika gefunden haben. Dort haben sie sechsundsiebzig Süßwasserseen unter dem Eis geortet. Einer hat ungefähr die Größe des Ontariosees.«

»Unter dem Eis? Das ist nicht dein Ernst.«

»Doch, doch. Und das Eis dort ist zwei Meilen dick. Bist du bereit? Los geht's«, sagte er, und sie setzten ihre Fahrt über das heikle Gelände vorsichtig fort.

»Zeit für die Touristenattraktion?«

Nimit hatte ein Gesicht wie ein Vorschlaghammer, als er sich ihr zuwandte. »Das ist keine Touristenattraktion. Es ist ein Grab.«

Hanley nickte zerknirscht.

36

Nimit steuerte das merkwürdige Gebilde an, das sie zuerst aus der Luft gesehen hatte. Was im flackernden Licht der Leuchtbomben wie ein Bunker ausgesehen hatte, war in Wirklichkeit ein großer überdachter Graben, in den leicht vier Fahrzeuge nebeneinander passten. Das Wellblechdach war abgestützt und schneebedeckt.

Eine lange Abfahrt führte an einem Ende hinunter. Nimit hielt oben an, dann ließ er den Wanigan langsam in den dunklen Schacht rollen.

»Wir haben das alles mit einer schweren Schneefräse ausgekratzt, so eine, mit denen sie Hochgebirgspässe freiräumen. Einhundertdreiundfünfzig Stunden haben wir dafür gebraucht.«

Große Treibstofffässer säumten die Wand der Einfahrtsrampe.

»Dekoration?«, fragte Hanley.

»Nein. Leergut«, antwortete Nimit. »Der Abtransport ist zu teuer. Eines davon auszufliegen kostet zweihundert amerikanische Dollar. Das gibt mein Etat zur Zeit nicht her.«

»Wenn ich ihre spätere Beseitigung garantiere, könntest du dann ein paar für mich zum Hochsicherheitslabor schaffen? Ich könnte ein halbes Dutzend für Laborabwässer und Kontaminanten gebrauchen, falls du sie an die Dekondusche und den Sondermüllschacht montieren könntest.«

»Sicher. Wenn's was hilft«, sagte Nimit und hielt den Wanigan an.

Mit starken Lampen bewaffnet, schritten sie in die Dunkelheit. Holzplanken knarrten unter ihren Schritten. Augen glühten ihnen entgegen. Nimit richtete seine Lampe auf sie, und sie zerstreuten sich. Hanley erschrak, als ihr etwas über den Fuß lief.

»Ratten?«

»Keine Angst«, sagte er.

»Angst, ich? Ich hab Softball bei den L.A. Lab Rats gespielt. Wir hatten ein paar ausgemusterte Versuchsratten als Maskottchen. Von meiner Privatsammlung in jungen Jahren gar nicht zu reden.«

»Es sind Lemminge. Keine Ratten. Ratten mögen es nicht in der Arktis.«

»Kann ich ihnen nicht verdenken«, sagte Hanley. Er fuhr zu ihr herum, worauf sie besänftigend die Hände hob. »Ich hab's nicht so gemeint, ich hab's nicht so gemeint.« Sie leuchtete mit ihrer Stirnlampe den Tunnel ab und packte eine der Fallen aus. »Ich schau mal, dass ich ein paar für Versuche fange. Nagetiere sind notorische Virenwirte.« Sie stellte die Falle auf den Boden. »Auch wenn sie noch so gesund aussehen, sobald sie in der Falle sind, bleib weg von ihnen. Und wenn du tote Lemminge siehst, sag Bescheid.«

Im Licht ihrer beider Stirnlampen erblickte Hanley Seitengänge, die im rechten Winkel vom Haupttunnel abgingen und in denen gelb und rot gestrichene Wohncontainer standen. Auf einem Straßenschild aus Toronto stand *Yonge Street*, auf dem nächsten *Bloor Street*. Es folgten Figuren von zwei rosa Flamingos, ein Fleckchen grüner Kunstrasen und ein Gebilde aus gebogenen Kupferrohren und Kupferkesseln.

»Was ist das?« Hanley deutete mit ihrem Lichtstrahl auf die merkwürdige Konstruktion.

»Ein Destillierapparat«, antwortete Nimit. »Hat eine Menge Partys angeheizt, als es sonst noch keinen Alkohol hier oben gab. Einer der Ingenieure hat am Anfang statt einer Spiralröhre Riesentang genommen. Hast du schon mal Riesentang gesehen? Eine lange hohle Röhre so dick wie deine Faust. Sie haben ihn in der gewundenen Gestalt, die sie haben wollten, festfrieren lassen, ihn in Eis gepackt und mit dem Brennen angefangen. Irgendwann hab ich den Tang durch diese Metallröhre ersetzt.«

»Du weißt, wie man destilliert?«

»Na klar. Das ist einfach. Man muss kein diplomierter Chemiker sein, um Schnaps zu brennen.«

Oder Biowaffen herzustellen, dachte Hanley, doch sie wischte den Gedanken beiseite.

Er setzte seinen Helm ab und gab Hanley mit einem Zeichen zu verstehen, dass sie das ebenfalls tun konnte. Sie kam der Aufforderung zögernd nach.

»He«, sagte sie, »ist ja richtig warm.«

»Das ist es. Relativ. Hier unten ist es immer um die minus fünf Grad.« Sein Atem wallte. »Im Sommer kühlt der Schnee die Luft. So bleiben die Mücken draußen.«

Sie stapften weiter durch die Finsternis. Nimit führte sie in einen der Seitengänge, in dem kein Wohncontainer stand. Auf einmal ging es schräg nach unten.

»Was machen wir, wenn wir einen Bären in seiner Winterruhe stören?«

»Weglaufen«, erwiderte Nimit. »Aber eher werden wir auf einen Tupilat stoßen.«

»Was ist das?«

»Ein Geist.«

Der Gang wurde enger, die Schneewände wiesen unregelmäßige Ausbuchtungen auf.

»Sie rutschen«, bemerkte Nimit. »Wir werden bald mal nachfräsen müssen. Der Permafrost dehnt sich aus und zieht sich zusammen, dadurch werden die Wände so wellig.«

»Mackenzie hat mir erzählt, dass ihr diesen Ort als Notquartier im Fall eines Brandes aufrechterhaltet. Das muss viel Arbeit machen.«

»Ja, die Brandgefahr ist eine unserer größten Sorgen. Du hast ja gesehen, was ein Feuer anrichten kann.«

Sie kamen an eine kleinere Öffnung, nicht im Eis, sondern ein in den Fels gehauenes Loch. Nimit machte ein feinmaschiges Netz los, das darüber gespannt war. »Damit die Lemminge nicht reinkönnen«, erklärte er, dann bückte er sich und trat in den dunklen Felsenschlauch. Hanley folgte. Der Tunnel hatte einen vollkommen anderen Geruch als der Schneegraben: muffig, beinahe süßlich, wie das Empiresofa ihrer Großmutter. Der Gang verengte sich immer mehr, bis sie schließlich auf Händen und Knien krochen. Nimit bedeutete ihr, den Kopf einzuziehen, und Hanley musste aufpassen, dass ihrer Kamera nichts passierte, als sie sich auf dem Bauch in eine kleine Höhle schoben.

Nimit erhob sich, half ihr aufzustehen und zog ein zweites Netz vor dem Tunnelausgang wieder zu. Er klappte den Reflektor seiner Lampe auf, damit sie den ganzen Raum ausleuchtete.

Sie waren nicht allein. Zwei Dutzend Gestalten mit verhutzelten Gesichtern hockten im Schneidersitz inmitten eines schwarzen Kreises auf dem steinernen Boden, die Hände unter dem Kinn gefaltet. Ihre lederige Haut war stellenweise schwarz, doch ansonsten gut erhalten, desgleichen die Sehnen und Muskeln darunter, die die Gesichtszüge formten. Sich kreuzende Bögen aus Walrippen, an denen Fellfetzen hingen, waren von einer Art Kuppelzelt übrig geblieben.

»Wow«!«, rief Hanley aus. »Unglaublich.« Sie drehte sich einmal im Kreis, um die ganze Gruppe zu überschauen. Dann fragte sie zögernd: »Ist es okay, wenn ich Blitzlichtaufnahmen für meinen Sohn mache?«

Nimit antwortete mit einer einladenden Geste. Zusätzlich zu seiner machte sie noch ihre Lampe an, worauf weitere Gestalten sichtbar wurden, die in Reihen auf erhöhten Stufen saßen.

Die Männer befanden sich in der vordersten Reihe, dann kamen die Frauen und mehrere Kinder, die Körper erstaunlich unversehrt, viele mit offenen, starr blickenden Augen. Fast alle waren von der Kälte konserviert worden, ausgenommen zwei Leichen am hinteren Ende der Höhle, die so stark verwest waren, dass sie mit ihren blanken Kieferknochen und freigelegten Zähnen wie Primaten aussahen. Immerhin waren ihre Hände samt den Fingern und Nägeln vergleichsweise gut erhalten, und die Gebetshaltung, in der sie an der Brust lagen, war unheimlich ausdrucksstark.

»Die Körper sind in Tierfelle gehüllt«, erklärte Nimit. »Otter und Seelöwe. Siehst du, wie die Rücken der Männer von Kriegsschilden gestützt werden? Die meisten Inuit haben kein

Wort für Krieg, aber dies hier sind Aleuten. Im Unterschied zu den meisten Nordvölkern waren die Aleuten Krieger.«

»Wie wurden sie präpariert?«

»Die Leichen wurden ausgenommen und mit Elymus ausgestopft – Haargerste. Die vollkommen trockene Luft und die Kälte konservieren sie für ewige Zeiten. Die ältesten Überreste, die ich gesehen habe, waren eintausendsechshundert Jahre alt. Diese hier sind viel jüngeren Datums – spätes neunzehntes Jahrhundert. Die Insel diente den Aleuten als Sommerlager. Das war es, was Mac und die anderen ursprünglich hierher zog. Doch die Archäologen fanden noch ältere Artefakte der Paläoeskimos, Schichten um Schichten von Tierknochen. Die untersten waren von ausgestorbenen Tieren. Sie fanden sogar Fingerabdrücke.«

»Fingerabdrücke?«

»Ja. Im Fett und Ruß der Feuergruben, über denen sie ihr Fleisch brieten. Die Abdrücke brannten im Lehm fest.« Nimit ließ langsam den Blick über die Runde schweifen. »Die Aleuten kamen viel später. Natürlich auch Nomaden.«

Hanley betrachtete die unbewegten Gestalten. Da sie sich immer noch Vorwürfe dafür machte, dass sie das Wort »Touristenattraktion« gebraucht hatte, zögerte sie, bevor sie fragte: »Sind das deine Ahnen?«

»Nein. Meine sind wahrscheinlich in der Smithsonian Institution oder im Field Museum in Chicago ausgestellt, oder sie stehen ausgestopft in einem Diorama im Museum of Natural History in New York. Diese Stämme bewohnten vor allem die nach ihnen benannte Inselkette der Aleuten. Kurlak war ihr entlegenster Außenposten. Die Erhebung, auf der Trudeau liegt, war ihre Fluchtburg – ein hoher Felsenrücken, auf den sie sich zurückziehen konnten, wenn in der Abwesenheit der Männer Feinde oder Fremde auftauchten. Aber so weit östlich und nördlich, wie die Insel liegt, glauben unsere Archäologen nicht, dass die Aleuten hier jemals bedroht wurden.«

»Muss ein hartes Dasein gewesen sein«, meinte Hanley mit Blick auf die Gesichter.

»Ja, aber wahrscheinlich besser als im Westen, wo sie herkamen.«

»Wieso das?«

»Pelzhändler rotteten Mitte des achtzehnten Jahrhunderts ihre Beutetiere aus und sie beinahe mit. Neuntausend Jahre hatte ihre Kultur bestanden, und dann wurde sie in einem Jahr um ein Haar von einer kleinen Schar alaskischer Russen zerstört, die neue Krankheiten einschleppten. Obendrein griffen sie die Aleuten an ... mit Gewehren und Kanonen. Die wenigen, die auch das noch überlebten, flohen. So kamen sie wahrscheinlich hierher.«

»Ich sehe nicht viele alte Leute«, sagte Hanley, während sie sich die einzelnen Gesichter durch den Sucher ihrer Kamera anschaute.

»Oh, die gab es. Aber wenn einer das Pech hatte, alt und eine Last zu werden, dann bekam er nichts mehr zu essen. Sie wechselten auch sehr schnell das Lager und ließen ihre Alten zurück.«

»Nicht gerade ein Sozialstaat.«

»Nein«, sagte Nimit. »Keine Gesellschaft für Schwächlinge.«

»Was meinst du, warum hörten diese Leute auf, hierher zu kommen?«

Nimit zuckte die Achseln. »Starben aus, würde ich vermuten. Um 1840 gab es eine kleine Eiszeit, das wissen wir. Die Gemeinschaften waren klein, ihr Dasein prekär. Und Leute, die von außen kamen – Europäer –, verteilten großzügig Masern, Pocken, Grippe, Alkohol, Tbc. Es gab eine Zeit, in der achtzig Prozent der Inuit an Tuberkulose erkrankt waren. Es hat nicht viel gefehlt, und ihr Europäer hättet uns alle ausgelöscht. Aber zum Ausgleich haben wir immerhin eine Schrift von euch bekommen.«

»Diese Hieroglyphen? Wie auf deinem Nunavutposter?«

»Sehr aufmerksam. Ja, stimmt.«

»Sieht wild aus, wenn ich das sagen darf. Wie Runen. Oder Chiffren. Sehr ... exotisch.«

Nimit schmunzelte. »Meinst du? Sie wurde uns von einem Missionar aufgehalst, der vom Gregg'schen Stenographiesystem begeistert war. Deshalb sehen die Buchstaben aus wie Strichmännchen. Ein seltenes Geschenk der modernen Welt an die Inuit«, sagte er sarkastisch.

»Wie das Alphabet, das die Aleuten von den Russen bekamen?«

»Genau. Ansonsten gibt es nicht viel, wofür sie den Russen zu danken hätten.«

Hanley deutete auf einen der Männer. »Der Typ da hätte eine Kraniosakraltherapie vertragen können. Seine Wirbelsäule ist völlig aus dem Lot, ganz zu schweigen davon, dass ihm der Unterkiefer und die oberen Halswirbel fehlen.«

Nimit nickte. »Sie waren ein bisschen schlampig. Er wurde enthauptet und dann der Schädel wieder draufgesetzt.«

»Warum das?«, fragte Hanley.

»Er war der Angakoq, der Schamane. Ein Schamane konnte einem das Leben nehmen und einen dann von den Toten zurückholen. Er kann selbst je nach Bedarf ins Leben zurückkehren. Die einzige Stelle, an der man ihn ein für allemal töten kann, ist die Kehle.«

Hanley runzelte die Stirn. »Warum sollten sie einen heiligen Mann umbringen?«

»Das kann ich nur raten«, antwortete Nimit und ging neben der Leiche in die Hocke. »Der Schamane war gewöhnlich das schwierigste und asozialste Stammesmitglied. Introvertiert, von Halluzinationen und Träumen heimgesucht, vielleicht neurotisch oder sogar leicht schizoid. Schwach, ein schlechter Jäger. Möglicherweise zu Ohnmachtsanfällen neigend. Einfach ein nervöser, aufgeregter Mensch. Trotzdem wusste er Dinge, die die anderen nicht wussten. Er verfügte über Kräfte.«

»Zum Beispiel?«

»Er konnte Gegenstände hervorwürgen, Schnüre im Mund verknoten, Stimmen aus seinem Körper kommen lassen, sich ein Messer ins Fleisch stoßen, ohne zu bluten. Er konnte fliegen, Feuer schlucken, sich in ein Tier verwandeln, einem Kranken die Krankheit aussaugen. Er konnte die Zukunft weissagen. Er konnte sich in Trance versetzen und zum Mond reisen oder zum Meeresgrund, im Boden versinken, Dämonen beschwören, mit den Toten reden.«

»Hielt der Stamm den Schamanen für geisteskrank? Oder geistig zurückgeblieben?«

»Gewiss nicht geistig zurückgeblieben. Einfältige Menschen

wurden für hellsichtig und harmlos gehalten und gut behandelt.« Nimit betrachtete die Leiche. »Der Schamane war etwas anderes.«

»Was?«

»Ein Unruheherd. Von dem Moment an, in dem ein Schamane seine mystische Gabe annahm, fand er sich damit ab, ein Außenseiter zu sein. Seine Aufgabe war es, mit dem Übernatürlichen zu ringen. Vor allen Dingen konnte er die Toten töten.«

»Die Toten töten?«

Nimits dunkle Augen richteten sich auf sie. »Ja. Seine wichtigste Aufgabe war es, Fürsprache bei den Toten einzulegen.« Er sah sie durchdringend an. »Ihr Weißen sorgt euch nicht groß wegen der Toten, aber ihr fürchtet euch vor dem Sterben. Inuit fürchten sich nicht vor dem Sterben, aber sie haben schreckliche Angst vor den Toten. Es ist wichtig, die Toten mit Respekt und Großzügigkeit zu behandeln. Sonst werden sie eifersüchtig und böse und rächen sich mit Hungersnöten und Unwettern an den Lebenden. Der Schamane war dazu da, sie zu besänftigen. Oder sie in einer Séance zu töten. Der Schamane war der Mittler zwischen der Welt der Lebenden und der Finsternis. Aber er war ein Risiko. Das Böse konnte sich seiner bemächtigen, und dann wurde er wild, halb zum Tier, ein Seelenräuber. Wenn böse Geister – Ilisiitsogs – jemanden packen, windet er sich vor Qual, weil das Böse ihn in den Klauen hat. Wenn es sich um einen Schamanen handelte, konnte das Dorf ihn verstoßen, und er musste in der Erde und im Eis leben wie ein Tier. Das ging aber nicht immer gut. Um ihn vollständig los zu sein, mussten sie ihn auf diese ganz bestimmte Weise töten.«

»Indem sie ihm den Kopf abschnitten?«

»Sonst wäre er als Tier wiedergeboren worden, und ein Jäger, der ihn gefangen hätte, wäre fortan krank und gelähmt gewesen.«

»Gruselig.«

»Ja. Der Schamane war sehr mächtig. Der Stamm muss furchtbare Angst gehabt haben, sonst hätten sie ihm das nicht angetan.«

»Sie brachten ihn also um, damit die Bedrohung aufhörte«, sagte Hanley und kniete sich neben den Körper.

»Höchstwahrscheinlich.« Nimits schwarze Augen fixierten sie. »Dann bestatteten sie ihn als geehrtes Mitglied der Gemeinschaft. Er war eine starke Kraft in ihrem Leben. Gefürchtet. Verehrt.«

»Wie kannst du das wissen?«

Nimit streckte die Hand aus. »Seine Jacke ist aus Bärenfell. Die Kapuze ist mit Blaufuchs verbrämt. Das sind seltene Pelze. Seine Augen sind mit hellblauen Muscheln bedeckt, dem begehrtesten Tauschgut auf der Insel. Die schillernden Perlen an seiner Mütze sind aus Meerohren, wahrscheinlich von pazifischen Völkern erhandelt, und die an seinem Beutel sind Glasperlen. Heute kriegst du solches Zeug in jedem Kaufhaus, aber damals hast du für eine von diesen großen blauen Perlen vielleicht einen Schlitten, einen Zug Hunde und ein halbes Dutzend Fuchsfelle bezahlt. Und siehst du, dass seine Mütze zur Hälfte hell und zur Hälfte dunkel ist? Deshalb, weil er halb in dieser Welt und halb in der Geisterwelt zu Hause ist.«

Sie beugte sich näher an die Leiche heran. Sie spürte Nimits Blick auf sich und wünschte, sie hätte nicht die dunklen Ringe unter den Augen. Sie hob ihre Kamera und machte ein paar Bilder von dem Schamanen, dann mit dem Zoom eine Großaufnahme.

»Die kleine Schrift auf dem Beutel – ist das Kyrillisch?«

»Ja.«

»Wird das noch verwendet?«

»Es ist am Aussterben, genau wie Inuktitut. Die Kinder müssen Englisch lesen und schreiben. Sie wollen nicht zu allem Überfluss auch noch das alte Zeug lernen. Kann auch sein, dass es niemand mehr gibt, der es ihnen beibringen könnte.«

»Was ist in dem Beutel drin?«

»Wahrscheinlich Knochen, zum Wahrsagen. Eine Art Schicksalswürfel.«

»Seine Kleidung …« Sie legte den Kopf leicht schief. »Der Pelzbesatz, das Halsband, die Muscheln … alles irgendwie weiblich. Oder bilde ich mir das bloß ein?«

»Nein. Das siehst du richtig.«

»Was hat die Aufmachung zu bedeuten?«

»Dass er wahrscheinlich homosexuell war. Vielleicht ein Transvestit.«

»Schwul?«

»Viele Schamanen waren schwul. Der Schamane war einer, der sich nicht so recht in die Gemeinschaft einfügte. Auf die Weise hatte er einen Platz – indem er die Rolle des Medizinmannes einnahm, so schwierig sie auch war. Das Halsband auf der Brust ist aus Schalen der roten Stachelauster. Wusstest du, dass Austern hermaphroditisch sind? Ein Jahr männlich, das nächste weiblich? Verwandlungskünstler wie der Schamane.«

Hanley streckte die Hand aus, um das Gesicht des Schamanen zu berühren.

»Nicht«, sagte Nimit und hielt sie zurück. Seine Haut an ihrem Handgelenk fühlte sich eigentümlich weich an für einen, der so viel mit den Händen arbeitete.

»Fürchtest du dich vor dem Schamanen?«

»Ja, verdammt. Und vor dem Gesetz zum Schutz von indigenen Gräbern, das so was verbietet.«

»Entschuldige.« Sanft entzog Hanley ihre Hand seinem Griff. »Bitte trag mir das nicht nach, aber ich muss einfach nachsehen«, sagte sie. »Die Verrenkung der Wirbelsäule, die Muskeln ...« Sie hob die blaue Muschel vom linken Auge ab.

Nimit zuckte zusammen.

Behutsam nahm Hanley auch die andere Muschel weg und leuchtete das Gesicht des Schamanen an. Selbst in einem Raum voller Leichen war der Anblick Grauen erregend. Die ausgelaufenen Augen sahen genauso aus wie die der drei toten Wissenschaftler.

37

»Unsere Ahnenschützer werden nicht begeistert sein, dass Sie sich an den sterblichen Überresten vergriffen haben«, sagte Mackenzie über Funk.

Hanley betastete nervös den Schamanenbeutel, den sie eilig abgeschnitten, in einen Polyäthylensack gestopft und sich in die Tasche gesteckt hatte, sobald Nimit ihr voraus zum Ausgang der Grabhöhle geschritten war. Wenn das Abheben der Muscheln schon ein solcher Skandal war, konnte sie sich die Reaktion hierauf lebhaft vorstellen.

»Aber unter den gegebenen Umständen sind Sie zu loben, Jessie«, schaltete sich Verneau ein. *»Bien fait.«*

Mackenzie klang weniger überzeugt. *»Sie gehen bei Ihrer Arbeit äußerst intuitiv vor, Dr. Hanley. Vielleicht verlassen Sie sich ein bisschen zu sehr auf solche Ahnungen. Die Kommission wird uns deswegen den Marsch blasen. Sie werden von nun an bitte etwas mehr Zurückhaltung üben.«*

»Das habe ich vor«, sagte Hanley, getroffen von der Zurechtweisung. »Entschuldigen Sie.«

»Natürlich werden Sie das«, fügte Verneau hinzu, der offensichtlich versuchte, das Gespräch zu entkrampfen. *»Wie machen wir jetzt weiter? Was können wir unseren Leuten über Ihre Fortschritte berichten?«*

»Es gibt Positives zu vermelden. Was es auch sein mag, es ist kein synthetisch hergestellter Superkeim aus dem einundzwanzigsten Jahrhundert. Wir können eine gentechnisch veränderte Mikrobe ausschließen, weil wir wissen, dass der Erreger hier schon vor hundert Jahren auftrat und den Stammesschamanen ausgelöscht hat. Danach ward er nicht mehr gesehen, bis Ihre Kollegen im Zuge ihrer Arbeit darauf stießen.«

»*Das ist doch nicht möglich*«, sagte Mackenzie in aufgeregtem Ton.

»Diese aleutische Gemeinschaft lebte vollkommen isoliert. Der Erreger konnte sich nicht weit verbreiten, wenn er nur diese Menschen als Wirte hatte. Ich denke, er könnte in einer anderen Spezies gewissermaßen geschlummert und auf neue menschliche Gesellschaft gewartet haben. So was hat es schon früher gegeben, bei Ebola im Kongo zum Beispiel.«

»*Mein Gott*«, sagte Verneau.

»Was es auch sein mag, es ist biologisch und schon lange hier. Es muss in irgendwas da draußen auf dem Eis Kolonien gebildet haben.«

»*Ja*«, sagte Verneau, »*und Sie steuern vielleicht geradewegs darauf zu. Bitte seien Sie vorsichtig, ma chère.*«

»Bin ich«, erwiderte Hanley und beendete das Gespräch.

Sie streckte sich und blickte zu Nimit hinüber. Sie stellte den Laptop an, der vor ihr auf dem flachen Armaturenbrett stand. Das Satellitenfenster war offen: Sie war mit der Welt verbunden. Sie loggte sich in eine Suchmaschine ein, um über Antarktika und die Seen unter dem Eis zu recherchieren, von denen Nimit ihr erzählt hatte.

Tatsächlich, da waren sie: Seen unter einer Eis- und Schneeschicht von unglaublicher Mächtigkeit. Eisproben, die aus zwei Meilen Tiefe hochgeholt worden waren, hatten etwas Unerwartetes zutage gefördert: Mikroben. Mikroben, die in gefrorenem Zustand überdauerten.

Ein schauriges Kreischen wie von trompetenden Elefanten steigerte sich zu einem lauten Presslufthammerton, der an einen riesigen Specht denken ließ, und endete mit dem Ächzen ungeheurer Fußbodendielen. Hanley fuhr hoch und überprüfte hastig das Licht in ihrem Helm. Es leuchtete beruhigend grün. Nimit lachte.

»Bloß Eisschollen«, sagte er. »Sie knarren und singen, brechen und treiben. Keilen sich übereinander«, Nimit nahm kurz die Hände vom Lenkrad, um die Bewegung zu demonstrieren, »und schieben die abgebrochenen Kanten in schroffen Graten nach oben. Wie tektonische Platten.«

Eine Direktmeldung leuchtete an ihrem Bildschirm auf. Joey.

MAMA!

Schatz.

Was ist los?

Ich bin draußen auf den Eisschollen, in einem Wagen mit vielen mordsdicken Reifen.

Wie groß?

Sieht aus wie der Monstertruck, den du hattest, als du 3 warst.

Ist es unheimlich da draußen?

Es ist wunderschön.

He, wart mal. Papa will dir was sagen.

»O Scheiße«, flüsterte Hanley vor sich hin.

Jessie? Bei mir haben heute zwei Reporter auf dem Rasen geparkt und gefragt, wo du bist und was du treibst. Was zum Teufel soll ich denen erzählen?

Sag ihnen, dass wir nicht miteinander reden.

Kommt der Wahrheit ziemlich nahe.

Wenn das nicht ausreicht, sag ihnen, ich bin von meiner ärztlichen Schweigepflicht gebunden. Schick sie zu Munson. Soll der sich mit ihnen rumschlagen.

Ich probier's, aber wenn sie sich an Joey ranmachen, dann scheiß auf die Pressefreiheit – dann knalle ich ihnen eine vor den Latz.

Wunderbar. Gib Joey einen Gutenachtkuss von mir.

Teddy Zale funkte sie an, um ihre Fahrtrichtung zu monieren. Jack korrigierte den Kurs mittels des GPS-Signals, das der ARGOS-Standortmelder aussandte. Die Weiten, durch die sie fuhren, waren ungeheuer, aber der Sender und das Positionsbestimmungssystem leiteten sie auf einen Meter genau zu ihrem Ziel: dem letzten Feldlager der Wissenschaftler. Ein Sender im Wanigan übertrug ihr automatisches Signal an Teddy Zale und diente ihnen als zweites Funkgerät. Ein drittes war als Reserve im Wagen, aber nicht eingeschaltet. Die Transceiver, die sie am meisten benutzten, waren die in ihren Helmen;

für den Außenkontakt benutzten sie die zweite Funkverbindung an Bord des Wanigan.

»Ich hoffe, wir fahren nicht gegen einen Presseisrücken«, sagte Hanley, den Blick auf den Slinky gerichtet, der ihnen an seiner gelben Leine vorauslief wie ein Roboterhund.

»Es gibt schlimmere Stellen, wo sie sein könnten«, erwiderte Nimit.

»Ach ja? Wo zum Beispiel?«

»Hinter uns.«

In der Ferne erhob sich eine schwarze Anhöhe über dem flachen weißen Eisfeld. Hanley erkannte sie anhand der Karten als Mackenzie's Mount: ein kahler Steilfelsen, der aus dem zugefrorenen Ozean aufragte. Ohne andere Bezugspunkte konnte sie nicht einschätzen, wie hoch oder breit er sein mochte oder wie weit entfernt. Nach einigen Minuten drehte Nimit dem Slinky den Saft ab und parkte ihren Wanigan neben den sechs hellgrünen Markierungen, die den Rand des Forschungslagers kenntlich machten. Er stellte den Viertaktmotor ab, ließ aber den Generator an.

»Wo zum Teufel sind wir«, fragte Hanley.

»Im absoluten Nichts. Mutterseelenallein mitten auf einem leeren Ozean von zweitausend Meilen Durchmesser.«

»Wie weit weg von L.A.?«

Er überlegte einen Moment. »Vielleicht viertausend Meilen. Du bist ungefähr so weit weg von L.A. wie L.A. vom Amazonas.«

»Gott, was gäbe ich für einen Latte macchiato! Was meinst du, wie weit wir für einen fahren müssten?«

»Ångsta in Schweden ist dafür wahrscheinlich die aussichtsreichste Adresse. Oder Murmansk. Aber für den Kaffee kann ich mich weder da noch dort verbürgen.«

»Das hier ist genau der Standort des Feldlagers, nehme ich an«, sagte Hanley und deutete mit ihrem dicken Handschuh auf die Markierungen.

»Ja. Das Eis um das Vorgebirge herum ist ziemlich konstant. Es hat sich seitdem nicht bewegt.«

»Ich dachte, Eis bewegt sich immer.«

»Meereis bewegt sich ständig, aber wir sind hier auf Küstenfesteis. Dort, wo es an die treibenden Eisschollen stößt, ist es am instabilsten. Forschungsstationen auf dem Meereis können neun Meilen am Tag driften. Die Strömungen hier oben sind eine Sache für sich.«

»Muss komisch sein, so in ständiger Bewegung zu sein«, meinte Hanley.

»In den neunziger Jahren hat ein aus Hongkong kommendes chinesisches Schiff in einem Sturm seine Ladung verloren. Gelbe Plastikentchen. Sie gingen im Pazifik über Bord. Sieben Jahre später wurden sie an Stränden im Atlantik angespült. Die Strömungen hatten sie von einem Ozean zum anderen befördert.«

»Joey und ich werden demnächst am Strand die Augen offen halten«, sagte sie, und Nimit grinste. »Bewegt sich das Eis immer auf den gleichen Bahnen?«

»Es zirkuliert in östlicher Richtung, gegen den Uhrzeigersinn, aber mit unvorhersehbaren Zickzacks. Expeditionsschiffe froren früher irgendwo fest, im Lauf von Jahren wurden sie dann nach und nach Hunderte oder Tausende von Meilen von der Stelle weggetrieben, wo sie in das Eisfeld geraten waren. Je nach der Stärke ihres Rumpfs wurden einige zerquetscht und nie mehr gesehen, während andere heil blieben. Und heute noch die Meere befahren.«

Wie der Killer des Schamanen, dachte Hanley. Treibt vielleicht wie die Schiffe im Eis und wartet darauf, an Land zu kommen.

Sie stieg aus dem Wanigan, trat zu den Markierungszeichen und drehte sich langsam im Kreis. Nimit folgte ihr mit dem Gewehr in der Hand. Sie nahm ein paar Eisproben direkt vom Lagerplatz. Vorgebeugt strich sie mit dem Strahl einer Taschenlampe über das Eis, wobei ihre Bögen immer größer wurden.

»Du suchst etwas«, sagte er.

»Kadaver.«

»Was?«

»Säugetiere, Vögel, alles, was als Überträger gedient haben könnte. Irgendein Tier, das auch dem Schamanen begegnet sein könnte. Ich versuche, den Kreis einzugrenzen. Infizierte Vögel sind häufig Virusträger. Gibt es so spät im Jahr hier noch Vögel?«

»Ja, einige überwintern jedes Jahr. Gryllteisten. Das sind arktische Vögel. Sie ziehen nicht in mildere Klimazonen. Hin und wieder bleiben ein paar Eismöwen zurück. Aber mit jedem Jahr werden es weniger Paare. Mac hat die Zahlen.«

»Wovon leben sie, die Paare, die hier bleiben?«

»Die meisten Garnelen und Krebstiere gehen im Winter tiefer hinunter, aber es bleiben gerade noch genug nahe der Oberfläche, dass die Ausharrenden sich davon ernähren können.«

»Wenn sie Krebstiere fressen, könnte das die Kaininsäure erklären, die wir in den Leichen festgestellt haben. Kommt es vor, dass ihr an der Polynja tote Vögel findet?«

»Manchmal.«

»In jüngster Zeit? Hätten die Wissenschaftler es festgehalten, wenn sie auf welche gestoßen wären?«

»Wahrscheinlich nicht, es sei denn, ihnen wäre etwas sehr Ungewöhnliches aufgefallen.«

»Hat einer von ihnen über das Sterben von Vögeln geforscht? Annie?«

»Nicht dass ich wüsste.«

Sie schritt das Gelände um die Markierungen ab. »Die Überträger müssen nicht sterben, um infektiös zu sein. Sie könnten Viren mit dem Atem weitergeben oder mit ihrem Blut an saugende Insekten oder sie mit dem Kot ausscheiden. Womit ich zur Jägerin von Vogelscheiße werde, wer hätte das gedacht?«

»Und, hast du Jagdglück?«

»Nein. Nicht die kleinste Fährte.« Als sie sich aufrichtete, musste sie über seinen Anblick lachen.

»Was ist so witzig?«

»Ich hab noch nie einen bewaffneten Vogel gesehen. Bist du sicher, dass das Gewehr hier nicht einfriert?«

»Ich hab's mit Teflonschmiermittel eingesprayt.« Nimit deutete in die Finsternis. »Zur Polynja geht's da lang.« Sie gingen mehrere Minuten, bis sie an den Rand des dunklen Spiegels kamen, der die Polynja war. Trotz des Mondes konnten sie das Wasser so wenig sehen wie hören. Die Fläche war vollkommen still und ganz schwarz bis auf den darüber gegossenen Streifen Mondschein. Der urtümliche Geruch des Meeres nach Tang und Algen stieg auf.

»Dieser Apparat im Wasser, den sie kontrollieren wollten – schreckt der die Tiere ab?«

»Es ist einfach eine autonome Unterwasserforschungssonde. Sieht aus wie eine große Zigarre: ungefähr drei Meter lang, vierhundertzehn Kilo schwer. Aber sie ist sehr langsam. Stößt sie an ein Hindernis, hält sie an, weicht zurück und umfährt es wie ein Autoskooter. Die Meerestiere kümmern sich nicht darum.«

»Es stand nichts dergleichen auf der Liste der zurückgebrachten Geräte.«

»Nein«, bestätigte Nimit, »sie bleibt weiter dort unten. Sie arbeitet unter dem Eis weitgehend selbständig und kann mit ihrem schwachen Motor ewig laufen. Sie hat ein Zielsuchsystem, mit dem sie zu ihrem Ausgangspunkt zurückfindet, wenn sie gerufen wird. Ansonsten fährt sie einfach immer mit vier Knoten im Kreis.«

»Und was macht sie?«

»Messen, messen, messen. Sie kann mit kontinuierlich aufgezeichneten Echos ein Profil des ganzen Arktischen Beckens erstellen. Die Feldforschungsteams kommen alle drei Monate, um die Ergebnisse abzulesen und die Funktionen zu überprüfen.«

»Hör mal«, sagte sie. »Da war grade was.«

Sie spähten in die schwarze Nacht. Er hob einen Eisbrocken auf und warf ihn ins Wasser. Es gab einen Plumps, gefolgt von einem zweiten, platschenden Geräusch.

»Was zum Teufel ...!«, rief Hanley aus. Das Mondlicht blitzte auf den schwarzen Wellen.

»Wahrscheinlich eine Robbe. Sie pumpen sich mit Luft voll und schlafen aufrecht im Wasser wie große Korken.«

»Ist ihnen das nicht zu kalt?«

»Nicht, wenn kein Wind weht. In dem Fall schlafen sie unter dem Eis, an ihren Atemlöchern. Sie wachen auf, holen durch das Loch Luft und setzen ihren Schlummer fort. Sie haben einen bemerkenswert effizienten Wärmehaushalt. Man kann sie nicht mal mit Infrarotsensoren aufspüren, weil sie so wenig Körperwärme abgeben.«

Nimit richtete seine Lampe auf eine kaum wahrnehmbare Einbuchtung im Eis. Mit erhobener Hand bedeutete er ihr zu schweigen und leuchtete das Loch an. Eine Weile verging. Dann spritzte ein Wasserstrahl aus der Öffnung. Nimit hob abermals die Hand. Die Luft war ganz still. Ein zischendes Geräusch kam aus dem Loch.

Hanley sprang zurück.

»Eine einatmende Robbe«, erklärte er und schaute in die kleine Öffnung.

»Wieso die kleine Fontäne?«

»Die Robbe stößt in den Trichter unter der Öffnung und presst so das Wasser heraus, um Atem holen zu können.«

»Was fressen Robben?«, fragte sie.

»Sie sind Bodenfresser. Algen und Seegras ... Muscheln, alles, was sich an toter Materie auf dem Meeresgrund abgelagert hat. Das Wasser unter dem Eis ist bei weitem nicht so kalt wie das Eis selbst oder wie das der Luft ausgesetzte Wasser. In winzigen Rissen im Eis lagert sich Meerwasser ein. Dort siedeln sich Algenkolonien an. Einige ihrer Thalli sind ziemlich groß und hängen frei im Wasser. Dort weiden Meerestiere.«

»Und sie erfrieren nicht.«

»Kein Gedanke. Die Vögel auch nicht.« Er hob die Arme, um sie an seine eigene gefiederartige Außenhülle zu erinnern. »Die Natur hat sie isoliert.«

»Und es gibt kein sprunghaft angestiegenes Robben- oder Walrosssterben?«

»Nein. Aber sie ziehen zu Tausenden aus der Arktis ab.«

»Warum? Wo ziehen sie hin?«

»Bis jetzt hat sie noch niemand näher danach befragen können. Meine Vermutung wäre, dass sie eine große Veränderung nahen fühlen und das Weite suchen. 1988 sind ungefähr zweihunderttausend an der Nordküste Norwegens aufgetaucht.«

»Wie Störche vor Vulkanausbrüchen und Erdbeben davonfliegen.«

»So was in der Art, nehme ich an, ja. Bloß etwas langsamer.«

»Okay, ich lasse die Robben fürs Erste beiseite – falls sie Überträger sind, gibt es höchstwahrscheinlich noch einen anderen Vektor als Zwischenwirt. Im Sommer hätte ich Insekten in Verdacht, aber nicht zu dieser Jahreszeit.«

Sie verfolgte die Bahn einer Sternschnuppe über den Himmel. »Was haben Ogata, Bascomb und Minskow sonst noch hier gemacht?«

»Mit einem Kernbohrer Eisproben genommen. Annie hat sich besonders für die Verbreitung der Schadstoffe aus dem Süden und die Folgen für das Ökosystem interessiert.«

»Ja«, sagte Hanley, »wir haben die Proben untersucht, die sie genommen hatten. Für einen zufällig aufgestörten Erreger schien das der wahrscheinlichste Ort zu sein. Jedenfalls hatte ich das gehofft. Aber nichts war.« Sie stapfte voraus, er folgte. Das Eis knarrte unter ihren Schritten. »Gar nicht so leblos hier draußen, wie es aussieht.«

»Nein«, sagte Nimit.

Sie blieb stehen und dehnte langsam den Rücken.

Nimit fragte: »Ist was?«

»Alles in Ordnung. Nur steif vom Sitzen. Müde auch.«

Hanley ließ die Schultern kreisen, um die Verspannung im Nacken ein wenig zu lockern, dann beugte sie sich langsam vor, bis ihre Fingerspitzen die Zehen berührten. Urplötzlich bäumte sich die Schneewehe neben ihr dreieinhalb Meter hoch auf, riss den Rachen auf und drohte brüllend mit mächtigen weißen Fängen und Klauen wie Rechenzinken.

Mit einem Teil ihres Gehirns wusste sie, dass das Maul bei Licht rosa war, hier aber war es finster wie der Tod und ein Anblick, der sie vollkommen lähmte. Ihre Beine wurden weich, sie konnte sich kaum aufrecht halten. Der Bär fauchte. Selbst durch das Visier stank sein heißer Atem nach Fleisch.

»Jack.« Sie hatte schreien wollen, aber was herauskam, war kaum ein Flüstern, es war wie in einem Alptraum. »Jack.«

Nimit stand augenblicklich neben ihr und legte das Gewehr auf die Bestie an. Der Bär schnaubte. Sie hätte schwören können, dass er verdutzt aussah, als wunderte er sich, dass sie nicht flohen. Hanley wunderte sich nicht minder. Nimit schoss an dem Bären vorbei, um ihn zu verscheuchen; Hanley fuhr zusammen. Der Bär ging auf alle Viere, dann kehrte er ihnen den Rücken zu und tauchte nach zwei federnden Sprüngen in das schwarze Wasser der Polynja ein. Es gab kaum einen Spritzer. Die gewaltige Leibesmasse war im Nu verschwunden.

»O mein Gott«, stieß sie hervor, während sie das Adrenalin in einem heißen Strom abziehen fühlte. »O mein Gott.«

»Atme tief durch.«

»Ich zittere am ganzen Leib. Ich komm mir vor wie nach einem Autounfall.« Sie stützte sich vornübergebeugt auf die Knie. »Unglaublich, wie er auf einmal einfach da war.«

»Sie verstecken sich manchmal in Schneeverwehungen, wenn sie Robben jagen. Sie wissen, dass Robben sich gern in Schneehaufen einwühlen, um warm zu bleiben.«

»Sie sind so schlau, dass sie sich tarnen?«

»Klar«, erwiderte Nimit und lachte mit dem Glücksgefühl eines Menschen, der knapp mit dem Leben davongekommen ist. »Sie decken sogar ihre schwarzen Nasen mit den Pfoten zu, damit die sie nicht verraten.«

Ihr war, als müsste sie sich übergeben. »Ich würd gern den Deckel aufmachen.« Sie pochte an ihr Visier.

»Da drin«, sagte er und zeigte auf den Wanigan.

Er stieg als Erster die Sprossen zum Führerhaus hinauf, und sie kam mit butterweichen Beinen hinterher. Nachdem sie beide ein paar Minuten gesessen hatten, nahmen sie Kragen und Helm ab und schoben den äußeren Anzug bis zur Taille hinunter. Hanley zitterte immer noch.

Im Führerhaus war es kalt. Nimit zog die Schiebetür eines kleinen Kühlschranks auf und holte einen undefinierbaren Block heraus. Auf einen leichten Druck hin schnappte seine Eisaxt auf, und mit der scharfen Klinge schnitt er eine Ecke ab und reichte sie ihr. Sie schnupperte daran und sah zu, wie er sich auch ein Stück absägte.

»Was ist das?«, fragte sie.

»Zur Beruhigung der Nerven.«

Sie biss ein Stückchen ab und johlte. »Whiskey!« Sie schnitt ein Gesicht, als es schmolz und seine Wirkung tat. Sie gab ihm einen Schmatz auf die Wange. Er lachte. Sie biss das nächste Stück ab und ließ es im Mund zergehen. Nimit kaute seines und machte sich unterdessen in der winzigen Kombüse daran, aus den diversen Tiefkühlgerichten ein Essen zuzubereiten. Er offerierte ihr Edelbitterschokolade und zog ein rätselhaftes vereistes Rad hervor.

»Was um Himmels willen ist das?«, fragte sie. »Eine tiefgefrorene Pizza?«

»Nö. Bohnen.«

»Ohne Dose?«

»Ein alter Trick. Spart Behälter und Müll. Du brichst dir ab, so viel du willst, und wärmst es dir in der Mikrowelle auf oder über einem Feuer, wenn du im Freien bist. Wir nehmen mit Vaseline getränkte Watte als Brennstoff. Brennt gleichmäßig und heiß, eine Art selbst gemachtes Sterno. Oder wir brechen eine Notration Gashydrat an und machen damit ein Feuer.«

»Klingt wie Camping.« Sie verzog das Gesicht. »Ich bin im Wald groß geworden. Ich hasse Camping. Um mein Feuer hätte ich gern vier Wände.« Nimit lachte glucksend.

»Ich bibbere immer noch«, sagte sie, hielt ihm die Hand hin und ließ sich noch ein Stück gefrorenen Whiskey geben. »Wenn man auf einen Bären trifft und keine Bachblüten-Notfalltropfen dabei hat, ist Whiskey vermutlich ein ganz guter Ersatz.«

»Bachblüten, hm? Wie verträgt sich der Laborkittel mit Naturheilkunde?«

»Gar nicht. Ich gebe es nur ungern zu, besonders vor meinen Kollegen, aber durch meinen Job bin ich ein bisschen hypochondrisch geworden. Tagtäglich erlebe ich, was mit dem Körper passiert, wenn er von Gift oder Krankheit angegriffen wird. Jeder leugnet auf seine Art, dass es ihn genauso treffen könnte. Meine Art sind die Bachblüten. Der Grundgedanke dabei ist, dass es gilt, die geistigen Vorgänge hinter dem körperlichen Leiden zu behandeln. Die Vorstellung hat etwas Ansprechendes, dass der Körper folgen wird, wenn man sich nur in die richtige innere Haltung bringt.«

»Das verstehe ich. Unsere Schamanen wirken auch mehr auf den Geist als auf den Körper ein. Sie kennen ihre Kräuter und Heilwickel, aber das ist nicht die eigentliche Arbeit. Die spielt sich auf einer andern Ebene ab.«

Als das Essen zusammengestellt war, tat er es in zwei kleine

Schüsseln und stellte diese in die Mikrowelle. Die Temperatur im Wageninneren stieg merklich, als er wenig später die Klappe aufmachte und die Schüsseln herausnahm. Einen Moment lang hing eine Wolke an der Decke.

»Mann, mir ist richtig warm«, sagte sie.

»Schieb noch welche von diesen äußeren Schichten runter und setz dich. Es ist nur oben warm – bis hier.« Er wies auf die obere Hälfte des Raumes.

»Ich kann nicht mehr sitzen«, sagte sie. »Ich muss mich langlegen.«

»Sicher.« Er deutete in den Heckteil des Fahrzeugs. »Lokus und zwei Pritschen vorhanden. Man kann sie zu Sitzen hochklappen, aber ich lasse sie immer unten.«

Sie begab sich nach hinten und setzte sich auf den Rand einer Pritsche. Er folgte ihr mit den Schüsseln, in denen je ein Löffel steckte.

»Keine Gourmetküche«, meinte er, »aber nahrhaft. Wir müssen dafür sorgen, dass du viel Kalorien zu dir nimmst.«

Sie strich ihm über die Wange und nahm das Essen dankbar entgegen: Bohnen, Kartoffelpüree aus der Tüte, Nudeln, fertig geschnittene Hühnerfleischwürfel und Mais. Sie war ausgehungert und erschöpft. Sie aßen, als wäre es harte Arbeit: ohne zu reden oder Pause zu machen. Als sie aufgegessen hatte, tippte sie leicht seine Hand an. »Ich muss mich hinlegen, möglichst bald.«

»Nur zu«, erwiderte er. »Lass zwei Schichten an und nimm die Thermodecke.« Er kratzte seine letzten paar Löffel in die Falle, die Hanley aus Little Trudeau mitgenommen hatte.

»Danke, dass du mich vor Papa Bär gerettet hast.« Sie trank einen großen Schluck Wasser aus ihrer Feldflasche.

Er lächelte und küsste sie. »Das ist gar nichts. Weißt du, was meine Oma gemacht hat, wenn ein Bär vorbeikam?«

»Was?«

»Sie ist mit einem hölzernen Kleiderbügel auf ihn losgegangen und hat ihn vertrieben.«

»Ziemlich verwegen, deine Oma.«

»Kannst du laut sagen. Niemand sonst hat sich das getraut. Die Bären waren unheimlich gefährlich, aber meine Oma hat sie verscheucht wie lästige Schmeißfliegen.«

»Alle Achtung, Oma.« Hanley gähnte. Sie schob sich an ihm vorbei ins Bett. Sie hatte gerade noch die Energie, sich der äußersten Schicht zu entledigen, bevor sie auf ihre Pritsche sank. Das Dach über dem Heckbereich war transparent.

Jack kam hinterher, schälte sich aus seinen äußeren Schichten und legte sich neben sie. Sein metallischer Body leuchtete hell im Sternenschein.

»Kannst du schlafen?«, fragte sie.

»Ja, irgendwann. Ich bin aufgedreht. Und allgemein aus dem Takt.«

»Schlafstörungen?«

»Eher meine angestammte innere Uhr. Inuit gehen sehr spät ins Bett. Vor allem im Sommer bleiben wir die ganze Nacht auf und schlafen dann bis Mittag.«

»Warum?«

»Keine Ahnung. Früher war das einfach so. Im Sommer gingen wir vor lauter geselligem Beisammensein fast gar nicht mehr ins Bett. Und die Kinder blieben auch auf. Es gab keine festen Schlafenszeiten. Wir blieben mit den Erwachsenen wach und gingen erst schlafen, wenn sie auch gingen.«

»Aber ihr musstet doch zur Schule aufstehen.«

»Allerdings. Das hat die Lehrer und Schulräte zum Wahnsinn getrieben. Entweder wir schnarchten zu Hause im Bett, oder wir schliefen im Unterricht ein. Viele Kinder blieben einfach draußen und spielten Bingo. Das ging den ganzen Sommer so. Hier hab ich mir das wieder angewöhnt und die Mitternacht zum Mittag gemacht. Den Winter über stelle ich mich dann nach und nach um.«

»Keine feste Schlafenszeit. Mein Sohn wäre begeistert. Hat euch niemand ins Bett gescheucht?«

»Nein. Wir wurden in der Gemeinschaft nicht gemaßregelt oder gegängelt, höchstens von weißen Lehrern. Wir haben unsere eigenen Entscheidungen getroffen. Man kann Inuitkinder nicht rumkommandieren. Alle mussten den Erwachsenen in uns respektieren.«

»Den Erwachsenen?«

»Allerdings. Jedes Kind hat seinen Atiq, den Geist seines Familienahnen, den es empfangen hat.

»Da komm ich nicht mit.«

»Inuit glauben, dass jeder Mensch zwei Seelen hat.«

»Zwei?«

»Ja. Eine ist an den Körper gebunden und bleibt bei diesem. Die andere, die höhere Seele, verlässt ihn mit dem Tod und tritt ihre ewige Wanderung an. Sie ist gütiger. Diese unsterbliche Seele geht an einen neuen Menschen über. Das ist der Atiq.«

»Das heißt, man wird als Familienmitglied wiedergeboren. Die Seele bleibt in der Verwandtschaft.«

»Richtig. Der Atiq, der Geist, wird von einem Neugeborenen in der Familie angenommen und bekommt denselben Namen.«

»Kein Wunder, dass du älter wirkst, als du nach Jahren bist«, meinte sie lächelnd. »Nach wem bist du benannt?«

Nimit kaute an einem Stück trockenem Rindfleisch. »Nach dem Bruder meines Großvaters mütterlicherseits. Er war ein berühmter Jäger. Großmutter und Mutter sagten manchmal ›alter Onkel‹ zu mir.«

»Hast du alle deine Großeltern gekannt?«

»Ja. Am besten die Mutter meiner Mutter, die mit dem Kleiderbügel. Und ihren Mann, Lightstone, der mich jagen lehrte. Er war ein Inuk der alten Art. Hat gejagt bis zum letzten Tag. In den Wintermonaten musste er irgendwann aufhören, aber im Sommer zog er dann wieder los. Und fischen ging er immer. Als er dazu nicht mehr imstande war, lud er seine Sachen ins Boot und fuhr hinaus. Er kam nicht zurück. Ich habe ihn fahren sehen.«

»Du hast nicht versucht, ihn aufzuhalten?«

Er schüttelte den Kopf. »Nein. Ich hatte nicht das Recht dazu. Zu dem Zeitpunkt war auch seine Frau schon gestorben. Meine Mutter war traurig. Und sauer.«

»Sie war ihm böse? Weil er sterben wollte?«

»Damit verloren wir seine Sozialhilfe.« Er zuckte verlegen die Achseln. »Alle Familien waren darauf aus, ihre Alten so lange wie möglich am Leben zu erhalten, weil wir alle Hunger hatten und alle am staatlichen Tropf hingen. Ganz im Gegensatz zu früher, wo die Alten eine Last waren und das Dorf sie gern los sein wollte.«

»Entschuldige«, sagte sie und gähnte. »Das ist nicht deinetwegen. Ich bin so müde, dass mir die Haut juckt, aber ich kann nicht einschlafen.«

»Entspann dich. Du kannst es dir leisten, du machst Fortschritte.«

»Ja, die Tatsache, dass der Schamane den gleichen Tod gestorben ist wie die drei Wissenschaftler, bedeutet, dass die Ursache irgendwo hier draußen sein muss, aber dieses ›Hier-draußen‹ ist ungeheuer groß.« Sie schloss die Augen.

»Verständlich, dass du nicht einschlafen kannst.« Jack setzte sich auf und holte etwas aus einem Beutel. »Hier.«

Sie nahm, was er ihr hinhielt. »Klasse!«, rief sie aus. »Ein Joint!« Sie schnupperte an der unförmigen Zigarette. »Wie kommst du hier am Ende der Welt an Dope?«

Er lachte und gab ihr Feuer. »Arctic High nennt es der Typ. Er züchtet es im botanischen Labor. Er ist ein Gewohnheitskiffer. Arbeitet in der Kantine. Du hast ihn wahrscheinlich schon mal gesehen – der Aleute mit dem T-Shirt, auf dem steht: *Entzug ist was für Flaschen.*

Sie zog tief durch und hielt mit aufgeblasenen Backen die Luft an. »Du hast offenbar eine wilde Jugend gehabt«, sagte sie, als sie ausgeatmet hatte. Sie kicherte und strich sich die Haare aus den Augen. »Wow. Wow!«

Nimit lachte. »Den kalifornischen Geschmackstest scheint es ja zu bestehen.«

Hanleys Muskeln schmolzen dahin. Sie nahm einen zweiten Zug, reichte ihm die Zigarette und legte sich auf den Rücken, so dass sie die leuchtenden Sterne sehen konnte. Alles war schwarz, weiß und silbern bis auf den einen orangen Punkt, der rot aufglühte, als Jack den Rauch einsog, woraufhin er den Stummel vor die kalten Lichter am dunklen Himmel hielt.

»Erzähl«, sagte sie und schloss die Augen.

»Was soll ich dir erzählen?«

»Was Inuit da draußen sehen.«

Nimit zog ihr die Decke höher über die Schulter. »Mitgeschöpfe. Sie sind unsere einzige Nahrungsquelle in der Arktis. Doch ansonsten sind sie wie wir: Sie haben Seelen, sie sprechen.«

»Ach ja?«

»Sie stammen von uns. Die Robbe vorhin? Sie stammt von den Armen eines Mädchens, die ihr vom eigenen Vater abgeschnitten wurden.«

»Oje. Raue Sitten.« Hanley hob den Kopf vom Lager und schnitt eine Grimasse. »Warum hat er ihr die Arme abgeschnitten?«

»Weil sie den Mann nicht heiraten wollte, den er für sie ausgesucht hatte. Das ist eine Version. Sie fahren in einem schweren Unwetter mit dem Boot, und der Vater wirft die Tochter über Bord. Sie klammert sich verzweifelt an den Bootsrand, dann schneidet er ihr die Finger ab und sie werden Robben, dann die Hände und sie werden Walrosse, und die Unterarme werden Wale. Zuletzt sank sie auf den Grund des Ozeans und wurde unsere Meeresgöttin. Sedna. Wenn du einem Säugetier, das du erlegt hast, nicht die gebührende Achtung erweist, gelangt seine Seele nicht ins Jenseits und verfolgt dich unerbittlich. Sie verwandelt sich in ein Ungeheuer. Und Sedna schickt dir keine Robben mehr, und du hast nichts zu essen.«

»Und wenn du das Tier achtest, das du jagst?«

»Wenn du den Geist des Tieres ehrst, willigt es ein, wiedergeboren zu werden und sich abermals jagen zu lassen. In gewisser Weise jagst du dein ganzes Leben lang immer dasselbe Tier, denselben Geist in verschiedenen Körpern. Unser Dorfschamane früher sagte immer, dass wir uns im Grunde von Seelen ernähren.«

»Ziemlich krass.« Sie gähnte. »Was noch?«

»Früher dachten wir, es gäbe nur wenige Weiße auf der Welt.« Er schmiegte sich an ihren Rücken, legte den Arm um sie. »Wir dachten, die Erde wäre eine flache Scheibe und die Sterne wären wandernde Geister. Unser Wort für Seele, Anerca, ›Lebensatem‹, ist auch das Wort für Dichtung. Gedichte wurden nicht auswendig gelernt, Schnitzereien nicht aufbewahrt, wir zeichneten keine Landkarten, hatten keine feste Adresse.« Ihr Atem wurde tief und regelmäßig. Er strich ihr eine lose Strähne aus dem Gesicht und klemmte sie hinter ihr Ohr. »Wir dachten, Unwetter wären das Werk des Todes, eine Spinne zu töten brächte Regen und Pierre Trudeau wäre ein Scheißkerl.«

38

Als sie irgendwann später aufwachte, lag Nimit warm an ihrer Seite. Das einzige Licht kam von den tausend Sternen, die über ihr strahlten wie mikroskopische Teilchen in einem schwarzen Feld. Trotz ihrer körperlichen Erschöpfung konnte sie nicht wieder einschlafen, denn wie große Eisschollen bewegten sich ihre Gedanken in langsamen Spiralen und beförderten sie unerbittlich in einen eigentümlichen halbwachen Dämmerzustand.

Die meisten Bakterien und Viren koexistieren mit uns, dachte sie. Sie bezogen einen Wirt und richteten sich häuslich ein. Keine Seite war darauf aus, die andere zu zerstören oder auch nur zu verjagen. Normalerweise nahmen beide keine Veränderungen an dem eingespielten Arrangement vor. Wenn doch, dann oft mit verheerenden Folgen. Polioviren im Darm waren harmlos für den Wirt; griffen sie auf Nerven und Rückenmark über, führte das bei ihm zur Lähmung oder zum Tod. Meningokokken in Nase und Hals: nichts; im Gehirn: Meningitis. Wenn Mikroben blieben, wo sie hingehörten, und das Gleichgewicht gewahrt wurde, lebten große und kleine Organismen friedlich zusammen.

Anders bei diesem Keim. Er war von Anfang an darauf aus, seinen Wirt in der kürzest möglichen Zeit umzubringen. Kolonisieren und töten. Was im Wirt war so bedrohlich für ihn?

Die Mikrobe vernichtete Bakterien. Was waren Bakterien? Konzentriertes Eißweiß. Die Augen genauso. Lungen? Eine andere Geschichte. Dort erzeugte sie so etwas wie toxische Fasern, die dem Gewebe jede Elastizität nahmen und es versteinerten. Was im Lungenfeld provozierte die Mikrobe dazu? Was bezweckte sie damit? Und warum griff sie die roten Blutkörperchen und das Augengewebe an?

Sie stellte sich vor, in ihrem Körper zu sein – in den offenen Zellen, die unermüdlich den Austausch der Stoffe betrieben. Zellen reproduzierten sich, starben, wurden erneuert. Im Laufe eines normalen Lebens wurden die Zellen ungefähr vierzigmal ausgetauscht, bevor sie vollständig am Ende waren und der Körper abdankte. Ein Virus dagegen war untätig. Keine Haut, keine Nerven, kein Hirn. Leben auf unterstem Niveau. Unfähig, Nährstoffe zu verwerten, sich fortzupflanzen, ja sich zu bewegen. Seine einzige Funktion bestand darin, immer mehr identische Kopien von sich selbst zu erzeugen, endlos. Und Prionen waren noch schlimmer: untätig und doch nahezu unzerstörbar.

Eine plötzliche furchtbare Angst durchschoss sie.

Sie fasste nach Jack, berührte seinen Arm und fühlte sich schon wohler. Ihre Liebe zu ihm tat ihr gut. Es machte nichts, dass er jünger war, dass er aus einer anderen Welt kam. Sie zog sich die Decke bis ans Kinn, schloss wieder die Augen und ließ sich in die Tiefe sinken.

Das durchdringende Piepen des Weckers weckte sie beide. Nimit schaute auf die Uhr. Sie hatten sechs Stunden geschlafen. Er kochte zwei Kaffeepäckchen mit Wasser in der Mikrowelle und riss einen Alubeutel mit Trockennahrung auf, ohne zu lesen, was er enthielt. Auf der Mikrowellenuhr tickten die Sekunden; das Aroma des Kaffees zog durch den Wagen. Er brachte ihn nach hinten zu Hanley, die beinahe schon wieder ihre sämtlichen Schichten angelegt hatte. Nur die äußerste Gefiederschicht hing ihr noch wulstig um die Taille.

Dankend nahm sie die Tasse entgegen und runzelte dann die Stirn angesichts der Trockennahrung. Doch da er darauf bestand, fügte sie sich und kaute widerwillig auf etwas herum, das angeblich Eier und Buttertoast war.

Jack nahm nur schwarzen Kaffee und Müsli mit Wasser zu sich. Hanley wunderte sich über die spartanische Kost.

»Ich dachte, wir sollten uns mit Kalorien voll stopfen. Du musst dir Milch darüber gießen, damit du mehr Eiweiß kriegst.«

»Inuit vertragen keine Milch. Wir haben nicht die Enzyme, um sie zu verarbeiten.«

»Herzliches Beileid«, sagte Hanley. »Dann darf ich wohl das ganze Eis allein essen. Was für körperliche Eigenheiten haben Inuit sonst noch?«

»Eine zusätzliche Arterie am Herzen. Sorgt angeblich für einen besseren Wärmehaushalt. Wir sind ganz selten Linkshänder. Und wir haben kleine Hände.« Er hielt seine Hand an ihre: Ihre Finger waren ein ganzes Glied länger. »Außerordentlich eisenreiches Blut und bedauerlicherweise sehr hohe Dioxinwerte. Worauf Annie immer hingewiesen hat.«

»Von industriellen Schadstoffen aus den USA«, sagte Hanley. »Hab ich gehört.«

»Mit jeder höheren Stufe in der Nahrungskette werden die Umweltgifte konzentrierter. Und wir stehen an der Spitze der Kette. Menschen mit fettreicher Ernährung wie wir lagern große Dioxinmengen an. Inuitmuttermilch hat weltweit die höchste PCB-Belastung. Ganz zu schweigen von den diversen Pestiziden, Lösungsmitteln und Quecksilber aus Kraftwerken. Als sie damals anfingen, die Muttermilch zu testen, waren die Messgeräte der Labors von den Ergebnissen überfordert. Das Zeug gilt quasi als Giftmüll.«

»Lieber Himmel.«

»Die Krebsrate ist hoch«, sagte Nimit, während er ihren Blick erwiderte, »und das Immunsystem und der IQ unserer Kinder sind nicht überragend, aber wenigstens sind wir im Dunkeln leicht zu finden.«

»Radioaktiv?«

»Treffer.«

»Kleine Hände, hm?«, sagte Hanley und zog eine Augenbraue hoch. »Und, stimmen die Gerüchte?«

»Nicht im Geringsten«, wehrte Nimit ab. »Wir Inuitmänner sind von der Natur außerordentlich großzügig bedacht worden.«

»Gehört hab ich das auch schon.« Hanley nickte mit unbewegter Miene. »Ich nehme an, es gibt keine ... gesicherten Daten.«

»Nur kolportierte, aber ich stelle mich gern als Freiwilliger für ein Experiment zur Verfügung.« Er beugte sich vor und küsste sie. Seine Augen verdunkelten sich.

»Sorgst du dich?«, fragte sie.

»Ja, um dich.«

»Das musst du nicht.«

»Ich will nicht, dass dir was passiert. Ich will dich nicht verlieren.«

Sie drückte ihn an sich. »Das werde ich zu verhindern wissen. Ich kann wirklich selbst auf mich Acht geben, Jack. Ich mache diese Arbeit schon lange. Als ich damit anfing, warst du noch ein Teenager.« Er musste lachen.

Nach dem Frühstück funkte Nimit Trudeau an und meldete, dass sie, wenn sie jetzt das Fahrzeug verließen, wegen eventueller Unwetterwarnungen auf der Frequenz der Station blieben, aber nur intern miteinander kommunizieren wollten. Sie setzten ihre Helme auf und stiegen vorsichtig die dünne Sprossenleiter an der Seite des Wanigan hinunter.

Die Sterne gaben ein merkwürdiges Licht. Ein Felsen vor ihnen konnte Meter oder Meilen weit weg sein. Es gab keine Bezugspunkte.

Nimit zeigte in die Richtung, in die sie gehen wollten, und sie machten sich auf den Weg, Hanley mit den Probensäckchen versehen. Nimit lud das Gewehr durch, das er dabeihatte.

»Für den Fall, dass wir Herrn Bär noch mal begegnen.« Er sicherte die Waffe.

»Ist es so unbelebt hier, wie es scheint?«, fragte sie, während sie durch die unheimliche mondbeschienene Landschaft gingen.

»Nein.« Er machte eine vage Handbewegung. »Wenig belebt, aber durchaus nicht tot. Man sieht bloß nicht, was alles da ist. Große genauso wie kleine Lebewesen.«

»Von großen habe ich fürs Erste genug, vielen Dank. Kleine?«

»Kleine.« Er leuchtete mit der Lampe auf eine Brucheisfläche, die mit Pünktchen übersät war. »Zunächst einmal Flechten und Pilze.«

»Im Eis.«

»Ja. Und auf Felsen wie dem da drüben.«

Hanley nahm Proben und füllte sie in Gefäße. »Was noch?«

»In der Polynja Fleisch fressende Flohkrebse. Sie halten sich unter dem Eis auf und fressen tote Krebstiere, Larven, alles, was sie erwischen können. Sie sind wie Piranhas. In ein oder zwei Tagen nagen sie einem Kadaver das Fleisch ab. Die Biologen in Trudeau benutzen sie manchmal, um ein Untersuchungsobjekt zu säubern: Sie hängen es einfach ins Wasser. Ich hab erlebt, dass diese winzigen Biester einen toten Bären in achtundvierzig Stunden skelettiert hatten.«

»Entzückend. Hört sich an, als wären sie genau in der Mitte der Nahrungskette. Ich muss feststellen, ob sie von irgendwas befallen sind.«

Nimit schritt voraus über die kahle Ebene. Ein kompakter Buckel in der Dunkelheit ließ das Vorgebirge ahnen, das im Sommer die Vogelpopulation beherbergte. Er rutschte auf dem Eis aus, fing sich aber wieder, indem er blitzschnell die Arme ausstreckte.

»Pass mit dem Gewehr auf«, sagte Hanley.

»Es ist gesichert. Keine Bange. Ich hab noch nie jemanden erschossen. Aus Versehen.«

»Hast du eine Idee, wie wir welche von diesen kleinen Fleischfressern bekommen, ohne dabei die Finger zu verlieren?«

»Sie mögen kein lebendes Fleisch.«

»Das ist ein Trost. Aber wie locke ich sie unter dem Eis hervor?«

»Wenn du bereit bist, auf dein Mittagessen zu verzichten.« Nimit fasste in die Tasche, die sie über der Schulter hatte, und holte erst einen durchsichtigen Plastikbeutel und dann einen faustgroßen Ball gedörrtes Rindfleisch heraus, an dem er eine Angelleine festmachte. Vom Uferrand aus ließ er den Fleischball ins Meer ab.

»Beißt was an?«, fragte Hanley. Sie leuchtete auf die Wasseroberfläche.

Nimit schöpfte etwas Meerwasser in den Beutel. »Schüttel ein bisschen, damit das Salzwasser nicht gefriert.« Er wartete ein Weilchen und zog langsam die Leine hoch. Als der Fleischklumpen auftauchte, war er voll wimmelnder Tierchen.

»Oha«, sagte sie überrascht. Sie waren garnelengroß. Er steckte sie in den Beutel und verschloss ihn.

»Was lebt sonst noch unter dem Eis, über das ich mir Gedanken machen muss?«, fragte sie. Sie kniete sich an den Rand der Öffnung und spähte hinein.

Nimit beugte sich über sie. »Diese Polynja bleibt das ganze Jahr über offen, aber seit etwa zwei Jahren verhält sie sich anders als sonst. In diesem Winter ist sie auf einen Bruchteil ihrer gewohnten Größe geschrumpft. Verändert sich vermutlich genauso wie alles andere. Infolge der Erwärmung.«

»Die euch allen große Sorgen macht, wenn ich das richtig verstehe.«

»Die Arktis ist das Wärmeablassventil des Planeten. Wenn die Temperaturen hier stark ansteigen und die Arktis abschmilzt, fällt dieses Ventil aus und es kommt weltweit zu Problemen.«

»Im Augenblick sind Proben mein Problem. Willst du mir helfen oder bloß hier rumstehen?«

»Ich habe Anweisung, nichts anzufassen. Aber ich halte gern die Taschenlampe.«

»Danke. Das wäre eine große Hilfe.«

Sie stand auf und verstaute behutsam den Beutel mit den gefräßigen Flohkrebsen. »Gut«, sagte sie. »Dann kommen jetzt die Vögel dran.«

Sie leuchtete das Gelände mit ihrer Taschenlampe ab. »Herrje, ich hab gesagt, ich wollte Vogelkot haben«, murmelte sie. »Man sollte wirklich aufpassen, was man sich wünscht.«

»Mackenzie's Mount ist die reine Vogelscheiße, soweit ich sagen kann.« Er hielt seine Lampe in die Richtung des kaum zu erkennenden steinernen Buckels. »Er ist schließlich ein Brutplatz. Den ganzen Sommer wimmelt's hier von Vögeln und ihren Jungen.«

»Ist das die Menge eines Jahres?«

»Eher die Menge von dreißig Jahren. Es wird ja durch nichts weggewaschen. Die kalte Trockenheit konserviert alles.«

»Wenn der Erreger in diesem Guanohaufen ist, wie zum Teufel soll ich ihn dann jemals finden?«

Er zuckte die Achseln. »Ich hab dir ja gesagt, wie es in der Arktis zugeht: Shit happens.« Sie stöhnte.

Sie begaben sich zum Mackenzie's Mount, wo Hanley einmal tief durchatmete und dann den Berg aus gefrorenem Guano zu erklimmen begann, wobei die Unbeholfenheit, mit der sie sich bewegte, sowohl an der Klobigkeit des Extremklimaanzuges lag als auch an dem inneren Unbehagen, das es ihr bereitete, ohne ihre gewohnte Schutzkleidung einem potenziell tödlichen Infektionsherd so nahe zu sein. Sie arbeitete sich methodisch über den Hang und bemühte sich nach Kräften, Proben von verschiedenen Stellen der gefrorenen Kotdecke in die Behältnisse zu schaben, die er ihr reichte.

Am Ende angekommen, lief sie halb rutschend den Hügel hinunter. »Wir könnten hier einen Monat verbringen«, sagte sie, vor Anstrengung keuchend. »Diese paar Dutzend Proben werden erst mal ausreichen müssen.« Schwer atmend stützte sie sich auf die Knie und spähte über die eisigen Weiten ins Dunkel. »Wenn ich den Erreger hier finde und die Zugvögel ihn haben, dann wird es für die Leute im Süden ungemütlich.«

Eisschollen scheuerten aneinander und machten dabei einen schauderhaften tiefen Ton: raaaaaah.

»Gott«, sagte sie. »Ich hoffe, das ist nur ein Paarungsruf.«

Nimit schmunzelte. Da er offensichtlich nicht beunruhigt war, bemühte Hanley sich um eine ähnliche Gelassenheit. Abermals ertönte ein langsames Grollen, das sich anhörte, als ob unvorstellbar große Bretter sich unter einem kolossalen Gewicht durchbogen.

»Bei dem Ton sagte meine Oma immer, Gott würde mit den Knöcheln knacken.«

Die Geräusche hörten auf. Hanley stieß einen Seufzer der Erleichterung über die plötzliche Stille aus und betrachtete den sternenfunkelnden weiten Himmel.

»Der Staub Gottes«, sagte Nimit, während sie gemeinsam zu den glitzernden Gestirnen aufschauten.

»Oma war eine Dichterin.«

»Nein«, entgegnete Nimit. »Nicht meine Oma. Jorge Luis Borges.«

»Du steckst voller Überraschungen.«

»Das will ich hoffen.«

»Jack, hast du die Tagebucheinträge aus dem Lager gelesen?«

»Ja.«

»Erinnerst du dich an die Notiz über Ignis fatuus? Anscheinend ist damit Sumpfgas gemeint, was ich verrückt finde. Es gibt doch hier draußen kein natürlich vorkommendes Gas, oder?«

Er überlegte einen Moment. »Hm, eigentlich doch. Ich zeig's dir.«

Er winkte ihr, ihm zu folgen, und ging über einen kleinen Hügel und um einen kleinen Presseisrücken. Der Strahl seiner Lampe ließ die weiße Oberfläche blau und grün schillern wie Flaschenglas. Ein Windstoß trieb einen Schleier von Eiskristallen an ihnen vorbei. Nimit stellte den Strahl seiner Lampe so breit wie möglich und beleuchtete damit mehrere kreisrunde Erhebungen, die ungefähr sechzig Zentimeter breit und dreißig Zentimeter hoch waren.

»Die sind in der hohen Arktis ziemlich verbreitet. Als ich klein war, nannten wir sie Pongos. Hier gibt es vielleicht zwei Dutzend.« Nimit strahlte noch ein paar an und kniete sich dann vor dem nächsten hin. Er wischte die Schneekörner beiseite, die von der leichten Brise in dünnen Schlangenlinien weggeweht wurden. Das Eis darunter war durchsichtig wie bestes Glas, und an der Unterseite hing etwas Dunkles.

»So was hab ich noch nie gesehen«, sagte Hanley, beeindruckt von der kristallenen Klarheit.

»Das sind Algenlöcher.« Nimit ging in die Hocke. »Gasblasen befördern Grünalgenteilchen vom Meeresgrund hoch an die Unterseite des Eises, auf dem wir stehen. Die Algen setzen sich dort fest, wachsen und arbeiten sich nach oben.«

»Durch zwei Meter Eis?«

»Zweieinhalb Meter, drei und mehr. Bis an die Oberfläche.« Er deutete auf den Pongo. »Vom Frühling an absorbieren die dunklen Algenschichten Sonnenlicht durch die Eisschale.«

»Kein Problem, wenn das Eis so klar ist.«

»Ja«, sagte er und strich über die makellose Rundung. »Die ständige Lichteinstrahlung und das glasklare Eis fördern eine rasche Photosynthese.«

»Leuchtet ein. Die Kuppel ist ein perfektes natürliches Treibhaus.«

»Mit dem Wachstum der Algen zum Licht drückt der Sauerstoff, den sie produzieren, nach oben und erzeugt die Kuppel über der Kolonie.« Er sah ihr in das vom Helm eingerahmte Gesicht. »So weit klar?«

»Ja.«

»Das ist im Frühling. Im Sommer taut die Eiskuppel auf, und die Öffnung füllt sich mit frischem, klarem Eiswasser. Die Sonne scheint rund um die Uhr, und die Algen gedeihen. Die Grünalgen sind natürlich dunkler als das Eis darum und halten deshalb die Sonnenwärme. Dadurch bleibt die Kuppel oben offen, und das Loch vergrößert sich. Die Kolonie wächst, verbindet sich mit andern Kolonien und wird noch breiter.« Er schwenkte seine Lampe. »Durchmesser bis zu einem Meter. Die Sonne dringt höchstens um die fünfundzwanzig Zentimeter tief in das Eis ein, daher bleibt die Mulde ziemlich flach. Am Ende des Sommers verschwindet die Sonne.«

»Und die Mulde friert zu.«

»Ja, und das schnell. Der Sauerstoff, den die Algen abgeben, ist im Wasser der Mulde gelöst und dort eingeschlossen. Das vereisende Wasser dehnt sich aus, durch den Sauerstoff wölbt sich der Höcker auf.«

»Das Eis bringt die Algen nicht um?«

»Nein. Sie überleben den Winter eingefroren im Eis bei ungefähr minus dreißig Grad. Die Glocke schützt sie vor den niedrigeren Lufttemperaturen draußen und vor dem Wind.«

»Toller Trick. Aber wo ist das Sumpfgas?«

Nimit erhob sich und gab ihr ein Zeichen, zurückzutreten. »Wir sollen das eigentlich nicht machen, aber wenn es der Wissenschaft dient.« Er hob einen losen Eisbrocken auf und warf ihn mit voller Wucht auf die Kuppel. Sie explodierte mit einem Knall. Feine Kristall- und Algenteilchen stoben gespenstisch flirrend in die Luft.

»Sumpfgas!«, rief Hanley aus, überrascht und im ersten Moment erschrocken.

»Genau«, sagte Nimit. »Der Sauerstoff steht unter Druck. Wirbelt eine ziemliche Wolke auf.«

»Du hast Recht«, sagte sie, um innere Ruhe bemüht. »Es sieht absolut nach einem Gas aus.«

Hatten die drei Wissenschaftler ähnlich wie sie jetzt an einer Algenglocke gestanden, als diese platzte? Oder hundert Jahre vorher der Schamane? Hatten sie die Teilchen eingeatmet, die schleierartig um sie herum aufflogen?

»Was ist los?«, fragte er. »Du guckst so komisch.«

»Wie viele von diesen Dingern hast du im Leben kaputtgeschmissen, Jack?«

»Dutzende, als ich ein Junge war. Die eignen sich gut als Ziele. In letzter Zeit nicht so viele. Wir versuchen, sie zu schonen. Die Polarkommission würde das nur ungern hören, aber wir fahren manchmal drüber weg, bevor wir merken, dass wir in ein Nest geraten sind.«

»Irgendwelche negativen Auswirkungen?«

»Auf uns? Nein, nie.«

Aber wer sagt denn, dass alle Pongos dieselbe Spezies enthalten, dachte sie. Neunundneunzig können harmlos sein, und der hundertste ist tödlich. Im Regenwald kann ein Baum Dutzende von Insektenarten beherbergen, die es nirgendwo anders gibt – nicht einmal auf dem Baum daneben. Warum sollte das hier nicht so ähnlich sein? Hanley zog ein Spezialfläschchen aus einer Schenkeltasche und beugte sich über die zerschmetterte Glocke. Sorgfältig darauf bedacht, kein Fitzelchen an ihre Handschuhe oder die Fasern ihres Polaranzuges zu bekommen, kratzte sie mehrere Algenproben hinein und verschloss das Behältnis.

»Ich fürchte, ich werde noch ein paar Pongos öffnen müssen«, sagte sie.

»Das geht nicht«, hörte sie Nimit sagen, da erschütterte plötzlich eine Vibration das Eis, auf dem sie standen.

»Ein Erdbeben«, rief Hanley aus, ohne nachzudenken, denn dieses Phänomen kannte sie aus Kalifornien. Doch das konnte nicht sein.

Das Kreischen und Quietschen war grauenhaft. Große schwarze Risse taten sich im Eis auf, und Meerwasser schwappte heraus, dessen Ursuppengerüche Hanley fast den Atem nahmen. Der Hauch des Todes, dachte sie. Alle Warnungen fielen ihr ein, die sie seit dem Flug mit Stevenson bekommen hatte: *Meiden Sie offenes Wasser. In der Nähe des Wassers muss man in der Arktis höllisch aufpassen.*

Sie drehten sich nach der Ursache des schrecklichen Lärms um. Die Schnauze eines riesigen Fisches stieß in die Öffnung der Polynja, hing einen Moment in der Luft und zerschmetterte dann beim Niederkrachen große Eisplatten in tausend Stücke. Fontänen schossen in die Luft und verschleierten alles. Von schillerndem Mikrobenleben überströmt, tauchte jetzt der Rumpf des Ungetüms auf, ein Leviathan, von dessen Buckel ein narwalartiges Einhorn aufragte. Eisschollen glitten von seinem gewaltigen runden Leib wie Schuppen ab und klatschten geräuschvoll ins Wasser.

Überall um sie herum zersprang das Eis und entstanden Spalten. Wenn ein loses Bruchstück kippte und sie ins Wasser warf, waren sie so gut wie tot.

»Lauf!«, rief Nimit und gab ihr einen Stoß, und beide liefen sie, so schnell sie konnten.

Eine breite Rinne öffnete sich unmittelbar vor Hanley. Obwohl sie wild mit den Armen ruderte, drohte sie schon, vornüber zu stürzen, doch da packte Nimit sie am Hosenboden und riss sie zurück.

Die furchtbaren Geräusche nahmen ab.

»Was in drei Teufels Namen war das?«, japste sie.

»Jessie«, sagte Nimit, »mach das Licht aus!«, und Hanley gehorchte. Er zerrte sie hinter einem Eisblock zu Boden. Ihr Visier war beschlagen.

Die gesamte Polynja und noch mehr war eingenommen von der längsten, mächtigsten und schwärzesten Bestie, die jemals der Hölle entstiegen war, einem bösartigen Ungeheuer aus der Unterwelt, von dessen haushohen Flanken leuchtendes Plankton strömte.

Zu dem Ächzen des Eises kam jetzt das metallische Scheppern von Luken, die aufklappten und schwarze Gestalten ausspien. Sie stellten sich auf den Rücken der Bestie, zogen undefinierbare Dinge aus dem Innern hoch und ließen sie vorsichtig auf das Eis ab, woraufhin weitere schwarze Gestalten mit umgeschnallten Waffen folgten und sich an unsichtbaren Leinen abseilten. Unten angekommen, stolperten sie zu den herabgleitenden Gerätschaften und sorgten dafür, dass diese mit der richtigen Seite nach oben landeten. Bullige Kettenschlitten, groß wie Schneemobile, klapperten an der Metallwand hinunter aufs Eis.

Schreie ertönten. Einer der Männer glitt aus und rutschte zu schnell nach unten auf die gesplitterten harten Eisblöcke, die Leine immer noch fest umklammert. Er schlug hart auf. Andere rannten laut rufend zu ihm. Mehrere Gestalten, schwarz wie ihre Schatten, scharten sich um das erste Fahrzeug. Hanley roch das Benzin der Motoren, die stotternd starteten, abstarben, spuckten, wieder angingen und endgültig den Geist aufgaben.

Der Wind frischte nur schwach auf, aber die Gestalten mussten ihn spüren. Sie duckten sich und wurden merklich langsamer, einige kehrten dem Wind auch den Rücken zu, offensichtlich schlecht gegen seinen Biss gewappnet. Doch bloß Menschen, dachte Hanley.

Das Ungetüm hatte das Eis bezwungen, aber es war damit zu rechnen, dass dieses sich bald revanchierte und sie festfroren wie ein Insekt. Das musste ihnen klar sein. Hanley blickte auf Nimit, der die Gestalten anstarrte wie Besucher von einem anderen Stern. Wie lange würde es dauern, bis sie den fünfzig Meter entfernt stehenden Wanigan sahen?

Ein Motor heulte auf und kam nach kurzem Stottern auf Touren. Rauch kam aus dem Auspuff. Ein großer Scheinwerfer ging an, und sein Strahl fiel voll auf Hanley und Nimit. In der schwarzweißen Polarlandschaft jagten ihre schillernden Anzüge den bewaffneten Männern neben dem U-Boot einen mächtigen Schreck ein.

Die unverkennbaren Geräusche von Waffen, die durchgeladen und angelegt wurden, waren zu hören. Trotz des grellen Gegenlichts erkannte Hanley die schwarzen Mündungen auf sie gerichteter Gewehrläufe.

Instinktiv nahm Nimit die Hände hoch, und Hanley folgte seinem Beispiel.

»Seid ihr Amerikaner?«, rief Nimit durch das Visier. »Parlez-vous français? Deutsch?« Konnten sie ihn bei dem Wind und mit heruntergeklapptem Visier überhaupt hören?

»Vorwärts!«, rief eine bebende Stimme mit ausländischem Akzent. »Machen vorwärts. Mach, mach!«

Sie gehorchten und schritten langsam auf den riesigen Rumpf zu, der über dem Eis aufragte, massiv wie ein Haus und lang wie ein Straßenzug.

»Wieso sind die so nervös?«, fragte Nimit.

»Vielleicht haben die auch noch nie einen bewaffneten Vogel gesehen.«

»Waffe los!«, rief der Matrose ihnen zu.

»Was?« Nimit war verwirrt.

»Waffe los!« Die Stimme war gellend, fast ein Schmerzensschrei. Die Matrosen kamen mit erhobenen Gewehren auf sie zu.

»Vielleicht meint er weg«, sagte Hanley.

Nimit ließ den Gewehrriemen am Arm hinuntergleiten, den Lauf nach unten. Die Waffe fiel klappernd aufs Eis. »Wollen wir's hoffen«, murmelte er.

Hanley ließ die Arme sinken, als sie sich dem ersten Bewaffneten näherte, der vor Schmerzen das Gesicht verzerrte und die Zähne fletschte.

»Oh, verdammt«, sagte Nimit leise und trat eilig heran. Die freie Wange des Mannes war am Schaft festgefroren.

39

Nimit zeigte den anderen, wie sie dem Matrosen mit der angefrorenen Waffe helfen konnten, während Hanley sich auf die Brust tippte und immerzu wiederholte: »Doktor«. Schließlich erlaubten sie ihr, nach dem Mann zu sehen, der an der Seite des U-Boots heruntergefallen war. Ein Vorgesetzter erschien, genau wie die meisten anderen mit einem schwarzen Kapuzenparka und Sturmhaube vermummt. Die Öffnungen für Mund, Nasenlöcher und Augen waren an den Rändern vereist.

»Ich bin Puschkin, zweite Kapitän. Admiral Rudenko ist verletzt. Wir haben an Bord Sanitäter, aber nicht Doktor. Erste Kapitän Nemerow wird bringen ihn zu Ihre Stützpunkt, ja? Das war Auftrag. Und Herr Koit. Er will Begleitung, vier Matrosen. Sieben zusammen. Ist möglich?«

Nimit forderte den Offizier mit erhobener Hand auf zu warten und schaltete auf Teddy Zales Funkfrequenz um. Er musste die Geschichte zweimal erzählen, bevor man in der Wachzentrale richtig begriff, was los war.

»Okay, Jack, wart einen Moment. Ich muss das erst besprechen.«

Zweifellos musste Teddy Verneau oder Mackenzie wecken und ihre Zustimmung einholen. Ein paar Minuten vergingen; die Seeleute verkrusteten immer mehr mit Eis. Dann meldete Zale sich wieder und sprach eine Einladung für drei Russen aus. *»Aber, Jack, sieh zu, dass keine bewaffneten Männer mitkommen. Keine Eskorte.«*

Nimit richtete die Botschaft aus. »Die Einladung gilt für drei Personen. Ihr müsst rasch handeln, sonst seid ihr bald alle Gäste der Station. Die Polynja ist dieses Jahr besonders klein. Euer Schiff friert schnell im Eis fest. Nicht lange und es wird dort überwintern, falls das Packeis es nicht vorher zerquetscht und versenkt.«

Der alte russische Admiral, jetzt von zwei jungen Matrosen gestützt, nickte. »Das wissen wir. Wir nehmen Ihre Gastfreundschaft dankend an. Eine Eskorte ist nicht nötig.« Er wechselte zu Russisch und diskutierte mit Kapitän Nemerow, den er anscheinend von seinem Entschluss abzubringen suchte, ihn zur Forschungsstation zu begleiten. Nemerow war nicht zu beirren; er bestand darauf mitzukommen.

Rudenko, dem im scharfen Wind Augen und Mund zufroren, war nicht in der Verfassung, sich durchzusetzen, und gab schließlich nach. Nemerow übertrug dem zweiten Kapitän den Befehl über das Schiff und wies ihn an, sofort zu tauchen. Seinen Gebärden war zu entnehmen, dass das Schiff sich bereit halten und in der Polynja warten sollte.

Der Russe namens Koit verfolgte alles genau. Puschkin nahm Haltung an und salutierte. Nemerow erwiderte den Gruß kaum.

»Diese Kälte ist schärfer als Nadelspitzen«, sagte Rudenko mit heiserer Stimme und schloss die Augen.

Hanley war sofort bei ihm. »Nein, Admiral. Lassen Sie die Augen offen.«

Die Matrosen setzten den Admiral auf die Haube eines Fahrzeugs. Hanley sah noch einmal nach dem Fuß, der in einem unnatürlichen Winkel abstand, offensichtlich im Knöchel gebrochen. Der alte Mann verriet mit keiner Miene die Schmerzen, die er leiden musste, aber er war sehr blass. Sie stellte den Bruch ruhig und gab Zeichen, ihn hochzuheben.

Nimit versuchte den Russen begreiflich zu machen, dass ihre kleinen Benzinmotoren sich in dem Gelände und bei den Witterungsverhältnissen als untauglich erweisen würden und dass in dem Wanigan weitere drei Personen Platz hatten, auch wenn der Admiral liegen musste.

Hanley versah den Knöchel des Admirals mit einer Behelfsschiene, um den Druck des Bruchs zu lindern, doch der Fuß schwoll rasch an. Sie stopfte Schnee in einen Stoffsack und legte ihn auf den Knöchel. Nimit ging den Wanigan holen. Die russischen Matrosen wahrten respektvoll Abstand von dem Slinky, hielten nur misstrauisch die Lampen darauf gerichtet.

Mit Hilfe zweier Matrosen hievte Nemerow Rudenko in den Wanigan, dann stiegen er und Koit hinterher. Koit setzte sich neben Nimit, halb zu den dreien auf der Bank hinter ihm gedreht. Sein Blick überflog Hanleys im Wagen verteiltes Handwerkszeug, den Kühlapparat mit den beschrifteten Probenfläschchen und die in ihrer Falle wuselnden Lemminge.

Nimit wendete das Fahrzeug in Richtung Trudeau. Hanley beobachtete über die Schulter, wie die Seeleute einer nach dem anderen wieder an der Wand ihres gewaltigen Schiffes hochkletterten und sich rasch unter Deck verzogen, wo sie vor dem schneidenden Wind sicher waren. Der Wachoffizier war der Letzte, der verschwand, bevor das große schwarze Unterseeboot senkrecht wie ein Fahrstuhl in die Tiefen der Polynja tauchte. Hanley, die neben Rudenko saß, machte sich daran, den Stiefel des Admirals aufzuschneiden und den Knöchel noch besser stillzulegen. Er nahm dankbar den restlichen gefrorenen Whiskey an, der von allem, was sie im Wagen hatten, am ehesten anästhesierend wirkte.

Als sie noch einmal zurückblickte, war das U-Boot unter dem strahlend weißen Mond schon so gut wie verschwunden.

Der Wanigan rollte aus dem leeren Tunnel der Auffahrtsrampe auf den Vorplatz hinaus, wo trotz der frühen Stunde etliche aus der Station versammelt waren. Sie applaudierten, als die Russen dem Fahrzeug entstiegen, ganz begeistert davon, dass sie schon wieder Winterbesuch bekamen und sich somit nach dem schrecklichen Tod ihrer Kollegen in der Illusion wiegen konnten, doch nicht ganz von der Welt abgeschnitten zu sein.

Niemand hatte bislang die leiseste Ahnung, was die Russen nach Trudeau geführt hatte. Das war die erste Frage, die Mackenzie ihnen in seinem Büro zu stellen gedachte, wo sich sämtliche leitenden Wissenschaftler versammelt hatten, allen voran Wadim Primakow. Schließlich waren es so viele, dass nicht alle hineinpassten und die Frage warten musste, bis die ganze Schar in das Auditorium umgezogen war. Dee und Uli verfrachteten den Admiral auf eine Rollbahre, und Dee schob ihn zu der Versammlung, während Uli sich beeilte, aus seiner Apotheke ein Schmerzmittel zu besorgen.

Verneau sagte: »Wären Sie bitte so gut, für die Zeit in Trudeau Ihre Waffen abzuliefern? Wir haben grundsätzlich keine Maschinengewehre im Innern der Station, nur Jagdgewehre, die wir brauchen, um die Eingänge von plündernden Bären freizuhalten und unsere Eisfahrzeuge vor ihnen zu beschützen.«

Nemerow händigte umgehend sein Gewehr aus, und Verneau reichte es an Teddy Zale weiter. Dann wartete er darauf, dass Koit ebenfalls seine Waffe abgab.

»In der Station selbst droht gewiss keine Gefahr, die eine Schusswaffe erforderlich machen würde«, meinte Simon King ungeduldig. »Ihre Schnellfeuergewehre sind in der Gegenwart so vieler Zivilisten fehl am Platz, und mit Ihren Pistolen könnten Sie gegen einen Bären nichts ausrichten. Wenn Sie eine Zeit lang unsere Gäste sein möchten, müssen wir darauf bestehen.«

Hanley fand es interessant zu erleben, dass King einmal über jemand anders als sie ungehalten war. Mit einem Blick auf Koit stemmte sich Admiral Rudenko von seiner Bahre hoch und ergriff zum ersten Mal das Wort: »Wenn ich bewaffnet wäre, mein Herr, würde ich Ihnen meine Waffe mit Freuden aushändigen.« Rudenko hatte sein Englisch während seiner Zeit in Rom im Bett der Assistentin des britischen Kulturattachés gelernt, und er hatte sich die gepflegte Ausdrucksweise von damals bewahrt. »Und ich möchte mich für die vortreffliche Behandlung meiner Verletzung bedanken«, fügte er hinzu.

»Ihre Pistole würde in diesem Klima sowieso nicht schießen«, sagte King zu Koit.

»Zufällig sind diese Kugeln aus einer Wolframlegierung. Die Pistole ist aus Graphit und Kunststoff. Kein Metall. Sie schießt unter Wasser, und sie schießt auch hier«, erwiderte Koit, »das kann ich Ihnen versichern.« Er lächelte freundlich wie ein Verkäufer, der von der herausragenden Qualität seines Produkts überzeugt ist. »Aber unsere Schnellfeuergewehre sind natürlich überflüssig.« Koit entledigte sich seiner halbautomatischen Waffe.

»Was Ihre grundsätzliche Frage betrifft«, fuhr Koit fort, während er seine Pistole in das Halfter zurücksteckte, »so sind wir gekommen, um den Tod von Dr. Minskow aufzuklären und seine Leiche nach Hause zu überführen. Wir sollen die Sicherheit unserer Landsleute gewährleisten wie auch aller anderen, die uns um Schutz ersuchen. Unsere Regierung ist sehr beunruhigt über das, was von Ihrer Einrichtung durchsickert. Sie möchte unbedingt erfahren, woran Minskow und die anderen gestorben sind.«

»Stellen Sie sich vor, das haben wir uns auch schon gefragt«, sagte Simon King mit einem deutlichen Blick auf Hanley. »Wobei Ihnen doch klar ist, hoffe ich, dass Kurlak offiziell nicht unter Ihre Zuständigkeit fällt. Dies hier ist kanadisches Territorium und eine kanadische Angelegenheit.«

»Offiziell, mein Herr«, sagte Koit, »ist unser Landsmann auf See gestorben. Somit hat Kanada in der Sache von Dr. Minskow keine Gerichtshoheit. Ich bin von meiner Regierung ermächtigt, den Verursacher der Tode zu ermitteln und an mich zu nehmen.« Er klopfte auf eine lange Aluminiumröhre.

»Was ist das?«, fragte King.

»Ein sicheres Transportbehältnis.«

Mackenzie drehte sich ihm zu. Er wirkte nervös. »Ich glaube, Sie haben Dr. Hanley aus Los Angeles schon kennen gelernt. Sie leitet hier die Untersuchung der Vorfälle.«

Koit folgte seinem Blick. Hanley winkte matt. Primakow sagte etwas auf Russisch. Koit hörte zu, ohne die Augen von der Amerikanerin zu nehmen.

»So was, eine Kanadierin aus Kalifornien. Interessant«, sagte er, wobei er kurz Simon King und dann wieder Hanley anblickte. »Wie kommt es, dass Sie in dieser kanadischen Angelegenheit tätig sind? Bin ich falsch unterrichtet? Waren unter den Verstorbenen auch Amerikaner?«

»Nordamerikaner, ja«, erwiderte Hanley. »Deshalb wurde ich hinzugezogen.«

»Welch eine Nächstenliebe«, meinte Koit. »Sie sind also eine ärztliche Ermittlerin. Etwas Ähnliches bin ich auch. Ich werde mich morgen früh zum Dienst melden. Ich werde mich bemühen, Ihnen nicht im Weg zu sein. Wir wollen beide dasselbe: Die Ursache finden und die Gefahr für alle beenden. Wir könnten uns gegenseitig von Nutzen sein. Ich könnte mit für Ihre Sicherheit und die Ihrer Mitarbeiter sorgen.«

Hanley deutete auf das große, thermosflaschenähnliche Behältnis. »Sie haben einen Gefahrstoffbehälter mitgebracht, demnach gehen Sie offensichtlich von einer biologischen Ursache aus. Wie, meinen Sie, können Sie oder Ihre Pistole uns vor der Natur beschützen?«

»Nun, in diesem Fall bringt die Natur Menschen den Tod. Meine Sorge ist, dass der Verursacher sich auch gegen Sie wendet. Je näher Sie ihm kommen, umso näher kommt er Ihnen.«

»Danke, aber ich habe im Moment so viel Unterstützung, wie ich brauchen kann.« Hanley murmelte Uli zu: »Wer ist dieses Arschloch, dass er sich einbildet, er könnte sich in meine Ermittlungen einmischen?« Rudenko, der das genau verstand, unterdrückte ein Grinsen.

Mackenzie hob die Hand. »Sie alle dürfen gern so lange hier sein, wie Sie es für nötig erachten. Sollen wir uns für alles Weitere auf morgen vertagen?«

Mackenzie bemühte sich, gute Miene zu machen, aber niemand glaubte auch nur eine Sekunde, dass Moskau mit seiner leeren Staatskasse mitten im arktischen Winter ein Unterseeboot auf gefährliche Mission ausgesandt hatte, um den Tod eines unbedeutenden Glaziologen aufzuklären oder eine Leiche zu transportieren, die ohne weiteres bis zum Frühjahr liegen bleiben konnte.

40

Der Adjutant öffnete die großen Fenster in Tschernawins Moskauer Büro, und sofort stürmte die kalte Abendluft herein. Er fröstelte und eilte davon. Der Flottenbefehlshaber schaute nicht einmal von seinem Schreibtisch auf. Einige Minuten später kam der Adjutant zurück.

»Das Büro des Präsidenten hat mehrmals angerufen, Herr Admiral. Der amerikanische und der kanadische Botschafter bitten um einen Termin für einen gewissen Dr. Ishikawa.«

»Gut. Überprüfen Sie, was nächste Woche in meinem Kalender frei ist.«

»Er ist hier, Herr Admiral.«

»Hier?«

»Jawohl, Herr Admiral. Im Vorzimmer.«

Tschernawin wog ab, ob er ihn sofort empfangen oder warten lassen sollte, dann sagte er: »Bringen Sie ihn herein. Und lassen Sie einen Übersetzer kommen.«

Der Adjutant marschierte los. Ein paar Minuten später trat Kim Ishikawa ein und streckte die Hand aus. Der Admiral stand auf, ergriff sie und legte dabei den ungezwungenen Charme an den Tag, der bei Menschen aus westlichen Ländern immer so gut ankam.

Ishikawa dankte dem Admiral überschwänglich dafür, dass er ihn so kurzfristig empfing. Tschernawin nickte nur und lächelte zu allem, was der Übersetzer ihm wiedergab. »Laid backward« nannten die Amerikaner das, dachte er. Er bot Ishikawa einen Teller mit Ostseesprotten an, dazu Gurken bestreut mit Dill, Meerrettich, Knoblauchscheibchen und Salz. Ishikawa betrachtete die Schachteln mit Papieren, die für das Archiv aussortiert wurden, und nahm den Imbiss an.

»Admiral Tschernawin, ich arbeite für eine Forschungseinrichtung in den Vereinigten Staaten, und ich wüsste gern den Aufenthaltsort von Dr. Tarakanowa, die Ende Oktober per U-Boot von einer arktischen Forschungsstation abgeholt wurde. Ich muss sie dringend sprechen.«

Ahaaa. Tschernawin nickte energisch. Er bestellte jemanden zu sich und erteilte markige Befehle. Der Hauptmann nickte bei jedem Punkt und griff zum Telefon. Er trug hochtönend einen Befehl vor, lauschte einen Moment und legte auf. Dann stand er stramm und machte Tschernawin Meldung, woraufhin dieser ihn mit einer Handbewegung entließ.

Tschernawin wandte seine Aufmerksamkeit wieder Ishikawa zu, der genau zugeschaut hatte. Er sprach langsam, damit der Übersetzer folgen konnte.

»Die Marine war nur für den Transport zuständig, verstehen Sie?«, erklärte der Übersetzer in überzeugendem Ton. »Wir wurden nicht offiziell über den Aufenthaltsort der Frau Doktor in Kenntnis gesetzt. Sie ist eine Zivilistin und kann im Unterschied zum Admiral gehen, wohin sie will. Er rät Ihnen, mit ihrem Arbeitgeber zu sprechen, dem Schirschow-Institut für Ozeanologie. Er wird Sie telefonisch anmelden, wenn Sie wünschen.«

»Ja, bitte«, sagte Ishikawa.

Der Übersetzer machte den Anruf, dann reichte er Tschernawin den Hörer. Dieser stand auf und begann auf- und abzugehen, eine Hand lässig in der Hosentasche, und dazu in nasalem Tonfall zu reden. Während er zuhörte, schien er die Blankheit seiner Schuhe zu begutachten, dann sagte er: »Da, konjetschno« und beendete das Gespräch. Auf Englisch sagte er zu Ishikawa: »Schirschow-Institut wird gleich Sie empfangen.«

Auf der Straße streckte Ishikawa die Hand aus, um ein Taxi herbeizuwinken, doch das Auto, das anhielt, war ein Privatfahrzeug, eines der vielen, die gegen Bezahlung Fahrdienste anboten. Zum Schirschow-Institut war es nicht weit. Der Direktor war nicht annähernd so umgänglich und kooperativ wie der Admiral. Sein Übersetzer gab sich Mühe, Ishikawa seine Worte in unverfänglichem Englisch wiederzugeben.

»Dr. Tarakanowa hat nach ihrer Rückkehr Freunde in Moskau besucht und ist dann auf einen kritischen Posten am Kaspischen Meer versetzt worden. Sie wird frühestens in acht Monaten zurückerwartet und kann dort, wo sie ist, keine Besucher empfangen. Die Telefonverbindungen in die Region sind notorisch unzuverlässig, wobei die in Moskau auch nicht viel besser sind. Der Herr Direktor weiß Ihr Interesse zu schätzen, aber möchte Ihnen versichern, dass Dr. Tarakanowa wohlauf ist.«

In dem Moment kam ein Assistent herein und meldete einen Anruf. Der Direktor ging an den Apparat. Ishikawa stand auf, um zu gehen, doch der Mann winkte ihm, sich wieder zu setzen. Zufällig rief Tarakanowa gerade an, um sich über irgendein Versäumnis bei der Ausstattung zu beschweren. Er reichte den Hörer an Ishikawa weiter, der fragte, ob sie vor ihrer Abfahrt von dem Feldlager irgendetwas Ungewöhnliches bemerkt habe. Sie verneinte entschieden.

Ishikawa legte die Hand über das andere Ohr, um sie besser zu verstehen. »Hatte das U-Boot etwas dabei, das von der Besatzung ins Feldlager geliefert wurde?«

Ein schroffes Nein. Er probierte es mit noch ein paar konkreteren Erkundigungen nach den Tätigkeiten der Wissenschaftler in den Stunden vor der Abreise, doch sie schmetterte alle ab. Ishikawa entschuldigte sich, dass er sich in ihre Arbeit eingemischt hatte, und legte auf.

Er bedankte sich bei dem diensteifrigen Mann und verabschiedete sich. Am Flughafen ging er durch den Zoll und stellte sich bei den Telefonen an. Er erreichte Munson zu Hause. War es, wie sie befürchtet hatten, wollte Munson wissen. Ishikawa meinte, ja. Vielleicht noch schlimmer.

41

Der Vorstand der Forschungsstation Trudeau, den man per Konferenzschaltung versammelt hatte, war von dem Überraschungsbesuch der Russen nicht begeistert, aber erklärte sich bereit, Koit für seine Nachforschungen freien Zutritt überallhin zu gewähren. In der improvisierten Leichenhalle lag schließlich auch ein russischer Staatsbürger.

Koit seinerseits war bestrebt, sich bei allen einzuschmeicheln, mit denen er in Kontakt kam, und das waren viele (allerdings gehörten seine russischen Landsleute nicht dazu, von denen hielt er sich fern). Selbst Simon King ließ sich davon einwickeln, dass Koit ihn um Aufklärung über alle Aspekte der Anlage und um Rat bei der Entschlüsselung von Bascombs Feldtagebüchern und Minskows komplizierten Diagrammen bat. Kings gewohnheitsmäßige Grimasse näherte sich einem gequälten Lächeln an. »Oder vielleicht hat er Blähungen«, flüsterte Dee.

Hanley ging Koit aus dem Weg, wo sie nur konnte; sie schärfte ihrem Team unmissverständlich ein, dass dies ihr Labor und er dort nicht erwünscht war.

Da Admiral Rudenko sich auf seinen Krücken recht gut bewegen konnte, fragte er Emile Verneau, ob dieser so gut wäre, ihm die Station zu zeigen. Der Admiral war ein aufmerksamer Besucher, der jede originelle und zweckmäßige Einrichtung gebührend bewunderte. Nemerow begleitete ihn und zeigte sich ebenso interessiert.

Schließlich bestand Nemerow darauf, dass der Admiral seinem Fuß Ruhe gönnte, auch wenn ihr gemeinsamer Wunsch, sämtliche Ecken und Winkel zu besichtigen, noch so groß war. Sie begaben sich in den Hauptspeisesaal, wo sie wie Prominente begrüßt und zu Mackenzie und einem Dutzend leitender Mitarbeiter an einen großen ovalen Tisch gebeten wurden.

Emile Verneau lud sie in aller Form zu notre modeste repas ein.

Nemerow blickte ratlos den Admiral an, und dieser flüsterte: »Essen.«

»Ach so«, sagte Nemerow.

Mackenzie sah mitgenommen aus. Rudenko fragte: »Wie geht es Ihnen gesundheitlich?«

»Die jüngsten Ereignisse«, antwortete Mackenzie, »sind nicht spurlos an mir vorübergegangen.«

»Trinken Sie«, meinte Nemerow und setzte an, ihm aus einer Flasche einzuschenken. »Macht Blut neu.« Aber Mackenzie hielt die Hand über sein Glas und blieb mit dem Hinweis auf Arbeit, die er vor dem Schlafengehen noch erledigen müsse, bei Wasser.

Koit erschien und setzte sich auf einen freien Platz. Er hatte die Steppjacke der Station mit einer grünen Seidenkrawatte kombiniert.

»Darf ich die nächste Runde ausgeben?«, fragte Koit und zog ein paar Scheine aus der Tasche.

»Mais non«, wehrte Verneau ab. »Hier wird nichts bezahlt, und Sie sind unser Gast.«

»Dann erlauben Sie mir, einen Toast auszubringen. Auf unsere großzügigen Gastgeber!«, sagte Koit. Alle hoben die Gläser und tranken, nur Nimit nicht, der sich einen Rubelschein nahm und ihn betrachtete.

»Was heißt Geld in Ihrer Sprache?«, fragte Rudenko und stellte sein Glas ab.

»Kenouyiat«, antwortete Nimit.

»Kenouyiat«, wiederholte Rudenko. »Hat das eine Bedeutung?«

»Papier mit Gesicht drauf.«

»Wie überaus sinnig.« Rudenkos Gesicht legte sich in Heiterkeitsfältchen.

»Stimmt es«, wollte Uli wissen, »dass ihr uns in eurer Sprache als ›Langnasen‹ bezeichnet?«

»Das stimmt«, bestätigte Nimit, »aber noch öfter nennen wir euch Qaablunaat, ›Leute mit buschigen Augenbrauen‹.«

»Admiral.« Mackenzie wandte sich an Rudenko. »Vielleicht möchte unser Ehrengast einen Toast ausbringen?«

Der Angesprochene hob sein Glas und sagte etwas auf Russisch. Koit wurde rot im Gesicht. Alle sahen erst Rudenko an, um den Spruch auf Englisch zu hören, dann Nemerow.

»Auf alle, die auf See sind«, übersetzte Nemerow.

»Auf alle, die auf See sind«, wiederholten sie lebhaft bis auf Koit, der stumm blieb und weder anstieß noch trank.

Hanley beugte sich zu Nemerow hinüber. »Mr. Koit war mit dem Toast nicht ganz glücklich. Hat er was gegen die Marine?«

»O nein«, erwiderte Nemerow mit gedämpfter Stimme, »ist deshalb, weil Toast meint Gulag und Leute darin. Schon lange der Toast wird gesagt zu Ehre von Freunde … und Verwandte. Mr. Koit mag nicht hören, weil er ist alte Truppe.«

»Alte Garde?«, fragte Hanley nach.

»Alte Garde«, berichtigte sich Nemerow und nickte.

»Sie haben ihn also gefoppt.«

»Gefoppt?« Nemerow blickte verständnislos.

»Geärgert.«

»Ah. Geärgert. Ja, geärgert.« Seine Augen funkelten schelmisch.

Mackenzie klopfte mit dem Löffel an den Stiel seines Glases. Die Runde verstummte, und aller Augen richteten sich auf ihn.

»Falls jemand noch einen Vorwand zum Feiern braucht, möchte ich die Gelegenheit nutzen, meinen längst fälligen Rücktritt bekannt zu geben.« Ein Ahhh erhob sich, das eher bedauernd als freudig klang. »Emile Verneau wird mein Nachfolger sein. Offiziell werden wir es beim nächsten Sonnenaufgangsempfang im März bekannt geben, wenn die Kommissionsmitglieder einfliegen.«

Alle applaudierten. Dee, die am Ende der Tafel saß, hatte Tränen in den Augen, und Ned Gibson neben ihr wirkte bedrückt. Sein Blick war auf das große Fenster hinter Mackenzie und das erhellte Gelände unmittelbar dahinter gerichtet.

Mackenzie stieß auf Verneau an, und wieder hoben alle die Gläser. Rudenko sagte: »Udatschi. Alles Gute.«

»Merci«, erwiderte Verneau und stand auf, um die Glückwünsche und den Beifall des Saales entgegenzunehmen. Das Küchenpersonal wirbelte mit Geschirrtüchern, klapperte mit Besteckkästen und zeigt sich überhaupt bemüht, mit guter Stimmung auf die Neuigkeit zu reagieren.

Rudenko durchschaute das allgemeine falsche Hallo. Wie Seeleute auf gefährlicher Fahrt versuchten sie, die tiefer sitzende Angst zu überspielen. Diese Leute gingen vollständig in ihrer Arbeit auf. Das Leben hier war stets erfüllend gewesen. Jetzt war es in Gefahr, sie waren in Gefahr, und das wussten sie. Und wie Seeleute waren sie auf sich selbst gestellt. Sie gaben sich genauso unbekümmert wie diese vor einem aufziehenden Sturm.

Der Admiral fragte Mackenzie: »Sind Sie sicher?«

»Ja. Die meiste Zeit bin ich hier bloß im Weg. Ich werde noch aufgefahren, um Würdenträger zu empfangen, aber richtige Arbeit leiste ich längst nicht mehr. Nostalgie ist keine Rechtfertigung. Es ist Zeit. Diese Tragödie mit meinen Kollegen hat mich tief getroffen. Ich kann keine rechte Energie mehr aufbringen. Emile muss von jetzt an die Geschicke der Station lenken.«

Nach der Feier duschte Hanley im Umkleidebereich bei der Wachzentrale und begab sich zurück ins Labor. Als sie an ihren Schreibtisch trat, fand sie dort eine verschlüsselte Mitteilung von Cybil vor, die sie über Ishikawas Verdacht informierte, dass Tarakanowa tot war. Hanley tippte Dee auf die Schulter und deutete auf den Bildschirm.

»Wow«, sagte Dee leise. Sobald Dee es gelesen hatte, löschte Hanley die Datei.

Während Dee die Guanoproben vom Mackenzie's Mount nach Anzeichen von Mikrobenleben untersuchte, ging Hanley mit dem Beutel des Schamanen ins Hochsicherheitslabor. Vorsichtig leerte sie den Inhalt auf dem Arbeitstisch aus. Es waren Knochen, genau wie Nimit gesagt hatte, normale Säugetierknochen, denen der jahrelange Gebrauch anzusehen war, aber die keine Spuren einer Krankheit erkennen ließen. Sie schabte ein paar Borsten von der Innenseite des Lederbeutels ab und betrachtete sie unter dem Mikroskop, doch auch bei ihnen schien es sich um ganz gewöhnliche, wenn auch bemerkenswert gut erhaltene Tierhaare zu handeln.

Es klopfte an der Außenwand des Labors, und Koit kam herein, ohne auf Antwort zu warten. Hanley raffte hastig die Knochen zusammen, tat sie in das Ledersäckchen zurück, steckte es ein und trat in den Vorraum.

»Ich habe auf der Feier versucht, Ihre Aufmerksamkeit zu erregen, aber ohne Erfolg. Ist jetzt ein guter Zeitpunkt für Sie, ein paar Worte mit mir zu wechseln?«, fragte er Hanley mit strahlenden Augen.

»Das kostet Sie eine Zigarette«, entgegnete sie.

»Zwei«, sagte Dee.

Koit reichte ihnen sein Päckchen. Es war eine englische Marke.

»Nehmen Sie sich einen Stuhl«, sagte Hanley und schüttelte sich eine Zigarette heraus. »Was ist Ihr Anliegen?«

Er setzte sich und gab erst der einen, dann der anderen Feuer. »Die Auslöschung.«

Dees Blick huschte kurz zu Hanley. »Wie bitte?«

»Der drei Wissenschaftler.«

»Drei?«, sagte Hanley.

»Und natürlich von Dr. Krüger und Dr. Kossuth. Ich wüsste gern, wie Sie erklären, was vorgefallen ist. Ist mein Englisch verständlich?«

»Verständlich genug.« Hanley rieb sich die Schläfen. »Leider sonst nichts. Wann gedenken Sie, Dr. Tarakanowa Ihrer Liste hinzuzufügen? Ist mein Englisch verständlich?«

Falls die Frage ihn überrumpelte, ließ er es sich nicht anmerken. »Dann wissen Sie also Bescheid«, sagte er.

»Anscheinend alle.« Sie zog eine Augenbraue hoch. »Und was wissen Sie?«

Koit rümpfte die Nase. »Einen Fall wie Ihren haben unsere Experten noch nie gesehen.«

»Könnte ich die Obduktionsergebnisse bekommen? Wurde die Besatzung über den Verlauf ihrer Krankheit an Bord befragt?«

»Ich bin sicher, die Ergebnisse der Obduktion stimmen mit denen von hier überein; was Befragungen anbelangt, müssten Sie sich an die zuständigen Marinestellen wenden. Ich bin nur befugt, Ihnen mitzuteilen, dass aufgrund von Beobachtungen, die an der Leiche gemacht wurden, mein Institut ein Team von Medizinhistorikern damit beauftragte, unsere Archive nach ähnlichen Vorkommnissen zu durchforsten.«

»Und?« Wider Willen war Hanley neugierig, ob die Russen vielleicht einen brauchbaren Anhaltspunkt hatten.

»Das Ähnlichste, das sie fanden, war ein merkwürdiger Vorfall während des Ersten Weltkriegs. Ein deutscher Aristokrat wurde in Norwegen festgenommen. Er hatte unter anderem mehrere Zuckerwürfel mit einem kleinen Loch und in der Mitte einer seltsamen Verfärbung dabei. In den Löchlein steckten winzige geschlossene Glaskapillaren, die nach Meinung der Behörden Anthraxsporen enthielten. Die Reiseroute des Adeligen hatte durch eine Gegend in Norwegen geführt, wo Pferde und andere Zugtiere auf mysteriöse Weise gestorben waren, auch Rentiere, die für den Transport von Kriegsmaterial benutzt wurden. Das Lungengewebe der Rentiere war in sehr kurzer Zeit atrophiert und so hart und trocken und unflexibel geworden wie bei Ihren Opfern hier.«

»Bei denen ist es kein Milzbrand.«

»Nein. Unsere Forscher haben keine Ahnung, was es ist«, sagte er, als ginge es um eine unterhaltsame Denksportaufgabe und nicht um eine tödliche Mikrobe. »Und sie sind nicht sehr glücklich darüber.«

»Danke. Damit bestätigen Sie, dass es nicht Anthrax ist, was wir schon seit dem ersten Tag wissen. Das ist eine große Hilfe.«

Koit ging nicht auf ihren Sarkasmus ein. »Sie müssen drei Dutzend Leute auf den Fall angesetzt haben. Ich ziehe den Hut vor Ihnen, dass Sie hier allein arbeiten. Wer wird wohl als Erster die Lösung finden?«

»Ich bin nicht allein, wie Sie sehen können«, sagte Hanley.

»Ja, natürlich, aber niemand sonst in Trudeau hat die nötige Ausbildung, niemand hat eine solche Erfahrung wie Sie. Außer mir.«

»Worauf genau sind Sie spezialisiert?«

»Auf Lösungen«, antwortete er. »Ähnlich wie Sie. Da mein Hilfsangebot Sie bisher nicht interessiert, habe ich mich unabhängig von Ihnen mit den Feldtagebüchern, den Messdaten aus der Polynja und Minskows Eiskernstudien beschäftigt. Wie Sie suche ich nach einer Logik – oder einem logischen Bruch.«

Uli in seinem zerknitterten Laborkittel musterte ihn und fragte betont kühl: »Was für eine Art von Hilfe haben Sie denn anzubieten?« Hanley warf ihm einen sarkastischen Blick zu.

Koit zuckte die Achseln. »Was Sie brauchen. Ich kenne mich mit den Sachen, die Sie suchen, ein bisschen aus.« Er sah sich um und trat an ein Regal mit Flechten, die noch getestet werden sollten. Er nahm sich eine der Proben, die Hanley an der Polynja gesammelt hatte, und sagte: »Dies hier zum Beispiel. Wolfsflechte, nicht wahr?«

»Ja«, bestätigte Dee, »völlig harmlos. Die einheimischen Völker hier in der Arktis färben damit ihre Zeremonialdecken.«

»Wie nützlich. In Russland gewinnen wir daraus Vulpinsäure und benutzen sie als Gift«, er fixierte Dee mit schwarzen Augen, »um Wölfe zu töten.« Er stellte die Probe zurück.

Hanley blickte auf die zarten Flechtenfäden und dann wieder auf Koit. »Wir sind im Moment genug Leute, aber wenn Not am Mann ist, geben wir Ihnen Bescheid.«

»Unbedingt. Es fasziniert mich sehr, was Sie hier machen. Wie oft bekommen wir die Gelegenheit, auf derart unbekanntem Territorium zu jagen? Da würde ich gern einen nützlichen Beitrag leisten. Ich hätte nichts dagegen, einem Team anzugehören, das gegen die vereinten Kräfte der besten Köpfe meines Landes siegt. Aber natürlich ist das Ihr Labor, Dr. Hanley. Ich hoffe nur, Sie lassen es mich wissen, wenn Sie die Lösung finden.«

»Glauben Sie mir, alle in Trudeau werden es erfahren, wenn wir fündig werden.«

»Dann werde ich mich in Ihrer Nähe aufhalten, damit ich es als Erster erfahre«, sagte Koit. »Gute Nacht.«

Die zwei Frauen starrten ihm hinterher, als er in den kurzen Verbindungsschlauch zur übrigen Station trat.

»Tja«, bemerkte Uli trocken, »ein ziemlich schräger Vogel, der Typ.«

Hanley sagte: »Nur gut, dass Sie keinen internationalen Zwischenfall ausgelöst haben, Dr. Steensma.«

»Du kannst dir nicht vorstellen, wie gern ich diese Zigarette auf seiner Stirn ausgedrückt hätte. Wie kann er es wagen, Tarakanowa nicht zu erwähnen?«

»Genau«, sagte Hanley. »Aber verdammt noch mal, er scheint zu wissen, wovon er redet.« Sie reichte Uli das Glas mit der Wolfsflechte. »Das sollten wir lieber auf der Liste nach oben setzen.«

Hanley verbrachte den Rest des Tages mit Dee im Labor und prüfte die Algenproben von der Polynja. Während der späten Mittagspause lag Dee quer über Hanleys Bett und betrachtete die weichen Farbtöne der gewölbten Decke. Hanley saß daneben in einem Holzsessel, Füße auf der Bettkante, Knie angezogen, einen kippelnden Spiegel auf den Oberschenkeln. »Au!«

Dee stemmte sich auf einen Ellbogen hoch. »Sag mal, was stellst du da mit dir an?«

»Au! Ich zupf mir die Augenbrauen.«

Dee lachte so heftig, dass sie schnaubte. »›Leute mit buschigen Augenbrauen‹, hm?«

»Au!«

»Was nimmst du zum Zupfen?«

Hanley betrachtete das Ding in ihrer Hand, als sähe sie es zum ersten Mal. »Eine Zange.«

»Eine Zange?«

»Ja. Eine kleine aus meinem Sektionsbesteck, wenn du es genau wissen willst.«

»Igitt.« Dee sah Hanley mit schmerzlich verzogener Miene zu. »Soll ich dir meine Pinzette leihen?«

»Nein. Danke. Die Zange ist okay. Du weißt, dass er acht Jahre jünger ist als ich?«

»Ja. Na und?«

»Hältst du das nicht für … unpassend?«

»Und wenn er jetzt acht Jahre älter wäre? Würdest du das auch für unpassend halten?«

»Nein.«

»Plädoyer abgeschlossen.«

»Meinst du, die Leute denken –«

»Hör mal, die Leute denken gar nichts. Hier jedenfalls. Wenn ihr zwei nichts dabei findet, wird niemand sonst in Trudeau was dabei finden. Hör auf, dir Sorgen zu machen.«

»Auaaa. Das ist unzivilisiert«, jammerte Hanley, warf die Zange weg und rieb sich die Stirn. »Ich glaube, ich blute.«

»Ist es dir ernst mit ihm?«

»Ernst genug, um diese Schönheitsqualen zu durchleiden. Gott, was Frauen alles mit sich machen.« Sie hielt ein Haar hoch und betrachtete es kritisch. »Ich fass es nicht, dass ich mich in so jemand Jungen verknalle. Außerdem bin ich unmöglich.«

»Er auch. Ihr seid beide von eurer Arbeit besessen, beide besessen davon, Probleme zu lösen. Man kann wirklich nicht sagen, dass ihr schlecht zusammenpasst.«

Hanley musste grinsen. »Abgesehen davon, dass ich größer bin, passen wir beinahe zu gut zusammen. Wir treiben es schlimmer als die Laborkaninchen.«

»Siehst du, du hast keine Schwierigkeiten, mit einem jüngeren Liebhaber mitzuhalten«, frotzelte Dee, dann hauchte sie in affektiertem Ton: »Ach, Jack, Liebling. Erzähl mir noch mal, wie du diese langen, heißen Stahlrohre in die Erde gerammt hast.«

Ein Kissen traf Dee an der Stirn. »He!«

Hanley fing wieder zu zupfen an. »Autsch. Wachsstreifen können auch nicht schlimmer sein.«

»Sie sind schlimmer, das kannst du mir glauben«, widersprach Dee. »Ich weiß nicht. Jemand Solideren als Jack wirst du schwerlich kriegen. Ich hab noch nie gehört, dass er den Frauen nachgestiegen ist oder so. Soweit ich weiß, war er immer ein Einzelgänger.«

»Wahrscheinlich ist er mir deshalb so vertraut.«

Dee lächelte verständnisvoll. »So was passiert. Lass es einfach zu. Ihr geht beide total in eurer Arbeit auf, so weit, dass ihr fast blind für alles andere seid. Auch wenn euch sonst Welten trennen, in dem Punkt seid ihr Zwillinge. Ich find's toll, dass ihr euch gefunden habt.«

»Ich hoffe, du hast Recht. Bist du mit jemand zusammen?«

»Ich wünschte, ich wär's. Seit mein Freund sich abgesetzt hat, habe ich mich mit dem einen oder anderen Australier oder Deutschen beholfen, und es hat mal einen japanischen Botaniker gegeben, aber er ist am Ende des Sommers nach Hause gefahren. Dieser Kapitän Nemerow ist echt süß.«

»Du magst also Männer in Uniform, was?«, sagte Hanley.

»Irgendwie, aber ich glaube, es gibt eine Frau Nemerow.«

»Pech.«

»Ja.«

»Und du würdest nie ...?«

Dee schüttelte den Kopf. »Nein.«

Hanley lehnte sich zurück und stützte sich auf.

»Du bist ein braves Mädchen, Dee Steensma.«

»Jawohl. Jetzt rat mal, wie sehr mich das freut.«

42

Nimit scheuchte Hanley in sein Schlafzimmer und fing an, sie auszuziehen.

»Glaubst du, das wird länger gehen als bis zum Ende des Winters?«, fragte sie.

»Meinst du uns oder deine Jagd nach dem Killerkeim?«

»Uns.«

»Schwer zu sagen. Ich kann nur hoffen.«

Sie blickte zu ihm auf. »So leicht wird man aus dir nicht schlau.«

Nimit nickte, das war ihm nicht neu. »*Du* könntest mich kennen lernen. Lass uns reden, wenn du mal nicht so beschäftigt bist.«

»Red du«, meinte sie. »Ich hör zu.«

»Okay, ich rede.« Er streifte seine ausgebeulte Hose herunter. »Schau, ich rede schon.«

»Jaaa«, sagte sie und griff schamlos nach ihm.

»Ich würde dich an einen Heizkörper fesseln«, sagte er, »wenn wir hier welche hätten.«

»Leere Versprechungen.« Sie zog ihn zu sich. »Wir wollen Ihre geheimsten Wünsche erfahren, alles nackt und offen.«

»Nackt und offen kriegen wir hin.«

»Und vielleicht eine Rückenmassage.«

»Ich werd mal sehen, was sich machen lässt.«

»Warte. Lass uns das unter der Decke fortsetzen. Der Letzte macht das Licht aus«, rief sie, wobei sie schon aus den Stiefeln schlupfte.

»Wir sollten schlafen«, sagte er, legte sich neben sie und küsste sie platonisch auf die Stirn. Sie musste lachen, weil sein Körper ihr etwas völlig anderes mitteilte.

Sie setzte sich auf und küsste ihn auf den Kopf. »Hmmm«, sagte sie. »Hast du's schon mal mit Haarwuchsmittel versucht?«

»Was!«, rief Nimit aus und legte sich die Hand auf den Kopf.

»Das war nur ein Witz.« Hanley kicherte.

Er nahm sie in den Arm, und sie küssten sich hingebungsvoll.

»Die Natur ruft«, sagte er, drückte sie an sich und küsste sie in den Nacken.

»Okay, okay, ein Quickie.«

»Wir haben die ganze Nacht. Was soll das?«

»Baby, ich werde in sieben Minuten schlafen. Denkst du, das schaffst du?«

Er runzelte die Stirn.

»Komm, nimm mich oder lass es bleiben.« Sie kitzelte ihn.

»He.«

»Du vergeudest wertvolle Sekunden.«

»Warum ich?«, fragte er und packte sie an den Handgelenken.

»Was?«

»Warum ich?«

»Vermutlich, weil ich technische Finesse bewundere«, antwortete sie und machte sich los. »Hast du's schon mal in einer von diesen Kamasutra-Brückenpositionen versucht?«

»Seit dem Studium nicht mehr.«

Hanley fröstelte. »Es ist kalt hier.« Sie zog die Decke über sie beide.

Plötzlich küsste er sie leidenschaftlich, und sie ließen sich, trunken von Verlangen, in die Kissen fallen.

Genau wie einige Tage zuvor auf dem Eis gab es draußen vor dem Fenster ein Geräusch, als trompetete eine ganze Herde Elefanten, gefolgt von einem scheuernden Kreischen und einem mächtigen Krachen.

»Hilfe, was ist das?«, rief Hanley. »Treibende Eisschollen?«

»Schhhh. Es ist nichts«, sagte Jack an ihrer Wange. »Nur die Erde, die sich dreht.«

Hanley setzte sich auf und schwang die Füße aus dem Bett. Sie knetete ihr Gesicht und ließ sich erschöpft nach vorn fallen. Nimit stützte sich hinter ihr auf einen Ellbogen und streichelte sie.

»Du rockst, Süße.«

»Bitte. Ich fühl mich alt, wenn du so redest.«

»Warum?«

»Lass gut sein.« Sie sah ihn über die Schulter an und musste fast lachen. *Du rockst.* Er hörte sich an wie ihr Sohn. Hanley begann, sich anzuziehen.

»Gehst du?«, fragte er. Er klang gekränkt.

»Missbraucht und verlassen, ja. Ich muss die Welt retten gehen.«

»Um drei Uhr morgens? Es ist mitten in der Nacht.«

»Hier ist es immer mitten in der Nacht«, seufzte sie und streifte ihr Bustier über den Kopf. Sie tastete im Bettzeug nach ihrer Unterhose und bemerkte seine Haltung. »He«, sagte sie, »nimm's nicht persönlich. Es war toll mit dir.«

»Stets zu Diensten. Herrje, wie du das sagst, klingt es wie eine bessere Trainingseinheit.«

»Nein, Jack Nimit, das war ein Fick, und zwar von allererster Güte.«

»Zimperlich bist du nicht gerade, Doc.«

»Kann ich mir nicht leisten. Du musst mich so nehmen, wie ich bin. Ich fand's herrlich.« Sie legte ihm die Hand auf die Brust. Herrlicher, als sie sich in diesem Augenblick eingestehen wollte. »Ach, komm. Du bist ein phantastischer Liebhaber. Hörst du mich?« Sie rieb ihm den Arm. »Aber eines Tages werden wir ernsthaft darüber nachdenken müssen, wo das alles hinführt.«

»Was gibt's da nachzudenken?«

Sie ordnete mit einer Hand ihre Haare. »Auf meiner Seite gibt's da mein Alter, meinen Beruf, mein Leben in Los Angeles. Meinen Sohn.« Sie zog einen Strumpf an. »Mackenzie ist sich sicher, dass es bloß ein Strohfeuer ist.«

Nimits Miene verfinsterte sich. »Du hast mit ihm über uns geredet?«

»Es war eher so, dass er mit mir geredet hat.«

»Wo? Wann warst du bei ihm?«

»Neulich, bevor wir zur Polynja gefahren sind. Er hat mich beiseite genommen.«

»Wenn er dich das nächste Mal zu sich bestellt, will ich dabei sein.«

Sie musterte ihn. »Gut.«

»Versprochen?«

»Ja.« Sie küsste ihn auf ein Augenlid. »Denk mal über uns nach, Jack. Gründlich.«

Er stemmte sich ein Stück höher und küsste sie züchtig auf die Nasenspitze. »Das hab ich schon.«

Es war eine unchristliche Zeit, selbst für eine Institution, die rund um die Uhr arbeitete. Die letzte Schicht war erst gut zur Hälfte vorbei, und es war, wie Hanley bemerkte, fast niemand mehr in der Kantine außer dem russischen Admiral.

»Hallo«, begrüßte sie ihn. »Wie geht's meinem Lieblingspatienten?«

»Dr. Hanley.« Seine Züge belebten sich. »Bitte.« Er deutete auf einen Stuhl gegenüber.

»Ist es Ihnen auch wirklich recht?«

»Ja, ja. Bitte, setzen Sie sich.«

Sie tat es. »Ich weiß nicht mal, warum ich hier bin«, bekannte sie. »Ich hab gar keinen Hunger.«

»Gut.« Er beugte sich näher heran und flüsterte: »Der Koch ist nicht der beste.«

Hanley musste grinsen, als ihr Blick auf den »Gewohnheitskiffer« fiel, der träge in der Pfanne etwas rührte, was nach Eiern aussah.

Rudenko prüfte die Wärme der vor ihm stehenden Kanne. »Kaffee?«

Sie nickte. »Danke. Was macht Ihr Fuß? Ich hoffe, es ist nicht der Schmerz, der Sie wach hält.«

»Nein, Ihr Verband ist ausgezeichnet. Dem Fuß geht es besser.« Er lehnte sich zurück. »Nein, ich dachte über die Vergangenheit nach«, sagte er. »In meinem Alter liegt sie näher als die Zukunft. Und weshalb sind Sie um diese Zeit auf?«

»Ich hab mich davongeschlichen, um nachzudenken.«

»Mikroben?«

»Männer.«

»Ah. Komplizierte Organismen auch sie.«

»Jack Nimit und ich ... wir haben ein Verhältnis.«

Rudenko nickte. »Liebe. Das ist gut. Aber ja, es bringt einen gelegentlich um den Schlaf.«

»Ich hoffe, dass es gut ist«, sagte sie. »Wir sind aus so verschiedenen Welten.«

Rudenko schenkte ihr eine Tasse ein und füllte seine nach. »Ich war einmal in eine Engländerin verliebt – eine Frau aus einem ganz anderen Land als ich, einer ganz anderen Kultur. Und kennen gelernt haben wir uns in einem dritten Land. Die Unterschiede schienen keine Rolle zu spielen.«

»Die Liebe hat nicht gehalten?«

»Nein.« Er nahm einen Schluck und räusperte sich. »Sie war verheiratet. Ihr Mann war chronisch krank. Irgendwann ging sie mit ihm nach England zurück, um ihn zu pflegen.«

»Wie sind Sie damit fertig geworden?«

»Ich war natürlich todunglücklich. Aber ich war auch stolz auf sie. Sie hatte so viel ...« Er suchte nach dem richtigen Wort.

»Charakter?«

»Genau, ja. So viel Mut und Aufopferungsbereitschaft. Es tat mir in der Seele weh, andererseits wäre ich von ihr enttäuscht gewesen, wenn sie nicht zu ihm gehalten hätte. Sie hatte so viel innere Stärke. Sie lebte, wie sie liebte.« Seine Augen begegneten ihren. »Wir hatten Glück. So kurz die Zeit war, die wir hatten, sie machte uns reich.«

»Haben Sie sie jemals wiedergesehen?«

»Eines Frühlings schickte sie mir eine Postkarte. Der Absender war eine Straße in London, Gordon Place. Jahre später kam ich dorthin. Eine vornehme, ganz kleine Sackgasse in der Nähe einer Karmeliterkirche, von der sie mir erzählt hatte. Das Gässchen war völlig von blühenden Kletterpflanzen und Rosen überwachsen. Wie eine Märchenlaube.«

»Sie haben sie also wiedergesehen.«

»Nein. Ich war mir nicht einmal sicher, ob sie noch dort wohnte.«

»Warum haben Sie nicht an ihre Tür geklopft?«

»Wir hatten unsere Zeit, unsere Chance. Das Leben meint es selten zweimal so gut mit einem. Ich wollte nicht verderben, was wir gehabt hatten. Ich ließ es, wie es war.«

Sie lachte ungläubig. »Wie ... russisch.«

»Oh«, rief er aus. »Und was würde ein Amerikaner in so einer Situation tun?«

»Feuerwerksraketen zünden. Ein lautes Ständchen bringen. Brüllen. Die Nachbarschaft wecken. Sie aus dem Bett klingeln.«

»Ahhh.«

»Ein Amerikaner würde nicht still vor sich hin leiden«, sagte sie.

Er hob einen Finger. »Das ist kein Leiden.«

»Nein?«

»Es ist Leben. Leben tut weh. Es ist unvermeidlich.«

»Nur Tod und Steuernzahlen sind unvermeidlich, Admiral.«

»Tod und Steuernzahlen«, wiederholte er langsam. »Das ist sehr amerikanisch. In Russland vermeiden es viele, Steuern zu zahlen. Und ich frage mich, ob die Steuerbetrüger einmal so reich werden, dass sie auf eine Möglichkeit verfallen, auch dem Tod ein Schnippchen zu schlagen.« Sie lachte.

Er fuhr fort: »Sie leuchten, wenn Sie lachen, und Sie sehen ganz jung aus.«

»Danke schön«, sagte sie. »Admiral, darf ich Sie um einen Gefallen bitten?«

»Selbstverständlich.«

Hanley zog den Beutel des Schamanen aus der Tasche und zeigte ihm die kyrillischen Schriftzeichen.

»Das ist kein Russisch«, sagte er stirnrunzelnd.

»Nein, es ist eine arktische Sprache, die sich Ihrer Schrift bedient. Könnten Sie den Text dem aleutischen Koch vorsprechen? Ich muss wissen, was da steht.«

Ohne weitere Fragen zu stellen, stand er auf und ging mit ihr zum Serviertresen, wo sie dem Koch ihr Anliegen vortrug. Mit weicher russischer Aussprache las Rudenko langsam die Worte vor, und der Aleute wiederholte sie mit der richtigen Betonung und harten Verschlusslauten tief in der Kehle.

»Hat es was zu bedeuten?«

»Klar, Doc. Es geht um einen – wie sagt man? –, einen Wickel, den man mit einer ›Geisterpflanze‹ macht. Ich kann nicht sagen, ob es ein Rezept oder eine Warnung ist. Aber hier steht, dass es sehr starke Medizin ist.«

Sie bedankte sich bei dem Koch und ging dann mit Rudenko zur Tür.

»Hat Ihnen das etwas genützt?«

Sie überlegte einen Moment. Wo anders als an den Pongos hätten Annie und die anderen um diese Jahreszeit mit einer Pflanze in Kontakt kommen sollen? Hätte der Schamane die flirrende Wolke als einen aus der Gefangenschaft ausbrechenden Geist gedeutet? Eine Pflanze, die ein Geist war?

»Ich glaube ja. Ich bin mir nicht sicher. Aber danke, Admiral, für Ihre Hilfe. In Geister- wie in anderen Dingen.«

»Es war mir ein Vergnügen, Frau Doktor«, sagte er. »Und Weidmannsheil, wie man unter Jägern sagt.«

43

Ishikawa döste fast während des ganzen Flugs nach Ottawa, sackte allerdings nie ganz weg, sondern blieb immer dicht vor der Schwelle des Schlafs. Vor dem Abflug hatte Petterson ihm einen Mantel geliehen, doch als er am Macdonald-Cartier International Airport ausstieg, stellte sich heraus, dass er vor allem eine Sonnenbrille brauchte. Es war zwar kalt in Ottawa, aber am strahlend hellen Novemberhimmel hingen nur ein paar dünne weiße Federwolken. Er kaufte sich eine an einem Kiosk und stellte sich in die Taxischlange.

Die Straße in die Innenstadt führte an einem breiten Kanal und schönen Grünanlagen vorbei. Alle Leute, die ihnen unterwegs begegneten, hatten eine Mohnblume angesteckt. An den scharlachroten Uniformröcken der berittenen Polizisten nahmen sich die Blumen beinahe orange aus.

»Remembrance Day«, gab der Taxifahrer ungefragt Auskunft. »Zu Ehren der Toten des Ersten Weltkriegs.«

Die Kanalstraße ging am Ende mit einer langen Schleife in einen Hochboulevard über, der an seinem Hotel vorbeiführte, dem luxuriösen Chateau Laurier. Der Kanal lief unter dem Boulevard hindurch und an dem Prunkbau vorbei, woraufhin er in einer schmalen Kalksteinschlucht verschwand.

In seinem Zimmer angekommen, öffnete Ishikawa das westliche Fenster und steckte den Kopf in die belebende Kälte hinaus. Geradeaus lag das neugotische Parlamentsgebäude auf einem Steilufer über dem Ottawa River mit Blick auf Quebec auf der anderen Seite. Unter seinem Fenster wurde der Kanal durch eine Schleusentreppe auf das Niveau des Flusses abgesenkt. Ein Stück weiter hinten in der Richtung, aus der er gekommen war, lag unten am Ufer des Kanals ein Restaurant.

Wie Washington war Ottawa eine Geschäftsstadt, deren Geschäft die Regierung des Landes war. Militärmusik schallte vom Parlamentsgelände herüber, wo ein großes Feiertagstreiben herrschte: in dicke Mäntel eingemummte Staatsdiener, Reiter der Royal Canadian Mounted Police, Soldaten, die nach beendeten Feierlichkeiten auf die Plätze und Boulevards hinausströmten. Wie die Zivilisten trugen sie alle Mohnblumen an der Brust.

Etwas erfrischt, teilte Ishikawa telefonisch seine Ankunft mit und fragte, ob sie sich in einer Stunde zum Brunch in dem Restaurant am Kanal treffen konnten, dann ließ er sich angezogen aufs Bett fallen und schaffte es nur mit Mühe und Not, rechtzeitig wieder hochzukommen.

Er ging am Kanal entlang zu dem Lokal, wo der Kellner ihn an einen Fenstertisch geleitete. Er wurde bereits erwartet.

»Willkommen in Ottawa«, sagte Stevenson. »Ich hoffe, Ihr Flug war nicht zu rau.«

»Ein bisschen wackelig. Mir ist immer noch etwas schwindelig.«

Stevenson blickte mitfühlend. »Zu dieser Jahreszeit kann es viele Turbulenzen geben. Ich fliege selber mehr als genug.«

»Für wen arbeiten Sie, jetzt wo Sie nicht mehr im Trudeau-Vorstand sitzen?«

»Eigentlich war ich nur zeitweilig für Trudeau abgestellt. Inzwischen halte ich wieder einen Amtssessel warm.«

»Ach«, sagte Ishikawa, »und in welchem Amt steht Ihr Sessel?«

Stevenson aß einen Happen von seinem kanadischen Speck, bevor er antwortete. »Im Augenblick kümmern wir uns um die Sicherheitsvorkehrungen für den Import von überschüssigem russischen Plutonium. Es wird als Reaktorbrennstoff für die Stromerzeugung ausprobiert.«

»Waffenfähiges Plutonium?«

»Gefechtsköpfe. Ich wünschte, wir könnten sie alle kaufen und in sichere Hände geben, wo wir ein Auge darauf hätten.

Jeden Tag werden neue gemeldet, deren Verbleib nicht geklärt ist. Es ist nicht sicher, dass sie in unseren Reaktoren funktionieren. Grüne Gruppen beschuldigen uns lautstark, das Land der Gefahr eines Atomunfalls auszusetzen. Kaum zu glauben, was für einen Aufruhr das ausgelöst hat. Lieber Himmel, wenn Annie noch unter uns wäre, würde ich täglich etwas zu hören bekommen. Russen. Seit Jahren verklappen sie vor ihren Küsten radioaktive Abfälle im Polarmeer. Flüssigen Atommüll. Sie laden ihn auf Schiffe und versenken die Container, oder sie pumpen das Zeug einfach über Bord. Sie versenken ihre abgewrackten U-Boote, ohne vorher den Atomtreibstoff zu beseitigen.«

»Schlägt ihre Presse nicht Alarm?«

»Alle Journalisten, die darüber berichtet haben, wurden für ihren Mut mit Gefängnisstrafen wegen Landesverrats und Spionage belohnt. Und das alles geschieht, während gleichzeitig die Russische Föderation Millionen von England und uns und den USA dafür kassiert, U-Boote stillzulegen und ihre Reaktoren sicher zu entsorgen. Das Geld aus dem Ausland verschwindet meistens in irgendwelchen Taschen in Moskau. Oder der Schweiz. Russland ist Russland, ganz egal, wer im Kreml sitzt.«

Ishikawa versuchte, Stevenson über Annie Bascomb zu befragen, doch sein Gesprächspartner wechselte entschieden das Thema.

»Wie kommt Jessie Hanley voran?«

»Schwer zu sagen.« Ishikawa bestrich seinen Toast mit Butter. »In unserem Beruf heißt es meistens, alles oder nichts. Bis man etwas hat, hat man häufig nichts. Jedenfalls kommt es einem so vor. Es gibt viele Sackgassen, in die wir unterwegs geraten können.«

»Wie kann ich helfen?« Stevenson wirkte ernst und aufrichtig.

»Indem Sie mir gegenüber offen sind. Wir machen uns Sorgen, dass wir Jessie in eine Situation gebracht haben, die gefährlicher ist als vorher gedacht. Wir haben Befürchtungen, was ihre Sicherheit und die Ereignisse in Trudeau betrifft.«

»Befürchtungen. Zum Beispiel?«

»Dr. Lidija Tarakanowa ist offenbar verstorben. An derselben Ursache wie ihre Kollegen in Trudeau. Wir wollen nicht, dass Jessie Hanley zu dieser Liste hinzukommt. Wir wollen wissen, womit sie es zu tun hat und wie wir sie am besten unterstützen können.«

Stevenson griff zu seinem Wasserglas. »Ja«, sagte er, »verstehe«, und nahm einen Schluck. »Ich wünschte, ich könnte Ihnen da weiterhelfen.«

»Mr. Stevenson, meine Fragen mögen Ihnen nicht gefallen, aber ich bezweifele sehr, dass es Ihnen besser gefiele, sie vor der Tribüne Ihres Parlaments gestellt zu bekommen.«

Stevenson stellte sein Glas ab und begegnete Ishikawas Blick. »Ich muss einen Anruf machen«, sagte er und entschuldigte sich.

Ishikawa bestellte einen Kaffee. Stevenson kehrte zurück und nahm Platz.

»Ich fürchte, ich kann Ihnen nicht mehr sagen, als dass auch wir Bedenken haben und die Situation genau im Auge behalten. Das ist die offizielle Auskunft. Inoffiziell glauben wir, dass Dr. Tarakanowa eine russische Agentin war. Sie waren bei Admiral Tschernawin?«

Ishikawa war verdutzt. Niemand außer Munson kannte seinen Reiseplan. »In Moskau, ja. Wieso brauchen die Russen mitten in der Arktis eine Agentin? Mr. Stevenson, worum geht es bei der ganzen Sache?«

»Worum es immer geht: Vorteile. Die Russen hatten von Anfang an Agenten in Trudeau.«

»Warum? Wird da oben Bioterrorforschung getrieben? Warum haben Sie dann zugelassen, dass wir Jessie Hanley völlig unvorbereitet losschicken?«

»Gott, nein, kein Bioterror.« Stevenson seufzte. »Ich vermute, es musste irgendwann rauskommen«, sagte er wie zu sich selbst. »Die Russen haben ein massives Interesse an der Arktis.« Stevenson schob sein Besteck beiseite, stützte die Ellbogen auf und senkte die Stimme. »Vor Jahren, unter Ihrem Präsidenten Reagan, entschloss sich Washington zur Entwicklung eines unvorstellbar kostspieligen Abfangsystems, das russische Unterseeboote aufspuren und ihre Schlagkraft neutralisieren sollte. Schon bald konnten amerikanische Spürgeräte die kompletten sowjetischen U-Boot-Streitkräfte orten, selbst Boote unter dem arktischen Eis. Die Unterseeüberwachung Ihres Landes war nahezu allmächtig. Um das zu beweisen, aktivierte jedes amerikanische U-Boot, das irgendwo auf der Welt heimlich ein sowjetisches U-Boot beschattete, gleichzeitig sein Sonar gegen sein nichts ahnendes kommunistisches Gegnerschiff.«

»Das andere Schiff hörte es plötzlich pingen.«

»Ja. Diese Demonstration der vollkommenen Überlegenheit wurde weltweit synchronisiert.«

»Und das war schlecht?«

»Es machte den Russen unmissverständlich klar, dass sie zunehmend ins Hintertreffen gerieten, und löste in Moskau fast eine Panik aus. Sie begriffen, dass das waffentechnische Übergewicht der Amerikaner nahezu total war. Die Chancen schwanden, es noch jemals mit dem Westen aufnehmen zu können. Es hieß, jetzt oder nie.«

»Und sie entschieden sich für jetzt.«

»Das kann man sagen. Erstschlagsszenarien waren angesagt, großes Säbelrasseln. Während die Wogen hochschlugen, legte Tschernawin einen Plan vor, der die Hysterie dämpfte. Er erklärte, was ihre Raketen bräuchten, seien unauffindbare Abschusspositionen. Orte, wo mit Radar, Sonar und Satellitenüberwachung nichts zu machen war.«

»Und das, obwohl die Amerikaner ihre überlegene Fähigkeit demonstriert hatten, U-Boote aufzuspüren?«

»Ja. Aber wie? Es durfte keine Bewegung, keine Motorensignatur, kein Geräusch, keinen verräterischen Sonarschatten geben.«

»Unmöglich«, meinte Ishikawa. »Es sei denn –«

»Es sei denn, was?«

»Es gäbe gar kein U-Boot.«

»Sehr gut.« Stevenson kratzte sich die Wange. »Stationäre unbemannte Abschussrampen unter dem Eis. Zusätzliches Problem: Solche ortsfesten Bastionen verlangten eine freie Flugbahn. Öffnungen im Eis. Zuverlässige Öffnungen, die niemals zufroren.«

»Polynjas.«

»Trudeau – die alte Station – koordinierte die Kartierung der Polynjas im kanadischen Archipel und im übrigen Nordpolarmeer. Die Sowjets hatten einen Mann dort und machten sich die Daten zunutze. Die Polynjas boten den Raketen todsichere Positionen, die mit der neuen amerikanischen Technik nicht zu entdecken waren.«

»Was für eine Idee: Raketen auf dem Meeresgrund! Und in der westlichen Hemisphäre!« Ishikawa konnte es nicht fassen. »Wie lange haben sie da gelegen?«

Stevenson schwieg.

»Sie sind nicht entfernt worden?«

»Soweit wir wissen, nicht.«

»Wo? Wie viele?«

»Wir wissen es nicht. Eine? Ein Dutzend? Sie sind eben ihrer Bestimmung gemäß nicht leicht aufzuspüren. In der Polynja am Mackenzie's Mount ist definitiv eine.«

»Wo die drei ums Leben kamen.« Ishikawa fühlte sich benommen. »Was unternimmt Ihre Regierung in der Sache?«

»Wir können nicht viel unternehmen. Unsere Gebietsansprüche in der Arktis werden seit Jahren von der russischen Regierung – und von Ihrer – systematisch missachtet. Ausländische Flugzeuge und Schiffe bewegen sich nach Gutdünken durch unser Territorium.«

»Sie protestieren nicht?«

»Ottawa ignoriert die Gebietsverletzungen. Wir tun so, als gäbe es sie nicht, damit unsere Souveränität unangetastet bleibt. Man hat vermutlich kaum eine andere Wahl, wenn die Schlagkraft des Eindringlings um das Zehnfache höher ist als die eigene. An eine Konfrontation mit der sowjetischen Armee wegen ihrer widerrechtlich stationierten Rakete war gar nicht zu denken.«

»Sie haben Washington nicht in Kenntnis gesetzt.«

»Die Amerikaner offiziell in die Sache hineinzuziehen hätte uns damals ins Zentrum einer globalen Konfrontation gerückt.« Er schüttelte den Kopf. »Wir haben nichts unternommen. Die Rakete vergammelt seit Jahrzehnten dort unten. Wir sind uns ziemlich sicher, dass Tarakanowa die letzte Wärterin dieses Waisenkinds war.«

»Und jetzt ist sie tot?«, fragte Ishikawa.

Stevensons Augen bohrten sich in seine. »Anscheinend.«

»Davon war nicht die Rede, als Ihre Regierung uns um Hilfe anging. Was können wir für Dr. Hanley tun?«

»Ich wünschte, ich wüsste es«, sagte Stevenson. »Haben Ihre Leute unsere staatlichen Stellen in der Sache kontaktiert?«

»Noch nicht«, antwortete Ishikawa. »Nein.«

»Sie sollten zugreifen – Ihr Essen wird kalt.«

»Mir ist der Appetit vergangen.« Ishikawa legte sein Besteck auf den Teller.

Stevenson winkte dem Kellner und formte mit den Lippen das Wort *Rechnung*. Er sagte: »Lassen Sie uns am Kanal spazieren gehen. Da sind wir vielleicht etwas ungestörter.«

»Was soll das heißen?«

»Der Herr hinter Ihnen in der Ecke, Armani-Sakko, Sonnenbrille, interessiert sich sehr für unser Gespräch.«

Ishikawa schaute sich möglichst unauffällig um und konnte es nicht glauben.

»Sie kennen ihn?«

Ishikawa nickte. Er erinnerte sich an die geprägte Karte, die ihm der Mann auf dem Parkplatz des Center in die Hand gedrückt hatte. Liebe Güte, konnte der Kerl ihm tatsächlich von L.A. gefolgt sein? Ishikawa überlegte angestrengt, ob er ihn vielleicht unbewusst in Moskau oder Tokio wahrgenommen hatte.

»Er ist von der Presse. *Los Angeles Times*. Payne, heißt er, glaube ich.«

»Gut.« Stevenson legte eine paar Scheine auf den Tisch und erhob sich. »Sollen wir?«

Draußen wurde das blaue Wasser schwarz und gleich wieder blau, als der Schatten einer weißen Wolke darüber hinwegzog. Mit hochgeklappten Krägen gingen sie am Kanal entlang, stiegen eine steinerne Treppe zur Straße hinauf und schlenderten dann durch gut gekleidete Passantenscharen zum Parlament und dahinter herum. Auf der Rückseite blieben sie an einer Stelle stehen, wo sie einen Blick über den zugefrorenen Fluss hatten.

»Dieser Kanal«, Stevenson deutete auf die Wasserstraße und

die Schleusen weiter unten, »wurde um 1830 gebaut. Ein Meisterwerk der Ingenieurskunst. Von Hand aus dem Fels gebrochen. Heutzutage nur noch ein Freizeitziel, aber ursprünglich hatte er einen strategischen Zweck. Nach dem Krieg von 1812 erkannte Kanada, wie verwundbar es im Fall eines erneuten Angriffs war, und machte sich vorsorglich an den Bau des Kanals, um schnellstens Truppen und Vorräte ins Landesinnere schaffen zu können.«

Ishikawa fragte: »Gegen wen hat Kanada damals gekämpft?«

»Gegen euch. Die Vereinigten Staaten.« Er raffte den Mantel am Kragen zusammen. »Die Geschichte ist launisch. Verbündete werden Feinde, Feinde Verbündete. Wenn ihr uns damals geschlagen hättet, würden wir dieses Gespräch heute im amerikanischen Ottawa führen.« Stevenson zeigte mit dem Kinn auf den Kanal. »Eines Tages wird die Herkulesarbeit der Alten zum Parkspaziergang der Jungen. Todfeinde gewöhnen sich aneinander, und beiderseitiger offener Hass wird einseitiges Ressentiment.« Er lächelte versonnen. »Schlachtfelder sind out. Märkte sind in.«

»Für wen genau arbeiten Sie?«, wollte Ishikawa wissen.

»C-S-I-S.«

Ishikawa blickte ihn von Seite an. »Wofür steht das?«

Stevenson schirmte sich die Augen ab und blickte zum anderen Ufer hinüber. »Canadian Security Intelligence Service. Geheimdienst.«

Ishikawa betrachtete Stevenson noch einmal mit neuen Augen. »Was können Sie mir über die Russen erzählen, die nach Trudeau gekommen sind?«

»Rudenko und Nemerow sind Berufssoldaten.«

»Und Koit?«

»Er hat einen Abschluss in Biochemie und einen von der London School of Economics.«

»Ist er ein Spitzel?«

»Ja. Genau wie ich.« Stevenson betrachtete den Amerikaner. »Was ich Ihnen erzählt habe, scheint Sie aufzuregen.«

»Das können Sie laut sagen.«

»Warum? Bin ich Ihnen irgendwie auf den Schlips getreten?«

»Sie wussten, was die Russen dort installiert hatten und vor was für einem Dilemma die Station Trudeau irgendwann stehen würde. Sie haben Hanley trotzdem angefordert, und zwar genau deshalb, weil sie keine Kanadierin ist. Das ist es, was mir langsam klar wird und was mich ziemlich auf die Palme bringt.«

»Sie war die tauglichste Kraft.«

»Oh, ich weiß, ich weiß. Das war praktisch, nicht wahr? So konnten Sie eine Amerikanerin in ihr Versteckspiel verwickeln und mussten keinen ihrer Landsleute hineinziehen.«

Stevenson machte keine Anstalten, die Unschuld seiner Organisation zu beteuern.

»Wenn Dr. Hanley eine kanadische Ärztin wäre, hätten Sie nicht so lange den Deckel draufhalten können. Das kanadische Gesundheitsamt hätte bei Ihrer Verheimlichungspolitik nicht mitgespielt. Eine Amerikanerin ist viel leichter zu kontrollieren. Sie ist schließlich ein Gast. Und wenn die Sache herauskommt, können Sie auf das amerikanische Interesse bauen, über das Vorhandenscin einer Rakete Stillschweigen zu bewahren. So waren Sie in der Lage, das alles vor der Öffentlichkeit geheim zu halten.« Ishikawa hielt inne.

Stevenson widersprach nicht. »Wir sahen eine Möglichkeit, mit Trudeau weiterzumachen, ja.«

»Genau. Und deshalb bin ich stinksauer. Sie haben meine Freundin dort eingeflogen, obwohl Sie wussten, dass es viel gefährlicher und komplizierter war, als wir alle ahnten.«

Stevenson blickte ihn gegen die Sonne mit schmalen Augen an. »Gute Heimreise«, sagte er und ging fort, ohne ihm die Hand zu geben.

44

Die Nachricht kam über Kurzwelle aus Moskau. Sie war nicht verschlüsselt – nur eine schlichte Durchsage auf Russisch. Teddy Zale rief Koit, Rudenko und Nemerow in die Wachzentrale, um ihnen die Mitteilung zu machen, dass Admiral Tschernawin von seinem Posten zurückgetreten war, nachdem man ihn im Gefolge einer Kabinettsumbildung zum ersten stellvertretenden Verteidigungsminister ernannt hatte. Die Delegation in Trudeau war nicht mehr offiziell legitimiert.

Koit schäumte vor Wut. »Das ist völlig inakzeptabel. Er kann in einem solchen Moment nicht einfach den Hut nehmen.«

Nemerow machte eine resignierte Geste. »Eine Beförderung. Was soll man machen?«

Koit blies langsam die Luft durch die Lippen, versuchte sich zu beruhigen.

Zale gab mit einem diskreten Räuspern zu verstehen, dass sie ihr Gespräch besser woanders führen sollten, und sie begaben sich zum Quartier des Admirals.

»Was meinen Sie«, fragte Nemerow auf dem Weg dorthin, »wäre es angebracht, dem neuen Vizeminister unsere Glückwünsche zu übermitteln, bevor wir unseren Abschied nehmen?«

»Was mich betrifft«, sagte Rudenko, »schwebt mir da ein Strand vor, an einem warmem Meer.« Er lehnte sich kurz an eine Wand, um das Gewicht von seinem Knöchel zu nehmen. »Und Sie, mein Sohn, werden unbewaffnete Schiffe befehligen können, die sich an feste Zeiten halten. Ihrer Frau wird ein Stein vom Herzen fallen, und Ihre Mädchen werden überglücklich sein. Meine Patentochter wird im Sommer und an Feiertagen ihren Papatschik besuchen kommen, wenn ihr Vater mit dem Schiff unterwegs ist.«

Koit sagte leise: »Tschernawins Ablösung ist kein Grund zur Freude.«

Nemerow konnte sich nicht zurückhalten. »Gut«, sagte er, als sie an der Tür des Admirals angekommen waren, »wenn Sie transportfähig sind, sprechen wir am besten mit Verneau. Wir werden eine Eskorte zurück zum Schiff brauchen.«

Rudenko trat ein und ließ sich in einen Sessel sinken. Sofort begann er, an seinem Knöchel zu kratzen, soweit der Verband es zuließ. Nemerow öffnete eine Flasche Cognac, die Verneau ihnen geschenkt hatte. Koit winkte ab.

»Wir gehen nicht«, erklärte er.

Rudenko nahm sein Glas und sagte: »Herr Koit, meines Wissens steht die Mission unter meinem Kommando, nicht unter Ihrem.«

»Machen Sie keine Zicken. Meine Anweisungen heben Ihre auf, wie Sie sehr wohl wissen.«

Rudenko blickte verdutzt. »Was für Anweisungen? Admiral Tschernawin hat keine Befehlsgewalt mehr.«

Koit schmunzelte. »Es gibt immer einen Nachfolger. Bis zu seiner Ernennung kommt es uns nicht zu, von früheren Instruktionen abzuweichen oder die nationalen Interessen eigenmächtig zu gefährden.«

Es ärgerte Nemerow, dass der jüngere Mann keinen Respekt vor Admiral Rudenko zeigte. »Wie lange soll mein Schiff Ihrer Meinung nach warten?«, fragte er.

»Bis ich so weit bin, zu fahren.« Damit stolzierte Koit hinaus.

Nemerow wandte sich den großen Fenstern und der gleich bleibenden Dunkelheit dahinter zu. »Was tun?«

Rudenko nippte an seinem Glas. »In was für Machenschaften Koit auch verwickelt sein mag, halten Sie sich heraus. Bleiben Sie hinter mir in Deckung. Wenn es Ärger gibt, wird es schwerer sein, Anschuldigungen gegen mich zu erheben. Wir müssen nicht beide riskieren, in Ungnade zu fallen. Sie haben viel mehr zu verlieren.« Der Admiral genoss das Bukett seines Cognacs.

»Woran denken Sie«, fragte Nemerow, »wenn Sie so ein langes Gesicht machen?«

»An den frisch gebackenen ersten Vizeminister Tschernawin.« Er rieb sich die Augen. »Armer Panow.«

»Armes Russland.«

Nemerow hob den Blick zu dem schwarzen Himmel draußen. Rudenko stellte sein Glas ab und legte den verletzten Fuß auf das Stützbänkchen.

»Dieser Ort hier ist phantastisch«, sagte Nemerow. Er pochte an das Fenster. »Die Technik, die ganze Idee.«

Rudenko nickte. »Ja. Ich weiß nicht, ob den Leuten das richtig klar ist. Vielleicht haben die Vorfälle hier sie auch einfach zu sehr verschreckt. Oder sie haben sich daran gewöhnt, und es berührt sie nicht mehr.«

»Eigentlich kaum vorstellbar«, meinte Nemerow.

Es klopfte an der Tür. Beide drehten sich um.

»Herein«, sagte der Admiral.

»Meine Herren.« Jessie Hanley stand auf der Schwelle. Nemerow erhob sich, um sie zu begrüßen.

»Was macht Ihr Knöchel?«, fragte sie Rudenko. »Juckt der Verband?« Sie hatte die gerötete Haut um den Rand herum bemerkt.

»Sehr. Aber er heilt und tut nicht weh. Das ist mir im Augenblick das Wichtigste.« Er hob eine Krücke hoch. »Bald werde ich nur noch einen Stock brauchen. Auch damit lässt sich Mitgefühl schinden. Sind Sie gekommen, um zu sehen, wie es mir geht?«

»Eigentlich nicht. Ich wollte Ihnen ein paar Fragen stellen.«

»Worüber?«, fragte Rudenko. Er blickte Nemerow mit hochgezogenen Brauen an.

»Bitte, Dr. Hanley«, sagte Nemerow und deutete mit ausgestrecktem Arm auf den freien modernen Sessel. »Nehmen Platz.«

Hanley zog den Sessel näher heran und setzte sich. Der Admiral saß völlig unbewegt da, den Fuß auf das Bänkchen gelegt. Nemerow blieb stehen.

»Ich habe beunruhigende Neuigkeiten von meinen Kollegen in Los Angeles«, sagte sie. »Es ist ziemlich sicher, dass Lidija Tarakanowa nicht mehr am Leben ist. Sie haben mir außerdem erzählt – nur so nebenbei –, dass wir auf einem schrottreifen atomaren Sprengkörper sitzen, wohl russischen Ursprungs, der seit, na, zwanzig oder dreißig Jahren unter der arktischen Eiskappe schlummert. Zweifellos eine Mordsaffäre. Aber für mich ehrlich gesagt zur Zeit nicht von großem Interesse. Viel mehr Sorgen als dieses vergessene Ding macht mir die Frage, wie weit unsere rätselhafte Seuche sich verbreitet haben mag. In dem Punkt ist es mit Mr. Koits Hilfsbereitschaft schlagartig vorbei. Deshalb wende ich mich an Sie. Wissen Sie irgendwas darüber, was mit Dr. Tarakanowa passiert ist? Haben Sie mit der Besatzung des U-Boots geredet? Können Sie mir sagen, was zwischen dem Zeitpunkt, als sie an Bord ging, und dem Zeitpunkt ihres Todes geschah?«

Nemerow und Rudenko wechselten einen Blick. Nemerow steckte die Hände in die Taschen. »Wir wissen etwas, ja. Aber wenn wir geben Ihnen Information, kann schlimme Folgen für uns haben.«

»Wenn Sie nicht Stillschweigen bewahren«, sagte der Admiral, »können wir des Landesverrats angeklagt werden.«

»Landesverrat?« Sie lachte fast. »Sie meinen das wirklich ernst«, erkannte sie, als sie sich dem Admiral zudrehte.

»Ich könnte es nicht ernster meinen. Aber Sie haben Recht. Die Rakete dort unten ist nicht Ihr Problem. Die russischen Seeleute, die den gleichen Tod starben wie Ihre Wissenschaftler, sind es.«

Hanley fragte: »Seeleute? Mitglieder der Besatzung, die Ihre Wissenschaftlerin an der Polynja abgeholt hat?«

»Dr. Tarakanowa war keine Wissenschaftlerin. Oder jedenfalls nicht nur«, sagte Rudenko. »Sie war eine Agentin ...« Er wandte sich halb zu Nemerow um und schlenkerte mit der Hand, weil ihm das richtige englische Wort nicht einfiel. »Njanka«, sagte er auf Russisch.

»Amme?«, meinte Nemerow fragend, dann an Hanley gewandt: »Ist wie Aufpasser.«

»Ja, ja.« Rudenko nickte. »Sie war hier, um das Geheimnis

zu hüten und Moskau auf dem Laufenden zu halten, wie ich erst kürzlich erfahren habe.« Er blickte zu Nemerow hinüber, um diesem Gelegenheit zu geben, ihn zu bremsen, doch der jüngere Mann sagte nichts.

»Geheimnis?«, fragte sie.

»Dieser atomare Sprengkörper, wie Sie ihn nennen, ist eine Rakete, die aber nichts bombardieren sollte. Sie war dazu gedacht, in der Luft zu explodieren und ein künstliches Nordlicht über zweitausend Meilen Arktis zu verbreiten, und zwar ausgehend vom Konzentrationspunkt der magnetischen Kraftlinien. Hier, in der Nähe des Pols. Eine ›Intensitätshülle‹ aus hochenergetischen Elektronen wäre entlang der Feldlinien in dünnen Strahlen um die Erde geflossen.«

»Warum, zum Teufel?«, fragte Hanley.

»Um mit Strahlung das Magnetfeld der Erde zu beeinflussen«, sagte Nemerow, »und euch zu blenden.«

»Was soll das heißen, Käptn?« Doch ihr graute vor der Antwort.

»Standort ist entscheidend. Detonation in Atmosphäre über der Arktis würde das ganze Magnetfeld in achtundvierzig Sekunden stören. Amerikanisches Radar wäre kaputt.«

»Das Ziel war, einen Angriff zu tarnen«, erläuterte Rudenko. »Den Erstschlag.«

»Eine Detonation *über* der Arktis? Mein Gott.« Hanley schlug ihre Hände zusammen und konnte nicht mehr still sitzen bleiben.

»Doch dann«, fuhr der Admiral fort, »löste sich die Sowjetunion auf, und das Rad der Geschichte drehte sich weiter. Unsere Rüstungsfabriken schlossen, unsere Börsen öffneten. Statt Hass kam Handel. Diese Strategie wurde stillschweigend aufgegeben, und an ihre Stelle trat ›Business‹.«

»Allmächtiger«, stöhnte Hanley, »es ist noch schlimmer, als meine Leute befürchten. Wenn sich das rumspricht, ist Trudeau augenblicklich das heißeste politische Eisen der Welt. Kann Ihre Regierung das Ding nicht einfach entfernen?«

Rudenko schob sein Glas beiseite. »Mit der Möglichkeit, dass es so viele Jahre untätig dort liegen würde, hatte niemand gerechnet. In meiner Heimat fehlt es an der Technik wie auch am Geld, um an eine Hebung auch nur zu denken. An der Fähigkeit. Am politischen Willen. Was ist schon eine kleine Rakete im Nordpolarmeer? Technische Dinge werden schließlich durch die kalten Temperaturen im Meer konserviert – so denken sie bei uns in ihrer Einfältigkeit, als wäre es Gemüse im Kühlschrank. Die amerikanische Reaktion macht ihnen mehr Kopfzerbrechen als der Sprengkörper selbst. Wir haben Lidija Tarakanowas Bericht geborgen. Sie machte ihren Vorgesetzten Meldung über die Verstorbene namens Bascomb. Ich glaube, Annie Bascomb hatte herausgefunden, was in der Polynja war.«

»Annie wusste es? Vielleicht war es das, was sie quälte. Das denkbar dickste Umweltei direkt vor der Nase.«

»Wie bitte?«

»Nichts. Bitte fahren Sie fort. Was genau passierte mit Tarakanowa? Wie lange war sie nach der Abfahrt von der Polynja noch am Leben?«

»Sie starb in dem U-Boot«, sagte Nemerow leise.

»Ja«, bestätigte Rudenko. »Mit unseren Seeleuten.«

»Sie hat dic Krankheit übertragen? Wie viele andere wurden angesteckt?«

Nemerow sah sie traurig an. »Alle.«

»Alle?«, sagte Hanley mit belegter Stimme. »Die gesamte Besatzung?« Die Mitteilung wühlte ihr den Magen auf. »Keine Überlebenden?«

»Keine«, sagte Rudenko.

»Sie sind ganz weiß, Frau Doktor«, meinte Nemerow besorgt.

»Ich hab irgendwie einen schlechten Tag.« Hanley massierte sich die Stirn. »Oder ist es Nacht? Wie viel Mann waren an Bord?« Sie stand auf und ging aufgeregt im Kreis.

»Vierundneunzig.«

»Und mit Tarakanowa sind es fünfundneunzig.« Sie schlang fest die Arme um sich, ließ sich die Zahl eingehen. »Fünfundneunzig. Lungen steinhart, Augen ausgelaufen – genau dieselben Symptome?«

Nemerow nickte.

Hanley legte sich die Hände an die Wangen. »Das heißt, der Erreger hat sich vermehrt«, dachte sie laut. »Er ist definitiv zellular. Ein Virus oder noch kleiner. Ein tödlicher Mikroorganismus, mit dem die U-Boot-Besatzung angesteckt wurde, genau wie die Wissenschaftler auf dem Eis.«

»So sieht es aus«, sagte der Admiral.

»Haben sie eigentlich das Eis betreten, als sie sie abholen kamen – die Matrosen, meine ich?«

»Nein«, antwortete Rudenko.

»Das ist wichtig. Sind Sie sicher?«

»Ja.«

Hanley klopfte sich nervös mit der flachen Hand aufs Schlüsselbein. »Er tötet drei Leute. Er lauert latent in Alex Kossuth, tötet ihn nicht, aber tötet Dr. Krüger, als sie Kossuth aufschneidet. Tarakanowa infiziert sich zusammen mit den anderen, aber er tötet sie und sämtliche Insassen des U-Boots viel später und weiter weg. Wie viel haben wir?«

»Neunundneunzig«, sagte Nemerow.

»Wow, dieser Keim hat's echt in sich – aber das wussten wir schon vorher. Bis jetzt haben wir Glück gehabt, dass er nicht auf die ganze Station übergegriffen hat, aber wer weiß, was ihn abhält?« Sie blieb nachdenklich vor den beiden Russen stehen. »Wissen Sie sonst noch irgendwelche Einzelheiten?«

Sie schüttelten beide den Kopf. »Die Obduktion der einen geborgenen Leiche ergab nichts«, sagte Rudenko.

»Ihre Wissenschaftlerin – oder Agentin – Tarakanowa, sie ist nicht zusammen mit den drei anderen auf dem Eis gestorben. Warum nicht? Wie ist der Erreger mit ihr an Bord des Schiffes gelangt? Hatte sie ihn im Körper? In ihrem Gepäck?«

Nemerow zuckte die Achseln. »Vielleicht besondere Mischung und Druck von Atmosphäre im Boot hat schneller gemacht die Wirkung. Oder ist einfach schlimmste Mikrobe, die gibt. Haben wir keine Tatsache. Nur Theorie und Angst.«

45

»Ich weiß nicht, was ich erschütternder finde.« Unter der Last von Hanleys Neuigkeiten war Dee auf der Couch in sich zusammengesunken. »Bist du sicher?«

Hanley nickte.

Dee setzte sich aufrecht hin und umschlang ihre Beine, als wäre ihr kalt, das Kinn auf die Knie gestützt. »Unvorstellbar. Sie sollte in der Atmosphäre explodieren? Über dem Packeis?«

»Ja.«

»Sind die vollkommen verrückt geworden? Die Arktis ist so ein labiles Ökosystem. Davon würde sie sich niemals erholen.« Sie verstummte und schaukelte vor und zurück, während sie nachdachte. »Das könnte das Ende der Station sein. Die Amerikaner werden sich sofort auf diese Rakete stürzen, wenn sie davon erfahren. Gar keine Frage. Die Sponsoren werden abspringen. Gott, was ist schlimmer, dass die Russen das Ding einfach liegen lassen oder dass die Amis ein Riesentheater darum machen werden?«

»Moment mal«, sagte Hanley und kniete sich vor ihre Freundin. »Wenigstens haben nicht wir einen thermonuklearen Sprengkörper unter euerm Arsch installiert, Sayonara gesagt und das Ding der Gnade des Ozeans überlassen. Sie haben euch hier machen und Trudeau bauen lassen, ohne euch im Geringsten zu warnen. Aber wie dem auch sei, Dee, wir haben jetzt schlicht nicht die Zeit, uns über einen Cocktailshaker aus dem Kalten Krieg zu empören.«

»Bei dem Ottawa einfach so tut, als gäbe es ihn nicht. Warum sich in eine peinliche Lage bringen, wenn dabei sowieso nichts anderes rauskommen kann als der Weltuntergang. Scheiße.« Sie schleuderte einen Schuh an die Wand. »Wir sind immer so verdammt vernünftig.« Inzwischen liefen ihr die Tränen in Strömen hinunter.

»Dee, hör mir zu, dreh jetzt nicht ab. Du musst dich beruhigen. Ich muss mit dir reden können. Was wir suchen, ist eine viel unmittelbarere und größere Gefahr als dieser Atommüll unterm Eis. Fünfundneunzig Leute sind auf diesem U-Boot umgekommen. Fünfundneunzig von fünfundneunzig. Du musst mir helfen, diesen Keim zu lokalisieren und unschädlich zu machen. Die Leute in Trudeau haben sich kaum von den fünf Todesfällen hier erholt. Wenn sie jetzt von fünfundneunzig weiteren erfahren, ist die Hölle los. Das kanadische Gesundheitsamt wird die Station abriegeln. Niemand wird das Risiko eingehen, dass dieser Organismus auf die Weltbevölkerung übergreift. Deine Regierung nicht und meine auch nicht. Wir werden Schlagzeilen machen. Und sie werden nicht zulassen, dass wir auseinander gehen und in unsere Heimatländer zurückkehren, niemals. Du darfst das keiner Menschenseele weitersagen, aber gegen diesen Erreger ist Ebola ein Klacks.«

Hanley ließ sich schwer in den Sessel fallen. »Wir können uns nicht um dieses abgewrackte Kriegsspielzeug kümmern. Es liegt seit Jahrzehnten dort unten. Wir müssen darauf vertrauen, dass es auch noch ein paar Wochen länger hält. Etwas anderes bleibt uns nicht übrig.«

»Jessie?«

»Hm?«

»Ich hab Angst. Erst der Erreger und jetzt das …«

Hanley legte die Arme um Dee. »Angst haben ist normal. Es beweist deinen Sinn für die Realität. Es ist genauso gesund wie mit Rauchen aufhören.«

»*Du* rauchst noch«, schniefte sie.

»Ich hab grad wieder aufgehört. Tolles Timing, was? Ich wollte nicht wie ein Aschenbecher schmecken, wenn du verstehst, was ich damit sagen will.«

Dee lachte. »Okay, wir schaffen es zusammen. Ich bring dir noch ein paar frische Pflaster.«

»Danke, Dee«, sagte sie und wiegte ihre Freundin sanft.

»Keine Ursache. Jess?«

»Ja.«

»Hast du denn keine Angst? Mir kommt es vor wie das Ende unserer Welt.«

»Angst ist gar kein Ausdruck. Okay, wenn's bei dir wieder geht, verziehe ich mich nach nebenan. Ich muss nachdenken.«

»Es geht wieder. Ich bleib noch ein paar Minuten hier sitzen und mach mich dann wieder an die Arbeit.«

»Ich bin nebenan, wenn du mich brauchst.«

Hanley stieg in den Tyvekanzug, zog die Atemschutzmaske über und schloss das Nebenzimmer auf. Sie starrte die Haufen von Ausrüstungs- und Versorgungsgegenständen aus dem Feldlager an, ordentlich einsortiert in ein Raster nummerierter Felder. Sie war sozusagen wieder auf das Ausgangsfeld zurückgeworfen worden und fühlte sich vollkommen ausgelaugt.

Sie hatten die Habseligkeiten und Gerätschaften aller Verstorbenen akribisch katalogisiert. Hanley betrachtete die Gegenstände und die entsprechend in Felder eingeteilten Listen in ihrer Hand. Tarakanowas paar Sachen nahmen den wenigsten Platz ein und bestanden hauptsächlich aus den Schichten ihres Polaranzugs. Hanley ging methodisch von Haufen zu Haufen, hob jeden einzelnen Gegenstand auf, begutachtete ihn und legte ihn an seinen Platz zurück. Es kostete sie zwei Stunden, haargenau nichts auszurichten. Wenn es in einem Pongo gewesen war und sie es alle eingeatmet hatten, wie zum Teufel war es dann auf das Schiff gelangt und hatte die ganzen anderen getötet? Gab es eine kurze Zeitspanne vor dem Tod, in der die befallene Person hochansteckend war?

Dee kam herein, schob sich die Laborschutzbrille in die Haare und setzte sich hinter Hanley auf einen Klappstuhl. Uli folgte ihr auf dem Fuß.

Dee sagte: »Um drei findet unten an der Auffahrt eine Schneeballschlacht statt. Die Deutschen gegen alle andern.«

»Jawohl«, bestätigte Uli. Er reichte Hanley den Bericht über die Algen, die sie aus dem Pongo gefischt hatte. »Ansonsten nichts Neues.« Hanley nickte und gab ihn an Dee weiter. Resultat negativ. Uli lächelte matt und ging wieder hinaus.

Dee war erschöpft. »Und, falscher Pongo? Oder völlig falsche Spur? Ich wünschte, du würdest schleunigst einen Geniestreich landen und diese Nuss knacken.«

Hanley hielt ihr ein Päckchen Zigaretten hin, und Dee nahm eine. Paffend sahen sie sich durch den Rauchschleier an.

»Und jetzt hören wir auf, ja?«, sagte Dee, wobei sie den aus dem Mund strömenden grauen Rauch gleich wieder durch die Nase einatmete. »Die letzten Züge?« Sie öffnete eine kleine Abzugsluke in der Kuppel, und der Rauch zischte hinaus wie abgesaugt. »Ich geh das Labor abschließen.«

»Gut. Ich muss mit meinem Boss Tacheles reden.«

Die Verbindung mit L.A. kam um 21 Uhr, Westküstenzeit, zustande. Sie konnte nicht länger warten. Hanley vergewisserte sich, dass das Chiffrierprogramm aktiviert war, ehe sie tippte.

Seuchenmeldung

Ort:	ARS Trudeau
Agens:	organisch
Toxizität:	Stufe 4
Opfer:	99 weltweit (4 bestätigte Fälle, 95 weitere wahrscheinlich)
Mortalität:	100%
Eintrittspforte:	Aerosol (hypothetisch)
Vektor:	unbekannt

Die Sterblichkeitsziffer würde für Aufregung sorgen. Hundert Opfer eines Erregers der Gefahrenstufe 4 würden einen weltweiten Alarm auslösen. Schlimmer ging es nicht; es gab keine Stufe 5. Der Erreger war offiziell ein Virus der gefährlichsten Art. Munson würde die CDC in Atlanta kontaktieren und von dem Ausbruch in Kenntnis setzen müssen. Ihre kanadischen Kollegen würden umgehend hinzugezogen werden, allerdings vertraulich. Das Ganze würde strengster Geheimhaltung unterliegen.

Munson schickte um 21 Uhr 46 eine offizielle Empfangsbestätigung. Der Form halber fügte er die Sicherheitsbestimmungen des Zentrums für den Umgang mit einem derart gefährlichen Keim bei, auch wenn allen Beteiligten klar war, dass Hanley sich niemals an die Liste vorgeschriebener Maßnahmen halten würde. Bei dem Zeitdruck, unter dem sie stand, und den äußeren Umständen konnte sie das gar nicht. L.A. sicherte sich nur ab für den Fall, dass alles den Bach hinunterging.

Dee kam herein und warf sich auf Hanleys Bett. »Das Labor ist zu für die Nacht.«

Hanley ließ sich auf den Boden sinken und lehnte sich mit dem Rücken ans Bett. Es war eine lange Schicht gewesen. Dee hob einen Stiefel auf und machte sich auf die Suche nach dem zweiten.

»Wo gehst du hin?«

»Ich muss mal was anderes sehen. Ich hab mich zu einer Mondscheinpartie mit dem süßen Kjell Eliasson verabredet, der für Verneau als Astronom arbeitet. Er meint, es könnte sein, dass wir ein Schauspiel am Himmel erleben.« Sie schnaubte verächtlich. »Wenn diese russische Rakete beschließt aufzuwachen, werden wir mit Sicherheit ein Schauspiel erleben.«

»Unwahrscheinlich«, sagte Hanley. »Sie hat sich Jahrzehnte lang benommen. Sie wird bestimmt noch die Nacht über Ruhe halten. Nur zu. Geh ruhig ein bisschen nach draußen.«

»Ach, ich bin zu kaputt«, sagte Dee und gab die Suche nach dem zweiten Stiefel auf. »Und zu aufgewühlt.« Sie ließ sich zurückfallen und streifte den ersten wieder ab. »Ich könnte auf der Stelle einschlafen.«

»Dann tu's doch.«

»Ja, vielleicht.« Dee schlüpfte aus ihrem beigen Sweatshirt. »Ich bin so müde, dass es wehtut.«

»Leg dich hin. Ich geh dann für die Nacht zu Jack rüber. Ich sag deinem Schweden, dass du's nicht geschafft hast.«

Dee hatte sich bereits ausgezogen und schlief. Während Hanley ihre Freundin ordentlich zudeckte, fühlte sie sich an Joey erinnert.

46

Während Dee schlief, saß Hanley vor ihrem Laptop und telekonferierte mit Cybil.

»*Was läuft bei euch da oben, verdammt? Neunundneunzig Tote? Stufe 4? Wo bist du da bloß reingeraten?*«

»Ich hab ganz stark die Pongos in Verdacht, Cybil. Der Keim muss genau im selben Moment in ihre Körper eingedrungen sein. Wie könnte das anders geschehen sein als mit einem Gas oder einem lungengängigen Staub?«

»*Damit sind wir da, wo wir angefangen haben: bei der These, dass sie das Zeug eingeatmet haben*«, sagte Cybil.

»Die Algen, die ich mitgebracht habe, waren negativ, aber trotzdem passen diese Algenlöcher perfekt in das Szenarium. Es ist das einzige wirkliche Aerosol da draußen.« Sie erzählte Cybil von der aleutischen Inschrift auf dem Beutel des Schamanen. »Cyb, es sieht wirklich geisterhaft aus, wenn man so einen Pongo zerschmettert. Dass sie alle im selben Moment irgendeinen ausgedörrten Guano eingeatmet haben, ist undenkbar. Aber wenn ein Pongo platzt, trifft es alle gleichzeitig, und sie atmen es ein.«

»*Erinnerst du dich, wie Ebola das erste Mal auftrat? So was hatten wir noch nie erlebt, abgesehen von Pflanzenviren.*«

»Mann, hatten wir einen Bammel vor den möglichen Konsequenzen.« Hanley kippelte gefährlich auf den Hinterbeinen ihres Stuhls. »Wenn Ebola ein Pflanzenvirus gewesen wäre, das nicht nur die Grenzen einer Art, sondern die des Pflanzenreichs übersprungen hätte … Und du meinst, das ist es, womit wir es hier zu tun haben: ein Pflanzenvirus, das den großen Sprung geschafft hat?«

»*Kann sein. Ich weiß es nicht*«, antwortete Cybil. »*Ich finde es nur verrückt, wie ähnlich der Aufbau von Chlorophyll und Hämoglobin ist. Und du hast es mit etwas zu tun, das auf Hämoglobin losgeht. Aber springt es direkt, oder gibt es einen vermittelnden Vektor?*«

»Es irritiert mich, dass nichts in ihren Arbeitsnotizen oder Tagebucheinträgen auf einen Aufenthalt in der Nähe eines Pongos hinweist, nur diese vage Bemerkung über irgendein Irrlicht. Hätten sie es nicht festgehalten, wenn drei von ihnen – vier mit Tarakanowa – mit Algenpartikeln bestäubt worden wären?«

»*Nicht, wenn sie es nicht weiter bemerkenswert fanden, Jess. Nein. Nicht, wenn ihnen das schon öfter passiert war.*«

»Oder vielleicht haben sie es nicht schriftlich festgehalten, weil das kanadische Umweltministerium ihnen sonst die Leviten dafür gelesen hätte, dass sie das empfindliche Ökosystem gestört hatten.«

»*Auch das.*« Cybil klang nicht überzeugt. »*Aber bevor du dich zu weit in diese Richtung verrennst: Nach dem, was du mir von Jack Nimits Erfahrung erzählt hast, sind die Pongos harmlos. Wenn er sie sein Leben lang eingeworfen hat, ist das etwa kein stichhaltiger statistischer Beweis? Sie müssten just an das eine Loch geraten sein, an dem vorher noch niemand gewesen war – außer dem Schamanen.*«

»Richtig. Und wenn dieses eine, das sie zum Platzen brachten, zufällig etwas derart Seltenes und Tödliches enthielt, wie soll ich das dann jemals finden? Ich hab die Probe mehrmals kontrolliert, aber die Chancen, dass es sich um denselben Stoff handelt, gehen gegen null. Was dann?«

»*Sind die Pongos draußen beim Lager alle an einem Fleck?*«, fragte Cybil.

»Nein.« Hanley betrachtete das winzige Bild von Cybil in der Ecke ihres Bildschirms. »Sie sind über das ganze Gelände verstreut.« Sie sah, wie Cybil sich die nächste Zigarette anzündete, und tat es ihr nach.

Cybil sagte: »*Schau dir diese Datenbank an, Jess: dreißig-*

tausend Algenarten. Du musst herausfinden, welche bei euch vorkommen.«

Teddy Zale meldete sich auf der Sprechanlage und teilte Hanley mit, dass sie einen Imersat-Anruf am Telefon hatte.

»Cybil, Joey versucht mich zu erreichen.«

»*Bis später, Mama Bär*«, sagte Cybil und hustete.

Zale stellte den Anruf durch.

»Schatz, wie spät ist es bei dir? Was gibt es?«

»*Ich hab's nicht geschafft, Mama*«, sagte Joey mit halb erstickter Stimme.

»Ach, Liebling.«

»*Alle meine Freunde kommen weiter. Mathe ist okay, aber in Lesen und so muss ich den Kurs noch mal machen. Du hast gesagt, der Laptop würde das ausgleichen, aber das hat er nicht. Ich war trotzdem nicht gut genug. Ich hab beim staatlichen Test das Lesen vermasselt.*«

»Liebling, es ist doch bloß ein Halbjahr. Es wird nicht so schlimm werden«, sagte sie, obwohl sie das gar nicht einschätzen konnte. »Und wenn du ihn dann machst, hast du Selbstvertrauen und eine solide Grundlage.«

»*Und wenn nicht?*«, schluchzte er. »*Wenn ich noch mal durchfalle?*«

»Ach, Herzchen, das wirst du nicht.«

»*Das weißt du doch gar nicht! Du weißt überhaupt nichts! Du bist ja nicht mal hier!*«

»Liebling. Joey.« Auf einmal war nur noch Rauschen in der Leitung. Sie rief die Wachzentrale an.

»Er hat aufgelegt«, sagte Zale. »Soll ich versuchen, ihn noch mal an die Strippe zu holen?«

Sie überlegte einen Moment.

»Dr. Hanley?«

»Nein«, sagte sie schließlich. »Nein, er braucht Zeit, um sich zu beruhigen.«

In Wahrheit wusste sie nicht, was sie ihm sagen sollte. Er hatte sich solche Mühe zu gegeben, und am Ende hatte es nichts gefruchtet. Auch sie gab sich Mühe, dachte sie, und es fruchtete genauso wenig. Sich Mühe geben reichte nicht immer aus.

Sie kroch neben Jack unter die Decke und versuchte zu schlafen. Es war vollkommen dunkel, sie war todmüde, und trotzdem war ihr Gehirn hellwach und wollte sich nicht abstellen lassen. Irgendwann kapitulierte Hanley. Sie schlüpfte aus dem Bett, ohne Jack zu wecken, zog ihre bequemen Sachen und Wollhausschuhe an und stahl sich leise hinaus.

»Danke, dass Sie gleich bereit waren, mich zu empfangen, Dr. Skudra. Ich bin dabei, die Sorten von Algen einzugrenzen, die es in den Pongos geben könnte. Ich muss möglichst alle lokalen Arten sehen, die Sie haben.«

»Eigentlich sind Algen Simon Kings Ressort, aber er lässt sich wegen der späten Stunde entschuldigen. Da ich eine Nachteule bin, verschafft mir das noch einmal das Vergnügen, Sie bei mir willkommen heißen zu können.«

»Ich bin Ihnen sehr verbunden.« Hanley verschränkte die Arme über der Brust. »Simon King. Dem würde ein bisschen Persönlichkeitsentwicklung gewiss nicht schaden. Was hat er für ein Problem?«

Skudra zuckte die Achseln. »Simon verabscheut die amerikanische Kultur, hält sie für moralisch bankrott. Ehrlich gesagt ist er von mir und meiner Arbeit auch nicht übermäßig begeistert.« Skudra schaute kurz zur Seite und sagte im Verschwörerton: »Simon sah sich lange als designierten Nachfolger von Dr. Mackenzie. Als Mac verlauten ließ, dass Emile Verneau ihn ablösen soll, wenn er die Leitung des Arctic Preserve übernimmt, wurde er noch schwieriger. Gut, dann will ich Ihnen mal meine Algensammlung zeigen. Sie ist recht umfangreich. Wussten Sie, dass in der DNA von Algen ein zirkadianer Rhythmus eingeschrieben ist, so dass sie Tag und Nacht unterscheiden können? Wir untersuchen, welche Auswirkungen die polaren Umweltbedingungen auf diesen Rhythmus haben.«

Skudra führte Hanley zu drei verschlossenen Meerwassertanks, die oben am Glas weiße Salzstreifen hatten. Die Algen im ersten Tank waren grün, im zweiten rot, im dritten braun. Die Temperatur war im ersten Tank tropisch und in den anderen beiden gemäßigt. Winzige Algenfäden lagen verflochten auf dem Grund wie weggeworfene Fußabstreifer.

»Unsere Allerweltsalgen«, sagte Skudra. »Grün.« Er beugte sich vor und inspizierte den Inhalt des ersten Behälters. »Die älteste Lebensform. Einst beherrschten sie die Erde. Haben sich in ihren dreieinhalb Milliarden Jahren auf dem Planeten überhaupt nicht verändert. Ich fische Ihnen gern Proben von allen lokalen Arten heraus, die wir haben.«

»Danke.« Hanley deutete auf den Tank daneben. »Sieht aus wie Algenblüte. Wir sprechen von ›Red Tide‹, wenn sie an der kalifornischen Küste auftaucht und ein Fischsterben verursacht. Manchmal sterben auch große Säugetiere wie Delphine daran.«

»Es *ist* Red Tide und verhält sich genau, wie Sie sagen. Verbraucht den Sauerstoff. Schneidet die Zufuhr ab.«

»Wie genau sieht die Wirkung der Rotalgen auf andere Organismen aus?«

»Narkose. Es gibt allerdings eine noch mörderischere Art, die zunächst eine Pflanze ist und dann, wenn eine kritische Masse erreicht ist, zum Tier wird. Dann schwärmt sie aus und greift an. Natürlich ist es genau das, was mich als Soziobiologen fasziniert: eine Pflanze, die diese unscharfe Grenze überschreitet und tierische Verhaltensweisen an den Tag legt.«

»Sie greift an?«

»Ja. Sie macht Jagd auf Gewebe, auf Blutzellen. Die ersten beiden Wissenschaftler, die sie unter dem Mikroskop studierten, starben daran. Sie bohrte sich durch ihre Augen, dann in die Haut, in die Muskeln.«

»Augen?«

»Ja.«

»Und diese mörderischere Art, von der Sie reden, lebt hier im See?«

»O nein, nein, nein.«

»Verdammt. Sie kann kein Blut vertragen, greift die Augen an …«

»Ja, ich verstehe, warum Sie davon gefesselt sind«, sagte er. »Kommen Sie, ich zeige Ihnen die einheimischen Vertreter aus dem See.«

Er reichte Hanley eine Schwarzlichtbrille und ging mit ihr zu einer kreisrunden Tür am hinteren Ende des Labors. Er drückte auf die rechte Seite, worauf die Tür sich um die Mittelachse drehte. Sie traten hindurch in einen isolierten Gang, und die Tür schloss sich hinter ihnen wieder.

Augenblicklich wurden Hanleys Wangen taub von der Kälte, und ihre Hände schmerzten.

Der Raum roch brackig, aber nicht salzig. Das einzige Licht war »schwarz«. Das Wasser in dem zylindrischen Tank war Süßwasser aus dem See, aber durchaus nicht klar. Eine dünne Eisschicht bedeckte die Oberfläche. Die darunter schwimmenden Algen waren durchsichtig – farblos wie ein Röntgenstrahl – und fast vollständig zu einer einzigen Matte winziger, bleicher Fäden verflochten.

»Beinahe jedes Landlebewesen hat einen durchsichtigen Verwandten unter Wasser«, erklärte Skudra. »Krebstiere, Schnecken, Würmer. Unsichtbarkeit ist ein hervorragender Schutz.«

»Riecht wie die Würmer, die Sie mir geschickt haben«, meinte Hanley und verzog das Gesicht. »Nach faulen Eiern.«

»Sie vollziehen den Stoffwechsel mit Schwefelwasserstoff.«

»Was fressen sie«, sie beugte sich ein wenig vor und betrachtete die Exemplare, »das heißt, falls sie Münder haben?«

»Manna vom Himmel«, antwortete Skudra begeistert. »Ionenteilchen. Durch die außergewöhnliche Konfiguration der magnetischen Feldlinien hier in der Nähe des Pols regnen subatomare Teilchen in großen Mengen herab. Dieses Bombardement von Ionen und Elektronen erzeugt das Nordlicht am Himmel, ebenso die Nitrate, von denen sich die Kolonien der Algen und Pilze ernähren.« Skudra trat näher an den Tank heran.

»Diese Exemplare wurden durch das Bohrloch aus unserem See geholt«, fuhr er fort. »Völlig verschieden von den Arten, die ich Ihnen bisher gezeigt habe. Diese anderen kommen aus unterschiedlichen Tiefen und Gewässern und gedeihen bei unterschiedlicher Helligkeit, aber die meisten sind sauerstofffreundlich oder zumindest sauerstofftolerant. Die hier nicht. Diese Algen«, er deutete auf die farblose Matte, »stehen auf der Evolutionsleiter zwischen Bakterien und höheren Algen. Sie gehen auf die Zeit zurück, als es auf der Erde noch keinen Sauerstoff gab. Und jede Menge Strahlung.«

»Das Ungeheuer aus der Weißen Lagune«, sagte Hanley. Sie musste an die geheimnisvollen, nahezu durchsichtigen Quallen denken, die Joey im Aquarium von Monterey so gern besuchte.

»Ich kann aus Abgrundstiefen Geister rufen«, sagte Skudra.

»Eine Inuitsage?«

»Shakespeare.«

Hanley blickte gebannt auf den Tank. »Glänzt wie ein Fünf-Dollar-Toupet«, meinte sie. »Ich frage mich, was die viele Strahlung mit der DNA des Toupets gemacht hat. Erstaunlich, dass ihm keine Augen und Fänge gewachsen sind. Wie war die Atmosphäre damals, vor dem Sauerstoff?«

»Denken Sie an Vulkane. Kohlendioxid, Stickstoff, Formaldehyd, ob Sie's glauben oder nicht, Ammoniak, Schwefelwasserstoff, Methan und sogar Blausäure, am bekanntesten durch seine Verwendung in der Gaskammer. Ziemlich unbekömmlich, aber diese Kollegen hier«, er zeigte mit der Hand auf die Algen, »die fanden das prima. Sie und die frühen Bakterien lebten von Wasserstoff. Den gab es im Umkreis der vielen Vulkane reichlich. Die frühen Lebensformen verabscheuten Sauerstoff. Sauerstoff war toxisch, er oxidierte alles, auch Zellen. Aber jedes Wesen verbrauchte Wasserstoff, und irgendwann gab es nicht mehr genug. Die Urbakterien und die meisten Algen konnten den Sauerstoff nicht vertragen. Einige wehrten sich dagegen. Sie entwickelten Methoden, ihn loszuwerden, indem sie ihn zum Beispiel mit Wasserstoff verbanden, so dass was entstand?« Skudra wartete gespannt auf die Antwort wie ein Lehrer.

»Wasser?«

»H_2O. Ganz genau. Aber die aggressiven Algen spalteten die Wassermoleküle in ihre Bestandteile auf, um den Wasserstoff herauszuziehen, womit sie noch mehr Sauerstoff frei setzten. Die Ozeane waren bald gesättigt von dem Gas, und es fing an zu entweichen und sich in der Atmosphäre zu verbreiten. Schließlich entstanden komplexere Organismen, und diese Algen und ihre Symbionten zogen sich zurück. Seit der Zeit halten sie sich im Umkreis der unterseeischen Vulkane und der Pole auf, meiden das Licht und nach wie vor den Sauerstoff.

Diese spezielle Art hier zog sich sehr weit zurück. Tief hinab in die Kälte. Monatelang kein Sonnenlicht war ideal, weil unter den Bedingungen keine Sauerstoff produzierende Photosynthese stattfand.«

»Dieser zugefrorene See muss ein richtiger Kessel sein, wenn er ... wie lange schon von der Umwelt abgeschnitten ist? Seit ein paar Millionen Jahren? Gibt es darin nicht noch andere Lebewesen?«

Skudra schüttelte den Kopf. »Die Algen machen den See für sauerstoffabhängige Lebewesen praktisch unbewohnbar. Logischerweise gibt es im See keine wirklichen Sauerstoffzonen. Und kein Licht. Ganz wenig dringt tiefer als ungefähr fünfundzwanzig Meter, selbst wenn auf der Höhe des Sommers die Sonne rund um die Uhr scheint. Diese Alge verwertet ein Zehntelprozent des bisschen Lichts, das so weit hinunterkommt. Sie muss zum Leben einfach keine Photosynthese vollziehen. Wir haben hier ihre natürlichen Lebensbedingungen nachgebildet: kein Licht, kein Sauerstoff, geschützt von einer Eisschicht. Wir haben sie sogar auf die Weise vom Bohrloch hierher transportiert, damit ihr nichts passiert.«

Skudra betrachtete die Algen versonnen. Er deutete auf die Tanks. »So war die Welt beschaffen, bevor es eine atembare Atmosphäre gab.«

»Bevor es eine atembare Atmosphäre gab«, wiederholte Hanley. Sie fühlte ihren Puls schneller schlagen. »Dr. Skudra, was würde geschehen, wenn es diese Algen in eine oxigenierte Welt verschlagen würde?«

»Was mit den Algen geschehen würde?«

»Nein«, sagte sie, mehr zu sich selbst als zu ihm, »was würde mit dem Sauerstoff geschehen?« Sie wartete seine Antwort nicht ab. Sie kannte sie schon.

47

Hanley schickte sofort eine Mitteilung nach L.A. und lief zu Dee, um ihr die Neuigkeit mitzuteilen. Wenn sie Recht hatte, brauchte sie Hilfe, um die nächsten Schritte sorgfältig zu planen und Bedingungen herzustellen, unter denen sie die Algen testen konnte, ohne das Leben ihrer Laboranten zu gefährden.

Dee lag noch bei ihr im Bett, wo Hanley sie am Abend zuvor verlassen hatte. Sie hatte offensichtlich keine gute Nacht gehabt. Das Bettzeug war zerwühlt. Hanley hob ein Kissen vom Boden auf und warf es auf die Gestalt unter den Decken.

»Raus aus den Federn, Dr. Steensma! Ich hab Neuigkeiten für dich. He, Dee, du wolltest doch einen Geniestreich haben. Du sollst ihn bekommen!« Aber Dee rührte sich nicht.

»He, du fauler Knochen, Zeit zum Aufstehen!«, rief Hanley. »Du wirst es nicht glauben, was passiert ist. Ich hab die Nuss geknackt.« Sie zog die Decke zurück und lachte dabei über den Widerstand, den Dee leistete. Das Lachen blieb ihr im Hals stecken.

Dee war extrem nach hinten gebogen, so weit, dass die Knöchel fast auf den Schultern lagen, und Schrecken stand in ihrem Gesicht – oder Erkenntnis. Und Schmerzen. Unvorstellbare Schmerzen. Ihr Mund war weit aufgerissen, die Halsmuskeln straff, der Körper von Krämpfen verzerrt. Die Augen … Hanley konnte die Augen, oder was von ihnen übrig war, nicht ansehen.

Sie ging rückwärts aus dem Raum und drückte die Tür zu.

Sie sackte gegen die Wand und rutschte zu Boden, wo Uli sie fand.

»Jessie«, sagte Uli. »Ist was mit dir?«

»Halt!«, schrie Hanley. »Komm nicht näher! Fürs Erste bin ich okay. Sicher werden wir das in ein paar Stunden wissen. Bis dahin besorg mir ein Walkie-Talkie oder so was und halte dich von mir fern. Und alle andern auch.« Sie streifte ihre Uhr ab und legte sie neben sich auf den Boden. »Vier Stunden. Niemand kommt in meine Nähe. Mach den Iglu dicht. Ich könnte infiziert sein.«

Uli wich zurück. »Was ist passiert?«, fragte er . »Wo ist Dee?«

»Bei mir im Zimmer.«

»Soll ich sie nicht rausholen, bevor ich den Iglu dichtmache?«

»Nein. Sieh zu, dass du wegkommst. Geh schon!«

»Aber sie ist in Gefahr.«

»Nein«, erwiderte Hanley mit versagender Stimme, »ist sie nicht.« Und endlich verstand er.

Sinnlos, den Puls oder die Temperatur zu prüfen. Beide waren viel zu hoch: Das Adrenalin tat seine Wirkung. Ihr Herz raste, und sie zitterte und schwitzte am ganzen Leib.

Jack redete über das Walkie-Talkie mit ihr. Er wiederholte immerzu einen Gedanken wie einen Refrain: Sie traf keine Schuld.

»Jessie? Krieg das in deinen Kopf rein.«

»Ich versuch's.«

»Hast du früher schon mal unter Quarantäne gestanden?«

»Zweimal. Einmal bei einem Einsatz in Afrika während einer Ebolaepidemie. Einmal in Atlanta, als ich mich in einem Labor angesteckt hatte. Da hatte ich vielleicht Schiss.«

»Wie war das?«

»Als würde man in einen Banktresor gesperrt. Du wirst unterirdisch isoliert. Sie nähern sich dir nur in Schutzanzügen, vermummt von Kopf bis Fuß, atmen nicht mal dieselbe Luft wie du. Ein einziges Mal durfte ich meinen Sohn sehen, auf einem Bildschirm durch ein Schutzfenster.«

»Ihr mögt euch sehr, du und er, was?«

»Er fehlt mir die ganze Zeit. Mein Ex-Mann meint, ich tauge nicht zur Mutter – ich wäre von meiner Arbeit besessen, hätte lieber mit Toten als mit Lebenden zu tun. Da kann was dran sein. Manchmal denke ich, ich habe einen schlechten Einfluss auf meinen Jungen. Was ist, wenn er dieselben Interessen entwickelt wie ich?«

»Wäre das schlimm?«

»Mein Ex denkt, ja. Er findet sie unnatürlich.«

»Und was denkst du?«

»Ich frage mich, ob er Recht hat. Ich will nicht, dass Joey ein gestörtes Kind wird, wie ich eines war. Ich war in seinem Alter ziemlich daneben. Meinem Ex kamen die ersten Bedenken, als ich schwanger war. Er meinte, das ›klinische Interesse‹, das ich an dem Vorgang hätte, wäre nicht normal.«

»Was hat er damit gemeint?«

»Er hat behauptet, ich würde unser ungeborenes Kind behandeln wie ein Versuchskaninchen. Ich wollte die Plazenta untersuchen, wollte, dass das Blut aus der Nabelschnur zur Stammzellenvermehrung genommen wird. Mein Ex hat eine Riesenszene gemacht.« Hanley hielt inne. »Ich weiß nicht. Ich weiß nur, dass ich meinen Sohn liebe.«

»Soll ich dir deinen Laptop holen? Oder soll Teddy dich über Satellitentelefon mit Joey verbinden?«

»Nein, niemand darf in meine Nähe kommen, das ist viel zu gefährlich. Außerdem glaube ich nicht, dass ich so gut schauspielern könnte. Ich will ihn nicht erschrecken. Bei uns nimmt jeder vor so einem Einsatz ein Video für seine Familie auf. Man kann nicht … man will doch nicht, dass das eigene Kind einen leiden sieht, die ganzen Symptome miterlebt.«

»Du sagst das so nüchtern.«

»Die Macht der Gewohnheit. Es ist bei jedem Außeneinsatz die gleiche Prozedur. Wenn du das nicht als normalen Teil deiner Arbeit begreifen kannst, darfst du nicht fahren. Es würde dich paralysieren.« Sie schwieg einen Moment. »Ich werde einfach Dees Gesicht nicht los, Jack. Sie muss solche Schmerzen gehabt haben. Solche Angst.«

Jack hörte ihre Zähne klappern. »Schh. Es wird schon werden.«

»Ich will nicht so sterben. Ich will meinem Ex nicht die Genugtuung verschaffen, dass er sagen kann, er hätte Recht gehabt, das wäre nicht die richtige Arbeit für eine Mutter.« Sie erschrak bei dem Gedanken, Joey könnte mit zehn Jahren zur Halbwaise werden.

Um sie abzulenken, erzählte er ihr Geschichten aus seiner Kindheit, Inuitsagen, wie man eine Schneebrücke baute, alles mögliche. Manchmal weinte sie einfach, und er schwieg und wartete. Als sie nach vier Stunden immer noch keine Symptome zeigte, ging er sie holen, legte ihr eine Decke über die Schultern und nahm sie in den Arm. Hanley konnte nicht mehr weinen, aber das Schlottern wollte nicht aufhören. Sie hatte noch nie so heftig auf eine Leiche reagiert. Ihr schwirrte der Kopf, und ihre Gedanken sprangen von einer Sache zur anderen und mochten nirgends länger bleiben, schon gar nicht bei dem furchtbaren Anblick. Sie hatte von dem Schock beinahe Halluzinationen. Sie wusste, sie musste sich zusammenreißen und wieder an die Arbeit gehen.

»Ich glaube, ich habe die Geisterpflanze gefunden, Jack.« Sie sagte es ohne eine Spur des Triumphs, den sie normalerweise in solchen Momenten empfand, wenn sich nach Wochen oder Monaten vergeblichen Suchens endlich die Lösung abzeichnete.

»Geisterpflanze?«

»Ach, Scheiße, Jack, davon habe ich dir ja gar nichts erzählt. Bitte sei mir nicht böse, aber ich hab den Beutel des Schamanen aus Little Trudeau mitgehen lassen. Ich musste wissen, ob irgendwas daran war, das mir helfen konnte, die Ursache seines Todes aufzuklären.«

»Und, hat er dir geholfen?« Seine Stimme war kühl, nahezu unbeteiligt. Sie konnte nicht sagen, was er dachte.

»Tut mir Leid, dass ich das gemacht hab, Jack, aber das ist mein Job. Ja, ich denke, er hat mir geholfen. Der Aleute in der Kantine hat mir die Inschrift darauf übersetzt. Es ging um eine ›Geisterpflanze‹, mit der irgendein Wickel gemacht wurde. Diese Geisterpflanze hab ich, glaube ich, gefunden.«

»Wo?«

»Es sind die durchsichtigen Algen aus dem Bohrloch.«

»Sie sind an irgendwas aus dem Bohrloch gestorben?«, fragte Nimit ungläubig.

»Ja. Es sitzt in den durchsichtigen Algen.«

»Aber wir haben doch einen ganzen Tank davon aus dem See geholt. Und niemand ist krank geworden oder so.«

»Weil ihr sie bei Laune gehalten habt: kein Licht, kein Sauerstoff. Kein Grund anzugreifen. Latenz.«

»Es war also nicht in einem Pongo?«

»Nein. Diese Algen würden niemals so dicht an der Oberfläche überleben, so nahe an der Sonne und dem Sauerstoff.«

Nimit schwieg eine Weile. »Dann müssen sie am Bohrloch damit in Kontakt gekommen sein, oder im Labor. Dee ist seit Monaten nicht in der Nähe des Bohrlochs gewesen. Kann sie sich in dem Iglu mit den Tanks infiziert haben?«

»Nein. Es muss passiert sein, nachdem ich sie gestern Nacht verlassen hatte.«

»Aber wie?«

»Ich muss an die Bemerkung denken, die Koit kurz nach seinem Eintreffen hier machte – weißt du noch? Irgend so was wie, je näher ich dem Erreger komme, umso näher kommt er mir. Das hier war kein Zufall. Dees Tod war beabsichtigt. Dee hat sich nicht in die Nähe begeben. Irgendjemand hat das in Dees Nähe gebracht.«

»Gott, nein.«

»Was ich rausfinden muss, und zwar schnell, ist wie. Ich muss zurück ins Labor, Jack. Du musst mir helfen, den ... Dee auf eine Bahre zu legen. Ich zeige dir, wie du dich schützt.«

»Natürlich. Ich lass dich jetzt nicht allein.«

Während sie die Vollschutzkleidung anlegten, versuchte Hanley, sich auf das zu konzentrieren, was sie gerade machte, aber ihre Gedanken schweiften immer wieder ab und quälten sie mit ungewollt aufblitzenden Erinnerungen. Als sie schließlich Dees Leiche gegenübertrat, schien ihr Denken ganz auszusetzen, und sie musste eine ganze Weile still stehen bleiben und sich zur Ruhe zwingen, um den Anblick auszuhalten. Nie zuvor hatte Hanley in der Gegenwart eines toten Körpers so eine tiefe Erschütterung empfunden. Keine wissenschaftliche Erregung, keine erhabenen Vergänglichkeitsbetrachtungen, nur niederschmetternden Verlust. Von nichts gelindert. Unwiderruflich.

Doch als Dees Leiche schließlich auf der Bahre lag, war Hanley wieder voll konzentriert und bei der Sache. Noch während sie die Quarantänehülle um den entstellten Körper ihrer Freundin legte, stürmte schon eine Flut von Fragen auf sie ein.

Gemeinsam rollten sie die Bahre mit Dee in die improvisierte Leichenhalle und entledigten sich ihrer Seuchenschutzanzüge. Jack ging mit ihr in Mackenzies Büro, wo außer diesem schon Verneau, Rudenko und Nemerow schweigend zusammensaßen. Gesellschaft von anderen war tröstlich, selbst wenn man gar nichts tat. Was hätten sie auch tun sollen?

»Warum Dee?«, fragte Hanley. Sie ließ sich auf die Couch fallen und dehnte ihren schmerzenden Rücken, der ganz verkrampft war von der Anspannung und der krummen Haltung, in der sie im Gang auf dem Boden gesessen hatte. Alle blickten sie sorgenvoll an, und bis auf Koit, der ungerührt in der Tür stand, waren sie sichtlich mitgenommen.

Nimit setzte sich neben sie. Er knetete ihre Schultern, um die Muskeln zu entspannen. Es war eine intime Geste, doch in der Situation war es ihr völlig gleichgültig, was die anderen dachten oder wussten.

Verneau versuchte, sie zu trösten. »Sie haben sich nichts vorzuwerfen. Wir wissen alle, wie vorsichtig Sie gewesen sind. Das ist nicht Ihre Schuld.«

Hanley schüttelte den Kopf. »Es wäre niemals passiert, wenn ich nicht …«

Rudenko setzte an, etwas Gutgemeintes zu sagen, fand aber nicht die richtigen Worte.

»Dr. Hanley hat Recht«, sagte Koit von der Tür.

Verneau fuhr herum. »Wie können Sie so etwas Brutales sagen? Hören Sie nicht auf ihn, Jessie.«

Koit ließ sich von den traurigen und bestürzten Mienen der anderen nicht beeindrucken. »Das war kein Zufall«, erklärte er.

Hanley sah ihn verwirrt an. »Ja, das denke ich auch. Aber wie konnte irgendjemand ihr das antun?«

»Das war nicht irgendjemand«, meinte Koit. »Dies ist ein

gefährliches Pflaster hier. Vielleicht möchten Sie jetzt zusätzliche Vorsichtsmaßnahmen ergreifen, wie ich neulich vorgeschlagen habe?«

»Ich muss doch sehr bitten!«, schrie Mackenzie beinahe.

»Vorsichtsmaßnahmen wären geraten«, beharrte Koit.

»Wer hätte Dee Steensma umbringen wollen?«, fragte Verneau.

»Niemand«, entgegnete Koit.

»Sie widersprechen sich selbst«, sagte Verneau. »Wenn niemand Dee umbringen wollte, warum machen Sie sich dann mit Ihrer Pistole wichtig und spielen sich als Beschützer auf?«

»Nein«, stieß Hanley hervor und drückte sich an Nimit. »Er meint, dass der Anschlag nicht ihr gegolten hat. Sondern mir.«

48

»Mein Gott«, sagte Mackenzie, nachdem Hanley ihre Erkenntnisse zu den Todesfällen in Trudeau dargelegt hatte. »Wir müssen Vorkehrungen für Ihre Sicherheit treffen.«

»Nein«, erklärte Jack nachdrücklich. Aller Augen richteten sich auf ihn. »Darum kümmere ich mich. Jessie wird nichts geschehen. Das garantiere ich.«

»Gewiss«, sagte Mackenzie mit brüchiger Stimme. »Dr. Hanley wird nichts geschehen. Das dürfen wir nicht zulassen.«

»Danke, Jack«, sagte sie. »Bringst du mich ins Labor zurück?«

Langsam schritten sie durch den Komplex. Hanley blieb vor dem Eingang zum Labor stehen und holte tief Luft.

»Alles okay?«, fragte Jack.

»Kann man nicht sagen. Du siehst auch nicht okay aus. Wo wirst du später sein?«

»Ich muss noch was erledigen. Wenn ich fertig bin, komm ich sofort zu dir.« Er drückte sie an sich, küsste zärtlich ihre Augenlider. »Es tut mir sehr Leid, Jessie. Mehr, als du ahnen kannst. Aber dir wird nichts geschehen. Das verspreche ich.«

Hanley teilte L.A. ihren Verdacht mit: Der Erreger war biologischen Ursprungs und mit ziemlicher Sicherheit identifiziert, die Übertragung war vorsätzlich betrieben worden, die Methode noch unbekannt.

Munson war außer sich. Er schrie auf der Schaltung nach Kalifornien ständig dazwischen, so dass sie und Ishikawa

Mühe hatten, sich zu verstehen. »Von so was war nie die Rede«, wiederholte Munson in einem fort. Sie wusste, je ohnmächtiger er sich fühlte, umso lauter wurde er, und jetzt war er aufgedreht bis zum Anschlag. Genervt tippte sie ein paar Sätze, die Munson vor lauter Gestikulieren bestimmt nicht sah.

Ishi, das bringt nichts. Ich logge mich aus, bis er sich wieder einkriegt oder abhaut.

Hanley schritt im Labor auf und ab. Sie breitete neben ihrem Platz am Arbeitstisch einen Schlafsack am Boden aus und rollte sich darin zusammen. Wie konnte es sein, dass sie so müde war?

Als sie einige Stunden später erwachte, fühlte sie sich im ersten Moment ausgeruht und erfrischt. Dann kam die Erinnerung, und der Stein legte sich ihr wieder aufs Herz.

Das Labor war still, doch sie war nicht allein.

»Guten Abend, Dr. Hanley«, sagte Nemerow.

»Was machen Sie hier?«, murmelte sie.

»Ich bin neuer Leibwächter.« Er setzte sich neben sie.

»Wer hat das angeordnet?«, fragte sie.

»Ihr zuständiger Mann.«

»Dr. Mackenzie?«

»Jack Nimit. Er sagt, sollen wir ziehen in freie Quartier gegenüber Ihre und abwechselnd Sie bewachen.«

Sie rieb sich das Gesicht. »Wahrscheinlich eine gute Idee.«

»Soll ich etwas tun?«

Sie zitterte bloß.

»Na, na«, sagte er und strich ihr übers Haar, als ob sie eine seiner kleinen Töchter wäre.

Uli und Kiyomi meldeten sich zum Dienst. Sie hatten sich sicherheitshalber mit doppelten Handschuhen, Atemschutzgeräten und Tyvekanzügen ausstaffiert, aber Hanley war so gerührt, dass sie überhaupt an die Arbeit zurückkehrten, dass sie gleich wieder zu weinen anfing. Ohne vorherige Absprache fanden sie beide, dass sie es Dee schuldig waren, den Erreger zu finden, durch den sie ums Leben gekommen war.

Hanley informierte die beiden kurz über die Erkenntnisse, die sie in Dr. Skudras Labor gewonnen hatte.

»Leute, ich glaube, die Ursache war die ganze Zeit hier in Trudeau. Es sind die durchsichtigen Süßwasseralgen aus dem Bohrloch. Sie sind meiner Meinung nach die Geisterpflanze des Schamanen.«

»Und warum dieses mörderische Verhalten?«, fragte Uli.

»Weil sie keinen Sauerstoff vertragen. Und auf einmal finden sie sich in einer Welt voller Sauerstoff wieder – Blut, Lungen –, den sie austreiben müssen, wenn sie überleben wollen.«

»Ja«, stimmte Uli zu. »Deshalb greifen sie den Sauerstoff, den sie nicht aushalten können, in den Lungen und roten Blutkörperchen an.«

»Vielleicht sind die Fasern in den Lungen eine Schutzmaßnahme des Erregers?«, überlegte Kiyomi.

»Genau! Warum bin ich nicht früher auf die Algen gekommen?« Hanleys Stimme wurde laut: Die Aufregung darüber, dass das Puzzle sich allmählich zusammenfügte, drängte kurzzeitig ihre Trauer um Dee in den Hintergrund. »Die Kaininsäure. Cybil hatte mir erklärt, dass sie so ähnlich wirkt wie die Domoinsäure, die PSP verursacht. Als wir die Wellhornschnecken ausschieden, die die Wissenschaftler gegessen hatten, fing ich an, weiter *oben* in der Nahrungskette nach Vektoren zu suchen – bei Vögeln, Säugetieren und so weiter. Ich dachte nicht daran, wo die Schalentiere das Toxin *herhaben:* von den Algen.«

»Oder wo *die* es herhaben«, sagte Uli.

»Richtig.« Hanley nickte. »Die Algen könnten ein Reservoir für ein symbiotisches Virus sein, das das gelöste Sulfat im Wasser zu Schwefelwasserstoff verarbeitet.«

»Wie unsere Algen im See«, sagte Kiyomi.

»Gift für die meisten Organismen«, meinte Uli.

Hanley hob einen Finger. »Aber nicht für unseren Killerkeim. Die Mikroben in den Algen machen den Grund des Sees für die meisten anderen Lebensformen außer den Algen unwirtlich. Cybil sagte so was wie: Was in den Algen die Photosynthese verhindert und Chlorophyll bekämpft, das bekämpft auch Hämoglobin. Es will in einer Welt ohne Sauerstoff sein. Verdammt. Das ist noch eine Bestätigung: der Schwefelwasserstoff im Lungenfeld.«

»Du bist dir deiner Sache sicher?«, fragte Uli.

»Ja. Wir wissen zwar immer noch nicht, warum die Symbionten in den Algen bestimmte Proteine angreifen, aber auf einer Skala von eins bis zehn liegen die Algen mindestens bei sieben oder acht, und in meinem Gewerbe reicht das völlig aus. Doch jetzt müssen wir ein viel schwierigeres Problem lösen«, erklärte sie, während die beiden sie mit ernsten Mienen ansahen. »Wir müssen rausfinden, wie die Algen mit den drei Wissenschaftlern am Feldlager in Kontakt gekommen sind und mit Ingrid Krüger und Dee. Wenn es bloß um die drei draußen auf dem Eis ginge, würde ich sagen, okay, irgendwie sind sie an der Polynja auf diese Algen gestoßen, und es als einen schrecklichen Unfall abhaken, eine zufällige Ansteckung in der wilden Natur. Aber Dee kann sich erst gestern Nacht infiziert haben. Wenn Dees Tod beabsichtigt war, was ist dann mit den andern?«

»Aber warum?« Ulis offenes Gesicht verriet ehrliche Ratlosigkeit.

»Ich habe keine Ahnung. Aber ich weiß, dass wir das Wie rauskriegen müssen, wenn wir verhindern wollen, dass es noch mal passiert. Kiyomi, ich möchte, dass du Vollschutz mit Atemgerät anlegst. Geh in Dees Zimmer und katalogisiere alles darin. Jeder Gegenstand bekommt einen eigenen Behälter und eine Nummer. Uli, du stellst bitte eine vollständige Liste der Auswirkungen des Erregers auf den Körper zusammen, damit wir seine Vorgehensweise analysieren und sie mit den Sachen vergleichen können, die wir über die transparenten Algen rausbekommen.«

Bedrückt zog Kiyomi ab, um Dees Habseligkeiten aufzunehmen. Hanley atmete tief durch. Wie waren die Algen an die Wissenschaftler auf dem Eis herangekommen? Oder an Ingrid Krüger? Was war bei Kossuths Autopsie geschehen? Sie und Dee waren umluftunabhängig mit Sauerstoff versorgt worden, was bedeuten musste, dass Krüger die Algen eingeatmet hatte. Aber wie war das möglich? Worin hatte sich Kossuths Autopsie von den anderen unterschieden?

Hanley legte die DVD der Autopsien von Bascomb und Ogata in ihren Laptop ein und die Kossuth-DVD in den Computer an Dees Arbeitsplatz und ließ sie parallel laufen. Dann schaute sie zwischen den beiden Bildschirmen hin und her und verglich das Sortiment der Knochenfräsen, Skalpelle, Scheren, Hämmer, Handsägen und Sonden verschiedener Länge und Stärke – Instrumente, die härter waren als die Knochen und Gelenke, die sie durchtrennen sollten. Soweit sie sehen konnte, waren die Geräte bei beiden Operationen gleich. Wo war die Abweichung vom Muster?

Hanley starrte gebannt auf die beiden Monitore. Auf dem linken öffnete Ingrid Krüger die Membran, die das Herz und die anderen inneren Organe umschloss. Sie schnitt von jeder Lunge etwas ab und wog die Stückchen. Das normalerweise schwammige Gewebe war hart. Die Bläschen, in denen der Körper etliche tausendmal am Tag Sauerstoff gegen Kohlendioxid austauschte, waren zerstört worden, woraufhin das Opfer nach kurzer Zeit das Bewusstsein verloren hatte. Krüger arbeitete sich tiefer vor, trennte Haut von Gewebe und diktierte ihre Befunde.

»Die Knochen in der Nasenmuschel verhinderten das Eindringen in keiner Weise, genauso wenig die Zilien der Bronchien. Die Röhren, Zweige und Alveolen sind ausgesprochen spröde. Die Schleimdrüsen und Atemmuskeln sind anscheinend atrophiert.«

Sie nahm die Lungen heraus und wog sie einzeln. Beide wogen annähernd ein Kilogramm – dreimal so viel wie normal. Genauso wie wohl jetzt Ingrid Krügers. Und Dees.

Hanley drehte den Kopf. Auf dem anderen Monitor machte sich Dr. Krüger daran, ein Stück von Alex Kossuths schwarzer Haut abzuschälen. Hanley hielt das Bild an und fragte sich, ob sie einfach nicht sah, was sie suchte, oder ob es sich außerhalb des Bilds befand.

Hanley ließ die erste Autopsie-DVD noch einmal von Anfang laufen. Auf dem Bildschirm griffen Krügers Hände abermals in Annie Bascombs Brusthöhle. Ihre Augen wanderten zum anderen Bildschirm und wurden plötzlich weit. Hastig drückte sie an beiden Computern auf Pause. Auf dem Bildschirm des Laptops hielten Ingrid Krügers Hände ein Skalpell, und Hanley raste das Herz. Sie sah zwischen den beiden Bildern hin und her.

»Violett«, sagte sie. »Violett.« Da war sie: die Abweichung vom Muster. Die Obduktionen unterschieden sich nicht voneinander – was sich unterschied, war die obduzierende Ärztin.

49

»Uli!«

Er fuhr auf seinem Hocker am Arbeitstisch herum. »Ja, was ist?«

»Komm mal her.«

Sie ging mit ihm nach nebenan in den Bereich, wo die vom Unglücksort zurückgebrachten Gegenstände sorgfältig geordnet lagen.

»Was gibt's denn?«, fragte Uli.

»Ich glaube, wir haben sie – die Eintrittspforte.« Hanley schloss die Tür auf und winkte ihm einzutreten. Vor Aufregung war sie ganz rot.

»Tatsächlich?« Ihre Aufregung griff auf ihn über. »Bist du sicher?«

»Überleg mal, was wir alle gemeinsam haben. Kopf, Hände –«

»Ja. Aber die sind alle verschieden.«

»Was ist bei drei Personen *nicht* verschieden? Was ist bei jedem Menschen gleich?«

Uli verzog das Gesicht. »Keine Ahnung. Das Blut? Nein, nein. Zu viele Gruppen.«

»Genau, es variiert.«

»Lungen?«

Sie schüttelte den Kopf. »Die Lungen verändern sich mit dem Altern, durch Rauchen –«

»Temperatur!«, rief er aus. »Ja, die Körpertemperatur.«

Hanleys Augen lachten. »Jawohl! Was noch?«

Uli rieb sich die Wangen. »Ich bin mit meinem Latein am Ende.«

»Wenn wir Terroristen wären, die in einer Eiswüste eine biologische Waffe herstellen wollten, was würden wir tun?«

»Kampfstoffe zusammenbrauen und sie gefriertrocknen. Das ist hier in der Arktis ein Kinderspiel. Dann pulverisieren wir das Mikrobenmaterial. Vielleicht beschichten wir die Partikel noch so, dass sie sich besser in der Luft verbreiten. Dann sprühen wir sie über unseren Zielpersonen aus, damit diese sie einatmen.«

»Richtig«, sagte sie leise, obwohl sie inzwischen vor Aufgeregtheit glühte. »Und wenn ich den eingefroren schlummernden und pulverisierten Erreger hier hätte, aber keine Möglichkeit einer Übertragung in die Lungen, wie könnte ich dann vier Leute auf einer Eisscholle mit der Mikrobe anstecken?«

Uli legte die Stirn in Falten. »Keine Ahnung. Bedaure.«

»Denk noch mal über den zeitlichen Ablauf nach. Wir haben es selbst gesagt. Die drei starben zeitlich zu nahe beieinander, als dass etwas Gegessenes hätte schuld sein können. Es muss eingeatmet worden sein. Und doch spricht nichts für ein Aerosol außer den Pongos, die sie vorher schon etliche Male aufgebrochen hatten. Und dieser Keim könnte nicht in einem Pongo leben.«

»Ich kann mir nicht vorstellen, was da noch übrig bleibt«, sagte er.

»Warum hat Dr. Krüger violette Handschuhe getragen?«

»Ich glaube, sie war gegen Latex allergisch, deshalb hat sie Polyvinylhandschuhe benutzt.«

»Aha.«

»Du willst doch nicht sagen, dass die ganzen Leute an einer allergischen Reaktion gestorben sind.«

»Nein.«

»Tja ... ich komm einfach nicht drauf. Was ist es denn, was wir alle haben? Hände, Finger?«

»Haut.«

»Haut«, wiederholte Uli nachdenklich.

»Ja, Uli. Das größte einzelne Organ des menschlichen Körpers.«

»Die Absorption durch die Haut würde bei allen Menschen gleich schnell vonstatten gehen, und die praktisch identische Körpertemperatur würde den Keim aktivieren. Genau.«

»Er schlummert irgendwie latent vor sich hin, trocken, und kommt dann in Kontakt mit geringen Mengen Feuchtigkeit und Wärme. Er erwacht zum Leben, wird durch die Haut absorbiert und umgeht damit die ganzen üblichen Alarmsignale und Abwehrmechanismen im Verdauungssystem. Die Zellen sind rasch getäuscht und lassen ihn ein, dann wächst er explosionsartig und vermehrt sich mit rasender Geschwindigkeit. Auf irgendein biochemisches Signal hin wird das Virus, oder was für ein Agens sonst in den Algen sitzt, gleichzeitig von den Zellen produziert, und urplötzlich greift es auf eine nie zuvor gesehene Weise an.«

»Soweit komme ich mit«, sagte er, »aber sie hatten Polaranzüge an. Wie konnte der Erreger da an ihre Haut gelangen?«

»Sag du's mir.«

Uli starrte ins Leere. »Es muss vorher passiert sein, als sie noch nicht in den Anzügen steckten«, dachte er laut. »Als sie nackt waren.«

»Genau.«

Sie richteten den Blick auf die zahllosen am Boden ausgebreiteten Gegenstände, jeder an seinem festen Ort, ordentlich nummeriert, etikettiert, in der Testreihenfolge bereitgelegt.

Hanley ging bedächtig zwischen den versammelten Stücken hindurch und musterte eins nach dem anderen.

»Es ist hier, ich weiß, dass es hier ist«, murmelte sie, und während sie langsam einen Gang hinunterschritt, fühlte sie, wie das Adrenalin sie durchströmte und wie ihr Herz in der Brust bummerte.

Uli kam hinterher.

»Was tun wir in die OP-Handschuhe?«, fragte sie unvermittelt. »Was machen wir alle, bevor wir in die Anzüge steigen?«

Hanley blieb stocksteif stehen und betrachtete die Haufen der Habseligkeiten und Ausrüstungsgegenstände in ihren mit Kreide umrissenen Feldern.

»Richtig. Wir pudern uns mit Talkum ein.«

50

Hanley und Uli sahen das Laborbuch durch, konnten aber nur eine Dose Talkum finden. Nicht das normale Einheitspuder der Station, das in großen Mengen in namenlosen weißen Dosen gekauft wurde, sondern ein kommerzielles Produkt. Eine einzige Dose.

Die Abweichung vom Muster.

Da sie bei Annie Bascomb gefunden worden war, hatte Dee sie auch bei dieser eingetragen. In der Reihe der aufgenommenen und zu testenden Gegenstände war die Dose die Nummer dreihundertneunundzwanzig. Irgendwann wäre auch sie an die Reihe gekommen, vielleicht mit verheerenden Folgen, wenn jemand sie unsachgemäß behandelt hätte. Hanley schritt vorsichtig die Stücke am Boden ab, bis sie das entsprechende Feld fand. *Für Babyhaut bestens geeignet*, stand auf der Dose.

In voller Montur mit isolierten Atemgeräten, ABC-Schutzanzügen und Handschuhen zweckentfremdeten sie und Uli den Getränkekühler des Laborteams, der unmittelbar zur Hand war. Hanley durchwühlte die Schubladen nach einer Zange und warf in ihrer Ungeduld einfach alles auf den Fußboden. Uli bastelte derweil wortlos eine Zange aus zwei Kleiderbügeln und reichte sie ihr. Schließlich klemmte sie die Dose ganz vorsichtig damit ein, setzte sie in den Styroporbehälter, und Uli klebte den Deckel mit Isolierband zu.

Hanley ächzte. Unter der Atemmaske hingen Schweißperlen an ihrem Kinn. »Mann, wie hoch ist die Temperatur hier drin?«

»Weiß ich nicht«, antwortete Uli. »Jedenfalls keine siebenunddreißig Grad. Vielleicht fünfzehn.«

»Wir wissen nicht, bei welcher Temperatur der Erreger aktiv wird«, sagte Hanley. »Wir müssen ihn irgendwo einschließen, wo es richtig kalt ist.«

»Ja, ja.« Uli nickte, nahm den Behälter an sich und klebte ein großes Zeichen zur Warnung vor Biogefährdung darauf.

»Bei den nächsten Schritten müssen wir äußerste Vorsicht walten lassen, damit wir ja nicht noch mehr Panik verursachen«, sagte sie.

»Was meinst du damit?«, fragte Uli verwundert.

Hanley lief aufgeregt hin und her. Sie wurde von plötzlichen Eingebungen förmlich überschwemmt.

»Ich stelle es mir ungefähr so vor: Jemand hat die Algen aus dem See geholt oder vielleicht auch erst hier aus dem Tank, sie problemlos gefriergetrocknet, indem er sie mit ins Freie nahm, und damit den Erreger eingeschläfert. Dann hat er die Matte zu Pulver zerkrümelt und das Talkum damit versetzt. Grauenhaft einfach. Das Zeug ist unglaublich letal.« Sie fasste sich an die Stirn. »Und dann hat das Puder Tarakanowa und mit ihr die ganze U-Boot-Besatzung ausgelöscht.«

»In dem Unterseeboot muss noch was anderes passiert sein, nicht wahr? Wenn so viele getötet wurden?«

Hanley sah die katalogisierten Artikel durch. »Warte. Tarakanowa hat ihren Polaranzug im Lager gelassen. Die äußeren Schichten sind hier. Ich hab sie auf der Bestandsliste gesehen.«

»Was sagst du da?« Uli blickte verblüfft.

»Sie hat ihren Polaranzug und ihren Helm vor der Abreise im Forschungscamp abgelegt. Die Anzüge sind schließlich teuer. Sie sind Eigentum von Trudeau. Ihr Anzug wurde hergebracht und zusammen mit ihren übrigen Sachen etikettiert, aber nicht der ganze. Nicht die innerste Schicht. Den Body hat sie auf dem U-Boot angehabt.«

»Sie hat auch das Puder benutzt«, sagte Uli, »genau wie die anderen.«

»Ja, aber auf dem Boot muss sie den Body ausgezogen haben. Vielleicht bevor ihre Temperatur und ihr Schweiß Gelegenheit hatten, die Mikrobe zu aktivieren, und ihr Körper sie absorbierte.«

»Ja!«

Hanley war wie elektrisiert. »Kapitän Nemerow sagt, dass der Sauerstoffanteil der Luft in einem Unterseeboot höher ist als über Wasser. Ich glaube, die Russen könnten mit ihrem Verdacht Recht haben. Die künstlich angereicherte Atmosphäre hat wie ein Beschleuniger gewirkt. Tarakanowa – oder sonst jemand – hat das Puder auf der Haut gehabt, und die Sporen sind an die Luft gelangt.«

»Und die Sauerstofferneuerungsanlage hat die Viruspartikel gleichmäßig im ganzen Boot verteilt«, sagte Uli. »Was meinst du?«

»Ja, das glaube ich auch. In der noch sauerstoffreicheren Welt eines Unterseeboots explodiert das Ding wie eine Rakete.« Hanley klopfte Uli auf den Ellbogen. »Ja. Ich denke, so war's.«

Er strahlte. »Okay. Ich auch.«

»Uli, wir müssen das Aquarium, in dem die Seealgen sind, unbemerkt abriegeln. Selbst wenn wir das Talkum zerstören, falls jemand beschließt, das Experiment zu wiederholen ...«

»Dann könnte er sich einfach am Tank bedienen.«

»Genau. Wir werden den Iglu irgendwann luftdicht verschließen müssen, vielleicht mit Paraffin. Ich kann im Augenblick nicht so weit vorausdenken. Fürs Erste sorgen wir einfach dafür, dass er zugeklebt ist und bleibt. Also, noch mal Tyvekanzüge, Handschuhe und Atemgeräte.«

»Gut.«

»Wir sprechen gleich morgen früh mit Verneau und Mackenzie. Sie müssen auch das Bohrloch unter Bewachung stellen. Jack soll mir helfen, es fest zu verschließen. Bis dahin sagen wir zu niemandem ein Wort.«

»Wird gemacht.«

»Okay. Sperren wir das Ding ein.«

Hanley rief Nemerow herein, der vor dem Labor Wache stand, und erklärte ihm, er und der Admiral müssten die Seealgen bewachen, bis ihr eine dauerhaftere Lösung einfiel.

»Aber was ist mit Ihnen?«, fragte Nemerow. »Soll ich Uli

Waffe geben für Ihren Schutz?« Sie hätte beinahe gelacht. Männer. Wenn jemand es darauf anlegte, sie auf die gleiche Art zu erwischen wie die anderen, dann konnte kein Revolver ihn davon abhalten. Um das mörderische Agens unschädlich zu machen, hätten ihre Beschützer Vorkoster und Babysitter spielen und alles testen müssen, was mit ihrer Haut in Kontakt kommen konnte, von Kleidungsstücken über Seife bis Parfüm. Wenigstens hatte sie kein Make-up, das ihr Sorgen machen musste. Sie lächelte bei der Erinnerung daran, wie Dee einen Lippenstift von ihr hatte pumpen wollen.

Das Lächeln verflog, als ihr klar wurde, dass, wenn sie das eigentliche Ziel des Anschlags gewesen war, Dee an etwas gestorben sein musste, das sie beide benutzt hatten. Konnte der Täter ihre Zigaretten präpariert haben? Nein, nicht die Zigaretten ... Sie griff sich an den Hals und zupfte an dem auf ihrer Haut klebenden rechteckigen Pflaster herum. Ihr Verstand sagte ihr, dass es unmöglich kontaminiert sein konnte, aber sie konnte es nicht schnell genug abbekommen.

»Himmel, Arsch und Zwirn!«, schrie sie.

»Was ist los?«, fragte Uli besorgt.

»Ich weiß, wie Dee getötet wurde.«

»Wie? In Trudeau hat sie kein Talkum gebraucht.«

»Das Nikotinpflaster. Ein unglaublich effektives Übertragungsmittel. Ich bin sicher, es ist kontaminiert. Ich wette, sie sind alle in meinem Arzneischränkchen. Dee muss eines von meinen genommen haben.«

Kiyomi kam vom Essen zurück. Hanley bat sie, Schutzkleidung anzulegen und die Nikotinpflaster aus ihrer Unterkunft zu holen. »Uli wird dir helfen. Ich will nicht, dass einer von euch es allein macht.«

Kiyomi verbeugte sich tief und entfernte sich.

Ein paar Minuten später erschien Uli wieder und blieb in der Öffnung des Durchgangsschlauchs stehen. Er sagte nichts, stand einfach nur da.

»Was gibt's?«, fragte Hanley.

»Jack. Er ist draußen auf dem Vorplatz – wo wir uns im Sommer sonnen. Du weißt schon, direkt vor der Auffahrt, wo er immer seinen Arktis-Crashkurs gibt.«

»Alles in Ordnung mit ihm?«

»Ich denke schon. Du solltest dir das mal ansehen.«

Er führte sie aus dem Labor zu einer Nische, die von einem der äußeren Gänge abging. Von dort hatten sie einen guten Blick auf Jack Nimit in seiner einheimischen Felltracht. Die dicke Pelzkapuze bedeckte seinen Kopf, und eine Sturmhaube war gegen die grimmige Kälte bis über die Nase gezogen. Er hatte Felsbrocken in zwei Säulen aufgetürmt und sie mit einer länglichen Platte überbrückt. Gerade begann er, auf der Verbindung einen Haufen kleinerer Steine aufzubauen. Nimits Wangen waren weiß von Reif, die Augenbrauen desgleichen.

»Wie lange ist er schon da draußen?«, fragte Hanley. »Was macht er?«

»Er baut einen Inuksuk.«

»Einen was?«

Nimit hievte mühsam einen schweren Stein auf die Platte. Das Bauwerk nahm eine menschenähnliche Gestalt an. »Ich glaube, es ist eine Art Ehrenmal.«

»Für Dee.«

»Würde ich sagen.« Nimit hob einen weiteren schweren Stein hoch. Eine Dunstwolke hüllte ihn ein.

»Er muss erschöpft sein«, meinte Hanley.

»Er verausgabt sich völlig«, sagte Uli.

Hanley borgte sich Ulis Daunenjacke aus. Er half ihr hinein und zog die Kapuze aus dem Jackenkragen. Er holte seine isolierten Handschuhe aus den Taschen und bestand darauf, dass sie sie anzog.

»In der Aufmachung hast du höchstens fünf Minuten«, sagte er.

Sie nickte und lief hinaus. Die Kälte schlug augenblicklich zu. Instinktiv zog sie den Kopf ein. Gott sei Dank kein Wind. Trotzdem brannten ihr schon die Schenkel und die Wangen. Als sie bei ihm ankam, setzte er gerade einen letzten, viereckigen Stein auf die von ihm errichtete Figur. Mit letzter Kraft bugsierte er ihn dorthin, wo er ihn haben wollte, und sackte dann keuchend gegen sein Werk. Hanley hielt ihr Gesicht dicht an seines.

»Schatz, du musst reinkommen.«

Er nickte, unfähig, etwas zu sagen.

»Sofort«, sagte sie, fasste ihn stützend am Arm und leitete ihn die Auffahrt hinauf, über den Vorplatz und in die eigentliche Station.

Sie brachte ihn in die Nische, wo Uli stand und die Steinfigur betrachtete. Jacks Hände waren vom Wuchten der großen Steine zerschunden, und im Gesicht hatte er einen grauen Fleck.

»Erfrierung«, sagte Uli und tippte an die entsprechende Stelle seiner eigenen Wange.

Im Schein der trüben Außenbeleuchtung gewann der Inuksuk ein eigenes Leben. Er hatte eine rohe Erhabenheit. Wie wohl beabsichtigt, vermutete Hanley. Er sollte ein Denkmal für Dees Geist sein, damit andere ihrer gedachten und sie ehrten, wie er es getan hatte.

Sie lehnte sich an ihn, fühlte seine Erschöpfung. »Es ist wunderschön, Jack. Wunderschön.«

»Ich fühl mich so mies, Jess.«

»Das tun wir alle, Liebling«, sagte sie und drückte ihn an sich.

51

Nimit lud einen isolierten Wasserbehälter in den Wanigan. Hanley half ihm, den schweren Kanister in das hohe Führerhaus zu hieven. Dann legten sie im Umkleidebereich ihre Polaranzüge an. Hanley kam nur schwer in die hautenge Innenschicht, weil sie sich nicht überwinden konnte, Talkum zu benutzen.

Zale gab aus der Wachzentrale durch: *»Uli hat den Algentank dicht gemacht. Admiral Rudenko wird ihn bewachen, bis ihr zurück seid.«*

»Prima«, sagte Hanley. »Hören Sie, es ist von größter Wichtigkeit, dass niemand uns folgt oder uns bei unserer Aktion in die Quere kommt. Teddy, Sie und Kapitän Nemerow dürfen nicht zulassen, dass irgendjemand zum Bohrloch hinausfährt.«

»Verstanden«, sagte Zale.

Um 5 Uhr 31 brachen sie auf. Sie winkten noch einmal zum Wachturm hinauf und rollten dann vorsichtig die westliche Rampe hinunter.

Der Himmel war schön und mondlos, aber Millionen Sterne strahlten.

»Du glaubst, die gleichen Algen hätten den Schamanen getötet.«

»Ja, das glaube ich. Der Schamane konnte natürlich nicht wissen, wie man sie konzentriert«, sagte Hanley. »Er hat sie wahrscheinlich einem Patienten feucht aufgelegt, als Heilwickel. Dadurch war die Wirkung der Algen nicht so stark. Kein Vergleich zu der konzentrierten Form, bei der sich der Erreger wie ein Buschfeuer ausbreitet. Solange man die Dinger nicht anfasste, passierte einem vermutlich nichts. Der Schamane starb irgendwann daran, weil er unmittelbar mit ihnen umging, aber wohl nicht so schnell.«

»Das heißt, sobald wir das Bohrloch verschlossen haben, ist der Spuk vorbei?«

»Nicht ganz. Ich weiß jetzt, wie sie gestorben sind. Jemand wird aufdröseln müssen, warum.«

Nimit reichte ihr eine Thermoskanne mit Kaffee. Unterdessen röhrte der Wanigan zur Kuppe hinauf, wo der Hügelrücken sich abflachte. Auf dieser Ebene saß Nimits Konstruktion: eine große Eisaufschüttung, oben flach und mit einer vorgefertigten Kuppel ähnlich denen in Trudeau, aber in keiner Weise isoliert, nicht einmal geschlossen. Eine grell gelbe Treppe führte knapp zwei Meter hoch zu einer Plattform hinauf, die rings um die Hütte verlief wie eine Veranda. Nimit hielt an, half ihr auf dem gefrorenen Grund auszusteigen und lud den isolierten Kanister aus. Sie schleppten ihn die Treppe hoch auf die Eisplattform und in den Iglu, wo er den Lichtschalter betätigte. Es dauerte einen Moment, bis die Batterien warm wurden und das Licht anging.

Ein gelbes Gerüst umgab sie, das an den nackten Stangen der Hütte befestigt war. Etliche Strandstühle standen herum. Leinen hingen an einer großen zentralen Winde. In die Mitte des Fußbodens war ein Metallgitter von etwa ein Meter achtzig Durchmesser eingelassen, und darunter schloss eine kanaldeckelgroße metallene Luke die in den Eishügel gebohrte Öffnung ab. Nimit ließ sich in einen Strandstuhl fallen. Hanley ging neben ihm schwer atmend auf alle Viere. Sie ließ den Blick über das Innere schweifen.

»Ruh dich ein Weilchen aus«, sagte Nimit. »Ich schaff den Tank zur Luke rüber. Dann können wir sie zuspritzen. Sie wird sofort zufrieren. Wir müssen nur aufpassen, dass wir nicht was abkriegen, sonst vereisen wir auch. Du musst dir vorstellen, dass es kein Wasser ist, sondern schnell abbindender Zement.«

»Gut«, sagte Hanley und kroch in den Strandstuhl, als Nimit ihn freimachte.

Nimit stellte sich an die Luke. Er steckte einen Schlauch auf das Tankanschlussstück. »Bleib weg«, sagte er, drehte auf und richtete den Strahl schräg auf den Metalldeckel, wobei er den Plastikschlauch möglichst dicht hielt, damit das herausschießende Wasser nicht so schnell gefror. Dennoch sprühte etwas Wasser auf und bildete in dem Iglu sofort einen dichten Nebel, der kurzfristig das Licht verdüsterte. Ihre weißen Anzüge mit den orangen Spitzen wurden schwarz, und ihre Visiere sahen aus wie stumpfe Muschelschalen. Dann gefror der Nebel zu Reif, rieselte in winzigen Flöckchen herunter, und die Luft war wieder klar.

»Okay«, sagte Nimit, den Schlauch in der Hand. »Wir warten ein Weilchen und schauen, ob eine zweite Schicht nötig ist.«

Am Schlauchende hatte sich schon ein Eiszapfen gebildet. Nimit brach ihn ab, entfernte das Anschlussstück, das steif wie ein Stock war, und schlug es gegen ein Geländer. Eis fiel heraus. Als das Schlauchstück flexibel war, steckte er es wieder auf und kontrollierte die Luke. »Es braucht keine zweite Schicht«, meinte er, während er kritisch sein Werk betrachtete. »Wir sind fertig.«

Uli klebte im Schwarzlichtraum den Tankdeckel zu und versah dann das Isolierband an vier gut sichtbaren Stellen mit Datum und Initialen. Er drückte Admiral Rudenko eine Rolle Quarantäneband in die Hand, das dieser über den Eingang ziehen sollte, und klebte selbst noch Warnzeichen auf die Tür. Er senkte deutlich die Temperatur im Raum, ließ dem Admiral seine Daunenweste da und begab sich zurück zu Kiyomi.

Wenig später ging die Tür auf, und Koit duckte sich unter dem Band hindurch, in dem düsteren Licht nicht mehr als ein schattenhafter Umriss.

»Seien Sie gegrüßt, Admiral.«

»Herr Koit«, sagte Rudenko misstrauisch.

»Sie hat den Vektor isoliert.«

»Ja«, bestätigte Rudenko. Warum leugnen?, dachte er. Es war offensichtlich.

»Gut. Dann nehme ich ihn jetzt an mich.«

»Wie bitte?« Rudenko baute sich zwischen Koit und dem verschlossenen Tank auf. Warnzeichen klebten daran wie Stra ßenschilder. »Dr. Hanley hat jedes Aufstören der Algen untersagt. Die Gefahr für uns alle ist viel zu groß, wenn Sie sich daran zu schaffen machen. Sie haben ja die Folgen selbst gesehen.«

»Ich habe die Befugnis, dieses ganze Material zu konfiszieren.«

»Alles, ach ja?«, versetzte Rudenko. »Sie scherzen wohl. Wie wollen Sie den Tank denn bewegen?«

»Ich werde nur eine Probe herausholen. Das bisschen, das ich brauche, kann ich ohne weiteres zum Boot bringen.«

»Dieses Ungeheuer hat bereits die gesamte Besatzung eines Unterseeboots umgebracht. Ich kann nicht zulassen, dass Sie jetzt die nächste gefährden.«

Koit trat näher und musterte den Admiral scharf. »Tschernawin hatte die Befürchtung, Ihre Wankelmütigkeit könnte ein Problem werden.«

»Tatsächlich?«

»Jawohl. Aber ich habe ihm versichert, dazu würde es nicht kommen.«

»Und was wollen Sie dagegen tun?«

»Das Problem beseitigen. Sie nehmen im neuen Russland nur Platz weg, alter Mann.«

Koits kleine schallgedämpfte Pistole machte ein Geräusch wie ein brechender Bleistift. Rudenko flog, von dem Schuss getroffen, nach hinten und krachte gegen eine der Tankstützen. Aus seiner Wunde quoll Blut, lief in seinen Fußverband, sammelte sich neben ihm am Boden.

Koit zog die schweren Sicherheitshandschuhe an, die Uli über einen Wasserhahn gehängt hatte, und nahm sich eine Kelle. Ein Messer baumelte an einer kurzen Schnur von seinem Handgelenk. Er schnippte es sich geschickt in die Hand und ließ mit einem leichten Druck die Schnappklinge aus dem Griff schießen. Er schritt um den Tank und schnitt rundherum die Isolierstreifen auf, bis er den Deckel abheben konnte. Er öffnete den Gefahrstoffbehälter, den er aus St. Petersburg mitgebracht hatte, stieß mit der Kelle durch die Eisschicht im Tank und führte sie behutsam zu der bleichen Algenmatte am Grund hinunter. Ein Bröckchen trieb in dem aufgerührten Wasser nach oben, das er mit der Kelle einfing. Er fischte noch weitere Algen von der am Boden liegenden Kolonie, holte sie dann vorsichtig nach oben und goss sie in den Behälter.

Derweil drückte Rudenko die Arterie in seinem blutüberströmten Arm ab. Seine Finger zitterten, doch er bekam die Blutung gestillt. Er durfte jetzt bloß nicht ohnmächtig werden.

Koit ließ die Kelle ins Wasser gleiten und schraubte den Deckel der Probenflasche fest zu. Er stieg über den ächzenden und blutenden Admiral hinweg, dann drehte er sich um und ging neben ihm in die Hocke.

»Das werde ich nicht vergessen«, zischte der Admiral mit zusammengebissenen Zähnen.

»Davon gehe ich aus«, sagte Koit. »Und für den Fall, dass Ihr verkalkendes Gedächtnis Sie im Stich lässt, hier noch eine Erinnerungsstütze.« Die Pistole ging ein zweites Mal los.

Rudenko zuckte und schrie auf. Koit hatte sein Knie getroffen, und eine neue Welle unerträglicher Schmerzen nahmen ihm fast das Bewusstsein. Blutige Sehnen- und Knochenstücke standen aus der dunklen Wunde. Er stieß kurze, stöhnende Schmerzlaute aus und hielt dabei weiter krampfhaft die Arterie in seinem Arm zu.

»So ist's recht«, sagte Koit. »Drücken Sie das Loch nur gut ab. Sie wollen doch nicht leer laufen, oder?« Er erhob sich. »Do swidanja, Admiral.« Damit schlüpfte er zur Tür hinaus und zog sie hinter sich zu.

Rudenkos Blick verschleierte sich, und mit dem rapide sinkenden Blutdruck schwanden ihm die Sinne. Er hatte das Gefühl, hochgehoben und fallen gelassen zu werden, und stürzte ins Nichts.

Auf einmal war er wie in einem Tunnel, und das Licht am anderen Ende entfernte sich. Nemerows Stimme sagte etwas, doch er verstand nicht, was. Das Licht am Ende des Tunnels wurde immer grüner und schließlich schwarz.

52

Hanley packte mit an, und gemeinsam trugen sie den kaum leerer gewordenen Kanister zum Wanigan zurück. Als sie vor dem Einladen kurz Atem schöpften, stutzten sie beide und starrten zur Forschungsstation hinüber. Sämtliche Lichter brannten.

»Was ist denn da los?«, knurrte Nimit. Offenbar war ganz Trudeau auf den Beinen.

»Sie haben mitgekriegt, dass wir es gefunden haben«, sagte Hanley.

»Ja, sieht so aus.«

Zu all den hell erleuchteten Fenstern kamen noch die Scheinwerfer eines Fahrzeugs, das sich von der Station entfernte.

Nimit klickte auf den Weitbereichsfunk in seinem Helm. »Zentrale. Neun am Bohrloch. Wer fährt da mit vollem Karacho Richtung Nordost?«

Keine Reaktion. Nimit wiederholte die Anfrage. Wieder keine Antwort. Ratlos blickte er Hanley an und kletterte ins Führerhaus. Er wechselte am Funkgerät die Frequenz. »Teddy«, rief er ins Mikro.

»Tut mir Leid, Jack«, erwiderte Teddy Zale schwer atmend.

»Ist was mit dir, Teddy?«

»Nur eine Beule. Jack, Koit hat den Hauptfunk lahm gelegt. Er hat Admiral Rudenko angeschossen.«

»Was ist passiert?«

»Keine Ahnung, verdammt! Ich weiß nur, dass Uli dir sagen lässt, dass Koit das Zeug hat.«

»Wie geht's Rudenko?«, fragte Nimit.

»Schlecht.«

»Scheiße.«

»Koit hat einen Polecat genommen«, sagte Zale. »Ich kann seine Lichter sehen, und sein GPS ist an. Er fährt übers Eis auf die Polynja zu.«

Hanley war schon dabei, den Wasserkanister in das Führerhaus des Wanigan zu wuchten.

»Hast du's gehört?«, fragte Nimit.

»Ja«, keuchte sie. »Der arme Rudenko. Wo zum Teufel will Koit mit den Algen hin?«

»Zum U-Boot, denke ich. Er weiß, wie er mit dem GPS die Polynja orten kann. Das U-Boot hat eine Funkantenne aufsteigen lassen. Er wird seine Genossen anfunken und von ihnen verlangen, dass sie ihn wegbringen.«

»Kann der Kapitän ihnen nicht befehlen, das abzulehnen und zu bleiben, wo sie sind?«

»Keine Ahnung. Komm.« Nimit half ihr mit dem Kanister und ließ den Wanigan an. »Beeil dich.«

Hanley stieg ein.

»Schnall dich an.«

Der Wanigan fuhr ruckartig los, sauste über den Rand des Plateaus hinaus und kurvte auf seinen riesigen Rädern den Hang hinunter.

»Können wir ihn noch kriegen?«

»Halt dich fest.«

Am Fuß des Hügels holperten sie auf das Meereis, und Hanley zog den Kopf ein, als Geräte und Vorräte aus den Schränken flogen. Der Motor heulte. Der Lichtpunkt vor ihnen wurde ein wenig größer.

Nimit sagte: »Wir holen auf.«

Hanley spannte alle Muskeln an. Das Heulen des Motors wurde lauter. Der Wanigan war größer und schneller, und der Abstand zum Polecat verringerte sich. Hanley schaute zurück; die Scheinwerferpunkte anderer Fahrzeug kamen hinterher. Weit vor ihnen schwenkte Koits Polecat nach links.

»Was macht er?«, fragte sie.

»Er muss auf ein Hindernis gestoßen sein, einen Presseisrücken, er fährt daran entlang und versucht, einen Durchlass zu finden.«

Nimit hielt auf einen Punkt in Koits Bahn zu, um ihn abzufangen, und ging auf maximale Geschwindigkeit.

»Wenn er irgendwo durchkommt, wird's für uns schwierig.«

»Wieso?«

»Für einen schmalen Durchlass könnten wir zu breit sein.«

»Nichts da«, sagte sie. »Wir müssen ihn schnappen. Wenn er mit diesen Algen davonkommt ...«

Der Wanigan schob sich immer näher heran. Der Polecat wendete und fuhr in die Gegenrichtung, dann wendete er noch einmal.

Koit suchte verzweifelt eine Öffnung, doch der Wall war dicht: eine drei, vier, fünf Meter hohe schroffe Eiswand. Nimit drosselte das Tempo, als er nur noch ein kurzes Stück entfernt war. Koit riss das Steuer in ihre Richtung herum, aus der Nimit ihm unbeirrt entgegenkam. Die aufeinander treffenden Strahlen der Scheinwerfer wurden immer heller.

Koit hielt direkt auf sie zu. Sein Fahrzeug jaulte wie eine Elektrosäge. Nimit zog im letzten Moment das Steuer herum, und die mächtigen Reifen des Wanigan fuhren über die linke Frontseite des Polecat. Es krachte. Nimit machte eine jähe Kehre und setzte dem angeschlagenen Fahrzeug nach. Er wusste genau, wo es empfindlich war und wie er es am besten beschädigen konnte. Er erwischte das Heck und rammte es erneut.

Koit konnte jetzt nur noch im Kreis fahren, die Steuerung war defekt. Nimit demolierte den Polecat systematisch, bis er völlig manövrierunfähig war, und quetschte ihn gegen die Wand aus aufgepresstem Eis, schob ihn regelrecht hinein.

Koit sprang heraus und lief mit gezogener Waffe auf sie zu. Offensichtlich hatte er Übung damit. Mit einem Satz hing er an der Seite des Wanigan. Nimit trat die Tür auf, so dass Koit herunterflog, und schleuderte dann den Wasserkanister nach ihm, doch verfehlte ihn knapp. Der Russe rollte sich blitzschnell zur Seite und war sofort wieder auf den Beinen.

»Raus«, befahl er und richtete die Mündung seiner Maschinenpistole auf sie. Nimit hob eine Hand und stieg aus, wobei er sich mit der anderen an den Griffen festhielt. Hanley sah sich nach der Forschungsstation um. Die anderen waren noch weit weg.

»Sie auch«, schrie Koit sie an, und sie kletterte ebenfalls an der Fahrerseite hinunter aufs Eis.

»Jack Nimit, Dr. Hanley«, sagte Koit. »Wenn Sie mit mir kooperieren, können wir uns im Guten trennen. Wenn nicht …« Er zielte mit der Waffe auf sie. »Ich brauche Ihr Fahrzeug. Treten Sie zur Seite.«

»Leck mich«, sagte Nimit.

Der Gefahrstoffbehälter steckte an Koits Gürtel. Er nahm ihn und hob ihn hoch, um seiner Forderung Nachdruck zu verleihen. »Ich muss verhindern, dass andere dadurch zu Schaden kommen. Es gibt in dieser Sache nichts mehr zu diskutieren.«

»Verstehe«, sagte Hanley. »Sie präsentieren es Ihren Vorgesetzten und erkaufen sich damit eine rasche Beförderung. Oder Sie verkaufen es auf eigene Faust an den Meistbietenden, nachdem Sie die Wirkung demonstriert haben.«

»Sie verkennen mich, Frau Doktor«, entgegnete Koit. »Ich bin ein Diener des russischen Volkes. Sonst nichts.«

»Und was für ein eifriger«, sagte Hanley.

»Wir haben alle unsere Rollen, Frau Doktor. Ich bin kein guter Mensch, aber ich bin ein guter Jäger, meinen Sie nicht auch?«

»Und was war ich?«, fragte Hanley. »Der Jagdhund, der den Fuchs aus dem Bau getrieben hat?«

»Ich würde Sie nie mit einem Hund vergleichen, Dr. Hanley. Nein, Sie waren das Lockmittel. Der Köder.«

»Wir werden Ihnen nicht helfen«, erklärte Nimit.

Koit wandte sich an Hanley. »Kompletter Schwachsinn.« Er machte Anstalten, um die beiden herumzugehen. Nimit trat ihm in den Weg.

»Koit«, sagte sie, »haben Sie wirklich einen Begriff davon, was dieser Keim mit Menschen anstellt?«

»Die volle Wirkung ist verheerend, glaube ich«, erwiderte er.

»Sie haben vergessen zu erwähnen, dass er ein ganzes Schiff

mit Ihren Landsleuten getötet hat, den Menschen, die Ihnen angeblich so am Herzen liegen.«

»Zu schade, ja. Aber ein zwingender Beweis für die Effektivität der Mikrobe«, sagte er in lockerem Plauderton.

Jack sagte: »Wie kommen Sie auf den irrsinnigen Gedanken, wir würden das Risiko eingehen, dass sich so was wiederholt?«, und tat einen Schritt auf ihn zu. Die Mündung kam ein kleines Stück hoch, und Hanley schrie unwillkürlich auf. Sie bezweifelte, dass Koit ein schlechter Schütze war.

Koit blickte an ihnen vorbei auf die langsam näher kommenden Scheinwerfer und legte die MP an. »Mir läuft die Zeit weg. Sie sind jung, Mr. Nimit. Ihr Tod wäre bedauerlich. Und vollkommen überflüssig. Absurd.«

Hanley sagte: »Sie tun so, als ob wir uns selbst erschießen wollten.«

Koit sah die Amerikanerin an. »Nicht zu kooperieren wäre gleichbedeutend mit Selbstmord.«

»Vielleicht sind Sie befugt, sich an anderen Russen zu vergreifen«, sagte Hanley. »Aber wenn Sie eine Amerikanerin und einen Kanadier erschießen, würde das nicht ohne Konsequenzen bleiben.«

»Mein Gott«, sagte Koit ungläubig. »Sie sind verrückt, alle beide.«

Nimit stürzte sich auf ihn. Ein Schuss knallte. Ein roter Fleck breitete sich auf Nimits Arm aus, und er fiel zur Seite.

Hanley bückte sich, packte das Schlauchende des Kanisters und bespritzte Koit mit dem unter Druck stehenden heißen Wasser. Die MP tackerte, das Wasser dampfte. Dann war der Mechanismus der Waffe eingefroren, und das Feuern hörte auf.

Koit hielt eine Hand hoch, um sich vor dem Guss zu schützen. Hanley besprühte ihn von Kopf bis Fuß, bis kein Wasser mehr kam. Die Düse war zugefroren. Als er merkte, dass es nur Wasser war, begann Koit, sie ärgerlich anzublaffen. Da aber spürte er die Wirkung, und sofort stieg seine Stimme eine Oktave höher.

»Bosche moi! Was ist jetzt los?« Das Licht in seinem Helm leuchtete rot.

Hanley konnte es nicht fassen, wie schnell Koits Anzug vereiste. Sein Brustkasten war ein unförmiger Klotz, er konnte seine Beine nicht mehr bewegen. Der Gefahrstoffbehälter fiel ihm aus der Hand und rollte davon. Angewurzelt stand Koit da wie eine mannsgroße glitzernde Matroschkapuppe und rief beschwörend: »Helfen Sie mir, verdammt noch mal! Helfen Sie mir!«

»Jack!«, brüllte Hanley.

Nimit tauchte hinter Koit auf, die Eisaxt gezückt. Er hatte die Blutung mit Schnee gestillt, der die Wunde augenblicklich überfror und verschloss. Nimit drückte einen Knopf, und die Klingen seiner Eisaxt schnappten auf. Er kippte Koit wie eine Statue um und hob mit einer Hand die Axt. Koit schrie hysterisch, aber das Eis dämpfte seine Hilferufe.

Das Gesicht vor Anstrengung verzerrt, schlug Nimit mit aller Kraft zu. Hanley kreischte auf. Koit stieß einen Schmerzensschrei aus. Als die Axt wieder hochkam, klebte Blut daran.

»Jack!«, schrie Hanley erneut.

»Idiot«, schimpfte Nimit und stützte sich auf Koits Brust. »Stillhalten, verdammt.«

Jack richtete sich wieder auf und schlug mit der Axt so lange zu, bis das Eis beim fünften Schlag brach, dann setzte er einen Fuß auf Koit und riss ein Stück des Eispanzers weg. Er schlug Loch um Loch in das steinharte Kleidungsstück und bog schließlich die Vorderseite zurück wie einen Deckel. Hanley holte einen Hammer mit Glasfasergriff aus dem Wanigan, doch in der Kälte zerbrach der Griff nach wenigen Schlägen. Verzweifelt zerrte sie mit den Händen an den Brocken, in die Nimit den Eispanzer zerlegte.

Endlich konnte Koit wieder aufstehen. Er zitterte unkontrolliert am ganzen Leib, verfärbte sich und dampfte. Seine Nase war vereist, seine Stimme röchelnd und rau, die silbrige Haut der Innenschicht zerrissen. Hanley bemühte sich fieberhaft, den zerschmetterten äußeren Anzug vollständig wegzubrechen.

»Hol die Rettungsdecke aus dem Wanigan«, befahl Nimit, und Hanley gehorchte eilig. Als sie damit ankam, war Koit nur noch mit Body und Weste bekleidet, um die Fußgelenke zwei

Eismanschetten wie Fesseln. Nimit packte ihn in die metallbeschichtete Decke ein.

»Sehr gemütlich wird das nicht werden«, sagte er. »Beißen Sie die Zähne zusammen. In Ihrem Fahrzeug müssten Sie bald wieder auf Ihre Kerntemperatur kommen.«

Koit machte ruckende Nickbewegungen und wollte lostaumeln, aber Nimit hielt ihn fest. »Wenn Sie Jessie noch einmal bedrohen, wird man Sie in der Eiswürfelschale nach Hause bringen.«

Koit warf ihm einen finsteren Blick zu, sagte aber nichts. Mit klappernden Zähnen und vor Schmerzen stöhnend machte er sich zu seinem Polecat auf. »Wir hätten über alles verhandeln können«, schrie er über die Schulter, während sich auf seinen dampfenden Haaren eine Eisschicht bildete. »Es gab keinen Anlass, mich so zu behandeln. Nicht den geringsten. Ihr seid Wilde.« Graublau im Gesicht drehte er sich um, spuckte ein russisches Schimpfwort aus und knurrte heiser: »Wenn Sie und Bascomb nicht unsere aufgegebene Waffe unter dem Eis gefunden hätten, wäre das alles nicht passiert, zum Teufel.«

Nimit schüttelte den Kopf.

»Jack?«, sagte Hanley und sah ihn scharf an. »Was redet er da?«

Schnatternd und schlotternd gab Koit an seiner Stelle Antwort. »Ganz einfach. Jack Nimit war dabei, als Annie Bascomb die Rakete entdeckt hat.«

»Du hast von der Rakete gewusst?«, fragte Hanley Nimit.

Koit kam ein Stück zurückgewankt. »Na? Wollen Sie ihr was vorlügen?«

Nimit sah Hanley an. »Annie und ich«, sagte er, »wir haben das Ding im Wasser gefunden. Letzten Sommer.«

»Ausgezeichnet!«, giftete Koit und machte sich wieder daran, zum Polecat zurückzutorkeln. Seine Zähne klapperten mittlerweile wie Kastagnetten. »Beichten ist doch Balsam für die Seele.«

Die Lichter des ersten Verfolgerfahrzeugs aus Trudeau wurden größer.

Nimit warf Hanley einen Blick zu und wandte sich ab. Er

schritt zum Wanigan und stieg die Sprossen an der Fahrerseite hoch. Hanley kam hinterher und kletterte auf den Beifahrersitz. Er nahm seinen Helm ab und sie ihren.

»Lass mich deinen Arm sehen, Jack.« Er hielt ihn ihr wortlos hin.

»Glück gehabt. Nur eine Fleischwunde.« Sie griff sich den Verbandskasten des Wanigan und riss ein Päckchen Mull auf.

»Sprich mit mir«, sagte Hanley. »Ich muss das wissen.«

»Koit hat überall in der Station rumgeschnüffelt. Er muss es aus den Einträgen im Feldtagebuch geschlossen haben. Ich bin Annie letzten Sommer mit der Sonde zur Hand gegangen.«

»Und dann?«

»Wir waren an der Polynja und haben Messwerte abgelesen. Die Sonde kreiste tiefer, als sie eigentlich sollte, und registrierte irgendetwas Merkwürdiges. Wegen dem vielen Metall spielte ihr Kompass verrückt. Annie erkannte sofort, was es war. Sie marschierte am Strand auf und ab und tobte. Sie war fuchsteufelswild. ›Diese imperialistischen Yankees werden uns nicht die Arktis ruinieren!‹«

»Yankees?«

»Sie dachte, es käme von den Amerikanern, genau wie die übrige Meeresverschmutzung, die sie erforschte. Sie sagte: ›Gegen dieses Ding sind ihre giftigen Dreckschleudern gar nichts!‹ Ich konnte sie nur mit Mühe und Not davon abhalten, Mackenzie und Verneau zu benachrichtigen und die Geschichte noch am selben Nachmittag in aller Welt bekannt zu machen. Das war am Anfang des Forschungshalbjahrs, jeden Tag trafen neue Leute ein. Wenn sie enthüllt hätte, was wir entdeckt hatten, wäre die Panik groß und die Saison verloren gewesen. Trudeau wäre aus Sicherheitsgründen geschlossen und womöglich nie wieder geöffnet worden.«

»Und was hast du gemacht?« Hanley war sich nicht sicher, ob sie die Antwort hören wollte.

»Ich? Nichts.«

»Und Annie?« Sie fing an zu zittern.

»Als wir wieder in Trudeau waren, begann sie, im Internet zu recherchieren. Zwei Tage später schleppte sie mich an einen schönen und friedlichen Platz auf dem Küstenfesteis, und sie schrie auf mich ein und wollte mir und sich selbst weismachen, dass sie es mit allen aufnehmen konnte. ›Weißt du, dass Meerwasser sich mit Raketentreibstoff zu Schwefelsäure verbindet? Es ist nur eine Frage der Zeit, bis dieses Scheißding anfängt auszulaufen! Der See hält nichts ewig stand. Das ganze arktische Ökosystem wird radioaktiv verseucht werden.‹ Sie hatte Recht. Es war nicht auszudenken.« Er biss die Zähne zusammen, als sie den Verband festzog.

»Sie sagte, die Sache müsste öffentlich gemacht werden, selbst wenn es die Schließung von Trudeau bedeutete. Die Leute, die das Ding dort hingesetzt hatten, müssten kommen und es entfernen, sofort. Sie setzte eine Presseerklärung auf.«

»Was hast du getan, als Annie an die Öffentlichkeit gehen wollte?«

»Ich hab sie gebeten, es zu lassen. Ich hab ihr gesagt, dass ein großer Medienrummel den Ort ruinieren würde. Die Sponsorengelder würden versiegen, die Mitarbeiter würden weggehen. Ich weiß, das war egoistisch, aber ich habe diesen Ort aufgebaut. Ich wollte nicht, dass er zerstört wird. Aber sie wollte nicht auf mich hören. Sie hielt mir Vorträge über die kanadische Wegguckpolitik.« Er stockte. »Ich dachte, Alex könnte sie vielleicht zur Vernunft bringen.«

»Warum Alex?«

»Sie kannten sich schon ewig. Sie respektierte ihn. Also riskierte ich es und bat ihn, sie zu überreden, den Mund zu halten. Er erkannte die Gefahr für Trudeau sofort. Er flehte sie an, nicht an die Öffentlichkeit zu gehen, meinte, wir könnten selbst damit klarkommen. Sie sagte, es sei eine Schande für die ganze Welt. Sobald das Ding zu lecken anfing, wäre die Arktis eine Todeszone.«

»Ein Leichenstrand.«

Nimit sah sie befremdet an.

»Red weiter.« Sie hatte ihn fertig verbunden und begann jetzt, den Anzug zu flicken.

»Alex redete auf sie ein, tagelang. Ihre Wut legte sich, dann flammte sie wieder auf. Kossuth hatte sie nach Trudeau gebracht. Wenn sie durch ihr Vorgehen die Station kaputtmachte … Er fühlte sich verantwortlich. Er schlief nicht mehr richtig, fing an zu trinken und ständig vor sich hin zu murmeln. Kurz vor ihrem letzten Feldeinsatz an der Polynja hat sie ihm erklärt, sie wolle von der Sonde Videoaufnahmen machen lassen und sie über das Internet verbreiten. Es sollte einen Riesenskandal geben.«

»Wie hat Kossuth reagiert?«

»Er war wie von Sinnen. Dieser Ort war sein Leben. Er nannte sie ein selbstgerechtes Miststück, das alles zerstörte, wofür wir gearbeitet hatten. Er bedrohte sie. Sie lachte nur.«

»Sie nahm die Drohung nicht ernst?«

»Sie erklärte ihm, er mache sich lächerlich. Wenigstens hat er das so erzählt. Er wollte, dass ich ihm helfe, sie zum Schweigen zu bringen.«

»Und, hast du?«

»Nein. Nein.«

»Gott sei Dank.«

»Aber aufgehalten habe ich ihn auch nicht.«

»Du hast das mit Kossuth gewusst und mir nichts gesagt.« Nimit wich ihrem Blick aus. »Ich konnte nicht glauben, was er getan hatte. Ich wusste, er wollte, dass sie den Mund hielt, aber ich konnte nicht glauben, dass er sie getötet hatte. Als du kamst, hoffte ich immer noch, du würdest irgendeine natürliche Erklärung finden. Ich konnte mir nicht vorstellen, dass er sie alle einfach so umgebracht hatte.«

»Jack, wer wusste, was auf dem Beutel des Schamanen stand?«

Nimit blieb stumm.

»Little Trudeau war doch eine archäologische Grabungsstätte, nicht wahr? Da muss es einen Experten gegeben haben, der Aleutisch lesen konnte. Jemand muss es übersetzt und sich mit den andern Ausgräbern darüber unterhalten haben, was es bedeutet. Das ist doch Gesetz in Trudeau, nicht wahr, dass man seine Erkenntnisse allen andern mitteilt. Das heißt, alle, die damals hier waren, wussten Bescheid – auch Alex Kossuth.«

»Ja, wir wussten alle, was draufstand.«

»Warum zum Teufel hast du mir das dann nicht gesagt?«

»›Geisterpflanze‹ hörte sich irgendwie nicht wie was Hiesiges an. Die Archäologen und die Botaniker waren übereinstimmend der Meinung, dass es sich wahrscheinlich um eine Pflanze handelte, die der Schamane von woanders mitgebracht hatte. Und niemand, der den Beutel anfasste, wurde davon krank oder so. Wie soll die Pflanze, die ihn getötet hat, für den Tod von Annie und den anderen verantwortlich sein?«

»Kossuth hat die Algen gefriergetrocknet und unter Annies Talkum gemischt. Warum er Ogata und Minskow umgebracht hat, ist mir schleierhaft.«

»Das wird er nicht mit Absicht getan haben. Es muss aus Versehen passiert sein. Vielleicht haben alle Annies Talkum benutzt, und er hatte nicht damit gerechnet – oder mit der furchtbaren Wirkung.«

»Das würde seine Reue erklären – und seinen Selbstmord.«

»Er muss den Sprechfunk mitgehört und darauf gewartet haben, dass die anderen Hilfe für Annie anfordern. Als er mitbekam, was passiert war, ist er wahrscheinlich durchgedreht. Dass er Selbstmord beging, hat mich nicht gewundert.« Nimit senkte den Kopf. »Ich hab mich so schrecklich gefühlt, dass ich selbst daran dachte.«

»Jack, du hast sie nicht getötet. Das war Kossuth.«

»Ich habe mir Vorwürfe gemacht, dass ich niemandem von seinen Drohungen erzählt hatte. Ich kann mir immer noch nicht vorstellen, dass er ihr wirklich was antun wollte. Ich denke, er wollte Annie nur für eine Weile aus dem Verkehr ziehen.« Nimit biss sich auf die Lippe. »Es ist ein Wunder, dass Alex uns nicht alle ausgelöscht hat.«

»Warum hast du mir nichts gesagt? Dann hätte ich nach etwas vorsätzlich Hergestelltem gesucht und nicht nach einer natürlichen Ursache. Und du sagst mir immer noch nicht alles. Was ist mit Dee? An Dees Tod ist Kossuth nicht schuld.«

Nimit war aschgrau.

»Und Ingrid Krüger.« Sie war zornig. »Sein Körper war nicht kontaminiert. Und an ihrem Tod ist er auch nicht schuld.«

Er erwiderte nichts.

»Jack? Hör mir zu –«

Nimit deutete über die Schulter. »Ich hab hinten drin einen aufblasbaren Seekajak, einen Elektromotor mit Brennstoffzellen, Vorräte, eine kleine Windkraftanlage, die im Nu den nötigen Strom liefern könnte.«

»Nein, nicht. Du musst nicht fliehen. Du hast doch nichts getan. Es war nicht deine Schuld.«

»Ganz genau. Ich habe *nichts* getan. Ich wusste, dass Alex vorhatte, Annie um jeden Preis mundtot zu machen, doch ich habe nichts dagegen unternommen. Ich konnte die Vorstellung nicht ertragen, dass ihre Entdeckung ans Licht kommt, dass Trudeau geschlossen wird und unsere ganze Arbeit – meine ganze Arbeit – zum Teufel geht. Ich habe zugesehen, wie er mit ihr hinaus aufs Eis fuhr. Ich bin schuldig. Außerdem habe ich dich nicht rechtzeitig informiert, und deshalb konntest du Ingrid nicht retten. Und Dee auch nicht.«

»Wenn du jetzt fliehst, wo kannst du dann überhaupt hin?«

»Nach Süden.«

»Süden? Von hier aus ist alles Süden.«

»Nach Nunavut, ins Inuitterritorium. Es sind vielleicht vierhundert Meilen.«

»Aber dort gibt es nichts. Es ist alles Wildnis.«

»Hier gibt es auch nichts«, erwiderte er. »Ich kann nicht in Trudeau bleiben. Für mich ist es zu Ende.« Er war verzweifelt.

Hanley legte ihm die Hand auf die Schulter. »Bitte, Jack. Bleib hier. Dass du in die Sache verwickelt bist, muss niemals rauskommen.«

»Irgendwann kommt alles raus. Man kann nicht zweihundert Leute zum Schweigen bringen. Damit kann ich nicht leben. Meine Strafe ist, dass ich gehen muss. Denn ich gehöre hierher. Du kannst das nicht verstehen.«

»Jack!«

»Es führt kein Weg daran vorbei. Ich habe kein Ziel, aber ich habe auch keine Wahl. Wenn ich Alex nicht aufgefordert hätte, ihr die Sache auszureden … Ich bereue es mehr, als du ahnen kannst. Ich war niemals glücklicher, niemals nützlicher als hier. Es wird immer die beste Zeit meines Lebens bleiben. Ich … ich war hier verliebt.«

»Bitte, Jack. Liebling, du kannst nicht –«

Jack ließ den Motor an. Die anderen Scheinwerfer waren inzwischen nahe herangekommen. »Ich muss los.«

Hanley wollte ihn irgendwie aufhalten, doch sie wusste nicht, was sie sagen sollte. Sie öffnete die Beifahrertür, um auszusteigen, doch da riss Jack sie zurück.

»Tür zu, Jessie! Sofort!« Sie gehorchte. Durch die Windschutzscheibe sah sie, dass Koit auf den Wanigan zukam. Er hatte sich aus den Rettungsdecken des Polecat eine äußere Hülle gemacht und aus der Sitzpolsterung notdürftige Stiefel. Er hielt ein großes Gewehr in der Hand – die Bärenflinte aus dem Fahrzeug. Er stapfte auf sie zu, den Blick auf den Gefahrstoffbehälter gerichtet, der neben dem Wanigan lag. Hanley sah, worauf er aus war, und stieg rasch aus dem Führerhaus, um ihm zuvorzukommen. Die eiskalte Luft verschloss ihr die Lungen: Sie hatte ihren Helm vergessen. Sie lief auf den Behälter zu.

Ein Schuss fiel.

Der Knall ließ sie erstarren. Sie wirbelte herum. In seiner schweren schwarzen Marinekleidung kam Nemerow ins Licht geschritten, die Augen vor der Kälte zusammengekniffen, den Arm anklagend ausgestreckt, in der Hand eine kleine Pistole, die auf Koit gerichtet war. Trotz der Pelzkapuze seines Parkas hatte die Kälte bereits seinen Mund vereist, seine Augen. Hinter ihm tanzten weitere Lichter heran.

Koit stützte sich schwer auf den Kolben des Gewehrs, das er mit dem Lauf ins Eis gerammt hatte. Mit seiner freien Hand betastete er seine Brust. Als er die Hand wegnahm, war sie rot und dampfte. Das Blut gefror an der Luft. Er starrte blinzelnd darauf.

Nemerow schritt ruhig voran, die Waffe weiter erhoben.

»Sie und der Admiral werden dafür bezahlen«, sagte Koit hustend, das Gesicht grau vor Frost. Er hing jetzt mit dem ganzen Oberkörper über dem Gewehrkolben.

Die Kugel schlug ein kleines Loch in Koits Hals. Er richtete sich ruckartig auf, die Augen geweitet, dann kippte er nach hinten.

Nemerow ließ den Arm mit der Pistole sinken. Nachdem er sich vergewissert hatte, dass Koit tot war, ging er an Hanley vorbei und holte den Behälter. Er brachte ihn ihr. »Der Admiral, er ... er ist tot«, sagte er.

Die Hände tief in den Taschen vergraben, die Schultern gegen die mörderische Kälte hochgezogen, ging er zu seinem Polecat zurück.

Nimit fuhr so scharf an, dass die wuchtigen Räder kurz durchdrehten. Hanley sah ihren Helm auf dem Eis liegen, den er ihr hingeworfen hatte. Sie setzte ihn auf, stieg auf einen Eisklotz und beobachtete, wie die Scheinwerfer des Wanigan durch die Dunkelheit schnitten und auf der holpernden Fahrt über das Packeis immer schmaler und kürzer wurden. Als die anderen endlich eintrafen, waren sie nur noch flackernde Pünktchen in der Ferne.

53

Es fiel schwer, Dee durch das dicke Plastik der Quarantänehülle anschauen zu müssen, und noch schwerer, sie nicht zu berühren. Hanley und Uli standen einige Minuten schweigend davor. Schließlich öffnete Hanley eine der Klappen an der Seite des Zelts.

»Jessie!«, rief Uli aus. »Hast du keine Angst, dich zu kontaminieren?«

Hanley schüttelte traurig den Kopf und legte Dee eine winzige weiße Islandmohnblume auf die Schulter. Sie sah immer noch entstellt und gepeinigt aus, fand Hanley, und daran war nichts zu ändern. Die Vorstellung, sie so in Erinnerung zu behalten, war schrecklich.

Sie beugte sich über Dee, blieb ein Weilchen so stehen und wiegte sich hin und her. »Ich weiß nicht«, sagte sie und stieß einen tiefen Seufzer aus. »Ich weiß nicht.« Sie war untröstlich. Auf einmal hörte sie auf zu schaukeln.

»Was ist?«, fragte Uli.

»Ihre Lippen.«

»Was ist damit?«

Hanley war ganz aufgeregt. »Sie sind trocken.«

Sie fasste sich wieder, wischte sich über die Wange und streckte noch einmal die Hand durch die Klappe, um die Träne auf Dees Lippen zu tupfen.

Uli erschauerte. »Es ist kalt. Mich schüttelt's schon.«

Sie nickte geistesabwesend und schloss die Klappe. »Ja. Wir haben Abschied genommen. Gehen wir.«

Mackenzie überraschte alle mit der Mitteilung, dass sein Rücktritt ab sofort wirksam war. Er ließ für seinen Nachfolger Emile Verneau umgehend sein Büro räumen.

»Ich hoffe, ich störe nicht«, sagte Hanley zu seinem Sekretär, als sie in den Raum trat, der leer merkwürdigerweise kleiner und weniger großzügig wirkte. Nur die Fenster, durch die der imposante Sternenhimmel zu sehen war, schienen größer zu sein.

»Keineswegs«, entgegnete der junge Mann. »Ich bin fast fertig. Muss bloß noch die Bilder und Urkunden abnehmen. Ich weiß nicht, warum er das jetzt schon macht. Es ist noch Monate hin, bis der Winter vorbei ist und Flugzeuge landen können. Ach, entschuldigen Sie bitte, Dr. Hanley. Möchten Sie vielleicht einen Tee haben, oder Kaffee?«

Sie schüttelte den Kopf. »Danke, nein. Ist er hier irgendwo?«

»Er ist in den botanischen Garten gegangen.«

Hanley bedankte sich und schlenderte durch die mittlerweile bekannten Korridore in den Iglu mit den Pflanzen, die Dee so geliebt hatte. Als sie durch die gewölbte Schleusentür trat, sah sie, dass niemand da war außer Mackenzie, der mit dem Rücken an einem Felsen saß und die winzigen Finken des Atriums fütterte. Erstaunlicherweise landeten sie in seiner offenen Hand und pickten dort das Futter auf. Ihr Zwitschern war das einzige Geräusch. Der Raum hätte nicht friedlicher sein können.

Ganz langsam, um die Vögel nicht zu verscheuchen, hob er die freie Hand zum Gruß. Mit behutsamen Schritten kam sie auf den flachen Pflastersteinen am Rand des Raumes näher.

»Wenn Sie Abstand halten und sich ganz vorsichtig hinsetzen, bleiben sie da«, sagte er leise, den Blick auf die Vögel gerichtet.

Hanley ging noch ein Stück und setzte sich dann auf eine Stufe ein paar Meter von der Stelle entfernt, wo er mit den kleinen Wesen Zwiesprache hielt. Alle bis auf einen flogen auf. Der mutige Einzelgänger tat sich weiter gütlich.

Er sagte: »In jeder Schar gibt es einen.« Seine Stimme klang gelassen, doch sein Gesicht war verkniffen. »Wie ich höre, war Ihr Zusammenstoß auf dem Eis mit Mr. Koit ziemlich heftig.«

»Das kann man sagen. Er wollte unbedingt das infektiöse

Agens in die Hände bekommen. Ich weiß nicht, was geschehen wäre, wenn Kapitän Nemerow nicht eingegriffen hätte.«

»Gott sei Dank, dass er da war. Wenn irgendjemand, egal wer, den Stoff jemals ins sein Biowaffenarsenal aufnimmt ... Aber was sage ich da?« Er seufzte. »Vermutlich ist das kaum noch zu verhindern. Die USA werden es zweifellos tun, Kanada vielleicht auch, falls wir dazu imstande sind.«

»Ja«, stimmte sie zu, »höchstwahrscheinlich.«

»Aber darum müssen sich andere Sorgen machen. Ich habe meine Arbeit getan. Und Sie Ihre.«

»Nicht ganz«, sagte sie. »Es sind noch Fragen offen. Ich habe Dees Tod nicht aufgeklärt.«

Mackenzie sah von dem Vogel auf. »Das stimmt.«

»Ingrid Krügers auch nicht. Ich versuche, mir keine Vorwürfe zu machen. Ned Gibson meint, das muss ich nicht. Er meint, es sei ganz natürlich, wenn man sich als Überlebende schuldig fühlt.«

»Er wird das beurteilen können, denke ich«, sagte Mackenzie. Der kleine Vogel hüpfte ihm kurz von der Hand und gleich wieder drauf. »Kleiner Gierhals.« Mackenzie schwieg eine Weile. »Woher wussten Sie, dass ich hier bin?«

»Ich habe in Ihrem Büro gefragt.«

Mackenzie nickte. »Ist mein Sekretär mit Packen fertig? Emile muss langsam einziehen.«

»Fast. Es sind nur noch die Urkunden und Fotos übrig, darunter auch das eine, das mir so gut gefällt.«

»Welches ist das?«, fragte er.

»Das mit dem Inuitjäger in Pelztracht. Er liegt neben einer Robbe und sieht fast aus, als küsste er sie.«

»So, so, das gefällt Ihnen.«

»Es fasziniert mich.« Hanley umschlang ihre Knie und legte das Kinn darauf. »Es ist ein starkes Bild. Eine so innige Geste von Mensch zu Tier.«

»Haben Sie erkannt, wer es ist?«

»Beim ersten Mal nicht.« Hanley stellte sich vor, wie die Robbe sterbend niedersank. Wie der dick in Pelze gehüllte Mann sich daneben legte wie ein Liebhaber und das tote Tier umfasste. »Es ist Jack, nicht wahr?«

»Ja. Es wurde vor Jahren aufgenommen, als er noch ein Jugendlicher war. Sie sollten es haben. Es würde mich freuen, wenn Sie es annehmen würden.«

»Gerne. Was macht er?«, fragte sie. »Auf dem Foto?«

»Wenn ein Inuitjäger ein Tier tötet, dankt er ihm für die Gabe des Lebens, indem er Schnee im Mund schmilzt und ihm Wasser gibt. Und genau das macht Jack mit der Robbe, die er getötet hat.«

»Er gibt ihr Wasser?«

»Ja, aus seinem Mund.«

Hanley nickte nachdenklich. »Erzählen Sie mehr.«

»Es ist eine spirituelle Geste. Ein Liebesdienst an der Seele des Tieres. Ein Zeichen der Verbundenheit. Die Inuit glauben, dass die Robbe, die an Land kommt und sich töten lässt, Durst hat, und der Jäger muss als Gegengabe ihren Durst stillen. Es ist also ein ritueller Ausdruck der Reue – und des Dankes.«

»Eine Bitte um Vergebung.« Wasser, dachte sie, voll harmloser Bakterien, die nicht aus dem Mund der Opfer stammten.

»Und eine Wiedergutmachung«, sagte Mackenzie.

»Wird die kanadische Polizei ihn verfolgen?«

Er schien nur widerwillig zu antworten. »Höchstwahrscheinlich, ja. Sie ist dazu verpflichtet. Ob sie ihn findet, ist eine andere Frage. Es ist ein ungeheuer weites Land, in das er da zieht. Und die Polizei weiß nicht einmal sicher, weswegen sie ihn sucht. Irgendwann wird sie es aufgeben.«

»Sie wissen«, sagte sie und tupfte sich die Augen, »was er für Sie empfindet, Dr. Mackenzie. Ich wurde regelrecht eifersüchtig, als ich erkannte, wie sehr Sie ihm am Herzen liegen und wie groß Ihr Einfluss auf ihn ist.«

Mackenzie nickte ernst.

»Er liebt Sie«, fuhr sie fort. »Bedingungslos.«

»Er ist ein prachtvoller junger Mann.«

»Hat es Sie überrascht, dass er Stillschweigen darüber bewahrte, was Alex Annie angetan hatte? Und seinen anderen Kollegen?«

»Nein.«

»Warum nicht?«

»Die Station bedeutet ihm sehr viel.«

»Genau wie Ihnen.«

»Ja, vielen von uns. Aber das kann bald alles dahin sein.«

»Wie meinen Sie das?«

»Die geothermischen Aussichten sind verheerend. Die Veränderungen in der Arktis lassen das Schlimmste befürchten. Was dem Planeten von den Treibhausgasen droht, wird uns hier als Erste treffen. So funktioniert die globale Atmosphäre. Kaum jemand macht etwas gegen die Erwärmung, nur die Forscher in wenigen Außenposten wie Trudeau. Jack war sich darüber im Klaren. Ich denke, er wollte uns schützen, die Arktis schützen.«

»Und sei es auf Kosten von Menschenleben?«

»Dazu ist es leider gekommen«, sagte Mackenzie, »so schrecklich es ist.« Er klang gequält.

»Was veranlasst Sie, jetzt zurückzutreten?«, fragte sie mit leicht bebender Stimme, ansonsten jedoch ruhig.

Er zuckte die Achseln. »Ich ... Es war an der Zeit. Meine Kollegen sind tot. Unsere Russen verlassen uns bis auf den letzten Mann. Die Japaner vielleicht auch. Wir verlieren Sponsoren. Primakow, Ned Gibson, sie gehen. Jack ist schon gegangen. Es ist nicht mehr, wie es war. Und wenn erst die Meldung die Runde macht, was die Russen dort unten deponiert haben ... Sie werden sicherlich die Station schließen, wenn sie kommen, um zu sehen, was mit der Rakete geschehen soll.«

»Trudeau wird dicht gemacht?«

»Wenigstens für den Sommer. Wenn sich keine Möglichkeit findet, das Monstrum gefahrlos zu beseitigen, könnte die Schließung endgültig sein. Das weiß niemand.« Er schüttelte den Kopf. »Wir haben einen Traum gehabt, ziemlich viele hier.« Er legte den Kopf in den Nacken. »Es hat viele Opfer gekostet, diesen Ort Wirklichkeit werden zu lassen.« Er hörte sich bitter an.

»Vielleicht geben Sie sich eine Mitschuld.«

»Das muss ich wohl«, sagte er.

»Was werden Sie tun? Wo werden Sie hingehen?«

»Das habe ich noch nicht endgültig entschieden. Um ganz ehrlich zu sein, dieser Winter hat mir den Mut genommen. Ich fühle mich ziemlich ausgebrannt.«

Sie biss sich auf die Unterlippe. »Ich glaube, andere würden dieses Gefühl teilen, wenn sie könnten.«

»Andere?«

Sie zählte sie an den Fingern ab. »Junzo Ogata, Minskow, Annie Bascomb, Tarakanowa, Ingrid Krüger, Alex Kossuth. Die ganzen jungen Seeleute. Dee.«

Mackenzie starrte mit müdem Gesicht und leeren Augen vor sich hin. Seine Züge gewannen eine gewisse Ähnlichkeit mit den Gesteinsproben, die auf seinem Schreibtisch gelegen hatten: hart, rissig.

Hanley rutschte ein Stück vor. »Sie machen mir, wenn ich das sagen darf, den Eindruck, als könnten Sie etwas Abstand gebrauchen. Mir kam der Gedanke, dass Sie vielleicht Little Trudeau einen Besuch abstatten könnten, eine nostalgische Rückkehr in die Anfangstage, als alles so viel klarer war.« Er sah sie verwundert an. »Weg von der Hightechwelt. Pelze tragen. Einfache archäologische Arbeiten.«

»Ich weiß nicht so recht, ob ich in der Stimmung für einen sentimentalen Tagesausflug bin.«

»Ich meinte, dass Sie den Rest der Saison über draußen in Little Trudeau kampieren.«

»Das wären Monate.«

»Vielleicht eine kleine Grabung machen.«

»Eine Grabung?«

»Ja«, sagte sie. »Zur Rückbesinnung auf das Wesentliche. Schließlich gibt es dort Benzinvorräte, Lebensmittel, einen Generator.«

»Ich werde darüber nachdenken.«

»Gut.« Sie schaute auf ihre Uhr. »Uli und Kapitän Nemerow sind bereit, Sie hinzubringen. Es ist alles da. Sie werden nicht viel brauchen.«

Mackenzie betrachtete sie besorgt. »Geht's Ihnen gut?«

Hanley schüttelte den Kopf. »Eigentlich nicht. Dee hat mir viel bedeutet.« Sie blickte ihn scharf an. »Na, was ist mit der nostalgischen Fahrt?«

»Ich ... ich glaube kaum, dass es sehr tröstlich wäre, mit Benzingeneratoren und Ölbrennern herumzuhantieren.«

»Sie müssen sich klarmachen«, sagte sie, »dass Ottawa die

ganze Zeit von der Rakete gewusst hat. Annie Bascomb und die anderen sind umsonst gestorben. Das alles wird ans Licht kommen, wenn nicht etwas geschieht.«

Er musterte sie einen Moment, bevor er sich äußerte. »Ich verstehe nicht.«

Hanley hob einen kleinen Zweig auf und zwirbelte ihn zwischen den Fingern. Sie musste daran denken, wie sehr Dee diesen Fleck geliebt hatte.

»Ich zuerst auch nicht«, sagte sie. »Dann ist mir eingefallen, was Jack mir einmal über Inuitseelen erzählt hat. Er sagte, es gäbe zwei. Eine ewige, die weiterzieht, und eine niedrigere, die dableibt. Ich glaube, Sie haben auch zwei Seelen, Dr. Mackenzie. Eine ist strahlend. Die andere ist ... beschmutzt.«

»Erklären Sie sich bitte deutlicher«, sagte er mit angespannter Miene.

»Jack hätte sich für niemand anderen geopfert. Gewiss nicht für Alex Kossuth. Jack hätte nur für Sie den Sündenbock gespielt. Er hat versucht, all Ihre Sünden mit in die Wildnis zu nehmen. Den Verdacht von Ihnen abzulenken und auf sich zu ziehen. Jedenfalls möchte ich gern glauben, dass es so ist. Die Vorstellung, Sie könnten ihn zugrunde gerichtet und dann verstoßen haben, wäre mir unerträglich. Ich frage mich, ob Sie das Ausmaß seiner Treue begreifen. Selbst mir gegenüber tat er so, als wären er und Kossuth die Einzigen gewesen, die überlegt hatten, wie sie Annie zum Schweigen bringen konnten. Vielleicht ist er deshalb fort, weil er mit dem, was er wusste, nicht mehr hier bleiben konnte, in Ihrer Nähe.«

Sie wartete einen Moment, ob er widersprechen wollte. Er gab keinen Laut von sich. Sie fuhr fort.

»Jack hat mir erzählt, er wäre zu Alex Kossuth gegangen, damit der Annie davon abbringt, die Sache öffentlich bekannt zu machen. Aber er wäre niemals zu Kossuth gegangen. Er hätte sich an Sie gewandt, seinen Mentor, den Mann, für den er diesen Ort gebaut hat. *Sie* gingen zu Kossuth, Ihrem ältesten Freund in Trudeau. Sie überzeugten ihn davon, dass Annie Bascomb alles gefährdete, wofür Sie beide gearbeitet hatten. Jemand musste ihr den Mund verschließen. Und Kossuth tat es – für Sie. Aber Kossuth war ein gebrochener Mann. Ich bezweifle sehr, dass er irgendwie in der Lage war, die Geisterpflanze des Schamanen aufzuspüren oder gar aus den Algen vom Bohrloch das Pulver herzustellen. Das haben Sie für ihn getan und ihn dann damit losgeschickt. Als er und Annie tot waren, meinten Sie, die Station wäre gerettet. Jack hätte die Existenz der Rakete unter dem Eis niemals verraten, hätte niemals etwas unternommen, das Ihnen oder diesem Ort geschadet hätte. Dann setzte sich Ingrid Krüger in den Kopf, alles über die letzten Wochen ihrer Geliebten herauszufinden, und so mussten Sie auch ihr Einhalt gebieten.«

Er hielt sich die Augen zu. Er war kaum noch imstande, zuzuhören. Sie ließ nicht ab.

»Sie schoben den Mord an Annie hinaus, bis es zu spät im Jahr war, um noch Leute herzubringen, die vielleicht mit der Zeit entdeckt hätten, dass es sich nicht um eine zufällige Infizierung auf dem Eis handelte. Dann kam ich. Und mich wollten Sie auch kontaminieren. War es Ihnen deshalb so wichtig, sich einzureden, dass ich Jack nichts bedeute?« Ihr Gesicht fiel regelrecht ein.

»Jack ist nur unter der Bedingung gegangen, dass Ihnen nichts zustößt.« Er streckte die Hand aus, wollte sie anfassen. Mit einem unwillkürlichen Laut des Erschreckens wich sie zurück. »Sie müssen das verstehen«, sagte er und ballte eine Faust. »Ich konnte nicht hinnehmen, was diese Atomwaffe für uns alle bedeutet, was sie zerstört.« Er wandte sich ab. »Ich habe etwas Schreckliches getan.«

»In der Tat. Sie haben diesen Horror in die Welt gesetzt.« Sie senkte einen Moment den Blick. »Und sie haben Ingrid Krüger und Dee nicht getötet, um Trudeau zu schützen. Sie wollten nur Ihre eigene Haut retten.«

»Ich hatte Angst.« Seine Augen füllten sich mit Tränen. »Ich hatte Angst, dass die Arbeit eines Lebens durch meine unverzeihliche Tat zunichte gemacht würde.«

»Gut ausgedrückt, Dr. Mackenzie. Sie haben das Talent, Dinge auf den Punkt zu bringen und damit andere zu inspirieren und zu führen. Ein großes Talent.« Sie schlang die Arme um sich, um das Zittern abzustellen. »Sie wollten ihre Schöpfung erhalten. Aber wenn Trudeau nicht fortbesteht, dann nicht wegen Annie, sondern Ihretwegen. Sie haben alles ruiniert. Sie sind die größte Gefahr für die Station. Sie. Und diese Gefahr müssen Sie beseitigen, wenn das leuchtende Erbe des großen Felix Mackenzie erhalten bleiben soll.«

»Ich ...«

»Sie müssen Ihr finsteres Werk vollenden. Wenn Sie das tun, wird Ihre Mittäterschaft ein Geheimnis bleiben.« Ein leichtes Beben ging durch ihren ganzen Körper. »Das wenigstens wird Trudeau dann erspart bleiben, was auch immer der Station sonst drohen mag.«

Mackenzies Augen liefen über. Er ächzte.

»Ein bisschen Zeit haben Sie noch, etwas zu tun.«

»Was?«, fragte er.

»Die Grabung.«

»Wollen Sie mich dort einsperren? Zur Strafe? Meinen Sie nicht, dass es gefährlich wäre?«

»Oh, ganz gewiss. Sehr sogar. Vor allem mit Benzingeneratoren unter der Erde. Man muss mit der Lüftung gut aufpassen.«

»Jessie. Sie können nicht verlangen –«

»Wer verlangt etwas?« Sie wollte den Blick abwenden, aber musste ihn weiter anschauen. »Meinen Sie vielleicht, ich könnte mit dem Wissen schlafen, dass der Mann, der uns wie Tiere gejagt hat, der Dee in meiner Unterkunft ermordet hat, mit mir unter einem Dach wohnt«, sie funkelte ihn böse an, »und sich des Lebens freut? Sie haben fast einhundert Menschen getötet. Was sollen wir tun, ›Auld Lang Syne‹ singen und unseres Weges gehen?«

Eine Weile rührte er sich nicht, dann zog er die Knie an die Brust. »Sie begreifen nicht. Dieser Ort ist ein Geschenk, und diese Leute haben leichtfertig damit gespielt und seinen Untergang riskiert.«

»Das ist mir egal. Scheißegal! Dees Leben war ein Geschenk. Annies Leben war ein Geschenk. Ingrid Krügers ... und das aller andern. Ich bin Ärztin. Ich kann Sie nicht töten. Aber, bei Gott, ich will, dass Sie sterben.«

Er war wie vor den Kopf geschlagen. »Wie ... wie viel Zeit habe ich, meine Angelegenheiten zu regeln?«

»Hier in Trudeau? Gar keine. Auf der Welt? Das ist Ihre Entscheidung. Aber wenn Sie … morgen Mittag noch am Leben sind, wird alles, was hier geschehen ist, an die Öffentlichkeit gelangen. Wenn Sie vorher versuchen, in die Station zurückzukehren, ist die Verabredung ebenfalls null und nichtig.«

»Gibt es –?«

»Nein.«

»Dr. Hanley –«

Sie stand kurzerhand auf. »Ich werde die Nachricht von Ihrem Unfall mit großem Bedauern aufnehmen«, sagte sie und ging, ohne sich noch einmal umzusehen.

Nemerow und Uli erwarteten sie, als sie aus dem botanischen Garten kam. Sie holte die schwarze Pistole des Kapitäns aus der Jackentasche und gab sie ihm zurück. Er steckte sie in die Sealjacke des Admirals, die so alt und abgerieben war, dass sie glänzte.

»Was wird er machen?«, fragte Nemerow.

»Ich glaube, er wird sich entschließen, ehrenvoll zu handeln.«

»Wir werden ihn begleiten«, sagte Nemerow.

Uli berührte ihren Arm. »Das war sehr tapfer, ihm allein entgegenzutreten. Hör mal, wir haben in seinen Räumen ein verdächtiges Pulver gefunden. Kiyomi sucht weiter, um sicherzugehen, dass es alles ist.«

Nemerow sagte: »Teddy Zale will Sie gleich sprechen in Wachzentrale.« Er hielt ihr sein Taschentuch hin. Hanley hatte noch gar nicht gemerkt, dass sie weinte. Sie nahm es dankend.

»Möchten Sie Station verlassen mit uns?«, fragte er. »Wir nehmen Admiral und bestatten auf See.«

Der Gedanke, nach Hause zu kommen, war mehr als verlockend, doch sie schüttelte den Kopf. »Ich habe mich bereit erklärt, die medizinische Grundversorgung zu übernehmen, bis mich jemand hier ablösen kann. So kümmere ich mich zur Abwechslung mal um Lebende. Auf die Art bin ich beschäftigt und muss nicht so viel nachdenken. Sobald ich dazu imstande bin, gehe ich wieder ins Labor und sehe zu, was ich über die toxische Mikrobe in den Algen rauskriegen kann. Vermutlich bleibt mir nur wenig Zeit, bis irgendjemand irgendwo sie einzusetzen versucht. Diesen kleinen Vorsprung sollte ich ausnutzen und versuchen, ein Gegenmittel zu finden. Meine Laboranten sind bereit, mir dabei zu helfen.« Sie tupfte sich mit dem Taschentuch die Augen. »Außerdem werde ich jeden Tag etwas Zeit mit meinem Sohn verbringen. Im Augenblick nur auf elektronischem Wege, aber das ist besser als das, was er die ganze letzte Zeit von mir gehabt hat, nämlich nichts. Sind meine Augen rot?«

»Man sieht nicht in diese Licht«, antwortete Nemerow und strich ihr über die Wange.

Hanley zog die Nase hoch und begab sich allein zur Wachzentrale. Auf dem Weg blieb sie immer wieder an diesem oder jenem Fenster stehen und blickte über das rissige Eis auf eine Nachtlandschaft ohne Farben hinaus: schwarz und knochenweiß. Sie fühlte die ungeheure Weite der Arktis, die Einsamkeit und den Frieden.

In der Wachzentrale war die Beleuchtung gedämpft.

»Eines Tages«, sagte Teddy, »wird zur Mittagszeit ein trüber rötlicher Fleck am Horizont erscheinen. Er wird vielleicht eine Viertelstunde da sein und dann rot werden wie Ochsenblut. Die Leute hier werden sich jeden Tag versammeln und ihn anschauen, als ob es ein Sonnenaufgang auf dem Mars wäre.«

»Was gibt's, Teddy? Sie wollten mich sprechen?«

Zale trat mit ihr unter die Kuppel des Kommunikationsraums und deutete auf eine große Arktiskarte, die an die gewölbte Decke projiziert war. »AVHRR-Satellitenbilder im thermischen Infrarotbereich.«

Anders als in flächigen Darstellungen waren die Proportionen auf dieser Karte nicht verzerrt, und Hanley wurde noch einmal die gewaltige Entfernung von allen anderen Orten der Erde klar. Die Polarregion war wie ein eigener Kontinent und Trudeau ein verschwindend kleiner orangefarbener Punkt nahe dem Zentrum. Teddy deutete auf einen Quadranten fast direkt über ihnen: ein Live-Satellitenbild, sagte er, der höchsten Auflösung. Er vergrößerte ihn.

Hanley war mittlerweile lange genug in Trudeau, um die Grenzlinie zwischen Meereis und landfestem Eis zu erkennen. Ein winziges warmes Pünktchen in der dunklen Leere rückte stetig auf das weiße Feld vor, das das Land darstellte. Von nichts anderem gejagt als von Geistern.

»Das ist das neue Inuitterritorium«, sagte er. »Es ist riesig, Dr. Hanley. Wenn er dort ist, wird ihn nie jemand wiedersehen.«

Wir auch nicht, dachte Hanley, während ihr lautlos die Tränen herunterliefen. Wir auch nicht.

»Aber wenn eine Freundin in einem Jahr oder so dort auftauchen würde«, fuhr Teddy fort, den Blick nach oben gerichtet, »würde er es bestimmt erfahren und diese Freundin finden.«

»Meinen Sie?«

Teddy nickte. »Ich muss gehen«, sagte er, mit dem Daumen über die Schulter deutend, und ließ Hanley mit dem Pünktchen allein, das sich durch die ungeheure Eiswüste langsam Richtung Heimat bewegte.

Danksagung

Ich danke meiner Tochter Rosa Audrey Colwin Jurjevics, ohne die dieses Buch nicht nötig gewesen wäre. Und Jeanne, ohne die es nicht möglich gewesen wäre.

Ein großes Dankeschön auch an Dr. Audrey Jacobson für ihre medizinische Aufklärung und ihren guten Rat. Sollten sich dennoch medizinische Irrtümer eingeschlichen haben, so liegt die Schuld selbstverständlich allein bei ihr. Ich weiß, dass es ihr anders nicht recht wäre.

Tausend Dank an Lila Karpf, die den Glauben hatte, an den Writers Room, wo alles anfing, an Nick Lyons, von dem Anregungen kamen, an Susan Protter und Dennis Dalyrmple, die Wegweisung gaben. Und an Hal Scharlatt und Jim Bryan für ihre Großzügigkeit, von der ich heute noch profitiere.

Ewig dankbar bin ich meiner treuen Bella, die mit uns im Schnee spielte, Julie, die tapfer dem Eis und der Kälte trotzte, um uns Wärme zu bringen, Ralph und Ann und Colin, allen Flying Brackens und den Pennybacker-Wallaces für ihren Mutterwitz und warme Iglus im Unwetter, Christine Pittell, unseren geliebten Gabels, für Alice' und Lauries offene Herzen, für Carolyns Brokatflamme, Judith, dass sie mich in den Schlaf gelesen, und Patrick, dass er mir seine Alaska-Pipeline-Jacke geopfert hat, um mich vor der Dunkelheit zu schützen. Dank euch, Rob und Charles, für zahllose Freundlichkeiten.

Für Karens eisige Gnadenlosigkeit und warme Reinheit und für Margarets Großherzigkeit. Einen Dank an Franny »The Chin« Taliaferro und James »The Studio« Reyman, an Mr.

Dan, meinen Besten und Festen, an Sander für sein häufiges Lesen von Anfang an und an Genevieve für ihr rettendes Eingreifen. Danke Barbara, ganz besonders auch Jorge Schmidt und dem bemerkenswerten Hans-Ulrich Möhring. Danke schön, Jeanette, dass ich deinen illustren Namen benutzen durfte, und Rick Stolz, der in den frühen Fassungen mein nichts ahnendes Model war (ich entschuldige mich für die Garderobe). Für Frances Millers und Aarons Klärungen bin ich sehr dankbar. Ebenso der unbeugsamen Molly Stern, Lektorin eines Lektors. Allessandra, Brett Kelly mit dem passenden Namen und dem Boss Jane von Mehren. Jennifer Carlson für ihre offene Kritik und Henry Dunow für seine schlichte spröde Art, eine überaus seltene Eigenschaft in diesen ekstatischen Zeiten. Und Dank dir, Jane, meiner Straßenkämpferin: endlos und selbstlos ermutigt hast du mich mich mich.

Euch allen meine Liebe und Dankbarkeit.

R. Scott Reiss

Black Monday

Thriller

ISBN 978-3-548-26851-4
www.ullstein-buchverlage.de

Ein mysteriöser Virus befällt die westliche Zivilisation und katapultiert die Welt zurück in ein finsteres Mittelalter. Hunger, Kälte und Verzweiflung regieren, Nachbarn werden zu Feinden. Der Virologe Greg Gerard ahnt als Einziger die wahre Ursache der Katastrophe. Um das Verhängnis abzuwenden, muss er seine Familie hilflos zurücklassen. Allein kämpft er sich durch ein Amerika am Abgrund. Seinen Spuren folgt ein perfekter Killer, der jeden tötet, der in die Nähe der Wahrheit kommt.

»Dieser Thriller macht einem Angst.«
Bild am Sonntag

UB445

ullstein